二見文庫

このキスを忘れない

シャノン・マッケナ／幡　美紀子＝訳

Fade to Midnight
by
Shannon McKenna

Published by Arrangement with Kensington Books,
an imprint of Kensington Publishing Corp., New York
through Tuttle-Mori Agency, Inc., Tokyo

このキスを忘れない

登 場 人 物 紹 介

エディ・パリッシュ	グラフィックノベル作家。パリッシュ財団理事長の娘
ケヴ・マクラウド	ロスト・ボーイズ・フライウェア創立者
トニー・ラニエリ	ケヴを助けた男性
ローザ・ラニエリ	トニーの妹
ブルーノ・ラニエリ	トニーの姪の息子。ロスト・ボーイズ・フライウェア創立者
エイモン・マクラウド	マクラウド兄弟の父親
ショーン・マクラウド	ケヴの双子の兄
リヴ・マクラウド	ショーンの妻
デイビー・マクラウド	ケヴの兄
コナー・マクラウド	ケヴの兄
マイルズ・ダヴェンポート	マクラウド兄弟の友人
チャールズ・パリッシュ	エディの父親。パリッシュ財団理事長
リンダ・パリッシュ	エディの亡き母親
ロニー・パリッシュ	エディの妹
アヴァ・チャン	ヘリックス社研究所の研究員。脳科学者
デズモンド・マール	ヘリックス社研究所の役員
レイモンド・マール	デズモンドの亡き父親。ヘリックス社の共同創立者
クリストファー・オスターマン博士	X-Cogヘルメットの開発者。脳科学者
ジャマール	エディのアパートメントの上階の住人
トム・ビクスビー	民間軍事会社の経営者

プロローグ

一九九四年
オレゴン州ポートランド

トニー・ラニエリは煙草《たばこ》の煙を深々と吸いこんだ。手に持った傷だらけのドッグタグ（兵士の個人情報が打刻されたペンダント）を親指でなぞる。いったいどうすればチビの身元がわかるんだ？　本やテレビを見たところで謎を解く鍵は見つからない。そんなことをしても頭が痛くなるだけだ。時間の無駄にしかならない。

トニーは目の前にいる、くすんだブロンドの髪を後ろで結んだチビを眺めた。彼はバケツに消毒液を入れ、床を拭き始めた。肩の筋肉が盛りあがり、着ているタンクトップが今にもはちきれそうだ。二サイズも小さいおれのタンクトップじゃ、まあ無理もない。だが、その筋骨たくましい体には、蛇が這《は》いずりまわったようなおぞましい傷痕が無数に残っている。瀕死《ひんし》の状態のこいつを見つけたのは、もう二年も前だ。あの夜はまだ傷口から血がにじみでていた。それでも病院に連れていかなかったのは、チビを痛めつけた連中がどこかで見張っているかもしれないと思ったからだ。

思わず目をそむけたくなるほどひどい傷だった。体じゅうに内出血の痕があり、骨も折れていた。それに顔もボコボコに腫れあがっていた。くそっ、まったくひどいことをしやがる。おれは、こいつをかくまうことにした。今にも死にそうだったガキのことなど何も知らないふりをし続けた。そう、こいつは二年前のあの夜に、誰にも看取《みと》られずに死んだことになっている。

だが、チビは生き延びた。トニーは煙草を口元に運び、もう一服深く吸いこんだ。食堂の厨房《ちゅうぼう》は禁煙だが、口うるさい妹のローザは家に帰った。かまやしないさ。もうあいつはベッドのなかだ。ブルーノもとっくに二階に引きあげた。今頃は爆睡しているだろう。それにチビは密告《チク》ったりしない。こいつは口がきけないんだから。皿を洗ったり、玉ねぎを刻んだり、地獄の悪魔みたいに殴りあいの喧嘩《けんか》をしたりすることはできるが、ひと言もしゃべれないのだ。

本当は、こいつはちっともチビなんかじゃない。見つけたときは二十歳くらいだった。だが、身元がわからないまま月日が過ぎ、結局いまだにチビと呼び続けている。わかっているのは、しゃべれないことと、体じゅうに残る傷痕だけだ。それに顔の傷。この傷さえなければ二枚目俳優として活躍できただろうに。悪党たちに目を潰されなかったのがせめてもの慰めだ。そうはいっても、拷問で少なからず眼球もやられているに違いない。三度の飯より拷問が好きなやつらのことならよく知っている。ああ、いやというほど。

だが、どういうわけかやつらはその楽しい拷問を途中でやめた。一気にチビをあの世に送ることにし、さんざん殴りつけて道端に捨てた。

誰がやったのか、なぜやったのか、わからない。くそっ、なぞなぞは嫌いだ。

チビが床にモップをかける手を止めて、おれに顔を向けた。何か言いたげだ。ひどくしゃべりたがっている。緑の目が必死に何かを訴えている。だが、口から言葉は出てこなかった。思っていることを語りたくても、頭と口がうまくつながらないのだろう。途方に暮れた表情を浮かべて立ちつくしている。あまりにも不憫《ふびん》な姿だ。

チビは肩を落とし、モップをバケツの消毒液に浸して、また床を拭き始めた。

トニーはドッグタグを握りしめ、煙草の火をもみ消した。おれはいつでも正々堂々と戦ってきた。人生は殺すか殺されるかだと思っている。だからこそ、蛇の生殺し状態はどうにも気に食わない。

トニーは鎖を手にきつく巻きつけた。このドッグタグは、あの夜チビがはいていた血まみれのジーンズのポケットに入っていた。だが、本人のものでないのはすぐにわかった。

これはおれと同世代の兵士が身につけていたものだ。おれと同じ戦争をくぐり抜けた男の首に、このタグはかかっていた。

そこでトニーはいろいろ嗅ぎまわってみた。そして海軍時代の仲間からぞっとする話を聞かされた。百戦錬磨の男たちでさえ、ドッグタグに刻まれた名前を目にしたとたん、恐怖に震えあがった。狙撃兵、殺し屋、変人。数々の残虐行為に手を染めた男。いい話はひとつも出てこなかった。この名前の男はヴェトナム戦争後、軍法会議にかけられる直前に姿を消し、それっきり姿を見た者はひとりもいない。裏社会の連中に喉を掻《か》き切られたというのがもっぱらの噂《うわさ》だ。

もしこの男がまだ生きているとすれば、おれとたいして変わらない暮らしをしていることだろう。いや、ひょっとしたら、もっとひどいかもしれない。いつの世にも、社会のどん底であえいでいるやつはいるものだ。

意気消沈した様子でバケツにかがみこんでいるチビを見つめ、トニーは今夜も同じ判断を下した。こいつはまだ外に出られるような状態ではない。のこのこ出ていって悪党たちに見つかったら、またゴキブリみたいに踏み潰されてしまうだろう。今度こそ息の根を止められてしまうに違いない。それなら、これまでどおり皿洗いやモップがけをしているほうがずっとこいつのためだ。トニーはもう一本煙草に火をつけた。くそっ。いつになったらこのモヤモヤはすっきりするんだ？　まったく気に入らない。

エイモン・マクラウド。ドッグタグに刻まれた名前。あんたは、いったいチビのなんなんだ？　トニーはイタリアのカラブリア地方の方言で悪態をつき、タグをポケットに突っこんだ。

この男が鍵かもしれない。このエイモン・マクラウドという男こそ、粉々に砕け散ったチビの人生をつなぎあわせることができるのかもしれない。
それとも、とどめの一撃になってしまうのだろうか。

1

終焉《しゅうえん》。

一瞬、この言葉がケヴの頭をよぎった。この期《ご》に及んで、やけに頭は冷静だ。冷たい水しぶきをあげる激流が爆音をとどろかせている。あと数秒の命。終わりが刻々と近づいている。脳の血管の脈打つ音が秒数を刻む。一拍ごとに恐ろしいほどの頭痛に襲われるが、もうすぐこの痛みからも解放されるのだ。

かわいい天使の顔が脳裏をかすめた。夢のなかの友。魂の導き手。こちらを見つめる大きな目は悲しげで、恐怖に怯《おび》えていた。

今朝起きたときから、今日がその日だとわかっていた。まるで背後から誰かに見られているかのように首筋が粟立《あわだ》った。だからこの結末にも別に驚きはしない。アドレナリン中毒のおれにはうってつけの最期だろう。まともな人間なら、あの世から死のお告げがあれば、その日はおとなしくカウチに座り、テレビドラマの再放送を見て過ごすのかもしれない。ショッピングセンターの本屋をはしごして、気づきの瞑想《マインドフルネス》やシンプルライフの本を読みあさったり、シネコンでネイチャー系のドキュメンタリー映画を見たり、抹茶ラテを飲んだりするのかも。賢明なことだ。

だが、おれは違う。まともな部分なんてどこにもありはしない。おまけに記憶もなければ死ぬのも怖くない。なら、危険なことをするのは怖いのか？　まさか。いつでも大歓迎さ。どうせ今までだって死んだに等しい存在だった。この顔を見てみろよ。右半分は傷で覆われている。おれを見た子どもたちが泣きながらママのもとへ駆けていくのも当然だ。

寒さのあまり痛みも感じなかった。枯れ木の枝をつかんでいる手も、骨折しているもう一方の腕も、もはや感覚がない。激流の数メートル先には滝が待ち構えている。体は傷だらけで、折れた骨が血でピンク色に染まったナイロンジャケットを突き破って飛びだしている。滝に落ちてしまったら最後、この腕は二度と使いものにならなくなるだろう。

だから？　今さらそれがどうした。とっくの昔にがらくたも同然の身じゃないか。なんとか息をしているだけだ。脳にダメージを受け、記憶を失った。自分の過去がさっぱりわからないのだ。

やめろ。もう考えるな。こんな無謀な真似《まね》をするのは今日が初めてというわけではない。アドレナリンが激しくわき立っているときだけ、みじめな現実を忘れられる。だからロッククライミングをしたり、強風が吹き荒れる日にハンググライダーで空を飛んだり、ゴムボートで急流を下ったりして危険を楽しんできた。死と隣り合わせでいると興奮を覚え、この世とつながっていると感じられる。生きていると実感できる。

トニーに助けられたときは感情が麻痺《まひ》を起こしていた。徐々に感情を取り戻し、とりあえずは思っていることを表現できるようになったが、完璧にはほど遠い状態だ。こうなったのも脳に負った傷のせいだろう。そのために記憶を失い、言葉もしゃべれなくなった。

なんにせよ、もううんざりだ。できることなら軍隊に入って戦闘機を乗りまわしてみたい。ああ、それがいい。きっと楽しいだろう。だがはたして軍が、身元不明の頭のいかれた男に、一億ドルもするおもちゃを操縦させてくれるだろうか。仮に入隊が許されたとしても、せいぜいエンジン磨きの仕事しか与えられないだろう。そんなのはこっちから願いさげだ。だったら危険なスポーツをするしかない。スリル満点のスポーツをすれば、最高の気分が味わえる。色や音を感じられる。興奮をかき立てられる。

そして今日も望みのものを手に入れたが、今度ばかりは大きな代償を支払うことになりそうだ。ケヴは滝口を見つめた。すさまじい轟音《ごうおん》だ。大量の水が水煙をあげながら数十メートル下の滝壺《たきつぼ》に流れ落ちていく。この滝の落差は何十メートルだったか？　七十、いや、ゆうに百メートルはあっただろう。

死ぬのが怖いわけじゃない。かえって興味津々だ。悪いが、これまで自分がなぜ生きているかについて考えたことはなかったし、死後の世界のことなど想像したこともなかった。過去はどうだったか知らないが、記憶にある限りは厄介事だらけの人生だ。自分の年齢さえわからない。十八年前、悪党に殺されかけたおれをトニーが救ってくれたとき、おれは二十歳そこそこだったらしい。ということは、今は四十くらいなのだろう。

せめてこの少年だけは生き延びてもらいたい。激流に邪魔されながらも、ケヴは視界の隅で、川岸の崖にうっそうと生えている木々のあいだに動くものをとらえた。救出作業が始まったようだ。子どもたちを乗せたゴムボートがコントロールを失い、ぐるぐるまわりながら流されていくのを見たとき、岸にはケヴのほかにも大勢の人間がいた。脳にぽっかり穴が空いている男だけが、後先考えず激流に飛びこんでボートを追った。実際、自殺行為もいいところだ。だが悠長にそんなことを考えている暇はなかった。反射的に体が動いたのだ。

そして無謀にも激流と格闘しているうちに、川の流れはさらに速くなり、滝の流れ落ちる音がだんだん大きくなってきた。

そして死神がほほえみながら近づいてきた。旧友のケヴに会えてうれしそうに。

もしかしたら、おれ自身も心のどこかで死神との再会を待ち望んでいたのかもしれない。おれが危険極まりないスポーツにいそしむたびに、ブルーノにはしょっちゅう、自殺願望のあるばか野郎だとこきおろされる。きっとやつの言うとおりなのだろう。だが、気にしてもしかたがない。とりわけ今は。

ようやく追いついたときには、すでにゴムボートは転覆し、乗っていた子どもたちは川に投げだされていた。ケヴは偶然、すぐそばにいた少年の体をつかんだ。その拍子に川の深みにはまり、ふたりとも溺れそうになった。少年は手足をばたつかせ、激しく咳《せ》きこんだ。ケヴは少年を抱きかかえ、流れに逆らって必死に泳いだ。どうしても助けたかった。絶対に。だが今は疲れ果てて、余力はまったく残っていない。それでも不思議と心は穏やかだった。ほかの子どもたちは全員流されてしまった。ちくしょう、かわいそうに。レスキュー隊が救助に向かったが、滝壺にのみこまれたあの子たちはもう助からないだろう。

どうやらおれも限界だ。いつ滝に落ちてもおかしくない。

ケヴはやっとの思いで顔を横に向け、助けた少年を見た。十六歳くらいか。全身ずぶ濡《ぬ》れになって、うまく岩の端にしがみついている。その岩のところで滝口の水がふたつに分かれ、二本の長い尻尾のように勢いよく落下していた。〈ツインテール・フォールズ〉とはうまく名づけたものだ。少年は流れる水の重みで岩に押しつけられ、自力で動くことはできそうにないが、生きてはいる。それだけが救いだ。どうにか頑張り抜いてほしい。

その一方で、もしおれが生き残ったとしても、こんなぼろぼろの体ではまたもとの生活に逆戻りしてしまうかもしれない。それがおれに与えられた運命なのか。あざ笑う声がどこからか聞こえてきた。トニーに助けられたときの、あのみじめな生活に戻るくらいなら死んだほうがましだ。脳も足も口もまともに動かない男のなれの果て。皿洗いと床拭きしかできない人生。食堂裏の窓のないかびくさい部屋で、おんぼろのベッドに横になり、ペンキのはげかけた壁を見つめて過ごす人生。そんな生き方になんの意味がある？

レスキュー隊がロープを投げこんだ。いっそあのロープで首でもつろうか。笑えるな。かなり悪趣味だが。

岩肌にようやくへばりついている木が激しく揺れ、枝が大きくたわんだ。激流が獲物をのみこもうとして今か今かと待っている。

そろそろだ。ケヴは心を静め、呼吸に意識を集中させようとした。うまくいかない。水につかりすぎて、寒くて凍えそうだ。少年が大きく口を開け、ケヴに助けを求めた。どうにかしてやりたくても、もう何もできそうにない。体力が尽き果ててしまい、まるで壊れた人形のようだ。そしてついにそのときが来た。うねる水面。揺れる木。折れる枝。そのひとつひとつが、じれったくなるほどゆっくりと過ぎていく。永遠と思えるほどの長い時間をかけて。

ケヴはなんとか意識を失うまいとした。人生の終焉。最後のときを楽しもう。死ぬ間際には、以前の自分を思い出すだろうか。自分が何をしていたのか、誰と仲がよかったのか、誰を愛していたのか。

無理だろうな。脳が壊れている男にそんな奇跡が起きるわけがない。

ケヴはとてつもない速さで押し流されていった。広大な虚空の世界に。無限の空間に。底なしの闇に。真っ逆さまに。

また天使がケヴの心をよぎった。天使の大きな灰色の瞳は、せつなくなるほど優しい。ケヴの胸になぜか無念の思いがこみあげた。今度は別の顔が浮かんだ。険しい表情を浮かべている。毎晩夢に出てくる顔。若い男だ。やけに懐かしい。

そういえば今朝がた、この男と言い争っている夢を見た。こいつはおれをひどく怒鳴りつけていた。

死ぬのはたやすい。生きることは試練だ。おまえが言った言葉だぞ。このばか。偽善者め。まじでむかつく野郎だ。男の声がよみがえってきた。

この夢を見たから、今日がその日だとわかったのだ。危険が待ち受けていると。

心のどこかでは歓声をあげて、この状況をめいっぱい楽しんでいる。そして別のどこかでは、風向きや風速、落下速度を冷静に考えている。ケヴは、滝壺の底の岩盤に叩《たた》きつけられたときの衝撃力を小数第十位まで計算した。永遠の一瞬——。

やがて目の前が真っ白になり、ケヴの世界は無に包まれた。


ちょっと、勘弁してよ。このうすのろ女ときたら、まったく使えないんだから。

アヴァ・チャンはふたたびレーザーの先端に意識を集中させた。人間の体内には網の目のように神経が張りめぐらされており、その神経を通じて脳からの情報を全身に伝達している。体を自由に動かすことができるのも、脳から筋肉に電気信号《インパルス》が送られているからだ。だが、どれだけの情報を伝えられるのかははっきりとわかっておらず、それを解明するには被験者の存在が不可欠だ。マンディはほとんど反応していない。本当に役立たずの女だ。だらしなく口を開けてよだれを流している姿に、いらだちがますます募った。今のマンディはただのグロテスクな物体にしか見えない。セクシーな女もこれでは台無しだ。ゴーグルの奥の濃いまつげに縁取られた青い目はうつろで、瞳孔はX-Cogの副作用で開ききっている。

X-Cog用マスターヘルメットを使いこなすには、プロの音楽家と同じくらい熟練した技術が必要だ。そして、奴隷用ヘルメットをかぶった被験者を思いどおりに動かしたり話をさせたりするには、高度な集中力を要する。だが、X-Cogの投与量を多くすると、被験者の脳はわずか数時間で完全に崩壊し、そこで実験は終了してしまう。コスト面ではまったく割に合わない実験だが、誰かが成功させなければならない。そう、アヴァのような専門家《スペシャリスト》か、あるいはオスターマン博士のような人が。

このままではX-Cogの商品化ははるか遠い先のことになりそうだ。新技術に磨きをかけるために、自分の時間を捧《ささ》げる研究者がいったいどれだけいるのか？　人間というのは概して怠け者だ。それも救いがたいほど。とかく楽な道を選ぼうとする。

アヴァはX-Cogの商品化に全精力を傾けてきた。そして、マンディはその目的を達成するための貴重な実験台だ。これまで何度もこの女を使って試してきた。だが、スペシャリストにはそれに見あった優秀な実験用ラットが必要だ。こんな鈍感なクズ女ではなく。

アヴァはマスターヘルメットを外し、叩きつけるようにしてテーブルに放り投げた。マンディのせいで、今まで費やしてきた時間と労力がすべて水の泡だ。アヴァの銀色のマスターヘルメットは流線形の粋なデザインで、オスターマンのやたらに重くてダサいやつとは大違いだった。あのヘルメットをかぶるといつも締めつけられるような頭痛に悩まされた。オスターマンは重さや見た目には無頓着だった。彼が求めていたのは結果だけだから。

この新しいヘルメットはアヴァがあみだした傑作だ。ワイヤーやセンサーなどの必要不可欠なものはすべて取りつけられているのに、空気のように軽い。おまけに主人用だけでなく奴隷《どれい》用のヘルメットも、帽子やスカーフやかつらの下に隠してかぶれるようにデザインされている。

低能女のマンディのために、せっかくの卓越した頭脳を無駄に使ってしまった。いっそ、このクズをシュレッダーにかけて粉々に切り刻んでしまおうか。アヴァはマンディがつけているヘルメットとゴーグルを力まかせに外し、長いブロンドを思いきり引っ張った。マンディの口からすすり泣きがもれる。アヴァは自分のゴーグルももぎ取るようにして外した。まったく、この能無し女にはむかつく。ひょっとしたら粘土の塊にインパルスを送ったほうが、まだましな結果が得られるかもしれない。

アヴァはつややかな黒髪を後ろに撫《な》でつけながら、呆《ほう》けた顔をして足をぶらぶら揺らしているマンディを見つめた。スパンデックスのグレーのスポーツブラとショーツを身につけている。アヴァが決めたX-Cogの被験者用のユニフォームだ。実験対象の女の子たちにはセクシーかつ聡明《そうめい》でいてほしいのに、マンディには聡明さのかけらもない。

強烈な不快感がこみあげてきた。アヴァは力いっぱいマンディを叩いた。その勢いでマンディの体が前につんのめった。かすかにとまどった表情を浮かべている。

アヴァはもう一度叩いた。もっと力をこめて。さらにもう一度。マンディの鼻や裂けた唇から血が滴り始めた。マンディが両手で顔をかばおうとする。アヴァはすかさず耳を殴りつけ、後頭部にとどめの一撃を加えた。とうとうマンディは椅子から滑り落ちて、床に膝をついた。

「もうよせ、アヴァ。そいつは何百万ドルもするんだぞ。もっと大切に扱えよ」

アヴァはくるりと振り向き、検査室に入ってきた男をにらみつけた。「放っといてよ、デズ。わたしがどうしようとあんたに関係ないでしょ」

デズモンドがマンディのほうへあごをしゃくった。「関係はある。その子はぼくの被験者でもあるんだ」

「ただのゴミじゃない」アヴァは嚙《か》みついた。

「自分のいらだちをマンディにぶつけるんじゃない」デズモンドのえらそうな口調に、アヴァはこの男の澄んだ青い目を潰してやりたくなった。「どうせまた、痛めつければ少ない投薬量でも自由にコントロールできると思ったんだろう？　それは間違っているぞ。無意味なことはもうやめろ。大人になれよ、アヴァ。気持ちを切り替えて、先に進むんだ」

「だけど、考え方としては理にかなっているわ！　次回の検査では絶対に――」

「だめだ」デズモンドがアヴァの言葉を一蹴した。「そのやり方でうまくいかないのは何週間も前にわかっていたはずだ。もう虐待はするな」

こういう口調で話すときのデズモンドには何を言っても無駄だ。オスターマン博士が死んでからは、この男が研究所を仕切っている。アヴァに研究資金を出しているのもこの男だ。それでも、デズモンドの高圧的な態度は許せなかった。アヴァは腹立ちまぎれにマンディの尻を蹴りつけた。マンディが哀れな声をあげて前によろめく。「お説教はやめて」アヴァは無愛想に言い返した。「被験者をどう扱おうとわたしの勝手でしょう！　こんな腐った売春婦を相手に研究しているこっちの身にもなってよ。痛めつけたくもなるわ。この女にはもううんざりよ！」アヴァは嗚咽《おえつ》をもらしているマンディをふたたび蹴りあげた。

「そのへんにしておけ、アヴァ。どうしてきみはいつも被験者にダメージを与えるようなことをするんだ？　外側はきれいなままのほうがよっぽどいいだろう。ぼくは内側で必死に抵抗している姿を見ているほうが楽しいけどな。そう思わないか？」

アヴァは鼻で笑った。「そんなの、ちっとも楽しくないじゃない。いかにもあなたらしいセリフよね。ヘルメットをつけた被験者にあそこをしゃぶらせて興奮してるんだもの。まったく、ばかばかしいったらないわ。そんなこと、二十ドルの銃を頭に突きつけて脅せば、いつでも女の子はやってくれるわよ。何も一千万ドルもするX-Cogヘルメットをかぶせなくてもね。わたしはあなたとは違うの。絶対にX-Cogを国防企業に売りたいのよ。わかった?」

「きみはばかにするが、フェラチオは高度な情報伝達行為なんだぞ。特に、相手の男のあそこが大きい場合は……」デズモンドが消え入りそうな声で言う。

アヴァはあきれた顔をした。「へえ、そう。じゃあその実験、わたしがやってあげてもいいわよ」

デズモンドはアヴァの言葉を無視して、話題を変えた。「実は、話があるんだ。いい知らせと悪い知らせがある」

「悪い知らせはいっさい聞きたくないわ」アヴァは憮然《ぶぜん》と言い放った。

「それじゃ、いい知らせから話すよ」デズモンドがつま先でマンディをそっとつついた。

「ぼくたちは高品質の実験用ラットを常に確保しておかなければならない。それに、実験の後始末をしてくれる人間も。〈安息の地《ヘヴン》〉にいたトム・ビクスビーを覚えているかい?」

アヴァは顔をしかめた。ビクスビーはオスターマン博士のお気に入りだった。金持ちの息子で、デズモンドと同じくハーヴァード大学出身だ。あの男の熱いまなざしと、体をまさぐる執拗《しつよう》な手は今でも覚えている。「傲慢なやつだったわよね。それがいい知らせなの?」

「トムは現在、〈ビクスビー・エンタープライズ〉という民間軍事会社を経営している。それがかなりうまくいっていてね。右肩あがりの成長を続けている。トムはX-Cogに興味を示すはずだ。なんといっても、Oクラブの一員だったんだからな。それで、あいつの会社にセキュリティを頼もうと思っているんだ」

アヴァは口元をゆがめた。「だけど、えげつない男よ」

デズモンドがうんざりした表情を浮かべた。「だだをこねるなよ、アヴァ。あいつと組めば、ぼくたちの問題は一気に解決するじゃないか」

「それに研究費もたっぷりもらえる」アヴァはさらりと言い添えた。

デズモンドの目が細くなった。「トムと会う手はずを整えたんだ。頼むから、いい子にしていてくれよ、ベイビー」

ふん、ずいぶんとえらそうだこと。わたしに指図をするなんて、いったい何様のつもりよ。

アヴァは腕組みをした。「で、悪い知らせのほうは？　ぜひとも気分がよくなる話を聞かせてもらいたいものだわ」

デズモンドがアヴァをにらみつけた。顔を赤くして、鼻の穴を大きくふくらませている。

あら、この人怒ったわ。わたしの勝ちね。いつものことだけど。

財団の取締役会に出席する」しばらくしてからようやく彼が口を開いた。「ぼくは今日、パリッシュのいまいましい女房の後釜に座るつもりだ。リンダが亡くなってからは財団に顔を出していなかったが、どうやら喪《も》が明けたようだな。今、チャールズは法医学会計財務調査の専門家を雇って、パリッシュ財団の過去三年間の金の流れを細かく調べているよ。それから将来の事業計画も審査している。もう好き勝手なことはできないぞ」

「嘘《うそ》でしょ」アヴァはうめいた。「成功の一歩手前まで来ているのよ！」

「それはよくわかっている。だが、どうしようもないんだ。チャールズは闘犬みたいな男だ。一度噛みついたら離れない。あの怖い女房と同じだよ。リンダのことだから地獄でもいばり散らしているかもな。まあ、それはともかく、オスターマン博士の大不祥事のあとだ。チャールズもこれ以上悪評が立つのは避けたいんだろう」

「あの偽善者、反吐《へど》が出るわ。〈ヘリックス社〉も被害者なのです、だなんて」アヴァはチャールズ・パリッシュの口調を真似た。

デズモンドが足元でうめき声をあげているマンディを見おろした。「アヴァ、こいつはもう使えないな。もっと人目につかない研究所を見つけてから、この女はどうにかしよう。だが今は、ぼくたちが取締役会の主導権を握れるように何か策を練らなければならない」

「そんなに待てないわ！　何を悠長なことを言ってるのよ。この女がどうなろうと、気にするやつなんてひとりもいないわ。たかが売春婦じゃない。わたしが見つけたときだって、ダンスクラブのトイレで客を拾っていたのよ。その程度の女なの。能無しのはずだわ」アヴァはマンディの脇腹を蹴った。「わたしに必要なのは、もっと活《い》きのいいラットなの」

「まずは資金確保だ」デズモンドがきびしい口調で言った。「それと、実験用ラットの調達はもちろんだが、ゴミを安全に始末してくれるやつも急いで探さなければならないな。パリッシュ財団は鷹《たか》のように目を光らせて見張るつもりだ。軽はずみな行動はできない。あまりに危険すぎる」

「チャールズ・パリッシュは医薬品の特許で何億ドルも儲《もう》けてきたのよ」アヴァは吐き捨てた。「自分は何もしていないくせに」

「ヘリックス社から退くのがせめてもの救いだ。あの横柄なケチ男の引退パーティーで、ぼくは祝辞を述べることになっているんだぞ。勘弁してほしいよ」

「引退するの？　それはよかったわ」

「いや、それがそうでもないんだ。引退後はたっぷり時間がある。なおさらパリッシュ財団の研究資金を管理しようとするはずだ」

アヴァは目を輝かせてほほえんだ。「じゃあ、あいつを殺してしまいましょう」

デズモンドがぎょっとした表情を浮かべる。「何をばかなことを言っているんだ。チャールズを殺しても、ぼくたちの問題は解決しない」

「そう？　あなたがトップになればいいじゃない。どうせもうリンダはいないんだから。ほかの役員たちは、チャールズが消えたところで痛くもかゆくもないわ。四十万ドルの給料と、スタジアムの特別観覧席《スカイボックス》と、ジェット機があれば満足しているわよ。おまけに贅沢《ぜいたく》な有給休暇もあるしね。あいつらなんて、ただの従順な羊ちゃんよ。ほらね、簡単にけりがつくわ」

デズモンドが鼻先で笑う。「そんなにうまくいくわけがないだろう。きみは単純に考えすぎだ」

「あら、実際、単純な話でしょう」アヴァはあっさり切り返した。「うるさい番犬を処分して、まわりをイエスマンで固めればいいだけだもの。そして、いかにも立派な製品を開発しているかのように見せかけるのよ。で、その研究費の上前をはねるの。オスターマン博士みたいにね。へまさえしなければ、誰にも見つかりっこないわ」

デズモンドは疑わしげな表情を浮かべていたが、何も言い返してはこなかった。

「チャールズが死んだら、遺産は誰が相続するの？」アヴァはきいた。

デズモンドが考えこむように顔をしかめた。「下の娘のロニーだと思う。ロニーは今、十三歳だ。上の娘のエディは〈安息の地《ヘヴン》〉にいたから覚えているだろう？　眼鏡をかけて、歯に矯正ブリッジをつけていた不細工な子だよ。たしか認知強化プログラムを受けさせたが、大失敗に終わったはずだ。結局エディはOクラブには入らなかった。それだけの資質を持っていなかったんだよ」

アヴァはうなずいた。無口なエディのことはよく覚えている。特権階級のいけすかない子ども。それを言うならデズモンドも同じ階級の出身だ。甘やかされて育った金持ちの娘には虫唾《むしず》が走る。

「じゃあ、ロニーが死んだら遺産はどうなるの？」アヴァの声は冷ややかだった。

「よしてくれよ、アヴァ。邪魔者は全員殺そうとでも思っているのか？」

「どうなるのよ？」アヴァはなおもたたみかけた。

デズモンドが肩をすくめた。「財団に行くんじゃないかな。エディは相続人から外されているからね。なぜ知っているかというと、チャールズがぼくの父に話しているのをたまたま耳にしたんだ。彼女が相続権を失ったのは三年くらい前だったかな。だからエディにはいっさい財産は渡らないのさ」

「あの子、いったいどんな悪さをしたの？　ドラッグ？　夜遊びのしすぎ？　それとも、セックス狂とか？」

デズモンドが首を横に振った。「すべてはずれだ。エディは少し変わっているんだよ。チャールズはそんな娘を一家の恥さらしだと思っている。まあ、チャールズの気持ちもわかるよ。エディはなんというか……問題を抱えていたから」彼はこめかみに人差し指を当ててくるくるまわした。「驚くことじゃないな。エディはオスターマン博士の所有物だったんだから。博士の手にかかった者は、ほとんど頭がいかれてしまっただろう？」

「ねえ、そういえば思い出したわ。オスターマン博士はエディ・パリッシュを使って相互作用の実験をやりたがっていたの。実際、博士はエディを試したくてうずうずしていた。あの子の事前検査の結果は完璧だったのよ。だけど、チャールズ・パリッシュの愛娘《まなむすめ》だから、あきらめるしかなかった。それでしかたなく、ごく普通の潜在能力を引きだすプログラムを受けさせたの。あのときの博士の怒りようといったらなかったわ」

アヴァはそれ以上のことは口にしなかった。彼女自身、オスターマンのいらだちのとばっちりを受けたのだ。あの男はアヴァにさんざん当たり散らした。これだけでも、パリッシュの内気なお嬢さまを憎む充分な理由になる。

デズモンドが困惑した表情を浮かべた。「オスターマン博士はエディのどこが気に入ったんだ？　きみは、あの子の事前検査やＭＲＩの結果を見てどう思った？」

アヴァはデズモンドに冷たい笑みを向けた。まったく鈍い男だこと。「どっちもわたしと同じだったわ」

デズモンドはまだ間抜け顔をさらしている。「どういう意味だ？」

アヴァは思いきりため息をついてやった。「わたしはオスターマン博士にとって最高の相互作用結果を生みだしたのよ、デジー。ケヴィン・マクラウドを除いてはね。あの実験で脳出血を起こして死ななかったのは、わたしたちふたりだけよ。数日生き延びたやつは何人かいたけれど、マクラウドとわたしだけが、正真正銘の使える人間だったの。だからわたしは今こうして生きているってわけ。ほかの能無したちと違って、トイレに流されずにすんだのよ」アヴァは誇らしげな笑みを浮かべて、黒髪をかきあげた。

デズモンドがそわそわしだした。「ああ、そういうことか……悪かった、すぐに気づかなくて……」

その心にもない言葉がアヴァの神経を逆撫でした。「よく言うわよ。なんとも思っていないくせに。いい、もう一度言うからちゃんと聞いてよ」ぶっきらぼうに言い放つ。「ケヴィン・マクラウドはオスターマン博士の研究の礎《いしずえ》だった。X－Cogはマクラウドがいなければただのゴミと化していたの。だから、博士はいつも事前検査結果が完璧な被験者を探していたのよ。マクラウドやわたしのようなね。そして、エディ・パリッシュはその条件にぴったりだったの。わかった？」

デズモンドが疑わしげなうなり声をあげた。「ケヴィン・マクラウドはまんまと逃げたんだよな。それで研究は事実上頓挫してしまったはずだ。どうやら完璧な相互作用には、大きな穴があったようだな。あげくの果てに、オスターマン博士はあの男の双子の兄に喉を切り裂かれた。たしか、名前はショーンだったな。覚えているだろう？　あれにはきみも怖《お》じ気《け》づいたんじゃないのか、アヴァ？」

怖じ気づいたですって？　わたしが？　ばかじゃないの、この人。だけど、あれから毎晩必死に考え続けている。このわたしにできなかったことが、なぜショーン・マクラウドにはできたのだろうかと。

どうしてあの男にはできたの？　答えはいまだに見つかっていない。何年もわたしはオスターマンの奴隷だった。操り人形のように使われ、そのあいだずっと夢見ていた。あいつの頭をハンマーで叩き割ることを。ナイフで目玉をえぐり取ることを。斧《おの》で体をばらばらに切り刻むことを。わたしがあいつにとどめを刺したかった。動脈からどす黒い血が噴きでるところが見たかった。叶《かな》わなかった夢を思い起こしているうちに、アヴァの手は震えてきた。

だが、すぐにアヴァは憎しみの感情を心の奥に閉じこめて、話し始めた。「マクラウド一家は変人ぞろいよ。だけどエディは変人一家のなかで育っていない。なんといってもお嬢さまだもの。あの子は芸術家気質《かたぎ》で独創的だった。性格は内向的。たぶん、感情を押し殺すようになったのは父親のせいね。でも、わたしたちの目的のためには、そういう性格のほうが扱いやすくていいわ。喉を掻き切られる心配もないしね」

デズモンドが青い目をいぶかしげに細めた。「きみって女はあいかわらず気まぐれだな。邪魔者は殺したいんじゃなかったのか？　それなのに、どうしてX-Cogのヘルメットをエディにかぶせたくなったんだ？」

「殺すのは、ヘルメットをかぶせてからでもいいじゃない」アヴァの声は弾んでいる。「ほら、ことわざにも〝無駄がなければ不足もなし〟というのがあるでしょう？　もったいないわよ。せっかくの逸材をすぐに殺してしまうのは」

デズモンドが、親指を吸いながら体を揺らしているマンディをにらみつけた。「試しても無駄だとは思わないのか？」

アヴァはじれったくなってきた。「全然。リスクを冒《おか》す価値はあるわ。それで、チャールズはどうする？」

デズモンドの顔をいらだちがよぎった。「くそっ。そんなこと知るか」

アヴァは心のなかでため息をついた。この男はどうしてこうも優柔不断なのだろう。「ねえ、聞いて。チャールズは一線を退くんでしょう？　あの年齢になるといろいろ気をつけなくてはいけないわよね。体も弱くなるし、持病だってあるかもしれない。心にぽっかり穴が空いて、孤独にさいなまれたりもするんじゃない？　去年はリンダを失ったしね。精神的にかなりまいっていると思うわ。おまけに娘は心の病を患っている。かわいそうに、お先真っ暗ね。ねえ、遺産をもらえないエディは父親に腹を立てているんじゃないかしら？　裏切られたと思っているんじゃない？　ひょっとしたら……」アヴァは声を低めた。「殺意を感じているかも……」

ようやくデズモンドにも話が少し見えてきたようだ。「そうかもな。エディがチャールズに殺意を抱いていたとしても誰も驚かないよ。なんといっても、あれだけの暴君なんだ。今まで殺されなかったのが不思議なくらいだ」

「悲しいわね」アヴァが神妙な顔で先を続ける。「長年、会社や社会に尽くしてきて……血を分けた娘の手にかかって人生を終えるなんて。まるでシェイクスピアの作品みたいだわ」

「なあ、きみがほしいのは金だろう？　だったら邪魔なのは、エディじゃなくロニーだ。遺産を相続するのはロニー――」

「きっとエディは妹も目の敵にしているはずよ」アヴァはデズモンドの言葉をさえぎった、口元に笑みを浮かべている。「だって、パパが愛しているのは妹のほうなんだもの。そうでしょう？　毎晩エディは、かわいげのない妹をどうやって殺そうかと考えながら眠れない夜を過ごしているわよ。で、妹を殺すの。そして自分も自殺する。ああ、恐ろしい。だけど、わたしたちにとってはハッピーエンドよね」

デズモンドがにやりとした。「きみの思考回路には恐れ入るよ。悪事をたくらむことにかけては、きみの右に出る者はいないな。まったく限界というものを知らないんだから」そう言って称賛の目をアヴァに向ける。

「そうよ、わたしに限界なんてあるわけないわ。天才なんだもの。このゴミの扱いだけは別だけどね」アヴァは床の上で丸まっているマンディの脚を蹴りつけた。「さっさとこの女を処分してよ。見るのもいやだわ」

デズモンドの顔から笑みが消えた。「ぼくは殺人はやらない」語気を強めて言う。「たとえきみが喜ぶのを知っていてもね」

「じゃあ、もっとお金を持ってきて。わたしを喜ばせてよ。デジー、既成概念にとらわれずに物事を考えるの。オスターマン博士にそう教えこまれたでしょう?」アヴァはグロスを塗った赤い唇をなめた。男をその気にさせる、とっておきのしぐさだ。「頭をやわらかくするの。博士も言っていたわよね。想像してみて。パリッシュ財団を運営している自分の姿を。チャールズ・パリッシュの個人財産もすべて自分のものになるの。何十億ドルものお金よ。それをX-Cogに注《つ》ぎこんで、莫大《ばくだい》な富を手にする。それって……最高じゃない?」

デズモンドが完璧な歯並びを見せてほほえんだ。デズモンド・マール。ヘリックス社の次期社長。ハーヴァード出の男。甘やかされた王子さま。わたしの奴隷。

デズモンドもオスターマン博士のお気に入りだった。ヘリックス社の共同創立者であるレイモンド・マールはデズモンドの父親だ。そんな金持ちの息子にとって〈安息の地《ヘヴン》〉は別世界だっただろう。この男はいつもダイヤモンドの首輪をつけたペルシャ猫みたいに扱われていた。だから、一度も奴隷用のヘルメットをかぶったことがない。

アヴァもやはりオスターマンのお気に入りだったが、孤児、貧乏、野良猫のカテゴリーに入れられた。アヴァは自分で生活費を稼いでいた。ちまたの売春婦や、家出人、ドラッグ中毒者たちと同じだ。オスターマンが性的に興奮するのは、こういった社会の底辺でうごめく女だけだった。そして彼女たちは、あの男の研究に多大な貢献をした。ヘリックス社はクズ女どものおかげで成り立っているのだ。

いや、クズ女どもの死体のおかげと言ったほうがいい、全員死んでしまったのだから。わたしを除いて。それに、どこかでまだ生きているかもしれないケヴィン・マクラウドを除いて。

デズモンドとは長らく恋人同士だった。初めて会ったのは、まだ互いに十代の頃、堕落者たちの掃《は》き溜《だ》め〈安息の地《ヘヴン》〉でのことだ。会ったとたんに激しく惹《ひ》かれあった。ふたりには共通点がたくさんあった。だが、デズモンドには決して理解できないものがある。奴隷になったこともないのに、支配の意味がどうしてわかる？　大金持ちのお坊ちゃまなんかには絶対にわかるわけがない。ふたりのあいだに横たわる大きな隔たりだ。

昔はその隔たりが悲しかったが、今はなんとも思っていない。わたしは生き残ったのだから。ほかの実験用ラットとは違い、脳内出血で死ななかった。わたしは特別な人間。それはオスターマンも認めていた。奴隷用ヘルメットをかぶせられるゴミ同然の売春婦から、あの男の右腕にまでのしあがったのだ。オスターマンには、認知強化の過酷できびしい実験を強いられたが、X-Cog用マスターヘルメットの操作方法も教わった。高等教育を受けさせてくれたのも彼だ。それでわたしは神経科学と生体工学の学位を取得した。オスターマンはいわば師匠のようなもので、わたしはその師匠に負けないくらい、ヘリックス社のバイオテクノロジーとナノテクノロジーの研究所で多くの製品を開発してきた。何年にもわたってオスターマンにはこき使われたけれど、あの男はわたしを非凡な研究者に育ててくれた。

ときどき、下劣なサディストだったオスターマン博士を懐かしく思うときがある。自分を高く評価してくれる人がそばにいるのはいいものだった。誰かの所有物になるのも悪くはなかった。

たとえ骨を折られても。体を切り刻まれても。血を抜かれても。粉々に砕かれても。焼かれて灰にされても……。

デズモンドが股間のふくらみを撫でながら、アヴァのつんと立った乳首に目を注いでいる。彼はうめき声をあげているマンディに不安げな視線を向けた。

「放っておけばいいわ」アヴァはきつい口調で言い捨てた。「あとでわたしが注射して、冷蔵庫に入れておくから。どうせあなたはそのユリのように真っ白な手を汚すのがいやなんでしょう」

デズモンドの顔がみるみる赤くなっていく。この男は叱られると欲情するのだ。でも油断は禁物だ。度を越さないように気をつけなければならない。デズモンドは体が大きく、残忍な一面も持っている。

「これ以上、汚れ仕事のことでぼくをばかにするな」彼が低い声でうなるように言う。

「ああ、デジー」アヴァは甘くささやいた。「その男らしい声、ぐっとくるわ」

「そうか？　後ろを向けよ。ぼくの男らしいところを見せてやるから」

一瞬、アヴァは迷った。ふたりを包む空気が重苦しい。こういうときはタイミングが大切だ。アヴァはわざとゆっくり背を向けて、長椅子にもたれかかった。マイクロミニのスカートから、下着をつけていないなめらかな肌がのぞく。かすかに見える部分はいつもきれいに脱毛して、香水をつけている。要求されたらすぐに応えられるように。昔つけられた習慣はそう簡単には消えないものだ。アヴァは思わせぶりにヒップを揺すった。向かい側にあるスチール製の書類棚のガラス扉に自分の姿が映っている。黒髪が揺れ、赤い唇は開いている。セクシーだわ。いい顔をしている。悪女っぽくて、熱く燃えていて。

デズモンドはベルトを外しながら近づいてくると、ズボンのファスナーをおろし、馬並みのものを引っ張りだした。ご自慢の代物だ。

彼がスカートをめくりあげ、ヒップをあらわにして、アヴァのなかに指を差し入れた。アヴァはその指の動きに合わせて大げさに身をくねらせ、あえぎ声をあげた。すべて演技なのに、デズモンドは気づいてもいない。男って本当にばかだ。

彼の指がさらに奥深くまで入ってきた。デズモンドの荒々しい息が肌を撫でる。「アヴァ、すごく濡れている」

それはマンディを痛めつけたからだ。だが、本当のことは言わずに、ここはこの男を持ちあげておいたほうがいい。

「あなたのせいよ、デジー」アヴァはせつなげな吐息をもらした。もちろん、これも演技だ。男の自尊心をくすぐり、王のような気分にさせるための。主導権を握っているのは、脈打つ大きなものをぶらさげた自分だと思わせるための。

彼がアヴァのヒップを両手でつかみ、深く突き入れた。激しく腰を動かし始めると、アヴァはむせぶような声をあげた。腰を揺らし、うめく演技もいい加減飽きてきた。デズモンドはそこそこうまい部類に入るが、絶頂に達するまでうんざりするほど長い時間がかかる。皮肉なものだ。さっさと終わらせたいのに、相手の男を褒めちぎらなければならないなんて。

だけど、こんなものはいくらでも耐えられる。退屈なセックスは違うことを考えて乗りきればいい。だからアヴァは今も感じているふりをして、頭のなかでは次のX-Cog検査の計画を立てていた。

エディ・パリッシュを被験者に使えないのがつくづく残念だ。

そう考えたとたん、ふいにぞくぞくするような快感がアヴァの全身を駆け抜けた。いいことを思いついた。デズモンドを利用すればいい。考えただけで興奮する。わたしってやっぱり天才だわ。「あの子、かわいいの？」アヴァは唐突に切りだした。

「あの子って？」デズモンドはアヴァのヒップに腰を強く打ちつけている。「いったい、なんの話をしているんだ？」うめきながら言う。

「エディ・パリッシュよ。もう何年もあの子には会っていないわ。かわいい子なの？」

デズモンドが動きをゆるめた。「どうだろう。普通かな。エディはあまり人前には出てこないんだ。背が高くて、髪が長くて、みっともない眼鏡をかけているよ。だけど、いい胸をしている。なんでそんなことを気にするんだ？」

アヴァは体をひねって、デズモンドに熱いまなざしを向けた。「エディにヘルメットをかぶせて、あなたとセックスしたいのよ。あの子を使ってね」

デズモンドは完全に動きを止めた。青い目を大きく見開いている。「なんだって？」

「エディなら絶対にうまくいくわ」アヴァはまた腰を揺らし始め、デズモンドを奥へと誘いこんだ。「あの子ほどうってつけの実験台はいないわよ。わたしがエディをセクシーな女に変えてあげるわ。そして、あの子にいろんなことをさせるの。あなたの頭が吹っ飛ぶようなことをね。デジー、今まで知らなかった新しい経験ができるわよ」

「ぼくだっていろいろなセックスを経験しているんだ。何も知らないわけじゃないぞ」デズモンドが声を荒らげた。

アヴァは振り返って、優しくほほえんだ。「でもわたしはあまり経験がないの」甘い声でなだめる。「みだらなことをして思いきり乱れてみたいわ」

デズモンドがいきなり荒々しく突きあげてきたので、アヴァは思わず飛びだしそうになった罵声をのみこんだ。「きみは悪魔みたいな女だな。その堕落ぶりには感心するよ」

「あら、どうもありがとう」ひと突きごとにデズモンドの腰の動きが激しさを増していく。アヴァは長椅子の背をしっかりつかみ、息も絶え絶えにあえいだ。うまくいったわ。この男はなんでもするはずだ。わたしの言いなりだもの。ああ、最高……。X-Cogを使ってエディ・パリッシュと3Pをすることを思い浮かべただけで達してしまいそうだ。

あっという間に。


おれは血が滴り落ちるのもかまわず、ひたすら走り続けている。まわりの者たちがあわてて道を空ける。誰もが驚愕《きょうがく》の表情を顔に貼りつけたまま、その場で固まっている。早くあの男のオフィスに行かなければ。真実を伝えるために。殺人をやめさせるために。おれは脇目もふらず必死に走っている。

だが、男はまともに取りあってくれない。顔をゆがめ、嫌悪感をあらわにしている。なぜおれの話を信じてくれない？　この火傷《やけど》を見ればわかるだろう。この血を見れば疑う余地などないはずだ。

それなのに、頭のいかれた流血男が乱入してきたとしか思われていない。さっさとおれを追いだそうとしている。

セキュリティの男たちが駆けこんできた。おれは必死に抵抗しているが、薬と拷問のせいで体が思うように動かない。それでも、そのなかのひとりを窓に向かって投げ飛ばした。だが、そこまでだった。とうとう男たちに取り押さえられて、オフィスから引きずりだされた。そのとき、かわいい天使に気づいた。

不思議なこともあるものだ、地獄で天使に会うとは。小さな天使。とても愛くるしい。純白のドレスを着て、頭には白い花輪をつけている。その天使がおれを見た。揺るぎのない、まっすぐなまなざし。化け物を見るような目でおれを見ていたやつらとは大違いだ。男たちに引きずられていくおれを、天使は慈悲にあふれた瞳でじっと見つめている。天使が遠ざかっていく。おれは懸命に首を伸ばした。ずっと天使を見ていたい。思わず大声で叫んでいた。だがどんなに声を張りあげても、天使にはもう届かない――。

ケヴは突然息苦しくなり、夢から覚めた。おれのかわいい天使……。どこまでも優しい目をしていた。夢には男も出てきた。その男は、助けを求めるおれに黙れと怒鳴りつけ、すぐにオフィスから出ていけとわめきたてていた。それからセキュリティスタッフが来て、おれは引きずりだされた。そして名前……。誰かが名前を叫んでいた。止めなければならない殺人鬼の名前を。

オスタ……オスタメン……？

だめだ。思い出せない。指のあいだから砂がこぼれ落ちるように、頭のなかからその名前は消え去ってしまった。

妙な気分だ。なぜか、その名前の人物を知っている気がする……。あれは夢ではなく、過去の記憶だったのだろうか。

記憶……。かすかな興奮が体を駆け抜けた。彼は目を開けようとした。まぶしい光が突き刺さる。消毒薬の強烈な臭いが鼻につく。頭がずきずきと痛み、胸は激しくざわついている。

顔を横に向けて目を開けようとしてみた。一ミリも動かすことができない。まぶたも、顔も、体も。それでも無理やり動こうとすると……たちまち激痛が走った。これほどひどい痛みを感じるのはあのとき以来だ――。

ふいに、心が縮みあがった。まるで高圧電線に触れたかのように。記憶。忌まわしい記憶に触れたのだ。胸が張り裂けそうなほどつらい。落ち着け。呼吸に集中しろ。

どうしたんだ？　なぜ息ができない？　得体の知れない恐怖が突きあげてきた。

ケヴはあえぎ、本能的に天使を思い浮かべた。不思議な力を持つおれのお守り。静けさをたたえた優しい灰色の瞳でこちらを見つめている。穏やかであたたかいまなざし。小さな天使は決しておれを見捨てない。記憶を失い、話せなくなったこの年月のあいだ、ずっとおれを導いてくれた。天使のイメージにすがりつくと、心が徐々に静まっていく。ケヴはまた普通に息ができるようになった。

声が聞こえる。話し声だ。誰の声だろう。

「……記憶喪失の原因となるような脳の損傷は見当たりません」知らない男の声だ。「当時の診断ではなんと言われましたか？　どこで治療を受けたのでしょう？　できれば担当医と話をしたいのですが」

長い沈黙。やがて低い声がした。「治療は受けていない」

この声は知っている。ケヴは目を開けようとした。またしてもだめだ。完全に神経が麻痺している。

ブルーノ。そう、こいつの名前はブルーノだ。まぶたの裏に彼の顔が浮かびあがってきた。安堵感《あんどかん》が一気に押し寄せる。いろいろなことがよみがえってきた。ブルーノ・ラニエリ。おれの弟。トニー・ラニエリ。食堂。ローザ。いいぞ。思い出した。自分が誰なのかわかった。とりあえずは。

おれはケヴだ。ケヴ・ラーセン。まわりからはそう呼ばれている。心のなかで何度も何度も自分の名前を唱えてみる。命綱にしがみつくように。

「しかし……ひどい怪我《けが》を負っていたはずですよ……」知らない男の声が次第に小さくなっていく。まるで怯えているかのように。「この患者にいったい何があったのですか？」

気詰まりな沈黙が流れた。「おれたちにもわからないんだ」

「どういうことですか？」納得がいかないといった口ぶりだ。

「だから、わからないんだよ」ブルーノの声が弁解がましく言う。「さっきも言ったように、おれのおじがケヴを見つけたんだ。ケヴは拷問を受けて死にかけていたが、誰になぜやられたのかはわからない。ケヴも知らない。それから長いあいだ、彼は口がきけなかったんだ」

「それに彼は以前のことを――」

「ああ、そうだ」ブルーノが相手をぶっきらぼうにさえぎった。「何ひとつ覚えていない」

「ということは、今の名前や……身元は……」

「ああ。新しく作ったんだよ。十八年前」ブルーノがそっけなく言い放つ。「本当の名前は知らない」

相手の男はしばらく黙っていた。「なんというか……想像を絶する話ですね。調べてみたんですか？　警察に問い合わせたり、探偵に調査を依頼したりはしなかったのですか？」

「あの当時、おじは何もしなかった」ブルーノが鋭い口調で言い返す。「ケヴは死んだことになっているんだ。それなのに下手に動いて、ケヴを痛い目にあわせた悪党たちに嗅ぎつけられたくないからな」

「ええ……そうですね」男が小さな声で相槌《あいづち》を打つ。「まったくひどい」

ケヴは目を開けた。いきなり光が目に飛びこんできて、鋭い痛みが脳を直撃した。激痛。白い闇。ぎらつく光。ベッド脇に置かれたモニターの無機質な音。

拘束されている。断末魔の苦しみ。恐怖がふくれあがる。頭の片隅に残っているおぞましい記憶にまた触れた気がした。誰かの手が頬に添えられ、思わずケヴは身を硬くした。しばらくして、頬を軽く叩かれていることに気づいた。

「……わかりますか？　ケヴ？　声が聞こえますか？」

「おい、ケヴ！」ブルーノだ。「目を覚ませ、おれだ！　わかるか？」

ケヴはあまりのまぶしさに目を細めた。歓声が聞こえる。やたらと大きいその声が頭に響く。光が目に刺さって、痛くてたまらない……。

また頬を叩かれた。優しく何度も叩かれているうちに、頭痛がぶり返してきた。ケヴはふたたび目を開けた。

白衣を着た若い男がのぞきこんでいた。カールした黒髪。目と目の間隔は狭いが、えらく男前だ。うれしそうな笑みを浮かべながら、彼の頬を叩いている。

異様にぎらついた目。濡れた赤い唇。狂気をはらんだほほえみ。おれの脳を無理やり支配しようとした。おれは、あのいかれたうぬぼれ野郎から逃げた。穴に身を潜め、そこでのたれ死んだほうがましだと思った。ああ、そのほうがずっといい。また脳を犯されるより……あいつに……あの男に……。

「オス……ター……マン」ケヴはゆっくりとつぶやいた。オスターマン。

そう、オスターマンだ。この男はもう二度とおれに手出しはできない。絶対に。

「え、なんですか?」オスターマンの血に染まった赤い口。湿ったくさい息。「今、なんて言ったんですか? もう一度言ってください! さあ、ケヴ、話して!」

ケヴは叫び声をあげて、いきなりベッドから跳ね起きると、点滴のチューブをむしり取り、目の前にいる男に飛びかかった。オスターマンに。そしてオスターマンを床にねじ伏せた。大声でわめきながら、やみくもに殴りつける。だがすぐに手をつかまれ、ケヴは冷たいタイルの床に押さえつけられた。そして敵から引き離され——注射を打たれた。

急いであの穴に戻れ。早く隠れろ。奥深くへ。闇のなかへ。光の届かない暗黒の世界へ。シャベルいっぱいの土が降り注ぎ、穴をふさぐ。やがてあたりは完全な漆黒に包まれた。

2

エディは赤ワインをひと口飲んだ。レストランの入り口に視線を向ける。父の姿はない。夕暮れが迫る通りに目をやっても、コートの裾をはためかせてさっそうと歩いてくる父は見えなかった。エディは緊張をほぐそうとした。胸が重苦しく、顔はこわばっている。手を握ったり開いたりを繰り返し、ゆっくりと深呼吸をした。このディナーは無事に乗りきれるはずだ。父のほうから誘ってきたのだから。これが和解の第一歩になるといいのに。ぜひそうであってほしい。

なぜなら、妹のロニーに会いたいからだ。会いたくてたまらない。だが会えるかどうかは父次第だ。厄介者の娘を懲らしめるために、父はもっとも効果的な手段を選んだ。それが姉妹の仲を引き裂くことだった。シンプル・イズ・ベスト作戦。だけど、これほど堪《こた》えるものはなかった。

ロニーだけが救いだった。妹がいなかったら、とっくの昔に逃げだしていただろう。過去に受けた心の傷が痛みだした。こみあげてきた怒りを、歯を食いしばって抑えこむ。

もしかしたら今夜は思いがけない幸運に恵まれ、父を説得できるかもしれない。ひょっとしたら、父も以前とは違う人間になっているかも。そう願わずにはいられない。

エディは人目を避けるように深く椅子に沈みこみ、スケッチブックをめくった。髪で顔を隠し、まわりの様子をこっそりうかがう。たちまち指先がうずきだした。人を見るといつもそうだ。悩みの種だが自分ではどうしようもなかった。罪作りなことをしているのは充分わかっている。けれど、描きたい衝動には勝てなかった。

強迫観念。両親はそう言っていた。だから？　それがなんだというの？

壁際に座っている男性が目についた。バーコードヘア（頭髪の薄い男性が、残存する頭髪を長めにして頭髪のまばらな部位を覆い隠す髪型）。赤い鼻。たるんだ目元。どことなく『セールスマンの死』の主人公、ウィリー・ノーマンを彷彿《ほうふつ》とさせる容貌だ。ベイクドポテトを添えたプライム・リブステーキを黙々と口に運んでいる。エディはすばやく紙の上にペンを走らせた。沈んだ肩や打ちひしがれた表情をとらえようと、何度もペンを滑らせる。

夢中で描いているうちに、いつもの不思議な感覚が襲ってきた。脳がトップギアに入ったような感覚。すべてを見通すパワーを秘めているという、第三の目が開いたようだ。視線の先にいる人物と自分しか世界にいなくなる。エディの意識は研ぎ澄まされ、ペン先がなめらかに躍った。時間が止まり、至福の瞬間が訪れた。

まわりのざわめきが聞こえなくなった。エディの目は男をじっととらえている。血管が浮きでた鼻には、胸にくすぶる怒りが見えた。ぎゅっと結んだ口にはいらだちが、二重あごには深い悲しみが――。

ああ、この人は家に帰りたくないのだ。仕事を口実にして孫を避けている。ADHD（注意欠陥多動性障害）とLD（学習障害）を持つ男の子。彼は妻と一緒にその子を育てているが、妻はくたくただ。途方に暮れ、精神的に追いつめられている。そして今日もまた、育児を放棄して帰ってこない夫にひどく腹を立てている。

男の子の母親はこの人の娘だ。ドラッグ中毒の尻軽な娘。彼は娘が抱える問題からも逃げてきた。ずっと現実から目をそむけて生きている。妻にはすまないと思っているけれど、自分を変えられず、どうしても現実に立ち向かう勇気が出ない。

悲しすぎる。こういう人生を垣《かい》間《ま》見《み》るのはつらい。エディは、罪悪感と自己嫌悪が重くのしかかっている気の毒な男から視線を引きはがした。そして通りの街灯に目を向け、彼の苦しみを心から締めだそうとした。

自分の心に入っていき、今取りこんだ苦悩をひとつずつ拾い始める。いつもそうだ。誰かの絵を描いていると、その人の人生が心に映しだされる。しかもどんなに頑張ったところで、それを締めだすすべはないのだ。

エディはレストランのなかを見まわした。はつらつとした明るいオーラを放っている人を眺めて気分転換がしたい。通路を挟んだ向かい側のテーブルに目が行った。とてもお似合いのカップルが座っている。

いい感じ。あのふたりには明るい未来が待っていそうだ。美男美女のカップル。エディはスケッチブックの上にペンを滑らせ、女性から受ける大まかなイメージを描いていった。輝きや、影や、曲線を――。するとまたあの不思議な感覚が押し寄せてきた……。

あら、彼女、妊娠しているわ。妊娠がわかってから数週間が経《た》っている。でも、まだ誰にも話していない。恋人も知らない。今夜、彼に打ち明けようとしている。彼女の緊張が伝わってきた。ほほえもうとしているけれど、不安がピークに達して笑顔が引きつってしまう。彼はどこかうわの空だ。彼女に笑みを返しもしない。

エディは彼の顔をスケッチし始めた。鼻筋の通った男らしい鼻。きつく引き結ばれた薄い唇。深くくぼんだ鋭い目。なんだかずいぶんとつまらなさそうだ。だけど、心のなかは荒れ狂っており、爆発寸前だ。ひと波乱ありそうな予感がする。傲慢で尊大な男。自分のことしか考えておらず、何事も自分が最優先。束縛されるのを嫌う彼の未来に彼女はいない。こんなにきれいで輝いている女性なのに。でも彼は、依存心が強く子どもっぽい彼女にうんざりしている。今では一緒にいても息苦しさしか感じていない。彼は違うタイプの女性と付き合いたいと思っている。もっとセクシーで、興味をかき立てられる大人の女性と。教養があり、洗練されたお金持ちの女性と。

彼は別れ話を切りだそうとしているのだ。エディの手がぴたりと止まった。ペン先を強く押しつけたせいで、紙に穴が空いている。

きっとこれは自分の過去が見えただけ。彼がエリックと重なっただけだ。かつての恋人エリックが突然別れ話を始めたときも、この男性と同じように不機嫌な顔をしていた。だけど、これが自分の過去でないのはわかっている。自分が人を見誤ったことは一度もないのだから。悲しい光景が見えるたびに、間違っていたらいいのにと思うけれど。

エディはペンにキャップをして、スケッチブックを脇に置いた。インクがついた指を組み、ワイングラスをじっと見つめる。こんないやな気分になるのなら、馬の頭蓋骨や鳥の剝製《はくせい》でも眺めているほうがましだ。生きている人間を描いてもろくなことにはならない。

だからグラフィックノベルを描くようになったのは自然な流れといえるだろう。架空の人物の人生を読み取っても、プライバシーの侵害で訴えられる心配はない。

のぞき見趣味はまったくないし、描くつもりもないのに、自然と手が動いてしまう。こんなふうになったのは十四歳のとき、〈安息の地《ヘヴン》〉でオスターマン博士の潜在能力を引きだすプログラムを受けてからだ。

確かに成果はあった。目覚ましいほどに。その結果、精神病棟に放りこまれた。

でも、今さらこんなことを思い起こしてもどうにもならない。エディはふたたびスケッチブックを手に取ると、今描いているコミックの主人公、フェイド・シャドウシーカーを描き始めた。このシリーズも次回で五作目だ。悪党と対決しているフェイドにどういうポーズを取らせたら臨場感が出るだろう。売春あっせん業者の喉にナイフを押し当てて、女の子たちの居場所をききだすシーン。恋人のマリアも囚《とら》われの身だ。不安を押し殺したフェイドの顔はこわばっている——。

ペンを走らせながら、エディは今日の午後の出来事を考えていた。エディのアパートメントの真上には、ジャマールという八歳の男の子が住んでいる。彼女のよき相棒だ。母親が自宅で客を取っている夜は、ジャマールはいつもエディのカウチで眠る。彼の母親が客を取るのは、夜に限らず日中でもよくあることだ。それで今日の午後もジャマールはエディのところに来て、冷蔵庫の中身をせっせと平らげていたのだが、突然、突拍子もないことを話し始めて彼女をあわてさせた。

なんと、フェイド・シャドウシーカーは本当にいると言いだしたのだ。あげくの果てに、近所を歩いているフェイドを見たのは自分だけではなく、ほかにも大勢いるし、悪党に襲われたところをフェイドに助けられた人も知っていると言い張った。フェイドがその悪党をこてんぱんにやっつけたのは言うまでもない。ジャマールは、フェイドを見かけた人たちに『フェイド・シャドウシーカー』の本を見せてまわり、フェイド目撃情報の裏をしっかり取ったそうだ。いくらエディが、フェイド・シャドウシーカーは本のなかだけのヒーローだと諭しても、彼は頑として聞く耳を持たなかった。

まったく、どうしたらいいの？　胃が痛くなりそうだ。フェイドを作りだしたのはわたしだから、ジャマールが空想と現実の区別をつけられなくなったのは、わたしの責任でもある。現実逃避をしなければならないあの子がかわいそうでたまらない。まだ八歳の子どもだ。現実の世界にも楽しいことはたくさんあるはず。でも、そんなえらそうなことをあの子に言えるわけがない。わたしも空想の世界にいつも逃げこんでいたのだから。そこがいちばん安心できる場所だった。それに、ドラッグに溺れるよりはずっとましだ。

とはいえ、ジャマールが空想の世界から抜けだせなくなるのではないかと思うと心配でしかたがなかった。彼の母親は客を取るのに忙しく、おまけにドラッグ中毒だ。相談しても無駄だろう。でも、このまま放っておくわけにはいかない。ソーシャルワーカーかスクールカウンセラーに話を聞いてもらおうか。それとも、そこまでするのはでしゃばりすぎだろうか。

エディの父がレストランに入ってきた。案内係がこちらを指さす。エディは弾《はじ》けるように立ちあがり、手を振って父にほほえみかけた。

父があごを突きだし、引きつった笑みを浮かべた。その表情が何を言っているのかは一目瞭然だ。〝すぐに手をおろして座るんだ、エディス。みっともない真似をするな〟

エディはふたたび腰をおろし、おとなしく父を待つことにした。言葉を覚えて以来、ずっと礼儀正しくしようと心がけてきた。けれども、そのときからトラブル続きの人生だった。苦い思いをエディは振り払った。父が近づいてくると、緊張で頬がこわばった。わたしたちは歩み寄れるはずよ。前向きに考えるの。最初からあきらめていたらだめ。ふくれっ面をしていてもロニーには会えないわ。さあ笑って。品よく、にこやかに、ごく自然な態度で接するのよ。薬なしでも普通にふるまえるところを見せつけてやりなさい。

父が目の前に来た。エディは立ちあがり、父とぎこちないキスを交わして軽く抱きあった。ふたりの挨拶にはいつもばつの悪さがつきまとう。眼鏡がずれたり、あごとあごがぶつかったり、差しだす頬を間違えたり、唇が耳に当たったりして、まともな挨拶ができたためしがない。結局は互いに小声で謝り、気まずさしか残らないのだ。

ふたりは向かい合わせに腰をおろした。目に見えない厚い大理石の壁が父娘《おやこ》を隔てているかのようだ。

エディの父がテーブルの上のスケッチブックに目をやった。インクのしみのついたテーブルクロスから、散らばったペン、黒く汚れたエディの指先へと視線を移していく。思わずこぼれそうになった謝罪の言葉を、エディはのみこんだ。とがめるような父の目つきにも気づかないふりをする。あわてて片づけることはないわ。わたしは二十九歳のれっきとした大人。成功を手にした人気作家よ。もう悪さをしているところを見つかった子どもではない。

ウエイターが水を持って、注文を取りに来た。エディは心のなかでほっと息をついた。わずか数分でも、この気詰まりな状況から逃れられるのがありがたい。だが、すぐにふたりだけになってしまった。向かいあう父と娘。何を話したらいいのかわからない。

父が不快そうにスケッチブックを指さした。「忙しいのか?」

「ええ、おかげさまで順調よ」エディは父がもっと詳しいことをきいてくれるのを待った。だが、無駄だった。

「ほう?」父がひとり言のようにつぶやく。「なるほどな」

これだけで終わり。そのそっけない口調に、父に見せようと思ってプリントアウトしてきた最新作の書評を取りだしかけた手が止まった。エディの新作は各方面から絶賛され、書評には〝画期的な作品〟〝グラフィックノベルの最高傑作〟といった称賛の言葉が並んでいる。そしてエディを〝情感あふれる重厚な物語を紡ぎだす、前途有望な若手作家〟と紹介していた。実生活では不器用で内気でも、この世界では注目の新進作家なのだ。

だが、娘が世間から高い評価を受けている話など、父は聞きたくもないだろう。うれしいとも思わないはずだ。チャールズ・パリッシュにとって、感受性が豊かな長女はいつも目障りな存在だった。エディはロングセーターのポケットに忍ばせていたプリントアウトをくしゃくしゃに握り潰した。やっとの思いで言葉を絞りだす。「あの……わたし、今週の土曜日にサイン会を開くの。場所は〈パウエルズ・ブックス〉で、午後七時からよ」

「ああ、そうか」またしても、つれない口調だ。

「新作が発売されるの」エディはなおも食いさがった。「『フェイド・シャドウシーカー』シリーズの四作目よ。とても評判がいいの。だから、今度のサイン会は大々的に行うのよ。それで……」ポケットのなかのプリントアウトをきつく握りしめる。どうせあっさり断られるに決まっているだろう。「お父さんとロニーにも来てほしいと思っているの」エディは一気に言い終えた。

父のまぶたが震えた。「『フェイド・シャドウシーカー』だと？　それは、あの恐ろしい出来事をもとにした本の主人公だな？　あのことでおまえの子ども時代は破滅したんだ」

エディはワイングラスを両手で包み、グラスのなかで揺れる赤い液体を見つめた。「別にあの出来事のせいじゃないわ。わたしの子ども時代がめちゃくちゃになったのは」静かな声で続ける。「でも、あのときの体験がもとになっているのは確かよ」

「悪いが、おまえのしていることには賛成できない。わたしに来てほしいだと？　それは皮肉のつもりか？　おまえの危険な妄想でできた本を祝ってほしいなどと、よくも平気で言えるものだ。そんなものをおまえは十三歳の妹に見せたいのか！　何を考えているんだ、エディス？　わたしたちが喜んで行くとでも思ったのか？　ありえん！　おまえはわたしを怒らせたいのか！」

エディは顔から火が出そうだった。「違うわ。お父さんを怒らせるつもりはなかったの」

「絵を描くことで、おまえがあのときの出来事と折りあいをつけようとしていたのは、わたしなりに理解していたつもりだ。実際、効果はあったのだろう。だが、今の状況は度を越している。もう治療の一環とは言えないぞ。こういうのは……これは――」

「わたしが描いているのは架空の人物よ、お父さん」エディは抑揚のない穏やかな声で言葉を返した。

危険地帯に入りこんでしまった。張りつめた沈黙が広がる。父の言っていることもまんざら間違いではない。『フェイド・シャドウシーカー』を描くきっかけとなったあの出来事は、確かに衝撃的だった。

十八年経った今でもはっきりと覚えている。あの日は、わたしの十一歳の誕生日だった。わたしはちくちくするレースの襟と襞《ひだ》飾りのついた白いドレスを身につけ、髪をくるくるの巻き毛にされて、白バラとカスミソウをレースと一緒に編みこんだ花輪をつけていた。こんな格好をしていたのは、カントリークラブで盛大な誕生日会を開くことになっていたからだ。パーティーなんか大嫌いなのに、母がそう決めたのだ。だけど父は仕事で出席できなかったので、母とわたしは誕生日会の前に、当時〈フラクソン・インダストリーズ〉で働いていた父に会いに行った。父は自分のオフィスにプレゼントを用意して待っていた。ピンクの自転車だ。ピンクのシルクのリボンがつけられ、ハンドルにはピンクのヘリウム風船が結ばれていた。父はわたしにキスをして、プレゼントを渡してくれた。そのときだった。

突然、男がオフィスに飛びこんできた。目を覆いたくなるほどひどい怪我をしていた。顔には火傷《やけど》を負い、水ぶくれができていた。髪は焦げ、両手はどす黒く腫れあがり、体は傷だらけで、血まみれだった。男は拷問を受けたと叫んでいた。脳を犯された、若者たちが闇に葬られた。殺人を止めてくれと。

母は大声でセキュリティスタッフを呼び、父が殺されると金切り声をあげた。セキュリティスタッフがオフィスに駆けこんできた。傷を負った男にスタッフのひとりが投げ飛ばされ、窓ガラスを突き破って地面に叩きつけられたときのすさまじい衝撃音は今でも耳に残っている。

さらに別のスタッフが駆けつけてきた。取っ組み合いはしばらく続いた。男は恐ろしく強かった。わたしは見ていられなかった。けれど、男たちの罵声と母のわめき声はずっと聞こえていた。

ついにセキュリティスタッフが男を取り押さえた。そして五人がかりで男を父のオフィスから引きずりだした。引きずられていくとき、男はわたしを見ていた。体をよじり、もがきながらもずっとわたしを見ていた。澄んだ緑色の目。そこには絶望の光が宿っていた。それでもなお、聡明な輝きは失われていなかった。あの目はよく夢にも出てくる。

男は遠く離れても、わたしを見つめ続けていた。助けを求めて大声で叫んでいた。あの必死に叫ぶ姿は、十八年経った今も頭から離れない。

遠ざかっていく男は神秘的な光に包まれていた。フェイド・シャドウシーカーを描くときは、いつもあのときの、あの光も一緒に加えたいと思っている。いつの日か、傷だらけのヒーローを完璧な形で描きたい。その域に到達するにはまだほど遠いけれど、あきらめずに試行錯誤を繰り返している。取りつかれたように。

男が見えなくなってからドレスを見おろすと、血が点々と飛び散っていた。

そう、これがトラウマになったのだ。誕生日に着ていた白いドレスを赤く染めた男の血が。それでも、人生の大半を両親からうとまれて過ごしてきた苦しみに比べれば、心の傷は大きくはない。

「あれでわたしの人生がめちゃくちゃになったわけではないわ」エディは繰り返した。「ただ頭に刻みこまれているだけよ」

「それは違う！ 戯言《たわごと》を言うんじゃない！ おまえは精神的ショックを受けたんだ！」父の小さな声が鋭く耳に突き刺さる。「あの日からおまえはすっかり変わってしまった」

言葉を返すようだが、そもそも父は、以前のわたしがどんな子どもだったか知っているのだろうか。内気で、地味で、冴《さ》えない子。手のかからない子。こういう子どもだったことさえ、きっと知らないはずだ。

そんなおとなしい娘が、あの日を境に一転して両親のお荷物になった。

結局、母は誕生日会をキャンセルした。突然、ウイルス性胃腸炎にかかったと言いだしたのだ。そして、ここからわたしと児童精神科医の付き合いが始まった。わたしは長いあいだ、薬物療法を受けさせられた。悪夢や不安や妄想とやらを取り除くために。両親は、わたしが自分たちの希望どおりの娘になることを望んだ。

エディは苦い過去を締めだすように頭を左右に振った。「そんなことはないわ。別にショックなんか受けていない。ただのキャラクターよ、お父さん。わたしが作りあげた人物。それがわたしの仕事なのよ。わたしはこれで食べているの」

「いい加減にしろ。もううんざりだ。あんな穴倉みたいなみすぼらしい部屋に住んで、食えない芸術家の真似をして何が楽しいんだ？　そんなにおまえはわたしに恥をかかせたいのか？　死んだお母さんも泣いているぞ。住むところならいくらでもあるだろう。わたしが所有している家に住め！　生活費も出してやる。車もほしいなら——」

「お金なんていらない。大丈夫よ、お父さん。それに車は持っているわ」

「あれのどこが車だ？　ただの鉄屑《てつくず》じゃないか。エディス、わたしがどれだけ心配しているか、おまえだってわかっているはずだ。お母さんがどれだけ心配していたかも！　おまえが心配ばかりかけるから、お母さんの命が縮まったんだぞ！」

エディは一瞬言葉が出なかった。「そんな、ひどいわ」

「事実を言っただけだ！」父はあごを突きだした。自分だけが正しいと思っている、いかにもこの人らしい傲慢な態度。こういうときは言い返すだけ無駄だ。

それでも、今の父の言い分はひどすぎる。母が亡くなったのはわたしのせいではない。言いがかりもいいところだ。けれども父はわたしが悪いと思っている。それがつらい。

母が心臓発作で亡くなって一年二カ月になる。あまりに突然の死だった。まさか母が心臓病だとは誰も思っていなかった。健康そのものだったから。ほっそりした体形の、とても洗練された女性だった。スポーツが好きで、テニスやゴルフを楽しんでいた。それに数えきれないほどの慈善団体で精力的に活動していた。そんなに元気だったのに、去年、パリッシュ財団の取締役会に出席していたとき、いきなり胸をつかんでその場に倒れこんだ。

実は、母の身に何かが起きるのはわかっていた。母とは週に一回、必ず一緒にランチをとっていた。強制的に決められた母と娘のランチデートだ。母が亡くなる一週間前にもわたしたちは会っていた。母はわたしの服装や髪形、態度や表情についてあれこれと小言を言い始め、わたしは延々と続く説教を聞きながら、母の顔を紙ナプキンにいたずら描きしていた。しばらくして、またいつものように心の目が開き……気がついたら、母の顔のまわりに心臓を描いていた。大小さまざまな心臓。それで、命にかかわる危険が母に忍び寄っているのがわかった。

だが、いつ、どこで、何が起きるのかまではわからなかった。わたしは自分が無意識に描いたものをなんとか読み取ろうとしてみた。なぜ心臓なのだろうかと。健康な母と心臓病がどうしても結びつかなかった。それでも、一度病院に検査を受けに行ったほうがいいのかもしれないと思った。実際、それしか思いつかなかった。

でもそれを話したとたん、母の冷笑と怒りを買ってしまった。また妄想が始まったと叱られ、わたしはランチを早々に切りあげてレストランをあとにした。

母は病院へ向かう救急車のなかで亡くなった。さよならも言えないまま。仲直りもできないまま。あの最後のランチデートからわずか一週間後に、母はこの世からいなくなってしまった。

ずっと後悔している。どうして何もしなかったのか。信用できる誰かにこっそり頼んで、病院に行くように母を説得してもらうこともできたはずだ。母の主治医に相談してみることもできた。わたしがもっと賢い行動を取っていたら、母は死なずにすんだかもしれないのに。

悲しみとやり場のないいらだちを振り払い、エディはふたたび口を開いた。「わかったわ、お父さん。サイン会のことは忘れて。お父さんとは喧嘩したくないもの。何か別の話をしましょうよ、ね?」

父がワイングラスを見おろした。口をきつく引き結んでいる。「エディス、おまえは何もわかっていない。あの一件におまえがこだわっている限り、わたしは苦しみ続けることになるんだぞ。どんなに忘れたくても、あの出来事から逃れられないんだ。あの男の兄弟たちが会社にまで押しかけてきたんだぞ! わたしはあいつらにさんざん非難された。しまいには、あのいまいましい悪夢はわたしのせいで起きたとまで言われたんだ! なぜわたしが責められなければならない? なぜ、あんな目に遭わなければならないんだ! あのときのわたしの気持ちがおまえにわかるか?」

エディは唖然《あぜん》として父を見つめた。「どういうこと、お父さん? いったいなんの話をしているの? 誰ですって? 誰の兄弟が来たの?」

父がいらだたしげにエディの言葉をさえぎった。「とぼけるな、エディス。あいつに決まっているだろう……フラクソン社のわたしのオフィスで、おまえが見た男……あの男の兄弟が来たんだ」

「あの人に兄弟がいたの？　その人たちがお父さんに会いに？」エディの背筋に冷たいものが走った。「それじゃ、お父さんは彼が誰なのか知っているのね？　住んでいる場所も知っているの？」

「冗談じゃない、そんなことは知るか！　わたしはあいつのことなど何も知らないぞ！」父は吐き捨てるように言った。「あの男のことは気の毒だと思う。あれだけの傷を負っていたんだ。きっともう死んでいるだろう。多くの若者が、オスターマンの胸糞《むなくそ》悪い違法な研究のせいで人生を台無しにされた。あの男もその犠牲者だった。わたしはオスターマンが違法行為をしているとは知らずに研究費を出していた。エディス、わたしはこの先一生この罪を背負って生きていかなければならないんだぞ！　それだけではない。おまえのくだらないコミックがわたしをさらに苦しめるんだ！」

罪悪感で胸が締めつけられる。エディはうつむいた。「ごめんなさい」

「あの男が拷問を受けたのはわたしのせいだと兄弟たちは思っていた」父は激しい口調で続けた。「わたしは脅されたんだぞ。それもこれもオスターマンが卑劣な行為をしたからだ。わたしも被害者なんだ、エディス。ヘリックス社も、パリッシュ財団も、同じように被害を受けた。〈安息の地《ヘヴン》〉でオスターマンがおまえにしたことを思うと……」いったん言葉を切り、不快そうに顔をしかめる。「おまえの妄想は、オスターマンのプログラムに参加してからなおさらひどくなった。あの男の本性を見抜けなかったわたしが悪い。わかっていたら、絶対おまえに近づけさせなかった！　エディス、わたしはおまえを守れなかった。この罪も背負って生きなければならない。だが、正直な話、そうたやすいことではないんだよ」

エディは呆然《ぼうぜん》と父を見つめた。思いがけない言葉をかけられ、胸が熱くなった。まるで娘を心から気遣ってくれているように思える。衝撃的な瞬間。天地がひっくり返ったみたいだ。わたしには妄想癖はないし、潜在能力を引きだすプログラムを受けた十四歳のときに、オスターマンは精神に異常をきたした悪魔だと父に話している。でも父は、劣等生の娘の話を一笑に付した。自分の娘よりも、会社に巨額の利益をもたらしてくれる優秀な科学者のほうを信じたのだ。だけど、このすべてに目をつぶってもいいと思えるほど、父の口から娘を思いやる言葉が出るのは奇跡に近い。過去を水に流してもいいと思えるくらい心を打たれた。

エディは思わず手を伸ばし、父の手に触れた。

一瞬、父はぴくりと手を震わせた。まるで手を引っこめようとしたが、意志の力でなんとか踏みとどまったかのように。

「これも引退を決めた理由だ」声がこわばっている。「これからわたしはパリッシュ財団の運営に専念しようと思っている。資金管理をしっかりするつもりだ。金の流れをすべて把握し、一セントたりとも見逃さないように監視しようと思っている」

エディは父の手を握りしめた。「賛成よ、お父さん」

父が咳払《せきばら》いをした。「実は、おまえに頼みがある。六週間後にわたしの引退パーティーがある。おまえにも出席してもらいたい。お母さんも家族が集まるのを望んでいるはずだ」

それはどうだろうか。母のほうが父よりもずっと、不細工で何を考えているのかわからない娘をうとましく思っていた。エディは、揺らめくキャンドルの明かりを受けている、目の前の父の洗練された端整な顔を見つめた。実年齢の六十四歳より十歳は若く見える。引き締まった体形。品のある物腰。髪はこめかみのあたりが白くなっている。

お父さんがロニーと一緒にサイン会に来てくれるなら、パーティーに行ってもいいわ。エディは舌の先まで出かかった言葉をのみこんだ。駆け引きは得意ではない。それに、言えばまた非難の嵐を浴びるだけだ。そんな気力はもうない。

ロニーに会えるなら、気が進まないパーティーにも歯を食いしばって耐えてみせよう。イブニングドレスやハイヒールも我慢できる。

「そうね」エディは静かな声で言った。「行くわ。楽しみにしている」

「よし。ドレスと髪形は、タニアかイヴリンおばさんと相談して決めるといい」エディを冷ややかに眺め、父はきつい口調で言い添えた。「それから、靴もだ」

「わかったわ」エディは背筋を伸ばして座り直した。だけど、少しも恥じるところはない。

ウェーブのかかったつややかな髪。瞳を目立たなくさせてくれるべっ甲の眼鏡。履き心地のいいハイカット・スニーカー。そしてインクのしみがついた指先。いつもの自分。これがわたしだ。「タニアかイヴリンおばさまが買い物に付き合ってくれるなら、わたし――」

「付き合ってくれるさ。ふたりとも都合がつかない場合は、マルタを行かせる」

エディは無表情を装った。心のなかで思っていることを顔に出すわけにはいかない。父の元秘書で、現恋人であるマルタと一緒にイブニングドレスを買いに行くなんて勘弁してほしい。三十六歳でブロンドのマルタは、まさに完璧な自慢のガールフレンドだ。本来なら、伴侶を失った悲しみを埋めてくれる相手が父親にいることを喜ぶべきなのかもしれない。でも、マルタには心がない。口紅をたっぷり塗った唇をアピールするようなまばゆい笑顔の下には、計算高く自己本位な本性が隠れているのだ。「その必要はないわ」エディはきっぱりと言った。「マルタをわずらわせたくないもの」

「そんなことは気にしなくてもいい」父はエディの手に目をやった。インクで汚れた指先を見て顔をしかめる。「パーティーの前に、忘れずに爪の手入れをしてくれ。わたしの娘が、自動車修理工場で働いていると思われたくないからな」

エディはテーブルの下に手を隠した。「心配しないで。ちゃんとするから」

ウエイターが料理を運んできた。エディの前にはシェーブルチーズとルッコラと松の実のサラダを、父の前にはメカジキのフィレを置く。数口食べると、エディはフォークを置いて、ナプキンで口元を軽く押さえた。「お父さん、今週末、家に帰ろうかと思っているんだけどいいかしら？　ロニーと一緒に過ごしたいのよ」

父が眉をひそめた。「その答えはわかっているはずだ。話はもうついているだろう。わたしは条件を変更するつもりはない。ドクター・カッツから聞いているぞ。もう何週間もセラピーを受けていないそうじゃないか。きっと薬ものんでいないんだろう。まったく、今さら何を言いだすんだ？　時間とエネルギーの無駄だぞ」

エディはこみあげてくる涙をこらえた。「薬は必要ないわ。至って落ち着いているし、どこも――」

「エディス、おまえには幻覚症状がある」父の冷酷な声がエディの耳に突き刺さった。「おまえは妹にとって危険な存在なんだよ。おまえ自身にとってもだ！」

エディは金切り声をあげたい衝動を抑えた。「お父さん、違うのよ。幻覚じゃないの。さっきも言ったけれど――」

「声を落とせ！　醜態をさらすのはやめてくれ」

エディは震える唇に手を押し当てた。泣いたらだめ。こらえるのよ。

「ロニーは母親が亡くなってからずっと情緒不安定だ」怒気を含んだ低い声が響く。「最近ではもう手に負えなくなってきた。またひと騒動起こしたんだよ。今度は爆竹だ。本に見せかけてインターネットで注文したんだぞ。ドクター・カッツが言うには、あの子はわたしを罰しているんだそうだ。心にたまっている激しい怒りをわたしに投げつけているんだと。今のロニーにおまえを会わせられると思うか？　なおさら精神的に不安定になって、反抗心を持つはずだ。おまえはことあるごとにわたしに反抗しているからな。おまえがわたしに盾突いている姿を、あの子には見せたくない」

好きで反抗しているわけじゃないわ、お父さん。反抗しなければ生きていけないからよ。だが、エディは何も言わなかった。口にしたところで、父は悪意としか取らないだろう。言葉の裏に隠れた苦悩には気づきもしないはずだ。

かわいそうなロニー。父を懲らしめたくて爆竹を買ったわけではないのに。ただあの子は、光り輝く火花と破裂音が好きなだけ。わたしと同じように、ロニーが持つ風変わりな部分なのだ。厳格なパリッシュ家に生まれた宿命。

「この話はもうやめないか？」父が言った。「食事がまずくなる」

エディはうなずき、サラダをつついた。重い沈黙が流れるなか、フォークと皿が触れあう音だけが響く。

食事を終える頃、向かい側の美男美女カップルの男性が、ひとりでエディたちのテーブルの脇を通り過ぎた。別れ話がすんだのだろう。傲慢な男は自分の言いたいことだけを言って立ち去った。エディは女性のほうに目を向けた。彼女は大粒の涙を流していた。手で口を押さえている。吐き気がするのだろうか。泣いているせいだろうか。それとも両方なのか。

女性が立ちあがり、おぼつかない足取りで歩きだした。エディは横を通ろうとした彼女の腕をつかんだ。

父が息をのんだ。「待って」そう声をかける。

「エディス！」押し殺した鋭い声をあげる。「おまえはいったい――」

「女の子よ」エディは涙に濡れた大きな瞳をのぞきこんでささやいた。「かわいらしいブロンドの女の子。あんな身勝手な最低男に、あなたはもったいないわ。終わってよかったのよ。彼のことは早く忘れて、新しい人生を歩んだほうがいいわ」

女性は驚きと狼狽《ろうばい》と不安と恐怖が入りまじった表情を浮かべている。お決まりの反応だ。エディは手を離した。女性は一瞬後ろによろめいたが、ふらつきながらトイレのほうへ歩いていった。

またやってしまった。父の前で愚かなことをした。でも、どうしようもなかった。思わず言葉が口から滑りだしてしまったのだ。いつものように。

エディは、皿の上のバルサミコ酢がかかったルッコラとロメインレタスをじっと見つめた。父と目を合わせたくなかった。その目に怒りと嫌悪感が浮かんでいるのは見なくてもわかる。まぶたの裏に刻みこまれている。昔からそうだった。子どもの頃から見慣れた目つき。今さら変わるはずがない。

「なるほど。あいかわらず妄想に悩まされているんだな」冷たく突き放すような父の声が聞こえた。「明日の朝いちばんに、ドクター・カッツの診察を受けられるように予約を入れておく。もし行かなければどうなるかは言うまでもないな。薬をのまない場合も同じだ」

　妄想ではないと言っても、もう無駄だ。押し問答にしかならない。いったい今まで何度、同じ会話を繰り返しただろう。そして、そのたびに父娘の溝は埋まらないまま終わる。

「薬は必要ないわ」エディは疲れた声でもう一度言った。

　本当のことを言うと、薬はよく効くのだ――ある意味では。薬をのむと頭が朦朧《もうろう》として、感情がなくなる。そして心の目が開かなくなり、人の人生がまったく読めなくなる。それだけではなく、描く意欲まで完全に失《う》せてしまう。だからなおさら薬はのみたくないのだ。

「パーティーでは、こういうみっともない真似はしないと約束してくれ」

「心配しないで。お父さんに恥をかかせるようなことはしないから」エディは淡々と言葉を返した。

　でも、どうなるかは神のみぞ知るだ。自分ではどうしようもないのだから。誰が好んでこんな生き地獄を選ぶものか。何かにつけて批判され、いつも孤立している。罰を受けさせられ、ロニーにも会わせてもらえない。自ら進んで選んだものはひとつもない。

　父がテーブルに視線を落とし、いきなりピンを突き刺されたみたいに、びくりと体を引きつらせた。「おい、エディス！　やめろ、今すぐに！」

　エディは驚いて父親を見た。無意識のうちにエディの手はペンを握り、スケッチブックに絵を描いていた。父の顔と、上半身の絵。ペンが当たってワイングラスが倒れた。

こぼれた赤ワインがみるみるうちに広がっていく。テーブルとスケッチブックを汚し、エディの膝の上に滴り落ちた。

エディはナプキンをつかみ、小声で謝りながらスカートを拭き始めた。ペンの持ち方を覚えて以来、取りつかれたように絵ばかり描いていた。両親が彼女の落書きに神経過敏になったのは、〈安息の地《ヘヴン》〉に行くようになってからだ。人の人生が見えるようになったのもこの頃からだった。

「これ以上付き合っていられない。わたしは帰るぞ」父が椅子から立ちあがった。「おまえに未来の予言をされないうちにな。エディス、頼むから二度とこんなことはやめてくれ。よけいなお世話だ！　誰もおまえの妄想など聞きたくない！　薬をのめ。これは命令だ！」

「わかったわ」父の未来を口にしないことはできる。けれども、未来を読むなといくら頼まれても、自分の意志ではどうにもならないのだ。「ねえ、お父さん……せめてロニーに伝えてくれない？　わたしが――」

「だめだ！」父は即座に切り捨てた。「イヴリンとタニアにはわたしから連絡しておく。いつでも買い物に行けるようにスケジュールを空けておくんだ。それから、ふたりの専属スタイリストとメーキャップアーティストに会いに行く時間も作っておけ。わかったか？」

エディは無言でうなずいた。父は大股で歩き去った。別れの挨拶もなしに。眼鏡がぶつかって気まずい思いをする羽目にはならずにすんだが、父はわずかでも娘に触れるのを避けていた。

だめ。泣いてはだめ。悲しい思いをするのは、今日が初めてではないはずよ。さあ、涙をこらえて。人前で泣いちゃだめ。エディはまばたきをして、こみあげる涙を押し戻した。眼鏡をかけていてよかった。髪が長くてよかった。少しでもカモフラージュできる。父が支払いをし、ドアの外に出た。一度も振り返ることはなかった。手も振らなかった。いつもと同じだ。どんなに親子関係を修復したくても、いつもこんなふうにしか別れられない。

ドラッグ中毒の娘とADHDの孫を持つバーコードヘアの男が、チョコレートムースを食べていた。プライム・リブステーキを黙々と口に運んでいたときと同じ、暗い表情……。なんてこと。この人、冠動脈が詰まって重度の心臓発作を起こすわ。どこまでも気の毒に。

彼にこのことを伝えたら、また醜態を演じることになる。伝えなければ、母のときと同じように罪悪感にさいなまれる。最悪の夜だ。ロニーに会いたいという願いが叶わなかっただけでも、つらくてしかたがないのに。

絵を描くのを完全にやめるべきだろうか。人の未来が見えても、気づかないふりをしたほうがいいのかもしれない。それができたらどんなにいいだろう。できないから苦しむのだ。ドラッグ中毒者と同じだ。

エディはため息をつき、ペンとスケッチブックをショルダーバッグに入れた。まっすぐ家に帰ろう。よそ見をせず前だけを見つめて。そしてドアに鍵をかけて、暗闇のなかで思いきり泣こう。

もう一度拭き直そうと思って、スケッチブックをバッグから取りだした。まだ使えるページがあるかも――。

ナプキンを持った手がぴたりと止まった。いたずら描きした父の顔に目が釘《くぎ》づけになる。固く結ばれた口も、細長い鼻も、赤く染まっている。まるで顔が血だまりのなかに沈んでいるようだ。

背筋が一気に冷たくなった。聞き覚えのある死の足音が遠くから聞こえてくる。

〝これ以上おまえには付き合っていられない。わたしは帰るぞ。おまえに未来の予言をされないうちにな〟父の言葉が頭のなかで鳴り響く。たとえ追いかけて、見えたものを伝えようとしても、父は決して聞こうとしないだろう。父を助けることはできない。わたしには何もできない。

それなのに、父に死の危険が迫っている。

この世のものとは思えぬ絶景。白いドレスを着た小さな女の子が現れた。長い黒髪の瘦せた女の子。崩れ落ちた巨岩の上を裸足《はだし》で蝶《ちょう》のように軽やかに歩き、視界から消えては、また姿を見せる。女の子が振り向いた。大きな目は悲しみをたたえ、怯えている。切り立った岸壁の裂け目の脇で、女の子が立ち止まった。かがみこんで裂け目のなかをのぞく。その拍子に細い脚と汚れた足の裏が見え、あっという間に女の子の姿は消えた。

ショーンは女の子のあとを追った。この光景は夢で見たことがある。胸が押し潰されそうなこの息苦しさにも、やけに馴染《なじ》みがある。あたりは真っ暗闇だ。ひとりそのなかに取り残されると、絶望感が襲ってくる。時間や場所の感覚はもはやなかった。

闇の迷路をひたすら前に進むと、やがて開けた場所に出た。大聖堂を思わせる荘厳な大空洞。地面から天井までつながった石柱が淡い光を放っている。コウモリの糞《ふん》の悪臭が漂う洞内に、ゆっくりと滴り落ちる水の音が大きく響き渡る。

恐怖が心の奥底からわきあがってきた。だが、ショーンは白い石柱が立ち並ぶあいだを通り抜け、洞窟の奥に向かって歩き続けた。

ふたたび目の前に広々とした空間が現れた。中央にある大きな一枚岩の上に、異教徒の生《い》け贄《にえ》のごとく男があおむけに横たわっていた。一枚岩を取り囲む松明《たいまつ》の赤い炎が、男の体を不気味に照らしだしている。

男の胴体の上には岩が積みあげられ、投げだした手足と頭だけが見えている。あれでは内臓が押し潰されて確実に死んでしまうだろう。男が、目隠しをされた顔をそむけた。今では高い頬骨とくすんだブロンドの髪しか見えない。

男の体にのった岩には、ぽっかりと穴が空いていた。そのなかで何かがうごめいた。がさごそと耳障りな音がする。目が光った。だが、あれは絶対に人間の目ではない。

化け物でも潜んでいるのか。おぞましい奇怪な生き物。飢えた何か……。やがて毛むくじゃらの足がぬっと出てきた。鉤爪《かぎづめ》が突きでている。耳障りな音がさらに大きくなった。

ショーンの心臓が激しく打ち始めた。それでも恐怖を抑えこみ、いちばん上の岩をつかんだ。その瞬間、目をぎらつかせた化け物が飛びだしてきて、鉤爪でショーンの顔を切りつけ――。

ショーンは息を切らして飛び起きた。まるで全力疾走したあとのように心臓が激しく打っている。彼は空気を求めてあえいだ。またケヴィン――ケヴだ。最近ますます頻繁に双子の弟の夢を見るようになった。そしてその夢は以前よりむごくなっている。おかげで睡眠不足でへとへとだ。まだもがき足りないとでもいうのだろうか。あの精神異常の科学者クリストファー・オスターマンに、いまだに苦しめられている。克服したはずだったのに。人生を取り戻し、精神も安定していたはずだったのに。

なんとかここまでやってきた。最悪な時期は乗り越えたと思っていた。だから、今ここでこうしていられる。それなのに、またしても悪夢に悩まされている。

リヴが目を覚まして、頭をあげた。顔にかかったもつれた黒髪を払い、ショーンの肩にそっと手を置く。

「すまない。起こしてしまって」胸が苦しくて、ようやく声を絞りだした。

リヴが起きあがった。ベッドの上に脚を折り、身ごもっているおなかに自然に手を添えて座る。「また夢を見たんでしょう？　同じ夢ね？」

ショーンは無言で肩を上下させてうなずき、背中を丸めた。穴があったら入りたい気分だった。「今回は洞窟のさらに奥まで入った」

「あら、よかったじゃない」

ショーンはかすれた声で短く笑った。「そうか？　だよな」

棘《とげ》のある口調にリヴがひるんだ。「ごめんなさい。悪気はなかったの」

ショーンは自分を蹴りつけたくなった。「いや、謝るのはおれのほうだ。きみに嚙みついてもしかたないのに」やっとの思いで先を続ける。「今日は、あいつを見た」

「そう。どうだった？」〝あいつ〟が誰なのかは聞くまでもなかった。

ショーンは深いため息を吐きだした。「ひどいもんだ。目隠しをされて、石の祭壇に寝かされていた。腹の上に岩を山ほど積まれて。巨大な虫の化け物に身を捧げていたよ。なんでこんな胸糞悪い夢を見なきゃならないのかな」

「そうね」リヴの口調は兄たちと同じく慎重だった。ショーンの気持ちを落ち着かせようとして。ふたたび彼が平常心を取り戻せるように。

だが、放っておいてほしかった。哀れみをかけられたくはない。デイビーからもコナーからも。そして妻からも。

「なんだかタロットカードの絵みたいね」リヴが言った。「どうしてケヴだとわかったの？　目隠しされて顔ははっきり見えなかったんでしょう？」

「ただわかったんだよ。夢ってそんなものだろう？」

「ええ、そうね」リヴはショーンの肩にそっとキスを落とした。「ねえ、ショーン？　その夢なんだけど、ケヴとはまったく関係ないかもしれないと思ったことはない？」

「どういう意味だ？　あいつ以外に誰がいるんだよ？」

　リヴが注意深く言葉を選び、怒らせまいとしているのが痛いほど伝わってくる。彼女には悪いが、その思いやりがなおさら腹立たしかった。「その夢を見始めたのは四カ月前よね」

「いいや、違う。十八年間見続けているんだよ、リヴ。あいつがいなくなってからずっとだ。そして、あの墓に埋まっているのが別人だと判明したとき……」ショーンは肩をすくめた。

「あいつが生きているのがわかった」

「ええ。でも、それじゃどうして悪夢なの？　最近また始まったのよね」リヴがもう一度ショーンの肩にキスをした。「わたしの妊娠がわかった直後からよね。また悪夢を見るようになったのは」

　ショーンは身をこわばらせた。「この悪夢が妊娠と関係があると思っているのか？」

「怒らないで。その可能性もあるのよ。夢というのは自己を反映しているんですって。誰が出てこようと、どんな場面であろうと、たいていは自分のことみたいなの。そのときの感情や、抱えている問題が夢に現れるそうよ」

「だが、この夢は違う」

「どうしてそう思うの？」

「理由なら腐るほどあるさ！」そこで言葉を切り、口調をやわらげようとした。「きみがゴードンにさらわれたとき、ケヴが教えてくれた。おれが自暴自棄になっていたときも、彼が止めてくれた。何が自己の反映だ。おれの夢をそんなものと同じレベルで語らないでくれ」

「わたしは、ただ――」リヴが静かに言う。「ケヴが警告してくれたような気がしているだけなんじゃないかと思ったのよ」

「いや」ショーンはその考えを即座にはねつけた。「そんなことは絶対にない」

「ショーン、ねえ、聞いて。わたしは――」

「子どもができるのをおれが怖がっているとでも思っているのか？」彼の声はかすれていた。「父親になることにびくついていると？　なあ、リヴ、きみが言うその自己の反映とやらに当てはめるなら、岩の下に埋められて、身を捧げていたのはおれってわけだ。じゃあ、きみは？　おれを食らう毛むくじゃらの巨大な虫か？　勘弁してくれ。きみにそこまで腰抜け野郎だと思われていたとはな」

リヴがおなかに当てていた手を引っこめた。「あなたはわたしよりもよっぽど勇敢よ」きっぱりと言いきる。「わたし、不安でたまらないのよ。公衆トイレやバスのなかに赤ちゃんを置き去りにする夢をよく見るの。とんだ腰抜けよね」彼女は両脚をベッドの縁からおろした。「まあ、どうでもいいけど」

ベッドから立ちあがろうとしたリヴの腰を、ショーンはあわててつかんだ。ふくらんだおなかの上に腕をまわし、抱き寄せる。「そんな言い方はやめてくれ」

「あなたこそ、もういい加減にしてよ」リヴが怒りをこめてショーンの腕を叩いた。それでもショーンは腕をほどかなかった。おなかを圧迫しないよう気をつけて、ずっと抱きしめていた。

気がすむまで殴ればいい。好きなだけ夢を分析すればいい。だが、リヴをこの腕のなかから放すつもりはない。おれにはリヴしかいない。彼女だけが頼みの綱だ。

とうとうリヴがあきらめ、いらだたしげにため息をついた。ショーンはふたたび彼女をベッドに寝かせ、こわばった体を反転させて自分と向きあわせた。

ショーンはリヴの喉に顔を寄せて、あたたかい肌の甘い香りを吸いこんだ。「頼む、リヴ、怒らないでくれ」くぐもった声で言う。「きみに見捨てられたらおれは終わりだ」

彼はリヴをきつく抱きしめていた。やがて、彼女の体から力が抜けた。根負けして震える吐息をもらし、肩まで伸びた彼の髪に指を差し入れる。

「あなたって人を怒らせる天才ね」そう言ってショーンのぼさぼさの髪を撫でる。「ほんとに、どうしようもない大ばか者だわ」

「わかってる。すまない」ショーンは顔をあげて、哀願するような目を向けた。「だが、夢のなかの男はおれじゃない。それだけはわかってくれ」口を開きかけたリヴをさえぎり、先を続ける。「それに、おれは生まれてくる赤ん坊を怖がってはいない。とても楽しみにしている。本当だ。普通の男と同じだよ。まあ、生まれてくるまでは不安だが、男ってそんなものだろう?」

リヴの目が細くなった。「ふうん。あなたに普通の何がわかるのかしら?」

「言えてるな」ショーンはあっさり認めると、体をずらしてリヴのおなかに顔を近づけた。こうすることが日課になっている。ただ横になり、かすかな胎動を頬に感じる。至福のひときだ。たちまち、子どもの姿が目に浮かんできた。とても小さいおれたちの子ども。羊水のなかで元気に動きまわっている。このあいだの超音波検査で見たときは、まだおれのこぶしくらいの大きさだった。奇跡としか言いようがない。すばらしい贈り物。

だから絶対にありえない。こんなに小さくて愛《いと》しい赤ん坊を恐れているだって? とんでもない話だ。怪物が宿っているわけでもあるまいし。何もかもすべて順調だ。これ以上ないほどうまくいっている。

「子どもができてうれしくてたまらないよ」ショーンは繰り返した。「天にものぼる気分だ。

きみも心配するな。バスに子どもを置き去りにしたりなんかしないさ。きみは必ずすごい母親になる。恐ろしく強い母親にね」

リヴが笑いながらショーンの肩を叩いた。「それ、全然うれしくないわ。わたしは母のようにはならないわよ」

ショーンは暗闇のなかで顔をしかめた。当たり前だ。なられたらこっちが困る。リヴの母親はこの地球上でもっとも会いたくない人間だ。どんなに丁寧な言い方をしても、あの母親は完全にいかれている。それなのに、運が悪いというかなんというか、おれたちの子どもが生まれるのを機に、あのとんでもない女は娘と和解しようと目論《もくろ》んでいるのだ。どうやら孫がほしくてたまらないらしい。神よ、何も知らないかわいそうなわが子を救いたまえ。おれたち全員をお助けください。

「わかってるって。きみはならない」ショーンはなだめた。そして、リヴがパジャマ代わりに着ているだぶだぶのTシャツをめくりあげた。いいぞ、裸だ。ようやくリヴも、下着をつけて寝るのはおれに喧嘩を売るようなものだとわかってくれたらしい。

ショーンはなめらかな肌に顔をうずめ、熱を帯びたやわらかな巻き毛に向かって唇を這わせていった。ピンク色の秘所は妊娠前と変わらず完璧だ。いや、今のほうがずっといい。敏感な花びら。あふれる蜜がショーンを誘っている。

「ショーン!」リヴが体をよじりながら、こらえきれずに笑いだした。「こんなことをして言い争いに勝とうなんて卑怯《ひきょう》よ！」

「言い争いってなんだ？　おれたち、争っていたっけ？」

「ふざけないで。ちゃんと話しあいましょう」

「話しあっているだろう？　それもこのうえなく真面目に」ショーンは濡れた襞に舌を滑らせた。「話題が変わっただけさ。言っておくが、別に言い争いに勝とうと思って変えたわけじゃないからな」

「へえ、そう」リヴが笑いをこらえた。「そういえば、これってあなたがいちばん好きな話題よね」

「ばれたか」ショーンはリヴの秘部に唇をつけた。「さてと、話しあおうか。前の話題とは比べものにならないほど楽しく話せそうだ。話したいことは山ほどあるんだ。おれはきみを崇《あが》めている。きみほどすばらしい女性はいない。すばらしい母親になるよ。勇敢で、美しくて、品があって……」リヴのなかに指を滑りこませ、甘く熟れた部分を舌でむさぼるように味わう。「そしてきみのここは、たまらなくおいしい。きみは、おれのお姫さま、女王、女神。おれの世界だ。言い争いなんて恐れ多くてできないよ。議論の余地なんかあるか？」

リヴがショーンの肩に爪を食いこませた。「はぐらかすのはやめて。真面目に言っているのよ、ショーン。話題を変えないで。まだ話は終わっていないんだから」

ショーンは顔をあげ、口をぬぐった。「そうだったか？」

「そうよ」リヴがショーンのあごを指で持ちあげた。「またわたしを悪者にして、あなたは話を途中で切ったわ。ケヴィンのこととなると、あなたはいつもそう。何か気に障ることを少しでも言われると、すぐ腹を立てて話題を変えるの。わたしにだけでなく、デイビーやコナーにもそうよ。怒られる筋合いなんて少しもないのに。間違っている？」苦悩がにじむその声は、ショーンの胸に響いた。「いいや、リヴ。きみの言うとおりだ」彼は真顔で静かに答えた。

リヴが天井を見あげて、目をしばたたいた。月明かりを受けた美しい瞳に涙が光っている。ショーンの胸に後悔の念が一気に押し寄せてきた。彼は、丸みを帯びた腹から妊娠でさらに敏感になった胸の先端へと、詫《わ》びるようにそっとキスの雨を降らせていった。

「悪かった、ベイビー」リヴを抱きしめ、耳元でささやく。「もう泣かないでくれ。きみが泣いているとおれも泣きたくなる。涙は嫌いだ。鼻水が出るからな」

リヴがかすかに笑い声をあげる。よかった。ショーンは心のなかでほっと安堵の息をついた。「何よ、それ。いやね。すぐおどけるんだから。わたしはただ……あなたに……」

声が小さくなり、沈黙が訪れた。ショーンは不安を押し殺して待ち受けた。「ん？」耐えきれずに先をうながす。「おれに、なんだい？」彼は息を詰めた。はたしてリヴの望みを叶えてやれるだろうか。

リヴが鋭く息を吐きだした。「もうこの世にいないかもしれない人を一生待ち続けてほしくないの。あなたが苦しむ姿は見たくない。あなたに……乗り越えてほしいの。ありのままを受け入れて、幸せになって」

　やれやれ、まいったな。

　ショーンは愛しいふくらみを圧迫しないよう慎重に体を重ね、リヴのなかに入った。体がひとつに溶けあった瞬間、ふたりの口から同時にため息がもれた。「きみの言うとおりにする」ショーンは言った。「そう簡単にはいかないが、努力するよ。だから、おれをずっと愛していてくれ、リヴ。それだけでおれは幸せだ。それ以上の幸福はない」ショーンは息を吸いこみ、かすれた声で繰り返した。「おれをずっと愛していてくれ」

「もう、ショーンったら」リヴが泣きながら体を震わせて笑う。その拍子に肉襞が収縮してショーンを締めつけた。「愛する以外にわたしに選択肢がないのは知ってるでしょう」

「おれは赤ん坊を怖がってはいない」

　リヴが両腕と両脚を絡ませてショーンを抱き寄せた。「怖くても恥ずかしいことじゃないのよ、ばかね」

「怖くなんかないさ」ショーンは頑《かたく》なに言い張った。「おれたちの子どもだぞ。うれしすぎて心臓が爆発しそうだ。赤ん坊をこの手に抱く日が待ち遠しくてしかたがない。本当だ。信じてくれ」

　リヴがふっと笑みをもらした。「そう。わかった、信じるわ。ねえ、ショーン」そう言って体をくねらせる。さらにきつく分身を締めつけられ、彼はたまらずうめき声をあげた。

「今、爆発しそうだって言ったでしょう？　それについて話しあいたくない？」

ショーンはリヴに向かってにやりとすると、さっそくふたりで爆発について激しい議論を戦わせた。

3

ポーカーテーブルのビッグブラインド（ポーカーゲームを始める際、プレーヤー全員が払う強制賭け金のうちディーラーの二人隣の位置の人が払う賭け金）のポジションに座っている男が、こちらをじっと見つめている。チリカーズ。数時間前にトイレでおれに賭け金をせびった男だ。あのときチリカーズは負けを取り戻そうと必死だった。それで、あいつの車を買う金を先に渡してやった。だが、その一万五千ドルもすべてすってしまうだろう。今夜のチリカーズは運に見放された匂いをぷんぷん漂わせている。あいつの口臭と同じ、すえた臭いが全身から立ちのぼっている。そんな不運な男がおれを見ている。

もっとも、おれを見ているのはチリカーズだけではない。それも当然だ。午前四時に、しかも薄暗い部屋のなかでサングラスをかけていれば、いやでも人目につくだろう。おまけに顔の片側には古傷があり、新しくできた生々しい傷痕も、くすんだブロンドの短い髪の下から透けて見えている。滝に落ちて頭を手術した名残だ。

カードを配り始めたディーラーに、チリカーズが目を向けた。ケヴはまわりを見まわした。プレーヤーたちの様子を観察し、それぞれの癖を頭に入れる。レイカーは全員にカードが配られる前からもうチップを触っている。モリアーティは手札が気に入らないようだ。ぴくぴく動いている鼻の穴や、こわばった肩からそれがわかる。チリカーズは興奮して目をぎらつかせている。

ケヴは左隣のスティーヴンスにも視線を走らせて、ディーラーから配られた二枚のカードを見た。ハートのエースとスペードのエース。最強の手札だ。勝負を楽しみたいところだが、玉のような汗が額に噴きでてきた。頭が割れそうに痛み、胃も締めつけられるようだ。すべての感覚が過負荷だ。ツインテール・フォールズの事故以来、光や騒音や匂いに敏感になり、入ってくる刺激の量をうまく調整できなくなった。

今ではサングラスと耳栓は必須アイテムだ。ポーカーもいい気晴らしになっている。だが、鼻にティッシュを詰めこんで出歩くわけにはいかない。じろじろ見られることに慣れているとはいえ、我慢の限界というものがある。

外からの物理的な刺激だけならどうにか耐えられるが、内側もコントロール不能だ。まるで感情が息を吹き返したみたいにとめどなくあふれでてくる。長年、心が麻痺していた身にとっては、この強烈な過負荷はかなりこたえる。

それでも、正気を失うより感情の洪水に溺れそうになっているほうがましだ。どこがどう違うのかときかれても、うまく説明できないが。

日中はいつも、怒りと恐怖の波間を漂っている。このふたつが静まっているときは、うずくような痛みが頭をもたげる。そして、欲望が暴れだす。ある日、この悶々とした気持ちを勇気を出してブルーノに打ち明けてみた。するとあいつは、いたく真面目くさった顔をして、自分も同じだと教えてくれた。健康な男なら性欲があって当たり前なのだと。ブルーノが言うには、男は四六時中セックスのことばかり考えている生き物なのだそうだ。昼も夜も、頭のなかでポルノ映画を上映しているらしい。男は欲望の塊《かたまり》だとブルーノは言いきった。

夜は夜で、眠りにつくとすぐに悪夢を見る。全身をアドレナリンが駆けめぐり、目が冴えて、結局一睡もできない始末だ。最近ではこれがストレスになっている。寝返りを打ちながら朝を待つくらいなら、夜じゅうポーカーをしているほうが、まだくつろげる。

ただし、集中できればの話だが。声が聞こえてきて、ケヴは現実に戻った。いよいよゲームの始まりだ。レイカーが二百ドル賭けたのを見て、ケヴは六百ドル賭けた。ビッグブラインドのチリカーズの三倍だ。レイカーのアフターシェーブローションの匂いが鼻につき、ケヴは口で息をした。

この症状に悩まされるようになったのは、病院で二度目の昏睡《こんすい》状態から覚めてからだ。目覚めたら、長年つきまとわれているフラッシュバックに加え、もうひとつ悩みが増えていたというわけだ。あのときは、神経外科医のプラティーク・パティルに本当に申し訳ないことをした。いかれた脳の再建手術に懸命に手を尽くしてくれたというのに、目を覚ましたとたん、いきなり飛びかかり、殴りつけてしまったのだ。

それで、パティルへの接近禁止命令を受けた。まあ当然の成り行きだ。突然襲われたら、誰だって二度とその相手には会いたくないと思うだろう。

スティーヴンスが六百ドル賭けた。おい、嘘だろう？　ケヴはポーカーに集中しようとした。六百ドルも賭けられるほど、スティーヴンスはいい手札を持っているのか？　そうは思えないのだが、どんな手を持っているのか推理したくても、頭がずきずきと痛む。モリアーティはゲームからおりた。賭け金の百ドルは没収された。チリカーズは握りしめたカードをちらりと見て、さらに四百ドル賭けた。ケヴに金をせびったあと、チリカーズはしばらくツキに恵まれて三万ドルは儲けていたはずだが、この一時間はずっと負け続けている。そして負けるたびに、眉間の皺《しわ》が深くなっていった。

最初のプレーヤーのレイカーも、チリカーズ同様にさらに四百ドル賭けた。勝てば、かなりの儲けになると踏んだのだろう。これで全員の賭け金が出揃《でそろ》った。ここからは、チリカーズ、レイカー、ケヴ、スティーヴンスの四人の勝負だ。

チリカーズがまたこちらを見つめている。ディーラーが山札のいちばん上のカードを捨て、テーブルの中央に三枚のカードを開いて置いた。ダイヤのクイーン、ダイヤのジャック、クラブの2。いまひとつだ。このカードで勝算があるのは、手札が二枚ともダイヤか、連続した数字の手札を二枚持っているやつだけだ。耐えられないほど頭が痛くなってきた。ケヴはポケットに手を突っこみ、薬瓶をつかんだ。だが、もう薬をのんでも効かないだろう。頭をすっきりさせておきたくて我慢していたが、今では吐き気もしている。ここまでひどくなったら、用量の倍のんだところでこの痛みはおさまらない。ひたすら耐えるしかない。

しかし、考えてみればおかしな話だ。長年、危険なスポーツにかまけてきたのは、自分の心臓がまだ動いていることを実感するためだった。それなのに薬の力で頭を朦朧とさせておくとは、愚の骨頂もいいところだ。

確かに、今は心臓が動いているのを実感している。充分すぎるほどに。一拍ごとに、ミートハンマーで叩かれているような激痛が前頭葉に走り、拡張した血管や、頭皮の縫合痕がどくどくと脈打つ。医者は順調に回復していると言っていた。痛みや吐き気やめまい、それに見当識障害も時間の経過とともによくなると。実際、よくなってはいる。抗てんかん薬はものんでいないし、記憶も少しずつ戻ってきている気がする。だが、それはただの希望的観測にすぎないのかもしれない。

くそっ、それにしても痛すぎる。いっそ脳の機能が完全に停止してしまえばいいと思うときがある。楽になれるならそれも悪くない。

ポーカーに集中しろ。泣き言を言うな。自己憐憫《れんびん》ほどみっともないものはないぞ。

あの下衆《げす》野郎の目つきが気に入らない。あいつのせいで集中力がそがれる。

チリカーズの顔に浮かぶ、嫌悪と敵意の見え隠れする表情がやたらと神経に障る。普段なら気にならないのに、これだけ具合が悪いとたまらなくいらだつ。ケヴは負けじと、チリカーズの目をまっすぐ見返してやった。

チリカーズが視線をそらした。賭けずにパスする。そしてレイカーも同じようにした。ケヴは千五百ドル賭けた。スティーヴンスが同額賭けた。チリカーズもレイカーも同様にした。これで総賭け金が八千五百ドルになった。チリカーズの目がまたぎらつき始めた。あんなろくでなしは無視しろ。無関心を決めこむのがいちばんだ。集中して、超然とした態度で冷静にプレーしろ。あの目つきをいちいち気にしていたら、あいつの思う壺だ。欲の皮が突っ張ったくそ野郎の好きにさせていいのか？　冗談じゃない。

ディーラーが山からいちばん上のカードを捨て、テーブルの中央に四枚目のカードを置いた。ダイヤのエース。

ああ、そうきたか。悩みどころだ。これでエースが三枚。だが、喜ぶのはまだ早い。もっといい手はたくさんある。さあ、どうする。ケヴはすばやく頭を回転させ、勝ちパターンのリストを作りあげた。

ケヴとポーカーとの出会いはひょんなことから始まった。入院中、頭がおかしくなりそうだった彼の気分転換になればと、ブルーノがノートパソコンを持ってきてくれた。それでオンライン・ポーカーをするようになったのだ。ようやく拘束具が外された頃のことだ。しかし、拘束具を外す許可が出るまでは大変だった。なんといっても、発作を起こして医者に襲いかかった前科がある。しかたないといえばしかたないのだが。

オンライン・ポーカーは何よりもいい薬になった。プレーしているあいだは、心が落ち着き、正気を保っていられた。サングラスをしていても画面のまぶしい光が目に突き刺さり、激しい頭痛に見舞われたが、それでも拘束具をつけられているよりははるかにましだった。

毎日飽きることなくポーカーをして過ごしたら、しまいには、医者にパソコンを取りあげると注意されてしまった。もちろん無視した。そうしたら、即刻退院させられた。入院規則がどうのこうのと言われもしなかった。病院スタッフは一様に、厄介払いができると思ってほっとしたに違いない。みんな死ぬほどおれを怖がっていたから。

無理もない。怖がられて当然だろう。近頃では、自分でも自分が怖いくらいだ。

松葉杖《まつばづえ》をついて歩けるようになると、本格的なポーカーをしに外に出るようになった。ハイレベルなプレーを、百戦錬磨の一流プレーヤー相手にするために。難易度が高ければ高いほど、挑戦のしがいがあった。だが、海千山千のプレーヤー相手のゲームは、いつも現金勝負だった。しばらくは負けてばかりで、ずいぶん痛い目に遭わされたものだ。

しかし今では、負けることはまずなくなった。これはこれで面倒なもので、ひとり勝ちは白い目で見られるのが常だ。だから、どこかの常連になるのではなく、いろいろなクラブをまわってポーカーをしている。

本音を言えば、勝ち負けにはまったくこだわっていない。金なら持っている。重要なのは過程であって、戦利金はおまけのようなものだ。頭を働かせ続け、心を無にする。ケヴにとってポーカーは鎮痛剤であり、精神安定剤であり、そして睡眠の代わりでもあった。ひと晩じゅう勝負をしたあとは、不思議と体が休まった気がした。

実際、金は腐るほどある。なんならパティルに全部やってもいいと思っている。あの医者の怒りはいまだにおさまっていない。結局、訴訟に発展し、現在も係争中だ。肉体的、精神的苦痛を与えたことに対して慰謝料を請求されたら、その裁判結果に従うつもりだ。もちろん、金で苦痛が消えるわけではないが。

パティルには誠心誠意謝罪した。ブルーノも、手術をして療養中だったパティルの見舞いに行き、接近禁止命令を出されたおれの代わりに土下座までして謝ってくれた。だがその真摯な態度にも、パティルはまったく心を動かさなかった。眼窩《がんか》骨が砕け、あごが外れていたせいかもしれない。トニーに発見されたときのおれも同じ状態だった。あのときは目も見えず話すこともできなかった。あの激痛は忘れたくても忘れられない。

ユーモアのセンスも吹き飛ぶほどの痛みだった。

パティルには悪かったが、あの医者はおれの悪夢に出てくる男と酷似していた。いや、訂正しよう。悪夢ではなく、記憶だ。

鮮明ではないし、たいして当てにもならないが、記憶には変わりない。夢でも空想でも妄想でもない。それは確信を持って言える。滝に落ちた事故でいいことがあったとすれば、記憶がよみがえりつつあることだ。過去の自分と細い橋でつながった。今はその橋を一歩ずつ渡っている。

最近はもう、夜ポーカーをする以外は外出しなくなった。ブラインドをさげた部屋に引きこもり、サングラスをして、一日じゅうサイバースペースをうろついている。そして、失った記憶をひとつまたひとつと掘り起こしている。

オスターマン。長年、悪夢に出てきた殺人鬼の名前を思い出した。その顔も、不運なパティルの顔に重なってはっきりと思い浮かぶ。

記憶の扉の前に立ちふさがっていたオスターマンの名前を思い出したことで、扉が開いた。これが始まりだ。この種が、やがて芽吹いて森になるかもしれない。

過去をたどる手がかりはいくつかある。ひとつは日付だ。一九九二年八月二十四日。シアトル、ソードー地区の倉庫街で叩きのめされていたおれを、この日トニーが助けてくれた。トニーは自分のベレッタで威嚇射撃をして、おれを殴りつけている男を追い払った。男は尻尾を巻いて逃げていったらしい。意識を失い、死んだも同然のおれを残して。

そして、素人が彫ったような脚のタトゥー。〝ケヴ〟と読める。たぶん、これがおれの名前なのだろう。だが、どこの世界に自分の名前を自分の体に彫るやつがいる？　まったく理解に苦しむ。自分の名前を忘れると思ったのだろうか？

それから、おれはヴェトナム語を少し話せる。トニーによれば、おれには戦闘能力があるから、特殊部隊に所属していた可能性が高いらしい。だが、どうしてヴェトナム語なんだ？

話せる言語がアラビア語かペルシア語、あるいはパシュト語かクロアチア語かスペイン語なら、特殊部隊にいたという説もうなずけるのだが。ヴェトナム戦争に従軍したにしては、年齢的につじつまが合わない。三十歳以上も若いのだ。やはりわけがわからない。

この謎はひとまず脇に置いておくことにして、ほかにも手がかりがある。おれは数学や科学が得意なのだ。それもずば抜けて。理論物理学、航空物理学、生化学、コンピュータ工学、地球科学、天文学も得意だ。宇宙飛行の歴史や、鳥や動物、昆虫などの移動パターンに興味がある。応急手当の技術があり、大工仕事もお手のもので、驚いたことに縫い物までできる。なぜ得意なのか、なぜ興味があるのか、なぜできるのかはわからない。結局すべて謎だ。

ツインテール・フォールズから生還してからというもの、夢がより鮮明になった。目が覚めてもすぐには消えず、しばらく覚えている。とはいえ、残念だが感覚やイメージがうっすらと残っているだけで、一気に記憶がよみがえるような劇的な変化が起きたわけではない。まあ、そう簡単にはいかないものだ。

天使は今も変わらず夢に現れる。純白のドレスを着たあの小さな天使はいったい誰なのだろう。本物の天使なのか。人間にしてはあまりにも完璧だ。やはり人間ではなく、聖なる象徴なのだろう。

たぶん、おれは慈愛に満ちた存在にしがみつきたかったのだろう。邪悪なオスターマンの影にのみこまれないようにするために、頭のなかで天使を作りあげたのかもしれない。

ひょっとしたら以前の自分は信心深かったのか。信仰に生きていたのだろうか。いや、それはない。なんといっても、誰かを窓に向かって投げ飛ばしたのだ。信仰に生きていた男が、こんな凶暴なことをするわけがない。

これ以上、天使を分析するのはやめよう。彼女はおれの命の恩人で、心のよりどころだった。それだけわかっていれば充分だ。いつもおれを助けてくれた。トニーに発見されたときの、最初の昏睡状態から目覚めさせてくれたのも天使だった。また話せるようになったのも天使のおかげだ。精神分析医なら彼女が持つこの不思議な力を説明できるかもしれないが、別に解明してもらう必要はない。今でもまだおれは、天使の魔法を必要とし、そばにいてもらいたいと思っている。

滝の事故のあと、最初によみがえった記憶は、おれを説得しようとしている男の顔だった。男は、あきらめきっているおれに生き抜けと言っていた。なぜあの男の言うことを聞く気になったのかは、どうしても思い出せないが、男の非難めいた表情ははっきりと覚えている。鼻筋の通った高い鼻。不機嫌にゆがんだ薄い唇。誰なのだろう。名前が出てこない。

腹立たしい限りだ。もどかしくてたまらない。まったく記憶がないほうがよっぽど心が安まるだろう。

オスターマンの勝ち誇った表情が思い浮かぶ。ブロンドでいやらしい目つきをした、ごつい赤ら顔の男の顔も。そして、バーナーの炎。それが顔に近づいてくる。皮膚が焦げる音。

激痛。耐えられないほどの痛み。

戻った記憶のなかには、あたたかい気持ちになるものもある。皺《しわ》だらけで気難しい顔をしたひげ面の男。少年たち。森のなかの古い家。粗末なテーブル。灯油ランプ。まるで百年前の光景だ。過去の生活なのだろうか。遠い子どもの頃の思い出なのか。今の人生も、昔の人生も、まだ欠けているピースが多すぎる。

もっと手がかりがほしい。名前や日付といった確固たる手がかりが。

集中しろ、このばか。おまえはポーカーをやっているんだぞ。もの思いにふけるのはあとまわしにしろ。ケヴはカードを見おろした。カードは揺れ動いて二重に見え、やけにまぶしい。耳鳴りもしてきた。鋭い金属音が脳天にまで響く。それに、この匂い。テーブルを囲む男たちの服に残る洗剤の匂いが鼻につく。部屋に充満している土くさい体臭や、汗の臭いや、口臭で窒息しそうだ。慢性肺感染症を患っているチリカーズが菌をばらまいている。ディーラーの毛穴からにじみでるアルコールの臭いが左から漂ってくる。煙草の煙や、はげたペンキやゴミや腐った水の臭いが一気に襲いかかってくる。

悪臭のせいで、ますます頭が痛くなってきた。

心ここにあらずのケヴに、三人が目を向けていた。全員の顔にいらだちが見える。チリカーズが賭けずにパスし、レイカーもパスした。

ケヴは手札の二枚のエースを見つめた。今夜はもう無理だ。まったく集中できない。さっさと終わらせてしまおう。「七千」

　スティーヴンスが目をしばたたいた。「なら、おれは全額賭ける。九千五百だ」

　チリカーズがスティーヴンスに鋭い視線を投げた。予想外だったに違いない。「オールイン。一万七千五百」勝負に出たが、声は不安げだ。

　レイカーは降《フォールド》りた。あきれたように頭を振っている。

　あきれるのも無理はない。ケヴは心のうちで思った。だが、もうどうでもいい。「オールイン」

　全員の視線がいっせいにケヴに向けられた。呆然《ぼうぜん》と眺めている。当然だろう。かなりのギャンブルだ。それでもかまわない。とにかく早く終わらせたかった。やけになり、いらだち、気持ちがささくれ立っていた。まるで癇癪《かんしゃく》持ちの子どもと同じだ。

　ディーラーが山札のいちばん上のカードを捨て、テーブルの中央に五枚目のカードを表にして置いた。ハートのジャック。

「ショーダウン（ゲームの最後に手札を見せあうこと）」ディーラーが言った。

　フルハウス。エースが三枚とジャックが二枚。ケヴの勝利だ。自暴自棄になっていたが、人生にはこんな夜もある。

　ケヴはディーラーにチップを渡し、出口へ向かった。戦利金とチリカーズの二〇〇七年モデルのボルボの権利書とキーを持って。別にほしくはないが、まあいい。普段なら、駆け引きを楽しみながらじっくり落ち着いてプレーするところだが、こうも頭が痛いと、どうにでもなれといった気分になる。

ケヴはのろのろとした足取りでクラブの外へ出た。早朝の街はひんやりとした空気に包まれている。チリカーズが憮然とした表情で煙草をふかしながら、ボルボを見つめていた。最後の一服に肺が悲鳴をあげているに違いない。ケヴは通りを渡った。「チリカーズ」

チリカーズは振り返らなかった。「おまえにはまんまとやられたな。くそっ。ついてないぜ」歯を食いしばり、声を絞りだす。

「たまたま運がよかっただけだ」ケヴは静かな声で返した。

チリカーズが小声で悪態をついた。「くそったれが」

「ああ、なんとでも言ってくれ」ケヴはしばらく何も言わずチリカーズを見ていた。やがて、ポケットから車の権利書とキーを出してチリカーズに差しだした。

チリカーズがケヴの手元を見おろしたまま、ゆっくりと言う。「おまえのもんだ」

「いや、やっぱりおれには必要ない。駐車場もないしな。保険をかけたり、買い手を見つけたりするのも面倒だ。だから、あんたに返すよ。いいだろう?」

一瞬、チリカーズはほっとした表情を見せたが、すぐに口をきつく引き結んだ。煙草を地面に投げ捨てて踏みつける。「おまえ、何様だ？　おれに情けをかけてるつもりか？　よけいなお世話なんだよ、この変人が。これはおまえのもんだ。何度も言わせるな」

ケヴは歯を食いしばり、息を詰めて黙っていた。ツインフォールズの事故の前なら、こんなやつと話さずにすんだのだ。もう行ったほうがいい。自分はすでに暴力行為で訴訟を起こされているのだ。これ以上、問題を起こすな。

足を引きずらないように気をつけながら、チリカーズから離れた。しかたない。ほしくもないチリカーズの車で帰るとするか。とはいえ、今日のように頭が痛い日は、車はやはりありがたい。前に比べたら確かに足はよくなっているが、四十分もかけて歩いて帰るのはかなりきつい。

ボルボに乗りこみ、空を見あげた。車内はチリカーズの臭いがして、胃からすっぱいものがこみあげてきた。我慢しろ。すぐにおりるのだから。いつもより家に戻るのが遅くなってしまった。太陽がのぼり、割れそうに痛い頭をまぶしい光が直撃する前に、早く用事をすませて暗い穴倉《ロフトアパートメント》にもぐりこんだほうがいい。

帰りがけに、ケヴはノースイースト地区のスターク通りに立ち寄った。みすぼらしい煉瓦《れんが》造りの建物の正面玄関脇に車を停《と》める。扉の横に立つ看板には、〈エニー・ポート・イン・ア・ストーム〉と書かれていた。ここは家出した十代の少年少女たちの保護施設で、二十四時間体制で緊急時の保護に備えている。また、本人と家族がセラピーを受けられるようになっており、若者のホームレスや、ドラッグ常習者の子どもたちの、自立支援や更生の援助にも積極的に取り組んでいるのだ。インターネットでいろいろ調べてみたが、立派な施設だという印象を受けた。ケヴは戦利金の札束を取りだし、上着のポケットに入れておいた茶封筒のなかに入れた。封筒の表に施設長の名前を書いて封をする。駐車スペースがあるのならこの車も寄付したいが、直接話はしたくない。頭の血管が破裂しそうだ。なぜか、あごも痛い。ケヴは封筒を郵便受けに入れ、玄関の床に落ちる音が聞こえるのを待った。これで、銀行に行って入金票に記入する手間が省けた。

このあたりは朝の散歩コースで、ケヴは売春をしていた少女を一度ここに連れてきたことがあった。客に殴られているところにたまたま出くわしたのだ。女の子を殴るとは、男の風上にも置けないクズ野郎だ。かわいそうな少女の代わりにその男を殴りつけて、道端の排水溝に放りこんでやった。手を出すのはやめようとも思ったが、我慢の限界というものがある。自分自身が待ち伏せされて、襲われそうになったこともあった。悪党たちには気の毒だが、彼らを叩きのめすのは朝飯前だった。このふたつ以外にはこれといった事件もなく、散歩は一日の始まりの静かなひとときだ。

それにしても、いったいどうなっているんだ？　太腿も、腕も、肋骨《ろっこつ》も、全身のあらゆるところが痛い。

玄関扉の窓ガラスに自分の顔が映っていた。痩せこけた顔。頬骨がやけに目立つ。おまえは誰だ？　自分が誰なのかわからない。

わかっているのは、この十八年間の自分だけ。それで充分だと思っていた。だが今は違う。

記憶がおぼろげながらもよみがえり始めて、知りたいという欲求が生まれた。その思いが最近では抑えきれなくなっている。なぜか気持ちが焦っている。妙な胸騒ぎがおさまらない。早く思い出さなければ、何か恐ろしいことが起こりそうな予感がする。

ふたたび車を走らせ、ノースウエスト地区のレノックス通りにある、古ぼけた煉瓦造りの倉庫の横に停めた。この倉庫がケヴの穴倉《ロフトアパートメント》だ。さびれた路地裏に立つこのわが家が、しゃれたギャラリーやレストランが立ち並ぶパール地区にあるというのが笑える。といっても、北のはずれにかろうじてしがみついているようなものだが。鍵穴に鍵を入れると、ほっとして手が震えた……だが扉を開けたとき、ブルーノのアフターシェーブローションの匂いを嗅ぎつけた。くそっ、あいつめ。不良少年だったブルーノにピッキング技術を教えたのはケヴ自身だ。今ではブルーノも三十歳になったが、あいかわらず不良のままで、おまけにピッキングの腕もあげた。すべておれの責任だ。何を考えていたのか。ピッキングなんて教えなければよかった。

ブルーノは椅子に座り、のんびりとコーヒーを飲んでいた。まるで自分の家にいるようなくつろぎ方だ。おまけにベーコンまで炒《いた》めている。部屋に足を踏み入れたとたん、ベーコンとシェービングクリームが混じった匂いの襲撃を受けて、鼻が潰れそうになった。ひげを剃《そ》ったあとにそんなものをつけるとはとんだ気取り屋だ。脳に損傷を負っている男にとっては、悪臭以外の何物でもない。

ケヴは天井の明かりを消して、間接照明に切り替えた。「ここで何をしているんだ？」

「一緒に朝食を食おうと思ってさ」ブルーノが言った。

ケヴはおそるおそるサングラスを外した。「朝食か」疲れきった声で言う。「なるほど」彼は椅子にどさりと座りこみ、太腿を撫でた。滝に落ちたときに骨折した箇所だ。

「またポーカーか？」

その口調に、一瞬ケヴはひるんだ。「何が言いたい？」

「勝ったのか？」

「まあな」ケヴはしかたなく答える。

「いくらだ？」

ケヴは目をこすった。「忘れた。家に戻る途中で捨ててきたよ。おれには必要ないからな。金がほしくてやってるんじゃないんだ。それはおまえもわかってるだろう？」

「ああ。ミスター・高潔は金なんかいらない。欲にまみれた、おれたち一般市民とは違うからな。なんだよ、えらそうに。それに軽率だ。あんたのそういうところがムカつくんだよ」

ケヴは痛む頭をもんだ。傷が膿《うみ》を持っているようにずきずきする。「だから、いつも言ってるだろう。金の問題じゃないんだ。おれは——」

「もういい。聞き飽きたからな。おれだって、普通の人間なりにわかってるつもりだ。脳をフル回転させているときだけ、頭のなかのいやな音が聞こえなくなるんだろう？　数式で頭をいっぱいにするなんて冗談としか思えないけどな。だけど、あんたは変人だ。何を聞かされたって驚かないさ」

ケヴは鼻で笑った。「おまえが普通の人間だって？　笑わせるな、ブルーノ。とにかく、おれの脳はいかれてるんだ。だったら、うまく付き合うしかないだろう。おれは、これでもそれなりにやっているつもりだ」

「兄貴は考え方が後ろ向きすぎるんだよ」ブルーノときたら、今度は説教口調だ。「人生を取り戻したいんだろう？　だったら――」

「おれだって取り戻そうとしているさ！」自分の怒鳴り声が脳天を直撃した。ケヴはずきずきする頭を両手で抱え、ゆっくりと深呼吸を繰り返した。「おれも人生を取り戻したいと思っている。だが、そう簡単にはいかないんだ」

「なに弱気なこと言ってるんだよ」ブルーノが声を荒らげる。「さっさとケツをあげろ！　動け！　退院してから何もしてないじゃないか。あれから何カ月経ってると思うんだ！」

「おまえには野望があるんだよな」ケヴは言った。「金が足りないなら、いつでも言ってくれ。おれが出すから」

「今はおれの話をしてるんじゃないぞ！」

ケヴは口元をゆがめた。「わかってるさ。動きまわれって話だろう？　言われなくてもおれは動いてる。数式を頭に浮かべて、のんびりマスターベーションをしてるとでも思っているのか？」

ブルーノがいらだたしげに言い返した。「時間を無駄にするな。外に出ろ。太陽を浴びろよ。女と遊ぶんだ。〈ロスト・ボーイズ〉が成功して、今じゃ兄貴は大金持ちだろう？　それを全部、ただどぶに捨てるんじゃなくて——」

「ロスト・ボーイズはおまえが成功させたんだ」ケヴは静かだが強い口調で言った。「おれがいなくても、おまえだけでやっていける。おれのことなら心配しなくても大丈夫だ」

ブルーノは憤然とした表情を浮かべている。「で、どうするんだ？　暗がりでパソコンを眺めて、取りつかれたみたいに過去を探すのか？　やめろよ！　今の自分から始めるんだ！　それで充分だろう、ケヴ。実際、立派な人生じゃないか。よくここまで来たよ。おじさんに助けられたときのことを考えてみろ。見事なもんだ」

ケヴもそれは否定しない。だが、同意もしない。「おれは自分を知りたいんだよ」

「なぜだ？」ブルーノが怒鳴り声をあげた。「なんのために？　それで何を証明したいんだよ？」

ブルーノの言うとおりだ。自分の過去がわかったからといって、これからの人生がよくなるわけではない。知らないほうがいいことも、山ほどあるかもしれない。だが、どうしても好奇心が抑えきれなかった。この十八年間、ずっと自分が誰か知りたいと思っていた。滝から生還してからは、その気持ちがいっそう強まった。たとえろくでもない男だったとしても、それでも知りたい。

ブルーノはさらにたたみかけてきた。「いったい何が不満なんだよ？　金はうなるほどある。まあ、恵まれない女や子どもたちに与え続けていたら、そのうち底をつくかもしれないけどな。それに、あんたには家族もいる。おれやトニーやローザがいるじゃないか。それともなにか？　おれたちが家族だと恥ずかしいのか？　あんたは頭がいいからな。おれたちじゃ、教養がなさすぎるか？」

「ばかなことを言うな。家族だと思っているさ」

「だけど、おれたちじゃだめなんだな」ブルーノの声が大きくなっていく。「あんたは、頭にぽっかり空いた穴にこだわりすぎてる。それより人生を立て直すことを考えたらどうだ？　その穴には失望しか嵌《はま》らないかもしれないんだぞ。それでも過去を知りたいか？　おじさんが見つけたとき、自分がどんな状態だったか思い出してみろよ。生きているのが不思議なくらい、ひどいありさまだったんだぞ。あんたの家族とやらが、どれだけご立派なやつらか知らないが、あのとき、誰かあんたのそばにいたか？　ひとりもいなかったよな。みんな、あんたを置き去りにしたんだぞ！　きっと死んでもいいと思っていたんだ！　それでもおれたちより、そいつらのほうがいいって言うのか？　そんな家族のどこがいいんだ！」

ケヴは長年一緒に暮らしてきた男をしげしげと眺めた。「おまえと縁を切ろうとは思っていない。たとえ血のつながった家族が見つかってもな。おまえはずっとおれの弟だ。それは死ぬまで変わらない」

ブルーノがまごついた表情を浮かべる。「おれが言いたいのは、そういうことじゃない」

ケヴはただ弟を見ていた。

「くそっ、黙れよ」ブルーノがうなった。「黙れって」

「おれは何も言っていない」ケヴは静かに返した。

「言わなくてもわかるさ。顔に書いてあるからな。ほら、これを食えよ」ブルーノが、ロールパンとベーコンエッグを山盛りにした皿を突きだした。

たちまち吐き気がこみあげてきた。ブルーノが機嫌を悪くするのは百も承知だが、ケヴは首を横に振った。「コーヒーだけにするよ」

ブルーノはカラブリア地方の方言で悪態をつき、皿をシンクのほうへ投げた。皿の割れる音が豪快に響く。たまらずケヴは耳を覆った。あいつめ。わざとやったな。

ケヴは上着を脱いで、カップにコーヒーを注いだ。ブルーノは無言の怒りを背中から放出している。ケヴは足を引きずらないよう気をつけて、部屋の奥へ行った。情けない姿をさらしたら、ブルーノの怒りに油を注ぐだけだ。

ケヴはワークテーブルの前に腰を落ち着けて、パソコンの電源を入れた。

「おれの話はまだ終わってないぞ。そいつで遊ぶのはあとにしてくれ」

「遊んでなんかいない」ケヴは穏やかな口調で言った。「それに、おまえに話しかけられたらちゃんと返事をする」

「はっ、脳みその半分でか？　まったくいらつく男だ」

ケヴは画面から目を離さなかった。「あいにく、おれにはもともと脳が半分しかないんでね」

「それなのに、兄貴は難解で複雑な方程式を解きながら、同時に核ミサイルを発射したり、天気図を分析したり、プードルの毛を刈ったりできるんだよな。だけど、人が話をしているときは手を止めて聞くもんだ。今、兄貴がやってることを世間ではなんて言うか知ってるか？　不作法なふるまいって言うんだよ」

ケヴは笑いを見せないようにこらえた。「まさかおまえから作法について説教を受けるとはね。おれの家に無断で押し入ったのはどこのどいつだったかな？　帰れ、ブルーノ。おれは仕事だ」

ブルーノが椅子をつかんで、またがった。「あんたがちゃんと飯を食ったら帰るよ」

ケヴはため息をついた。「今は食べられない。胃が痛いんだ。たぶん消化不良を起こしているんだろうな。治ったら食べる」

「だったら、よくなるまで待つ」ブルーノが頑として言い放つ。

ケヴはずきずきする額をさすった。「心配しなくても大丈夫だ。さあ、帰ってくれ。おれは忙しいんだ」

「いやだね」

ケヴはゆっくりと息を吐きだした。疲れきっていて、言い返す気力もない。だが、殴りあいの喧嘩でもしない限り、ブルーノは帰ろうとしないだろう。

ブルーノは、やれるものならやってみろと言わんばかりにケヴをにらみつけている。こういう表情をするとトニーにそっくりだ。血というものは恐ろしい。

ブルーノに喧嘩のやり方を教えたのもケヴだった。今ではブルーノは誰にも負けないくらい強くなった。それにケヴより十歳近くも若く、オリンピック選手並みのたくましい体をしている。おまけに、滝に落ちてもいない。一方、自分は万全と呼ぶにはほど遠い状態だ。それでも勝つかもしれないが、また病院送りになる可能性が高い。

やはり喧嘩はやめておこう。「勝手にしろ。好きなだけ退屈していてくれ」ケヴはサングラスをかけた。「だが、おれの邪魔だけはするなよ」

ブルーノは傷痕が残るケヴの顔をじっと見ている。こちらが何を考えているのか読み取ろうとするような目つきだ。持久戦に持ちこむとは、いかにもブルーノらしい。こいつは、粘り強く一本気な男だ。感心するところでもあるが、たまらなく厄介でもある。それでも、愛すべき弟であることには変わりがない。

「おじさんに兄貴のことをきかれたよ」ブルーノが話しかけてきた。

ケヴはコーヒーカップを口に運ぶ手を一瞬止めた。匂いを嗅がないように息を止めて、ひと口飲む。「そうか？　トニーはなんて？」

「兄貴のことを心配している。家族だからな」

ケヴは画面を見つめていたが、目には何も映っていなかった。「ああ」

ブルーノが小声で悪態をついた。「なあ、ケヴ。別におじさんはあんたの弱みにつけこんだわけじゃない。ああいう人間なんだよ。わかるだろう？　それに、あんたのためを思ってやったことだ。人目につかないように」

「無給で働かされたんだぞ。それも何年も。まるで召使と王子の関係だった」ケヴは言い返した。「おれのためを思ってじゃない。世間にただのものなんてないんだ、ブルーノ。おまえだっておれと同じだぞ。トニーにいいように使われているだろう」

ブルーノは何も言わなかった。図星だからだ。「とにかく、心配している」もう一度繰り返した。「本当だ。くそじじいかもしれないが、あんたのことを気にかけているのは嘘じゃない」

ケヴは沈黙を貫いた。それがブルーノの言葉に対する答えだった。

ブルーノは口をきつく引き結んでいる。「だったら、おじさんはどうすればよかったんだよ？」

「別に何も」ケヴは口を開いた。「トニーにはなんの義務もなかった。それに、おれも文句を言える筋合いじゃない。トニーが救ってくれなかったら、おれは死んでいた。住む場所を与えてくれなかったら、ホームレスになっていた。一年目の冬に道端で凍死していたよ」

「じゃあ、なぜそんなに怒ってるんだ？」

ケヴはかぶりを振った。「怒ってなんかいないさ」億劫《おっくう》そうに言う。「トニーには世話になった。大きな借りができた。だが、年季奉公は勤めあげたと思う。充分に血と汗を流したよ」

「おじさんはあんたに強制労働をさせたとは思ってないぞ」ブルーノは引きさがらなかった。

「それに、怒っていないなんて嘘だ。本当は、はらわたが煮えくり返ってるんだろう？」

もう何も話したくない。ケヴは気力が尽き果てていた。抑圧されたみじめな月日が何年も続いた。食堂裏のかびくさい部屋が目に浮かんできた。おんぼろの小さなベッドしかない部屋。休み時間はそこに引っこんでいた。冬は凍えるほど寒く、夏は焦げるほど暑い。料理の匂いがしみついた、ペンキのはげかけた壁。部屋の外の路地に置かれた悪臭を放つゴミ箱。シャワーのない粗末なバスルーム。ポリバケツに水を入れて手洗いで洗濯した。毎晩、頭痛に苦しめられ、数えきれないほど吐いた。そして悪夢。悪夢を見ない夜は、ひと晩たりともなかった。

汚れた薄い枕に顔を押し当てて泣いた。たったひとりきり。どんなに話したくても、言葉が出てこない。怒りをぶちまけたくても、それができないのがもどかしかった。胸の上に大きな岩がのっているような気分だった。毎日少しずつ押し潰されていく気がした。自分のいるべき場所でないのは最初からわかっていた。だが、どうしても帰る場所が思い出せない。筋道を立てて考えることができず、そんな自分がいやでたまらなかった。恐怖に怯える夜。そして朝になると雑用が待っていた。トニーの命令で、皿拭きをさせられたり油まみれの皿を洗わされたりした。何年も。

そんな日々が、ブルーノが現れて変わった。ブルーノはトニーとローザの姪《めい》の息子だ。ある日、母親に連れられてやってきたブルーノは、継父の虐待から逃れるために、しばらくふたりと一緒に暮らすことになった。

母親がその男と別れて、生活が落ち着くまでという約束だった。それが結局、男から自由になることも、生活を立て直すこともできず、母親はトニーたちに息子を預けてまもなく亡くなってしまった。

すぐにブルーノはケヴのあとをついてまわるようになった。おしゃべりな子どもで、ケヴが話せなくても一向に気にしている様子はなかった。実際、ふたり分話しているのではないかと思えるくらい、絶えず口が動いていた。母親を継父に殺され、精神的ショックを受けた十二歳の少年。やり場のない思いを聞いてくれる人を求めていた。そんなブルーノにとって、ケヴは申し分のない聞き役だったというわけだ。

心の支えを切実に求めていたブルーノに追いかけられ、おしゃべり攻撃を受けた毎日。その少年の存在が、ケヴのひとりきりの世界を変えた。心と体の傷を癒《いや》してくれたのはブルーノだった。長く苦しい道のりを一緒に歩いてくれたのは、彼だった。トニーではなく。

だからといって文句を言うつもりはない。トニーには感謝している。命を救ってもらい、傷を癒す場所を与えてもらった。感謝してもしきれない。これ以上のことを求めたら罰が当たる。だから、気遣ってくれなかったことを恨んではいない。もう過去のことだ。世の中には思いやりのある人間とない人間がいる。人それぞれだ。ブルーノがそばにいてくれたのは、本当に運がよかった。

もの思いに浸っているうちに、胃の痛みがさらに激しくなってきた。いったいどうなっているんだ？ 勘弁してくれ。ケヴは画面に視線を戻した。

しばらくすると、ブルーノが立ちあがり、長椅子に寝そべってスポーツ番組を見始めた。ケヴは調べものに集中し、やがてテレビから流れてくる音も聞こえなくなった。

ケヴはオスターマンの情報を探していた。年齢を五十歳から七十歳に絞り、北西部に住んでいる男は除外した。ひとり、気になった男がいた。クリストファー・オスターマン。科学者。故人。この男が発表した脳機能を高める研究の資料は山ほどあるが、写真が一枚もない。その資料のほとんどが、〈安息の地《ヘヴン》〉という変わった名前の研究機関のものだ。内容を流し読みする限りでは、金持ち専門の機関のようだ。成績優秀な子どもがほしいという自分たちのエゴを満足させるために、親たちはわが子をこの〈安息の地《ヘヴン》〉に通わせていた。だが、オスターマンの死後、この研究機関は閉鎖された。三年前のことだ。

〈安息の地《ヘヴン》〉に来ていた若者たちの多くが、医学や科学やビジネスの世界で輝かしいキャリアを築いている。この研究機関の紹介文には美辞麗句ばかり並んでいるが、オスターマンの研究成果うんぬんよりも、結局は金や人脈がものをいったとしか思えなかった。

ケヴは〈安息の地《ヘヴン》〉の研究プログラムの参加者のフェイスブックを見つけた。グループ名はOクラブ。メンバーは写真や情報を共有して交流を楽しんでいる。読んでみると、自慢話と自画自賛のオンパレードだった。最低の人間たちの集まりだ。不快以外の何物でもない。

突然ブルーノに背後から声をかけられて、ケヴは椅子から飛びあがりそうになった。「何時間、画面とにらめっこしてるんだよ」ずいぶんと喧嘩腰だ。「もう飯を食えるようになったか？」

夢中になって検索しているあいだは、具合が悪いことも忘れていたが、ケヴの胃の調子は少しもよくなっていなかった。「まだだ」

ブルーノは小声で悪態をつき、画面をのぞきこんだ。「フェイスブック？　何を調べてるのかと思ったら、女を探していたのか？　兄貴もようやくその気になったんだな。いいのが見つかったか？」

ケヴは鼻で笑った。「フォトアルバムを見ているだけさ。〈安息の地《ヘヴン》〉という研究機関にいたグループのものだ。クリストファー・オスターマン博士がそこの責任者だった。博士は脳機能を高める研究をしていた。このグループの参加人数はかなり多い」

「どうやってこのグループのフェイスブックを見つけたんだ？」

ケヴは黙ってブルーノを見つめた。ブルーノが天を仰いだ。「いや、いい。きいたおれが間抜けだった。忘れてくれ。脳機能を高める研究だって？　それって脳の実験か？　あんたも受けたんだろう。絶対そうだ。だから頭がいかれてるんだよ」

「そうかもな」ケヴは、気分を害することなくあっさり認めた。「このオスターマンという男は三年前に死んでいる。研究所が火事になったらしい。こいつの写真が見たいんだが、どこにもないんだ」

「おい、よしてくれよ。この下衆野郎の写真を見たいだって？　オスターマンと勘違いした男を見たとき、自分がどうなったか忘れたのか？　なんの罪もない脳神経外科医を殺しそうになったんだぞ！」

「ブルーノ、黙れ」ケヴは写真を見ながら言った。「おれは忙しいんだ」

一瞬ブルーノは黙ったが、すぐ言い返してきた。「また幻覚を見て、おれに襲いかかってきたら、こてんぱんに叩きのめしてやるからな。あんたが病みあがりのガリガリ男だからって手加減はしない。覚えとけよ」

ケヴは写真から目を離さなかった。次々にクリックして、写真とコメントをすばやく見ていく。

輝かしい研究成果をあげた、今は亡き偉大な科学者、O博士と。

マウスにのせたケヴの手が凍りついた。白衣を着た男。黒髪。黒い目。目と目の間隔が狭い。両脇に立っている若者の肩に両手をまわし、口を大きく開けて笑っている。

今や全身が凍りつき、ケヴはぴくりとも動けなかった。まばたきさえもできなかった。頭のなかで、明かりがちかちかとせわしなく点滅している。明かりが点《つ》くたびに、パティルの顔が浮かびあがり、この男の顔と重なった。確かによく似ている。インド人のパティルのほうが色黒で、O博士はギリシア人やイタリア人のように日焼けした肌をしている。だが、顔はそっくりだ。

頭が締めつけられるように痛い。息ができない。体も動かない——。

おい、ケヴ？　どうした？　ケヴ、大丈夫か？　おい！　ケヴ！

ブルーノの声が遠くから聞こえてきた。話したくても声が出ない。ブルーノのほうを見たくても首が動かない。筋肉が固まっている。落ちていく……暗い穴のなかへ……。

くそっ！　なんてこった。しっかりしろ！　またパニックを起こしたら、今度こそ……。

ブルーノの声がぷつりと消えた。O博士の写真が大きくなっていき、画面いっぱいに広がった。笑っている口が徐々に大きく開いていく。

目に何かが刺さった。熱いものが頬を伝い落ちる。血だ。視界が赤く染まる。満面に笑みを浮かべて、O博士がこちらを見ている。真っ赤な唇が獲物をのみこもうとして、ゆっくりと横に広がった。口がさらに大きく開き、画面を満たした。

そして、目の前が真っ暗になった。

4

「おい、変人。おれだ、ブルーノだ。オスターマンのくそ野郎じゃないからな。だから、目を開けてもフラッシュバックを起こすんじゃないぞ。わかったか？　飛びかかってきたら、喉を掻き切ってやるからな。おれは本気だぞ！　もうこんなことはうんざりだ！」

ブルーノは、病院のベッドで寝ているケヴに覆いかぶさるようにして毒づいた。だが、なんの反応もない。ケヴは大理石の像のように横たわったままだ。心配で胃がどうにかなりそうだ。もう二十四時間以上もこの状態が続いている。それなのに、ケヴはまったく目を覚ます気配がない。昏睡状態に陥ったのはこれで三度目だ。医者でさえ、首をかしげている。

くそっ。どうすりゃいいんだ。

ベッドを挟んだ反対側に座っているトニーが鼻を鳴らした。「怒鳴るのはやめろ。声を落とせ。無駄だ。こいつにはなんにも聞こえちゃいない」

ブルーノは盛大なため息をつき、椅子にどさりと座りこんだ。いらだたしげにベッドサイドテーブルを指先で叩く。「前に目を覚ましたときは、優しく声をかけてやったんだ」むっつりとして言う。「だけど、とんでもないことが起きた。ケヴがパティルの顔を殴りつけたんだよ。だから、大声をあげたほうが声を間違える心配がないのさ」ブルーノはふたたび身を乗りだして、ケヴに顔を近づけた。「腐れ男のオスターマンじゃないぞ、おい、聞こえるか？　おれはあんたのかわいいブルーノだ。オスターマンじゃなくてブルーノ！　もしもーし？」ブルーノはケヴの鼻をつねった。「おい、こら！　いい加減にしろ！　コンコン、誰かいるか？」

やはり反応はない。ブルーノは椅子の背にどっかり寄りかかり、ため息をついた。トニーは険しい顔をして、微動だにせず座っている。もっとも、これがいつものトニーだ。ヴェトナム戦争の退役軍人、元海軍の鬼軍曹、常にいらだっている男。特にブルーノとケヴは彼にとって目の上のたんこぶだった。

そのいらだちの元凶のひとりが、意識不明に陥った。しかも三度目だ。トニーのはらわたは煮えくり返っているに違いない。

ケヴは死人のようだ。顔色は青白く、ぴくりとも動かない。棺《ひつぎ》に入っていたブルーノの母と同じだ。葬儀屋が母の顔に化粧をして、継父のルディにやられたむごたらしい傷を隠してくれた。棺に横たわる母は、不思議なくらい穏やかな顔をしていた。

だがケヴはまだ棺のなかに入ってはいない。それなのに、気味が悪いほど安らかな顔をして眠っている。もともとケヴはとんでもなく穏やかな男だ。短気な性格ではない。話せるようになってからもそれは変わらなかった。ただし、いったん怒らせたら、たちまち悪魔に豹《ひょう》変《へん》する。空手とカンフー、それに柔道、合気道、柔術を組みあわせたケヴ独特の喧嘩スタイルで、容赦なく相手を叩きのめす。しかも恐ろしく強い。

ケヴの苗字《みょうじ》がラーセンになったのも、この腕っぷしの強さがきっかけだった。昔、食堂で喧嘩沙汰が起きたことがあり、それをケヴが難なくおさめたときだ。その日を境に、なぜかトニーはケヴをケヴラーと呼ぶようになった。ずっとチビだったのが、ようやくまともな名前がついたというわけだ。やがて、話せるようになったケヴは、自分の名前をケヴ・ラーセンにした。ほんのジョークのつもりだったが、この北欧によくある苗字は、妙にケヴに合っていた。実際、ケヴがスエーデン人やデンマーク人だと言っても誰も疑わないだろう。長身。筋骨たくましい体。ふさふさのくすんだ金髪。肌はスキムミルクみたいに白くはないが、感情を抑えた表情や顔に残る傷痕が、どこかヴァイキングの戦士を彷彿とさせる。あとは、髪を三つ編みにして、角付きの兜《かぶと》をかぶり、毛皮のマントをはおるだけでいい。

ブルーノは子どもの頃、ケヴの脚のタトゥーを見つけて、自分の名前を彫るなんて女々しいナルシストのおかま野郎のすることだとばかにしたことがある。本当は恋人の名前を彫ったに違いないとはやし立て、ケヴの股間を蹴ろうとしたこともある。

だが、あっさり反撃を食らってしまった。ケヴは頬の傷痕を引きつらせてにやにや笑いながら、ブルーノの尻をつかもうとしたり、キスをしようとしたりしてきた。ブルーノは必死になって逃げた。

それっきり、ケヴをゲイ呼ばわりしてからかうのはきっぱりやめた。

ブルーノは上掛けをめくり、ケヴの脚を見つめた。ブロンズの毛で覆われたふくらはぎは、筋肉が盛りあがっている。小さなタトゥー。ゆがんだ文字〝ケヴ〟。青みがかってにじんだその文字は痣《あざ》にも見える。

ブルーノは上掛けをもとに戻した。不安でたまらなかった。ケヴはトニーやローザ以上に大切な存在だ。ケヴの支えがあったから、これまで生きてこられた。自分を救ってくれたのはケヴだった。母を殺したルディに仕返しをしてくれたのもケヴだ。まあ、殺しはしなかったが。たとえ殺したところで恨みが晴れるわけではないが、泣き寝入りするよりは、はるかにましだ。

ケヴは死なない。また生還するに決まっている。ケヴのいない人生など考えられないし、考えたくもない。もともと感傷的になるタイプではないが、棺のなかの母親と同じように、穏やかな顔で眠るケヴを見ていると、不覚にも泣きたくなってくる。ルディに母を殺されたあの日——悲しみは心の奥底に閉じこめた。そんな感情があったことさえずっと忘れていたのに、この期に及んでわきあがってきた。そして、無縁だと思っていた感情が頭をもたげ始めている。愚かで身勝手な感情、嫉妬だ。ケヴが探しだすかもしれない、実の家族に対する嫉妬。いや、必ず探しだすだろう。もし本当に家族がいるのなら、ケヴは絶対に見つけるはずだ。それも、あっという間に。

血のつながった正真正銘の家族。おれはその一員にはなれない。蚊帳の外だ。その家族は、戻ってきたケヴを両手を広げて迎えるだろう。愛情をこめて包みこむのだろう。そしてケヴは、生意気で手が焼ける、ブルーノ・ラニエリという弟がいたことなど忘れてしまうに違いない。パイを焼いてくれる母親と、太鼓腹の優しい父親。それに、おれが知らないことをたくさん知っている、ケヴにそっくりの兄弟や姉妹。そういう家族がケヴにはいるのかもしれない。

自己憐憫に浸るのはよせ。まったく、おれらしくもない。考えてもみろ。テレビドラマじゃあるまいし、そんな絵に描いたような完璧な家族がこの世にいるわけがない。そもそも、家族っていったいなんだ？　血のつながりがないと家族じゃないのか？　だが、血は水より濃いというのも事実だ。

もうやめろ。今は家族の問題は忘れて、ケヴが早く目覚めることだけを祈ろう。あいかわらずケヴは死人のようだ。こんな姿を見るのはつらい。

これほど打ちのめされたのは、母親の死以来だ。体じゅうの筋肉が痛み、歯を食いしばっているせいで頭も痛かった。昨日の朝、ケヴが発作を起こして倒れてから、ロスト・ボーイズにも顔を出していない。だが、おれがいなくても会社は大丈夫だ。有能な従業員がちゃんとやってくれている。かえって、おれがいなくてせいせいしているだろう。怒鳴り散らす声が聞こえなくて喜んでいるに違いない。

正直言って、最近の一連の出来事にはそれほど驚いてはいない。ケヴにはどこか危ういところがあった。いつも危険と背中合わせの生き方をしていた。つかみどころがなく、謎めいており、心のうちに激しさを秘めた男。それがケヴだ。彼に何かとんでもないことが起きるのではないかと、ずっと不安だった。恐れていた。そしてついにその日が来た。落差が百メートルもある滝に落ちたのだ。その事故から奇跡的に復活を果たし、ようやく普通の生活に戻りかけたというのに、またこうしてケヴは病院のベッドに寝ている。

ケヴの天才的な頭脳には心底驚いた。彼のことならなんでも知っているつもりでいたが、考えが甘かった。冗談抜きで、ケヴの体はすべて脳みそでできている。それも発達しすぎた脳みそだ。どこを切り取っても高度な知識が詰まっている。ケヴ・ラーセン。世界一謎の多い男。ひょっとしたら、地球で迷子になった宇宙人なのかもしれない。

きっとそうだ。そう考えると妙に納得がいく。

常識に欠けているのも、宇宙人ならしかたがない。残念ながら、滝から生還したあとも、以前と変わらずケヴには常識というものがない。とりあえず今のところはおれが目を光らせているが、何度教えこもうとしても、どこ吹く風だ。それにしても、あの無頓着ぶりはどうにかならないものだろうか。金のことなど、まったく問題にしていない。ケヴは眠れない夜によく精巧な凧《たこ》を作っていた。すぐにでも商品化できそうな見事な代物だった。ところがケヴときたら、できあがるとちょっと遊んだだけで、クローゼットにぽいと放りこみ、それっきり忘れてしまうのだから始末に負えない。

何がきっかけになるかわからないもので、その凧作りを間近で見ていて、おれは会社を立ちあげることを思いついた。そして、七年前に〈ロスト・ボーイズ・フライウェア〉ができた。ケヴがデザインしたスポーツカイトから始まり、今では斬新な教育玩具も手掛けている。卓越した頭脳と芸術的センスを持つケヴが構想、デザイン、製造を担当し、おれは経営管理を担当している。至って地味な仕事だ。人にはそれぞれ持って生まれた才能があり、おれの場合は金儲けなのだ。

事業は順調だ。ケヴが考案したスポーツカイトのデザイン特許を取得し、これで大きな利益を得ることができた。ロスト・ボーイズは黒字続きで、従業員全員が潤っている。おそらくこの先一生金には困らないだろう。ただし、言うまでもないが、湯水のごとく散財するのではなく、ある程度の計画性を持つことが必要だ。

だが、ケヴの辞書には計画性という言葉はない。まったくおかまいなしだ。この調子では、通りで会った赤の他人に全財産をやってしまいかねない。

それでも、ケヴの好きにさせておこうと思った。なんといっても、脳に損傷を受けた男だ。ここは百歩譲って、大目に見てやることにしよう。しかし悩みどころだ。百ドル札の束を燃やしているのを黙って眺めている気分だ。ケツがむずむずする。こんなふうに思うのは、ニューアークの貧困層が住む地区で育ったせいだろう。自分なら、いざというときのために金は蓄えておきたい。それもできるだけ多く。こう見えても、おれは安定志向なのだ。

一方ケヴは、ライオンの檻《おり》の上に張ったワイヤーを、命綱なしで嬉々《きき》として渡る男だ。向こう見ずなことばかりしておれをいらだたせる。ポーカーで勝った金のこともだ。いつも帰り道に、たまたま見つけた慈善団体の郵便受けに入れてくる。頭がどうかしているとしか言いようがない。あの思考回路は理解に苦しむ。どうしようもなく世話の焼ける男だが、それでもおれはケヴを愛している。ちくしょう。憎めたら、どんなに気が楽だろう。

「こいつは見当違いなことをしている」トニーが口を開いた。

突然、低い声が聞こえて、ブルーノは物思いから覚めた。「なんだって?」ぶっきらぼうに尋ねる。「何が見当違いなんだ?」

「オッターマンというろくでなしを探してることさ」

「オスターマンだ」ブルーノは言い直した。

「どっちだっていい。生白い肌をした科学者なんか探しても時間の無駄だ。脳の実験をしているだけだからな。こいつを拷問したのはプロの殺し屋だ。あの手口を見ればわかる。そのへんの素人じゃできない。あれはマフィアのやり方だ。おれにはわかる」トニーが横目でブルーノを見た。「おまえだってわかってるはずだ、ブルーノ」

ブルーノは肩をすくめて、今の言葉を受け流した。マフィアと聞くだけで虫唾が走る。子

ども の頃、マフィアの縄張り争いに継父が巻きこまれていたのを何度も見た。母親も同じ目に遭っていた。思い出したくもない過去だ。それなのに、トニーときたら傷口に塩を塗るようなことを平気で口にする。

「オスターマンが殺し屋を雇ったのかもしれないだろう?」ブルーノはトニーに食ってかかった。「それに、拷問のやり方を知ってるのは、何もマフィアだけじゃないさ」

トニーは節くれだった大きな手を振って、ブルーノの言い分を一蹴した。「一九九二年の八月に行方不明になった特殊部隊所属の兵士の資料を調べるべきだ。もしくは、シアトルを拠点としていたギャング集団の顔写真だな。いいか。こいつはな、特殊部隊の内偵任務中に、犯罪組織の機嫌を損ねるような真似をやっちまったのさ。それで殺されそうになったんだよ。単純な話だ」

ブルーノは鼻で笑った。「ケヴに単純なところなんてひとつもないさ。言わせてもらうが、おれはオスターマンの写真を見たときのケヴの反応をこの目で見てるんだ。その場にいたんだからな」

トニーが吐き捨てるように言った。「たまたまそのとき発作が起きただけだ」

「ケヴは科学者だったんだ」ブルーノは食いさがった。「バスルームに置いてある本を見たことがあるか?　生化学とか航空工学とかだぞ」

トニーがうんざりした顔をしてみせた。「おい、勘弁してくれ。何が科学者だ。この武道の達人が？　いったい何種類できるんだった？　八種類か？　そんな科学者がどこにいる。ばかも休み休み言え」

それはお互いさまだ。トニーとはもう十年以上も同じ言い争いを繰り返している。これこそ時間の無駄だ。結局、堂々めぐりにしかならない。だが生まれつき意固地な性格のブルーノは、このまま黙って引きさがるつもりはなかった。「世の中にはいろんな人間がいるだろう。おじさんは文句を言いたいかもしれないが、大学に通う男だって女々しいやつらばかりじゃない。武道を習っている科学者や、趣味で理論物理学を勉強しているシール隊員やレンジャー隊員がいても、別におかしくないさ」

トニーは頭を振った。「あの戦いっぷりは、ちょっとやそっと習ったぐらいじゃ身につかない」顔をしかめる。「鍛錬の賜物《たまもの》だ。生き延びるためのな。ケヴは素人じゃない。戦闘のプロだ。ルディがどうなったか覚えてるか？」

このくそじじいめ。また毒を吐きやがった。ルディのことは思い出したくもない。いつも母を殴りつけていた暴力男。あの日、ルディは殴る手を緩めなかった。

そして、母は死んだ。脳挫傷を起こし、肝臓は破裂し、折れた肋骨で肺が破れた。ほかにもあげたらきりがないほど母は痛めつけられていた。それなのに、ルディはまんまと逃げきった。地元のマフィアのボスとつながっていたあの男は、賄賂《わいろ》をもらった腐れ警官にしっかり守られていた。結局、警察はおざなりな捜査しかしなかった。

それでもおれは裁判で証言することになった。ルディが母親に暴力をふるっていた場面を何度も見ていたからだ。その話を聞きつけたルディは、子分をふたり連れてポートランドにやってきた。おれを殺しに。

やつらは早朝に狙いを定めた。おれが学校に行く前、食堂で飯を食う時間だ。通りは静まり返り、トニーはまだ階上で寝ていた。食堂にいたのは、おれと頭がいかれた男のふたりだけ。モップがけと皿洗いの下働きをしている無害な男で、しかも口がきけない。これほど絶好の時間帯はない。

あの朝の出来事は、ひとこま残らずはっきり覚えている。朝五時に、おれは食堂のドアを叩いた。ケヴが裏部屋から起きてきて、ドアを開けてくれた。おれはカウンター席に座り、ケヴが料理を作って出してくれるあいだ、ノンストップで話し続けた。胡椒《こしょう》がかかりすぎの焦げた目玉焼きが三つ。焼いたハム。ブドウジャムがべとべとに塗られたトースト。

いつもと変わらない朝。突然、ルディたちが食堂に入ってきた。やつの子分ふたりがおれを取り押さえた。ルディがおれの首からロケットペンダントをむしり取った。肌身離さずつけていた、母の写真入りのペンダント。母がくれた大切な宝物だった。ルディはおれの首根っこをつかみ、ドアのほうへ引きずっていこうとした。

そのとき、ケヴがいきなりカウンターのなかから飛びだしてきて、ルディに襲いかかった。電光石火の速さ。一瞬、何が起きたのかわからなかった。ルディが手を離した隙に、おれはあわててテーブルの下にもぐりこんだ。そして目も口も大きく開けて、アクション映画さながらの光景を呆然と見ていた。

まったく勝負にならなかった。男たちのナイフも役に立たなかった。やつらはケヴに一発も当てることができなかった。ケヴは、軽い身のこなしで相手の攻撃をすべてかわした。ルディが顔面にケヴの足蹴りを受けて後ろによろめいた。子分のひとりはケヴに、頭から窓越しに投げ飛ばされた。体勢を立て直したルディが雄叫《おたけ》びをあげてケヴに突進していったが、その声とガラスが砕け散る音が重なりあった。ルディはなんの見せ場もないまま、あっけなく横向きに床に倒れこんだ。腕が折れ、尻には自分のナイフが刺さり、急所にはおれが目玉焼きを食べていたフォークが突き立っていた。ぶざまな姿だった。ルディは体を丸め、怪我をしていないほうの手で、血に染まった股間を押さえていた。

窓ガラスの割れる音で飛び起きたトニーが、下着姿のまま食堂に駆けこんできた。カオスと化した室内を鋭い目で見まわし、泣いているおれをテーブルの下から引きずりだした。トニーはおれをにらみつけ、頭をひっぱたいた。そして、床の上でうめいているルディをつま先で小突き、値踏みするような目をケヴに向けた。

「今度やるときは、窓ガラスを破るな」トニーはぶっきらぼうに言い放った。「修理代にいくらかかると思ってるんだ。さあ、突っ立ってないで、このゴミを外に出すのを手伝え」

おれとケヴは、血だらけのごろつきたちを引きずって厨房を通り、路地に出した。そこにはトニーのピックアップトラックが停まっていた。おれがおっかなびっくり、警察に通報しなくていいのかときくと、トニーはせせら笑った。「おまえ、死にたいのか?」このひと言で、おれはぴたりと口をつぐんだ。

血まみれの歩道をホースで洗い流し、食堂の入り口に〝修繕のため閉店〟の看板をかけるよう言い残すと、トニーはピックアップトラックで走り去った。

この日を境に、ケヴはおれのヒーローになった。その後もやっぱりケヴを追いかけまわしていたが、好奇の目ではなく、尊敬の目で見るようになった。トニーの彼に対する態度も変わった。しょっちゅうケヴをじっと見ていた。危険人物を見るような目つきだった。

トニーが体をずらした拍子に椅子がきしんだ。「おまえ、ひどい顔をしてるな」彼が話題を変えた。「ローザが子羊のスネ肉の煮こみを持たせてくれた。デザートはライスプディングだ。料理の匂いを嗅いだらケヴは目覚めるとローザは思っている。おまえも少し食え。たくさんあるから」

ブルーノはライスプディングと聞いたとたん、デザートのショーケースに放り投げられた男がガラスを突き破り、カスタードクリームにまみれて血を流している映画のシーンを思い出した。

彼は首を横に振り、ノートパソコンを出した。ケヴの敵を検索して気をまぎらわそうと思ったのだ。少しでも新しいことがわかれば、ケヴも喜んでくれるだろう。

「おまえもオッターフェンを探してるのか？　言っただろう、時間の無駄だ。そんなろくでもないものはしまって、何か食え」

「オスターマンだよ」ブルーノはふたたび言い直した。だが、何度言っても無駄なのはわかっている。年の功と、頑固さと、意地の悪さでいつもトニーに軍配があがる。子どもの頃は、よく動くこの口を殴られることも珍しくなかった。あの痛さは今でも覚えている。だが恨んではいない。彼は、自分を殺しに来たチンピラたちを、黒い防水シートで覆ってどこかへ運んでいってくれた。あの日、数時間後に戻ってきたトニーを見たときは、ほっとして涙が出た。トニーはむっつりとした表情で、ホースで水をかけてトラックの荷台を洗っていた。ひと言もしゃべらず、やつらをどうしたのかも言わなかった。何事もなかったかのような態度だった。

　そのあとトニーは、食堂の厨房で食事をとり、手巻き煙草を一服した。大量の皿を洗っているケヴの後ろ姿をじっと見つめながら、煙の輪を吐きだしていた。

　一服を終えると、トニーはおれにもう泣くなと言った。そして、乱暴な手つきでおれの髪をくしゃくしゃにして、食堂から出ていった。階段をのぼる重々しいブーツの音が、静かな厨房に響いた。

　人生には代償がつきものだ。

　そして、ときには高い代償も払う価値がある。

話し声が聞こえる。だが、何を言っているのかは聞き取れない。ケヴは暗い穴のなかに深くもぐりこんでいた。

自ら進んでこの穴に来た。どうやってたどり着けるのかは自分でもわからない。ドアも、階段も、トンネルもない場所。わかっているのは、ここにいれば誰にも邪魔されないということだけ。自分だけの秘密の隠れ家。

おれは昏睡状態に陥ってはいない。はっきり意識はある。それに、パニックを起こしてもいない。今はまだ。この穴には前にも来たことがある。それなのに出る方法が思い出せない。出口を見つけるのに、もう少し時間がかかりそうだ。

それともひょっとして、これが昏睡状態というものなのだろうか。昏睡状態の人間は、みんな同じような穴のなかで、体を丸めて熟睡しているのだろうか。いや、そんなはずはない。こんなばかげたことを考えていると、本当にパニックに陥ってしまうかもしれない。

しばらくの辛抱だ。もうすぐわかる。焦るな。ただ静かに待っていればいい。

ケヴは神経を落ち着かせ、自分の心と向きあった。白いスターフラワー。夜空に瞬く無数の星。黒い花崗岩《かこうがん》の一枚岩。荒涼とした雪景色……。心象風景がめまぐるしく回転しだした。疲れを感じ始めたそのとき、秘密兵器が現れた。

小さな天使。

天使に頼りすぎてはいけないのはわかっている。彼女の不思議な力を乱用すべきでないことも。いつもしがみついていたら、きっといつかパワーが落ちてしまうだろう。もしかしたら、しょっちゅう考えるのもやめたほうがいいのかもしれない。

だが、やはり天使の力は絶大だ。曇りのない澄んだ瞳を見つめていると、心がやわらいでくる。ほてった肌に降り注ぐ冷たい雨のように心地よく、ほっとすると同時に喜びがこみあげてくる。

ケヴは耳を澄ました。話し声がはっきりと聞こえてきた。ふたりの男の声が飛び交っている。よく知っている声だ。

「……ばかか、おまえ」トニーだ。「浮世離れした学者に、拷問なんかできるわけないだろうが」酒焼けと煙草のせいでざらついただみ声。

胸に鋭い痛みが走った。怒りと苦々しさがこみあげてきた。この愛想もなにもないじじいめ。親しみはわいてこなかった。ふいにあたりが明るくなり、穴から抜けだした。ふたたび現実世界に舞い戻り、体も動くようになった。ケヴは目をしばたたいた。

「……ああ、そうだ」トニーが答えている。「こいつは、おれが見つけた日からずっと厄介者だった」

「だったら、おれを見殺しにすればよかったんだ」ケヴはかすれた声を絞りだした。「だが、あんたはおれを助けた」目を開けて、トニーの顔をまっすぐ見据える。

トニーがケヴを見おろした。怒りに細めた目の下に隈《くま》ができている。「おいチビ、おれになめた口をきくんじゃねえ」彼がすごんだ。「昏睡状態だかなんだか知らないが、いい気になるなよ」

ケヴは唇をゆがめた。トニーは険しい表情でにらんでいる。ここで笑みを見せたら、くそ親父《おやじ》をつけあがらせるだけだ。冗談じゃない。こっちから折れるなんてまっぴらごめんだ。こういうときは無視するに限る。

ケヴはブルーノのほうに顔を向けた。トニーのやつれきった顔と、男性ファッション誌のモデル並みに整ったブルーノの顔に血のつながりを感じるのは、ブルーノが険しい表情を浮かべているときだけだ。そう、ちょうど今のように。

「もう二度とぶっ倒れるな。何度昏睡状態になったら気がすむんだ」ブルーノが歯を食いしばって言葉を吐きだした。「また入院することになったら、尻を蹴飛ばしてすぐあの世に送ってやるからな。わかったか？」

昏睡状態ではなかったと伝えたいが、話す気力がない。ケヴは動くようになった腕を伸ばして、ブルーノの頬を叩いた。ざらついた無精ひげがてのひらに当たる。

「すまない。迷惑かけたな」

一瞬、ブルーノがたじろいだ表情を見せた。「きいたふうな口を叩くな」つっけんどんに言い捨てる。

ケヴは無精ひげが生えたブルーノの顔をじっと見つめた。この顔を見れば、彼が本気で取り乱していたのがわかる。ブルーノはいつもひげを剃り、髪をジェルで整え、コロンをつけ、スーツでめかしこんでいる。それが今はしわくちゃのTシャツ姿で、コーヒーのしみまでついているのだ。

罪悪感が胸を突いた。ケヴはなんとかベッドから起きあがり、点滴の針をとめているテープをはがそうとした。

「おい！」ブルーノがケヴの腕をつかんだ。「何をやってるんだよ！ それは看護師の仕事だ！」

ケヴはブルーノの手から腕を引き抜いた。「おれは大丈夫だ。目も覚めたし、もう動ける。早いところすませたいんだ」

「すませるって何をだ？ 悪党探しか？ 上等だ！ そしてまた見つけたとたん、発作を起こすんだろう？ ばか野郎、今度こそ死ぬぞ！」

「発作なんか起こさないさ」ケヴは静かな口調で返した。「おれの服は？」

「横になれ、チビ」トニーが口を挟んだ。「まだ寝てろ。ひどい顔色だぞ」

ケヴはテープをはがし、点滴の針を引き抜いた。病室を見まわす。「そこのパソコンを取ってくれ」

ブルーノがあきれた顔をした。「どうかしてるんじゃないのか？ いや、何も言うな。今さらの質問だった。いやだね。絶対に渡さないからな！　以上だ！　何か文句があるか？」

「おい、ブルーノ。いいから渡せって。この病室でＷｉＦｉは使えるのか？」

ブルーノが目をすがめた。「またあの写真を見る気か？　二十八時間も気を失うことになったあれだよ」わざとらしく腕時計に目をやる。「おっと、二十八時間と三十四分だったな。あきらめろ！　パソコンは渡さないぞ！」

ケヴは目を見開いた。「そんなに長いあいだ寝ていたのか？」ケヴは肩をまわし、さらに首をまわした。「道理で体の節々が痛いわけだ。だったらなおさら早くすませたい。なあ、いいだろう？　冷たいことを言うなよ。パソコンを渡してくれ」

「だめだ！」ブルーノは頑として譲らない。

ケヴはため息をついた。ブルーノはそう簡単に首を縦に振るつもりはないらしい。なんといっても、こいつの粘り強さは天下一品だ。今は張りあう気力も体力もない。「思い出したことがあるんだ。オスターマンはおれを使って実験をしていた。パティルに飛びかかったのはそのせいだ。あの医者はオスターマンとうりふたつだった」

「おれだって写真を見ている」ブルーノは語気を強めた。「それくらいとっくに気づいていたさ」

「実験だって？」トニーが吐き捨てるように言う。「いかれ科学者め」

「マインドコントロールみたいなものだ」ケヴは話を続けた。「おれは思考を停止させて、そいつにかからないようにしていた。昏睡状態に入るのもそのためだ。一種の防御術だよ」

「それは見事な技だ。だが、オスターマンは死んだんだぞ」ブルーノが言い放つ。「もうこの世には、兄貴の精神を操ろうなんて思ってるやつはひとりもいない。だから、オスターマンを調べる必要はない。いかれ科学者にこだわるのはよせ。また気を失うだけだ。わかったか?」

ケヴはかぶりを振った。「あの男が何をしていたのか知っているやつらがいるはずだ。それを調べたいのさ。あのフォトアルバムの写真が見たい。iPod touchを貸してくれ。おまえがいつも持ち歩いているのはわかってるからな」

「昨日ここに連れてきたとき、兄貴は目から出血していたんだぞ」ブルーノが嚙みつくように言う。「いい加減にしてくれ! そんな姿は二度と見たくない」

傷痕がうずきだし、ケヴは頭をもみほぐした。「ブルーノ、約束する。もうそんなことにはならない」きっぱりと言いきる。

「へえ、それを聞いて安心したよ。だがな、おれはあんたの自己診断なんかこれっぽっちも信じちゃいないんだ!」

「本当だ。信じてくれ」ケヴは下手に出た。「今のおれはオスターマンの顔を知っている。頭にはっきり焼きついている。前は覚えていなかっただろう? だから突然目の前に現れて面食らったんだ。大丈夫だって。また見ても驚いたりはしない。誓うよ。絶対におまえに迷惑はかけない」

　ブルーノがわざとらしく咳払いした。「あのさ、それならもうやった」

「やった？　どういうことだ？」

「あの写真を調べた」ブルーノが辛抱強く言った。「フォトアルバムに載っている全員を検索してみたんだよ。で、ネットでわかった情報は、すべてプリントアウトしておいた。兄貴がやろうと思っているのがこれなら、もう終わってる」

　ケヴは思わずぽかんと口を開けていた。「ああ、すごいな。ありがとう」

「うるさい、黙れ」照れ隠しにブルーノがすごんでみせる。そして、足元のダッフルバッグから蛇腹《じゃばら》状のファイルホルダーを取りだした。「オスターマンと一緒に写っている男たちは、ジャイルズ・ローランとデズモンド・マールだ。この名前を聞いて、ぶっ倒れそうか？」

　ケヴは細い記憶の糸をたぐった。まったく心当たりがない。首を横に振る。

　ブルーノがファイルを開いた。「このローランという男は、リストから外してもいい。死んでいるからな」

「驚かない自分が不思議だよ」トニーがつぶやく。「この話が終わる頃には、死人がわんさと出ていそうだ。そのひとりは、おまえかもしれないな」

「ああ、そうかもな」ケヴは眉ひとつ動かさず返した。「死因は？」

「自殺だ。六年前に。ソフトウェアデザイナーだった。〈安息の地《ヘヴン》〉でしばらく働いてから、スタンフォード大学に入った。それから事業を始めて、順風満帆の人生だ。ところが、ある日突然、自分の頭をぶち抜いた。女房と二歳の子どもを遺してだぞ。かわいそうに」

「もうひとりの男は？」

「デズモンド・マールか？　こいつも成績優秀だ」ブルーノが先を続ける。「ハーヴァード出身。ハーヴァード・ビジネス・スクールだ。父親の製薬会社の次期社長の地位を約束されている。会社名はヘリックス。事業内容はメディカルテクノロジー、ナノテクノロジーといったところだな。数年前にシリコン・フォレスト（米カリフォルニア州シリコンバレーにならって、ハイテク産業基地づくりを進めるオレゴン州の森林地帯）に移転している。この男も怖いものなしの人生だな。苦労知らずのお坊ちゃまだ」

「マールの写真を見せてくれ」ケヴは手を伸ばしてファイルをつかんだ。

ブルーノがあわてて奪い取る。「ばか、だめだ。違う写真を見つけたからそっちを見ろ。オスターマンが写っていないやつだ」プリントアウトをぱらぱらめくり、写真を一枚取りだした。

写真を受け取ったケヴの顔からみるみるうちに血の気が引いていく。急に耳鳴りも始まった。

写真には四人の男が写っていた。深紅の重厚なカーテンの前に置かれたテーブルを囲んでいる。白髪の男がにこやかに笑いながらプレートを掲げていた。だが、ケヴの目を引いたのは、反対側に座っている男だった。面長の品のある顔立ち。鉤鼻。何千回も夢に出てきた男だった。年は取ったが、間違いなくこの男だ。夢のなかの自分が必死に走り、助けを求めに行った男。

いや、夢ではない。記憶だ。この男は実在する。過去にかかわりがあった人物。またひとつ、埋もれていた記憶が顔をのぞかせた。

気持ちが高ぶり始める。鼓動が激しくなった。

ブルーノが背後から身を乗りだして、白髪の男の隣にいる若い男を指さした。「これが、大人になったデズモンド・マールだ。この写真はヘリックス・グループのホームページで見つけた。デズモンドの顔がいちばん大きく写っているのが、このサイトの写真だったんだ。去年、父親のレイモンドがアメリカ医師会から生涯功績賞を受賞したとき……おい、ケヴ？どうした？」ブルーノがケヴのあごを持ちあげ、目をのぞきこんだ。「また始まったのか？くそっ、落ち着け！　パニックを起こすなよ！」

「大丈夫だ」ケヴはブルーノの手を払いのけた。「おまえこそ落ち着け」

「はっ、よく言うぜ」ブルーノがこぼした。「なあ、レイモンド・マールを知っているのか？」

ケヴは首を横に振り、鉤鼻の男を指さした。「いや。知っているのはこの男だ」指が震えている。指先も冷たくなっていた。

ブルーノが写真に顔を近づけた。「ああ、こいつね。もうひとりの大物だ。ヘリックス社の最高経営責任者《CEO》だよ。デズモンド坊ちゃんのパパとこの男は、ヘリックス社の共同創立者だ。えっと、名前はなんだったかな……ちょっと待ってくれ……」プリントアウトをめくる。

「チャールズ・パリッシュだ」そう言って、ケヴを見た。彼は無言で首を横に振った。

「まだぶっ倒れそうにないか？　なんだよ、つまんねえな」ブルーノがひとり言をつぶやく。

「で、このおえらいさんは善玉と悪玉のどっちだ？　それともこいつはあんたの愛しのパパなのか？」

「おれは、助けを求めにこの男に会いに行った」ケヴはそっけなく言葉を返した。「思い出したのはこれだけだ」

トニーが咳払いをして、ティッシュに痰《たん》を吐きだした。「こいつなのか？　おまえを殺そうとしたのは」

ケヴはきつく目をつぶり、かぶりを振った。「違うと思う」ケヴは茫漠《ぼうばく》とした記憶のなかからチャールズ・パリッシュのことをたぐり寄せようとした。「この男は死ぬほどおれに怯えていた。拷問を受けたあとだったから、おれはひどい姿だったんだよ。それで、このパリッシュという男はセキュリティスタッフを呼んだ。おれはそのひとりを窓に投げつけた。今はここまでしか思い出せない」

トニーが嫌味《いやみ》たっぷりに鼻を鳴らした。「まったく、おまえらしいな。窓に投げつけるとは、ばかのひとつ覚えもいいところだ。たまには違うこともやれ。ナイフで目を刺すのはどうだ？　いや、血が飛び散るからだめだな。人目につきすぎる」

ケヴはトニーの嫌味をさらりと聞き流した。「パリッシュについて、まだほかにも情報はあるか？」

ブルーノがまたもやプリントアウトをめくり、一枚取りだした。「まだこいつのことは詳しく調べていないんだ。インターネットに載っていた経歴によれば、フラクソン・インダストリーズで十二年間働いていた。本社はシアトルにある。フラクソン社所有の倉庫と、おじさんがあんたを見つけた場所は目と鼻の先だ。パリッシュは出世頭だったが、会社を辞めて、マールと一緒にヘリックスを設立した。このふたりは底なしの金持ちだ。何十億ドルも持っている」ブルーノはもう一枚、パリッシュが写っている写真をケヴに渡した。「ここにもいる。二年前の写真だ。シリコン・フォレストに移転した直後だな。新社屋の落成式を行ったときに撮ったやつだ」

ケヴは写真に顔を近づけて、じっくり眺めた。パーティー会場で撮ったスナップ写真。パリッシュはグラスを口に運ぼうとしている。隣は女性だ。優雅な雰囲気を漂わせた黒髪の痩せた女がカメラに向かってほほえんでいた。もう一方の隣にいる若い女性は、背中を丸めて座り、横にいる女の子の肩を抱きしめている。顔は長い髪に隠れていて見えない。ビーズをあしらった細身のストラップが肩からずり落ちているし、ウェーブのかかった髪は乱れている。反対側の女性とは対照的な姿だ。

笑みを浮かべている年上のほうの女性を、ブルーノが指さした。「パリッシュの女房だ。一年前に亡くなった」次に女の子。「下の娘のヴェロニカ。年は十三」そして若い女性を指す。「上の娘のエディス。二十九歳。独身。ポートランドに住んでいる。〈安息の地《ヘヴン》〉の研究プログラムに参加していた。どうだ？　興味あるだろう？」

ケヴはその女性の顔に目を凝らした。「彼女も、フェイスブックのあのグループの一員なのか？」

「いや、プロフィールは載っていなかった。だけど、何枚か写っている写真を見つけた。〈安息の地《ヘヴン》〉にかかわっていたのは、ローランやマールと同じ時期だ。当時はまだ十四歳だった。ひと言でいえば、冴えない女の子だったたな。眼鏡をかけて、歯に矯正ブリッジをつけていた。父親がフラクソンにいた頃だ」

「彼女の職業は？　資産家のお嬢さまなら、仕事はしていないかもな」ケヴはさらに写真に顔を近づけた。だが、鼻の先と青白い頬がかろうじて見えるだけで、エディス・パリッシュの顔はわからなかった。丸めた背中からは悲痛な叫び声が聞こえてきそうだ。早くこの場からいなくなりたいと。

「アーティストだ。グラフィックノベルを描いている。自分のホームページを持っていたから、のぞいてみた。新作が出たばかりだ。ノワールというか、アーバンファンタジーというか、まあそんな感じのコミックだな。掲示板がやたらにぎわっていて、熱狂的なファンが多い。特に大学生に人気があるみたいだ」

ケヴは指先でエディス・パリッシュの肩の線をなぞった。できるなら、腕までずり落ちた細いベージュのストラップを肩に戻してやりたかった。「彼女の顔写真はあるのか?」

ブルーノがプリントアウトを調べている。「サイトに写真が載っていた。だが残念ながら、いまひとつの映りなんだよな。これだ」ケヴに写真を手渡す。

モノクロ写真だった。エディス・パリッシュは、両手のこぶしにあごをのせて、はにかんだ笑みを浮かべている。この写真も、顔の輪郭が豊かな髪ですっぽり隠れている。べっ甲の眼鏡をかけているため、瞳にも影がかかっている。愛らしい唇はふっくらとしていてやわらかそうだ。どこか不安げな表情は、警戒心の強い小鹿を思わせる。「資産家のお嬢さまという雰囲気じゃないな」

「同感」ブルーノが相槌《あいづち》を打つ。「なんてったってゴスアートのオタクだ。父親は娘の仕事をどう思ってるんだろうな」

ケヴは写真をじっと見つめたままだ。エディス・パリッシュの顔を見ていると、胸がざわついた。どうしてなのか理由はわからない。感情というのはときに厄介だが、決して不快ではないのだ。なぜかこのざわつきが……不思議と心地よい。

「彼女に会いたい」思わず言葉が口をついて出た。

ブルーノが目を丸くした。「エディス・パリッシュに?　どうしてだ?」

ケヴは肩をすくめた。「わからない。なんとなく会ってみたいんだ」

ブルーノが勢いよく手を振って、ケヴの言葉を打ち消した。「だめだ。彼女はなんの関係もない。十八年前はまだ十一歳だぞ。そんな子どもに何ができる？　それより、彼女の父親から始めろ」

「もちろん父親のことも探るさ。それでも彼女には会いたい」

ブルーノが目を細めた。「なぜ？」喧嘩腰の口調だ。

ケヴは答えなかった。ブルーノがこれ見よがしに舌打ちする。「エディス・パリッシュはあんたには若すぎる。おい、よだれを垂らすな、変態野郎。年相応の女を見つけろ」

「別に彼女と寝たいとは言っていない」ケヴは憮然と返した。「ただ会いたいだけだ。そもそも、おまえはおれの年齢を知っているのか？」

「おれが見つけたとき、おまえは十二歳のガキではなかったな」トニーがぼそりと会話に入ってきた。

ブルーノの携帯電話が鳴った。画面を見て、あわてている。彼はちらりとケヴの顔に目をやった。

「なんだ？」ケヴは噛みついた。「さっさと言え」

ブルーノが重い口を開いた。「エディス・パリッシュのホームページを見たとき、メーリングリストに登録したんだ。おれの住んでいる界隈《かいわい》で彼女が何かイベントを開くときには、メッセージが届くことになっている」

心臓が口から飛びだしそうなほど、鼓動が速まった。「どこであるんだ?」

ブルーノは黙っている。ケヴはブルーノが持っている携帯電話に飛びついた。その拍子にバランスを崩し、点滴スタンドにしがみついて体を支えた。スタンドにぶらさがったブドウ糖液のボトルが激しく揺れる。ブルーノが携帯電話を奪われないように腕を高く持ちあげた。

「言え!」ケヴは吠《ほ》えた。「いつ? どこの書店だ?」

「落ち着けって」ブルーノがなだめる。「こんなに興奮している兄貴を見るのは久しぶりだ。パティルの顔をめちゃくちゃにしたとき以来だな。エディス・パリッシュはやめておけ。会おうなんて考えるな。彼女は無関係だ。いくら好みの女でも、尻を追いかけまわすような真似はやめろ」

ケヴはふたたび飛びかかった。「その電話をよこせ!」

ブルーノがすばやく後ろにさがる。「彼女に会って、何を知りたいんだ?」

ケヴは腕を振りあげた。「わからない。勘みたいなものなんだ。うまく言えないが、会ったほうがいいと、おれの勘が言っている」

ブルーノがとまどいの表情を浮かべた。「はあ? なんだそれ? 兄貴には霊感でもあるのか?」

ケヴはついに携帯電話を奪い取った。「知るか。だが、おれはそんなものはいっさい信じていない」

ブルーノが恐ろしいものを見るような目をケヴに向けた。「じゃあ、なんだ？」

ケヴはメッセージを読み、電話を弟に返した。「さあな。ただ、なんとなくその勘に従ったほうがいい気がするんだ」

5

ケヴは〈ピレリズ・ブックス〉に入っていった。街中に最近オープンした、しゃれた独立系書店だ。今日はここで午後二時三十分から作家のサイン会が催されることになっている。開始までまだかなり時間はあるが、気ばかり急《せ》いて落ち着かず、またブルーノに文句を言われたくもなかったので、早々に家を出てきた。それにしても、緊張で脚に力が入らない。

とりあえず、ブルーノとは休戦協定を結んだ。というより、無理やりねじ伏せたと言ったほうがいいかもしれない。弟は最後までサイン会行きに反対し続けた。当然、ケヴとしてもおとなしく引きさがるつもりはなかったので、もしまた行かないよう説得を試みたり、会場で監視するような真似をしたりしたら、留置場か病院送りになる覚悟をしておけと脅してやった。この数日、口を開けばブルーノと言い争いをしている。二日前も病室でやりあい、今朝も喧嘩をした。こちらが行くと言えば、向こうは行くなと返す。堂々めぐりの言葉の応酬。互いに一歩も譲らなかった。

ブルーノの言い分はよくわかる。エディス・パリッシュを追いかけても、貴重な時間を無駄にするだけだと何度も言われた。当時十一歳だった彼女に何かができたとは、自分でも思っていない。だが、エディス・パリッシュに会いたいという、この衝動的な気持ちはどうしても抑えられなかった。

二日前、病室は完全に戦場と化した。ブルーノは怒鳴りだし、そこにトニーも加わった。点滴スタンドは倒れ、ブドウ糖液のボトルは潰れ、薬や医療用具がのったベッドサイドテーブルはひっくり返った。ラニエリ家では怒鳴りあいの喧嘩は日常茶飯事だが、だからといって病院で同じことが許されるわけがない。結局、騒動を聞きつけて病室に駆けこんできた屈強な男の看護師ふたりに、ブルーノとトニーは追いだされた。そしてケヴは、〈レガシー・エマニュエル病院〉から立ち入り禁止を言い渡された。金輪際、未来永劫《えいごう》に。

それがどうした。気にしてなどいない。やると決めたらとことんやる。それが男というものだ。

ケヴは店内を見渡し、雑誌コーナーへ向かった。オートバイ関連や、健康、インテリア関係の雑誌が並ぶ通路をぶらつく。カフェコーナーに近づいたところで、コーヒーマシンに映りこんだ自分の顔が目にとまると、一気に気持ちが沈んだ。ラップアラウンドタイプのサングラスがやたらと場違いに見える。間抜けモード全開だが、サングラスなしでは蛍光灯のまぶしい光に耐えられないし、白目にできた赤い斑点も隠せない。それに髪もひどいざまだ。髪形は、これまでずっと長いか極端に短いかのどちらかだった。両方とも手入れが楽だからだ。滝に落ちる前は、しばらく長く伸ばしていた。長髪だと顔の傷痕を多少なりともごまかすことができる。

だが、開頭手術をしたときに丸坊主にされてしまった。今は五センチほど伸びた髪がつんつんに跳ねている。それがどこから見ても、ただの寝癖にしか見えない。スティングの髪形を真似てみたものの撃沈してしまった残念な男と同じだ。完全に浮いているサングラスと髪形。まわりからは、今日着てきたありふれたキャンバス地のロングコートさえ、仮装用の衣装だと思われているかもしれない。おまけにこの長身だ。いやでも目立ってしまう。思わず背中を丸めたくなった。だからといって人目を避けられるわけではない。

ケヴは弱気な気持ちを振り払い、背筋を伸ばした。雑誌の陳列棚を挟んだ向かい側から、こちらをじっと見つめている、かわいらしいブロンドの女性と目が合った。ケヴは店内案内図を見るふりをして顔を横に向けた。傷痕が女性に丸見えになる。とたんにブロンド女はあわてて目をそらし、歩き去った。やっぱりな。これでまたひとり消えた。傷痕を見せると、相手の反応で脈があるかないかがすぐわかる。

何度もこういう目に遭ってきた。苦い経験を重ねて、女には大きく分けてふたつのタイプがいることに気づいた。傷を毛嫌いするか、興味を持つかだ。どちらのほうがたちが悪いかは、まだ答えが出ていない。

だが、たとえ興味を持たれても、事のいきさつを話すのは避けたかった。嘘はつきたくないし、本当のことも言いたくない。女を相手にするのは本当に疲れる。なかでもいちばん厄介なのは、ケヴの心の傷を癒やせるのは自分しかいないと思いこんでいる女だ。勘弁してほしい。正直言って、こういう女は重い。優しさを押しつけられるくらいなら、いっそのこと禁欲生活を送るほうがましだ。

物思いに沈んでいたそのとき、突然、写真が目に飛びこんできた。

ケヴは一瞬で頭が真っ白になった。見慣れた瞳。穏やかで慈愛に満ちた、揺るぎのないまなざし。美しく輝いている。

おれの天使。強烈なボディブローを食らったような衝撃が体を突き抜け、息が止まった。

ケヴはゆっくりと息を吸いこみ、肺に空気を満たそうとした。ふらふらと写真に近づき、名前を読む。

グラフィックノベル作家、エディ・パリッシュ。午後二時三十分よりサイン会を開催いたします。皆さまのご来場を心よりお待ちしております。

近くのテーブルには本が山積みになっていた。ケヴはふらつかないように足に力を入れて、写真を眺めた。またしてもモノクロの顔写真だ。だが、こちらのエディ・パリッシュは髪を後ろでまとめ、眼鏡をかけていない。静けさをたたえた瞳で、まっすぐケヴを見つめ返している。

ケヴは時間の経つのも忘れて、写真の前にたたずんでいた。口も開いていたかもしれない。通路に立ちふさがる大柄な男の脇を、客たちが邪魔そうに通り抜けていく。彼らのいらだちは充分伝わってきたが、その場から動けなかった。

エディ・パリッシュがおれの天使だった。白いドレスを着た天使。道理で小さかったわけだ。十八年前の彼女は、たった十一歳の子どもだった。

美しい少女は、美しい女性に成長した。

エディ・パリッシュの瞳から目が離せなかった。彼女の瞳を見つめていると、心がかき乱された。とらえどころのない不安や、かすかな喜びがこみあげてきた。そして恐怖も。天使が生身の人間なら、おれは魔法のお守りを手放さなければならないだろう。これからは頼るわけにはいかない。邪悪な力から守ってもらおうと考えるのは自分勝手すぎる。天使ではない生身の女性なら、彼女も悩みや葛藤や重荷を心に抱えているはずだ。

女性……。目が覚めるほど美しい女性になった。手の震えが止まらない。彼女にはおれがわかるだろうか？　おれを覚えているだろうか？

やめろ、いったいおまえは何を期待しているんだ？　ばかなことは考えるな。まだ小さな子どもだったんだ。おれを覚えているわけがない。記憶の片隅にも残っていないはずだ。

遠慮がちな咳払いが聞こえ、ケヴはわれに返った。店員が不安そうにこちらを見ていた。

まともなふりをしろ。このとんま野郎。ケヴはテーブルに向かい、並んでいる本を一冊手に取った。表紙を見た瞬間、顔からゆっくりと血の気が引いていくのがわかった。これは……おれだ。

嘘だろう。どういうことだ？　ケヴはサングラスを押しあげて、目をこすり、もう一度見直した。心臓が激しく打ち始めた。

『フェイド・シャドウシーカー』シリーズ第四巻『真夜中の呪い《ミッドナイト・カース》』。

真夜中の呪い。その題名の響きが、心に深く染みこんでいく。つんつんに跳ねた、くすんだブロンドの髪。淡い緑色の目。細い顔。薄い唇。顔には傷痕がある。しかも右側に。まさか。ありえない。しっかりしろ！　落ち着け！

幻覚を見ているのか？　おれの頭は、現実と架空世界の区別もつけられなくなったのだろうか。これ以上幻覚が暴走しないうちに薬をのんだほうがいいかもしれない。それとも、検査を受けるべきか。ベストセラーのグラフィックノベルのヒーローが自分に見えるのは、統合失調症の症状のひとつかもしれない。この世界の実権は自分が握っていると思いこんでいる人間や、ヒット曲の歌詞やドラマのセリフが自分に向けられたものだと勘違いしている人間と同じ病気に、おれもかかってしまったのだろうか。

いいや、そんなはずはない。確かにおれの脳は損傷を受けたが、まともに動いている。それに心も壊れてはいない。精神を病むくらいなら、死んだほうがましだ。

よくあるヒーローの絵。たまたま自分と少し似ているだけだ。ただそれだけのこと。曇りのない天使の瞳をしたエディ・パリッシュの写真を目の当たりにして、動揺してしまった。それで、表紙の絵を自分の顔だと錯覚した。きっとそうに違いない。さあ、深呼吸をして、気持ちを楽にしろ。

ケヴは適当にもう一冊選んで手に取った。『フェイド・シャドウシーカー』シリーズ第一巻『真夜中の秘密《ミッドナイト・シークレット》』。長髪の男が表紙だった。滝の事故の前の自分と同じだ。そして緑色の目。顔の右半分は傷痕で引きつっている。本を持つ手が震えた。ケヴは表紙をめくった。それからできるだけ早くページをめくり、目を通していった。また何か類似点に気づいて、この場でパニックを起こしたくはなかった。

モノクロのイラストが数ページ続いたあとは、ページ全体がカラーになっている。無人の倉庫でひとり床を掃除しているフェイド。殺風景な部屋のみすぼらしいベッドに、絶望に打ちひしがれ、がっくりと肩を落として座っているフェイド。棺桶《かんおけ》ほどの大きさしかない、窓のないバスルームで体を洗っているフェイド。食パン一斤サイズの小さな洗面台で、傷だらけの顔を洗っているフェイド。真っ赤に泣きはらした目で、ひび割れた鏡をじっと見ているフェイド。

心のなかに閉じこめた苦い過去。それがこの本に描かれている。おんぼろのベッド。狭いバスルーム。小さな洗面台。ひび割れた鏡。すべて見覚えがある。トニーの食堂の裏部屋の光景だ。

なぜだ？　なぜエディ・パリッシュがあのさびれた場所を知っているんだ？　ブルーノでさえずっと帰っていない。あの息が詰まりそうな部屋は、おれだけの地獄だったはずだ。胃が締めつけられるように痛くなってきた。

サイン会まであと一時間。ケヴはテーブルを見おろした。山積みになった本のなかから、湿った冷たい手で二作目と三作目を探しだす。『真夜中の継承者《ミッドナイト・サイオン》』と『真夜中の予言者《ミッドナイト・オラクル》』。ケヴは、高い棚から本を取るときに使う、ラバーコーティングされた踏み台に腰かけた。感覚が麻痺した太腿を見つめ、本を開く勇気を掻き集める。

彼は偶然というものを信じていない。かといって、その反対の必然も信じていない。何を信じていいのかわからず、自分という人間もわからない。

覚悟を決めろ。後戻りはできないんだぞ。

ケヴは三作目の『真夜中の予言者』を開いた。いきなり迫力満点のカラーのイラストが現れた。フェイドが激流のなかで少女を小脇に抱え、岩にしがみついている場面。少女は手足をばたつかせて叫んでいる。次のページで、少女は救出されたが、フェイドは滝に向かって流されていった。

今回はそれほど衝撃を受けなかった。何度か背筋に悪寒が走った場面はあったが、幸か不幸か免疫がついてしまった。ケヴは一作目を手にした。表紙には、フェイドのみぞおちから鳥の群れが今にも飛び立とうとしているイラストが描かれている。ケヴは本を開き、読み始めた。

「何か質問はありますか?」エディはファンで埋まった会場を見まわした。今日は熱狂的なファンが多い。賛辞の嵐はありがたいが、初対面の人たちと笑みを絶やさず話し続けるのはかなりきつい。

エディは、髪を黒く染め、唇を黒く塗った長身の若い女性を指さした。

「フェイドのアイデアはどこから生まれるんですか?」彼女が勢いこんできいてきた。「彼って最高! 本当に現実に存在しているみたい。フェイドのモデルになった人はいるんですか?」

一瞬、エディの笑みが固まった。「残念ながら、いないわ」彼女は嘘をついた。「一度、フェイドが夢に出てきたことがあって、なぜかその夢をずっと覚えているの」

まあ、当たらずといえども遠からずだ。フェイド・シャドウシーカーを描き始めたのは、十八歳のときだった。それ以来、いつも夢に現れる。狂おしいほど官能的な夢のなかに。

赤毛の女の子が、順番を無視して興奮気味に話しだした。「フェイドはめちゃくちゃセクシーだわ。『真夜中の呪い』で、ようやくマリアとくっついたから、わたし、うれしくて叫んじゃった。でも、マリアは悪党たちにさらわれたでしょう？　もう気が気じゃなくって、次回作が待ちきれないわ。ふたりは再会できる？　また恋人に戻れるの？」

「それは、わたしにもまだわからないわ」エディは言った。「描きながらストーリーを作っていくから」

赤毛の女の子が落胆した表情を見せた。「じゃあ、恋人に戻るストーリーにしてくれない？」彼女は大胆にも言い放った。「ねえ、お願い。あなたが考えているんだから、どうにでもできるでしょう？」

「そこがストーリー作りの難しいところなのよ。最初に考えていたのと変わってしまうこともあるの。でも、わたしもフェイドとマリアがまた恋人に戻れたらいいと思っているわ」

「あなたはマリアなの？」女の子は食いさがった。「だって、似てるわよ。フェイドはあなたの理想の人？」

不意を突いた質問に、エディは言葉に詰まった。「ええと……それは……違うわ。マリアに自分の姿を重ねたことはないわね」

ファンに嘘をつくのは心苦しいけれど、とりあえず赤毛の女の子はおとなしくなってくれた。納得がいかないといった顔をしてはいるが。エディの広報担当者が、ここでやめるよう手で合図した。質疑応答の時間を二十分もオーバーしている。これからいよいよサイン会の始まりだ。

ここからは少し気が楽になる。だけど考えてみれば、見返しのページに同じ言葉を何度も繰り返し書き続けるなんてばかみたいだ。エディは、サインをしながらできるだけファンと言葉を交わそうとした。だが、心はすでに自分の部屋に戻っていた。早く帰ってカウチに寝そべり、レンタルした映画をビール片手に見たかった。今回借りたのは、ミュータントがロサンゼルスを占拠する映画だ。誰がなんと言おうと、ミュータント映画がいちばん好きなのだ。カウチとビールとミュータント映画。揺るぎない組み合わせだ。

並んでいる人数もようやく少なくなった頃、例の赤毛の女の子の番が来た。女の子がエディに新作を差しだす。たちまちエディの顔に笑みが広がった。発売から一カ月も経っていないのに、すでに本はぼろぼろになっている。これほどうれしいことはない。まさに作家冥利に尽きるというものだ。思わず口から言葉がこぼれた。「あなたの名前は?」

「ヴィッキー」女の子が興奮した声をあげた。「ヴィッキー・ソベルよ」


ヴィッキーへ! フェイドとマリアが再会し、真実の愛を勝ち取りますように。今日は来てくれてありがとう! エディ・パリッシュ。

それからすばやくフェイドの線画を描き添えた。そしてフェイドが抱き寄せている女性の顔を描こうと、赤毛の女の子の大きな目をちらりと見あげた。

普段は、エディの心の目はすぐには開かず、一分ほどかかる。けれども、豊かな巻き毛を描き終え、もう一度顔をあげて女の子の目をのぞきこんだとき――見えた。

別のものだった。一瞬、何かが二重になって見えた。女の子を抱きしめている。だが、男性ではない……大蛇が女の子に巻きついている。生き生きと輝く笑顔に、蒼白《そうはく》の顔が重なる。光が消えたうつろな青い瞳。

エディは口を開いたが、声が出てこなくて閉じた。心臓が激しく打ち、ふらふらと視界が揺れている。そしてふたたび口を開き――。

「クレイグに近づいちゃだめ」いきなり言葉が飛びだした。声が震えている。

その瞬間、女の子が顔をこわばらせた。「クレイグを知ってるの？」

「し、し、知らないわ」エディは口ごもった。「ただ頭に浮かんだの」

「どういうことよ？」女の子が身を乗りだし、エディに顔を近づけた。「なぜ頭に浮かんだの？　あなた、わたしのクレイグと寝てるの？　それで彼を知っているわけ？」

「違うわ」エディは小声で返した。「あなたのクレイグがどんな人かも知らない。だけど、彼はよくない。付き合うのはやめて、早く逃げたほうがいいわ」

「わたしはクレイグを愛してるの！」女の子が青い目を大きく見開いた。「彼もわたしを愛しているわ！　だから……そっちこそわたしのボーイフレンドに近づかないで！　いい、わかった？　もうその口を閉じてよ！　これ以上クレイグの話をしたら、ただじゃおかないから！」

　まただ。どうしてこうなるのだろう。いつもそうだ。無意識のうちに言葉が口をついて出てしまう。口を開く前に、言ってもいいことと悪いことの判断をつけられたらいいのに。そうしたら、こんなに後味の悪い思いはしないだろう。

「ごめんなさい」エディは静かに言った。「よけいなお世話だったわね」

「うるさい」女の子が震える声で言い捨てた。「この……お節介女」彼女は本をつかみ、列に並んでいる人をかき分けて走り去った。

　女の子の大きく見開かれたうつろな目を思い出して、エディは体が震えた。首にはどす黒い痣ができていた。絞められた痕だ。どうかそんな悲劇が起こりませんように。ひょっとしたら、希望的観測だけど、あの子も冷静になれば、わたしの忠告を真剣に受け止めてくれるかもしれない。そう願うしかない。無力感が押し寄せた。人の未来は見えるのに、その人に降りかかる危険を止めることはできない。

　それがいやなら、薬をのめばいいだけのことだ。心の目は開かなくなる。だけど、薬をのんだら絵が描けなくなる。それは耐えられない。

　エディは口元に笑みを貼りつけて、顔をあげた——。

とたんに何もかもが吹き飛んだ。頭から消えた。赤毛の女の子も、その子の凶暴なボーイフレンドも。自分の名前さえ忘れた。

フェイド・シャドウシーカーが目の前に立っていた。

6

エディは目をこすり、もう一度顔をあげた。まだ目の前に立っている。あいかわらずフェイドのままだ。

恐ろしく背が高い。それに、がっしりとした大きな体。細面の顔。こけた頬。高い頬骨。傷痕。きつく結んだ薄い唇。そして、くすんだブロンドのスパイキーヘア。静かなるパワーを身にまとった人。テーブルを挟んだ向かい側から、内に秘めた強さがひしひしと伝わってくる。エディは全身を無数の指でくすぐられているような感覚に襲われた。

彼の目を見つめたとたん、頭のなかが真っ白になった。すべてを見透かす鋭い緑の瞳。わたしはこの顔を知っている。一度だけこの人に会ったことがある。この緑の目は見間違えようがない。傷痕も覚えている。傷だらけの姿を見ているからだ。直視できないほどひどい怪我をしていた。

エディは息をすることも、まばたきすることも忘れていた。ふたりはじっと視線を絡ませたままだ。激しい感情をたたえた彼の瞳が輝いている。片目に赤い斑点ができており、それでなおさら緑の瞳の色が際立って見える。

彼の後ろに並んでいる女性が咳払いをした。彼は一歩前に出て、『フェイド・シャドウシーカー』シリーズの四作品すべてをテーブルに置き、手を差しだした。

エディはその手を取り、震える息を吸いこんだ。草や葉を揺らす風のように彼の手が肌をかすめた瞬間、体のなかでさまざまな音色の鐘が鳴り響いた。

エディは、大きな手に包まれた自分の手を見つめた。広報担当者が近づいてきて、控えめにひとつ咳をする。「エディ？　まだ待っている人がいるわよ。時間が押しているの。早く終わらせてしまいましょう」

エディはかすれた声をようやく絞りだして返事をした。彼は微動だにせず、じっとこちらを見おろしている。静かにたたずんでいる姿は、まるで何かの記念碑のようだ。いいえ、それよりも山と言ったほうがふさわしい。彼の強い光を放つ瞳から目が離せない。とても美しい人だ。氷河湖や、激しく打ち寄せる波や、雲海などの自然が織りなす風景を連想させる、野生動物を彷彿とさせる美しさ。

エディは小さく咳払いをした。「わたし、右利きなんです」かぼそい声しか出なかった。

「あの……手を離してもらわないと、サインができないわ」

彼が手を離した。エディは自由になった手にちらりと目をやった。触れあった部分が、なんとなく変わっている気がした。けれどもそれはただの錯覚で、いつもと変わらない、インクのしみがついた細い手だった。一冊目の表紙を開いたところで、何をしようとしていたのか思い出そうとした。ええと……そうよ。サインをするんだったわ。見返しのページの上でペンを持つ手を止め、彼に話しかけた。「名前を教えてください」

彼の瞳に、一瞬何かがよぎった。「知らないのかい?」

エディは相手の顔を見あげた。どういうこと? わたし、この人の名前を知っていたかしら? 知らないはずだけど。エディは心のなかで首を横に振った。

「ケヴだ」彼が静かな声で言った。「ケヴ・ラーセン」

エディは四冊すべてに急いでサインして、彼のほうへ本を押し返した。彼は本を手に取り、後ろの女性のために脇へ寄った。だが、その場から動こうとしない。嘘でしょう。この人はサイン会が終わるまで待っているつもりだ。ああ、どうしよう。

鼓動が激しくなる。残りの筋金入りのフェイドファンと話をしているあいだも、エディはテーブルの横に立っている彼の存在を痛いほど意識していた。

ファン全員にサインを終えると、広報担当者のジュリーがそばに来て、彼に冷ややかな視線を投げつけた。「失礼ですが、まだ何かご用でしょうか?」

彼はジュリーを無視した。「もしよければ、このあとコーヒーでもどうだろう」その低い静かな声に、エディの体が震えた。

ためらっているエディを見て、ジュリーが口を挟む。「あなたはエディの知り合いなんですか？」

「ああ」間髪を容れずに答えた彼の声には、有無を言わせぬ響きがこもっていた。

ジュリーが鋭《い》いまなざしをエディに向けた。「そうなの、エディ？　あなたもこの人を知っているの？」

彼を知っている？　知っているか、知らないかの二者択一なら、答えは知っているになる。だけど、一度見ただけだ。話もしていない。それにあの現実離れした状況。それをジュリーにうまく説明できそうにない。

エディはぎこちなくうなずいた。そう、これがいちばん無難な答え方だ。嘘をついたわけではない。

「そうなの。だったらいいわ。じゃあ、わたしは行くわね。あとで話を聞かせて。いいわね？」ジュリーが彼に疑わしげな一瞥《いちべつ》を投げた。「エディ、あなた本当に大丈夫？」

大丈夫かですって？　なんて場違いな言葉だろう。一メートルしか離れていないところに、生身のフェイド・シャドウシーカーが立っているのよ。ましてやあろうことか、その彼にコーヒーを飲もうと誘われた。大丈夫なわけがないわ。エディはまたしてもうなずくだけにした。

遠ざかるジュリーのヒールの音が聞こえなくなるのを待って、エディはコートをはおり、トートバッグをつかんだ。そして、すぐそばにいるフェイドをそっとうかがう。見ずにはいられなかった。

案の定、自滅。あえなく撃沈だ。また頭が真っ白になり、彼の瞳をぼうっと見つめるだけ。並みはずれた存在感に圧倒され、体がぴくりとも動かなくなった。

彼が腕を差しだした。紳士的なしぐさだ。おまけに、口元にかすかな笑みを浮かべている。突然、魔法が解けて体が動くようになった。ほっとしたエディは彼の腕に手を添え、ふたりは並んで歩きだした。

彼がサングラスを取りだして、かけた。カフェコーナーでは、サイン会に来ていたファンたちがお茶を飲みながら話をしていた。目で問いかけてきた彼に、エディは首を横に振って言った。「別の場所にしましょう」

ふたりはピレリズ・ブックスを出て、無言のまま歩き続けた。一ブロックほど行ったところで、一軒のコーヒーショップを見つけた。そこには客がひとりもいなかった。彼はドアを開けてエディを先に通し、カウンターでコーヒーをふたつ注文した。そして、エディが自分のコーヒーに砂糖とミルクをたっぷり入れてかき混ぜるのを待ってから、彼女の後ろについて、いちばん奥のテーブルに向かった。

彼がサングラスを外し、目をこすった。「室内なのにサングラスをかけていてすまない」口を開く。「変だと思っていただろうな。実は、少し前に頭の手術をして、明るい光にまだ目がついていかないんだ」

「大変だったんですね。どうぞ、気にしないでかけていてください」エディは言った。

「いや、ここは大丈夫だ。それほど明るくないから。それに、ずっと待っていたんだ。きみの目の色を見るのを」言っている意味がよくわからなかった。困惑した表情を浮かべているエディに気づき、彼が言い直した。「色つきのレンズできみを見たくなかった」

「そう」エディは視線をそらした。気まずくてしかたがない。サングラスをかけていたときのほうがまだ気が楽だった。この人はまるで太陽だわ。あまりにも美しくて、ずっと見ているると目が火傷してしまいそうになる。それに、この緑色の瞳。吸いこまれそうなほど澄んでいる。

「それで」エディはわざとぶっきらぼうな調子で言った。「どうしてお茶に誘ってくれたんですか？」

「理由はわかっていると思っていたんだが」彼が落ち着いた口調で返した。

さらに居心地が悪くなる。「わかっているって、何を？」

彼は書店の紙袋からエディのサイン入りの『フェイド・シャドウシーカー』の本をすべて取り出し、表紙を上にしてテーブルに並べた。「きみは、おれをモデルにしてこの話を書いているみたいだ」

いよいよ追いつめられた気分になる。エディは視線をあげて、彼を見た。「まさか。本はすべてフィクションです」彼女は言いきった。「完全にわたしが作った話よ」

「なるほど」彼はそう切り返し、三作目の『真夜中の予言者』のページをめくった。「じゃあ、ここは？　この滝に流される場面」

エディは身を乗りだして、そのページをのぞきこんだ。「もちろんわたしが描いた絵です。これがどうかしましたか？」

「おれもこれと同じ目に遭ったんだ。四カ月前に」

エディはまばたきを繰り返した。必死に頭を絞ったが、何ひとつまともな言い訳が思い浮かばない。結局あきらめて、著作権について書かれたページを開いて指さした。「わたしのあとについて言ってください」澄ました顔で言う。「この物語はフィクションであり、実在の人物や出来事とはいっさい関係ありません」

「それはわかっている。決まり文句だからね」彼が静かな口調で話し始めた。「おれは六月二十四日に事故に遭った。『オレゴニアン』の電子版にも載っている」

話が見えなかった。用心しなければ、相手の仕掛けた罠《わな》にまんまとはまってしまうかもしれない。エディは彼の言葉をさえぎった。「あの、わたしがこの本を書いたのは、その日よりも前ですよ。それも、一年も前です。ひょっとして、あなたは本を読んでいたんじゃないかしら？」

彼の口元が引きつった。「おれが本の内容を真似たとでも？　きみはツインテール・フォールズに行ったことがあるかい？　おれはあの滝で腕と太腿を骨折した。だが、自ら進んで骨折したわけではない。そんなばかがどこにいる？　どんなに金を積まれても、遠慮させてもらうよ。スタントで飯を食っているわけではないんでね」

「きっとあなたも溺れている少女を助けたんでしょうね。当たっていますか？」エディは挑戦的な態度を崩さなかった。

彼は肩をすくめた。「おれが助けたのは少年だった。なんなら、あのときの状況をその少年に聞いてくれ。きみの本をおれが真似たかどうか、インタビューしに行ったらどうかな？　大笑いされるのが関の山だろうけれど」

エディは力なく首を横に振り、言葉を返した。「ただの偶然ですよ。たまたまわたしの本と、あなたの事故が少し似ているだけです」

「似ている場面が一カ所か二カ所なら、おれもただの偶然ですませる。百歩譲って、十五カ所あっても偶然だと思うかもしれない」彼が先を続ける。「だが何百カ所もあったら、それを偶然で片づけるのは無理がある」

疑念が胸のうちに広がり始めた。そこに落胆も交じり、喉が焼けつくように痛くなった。

「ようやく話が見えてきました」エディは言い返した。「はっきり言わせてもらいます。わたしは、あなたの型破りな人生について何も知りませんし、知りたいとも思いません。わたしの作品は、ストーリーもイラストもすべて、想像力を駆使してわたしが自分自身で作りあげたものです。ですから、わたしを訴えるつもりなら――」

「エディ、違うんだ」

「ミズ・パリッシュと呼んでください。もし盗作で訴えたいのなら、名誉棄損でもどちらでもいいですが、どうぞご勝手に。こんなことは珍しくもなんともありませんから。大富豪の家に生まれた娘にはトラブルがつきものなんです。これまで何度トラブルになったか知ったら、きっとあなたも驚くでしょうね。実際、三度続いたあとは、父はわたしに保険をかけてくれました。弁護士が必要なときは、わが家の弁護団の電話番号をお教えするわ」エディは一気にまくしたて、椅子から立ちあがった。「失礼します。これ以上侮辱されるのは我慢ならないので。気分が悪いわ――」

「そこまでだ！」彼がエディの手首をつかんで強く引っ張った。「訴えるつもりはない。侮辱するつもりもなかった。頭の片隅にもそんなことは思い浮かばなかったよ。頼む。座ってくれないか。お願いだ、エディ」

その口調には、有無を言わせぬ響きがかすかに潜んでいた。張りつめた気持ちが少しずつほどけ始める。膝から力が抜け、エディは椅子に座りこんだ。手首をつかんでいる彼の手を振りほどき、両手を組んで膝の上に置いた。指の関節が白くなるまできつく握りしめる。

「訴えるつもりがないのなら、用件はなんですか？」

「きみにおれの話を聞いてもらいたいんだ」彼が静かな声で言う。

エディは彼が先を続けるのを待った。この人はいったい何が言いたいのだろう。「わたしに本のねたを提供してくれるというのかしら？　あいにくですが、わたしは他人のアイデアは使わないんです。ですから結構です。ストーリーのアイデアなら山ほどありますから。それに——」

「いや、そうじゃない。おれ個人の話がしたい。たぶん、きみはすでに知っていると思うが。どうしてなのか見当もつかないけれど」

「言っている意味がわかりません」彼女はほとほと困惑していた。「わたしはあなたのことなんか何も知らないわ！　名前だって、教えてくれるまで知らなかったのよ。どうしてそう奥歯にものが挟まった言い方ばかりするんですか？　話があるのなら、単刀直入に言ってください！　心理ゲームをする気分じゃないんです」

「それはおれも同じだ。だが、おれのほうが分が悪い。自分でもきみに何を求めているのかわからないんだから」

ひょっとして、この人は心の病を抱えているのだろうか。ハンサムで存在感が抜群で、とても魅力的なのに、口を開いたら一気にわけのわからない人になってしまう。「何を言ってるんですか？」

彼がゆっくり息を吐きだし、まだ手をつけていないコーヒーを見おろした。

「おれは十八年前に命を救われた」静かに話し始める。「拷問を受けて、死人同然だった。脳にひどい損傷を負っていたんだ。話すことも書くこともできなかった。何年もそんな状態が続いたよ。食堂で、モップがけや皿洗いをしていた。記憶を完全に失い、自分が誰かさえもわからなかった」

エディは呆然と目の前の男性を見つめた。『フェイド・シャドウシーカー』シリーズの一作目のストーリーと同じだ。フェイドと同じ過去。

まさか、ありえない。この人の人生がフェイドと同じだなんて……。ああ、やめて。そんなはずはない。彼は嘘をついているのよ。絶対そうに決まっている。めまいがしてきた。このまま気を失ってしまいそうだ……。

「それでも夢を見るんだ。毎晩」彼は話し続けている。「それがあまりにも鮮明で、自分の過去の人生なんじゃないかといつも思っていた。その夢に、エディ、きみが出てくる」彼が手を伸ばし、エディの手の甲にそっと触れた。ふたりの視線が絡みあい、エディの体に震えが走った。

「きみはおれに会ったことがあるね?」エディの目を見つめたまま、彼がきいた。「あると思うんだ。会った瞬間、きみの目を見てわかった。きみの本を見てもわかる」

エディはうなずいた。これではまるで操り人形みたいだ。でも、嘘はつけなかった。嘘も思い浮かばなかった。「ずっと昔に」

彼がエディの手をきつく握りしめた。「話してくれないか」

エディは話し始めた——十八年前の、十一歳の誕生日に起きた出来事を。フラクソン社の父のオフィスに助けを求めに来た、血を流して火傷を負った男性のこと。その男性が、オフィスに駆けこんできたセキュリティスタッフのひとりを窓に投げ飛ばしたこと。オフィスから引きずりだされ、どこかへ連れていかれたその人をずっと見ていたこと。

これですべてだった。たったこれだけ。自分の過去を探している彼に申し訳ない気持ちでいっぱいになった。けれども、彼は落胆しているふうには見えず、それどころか、どことなく好奇心に目を輝かせている気がする。「フラクソン」彼がつぶやいた。「興味深いな」

「あなたが父に叫んでいたことは、意味がさっぱりわからなかったけど、怖いと思ったのは覚えているわ。殺人とか、拷問とか。わたし、あのあと何年も悪夢を見たの」エディは話し終えた。

「おれの名前を聞いたことは？　きみはおれの名前を知っていたかい？」

エディは首を横に振った。「わたしは十一歳だったんです。聞いていません。知っている人はいたかもしれないけれど。両親もあなたの話をするのをいやがっていたし、わたしが少しでもあなたのことを口にすると怒りました」エディはいったん言葉を切り、ふたたび口を開いた。「父ならもっと知っているかもしれない。でも、話したがらないでしょうね」

これは真実とはほど遠い。父は話すどころか、会おうとさえしないはずだ。

「クリストファー・オスターマンにやられたんだ」彼が顔の傷に触れながら言った。「ほかにもいたが、あの男が主導権を握っていた」

この話は、聞いても驚くことではない。「オスターマン博士」口にするのもいやな名前だ。

「あいつを知っているのかい？」

エディはうなずいた。「〈安息の地《ヘヴン》〉でオスターマン博士のプログラムを受けたんです。十四歳のときに」

「あの男はこんなことを平気でする精神異常者なのに、きみは驚いていないみたいだな」

「ええ、驚きません。知っていたから。わたしは、あの男が腐りきった悪魔だと父に話したんです。でも父は信じてくれませんでした。プログラムを受けたくないから嘘を言っているんだとしか思ってくれなかった」

「どうして〈安息の地《ヘヴン》〉でプログラムを受けたんだい？」

「わたし、鬱病だったんです。学校生活にもなじめませんでした」エディは正直に話した。「父はそんなわたしに我慢ならなかったの。それでオスターマン博士の潜在能力を引きだすプログラムを受けさせられました。でも、父はそのプログラムがどういうものなのか正確には知らなかったと思うわ。博士は、電気や薬を使って脳に刺激を与えた。精神機能を高めるためです。彼はそう言っていました。でも……ぞっとする話よね」

彼の口元がこわばった。「それで、効果は？」

エディは思わず体を震わせた。「それは、プログラムを受けた本人がどう思うかでしょうね」どちらとも取れる表現でごまかした。「ヘリックス社にはオスターマン博士の研究所で働いていた人がいます。その人たちに連絡を取ってみたらどうでしょう。もしかしたら、フラクソンのときの研究資料が残っているかもしれません。それに彼らなら、あなたの役に立つ話を知っているんじゃないかしら」

「そうかもしれないな」彼はコーヒーをじっと見つめている。

「あの、どうしてわたしに会いに来たんですか？　わたしはほとんど何も知らないので、あなたの力にはなれません」

「その逆だよ。おれを救ってくれるのはきみしかいない。今までもそうだった」

エディはまばたきも忘れて彼の顔を見つめた。「そんなはずありません。わたしは何もしなかったのよ。どうしていいのかわからず、ただ見ていただけです」

「いいや、きみはおれを救ってくれた」彼がきっぱりと言いきった。「夢のなかで」

「ああ、そう。夢のなかね」エディはぎこちない笑い声をあげた。「すみません、笑ってしまって。他人の夢のなかでわたしはずいぶん貢献したのね。だけど、どんな立派なことをしたのか見当もつかないわ。いったいわたしは何を――」

「きみはおれの天使だった。助けが必要なときは、いつもきみが助けてくれた」

エディは一度口を閉じて、唾をのみこんだ。「それで、わたしは何をしたの？」

「ただそこにいてくれた」たったひと言、あっさりと返された。

エディはふふんと笑った。「それだけ？　いただけ？　何もしないで？」

「何もする必要はなかった。きみはいるだけでよかったんだ。暗闇に浮かぶ灯台と同じだよ。きみがいたから、おれは正気を保っていられた。これまで生きてこられたんだと思う。ありがとう。きみにはとても感謝している」

「もうやめてください。それはわたしではありません。だから感謝なんてしないで。こう言ってはなんですが、あなたの話は常軌を逸しているわ。少なくともわたしが生きている世界ではそうです」

彼が静かに首を横に振った。「きみの世界は今、変わろうとしている」

爆弾発言。それも落ち着き払った顔で。彼の確信に満ちた口調に、エディは息をのんだ。その低い声が神経の隅々まで染みこんでいく。

「ぼうっとしていないで、しっかりしなさい、エディ。「薄気味悪いあなたの夢の話は、グラフィックノベルの題材にぴったりね。でも、それはあなたの思いこみの激しい脳が作りあげたものです」辛辣に言い放つ。「わたしの思いこみの激しい脳が作りあげた『フェイド・シャドウシーカー』のストーリーと同じ。申し訳ないけれど、あなたの夢とわたしとはなんの関係もありません。もっと現実的になってください。あなたは自分の力で生きてきたんです。わたしは何もしていません」

彼はまたしても首を横に振った。「おれも以前はそう思っていた。このいかれた脳が作りあげたものだとね。だが、きみの本を読んで考えが変わったんだ。きみはずっとおれのそばにいたんだよ」

無意識のうちにエディはコーヒーの紙コップの縁を破いていた。ペンを持っていないときのいつもの癖だ。たくさんある癖のひとつ。母はこれを強迫神経症だと言っていた。抑えようとしても抑えられない心の病。だから？　別にいいわ。この人に頭のおかしなやつだと思われたってかまわない。

「すまない」彼は紙コップを破いているエディの指先を見つめている。「きみをいらだたせるつもりはなかった」

エディは紙コップの縁を見つめたまま無言を貫いた。永遠とも思える沈黙がふたりを包む。気まずい時間だけが流れていき、やがて彼がまた話し始めた。

「あのとき、何があったんだい？　サイン会でおれの前にいた女の子だけど」

女の子の顔が目に浮かび、エディの胸が締めつけられた。「ああ、あれね」エディはぼそりとつぶやいた。「悪霊がわたしの頭から出てきたのよ」

彼はエディが先を続けるのを待っている。だけど、これ以上話すつもりはなかった。人物を描くとその人の未来が見えるなんて、言えるわけがない。気がふれていると思われるだけだ。両親は怒り狂った。医者たちは抗精神病薬をのませようとした。ボーイフレンドはそそくさと逃げていった。それっきり、誰と付き合っても打ち明けなくなった。だけど、発作が起きれば、すぐに気づかれてしまう。それで友人もみんな離れていった。こんなつらい思いはもうたくさん。二度と味わいたくない。

「話を続けてくれ」彼が、黙りこんだエディをそっとうながした。

エディは口を開いた。何もかも話してしまおう。この人には秘密を打ち明けてもいい気がする。もうすでに自分の頭のなかで生きている人なのだから。

「人の絵を描くと……」エディは話しだした。「拾いあげるんです……その人の頭のなかにあるものを。電波を受信するみたいな感じ」

彼は静かに聞いている。驚いているふうにはまったく見えない。「何が見えたんだい？」

「あの子がボーイフレンドに絞め殺されているところ」

彼のまぶたが一瞬引きつった。「なんてことだ。ひどいな。感知したものはどのくらいの確率で当たるんだい？」

「全員を確かめるのは無理だけれど」エディは先を続けた。「知った限りでは、百パーセント。どうしても結末は変えられないの。間違いであったらいいと何度思ったかしれません。母が心臓発作を起こすのも見えたんです。でも、病院に行くように母を説得することはできなかったんです。数週間前にレストランで食事中に父を描いたときは……いえ、なんでもないわ。こんな話はもうやめましょう。ところで……あなたは父に会いに行くつもりなのかしら？　それなら、わたしに頼んでも無駄でしかないわ。父にとってわたしは厄介者ですから」

「そんなことはしないよ」エディの手を安心させるように叩く。「きみをわずらわせたりはしない。きみのお父さんに会いに行くときも、ヘリックスに行くときも、自分で連絡を入れる」

「じゃあ、用件はなんですか？」

「何もない」たったひと言で返す。「きみは今のきみのままでいてくれ。それだけでいい」

エディは目を細めてにらみつけた。「もう、いい加減にしてくれませんか。そんな戯言は聞きたくありません」

かすかな笑みが彼の顔をよぎった。「どうだろう。少し一緒に歩かないか？」照れくさそうな声で言う。「しばらく散歩に付き合ってほしい。話をしながら。心地がいいんだ、きみといると」

心地がいい？　嘘でしょう？　ありえない言葉だわ。この人はわたしの忌まわしい秘密を知っても穏やかなままでいる。逃げていこうともしない。心がきれいなのか、勇敢なのか、悪趣味なのか。たぶん、わたしの話を信じていないのだろう。あるいは、ちょっと頭のねじが緩んだかわいそうな女ぐらいにしか思っていないのかもしれない。

顔がほてり、夢心地の気分だった。この人はわたしに言い寄ろうとしているのかしら？　今まで言い寄られた経験はほとんどない。だから、もし彼がその気でも、わたしは気づかないだろう。ふたりは無言のまま、並んで歩道を歩いている。これでは楽しい散歩相手とは言えない。だけど何を話したらいいのだろう。話題が思い浮かばない。ただ胸をどきどきさせて彼と歩いているだけ。

エディは、彼が話してくれたことを思い返した。孤独と沈黙のなかに心の平安を見出す人。この人がほかの男性と違うのはこういうところだ。彼といると、沈黙は雄弁だとわかる。沈黙にさまざまな音や香りがあるのを感じる。なぜか無言でも心は通いあっている気がする。突拍子もない考えだが、そう思わずにいられなかった。エディの胸に熱いものがこみあげてきた。堰《せき》を切ったようにとめどなくあふれでてくる。

怪しい男かもしれないのよ。頭を冷やしなさい、エディ。たしなめる理性の声がどこかから聞こえてきた。脳に外傷を負い、空想癖があり、どういうわけかわたしに興味を持っている男性。彼について知っているのはこれだけしかない。

過度な期待は禁物だ。夢をふくらませるのはあまりにも浅はかだ。それに危険でもあり、愚かでもある。もしだまされたら、少なくとも自分をみじめに思うだろう。もっと悪くすれば、立ち直れないほど傷つくかもしれない。

さっさと逃げなさい。また理性の声が聞こえてきた。タクシーをつかまえて、この場から立ち去るのよ。パリッシュ家のボディガードも近くで様子をうかがっているはず。彼らに家まで送ってもらえばいい。きっとさんざん小言を聞くはめになるだろう。そして、父にも告げ口される。最悪の展開だ。

彼がエディの手を取った。

エディは胸いっぱいにゆっくり息を吸いこんだ。たちまち力がわいてきた。体じゅうの細胞が弾かれたように活気づく。彼女はもう一度大きく息を吸った。

彼と手をつないで歩いている。たこのできた大きな手。あたたかくて力強い手。このままずっとこうして歩いていたい。けれども、恥ずかしくて彼のほうを見られなかった。頭も心も救いようのないほど混乱している。

どうしても手を振りほどくことができなかった。触れあっている彼の手から熱が腕を這いあがり、ゆっくりと渦を巻きながら全身に広がっていく。胸の先端が硬くなり、下腹部は甘くうずいている。ただ手をつないでいるだけなのに。

ふたりは指を絡め、目を伏せて、ひと言もしゃべらずに歩き続けた。スティール橋を渡り、あてどなく歩く。街の騒音も耳に入らず、ふたりだけの沈黙に包まれていた。どちらも気恥ずかしさから来る緊張をほぐそうとはしなかった。世界が虹色に輝いている。このすばらしいひとときに、エディは心ゆくまで浸った。楽しめるうちに思いきり楽しもう。夢のような時間はすぐに終わるのだから。

幸せは長くは続かない。それが自然の法則だ。

いつのまにか、ふたりはノースイースト地区のヘルムート通りにある、古びた建物の前に来ていた。

彼を自分の家に連れてくるつもりはなかった。
それとも、わたしはそのつもりだったのだろうか。

7

エディが、つないだ手をそっと緩めた。ケヴは彼女の隣で静かにたたずんでいた。夢のような気分だ。手にはエディの手の感触がまだ残っている。自分をこの地上に引きとめておいてくれた、ほっそりした手。彼女と手をつないでいなかったら、雲のように空に浮かんでいただろう。

息もできないほど幸せだった。完全にエディ・パリッシュに心を奪われてしまった。美しくて聡明で、人間に深みがあり、一本芯の通った強さを感じさせる性格。そしてあの辛辣な物言いは、バラの棘のようだ。写真は彼女の魅力をとらえきれていなかった。

十一歳のエディは、絵のようにケヴの記憶のなかにとどまっている。だが、ここにいるエディ・パリッシュは絵ではない。あたたかくやわらかで、どこから見ても完璧だ。森の妖精を思わせる透き通った肌。表情豊かな灰色の大きな目。藍色に縁取られたその瞳のなかには紫色の点が散っている。黒いまつげ。すっと伸びた黒い眉。面長の繊細な顔立ち。ウェーブのかかった豊かな黒髪が、丸みを帯びたヒップの上で揺れている。

エディは自分の美しさを隠そうとしている。無駄な努力だ。まったく隠しきれていない。彼女の美しさは誰の目にも一目瞭然だ。ケヴの目には、まるでスポーツスタジアムの投光照明のように、エディがまばゆく映った。わたしを見ないでと言わんばかりの地味な格好をしていても、体の線が手に取るようにわかる。ほっそりとした体形。たわわな胸のふくらみ。ジーンズに包まれた形のいいヒップ。長身で、こうして並んでいるとエディの頭頂部がケヴの口元に来る。抱き寄せれば、顔をさげなくても髪にキスができる。

ああ、この腕でエディを抱きしめたくてたまらない。思わず体を寄せてしまいそうだ。今すぐ彼女の肌や髪の香りを記憶に刻みつけたかった。できることなら、輝く太陽の光のもとでエディを見つめてみたい。一糸まとわぬ姿を心ゆくまで愛《め》でたい。秘めやかな部分をすべて手と口で味わえたらどんなにいいだろう。ケヴは奥歯をきつく噛みしめた。よだれを垂らした間抜け面をエディに見せるわけにはいかない。

エディの香りが漂ってくる。普段なら、他人の体臭は不快以外の何物でもない。だが彼女は違う。このままずっと包まれていたいと思う香りだ。エディの体から立ちのぼる甘い香りに、酔ったみたいに頭がくらくらして、股間は痛いほど硬くなっている。滝の事故から生還して以来、体の内側からわき起こる欲望に悩まされていた。以前の自分がひどく淡白な男だったと思えるほど、激しい性的衝動に駆られる。だが、今ほど強烈な欲望にとらわれたことはない。

エディ・パリッシュはどこを取っても魅力的だ。見ているだけで唾があふれてくる、鎖骨のくぼみ。思わず目が釘づけになる、つややかな光を放つ肌。そして、蜂蜜とミルクと花が混じりあったようなエディの香りは、胸いっぱいに吸いこみたくなるほどかぐわしい。エディを飲み干してしまいたい。食べてしまいたかった。彼女の顔に浮かぶ不安げな表情を取り去ってやれたらいいのに。頬を赤く染めて、楽しげに笑うエディが見たい。エディはどこか警戒心の強い野生動物に似ているが、持って生まれた凜《りん》とした気品がある。それでいて、金持ちの家に生まれた若者によく見られる傲慢なところがまったくない。

エディは、おれを頭のおかしい男だと思っているだろうか。長いまつげの影が落ちた瞳からは何も読み取れない。まるで当然の権利であるかのように、彼はエディの手を握りしめた。気づいたら、手をつないでいた。

「ここに住んでいるの」エディが口を開いた。

ケヴは驚いてまわりを見まわした。彼はエディの住所を突き止めようとしたが、どこにも載っていなかった。それも当然だ。世間はろくでなしであふれているのだから、用心するに越したことはない。

予想外の住まいだった。さびれた地区に立つ、薄汚れたおんぼろの建物。ケヴはしぶしぶエディの手を放したが、とたんに後悔した。もう一度手を取り、胸躍る感触を堪能《たんのう》したい。

エディが長い黒髪を後ろに払った。これから何かに挑もうとしているしぐさに見える。

「少し寄っていってはどうかしら？　コーヒーか紅茶でも？　それとも……コーヒーや紅茶でなくてもいいけど」

「ああ、寄らせてもらうよ」コーヒーや紅茶以外のものがほしい。本当にいいのなら、たまらなくほしいものがある。ケヴは心のなかでつぶやいた。

エディが視線をそらした。「ええと、それじゃ行きましょうか」ふたりは金網のゲートを通り抜け、ひび割れたコンクリートの通路を進み、きしむ外階段をのぼった。

エディのアパートメントは四階だった。建物の裏に面した廊下には、住人が共同で使うベランダがついている。そこからの眺めはお世辞にもいいとは言えず、ゴミ置き場と物騒な路地しか見えない。エディの部屋のドアの錠は、もうすでに壊れているような代物だ。これでは足で蹴るまでもなく、こぶしで軽く叩くだけで開けられる。

どう見ても、金持ちのお嬢さまが住むアパートメントではない。こんなみすぼらしい部屋に住んでいる娘を父親はどう思っているのだろう。だが、他人が口を挟む問題ではない。今はまだ。

「おかえり！　エディ！」子どもが一目散に駆け寄ってきた。縮れた黒髪のひょろりとした男の子だ。前歯の抜けた口を大きく開けて、満面に笑みを浮かべている。「ねえ、歴史の宿題を手伝ってよ。ルイジアナ買収について作文を書かなきゃいけないんだ――」男の子がケヴに気づき、ぴたりと立ち止まった。

てくれる？」


「ただいま、ジャマール」エディがにっこりほほえんだ。「いいわよ。でも、もう少し待ってくれる？」

ジャマールは作文のことなどすっかり頭から吹き飛んでしまったようだ。黒い目をこれでもかというほど見開いて、固まっている。「すごい」ジャマールがつぶやいた。「フェイドだ。フェイド・シャドウシーカーがいる！」

エディがきまり悪そうに顔を赤らめた。「ジャマール！ 前にも話したわよね。フェイドは本のなかだけのヒーローなの。現実にはいないのよ。この人の名前はケヴ。フェイドじゃないわ」彼女はケヴに向き直った。「ジャマールは上の階に住んでいるんです。いつもわたしの本を最初に読んでくれる子で、いちばんきびしい批評家でもあるの」

「この人もフェイドだ！ 顔の傷を見てよ！ ねえ、フェイド、保護施設に百万ドルをあげたって本当？ ヴァレリーも助けたんでしょう？ ヴァレリーを殴っていた男をやっつけたって聞いたよ？ 大人なのにストローでチューチュー吸ってるなんてばかみたいだ。でもいい気味だよ。それからさ、フェイド、本当に――」

「ジャマール！ やめなさい！ この人はフェイドじゃないの。ケヴよ！ シャドウシーカーは……シャドウシーカーは……いないの。ケヴは別人よ！ わかったわね」

ジャマールが鼻を鳴らした。まったく納得していない。「じゃあさ、この人はここで何してるの？　エディの家に男の人が来ることなんてないじゃないか」ジャマールが眉をひそめてケヴに向き直った。「あなたはエディとセックスしに来たの？」

「ジャマール！」エディが顔を引きつらせて、声を張りあげた。「口を閉じなさい！」

「フェイドは四作目でマリアとセックスするんだよ」ジャマールがケヴに向かって愚痴をこぼす。少しも懲りていない。「でも、ぼくはね、そういうとこは全部飛ばすんだ。つまんないもん。女の子って気持ち悪い。エディは別だよ。エディは全然気持ち悪くない」

ケヴは咳払いをした。「そうか。きみはエディが好きなんだね」

「ジャマール、いい加減にしなさい」エディがたしなめる。「言うことを聞かないと、もうパソコンを使わせないわよ。一生使わせてあげない。わたしは本気よ。フェイドの話はやめて。ひと言も聞きたくない」きびしい口調だ。

ジャマールはおずおずとあとずさった。エディは、ジャマールが角を曲がって見えなくなるまでにらみつけていた。それからようやくドアの鍵を開けて、ふたりはエディのアパートメントのなかに入った。

ケヴはたちまち部屋の香りに包まれた。バラのポプリ。シナモン。植物の肥料。鉢植え用の土。安物の木製テーブルの上の大きな花瓶に活けられた野花の花。バスルームからは、ソープとバスソルトとシャンプーの香りが漂ってくる。サンダルウッドとラヴェンダーだ。紙と本とインクとペンの匂いもする。

すべてエディの香りだ。甘くて、ぬくもりがあり、優しさにあふれている。魔法の香り。心がとろけてしまいそうだ。できることなら瓶に詰めて持って帰りたい。

ブラインドが半分ほどおろされた窓から、傾きかけた太陽の日差しが差しこんでいる。弱い光に照らされたストライプの壁には、イラストや写真、ポストカードや雑誌の切り抜きが所狭しと張られていた。エディの心のなかを垣間見た気分だ。そこに深く入りこんで、永遠にさまよっていたい。エディの目を通してものを見てみたい。エディが何を考えているのか、何を恐れているのか、何を夢見ているのか、すべて知りたい。

それが今ここにある。この部屋に。ケヴの望むすべてが、ごちそうのように目の前に並べられている。

エディはドアを閉めて、質素な室内を眺めている彼を見つめた。ぐるりと視線を走らせるだけで見終わってしまう狭いわが家。部屋の片隅に置かれたアンティークの旅行用トランクの上にはテレビがのっている。もう一方の隅には猫の額ほどのキッチン。天井からはオニヅルランとベゴニアの鉢植えがふたつぶらさがっている。あとは製図台と本棚と、壁一面に張られたお気に入りのコラージュだけ。ドアの向こうには小さなバスルーム。もうひとつのドアの向こうは、これまた小さなベッドルーム。そこにはシングルサイズのベッドと細長いたんすしかない。けれど、なんの不便もなかった。ひとり寝には充分広いベッドだし、洋服を集める趣味もない。夏の暑いときは下着姿で仕事をしているし、寒くなれば毛玉だらけのタイツとスウェットが仕事着になる。

「ジャマールが変なことを言ってごめんなさい」エディは口を開いた。「あの子はフェイドの熱狂的なファンなんです。でも、ちょっと現実と空想の区別をつけられなくて、困っているんです」

「気にしなくていいよ」彼は壁のコラージュをじっと見ている。

「あなたの考えていることはわかっています」エディは言った。

彼が口元をゆがめた。「そうかい？」

「なぜ、パリッシュ家の娘がこんな穴倉に住んでいるのかと考えているんですよね。当たりですか？」

「はずれだ。大切なものだけに囲まれた暮らしをしているんだなと考えていた」彼は、製図台から本棚、仕事道具を置いた棚、美術史の研究論文へと指をさしていった。「それでも、せっかくだから聞かせてもらおうか。どうしてパリッシュ家の娘がこんな穴倉に住んでいるんだい？」

その言葉に胃が締めつけられた。嘘をついてもしかたがない。この人はもうこの部屋を見ている。昔はなんとかごまかそうとした。だけど、結局みんな離れていってしまった。エディは大きく息を吸い、話し始めた。

「これが今のわたしなの。父の援助は受けていません。本はよく売れているから、いずれは、もっとましな暮らしができるようになるでしょうけれど、まだそれは先のこと……」エディは肩をすくめた。「父の援助を受けたら、わたしは自由でいられなくなるんです。援助には父の言うことを聞くという条件がつきますから。家族に恥をかかせないように、妙なことを口走らないように、薬をのまなければならなくなります。でも、副作用で半分死んだみたいになって……絵も描けなくなるし、自分が誰かもわからなくなる。父はわたしがこういう生活をしているのは、自分をわざと困らせるためだと考えています」エディは苦しい思いを心から締めだした。「そういうわけで、この穴倉がわたしのホームスイートホームなんです」

「ああ、きみのホームスイートホームだ」彼が静かな声で繰り返した。

「それでもわたしは幸せだと思っています。こんな暮らしだけど、好きな仕事をしてお金がもらえるんですから」エディは言葉を継いだ。「ほかに得意なものがないんです」

秋の太陽が西の空に沈もうとしている。彼の瞳がその光を受けて、あたたかみを帯びた緑色に輝いている。太陽の光が反射してヒスイ色に光る氷河湖の水面を思わせる瞳の輝き。この人がまとっている力強いオーラは、なかなか絵ではとらえきれない。十年間、いろいろ試しているけれど、いまだに満足のいく絵は描けていない。彼は美しい、完璧なまでに。顔に残る傷痕が、なおさら彼の美しさを際立たせている。その傷は過酷な過去をくぐり抜けてきた証《あかし》だ。

彼は超人ではない。生身の人間。

彼の傷を見ていると、わたしの人生がそれを境にふたつに分かれた日を思い出す。彼の身の上話を聞いて、長いあいだ心の奥底に閉じこめていた真実が浮かびあがってきた。骨の髄まで染みこんだ、忘れようにも忘れられない真実。心のなかに鮮明な心象風景として刻みこまれていること。

十一歳の誕生日。父のオフィスで、全身傷だらけの男性が必死に訴えている姿に、わたしのなかで何かがぷつりと切れた。それをもとに戻す方法はわかっている。その男性の力になればいい。彼の傷が癒えたとき、切れたものはふたたびつながる。でも、わたしには彼を助けられない。どんなに助けたくても、わたしにはできない。

もう考えるのはやめよう。自己憐憫ほど見苦しいものはない。

エディは伏し目がちに狭い室内を見まわした。情けない顔を見られたくなかった。彼にみじめな女だと思われたくない。もっと大胆で、楽天的で、心のままに感情を表現できたらいいのに。だけど、正反対のこの性格では無理だ。

彼を見られない。かといって目をそらすこともできない。風が吹きこんできたように、壁に当たる光が揺らめいている。ただでさえ狭い空間が、今日はより狭く感じられる。彼は身動きもせず立っている。沈黙を埋めようともしない。圧倒的な存在感で空間を支配して、静かに何かを待っている。何を待っているのかはわからないけれど。わたしだけがそわそわしている。何か失敗しないように、必死に気持ちを落ち着かせようとしている。

この不思議な成り行きを大切にしたい。自分に舞いおりた奇跡を取り逃したくない。これまでずっと、ボーイフレンドができてもすぐに別れが訪れた。あっという間にまた孤独に逆戻りだ。そんな思いはもう味わいたくない。でも、それを決めるのはわたしではない。心が離れていくのは、いつも相手のほうなのだから。

自分ではどうにもできない。だからこそ、とても怖い。

何をぐずぐずしているの。彼に座ってもらいなさい。ずっと立たせておくなんて失礼よ。ふいに、母によく似た冷ややかな声が、頭のなかから聞こえてきた。

「座ってください」エディは言った。「紅茶でいいですか？」

「ああ」

「あっ、そうだわ。よかったらこれもどうぞ」エディは食器棚からカラフルな紙製の箱を取りだして、テーブルの上に置いた。動物クラッカーだ。「子どもだましみたいですみません。きっと母がお墓のなかでひっくり返っているわ。お客さまにこんなものを出すのはやめなさいって怒っているでしょうね。でも今はこれしかなくて。ジャマールにあげようと思って取っておいたんです。あの子はしょっちゅうここに遊びに来ていますから。パソコンを使ったり、このカウチで寝ることもよくあります。母親が、その……ボーイフレンドと過ごしているときは。あの子のために、避難ばしごがついているあの窓はいつも開けっ放しにしているんですよ。わたしが留守でもここで宿題ができるように」エディはぴたりと口を閉ざした。

「でも、その……今日は開けておくのを忘れていました」

彼が笑みを浮かべて聞いている。その笑顔を見て、黙っていればよかったとたちまち後悔した。気がついたら、べらべらとジャマールのことを話していた。滑稽もいいところだ。恥ずかしくてしかたがない。「やめてください」エディはささやいた。

「やめるって、何を?」彼の低い声が優しく響く。

エディは彼に向かって指を振った。「そんなふうにわたしを見ないでください」

「それは無理だ」あっさり返される。「きみは親切だな。防犯のことを考えたらこのうえなく恐ろしいが、とても思いやりがある。ジャマールをかわいがっているんだな」

「盗まれるようなものは、ここには何もないですから」エディはどぎまぎして言い返した。

「それに、わたしは褒められようと思ってジャマールの話をしたわけじゃありません。思いやりがあるところを見せようとしたのでは――」

「知ってる。きみはわざわざそんなことをする必要はない。おれにはわかる」

「何がわかるんですか?」エディはぴしゃりとやり返した。

一瞬、彼は言いよどんだ。「きみが。きみの性格が。すまない。忘れてくれ。気まずい思いをさせるつもりはなかった。きみは褒められるのが苦手なんだな」

「そんなことありません」エディはむっとした口調で言った。「どうぞ、座ってください。

今、クラッカーを出しますから」彼女は紙箱を乱暴に破って開けて、クラッカーを一枚差しだした。「さあ。座って、キリンを食べていてください。あなたは人を落ち着かなくさせる天才ですね。紅茶はもう少し待ってください。これから用意するので」

「そのあいだ」彼が笑みを見せて言う。「きみの絵を見たい。いいかな？」

エディは盛大にため息をついた。「どうぞご自由に」

エディは自分の口のなかにもキリンのクラッカーを放りこんだ。そして、わざと音をたてて嚙み砕きながら、壁に向かって歩いていく彼を見つめた。カオスと化した壁一面のコラージュ。写真や雑誌の切り抜き、いたずら描きしたレストランの伝票、キッチンペーパーや紙ナプキンや紙皿で、天井から床までびっしり覆われている。

やかんを火にかけるときも、マグカップにティーバッグをセットするときも、エディは彼を無視しようとした。ティーバッグはスパイスグリーンティーチャイしかなかった。ほかに出せる紅茶はないから、このお茶が好きかどうか彼にきいても意味がない。

お湯がわくまですることがなくなってしまった。

思いきって彼のほうに向き直ると、彼はワインのしみがついた父の似顔絵を見ていた。レストランで描いた一枚。不吉な絵を見るのがつらくて、一度は捨てたものだ。けれど、またくずかごから取りだして、壁に貼り直した。どうしたら結末を変えられるのか、その方法を見つけたかったからだ。悲劇を指をくわえて見ているのはもううんざりだ。

絵を捨てるのは、はなからあきらめるのと同じ。それだけはしたくない。あきらめるのはまだ早い。

「これはきみの父親だね」彼が静かに口を開いた。指先で父の顔に触れている。「見覚えがあるよ。きみが話していたのはこの絵かな？　父親の未来を予言した、レストランで描いた絵というのは？」

彼の洞察力の鋭さに、エディは思わずどきりとした。「予言というのは大げさです」エディは声を絞りだした。「どうしてわかったんですか？」

「寒けがしたんだ。父親を描いたほかの絵からは何も感じなかった」

わたしの罪深い絵に、こんなふうに自分の考えを言った人は彼が初めてだ。なんだか不思議な感じがする。でも、うれしいとも思えない。

彼はわたしの空間を歩きまわり、わたしの持ち物を眺め、わたしという人間を判断しようとしている。居心地が悪いことこのうえない。座ってくれたら、少しは気持ちが楽になるのに。これでは息も苦しいくらいだ。

「あなたをどうしたらいいのかわからないわ」気がついたらそんなことを口走っていた。

彼が首を横に振った。「きみは何もしなくていい」

エディの口から言葉がほとばしった。「ごめんなさい。これ以上あなたに話せることはないんです。あなたの過去について、覚えていることはすべて話したわ。あとは父にきくぐらいしかわたしにはできません。でもそれは、口で言うほど簡単じゃないの。父はわたしに腹を立てているし、十八年前のあの出来事を話題にするのをとてもいやがります。そもそも、父が詳しく知っているのかどうかさえわからない。それでも父に会いに行くつもりなら、わたしがあいだに入らないほうがうまくいくと思います。とにかく父は……それに我慢ならないの。激怒しているのよ」エディは壁に向かって指をさした。「そこに貼ってある絵のすべてに。わたしが見えるものや、話す内容すべてに。父は気味悪がっている。でも父を責められません。そう思われて当然だから」エディは壁に近づき、父親の似顔絵を眺めた。「父に死の危険が迫っているのが見えました。何が起きるのかはわかりません。どっちにしろ、気をつけてのひと言も言えないんです。怒らせるだけですから。わたしは役立たずの娘なんです。母のときと同じ。それにあなたのときとも」涙がこみあげてきた。「あなたをはじめて見たときも、何もできなかった。わたしなんか、いてもただの役立たずなんだわ」

「それは違う。きみは役立たずなんかではないよ」

エディは冷ややかに彼をにらみつけた。だが、強烈な光をたたえた瞳に見つめ返されて、投げつけるはずだった皮肉な言葉がすべて頭から吹き飛んでしまった。

「十八年間、きみはずっと夢のなかに出てきた」彼が穏やかな口調で言う。「おれの天使だった。おれを導き、おれを包み、守ってくれた。まさかと思うかもしれないが、天使の輪もちゃんとあったんだ。あの日、きみは頭に何かつけていたかい？」

「白い花輪をつけていたわ」エディは正直に打ち明けた。「白バラとカスミソウの花輪。それにリボンとレースもついていた」

彼の喉仏が動いた。「きみの頭の上に浮かんでいた光の輪はとても印象的でね。中世の聖人みたいだったよ」

「そう」エディは唾をのみこんだ。「でもわたしは……聖人じゃないのよ」

「そうかな」彼が咳払いをした。束《つか》の間《ま》、重苦しい沈黙がふたりのあいだに横たわる。「いや、そうか。よかったよ、聖人でなくて」

やかんのホイッスルが鳴り始めた。エディは心のなかでほっと息をついた。これ以上、ほてった顔を彼に見られたくない。マグカップにお湯を注ぐ手が震える。夢のなかの輝く天使とは大違いだ。きっと彼は本当のわたしの姿に幻滅しているだろう。この世に天使のような女なんていない。ましてや、不器用で薄気味悪いわたしが天使のわけがない。彼もすぐに気づくはずだ。自分に自信がなく、悲観論者で、ふさぎの虫に取りつかれている女だと。いきなりわけのわからないことを話しだすわたしを見て、この部屋からそそくさと出ていくに違いない。

いつもそう。それがわたしの宿命なのだ。絶対に避けられない。

それなのに、彼を痛いほど意識してしまう。息が苦しくなり、頭のなかが真っ白になる。部屋の酸素がすべてなくなったみたいに。

エディはテーブルに彼のマグカップを置いて、椅子に腰かけた。舌が火傷しそうになるのも気にせず、自分のカップから紅茶を口にする。そして揺れる湯気越しに、窓から差しこむ弱い光を見つめた。彼も座ったが、紅茶には手もつけず、じっとしている。ほんの数分だったが一時間にも思えた。やがて彼がようやく静かに口を開いた。「頼みがある」

「なんですか？」心臓が早鐘を打ち始め、エディの顔がみるみるうちに赤くなった。紅茶を飲み、大きく息を吸って止めた。どうして物事に動じない態度を父から受け継がなかったのだろう。今ほどそれを残念に思ったことはない。

「おれを描いてほしい」彼は言った。

驚きと狼狽と失望がひとつに混じりあう。エディは呆然と彼を見た。「今、なんて？」

彼が壁のコラージュに目を向けた。「書店で、あの女の子にきみがしたのと同じことをしてほしいんだ」

「本気で言っているんですか？　あのとき何が見えたか話しましたよね？　それでも描いてほしいと？」

彼がうなずいた。

エディは震える息を吐きだした。まさか自分から言いだすなんて。こんな人は初めてだ。まるで、わたしが似顔絵をサービスで描いているとしか思っていないような口調だ。わたしに野球のバットを渡して、〝さあ、おれを殴ってくれ〟と言っているのと同じ。

頼みというのはこれだったのか。彼は熱く激しいセックスを求めてはいない。〝おれを描いてほしい〟これが彼の目的だった。〝ベイビー、おれといいことしようぜ〟ではなく。彼はわたしに言い寄ろうとしていたわけではなかった。恋愛対象ではなく、占い師としか思われていなかった。だから？　少なくとも彼は正直だ。責めるのは間違っている。彼が悪いわけではない。わたしに魅力がないだけだ。

こんな見当違いなことを考えてしまうのは、フェイド・シャドウシーカーとセックスする夢を長年見ているからだろう。官能的な夢ばかり見続けていると、現実の男たちは見劣りがしてくる。その結果、当然ながら恋人などできない。ケヴ・ラーセンだって、きっとフェイドほどのめくるめく妙技は持っていないだろう。現実のわたしが、彼の夢のなかの輝く天使とは違うのと同じだ。そう、現実と夢は別物なのだ。

わたしたちは生身の人間。だから、現実に目を向けなければならない。彼はフェイドではないし、わたしも天使ではない。彼は現実を見ようとしている。でも、わたしはまだ心の準備ができていない。

部屋のなかが異様に暑く感じられた。汗で髪が首に張りついている。

「がっかりするかもしれませんよ。たぶん、あなたが想像しているのとは違うと思います」

エディはためらいがちに言葉を継いだ。「感覚的なものなんです。未来や過去が鮮明に見えるわけじゃありません。心のなかをのぞいて、その人が封じこめようとしているものを見るんです。これが、書店であの女の子にわたしがしたことです。あなたの過去は見えないでしょうね。あなたは話していませんから。ですから、あまり期待しないでください。これであなたの過去がわかると思われても――」

「きみは滝の事故以前のおれも見えていた」彼は紙袋から一作目の『真夜中の秘密』を取りだし、目的の箇所までページをめくった。本をエディのほうに向ける。「これを見てくれ」

物語の初めの部分。ページ全体にカラーのイラストが描かれている。口のきけないフェイドが、絶望に打ちひしがれた表情で、バスルームのひび割れた鏡に映る自分を見ている場面。

「これがどうかしましたか?」エディはきいた。

「この鏡。このひびが入った鏡は、おれが使っていたものなんだ。七年間住んでいた部屋のバスルームにこれがかかっていた。エディ、きみはひびを正確に描いている。この欠けた部分もそうだ。角度も形もまったく同じなんだよ」

エディは大きくかぶりを振った。だが、彼はさらに言葉を重ねた。「なぜそんな細かい部分を覚えているのかと思っているかもしれないな。でも、こんなことぐらいしかすることがなかったんだよ。鏡のひびをじっと見たり、ペンキのはげかけた壁を眺めたり。天井にできたしみの形もはっきり覚えているよ」

「そう」エディは唾をのんだ。「わたし……何を言えばいいのかわからないわ」

「もし見たいなら、きみを連れていってもいい。自分の目で確かめてみるかい?」

「いいえ、その必要はありません」エディはあわてて言葉を返した。「あの、あなたを信じます。ただ、あまり期待してもらいたくないだけです。期待しすぎると、失望も大きいですから」

彼が本を閉じた。「エディ、おれはこれで過去がすべてわかると期待しているわけじゃないよ。きっかけがほしいんだ。どんなものでもいい。何か手がかりがほしい」

エディは視線をそらした。胸が苦しかった。どうしようもなく不安だった。これまでずっと大切な人たちを失望させてきた。彼のことも失望させてしまうかもしれない。そう思うと怖くてしかたがない。

彼はエディが口を開くのを待っている。永遠と思えるほどの沈黙が続く。やがて彼が話し始めた。「おれは、人生の半分以上を窓に黒いペンキを塗った部屋で暮らしてきた」苦悩がにじんだ硬い声だった。「ひと筋の光でもいいから届いたら、過去でも、現在でも、未来でもいいから教えてくれたら、ひれ伏してきみの足にキスするよ。感謝のキスの雨を降らせる。一生きみを崇め、感謝し続ける。どうだろう、描いてくれるかな?」

エディは咳払いをした。「そんな芝居がかったセリフは言わなくてもいいわ」取り澄ました口調で言う。「描きます。でもあまり期待しないでください」

「ああ、わかってる。どんな些細《ささい》なことでもいいんだ。たとえ何も見えなくても、描いてくれたきみに感謝するよ」

エディはキッチンに行って紅茶を注ぎ足し、それからペンといちばん大きなスケッチブックを準備した。正直に言うと、もうひとりの自分はすでに描きたくてうずうずしている。ここにはやめろと怒鳴り散らす人はいない。とがめる人も、邪魔をする人も、パニックに陥る人もいない。初めて人の目を気にせずに自由に描けるのだ。時間をかけてゆっくり描こう。まずはイメージをつかんで、それから心のなかに入っていけばいい。

急ぐ必要はない。自分のペースで描く。目的の場所へ向かい、しばらくそこにとどまって、眺め、彼を感じる。

恐ろしいものや悲しいものを見ない限り、できるだけ長く彼の心のなかにいよう。一抹の不安も覚えたが、描きたい気持ちが勝った。ずっとがんじがらめに縛られた人生を送ってきた。鎖のほどき方を忘れるほど長いあいだ。自由に描けるのがうれしくてたまらない。高揚感を抑えきれず、めまいがしそうだ。

彼は照れくさそうな表情を浮かべている。どこを取っても完璧な彼が、初めて見せる表情だ。「ああ……どうすればいいかな……何をしたらいい?」

「何をしていてもいいわ」エディは言った。「あまり身構えず楽にしてください」

彼はまだ困っているようだ。エディは助け船を出した。「じゃあ、コートを脱いで」彼女は椅子を持ちあげ、小さな部屋の中央に置いた。「ここに座ってください」

彼が立ちあがり、コートを脱いで手に持った。エディはそのコートを取って放り投げると、彼の胸を押して座るよううながした。ウールのセーターを通して彼の熱が伝わってくると同時に、エディの手にびりっと電流が走った。

その瞬間、ふたりはともに驚きの声をあげた。しばし息が止まる。今のは何?

彼が椅子に深々と腰かけた。とても長くて、たくましい脚だ。厚い筋肉に覆われているのがジーンズ越しにでもわかる。体形を見せびらかす格好をしているわけではない。でも、だぼだぼの服を着ていても、このすてきな体は隠しきれないはずだ。彼ならどんな服装でもきっと似合うだろう。手も美しい。すらりとしたしなやかな指。そして、広い胸。指先が触れたとたんに、引き締まった硬い胸だと感じた。もうやめなさい。集中するのよ、エディ。よけいなことは考えないで、集中して。

彼はまだ恥ずかしそうにしている。その姿に、思わず守ってあげたいという気持ちがこみあげてきた。エディはスケッチブックを空白のページまでめくり、ペン先を空中に浮かせたまましばらく座っていた。いい感じだ。まったく急いで描く必要はない。いつもは落書き程度のスケッチですませるが、今日は違う。たっぷり時間をかけて、心のなかをのぞくことができる。

ペン先を紙の上に置いた。とたんに手がうずきだす。その瞬間、内気なエディはいなくなった。恐れを知らない強い女が現れた。最高の至福感に浸っている女が。

今まで数えきれないほどフェイド・シャドウシーカーを描いてきた。描いていると時間が経つのも忘れ、幸せな気分だったからだ。ケヴ・ラーセンは、どこを切り取ってもフェイドのイメージと重なるが、彼を描くほうがはるかにやりがいがありそうだ。その彼が今、美しく力強いオーラを発散させて目の前にいる。過去の記憶を掘り起こしたり、欠けている部分を想像で埋めたりしなくてもいい。生身のケヴ・ラーセン本人が目の前に座っている。そして、わたしが描き始めるのを待っている。

エディはいつものように心のなかに入っていった。煙に包まれたようなぼんやりした映像を見極めようとする。彼の心は固く閉ざされていた。岩の扉が行く手をさえぎっている。

エディはゆったりと構え、少しずつ扉を開けていく一瞬一瞬を楽しんだ。紙の上をペン先がなめらかに躍る。エディは、彼の背後で揺れる炎を見つめた。それから広い肩幅、気品をたたえた高い頬骨、その下の傷痕へと視線を移していく。エディは鼻を描いた。次に口を。瞳には何度もペンを走らせて、まばゆい輝きをとらえようとした。もっと描きたいという思いが募ってくる。彼の全身を描きたい。体毛を、乳首の形を、ジーンズからのぞく腰を……今……すぐに。

「セーターを脱いでくれないかしら？」

いきなり言葉が飛びだした。画家がモデルに要求するときと同じそっけない口調だ。エディはすぐにわれに返り、うっかり口から出てしまった言葉があまりに刺激的だったことに気づいた。彼はモデルではないのだ。現に、驚愕の表情を浮かべて固まっている。

「ごめんなさい、気にしないで」エディはあわてて打ち消した。穴があったら入りたいくらい、顔が熱くなっている。「脱がなくてもいいから」

「いや、いいよ、脱いでも大丈夫だ」彼がつぶやいた。だが、その言葉とは裏腹に、かなり落ち着かない様子だ。ゆっくりとセーターの裾に手を伸ばす。止めようとしてエディが口を開きかけた瞬間、彼は勢いよくセーターを頭から引き抜いた。間に合わなかった。

言おうとしていた言葉が喉に詰まり、すぐに何を言おうとしたのかも忘れてしまった。

彼の上半身は傷に覆われていた。筋肉質の引き締まった体。肌には網目模様の傷痕が、縦横無尽に気味が悪いほど同じ形で残っている。誰かがこの人の体を切り刻み、火であぶったのだ。

エディの体が震えだした。

今さら驚くことではないのに。十八年前のあの日も、大怪我をした彼を見ているのだから。全身血に染まり、顔には水ぶくれができていた。温室育ちの子どもの目にも、彼が傷だらけで火傷を負っているのは一目瞭然だった。

だが、これほどひどいとは思ってもいなかった。あまりにもむごすぎる。

心に鋭い痛みが走った。喉が締めつけられ、目が涙でかすんだ。ペンを持つ手が、紙の上で止まったまま動かなくなった。彼がぼやけて見える。

「セーターを着るよ」彼が話しかけてきた。「きみを怖がらせるつもりはなかったんだ」

「いいえ、そのままでいて」エディの声はかすれていた。涙が似顔絵にこぼれ落ち、あごの線がにじむ。エディは新しいページをめくり、指の背で涙をぬぐった。そのとき、指の関節がインクで汚れていることに気づいた。きっと顔にもインクがついて悲惨な状態になっているだろう。でも、どんな顔をさらしていようとかまわなかった。「ええと……描きあげてしまうわ」

エディは大きく息を吸いこんだ。スケッチブックに視線を落とし、気持ちを静める。たちまち意識の入り口に到達した。

ふたたびペンが滑りだした。きれいな心だ。彼の心はとても澄んでる。そして今は、レーザービームのごとくまっすぐ一点に向けられている。研ぎ澄まされた心が、ひとつのものにぴたりと照準を合わせている……わたしに……。

一瞬、息が止まった。エディの全身が硬直した。彼はわたしのことを考えている。衝撃がじわじわと体じゅうに広がっていく。彼の心のなかには、わたししかいない。エディという女だけが、彼の心を独占している。

だが、彼の表情には変化がなかった。唇はきつく結ばれたままだ。こちらを見てもいない。あえて見ないようにしている気がする。両手を膝に置き、握ったり開いたりを繰り返しているが、そのたびに腕や肩の筋肉が動く。

欲望。彼のなかで欲望が熱く燃えあがっている。彼が見ているわたしが見えた。彼が意識している部分がわかった。わたしの匂い。わたしの体。わたしの髪。わたしの瞳。わたしの手。彼はわたしに触れたいと思っている。抱き寄せて、自分のものにしたいと思っている。

なぜわたしなのだろう。なぜ、内気で冴えないこんなわたしがほしいのだろう。男性を惹きつける魅力がないのは、自分がいちばんよく知っている。ドレスアップしたときはそれなりによく見えるので例外だが。このときだけは合格点をもらえる。だけど、人から注目されるのは苦手だ。これまでもずっと、なるべく目立たないように心がけてきた。こんなわたしのどこがいいのだろう。激しい欲望に駆られたことなど一度もないのに、飢餓感にも似た彼の渇望に刺激され、体がうずき始めた。

エディは息をしようとした。空気がなかなか肺に入っていかない。

彼の首の筋が浮きでている。太陽が沈み、温度がさがってきた。室内も薄暗くなっている。彼の胸には鳥肌が立ち、乳首は色が濃くなり、とがっている。エディはペンを走らせながら、彼の胸に両手を滑らせている自分の姿を想像してみた。てのひらに当たる乳首の感触を。口に含み、舌を這わせたときの感じを。

なんてこと。彼はこちらが何を思い描いているのか気づいている。喉仏が動いた。固くこぶしを握りしめている。その反応に、エディはぞくぞくするほどの興奮を覚えた。

そして新たな衝撃。彼には今の気持ちも読み取られている。エディは目を下に向けて、こっそり彼の様子をうかがってみた。ひょっとして……。ああ、どうしよう。やっぱり、思ったとおりだ。

彼がエディの視線に気づいた。それまで太腿にさりげなく腕をのせていたが、ふいに腕を外側に向けて、てのひらを上にした。そして、ジーンズに包まれた太く長いふくらみをさらす。ふたりのあいだに渦巻くなまめかしい感情や昂《たか》ぶる興奮は、もはや秘密でもなんでもなくなった。

少なくとも、彼は正直だ。わたしに対して感じている欲望をごまかそうとしない。ある意味、その率直さはエディの気を楽にしてくれた。相手の気持ちを推し量らずにすむからだ。

エディは唇をなめた。「あの、もういいわ。セーターを着て」息切れしたようなかぼそい声しか出なかった。「寒いから」

「大丈夫だ。寒くないよ」

エディはうわずった吐息をもらした。「あら、では言い直すわ。わたしが落ち着かないの。顔がほてってしまって。だから、セーターを着てくれないかしら」

彼は無言のまま、じっとこちらを見ていた。喉仏が上下している。

「ごめんなさい」エディは言った。「あなたの過去は何も拾えなかったの。未来も何も見えないの。ただ、あなたの声が聞こえてきて……」

「そうか。何が聞こえたのかはわかっている」彼が静かな口調で言った。

エディの頬は真っ赤に染まっている。「それは、その……大きな声だったわ」

「自分を抑えられなかった。きみを怖がらせようとしたわけではない」

「そんなことはわかっているわ」エディは声を荒らげた。なぜ大声を出してしまったのか、自分でもわからなかった。胸がどきどきしているせいか、動揺しているせいか。衝撃を受けたせいかもしれない――だけど、怖いからではないのは確かだ。

彼が身を乗りだして、かたわらに脱ぎ捨てたセーターに手を伸ばした。「そろそろ帰るよ」そうつぶやく。愚かな真似をしてしまわないうちに。これは心の声だ。エディにはその声が聞こえた。

「だめ、帰らないで！」たちまちパニックに陥り、思わず口走っていた。エディはスケッチブックをテーブルに置いて、彼の前に立った。熱をはらんだ肩にそっと手をのせる。彼の強い生命力がてのひらに伝わってきた。そして、欲望の高まりも。

「帰らないで」エディはささやいた。

8

黒光りした最新モデルのＢＭＷが駐車場に入ってきた。もともと被害妄想気味の男だと思っていたが、プライバシーガラスを装備したこの新型は、まるで装甲車だ。デズモンドは自分の頭のよさに拍手喝采したい気分で、ＢＭＷが停まるのを待ち構えていた。きっとオスターマン博士も褒めてくれるだろう。これで一気に厄介な問題がすべて解決する。もっと早く思いつかなかったことだけが残念でならない。そうすれば強欲なアヴァに財産を注ぎこまずにすんだのだ。だが、もうそんなことはどうでもいい。終わりよければすべてよしだ。これで何もかもうまくいくだろう。

ＢＭＷからおりてきたのは四人。そのひとりは懐かしの〈安息の地《ヘヴン》〉時代の友人、トム・ビクスビーだ。トムはかなり恰幅《かっぷく》がよくなった。昔からがっしりした体格だったが、そこにまた肉がついてさらに大きくなっている。赤ら顔がさらに赤くなり、むくんで今にもはちきれそうだ。デズモンドは背筋を伸ばし、すっきりと引き締まった筋肉質の体形を見せつけてやった。

トムはボディガードをふたり伴っていた。つやのある黒髪をポニーテールにした、ウィペット犬みたいに細いアジア人の男と、もじゃもじゃの口ひげを生やし、広いあごが突きでた男。ふたりとも、いかにもボディガードといった鋭い目と油断のない顔つきをしている。残るひとりはドレッドヘアの華奢《きゃしゃ》な若い女だ。スキニージーンズにシルバーのスタッズベルトを合わせ、タトゥーをいくつも入れている。おまけに顔もピアスだらけだ。

なるほど。トムはX-Cogの実験用に、使い捨てできる被験者を連れてきたというわけだ。願わくば、この女がアヴァの基準を満たしているといいのだが。知性的かつ独創的であること。統計的に、優れた資質を持っている被験者は最高の相互作用を生みだす。これに加えて、家族や友人がいない天涯孤独の身であれば文句なしだ。

デズモンドはトムに近づいていき、握手のあと軽く抱きあって背中を叩くお決まりの挨拶を交わした。「会えてうれしいよ、相棒」

「ああ、おれもだ。元気にしていたか？」トムが言った。

ふたりは互いに品定めしていた。もちろんデズモンドも、トムに会えたのはうれしい。なんといってもOクラブの一員だ。そして、生き残り組でもある。〈安息の地《ヘヴン》〉の仲間の多くはもうこの世にはいない。麻薬の過剰摂取やアルコール依存症で命を落とした者、自ら命を絶った者、脳腫瘍で死んだ者もいる。オスターマン博士の実験を乗りきるのは並大抵のことではなかったのだ。

いや、生き残り組ではなく勝ち組だ。選ばれし者。強くなければ人生は楽しめない。それをわかっている仲間がいるのはありがたい。ぼくがアヴァに惹かれるのも、彼女が勝ち組だからだ。抜群の頭脳や美貌や独創的なセックスのためばかりではなく。実際、アヴァがいささか常軌を逸していることなど、取るに足りない問題だ。そもそも健全な社会に自由はない。そこに属したら最後、精神的な自由を奪われて生きることになる。アヴァは自由だ。ぼくやトムと同じように。ぼくらは同志であり、卓越した人間であり、勝者なのだ。

「ああ。それで、金目当てで始めた会社のほうはどうなんだ？　戦争ビジネスはうまくいってるのか？」

「おい、それはないぜ。民間軍事会社と言ってくれ」

今やトムは何億ドルも稼いでいる。民間軍事会社は、要人警護から航空輸送、最先端兵器の開発、機密情報収集といった軍事的サービスを行う企業だ。どうやらすべて合法かつ公正な仕事らしい。トムは決して表舞台には顔を見せない。その徹底ぶりは、まさにオスターマン博士と同じだ。

「仲間を紹介する」トムが先を続けた。「これがケン・ワタナベ。元シールだ。そしてこっちが元レンジャーのリチャード・ファビアン。ふたりとも仕事に忠実だ。それからこの子が……」女を手ぶりで示す。「キーラ。おれのインスピレーションの源だ。おまえにとってもそうかもしれないな」

「へえ?」デズモンドはキーラのひんやりした細い手を取り、握手した。「どうしてだ?」

「実は最近、芸術の後援者になってね」トムが言った。「キーラのホームページにすっかり惚《ほ》れこんでしまったんだよ。それで、おれのアシスタントになってくれと、ずっと口説いているんだが、なかなか首を縦に振ってくれない。独創的な発想ができる人材がほしいんだ。だが、キーラは独立心が強くて、一匹狼《いっぴきおおかみ》でいるほうが性に合っているらしい。なあ、こういう女はどうやって落とせばいいんだ?」

「無駄よ。あきらめて」キーラが冷たく言い放った。「わたしはアーティストなの。使い走りをする気はないわ」挑むような目でデズモンドを見据える。「わたしは、ときどきトムの金儲けを手伝っているの。で、そこからあがった利益を自分の仕事に使っているのよ」

デズモンドは興味を持ったふりをした。「なるほど。それで、きみの仕事は?」

「パフォーマンスアーティストよ」キーラが得意げに返した。「わたしはマルチメディアアート作品を創作しているの。取り組んでいるテーマは、女性のマスターベーション。プロジェクト名は〈奇妙な新世界《ウィアード・ニュー・ワールド》〉よ。ホームページの一日のアクセス数は半端じゃないわ。まあ、とにかくわたしは注目されているのよ」肩をすくめる。「だから、忙しいの」

「それはすごい」デズモンドは褒めたてた。「トムはそのホームページを見たんだね?」

「そうだ。衝撃的だったよ。はっきり言って、人生観が変わった」トムが真顔で言う。「おまえもキーラのホームページをのぞいてみろよ。頭がぶっ飛ぶから。おれは完全にキーラ中毒になってしまった」

デズモンドはひとしきり笑い、四人を大きな倉庫に案内した。このありふれた倉庫を選んだのは、アヴァの黒い秘密をごまかすためだ。デズモンドは四人を連れて地下道を通り、研究所のドアを開けた。

ここはアヴァお気に入りの秘密基地だ。見た目はごく普通の研究所で、X‐Cogとその関連機器が所狭しと並んでいる。だが、一角だけはロールスクリーンで区切り、アヴァのくつろぎの空間になっている。そこにはステレオとフラシ天張りの長椅子が置いてあり、アルコールを豊富に取り揃えたバーもついている。

「紹介するよ。アヴァ・チャンだ」デズモンドは四人に向かって言った。

まるでタイミングを見計らったかのように、アヴァが満面に笑みを浮かべた。黒髪はおろしてあり、目には怪しげな光が宿っている。そして、妖艶に輝く真っ赤な唇。ブラジャーはつけていない。硬くとがった乳首が、体にぴったり張りついたつややかなシルクのブラウスを持ちあげている。あばずれめ。羞恥心のかけらもない。

ぼくの愛しい女。アヴァのこういうところにたまらなくそそられる。

デズモンドは四人に向き直り、反応をうかがった。男たちは口をだらしなく開けてアヴァに見とれている。デズモンド自身の股間もうずきだした。男をたぶらかすアヴァのこんな姿を、女たちはいつも嫌悪の目で見る。デズモンドは興味津々でキーラを盗み見た。だがキーラは、男たちに劣らず目を輝かせてアヴァを見ていた。

アヴァがトムと挨拶の抱擁をし、再会を喜ぶ言葉を交わしながら、デズモンドに目配せをした。キーラをあごで示し、問いかけるような目をする。

デズモンドはさりげなくうなずいた。そう、新しいおもちゃだ。お楽しみの始まりさ。

たちまちアヴァの顔が興奮に輝いた。彼女は男たちと握手をし、最後にキーラの手を取ると、両手できつく握りしめた。キーラは陶然とアヴァを見つめ返している。

「デズ、研究所のなかをトムに見せてまわってくれる?」アヴァが言った。視線はなおもキーラから離れない。「少しキーラと話がしたいの。キーラ、何か飲む? コーラは? ダイエットコーラもあるわよ。それにミネラルウォーターも。あたたかいのがいいなら、コーヒーか紅茶をいれるわ」

アヴァにうながされるまま、キーラはバーコーナーに向かった。デズモンドはトムにX-Cogの説明をしつつも、女たちの会話に耳をそばだてた。複数の音を同時に聞き取れる能力が身についたのはオスターマン博士のおかげだ。アヴァの質問に、キーラが舞いあがってべらべら答えている。アヴァの称賛の声。お湯を注ぐ音が聞こえてきた。カップが触れあうかすかな音も。

決定的瞬間が近づいている。アヴァがX-Cog導入薬をキーラに投与しようとしているのだ。アヴァがデズモンドに意味深長な笑みを送ってきた。

デズモンドはトムに向き直った。「きみも、自分で選んだ被験者の検査を見学するだろう？」彼は声を抑えて最終確認をした。

「そのほうがいいなら」トムが返す。「だが、その検査のあとキーラはどうなるんだ？　はっきりとは聞かされていないぞ」

ここが正念場だ。「被験者に肩入れしすぎないようにと言ったはずだが」

「その理由は聞いていない」トムが淡々とした口調で切り返した。「なあ、どうして肩入れしちゃだめなんだ？　キーラに何が起きるのか教えてくれ」

「そこが問題なんだよ。副作用があるんだ」デズモンドは言った。「Ｘ－Ｃｏｇの相互作用の実験には、きわめて強い薬を投与しなければならない。被験者の抵抗力を最大限に弱めるためにね」

「それで？」

「キーラに〝そのあと〟はないんだ」デズモンドは気の毒そうな表情を浮かべた。「残念だよ、〈奇妙な新世界〉のプロジェクトを続けられなくて。たしか、テーマは女性のマスターベーションだったかな？　斬新なアイデアなのに、頓挫するのはもったいない」

「まったくだ」トムが冷静な口調で相槌を打つ。「もっと詳しく話を聞かせてくれ」

「もうひとつ問題がある」デズモンドはいったん言葉を切り、続けた。「ここではできないんだ……後始末が」

「今日の後始末はおれたちが引き受ける」トムがこともなげに言う。「おまえと手を組むことになったら、ここに後始末部隊を置いてやってもいい。まあ、それを決めるのは、このプロジェクトに将来性があるとわかってからだが」

「もちろんだ」デズモンドは、トムのあっけに取られた表情を見るのが待ちきれなかった。ふたりの背後でうろうろ歩きまわっている男たちにちらりと目をやる。「きみの仲間も見るのか？」

「こいつらは、おれの命令ならなんでも聞く」トムがそっけなく返した。「心配するな。このふたりは口が堅い。おれが保証する」

デズモンドは内心穏やかではなかった。はっきり言って、部外者にX-Cogショーを見せるのは気が進まない。だが、ここはトムの言葉を信じるしかないだろう。

「キーラ？　どうしたの？」突然、アヴァの声が聞こえてきた。

デズモンドは振り返って、アヴァのくつろぎの空間に目を向けた。キーラが立ちあがり、喉に片方の手を当てて体を揺らしている。「わたし……なんだか……」喉を詰まらせ、咳きこんだ。「どうしちゃったんだろう……わたし……なんだか変……」

キーラの声が途切れた。ティーカップがもう片方の手から滑り落ち、派手な音をたてて割れた。彼女は焦点の合わない目を、かっと見開いている。

「まあ、大変！　キーラ、具合が悪いの？　さあ、こっちにいらっしゃい。診てあげるわ」

アヴァが優しく声をかけて、キーラの腕をつかんだ。「めまいがするの？　この椅子に座ったほうがいいわ」そう言って、キャスター付きの事務用椅子にキーラを座らせた。「頭を膝のあいだに入れてごらんなさい」

アヴァがキーラの頭上で注射器を振りかざし、彼女の腕に針を突き刺した。その瞬間、いきなりキーラが身を起こし、甲高い悲鳴をあげた。アヴァはふたたびキーラの体を前に倒した。

「準備に十分ちょうだい」アヴァが言った。「このドレッドヘアの女は、いつもより少し時間がかかるわ。デジー、その人たちに何か飲み物を出して、くつろいでいて」

キャスターで白いタイルをこする音をさせながら、アヴァは椅子を押して奥にある専用の検査室に入っていった。

ドアが閉まるのを待ってから、デズモンドは男たちに冷えたビールを手渡し、大型画面の前に設置された椅子に座らせた。トムは、画面のなかのアヴァがマスターヘルメットとゴーグルをつけるのをじっと眺めている。ただの実験用具も彼女がつけるとおしゃれに見える。アヴァはキーラにもヘルメットをかぶせた。ビデオカメラを見あげ、輝くばかりの笑みを浮かべる。

「準備オーケーよ」アヴァが言った。「トム、忘れずに持ってきた？」スピーカーから流れてくるその甘くかすれた声には、みだらな情事を予感させる響きがこもっている。

「ああ」トムがデズモンドに向き直る。「アヴァはドイツ語が話せるのか?」

デズモンドは鼻で笑った。「何カ国語話せるのか、自分でも数えるのを忘れたんじゃないかな。もう二十年も前だが、オスターマン博士は語学の習得にやたら熱心だったから」

「じゃあ、話せるんだな。だったらいい」トムがポケットから折りたたんだ紙を出して、デズモンドに渡した。「キーラは話せないんだ」

デズモンドはその紙をアヴァのところへ持っていった。キーラがしきりに唾をのみこんでいる。意識がしっかりしている証拠だ。勝手にぴくぴく痙攣《けいれん》する筋肉の動きを必死に止めようとしている。見こみのある被験者は、こぶしを握りしめたり、脚を激しく動かしたり、顔を引きつらせたりして、なんとか体の動きを封じこめようとする。すぐにぐったりしてしまう被験者ではお楽しみも半減だ。

キーラは勝ち組のグループに入る。夕方には脳内出血で死ぬのがつくづく残念でならない。もっとも、日暮れを待たずに安楽死させられている可能性もある。アヴァは被験者の女の子が耳や鼻から出血し始めたら、すぐに注射を打ってさっさとあの世に送ってしまうのだ。後始末が楽になるように。

だが、とりあえずその瞬間が来るまで、キーラはすばらしいX-Cogショーを見せてくれるだろう。

デズモンドは席に戻り、ビールを口に運んだ。自分の役割を首尾よく果たして、かなり気分がよかった。いよいよショータイムの始まりだ。

アヴァが渡された紙を開き、目を通している。彼女は瞳にからかうような表情を浮かべて、ビデオカメラを見あげた。「興味深い選択だこと」

「早く始めてくれ」トムがしびれを切らして言い返した。

アヴァがキーラのほうを向いた。心を静め、集中している。やがて、美しい顔から表情が消えた。

キーラが顔をあげた。彼女の目が上下左右に激しく動きだす。まるで目の前を飛びまわるハエを追っているみたいだ。と思うと、いきなり何か話し始めた。声はかすれ、地声よりもかすかに低いが、しゃべり方はなめらかだ。デズモンドは紙に書いてあった文章を思い出して、含み笑いをもらした。『わが闘争』か。風変わりでひねくれた選択だが、妙にしっくりくる気がする。

キーラがヒトラーの著書の最初の数ページをよどみないドイツ語で語っている。途切れることもつまずくこともなかった。男たちはその様子を食い入るように見つめている。彼女が口をつぐむと、一瞬、室内に沈黙が流れた。

「見事だ」トムがつぶやいた。

平静を装ってはいるが、トムが完全に心を奪われているのは一目瞭然だった。よし。第一関門突破。この男の首を縦に振らせるのは時間の問題だ。きっと取引成立にこぎつけるだろう。デズモンドはビールをあおった。「驚くのは早い。こんなのはまだ序の口だ」

アヴァがビデオカメラを見た。「次の段階に進むわ。誰か手伝ってくださらないかしら？　X-Cogを使って、戦闘ショーをしてみたいの。わたしと渡りあえる屈強な殿方はそちらにいらっしゃる？　というか、わたしたちとだけど？　わたしが命令して、キーラが戦うから」

トムがあっけに取られた顔をしている。「戦闘？　なんだそれは？　しかも女と？」

「アヴァをあなどらないほうがいい。武道の達人だからな」デズモンドは言った。

トムがボディガードに目を向けた。「リチャード？　ケン？　おまえたち、挑戦を受けて立つ気はないか？」

「おれは女は殴らない」リチャードが口を開いた。「それに、キーラはせいぜい五十キロだ。おれは百二十キロもあるんだぞ。話にならない」

トムはケンを見た。ケンは頭を横に振っている。「ばかばかしい」

「まあ！　優しい紳士ばかりなのね」男心をくすぐるアヴァの甘ったるい声が、スピーカーから聞こえてきた。「どうかしら、ハンディをつけたら？　キーラは武器を持ってもいいことにするの。それなら男の威厳は保てるでしょう？」

それでもケンは乗り気ではなさそうだ。だが、トムが足首につけた鞘《さや》から刃渡りの長いナイフを引き抜き、ケンに差しだした。「やれ、ケン。これは命令だ」

ケンがナイフを受け取り、やれやれといった表情を一瞬浮かべると、アヴァたちが待つ検査室に入っていった。キーラが立ちあがって、ケンからナイフを受け取った。あいかわらず彼女の目はせわしなく動き続けている。

キーラがどっかりと床にしゃがみこんだ。両腕を前に突きだし、防御の体勢を取る。

ケンが身を躍らせ、中途半端なジャブをキーラの顔めがけて繰りだした。だが、あっさりかわされて舌打ちをする。いきなりキーラがナイフを振りかざしてケンに飛びかかった。隙を突かれ、ケンは怒りの声をあげて後ろへよろめいた。アヴァに操られたキーラが自在にナイフを振るい、必死にキックで切り返すケンを、検査室の隅に追いつめていく。

ようやくケンが、運よくキーラの細い手首をつかんで動きを封じ、彼女を投げ飛ばした。キーラは壁に叩きつけられ、床に崩れ落ちた。糸の切れた操り人形のように倒れこみ、体を痙攣させてうめき声をあげている。

「休戦！」アヴァの声が検査室に響いた。「壁にぶつかったせいでセンサーが外れてしまったじゃない。これでは実験はできないわ。直すまで、いったん中止よ」

「このくそアマ！　おれを切りつけやがって」ケンが自分の腕を見て吠えた。深くえぐれた傷口から血が滴り落ちている。

「ごめんなさい」アヴァが心配そうな顔をして謝った。「でも、強引に押し進むしかなかったのよ。そうでもしないと、あなたは本気にならないでしょう？　だから不意を突いたの。

それに、もしあなたがわたしの立場なら、同じことをしたんじゃないかしら。ねえ、この実験は究極のパラダイムシフトだと思わない？　ある意味、実験者は不死身になるのよ。だって、実際に戦っている体は事実上ゴミ同然なんだもの」

「そんなことはおれにはどうでもいい。くそくらえだ」ケンがうなった。

「もう怒らないで」アヴァが棚からガーゼとテープを取ってケンに近づいた。必要以上に体を寄せながら、ケンの腕の傷にガーゼを当ててテープでとめる。そしてゴーグル越しに彼をじっと見つめ、にっこりほほえんだ。「次はあなたをいらいらさせたりしないわ。約束する。だから機嫌を直して」

「次？」ケンがぎょっとした表情を見せる。「冗談じゃないぜ」

「次はもっといいことをするの」アヴァが猫撫で声でささやいた。「ほんとよ。でも、まずはキーラのヘルメットのセンサーを直さなくちゃ。そうしないとお楽しみはお預けになってしまうわ。もう少しだけ待っていてね」

すると、ケンは待った。ご主人さまに〝お座り〟〝待て〟と命令された犬のようにおとなしく。アヴァが相手では、たいていの男は骨抜きになってしまうのだ。

デズモンドはトムの顔を見た。「で、感想は？」一応きいてはみたものの、答えはわかっていた。目は口ほどにものを言う、とはまさに言いえて妙だ。トムの目は異様なほどぎらついていた。

「何か裏があるんじゃないのか？」トムが強い口調で言う。

デズモンドは慎重に言葉を選んだ。「それはない。見たとおりだよ。ただ、問題は副作用としての脳へのダメージだ。キーラには限界ぎりぎりの量を投与した。きみにもヘルメットをつけて試してもらいたいからね。キーラはせいぜい持って一時間かそこらだ。アヴァが言うには、荒馬を乗りこなす感覚に似ているらしい。難しいが、たまらなく興奮する」

「なるほどね。まあ、一時間持つなら仕事には充分だろう」

「ああ、そうだな」デズモンドはうなずいた。

「独占契約がしたい」トムが言った。

「ああ、だが契約条件の詳細を詰めるのはあとにしないか？」デズモンドは鷹揚《おうよう》な口調で続けた。「まずは、きみの想像力を存分に発揮してくれ」

トムが口元をゆがめた。「既成概念にとらわれるな、だろう？」

デズモンドは心のなかで手を叩いて喜んだ。「アヴァは投薬以外の方法もいろいろと試している。被験者の抵抗を弱めるためにね。死人が少なくならないものかと思っているんだ。できるだけ再利用したほうがいいだろう？」

「洗脳か？」

「ある意味では」デズモンドが言った。「だが、まだ満足の行く結果は出ていない。道のりは長いな」

「まあ、ヘルメットをかぶせて、実験台にして、捨てる。これを繰り返すしかないだろう」トムの口調は淡々としていていた。

「そういうことだ。仮に、緊急治療室で死なれたり、モルグ行きになったりしても、死因は脳動脈瘤《のうどうみやくりゆう》の破裂で片づけられるだろうな。被験者の脳は腫れて出血しているから」

トムが少し考えてから口を開いた。「高い買い物だが、それで破産するわけではない」

「うれしいよ、そう思ってくれて。だがトム、いいところを見逃してしまうぞ。筋肉運動をコントロールする技術にかけては、アヴァの右に出る者はいないんだ。アヴァなら、退化した筋肉でも自由に操れるかもな。まあ、見てみろよ」

トムが大型画面にちらりと目をやり、またすぐに見直した。「おい、なんてこった！　マジかよ」

デズモンドはビールを一気に飲み干した。「いいから見てろって。科学の奇跡だ。今、アヴァがどんなに難しいことをしているか想像できるか？　ベルトを緩めて、ジーンズのボタンを外すという一連の動作がどれほど複雑なものか、ぼくらは考えたこともないはずだ。毎日無意識にやっていることだからな。だが、アヴァは卓越した技術でキーラにそれをやらせているうえ、ボールをいじるという動作まで加えているんだ。それもふたつのボールを」彼は自分のジョークにくすくす笑った。

リチャードが股間に手を当てた。顔が紅潮している。もう片方の手で関節が白くなるほど強くビール瓶を握りしめ、目は画面に釘づけだ。

「きみも一緒に楽しんでくればいい」デズモンドは優しくリチャードに声をかけた。「アヴァは気にしないよ。一度に複数のことをこなす達人だからな」

リチャードは躊躇《ちゅうちょ》するそぶりさえ見せなかった。さっさとベルトを引き抜き、電光石火の速さで検査室に向かった。

「今度はセックスショーか？　X-Cogを使った最先端の遊びを見る羽目になるとは思わなかったな」トムがこぼした。

2Pが3Pに変わったのを眺めながら、デズモンドは声をあげて笑った。「いいや、トム。ただの遊びじゃない。莫大な金のかかった最高の遊びさ。ところで話は変わるが、頼みがある。ぼくは今夜、あるパーティーに出席する。それで、きみの仲間を貸してくれないかな？　少し手伝ってもらいたいことがあるんだ」

「あるパーティーとは？」トムが画面から目を離さずにきいた。

「ヘリックス社のCEOを知っているか？　チャールズ・パリッシュだよ。これが、なかなか一筋縄ではいかない男でね」デズモンドは控えめな表現を使った。「今夜はそのチャールズの引退パーティーがあるんだ。娘のエディも来る予定になっている。エディは精神が不安定で相続人から外されたんだが、そのことで父親にかなり恨みを抱いている。どうやら彼女は今夜のパーティーに、タムリックス-12を隠し持ってくるらしい。毒で父親を亡き者にするためにね。それで、その監視役としてケータリングスタッフになりすましてくれる人間がほしいんだ。ケンならスタッフのユニフォームを着てもまったく違和感がない。ほら、仕事にあぶれている俳優といっても通用しそうだろう?」

「悪いが、その話はあとにしてくれ」トムは画面からしぶしぶ視線を引きはがした。「ひとつはっきりさせておきたいことがある。おまえは被験者をたくさん集めたいと言っていたな。どうしてだ?」

不意の質問に、デズモンドは言葉を詰まらせた。「それは……つまり……X-Cogを操作する技術を向上させたいからだ。そうなれば、ゆくゆくは死人を出さずにすむようになるだろう? 同じ被験者を繰り返し使えたら、コスト効率もよくなる」

「だが、コストはたいしてかからない」トムがにべもなく返す。「女なら安く調達できる。旧ソ連圏の国からな。それも大量に。実際、その地方にいるブローカーとすでに連絡はついている。今すぐにでも活きのいい女をまわしてくれるはずだ。確かにブローカーを通せば高くつくが、それでも売春婦まがいの女ならぐっと値段は安くなる。なあ、これ以上実験を続けて何になるんだ? もう製品は完成しているだろう。今おまえが考えなきゃならないのは、後始末をする人間の調達のほうじゃないのか?」

「もちろん、それは最優先事項だ」デズモンドは大げさな口調で言った。「そっちのほうもよろしく頼むよ」トムの目がすばやく画面に戻るのを見て、デズモンドはさりげなく手を伸ばし、スピーカーの音量をあげた。

たちまち大音響が室内を満たす。男の荒い息。うめき声。女のせがむ声。あえぎ声。そして腰を打ちつけるリズミカルな湿った音。

トムが咳払いをして、ごくりと唾をのんだ。「まあ、女はそのときの状況に応じて連れてくればいいだろう。なんせ大勢いるんだ。いつでもすぐに調達できる」

「だが、通りに立っている売春婦ではだめだぞ」デズモンドは釘を刺した。「基準があることは前にも話しただろう？　ぼくらがほしいのは知的な女なんだ。それに加えて、芸術的な才能があればなおさらいい。芸術家というのは優秀な人間が多いからね」

トムはまた画面に映る激しいピストン運動に目を向けている。「ああ、わかってるさ」適当な相槌しか返ってこなかった。

もはやトムは椅子に座っているのが苦痛のようだ。落ち着かなげに体を動かしている。画面のなかの動きに比例して、快楽に溺れる男女の声はますます大きくなり、やがてクライマックスに達した叫びがスピーカーを震わせた。ふっと沈黙が訪れる。トムは額の汗をぬぐい、唇をなめた。

ついにそのときが来た。完璧なタイミング。

「きみもあの部屋に行ったらどうだ？　最高の遊びを楽しんできたらいい」デズモンドは言った。「アヴァはまだ二十分くらいしか使っていない。キーラの脳が壊れるまで、あと三十分はゆうにある。どんなふうになるのか、実際に自分で体験するのがいちばんだ。行けよ、トム。ぶっ飛ぶ瞬間を味わってくるといい」

理性と煮えたぎる欲望がトムのなかでせめぎあっている。だが、五秒もしないうちに欲望が理性をのみこんだ。「ああ、そうだな」トムがつぶやいた。「少し……ぶっ飛ぶのも悪くないか」

デズモンドはマイクを手に取った。「アヴァ、出てきてトムにヘルメットをかぶせてやってくれないか？　トムが試したがっている」

アヴァがメッシュヘルメットとゴーグルを外した。息を切らし、体を震わせている抜け殻同然の男たちには見向きもしない。検査室から出てきたアヴァの目は光り輝いていた。今日の実験を大いに楽しみ、満足した証拠だ。その興奮した表情を見ているうちに、デズモンドの股間は痛いほど張りつめてきた。

アヴァがぴたりと身を寄せてトムの前に立った。とがった乳首がトムの胸をかすめる。ヘルメットをかぶせられているあいだ、トムはアヴァの胸をじっと見つめていた。アヴァがセンサーを調整し始めた。胸をわざと突きだして、薄いブラウスを持ちあげる乳首を見せつけている。

ヘルメットをかぶり、準備を終えたときには、トムの両手は震えていた。アヴァは奥の検査室にトムを連れていった。キーラが床に力なく座りこみ、そのかたわらには、男たちが息をあえがせてだらしなく伸びている。アヴァはそんな男女を完全に無視して、トムにヘルメットの使い方を教えている。スピーカーから流れてくるその甘く響くハスキーな声は、デズモンドの耳には、今すぐわたしをファックしてとせがんでいるように聞こえた。

しばらくして、ようやくアヴァが検査室から出てきた。ドアがかちりと音をたてて閉まる。

ふたりは視線を合わせた。

「アヴァ、きみには驚かされるよ。まさかあんなしおらしい女だったとはね。トムの前でスカートをめくりあげて、脚を広げるとばかり思っていたのに」

「妬《や》いているのね、デジー？」アヴァが甘ったるい声でささやく。「それとも、そうしてほしかったの？」

「小悪魔め」デズモンドは返した。

アヴァがブラウスのボタンをゆっくりと外しながら近づいてきた。胸のボタンをひとつだけ残して手を止める。「トムの前で脚を広げてほしかった？」

デズモンドは大型画面に向かってあごをしゃくった。「カメラはちゃんとまわっているよな？」

「忘れるわけないじゃない。デジー、わたしがおいしい場面を見逃すと思う？」

デズモンドは唇をなめた。「いいや、ベイビー。それは絶対にありえないな」

彼はブラウスからのぞく胸のカーブを指先でなぞった。「アヴァ、うれしいかい？　望みどおり、活きのいい女がいつでもすぐ手に入る。かわいらしくて、芸術的な才能がある女が。それにゴミの後始末の問題も片がついた。どちらもきみのウィッシュリストに載っていたものだろう?」

アヴァがデズモンドのまわりを歩き始めた。「ええ、デジー。とてもうれしいわ。トム・ビクスビーはあいかわらずいけ好かない男だけど、そんなやつでも、ときには役に立つわ」

「きみの笑顔が見られて、ぼくもうれしいよ」デズモンドはアヴァのつややかな黒髪に指を差し入れた。「それで? キーラはどうだった?」

「よかったわよ」アヴァが喉の奥から甘い声をもらした。「あの子も最高の部類に入るわね。あんなすばらしい相互作用を生みだせるのに、死んでしまうのは残念だわ」

「そういう優秀な子は、その子が感じていることがセンサーを通してきみにも伝わってくるんだろう? そのくらいキーラはよかったのか、アヴァ? きみのなかにあの男たちを感じたかい? あいつらにファックされているのを感じたのか?」

「もし感じたと言ったら? 興奮する?」

その含みのある言い方が癪に障り、デズモンドは人を小ばかにしたような笑みを浮かべている美しい顔を思いきり引っぱたきたくなった。彼はアヴァの髪を強くつかんだ。

「さっさと答えろ。口の減らない売春婦め」そう怒鳴りつけ、アヴァの髪を引っ張って自分の前に立たせて、彼女の脚のあいだに手を入れる。

アヴァが息をのんだ。「感じたわ。でも……こんなふうには感じなかった」デズモンドはきつく締まったアヴァのなかに指を突き入れた。すでに熱く濡れている。

「それでいい」さらに奥まで指を忍びこませる。

アヴァの口から吐息がもれた。デズモンドにしがみつき、ほっそりとした体をわななかせている。「X-Cogのセックスショーをしていたとき、わたしが何を考えていたか知りたい？」

「言えよ」デズモンドは敏感なつぼみをつまんだ。「どうせ話したくてうずうずしているんだろう？」

「あの女のことを考えていたの」アヴァが目を閉じて、頭をそらした。「パリッシュの娘のことを。あの女がわたしの思いどおりに動いている姿を思い描いていた」

「それで、どうだった？　気に入ったかい？」デズモンドは、ひとつだけ残っているブラウスのボタンを引きちぎるようにして外した。ボタンが弾け飛び、床に転がり落ちた。

「それ以上よ。すごくよかった。最高だったわ」アヴァがうっとりとした口調でつぶやく。

「あの女のことを少し調べてみたの。自分のホームページを持っていたわ。なかなかおもしろかったわよ」

「そうか？」デズモンドは張りつめた乳首を親指で転がした。アヴァの口を閉じさせようとして。ＢＧＭはいらない。彼女のなかに深く体をうずめることしか考えていなかった。

「サイトに写真が載っていたわ」アヴァは話し続けている。「あなた、普通だって言っていたわよね。いったいどこを見てたの？　でも、どうしておしゃれをしないのかしらね。美人なのに」

「そうなんだ」デズモンドは身をかがめ、赤くふくらんだ胸の先端を口に含んだ。

アヴァがせつなげなあえぎ声をあげた。「わたしみたいにいつもきれいにしていたら、何度もX-Cogのヘルメットをかぶせて楽しみたいのに」彼女の息遣いが激しくなってきた。

「そして、わたしたちの奴隷にするの。飽きてゴミにするまでずっと」

「それ、いいな」デズモンドの声はくぐもっている。「エディを奴隷にするのはおもしろそうだ」口に含んだ乳首に歯を立て、舌で転がす。

「今夜、あの女をものにしましょうか？　ここに連れてくるの。パーティーのあとに。カメラの前でチャールズ・パリッシュを殺してから。その混乱にまぎれて、ケンとリチャードにエディをさらわせるのよ。実の娘に毒殺されるなんて、チャールズも気の毒よね。でも動かぬ証拠がある。きっと行方をくらましたエディの捜索もすぐに始まるわ。ねえ、デジー、その頃わたしたちは何をしていると思う？　エディにヘルメットをかぶせてお楽しみにふけっているのよ。そして時機を見計らって、妹を殺させるの。それが終わったら自殺してもらう。パリッシュの全財産は財団のものよ。今度はあなたが財団を運営するの。これがわたしたちのハッピーエンド。わたし、何か言い忘れている？」

「いいや。完璧なシナリオだよ。悪魔だな、きみは。恐ろしく狡猾《こうかつ》なあばずれだよ」アヴァのなかに指を深々と埋めこんでいるデズモンドの声は震えていた。

「それにしても、もったいないわ」貪欲にうごめく彼の指を肉襞が締めつける。「あんなにきれいなのに。わたしの手にかかれば、あの女はもっと魅力的になるわ。すべてあの格好が悪いのよ。あれはいただけないわね」

デズモンドがすばやく体の向きを変えて、画面と向きあった。アヴァを自分の前にひざまずかせる。それから、ちらりと画面に目をやった……おっと、まさしく絶倫！　トムは驚くほどの速さでマスターヘルメットの使い方のこつをつかんでいた。巧みに操作し、遊びに熱中している。そののみこみの速さは昔と変わらない。それを言えば、下衆野郎なのも昔と同じだ。画面のなかで繰り広げられている映像に刺激されて、デズモンドはズボンのファスナーをこじ開けた。

「待ちきれないわ」アヴァはまだ話している。そして狂気が宿ったきらめく目でデズモンドを見あげた。この目で見つめられるといつも腰が砕けそうになる。「絶対にすばらしいわよ。だって、わたしと同じくらい優秀な女にヘルメットをかぶせるんだもの。きっと女神になった気分になるわ。あの女を身にまとうの。そうよ。スカーフみたいにわたしに巻きつけて、放したくないわ。自分のものにしたい」

「そうだな。スカーフみたいに巻きつけたらいい」

つまらないおしゃべりはもう聞きたくない。デズモンドは、はちきれんばかりの大きなものを、アヴァの口のなかに押しこんだ。

9

帰らないで。静かな部屋にエディのささやきが響いた。

ふたりのあいだに重苦しい沈黙が漂う。肩にかけた指先に力が入り、盛りあがった筋肉に爪が食いこむ。エディはケヴの返事をじっと待った。時間だけが過ぎていく。

彼は口を固く閉ざしたまま、何も言おうとしない。エディの目に涙があふれてきた。これではまるで拷問を受けているみたいだ。

彼のあごの筋肉がかすかに動いた。「きみはわかっていない」ようやく静寂が破れた。「おれは、あふれでるこの強い感情を自分でも持てあましている。滝の事故の前は、ほとんど感情というものがなかった。麻痺していたんだ。だから、自分を抑える必要もなかった。だが今は……感情にのみこまれそうになっている。それをどうコントロールしていいのかわからない」

「もっと詳しく話して」エディは言った。

「話してもきみにはわからないよ」ケヴが肩にのったエディの手に自分の手を重ねた。「自分でさえわからないんだ。おれは自分を抑える自信がない。きみを傷つけたくないから、帰ったほうがいいんだ。取り返しがつかなくなる前に」

「あなたが帰ってしまうほうが傷つくわ」エディは言い返した。

彼が口のなかで悪態をついた。「きみは、おれの話を聞いていなかったのか?」苦りきった口調だ。

「いいえ、聞いていたわ。でも、あなたは間違っている。わたしほどうってつけの聞き役はいないわ。それに、わたしを怯えさせようとしているのなら、あきらめるべきね。無駄ですから」

彼が澄んだ緑色の目を細めた。「そうなのか?」

「ええ。今日のわたしは怖いもの知らずなの。あなたを食べられるくらい」エディは自分の手を包みこんでいる彼の手を取り、口元に持っていって唇を押し当てた。「あなたは、自分をさらけだしすぎたと思っているの?」彼女は緑色のロングセーターを頭から引き抜き、床に放り投げた。「それなら、これでわたしも同じよ」

彼が鋭く息をのんだ。「何をしているんだ」歯のあいだから絞りだすような声だった。「エディ、頼む。やめてくれ」

エディは後ろに手を伸ばし、くたびれた白いブラジャーのホックを外そうとした。これがレースをふんだんにあしらったシルクのブラジャーなら、男心を惑わすことができるのに。

でも、ないものねだりをしても始まらない。少なくとも胸の形は悪くない。それでよしとしなければ。エディはブラジャーをセーターの上に放った。胸をあらわにして、背筋を伸ばす。

彼は身じろぎもせず、じっとエディの胸を見おろしていた。「エディ、おれにはできない」その声から苦しみが伝わってくる。「きっと自分を抑えられなくなる。ちゃんと聞いているかい？　無理なんだ……どうしていいのかわからない」

「そうなの？　困ったわね。それじゃ、わたしがこつを教えるわ」えらそうなことを言ってみたものの、エディは自分が間抜けに思えてきた。上半身は裸なのに、まだ眼鏡をかけている。へんてこな格好をさらしたあとで、今さら気づいても遅いが、眼鏡を外してテーブルにのせた。たちまち彼以外のものがすべてぼやけて見えた。彼だけは強烈な光を放っている。スパイキーヘアがブロンズ色に輝き、無精ひげは銀色にきらめいている。この人にはメタリックな色調がよく似合う。とてもすてきだ。彼の姿が神話に出てくる幻獣と重なりあった。太陽のように、月のように、星のように、この部屋をきらきらと照らしている。

エディは彼の肩に両手をのせ、傷痕だらけの厚い筋肉に覆われた肌に、インクのしみがついた爪を立てた。誘いかけるように、彼の目の前で乳房を揺らす。

彼がエディのウエストを大きな手で包みこんだ。「はっきりさせよう」きびしい声だった。「おれたちは出会ったばかりだ。ほんの数時間前に。このシナリオには二通りの結末が用意されている。ひとつは、おれは今すぐセーターを着てここを出ていく。もうひとつは、おれは今この場できみを押し倒す。後者の場合は、きみはひと晩じゅう眠れない。おれは何度も何度も繰り返し、きみのなかに入り続ける。さあ、どうする?」

エディは彼の背中に手を這わせ、筋肉をなぞった。かすかな体の震えが指先に伝わってきた。「ねえ」彼女はささやいた。「無理に気が進まない声を出すことはないのよ」

彼がふっと笑い声をもらす。エディは彼の首に手をまわして抱き寄せた。彼の顔が胸に埋まり、無精ひげが肌をくすぐる。彼の唇がそっと動き始めた。熱い吐息が胸にかかる。

彼が舌を這わせ、エディの肌を味わっている。思わず声がもれそうになるのをこらえ、エディは震える腿をぎゅっと閉じあわせた。彼が胸の先端を口に含んだ。その瞬間、膝からくずおれそうになった。エディはさらに強く彼の顔を胸に押し当てた。

突然、彼が顔を離した。息があがっている。そのせいで声が震えていた。「くそっ、エディ。おれは優しくできないかもしれない。きみは……本当に、きみは――」

「そうよ」エディはとがった声で言い返した。「もういい加減にして。だんだん腹が立ってきたわ。あなたを描いているとき、わたしはずっと声を聞き続けていたのよ。あなたの心のなかの声、欲望の声を。それも叫び声。あなたのせいで、わたしは気持ちを掻き乱されたわ。それなのに、あなたは何事もなかったかのように、セーターを着て、さっさと帰ろうとしている。ケヴ・ラーセン、そんなの絶対に許さないから」彼女はケヴのつんつん跳ねている髪をつかんで、力まかせに引っ張った。「絶対に許さない」

彼が声を出さずに肩を震わせて笑っている。エディは自分でも不思議だった。まるで誰かが乗り移ったみたいに大胆な女になっている。まったく、わたしらしくない。だけど、彼を帰したくなかった。そのためにはなんでもするつもりだった。いざとなったら体を投げだして阻止する覚悟もできていた。ありがたいことに、そこまでせずにすんだけれど。胸に感謝だ。この胸に彼が夢中になってくれたのだから。

でも、夢中になっているのは、本当はわたしのほうかもしれない。それも救いようのないほどに。肌を這う唇や舌の動きや、胸のふくらみを優しく包む大きな手の感触にうっとりしている。心はとろけ、胸の先端は火がついたみたいに熱くなっている。

静かな部屋のなかで、自分の荒い息遣いだけが聞こえる。全身がほてり、乳房は大きく張りつめ、うずく乳首は硬くなっている。

エディは彼に抱き寄せられ、膝の上にまたがるようにして座らされた。彼の脈打つものが敏感な部分に当たる。ジーンズ越しにでもその熱が伝わってきて、あまりの大きさに息をのんだ。彼は体も大きい。背が高くがっしりしている。彼と並ぶと、百七十三センチの自分が小柄に思えてしまう。彼は少なく見積もってもわたしより二十センチは高いから、ゆうに百九十五センチはあるだろう。

硬くなった胸の頂《いただき》が彼の胸をかすめる。エディは腰を動かして、彼の昂ぶりの感触を味わった。彼はエディのウエストに手を添えて、さらにふたりの体を密着させた。エディは彼の目をじっとのぞきこみ、腰を揺らし続けた。

「とてもきれいだ」エディの瞳を見つめ、彼がささやいた。

その言葉に、エディはわれに返った。魔法が解けて現実に戻った。「やめて」彼女はぴしゃりと言い返した。「お願いだから、心にもないことは言わないで」

彼が不思議そうな顔をしてエディを見ている。「きみは、自分を美しいと思っていないのかい？」

この話は苦手だ。とたんに気が重くなる。「別に、目も当てられないほど不細工だとは思っていないわ。でも、どうしてもっと自分を磨く努力をしないのかとずっと言われ続けてきたの。もううんざり。今さら着こなしや、メイクや髪のセットの仕方を覚えてどうなるの？　わたしはわたし。これでいいのよ」

彼がエディの顔を見つめ、首を横に振った。「エディ、くだらないと思わないかい？　着こなしやメイクの仕方なんて誰が気にする？　取るに足りないことじゃないか」おもしろがっているような口ぶりだ。

「そうかしら。みんな気にしていると思うけど」やっぱりこの話は苦手だ。早く終わりにしたい。これでは慰められたくて、お涙ちょうだい話を持ちだしたみたいだ。何も話さなければよかったとたちまち後悔した。女性雑誌の特集記事によくある、〝男に言ってはいけない十の言葉〟の第一位に輝く禁句を、うっかり口にしてしまったときと同じ気分だ。

それなのに、彼はまだこの話を続けようとしている。彼はエディをまっすぐ見据え、うやうやしい手つきで顔に触れた。「きみの唇はピンク色だね。それも鮮やかなピンクだ」唇の輪郭を指先でなぞりながらささやく。「ふっくらしていて、やわらかいな。知っているかい？　きみが唇をなめると、光り輝くんだ。だから口紅なんて必要ないよ。それにきみの目。言葉が見つからないほどきれいだ。光を受けると、灰色というより銀色に輝く。その輝きが四方八方に飛び散って、あらゆるものを明るく照らすんだよ。そして、藍色の縁取り。その濃い色が明るい瞳の色を際立たせている。それからきみの息。すばらしいとしか言いようがない。甘くて、さわやかで、スパイシーな香りもする。ミントとシナモンと、これはジンジャーかな？」

まいったわね。こんなのずるい。褒めちぎられて、完全に動揺している。エディは口元を引き締めようとしたが、こらえきれず吹きだしてしまった。「それ、紅茶の香りだわ。あなたにも出したのよ。ひと口も飲んでくれなかったけれど。でも飲んでいたら、あなたの息もミントとシナモンとジンジャーの香りがするはずよ」

ケヴはテーブルにのっているマグカップをつかみ、すっかり冷めた紅茶を一気に飲み干した。「うん。ほんとだ。おいしいな。それからきみの歯。見事だ。白くて、歯並びがとてもいい。本当にきれいな歯をしている」

エディはにっこりほほえみ、そのきれいな歯を見せつけた。「何年も歯列矯正ブリッジに耐えた成果よ。大変だったわ」

「大変な思いをしたことは無駄じゃなかった」彼が真顔で言う。「そうだ。肌にはひと言も触れていなかったな。まだ、あごから上しか話していない。きみの目の描写だけで何時間でも話せるよ。目の脇役についてもね」

「目の脇役?」

「そう。まつげや、眉や、まぶただよ。紫色の影ができている。ここ……」眉の下のくぼみを指先で触れる。「まつげがきれいにカールしている。それに眉。すっと伸びているところがすごくいい。とにかくすべてが……完璧なんだ。きみは美しい」

「それはどうもありがとう」エディの顔は真っ赤になっていた。「褒めてくれてうれしいわ。あなたは優しいわね。でも、これ以上は言わないで。頭がおかしくなりそう。だって、まだキスもしてくれないのよ。今すぐしてくれないと、あなたをフォークで刺そうかしら。でもその前に、わたしのほうが酸欠で気を失ってしまうかも」

彼が声をあげて大笑いしている。楽しげな笑い声が耳に心地いい。ひとしきり笑って、彼はエディの頰を両手で包みこんだ。

むさぼるようなキス。前置きも、ためらいもない。ゆっくりとキスを深めていくこともなかった。唇が触れあった瞬間、すぐにひとつに溶けあった。以前から恋人同士だったように。荒々しく唇を重ね、激しいキスを交わす。

彼のたくましい体が震えている。とてもキスがうまい。大胆な舌の動きに、エディは身をよじりながらうっとりと酔いしれた。けれどもキスのテクニックよりも、生々しい欲望に突き動かされた、彼の狂おしいほどの激しさがエディの体に火をつけた。赤く燃えあがる炎の塊と化し、腿のつけ根はなめらかに濡れて準備ができていた。彼は孤独な旅路の果てに現れたオアシスだ。生気を吹きこんでくれる。彼にすべてを与えたい。わたしのすべてを。

エディは唇を引きはがして、大きく息を吸いこみ、彼の膝からおりた。脚に力が入らず、よろめいて倒れそうになった。

彼がとまどった表情を浮かべている。「靴を脱いで」エディは命令口調で言った。

「いいから早く脱いで」じれったそうに言い返す。「靴？　どうして？」

「あなたのジーンズをおろしても、足首で引っかかって脱がせられないわ。わたしは今すぐベッドに行きたいの。だからさっさと靴を脱いで」

「わかったよ」彼の美しい顔に笑みが広がる。そのまばゆい笑顔にエディの鼓動が跳ねた。

彼が靴を脱ぎ捨て、靴下も脱いだ。この人は、足元まで美しい。しなやかな曲線。長い足の指。四角い爪。優美な骨。ひょっとして、わたしは足フェチなのだろうか？　親指の関節に生えた金色の毛にまで魅了されている。食べてしまいたい。

彼の笑顔を見ていると、胸が熱くなってきた。エディはあわてて背を向け、涙をぬぐった。

突然、不安が襲ってきた。自分も大胆な女になれると思ったのが間違いだった。ぶざまな姿をさらすだけだ。

彼の手が背中を覆う長い髪にそっと触れた。ひとつにまとめ、肩にかけて前に垂らす。エディはびくりと体を震わせた。「驚かせてすまない」彼がささやく。「きみの背中が見たかったんだ。きれいだよ」

エディは涙声を聞かれたくなくて、黙ってうなずいた。彼の指先が背骨を滑りおり、肋骨に触れ、肩甲骨の輪郭をなぞるあいだ、彼女はずっと目をきつく閉じていた。彼が身をかがめ、うなじにキスをした。熱い息が肌を撫でる。彼の唇が背骨をたどり、骨のひとつひとつにキスを落としていく。優しいキスに涙がこぼれそうになり、エディはさらにきつく目を閉じた。

彼が背後から両手でエディを包みこんだ。唇で肩を愛撫《あいぶ》しながら、片手を下へ這わせていく。指先がローライズのジーンズのなかに滑りこんだ瞬間、エディは体をこわばらせた……彼が手を止めた。ショーツのなかには指を差し入れず、そっとゴムの部分をなぞる。一度、二度、三度……。エディに考える時間を与えている。彼女が心を決めるのを待っている。

このままでは死んでしまうとエディが思うまで……。息を殺して。

エディは喉の奥から絞りだすような声をもらし、彼の手をつかんでもっと下へ押しこんだ。

「からかっているのね」

彼がくすりと笑い、さらに手を滑りこませた。下腹部をてのひらで包み、薄い布地越しに熱を持った敏感な部分を指先でなぞり始める。エディは思わずもれそうになった叫び声をこらえた。巧みな指の愛撫を受け……ああ……どうにかなってしまいそう……。

穏やかなオーガズムがさざ波のように全身に広がっていく。胸は張りつめ、顔の筋肉は小刻みに痙攣している。彼に抱き寄せられていなければ、立っていられないだろう。エディは彼の腕になんとかしがみつき、震える体を支えた。

「ああ、すごい」ケヴが耳元でささやいた。「とても美しかった。もう一度見せてくれるかな」

本当は笑いたいのに、声を出したら泣いてしまいそうだった。少しも泣くような場面ではないのに。

彼に体の向きを変えられ、バスルームに続く扉についた等身大の鏡と向きあった。沈む直前に雲の隙間から顔をのぞかせた夕日が窓から差しこみ、エディの裸の胸に、彼の顔に、そしてたくましい腕にオレンジ色の最後の光を投げかけている。彼の片手は、手首から下がエディのジーンズのなかに隠れている。エディは鏡に映る自分の姿に愕然とした。顔は赤く染まり、目は涙で潤み、頬は濡れている。唇を軽く開けて、ジーンズのなかに深く入りこんだ彼の手の動きに合わせて腰をよじっている。これは本当にわたしなのだろうか。自分が自分でないみたいだ。

彼の唇が首に触れた。首筋に舌を這わせながら、エディのショーツを横にずらした。なめらかに濡れた襞を指先で分けて、そっと撫で、彼を待ち受けている秘密の場所に指を滑りこませた。エディはとっさに太腿を閉じて、彼の手を挟んだ。少しずつ奥へと進入していく指の動きに、いまだ経験したことのない快感が押し寄せてくる。

彼の指が突き進むごとに、どんどんのぼりつめていく。生まれ変わった自分が、新しい世界に紛れこんだ気がした。だけど、これは現実。すてきな現実だ。

歓喜の波にのみこまれ、また浮かびあがってきたエディを、彼は強く抱きしめてくれていた。エディのおなかに腕をまわし、きつく抱き寄せて、彼女のヒップに熱い昂ぶりを押し当てている。ブロンズ色の彼の腕に影が落ちて焦げ茶色に見えるせいで、自分のおなかの青白さがやけに目立った。ふたりをオレンジ色に染めていた光が薄れてきた。まもなくこの部屋も闇に包まれるだろう。

そして、彼とのこのひとときもまもなく終わりが来る。一瞬一瞬を大切にし、記憶に刻みつけておきたい。美しい思い出として。

男の人と付き合っても、長続きしたためしがない。ひとりの例外もなく、いつも束の間の関係で終わってしまう。わたしに破滅の予言をされるのが怖くて逃げだした男もいれば、徹底的に身元調査をされることに怖じ気づいた男もいた。それに、絶えず影のようにつきまとっている、パリッシュ家のボディガードに恐れをなした男も。

原因がなんであるにせよ、結末が見えているのなら、なおさら今このときを大切にしたい。

ケヴ・ラーセンがわたしの夢の世界から出ていく前に。彼と思いきり楽しもう。彼の一挙手一投足に酔いしれよう。夢の時間が終わってしまう前に。彼がわたしの目の前からいなくなってしまう前に。

悲しみと怒りが心の奥底からこみあげてきた。エディはくるりと体の向きを変えて、彼のベルトのバックルを思いきり引っ張って外そうとした。

「エディ」ケヴが穏やかな声で言う。「ゆっくり時間をかけよう」

「いやよ」そう言い返す声はかすれ、震えていた。エディは力まかせに彼のジーンズをずりさげた。その拍子に、ペニスが勢いよく飛びだした。

すごい。あっけに取られ、エディはしばらくじっと見おろしていた。こんなに大きいなんて。太くて、長くて、紅潮している。完全に戦闘態勢に入っている。これは……予想外だ。フェイドと戯れる官能的な夢には、彼の体の細部までは出てこなかった。

今、それを目の当たりにしている。現実の世界で。

エディは手を伸ばし、彼のものに触れた。その瞬間、思わず息をのんだ。指先でなぞってみる。燃えるように熱く、大きく張りつめていて、脈打っている。それにとてもなめらかだ。エディはきつく握りしめ、上下に動かし始めた。彼がうめき声をもらし、体を震わせた。

「ああ、エディ、待ってくれ」彼がつぶやく。「イッてしまいそうだ」

「いいのよ。さっきわたしはひと足先に天国を見てきたから。今度は、あなたの番」エディはひざまずいた。

彼が、エディの脇の下に手を差し入れて立たせた。「だめだ」

エディはとまどった表情を彼に向けた。「だめ？　もしかして……嫌いなの？」

彼はエディを見おろし、修道士の個室並みに狭いベッドルームのほうに体を向けさせた。

「嫌いなわけがないだろう。だが、まだ天国に行くのは早い。それはもう少しあとにするよ。まず、もう一度きみから先にイッてもらう。それにもっと話がしたい」ふたりでベッドルームに向かう。

「話？　何を話したいの？」

「おれは、滝の事故のかなり前から誰とも付き合っていない。それに、入院中に何度も血液検査をしているから、陰性だとわかっている。でも、コンドームを持っていないんだ。第一、持ち歩く習慣もないし」

あら、話ってそのことなの。エディは心のなかでつぶやいた。長いあいだこの手の話はしていない。だから、頭をかすめもしなかった。「わたしもよ。病気は持っていないわ。それから、コンドームならあるかもしれない。しばらく使っていないから、はっきりあるとは言いきれないけど……ちょっと待っていて。見てみるわ」エディはたんすのいちばん上の引き出しを開けた。下着をかきまわすと、コンドームが三つ見つかった。元カレ、エリックの使い残しだ。エディは三つ連なったコンドームをひらひらと振りかざしてみせた。「化石みたいに古いんだけど」

「日の当たらない涼しい場所に置いてあったら、大丈夫なんじゃないかな」

「それなら使えるわね。長いあいだここに入れっぱなしだったから」エディは袋をひとつ引きちぎった。「わたしにつけさせて」

彼がエディを抱き寄せ、耳に唇を押し当てた。「エディ、そんなにあわてなくていいよ」

私の気持ちをやわらげようとしている。だがエディは一気に進んでしまいたかった。

「わたしは時間なんかかけたくない」ぴしゃりと言い返す。「すぐにしたいの」

「おれは急ぎたくない」彼が静かな声で切り返す。「ちゃんとやりたいんだ」

おあいにくさま。それはできない相談ね。エディはどうしようもない焦燥感に駆られていた。今すぐ始めなければ、すべてが幻になってしまいそうだった。それが怖くてたまらない。

この瞬間を逃したくない。絶対に。

エディは袋からコンドームを取りだした。見たところどこにも問題なさそうで、ほっとする。彼の股間に目をやり、ふたたび息が止まりそうになった。そっと握りしめる。指が届かないほど太い。コンドームをつけようとしても、すでに先端で引っかかってしまう。まったくもう。見た目は普通だったのに、潤滑剤の効果が切れている。もう一度つけ直そうとしたとき、彼がエディの手からコンドームを取りあげた。するするとなんの苦もなくつけ終えると、エディの手を口元に持っていって、指の関節にキスをする。

エディはシングルサイズのベッドにどさりと腰をおろし、彼の手を引っ張った。

「ここに来て」声が震えている。彼女は必死に涙をこらえた。こんなときに泣くなんて最低。男は女の涙を嫌うものだし、熱が冷めてしまう原因にもなる。

エディはあふれそうな涙を押し戻し、気持ちを落ち着けようとした。それなのに、嗚咽がもれてしまう。エディは爪を食いこませて、さらに強く彼の手を引っ張った。

彼はベッドの前に膝をついて、エディを抱き寄せた。

ふたりは額を合わせた。彼は自分自身を手に取ると、ベッドの縁に脚を大きく広げて座っている、エディのなめらかに潤った襞に押し当てて、そっと上下に動かした。キスをされているみたいな甘い戦慄が体に走る。

興奮が高まり、狂おしい叫び声が耳のなかでこだまする。エディは彼のヒップをつかみ、自分のほうに引き寄せた。身をよじり、入り口に彼の先端を合わせる。今すぐ彼がほしい。

「お願い」うわごとのようにささやく。「お願い、早く」

「ああ」彼の声も震えている。どうしようもなく昂ぶっているのは自分だけではないのだ。

彼がゆっくりとなかへ――。

その瞬間、エディの息は完全に止まった。ああ、すてき。入り口が押し広げられているのがわかる。すごく大きい……。

エディは彼の腕をきつくつかんで、喉の奥からもれそうになる声を押し殺した。

唐突に彼が体を離し、エディのなかから自身を引き抜いた。「だめだ」そうつぶやく。

「だめ？」エディは起きあがり、思いきり力をこめて彼の腕を引っ張った。「どうしてだめなの？」

彼は自分の腕をつかんでいるエディの手を引きはがしてキスをした。「まだ早いよ」

「そんなことないわ」エディは言い返した。「頭がどうにかなりそうよ。だから早くして！」

彼がエディの額に唇を当て、なかに指を忍ばせて愛撫した。「きみのここは狭くて、とてもきつい。だからもう少し待とう。おれにまかせてくれないか」

冗談でしょう！　待てですって。いやよ！　一秒だって待てない。もう待つのはうんざりよ。これまでずっと待つだけの人生だった。何を待っているのかもわからないのに。「今よ！」エディは言い張った。「わたしはこれで大丈夫なの。こんなに準備万端なのは初めてよ。それなのにまだ早いなんて言われたら、もう死ぬしかないわ！」

エディはふたたび彼の腕を握りしめた。彼はエディの手首をつかみ、自分の腕から離して、優しくキスをした。

「エディ、おれにまかせてくれ」そっとささやく。「きみを死なせはしないよ。おれを信じて。約束する」

もうっ。なんて傲慢な人なの。静かだが有無を言わせぬ口調に、エディは無性に腹が立った。エディは手首をつかんでいる彼の手を振り払った。「信じる？　無駄な時間を過ごして、はぐらかしてばかりいるあなたを？　冗談じゃないわ！」彼の胸を強く突く。

　彼の体が後ろによろめいた。「すまない。きみをいらだたせてしまったな」

「どうせ、主導権を握っているのは自分だと思っているんでしょう？　だって、股間に立派なものをぶらさげているのは、わたしではなくあなたなんだから。男だからって何よ、えらそうに！」彼を叩こうとした手が、大きく宙を切る。「ボスになった気分はどう、ケヴ？　きっと最高よね。でもあなたは最低よ！」

「そうだな。だが、エディ、おれはきみをじらしているわけではない。ちゃんときみの望みどおりにする」宙を切ったエディの腕をつかむ。「股間にぶらさげているでかいものをきみのなかに入れるよ。そのときが来たら。それまでもう少し待って……」

　その言葉がエディの怒りに火を注いだ。「もう、いい加減にして。自分を何様だと思っているの？」彼女は声を荒らげた。「わたしをこの場で押し倒して、ひと晩じゅうセックスし続けると言ったわよね。ずいぶん威勢がよかったけれど、あれはいったいなんだったのかしら？　ただの戯言？」

「言葉どおりだ」ケヴがあっさり返す。「だが、それを言ったのは、きみがおれの手でイク前だった。あれはたまらなくよかったよ。すばらしかった」

　不意を突かれて、エディは何も言えなくなってしまった。うっとりとケヴの目を見つめ、反射的に唇をなめる。彼の指がふたたび彼女のなかに忍びこんできた。その巧みな動きに、腰を突きあげる。

「もう一度味わいたい」ケヴが言葉を継ぐ。彼の甘い声がエディの全身を優しくくすぐった。「そのためならいくらでも自分の欲望を抑えられる。おれは忍耐強いんだ、エディ」

瞬く間に、怒りが消えた。愚かな自分が情けなくてたまらない。唇が震え、謝りたくても言葉が出てこなかった。そんなエディをなだめるように、ケヴがキスをする。唇を重ね、舌を差し入れて、指をさらに深く滑りこませる。エディは小さなあえぎ声をもらし、体をわななかせた。親指で敏感なつぼみを撫でられ……ああ……すてき……すごくいい……。

「おれは、欲望を満たすだけのセックスはしたくない」ケヴがささやく。「きみと愛しあいたい。きみを何度も何度もイかせたい。隣の住人が静かにしろと壁を叩くまで。テレビの音が聞こえないと怒鳴りこんでくるまで」

エディは体を震わせて、涙にむせびながら笑った。「わたしは叫ぶタイプではないわ。残念ね。お隣さんと喧嘩にならなくて」

ケヴが疑わしげな視線をエディに向けた。「今、きみは叫んでいたぞ」

エディはむっとした表情を見せた。「もう、嘘ばっかり！　叫んでないわよ！」

「へえ？　あれは叫び声じゃなかったんだ」ケヴがにやりとした笑みを浮かべた。こんな笑顔を見せられたら、わたしに勝ち目はない。彼は人の心をなごませる達人だ。今も、パニック寸前だったわたしの気持ちを落ち着かせようとしている。

「あなたにはわからないのよ」エディは震える声でつぶやいた。「わたしにはどうしても信じられないの。なぜあなたがわたしを求めるのかわからない。だから夢を見ているみたいで。この瞬間を逃したくなかった。絶対に手に入れたいと思ったの」

「ばかだな。そんな心配はしなくてもよかったのに」ケヴが優しく諭す。「エディ、時間はたっぷりあるよ。そのすべての瞬間をきみは手に入れられる」

ケヴはエディの体をそっと倒し、ベッドに仰向《あおむ》けに寝かせた。胸にキスを落とし、熱いキスを下に向かって降らせていく。エディはあわてて両肘をついてベッドから体を起こした。

「あの、ちょっと待って。ねえ……それは……わたし――」

「大丈夫だ」その声には断固とした響きがあった。「エディ、一秒でいい。リラックスするんだ。おれに体をゆだねてくれ」

その口調に、また怒りがふつふつとわきあがってきた。「わたし、どうしてほしいか言ったわよね！」エディは嚙みついた。「ぐずぐずしないで、早くして！」

「だめだ。きみは狭すぎる。痛い思いをさせたくない」ケヴが目を細めてエディの顔をまじまじと見た。「もしかして、きみは痛いのが好きなのか？」

エディは目を大きく見開いた。「まさか。大嫌いよ。痛いのなんて」

「よかった」ケヴがエディの脚を大きく開いた。「好きだと言われたら、きみに違う男を紹介しなきゃいけないと……」

ケヴの声が途切れた。エディはさらに体を起こして、彼の視線をたどった。脚のあいだを見つめている。まばたきもせずに、じっと。彼の目が輝いている。熱い視線を痛いほど感じて、エディは指で触れられているような錯覚を覚えた。体が甘くうずき始め、ほてってきた。

「ああ」ケヴがつぶやく。「きれいだ。今のは取り消すよ」

特に何も手入れはしていないのに、きれいだなんてお世辞はやめてほしい。エディは手を伸ばして、ケヴの髪をつかんだ。「何を？　何を取り消すの？」

「ほかの男にここを触れさせるのを」ケヴはやわらかくふくらんだエディの秘所を包みこみ、てのひらで撫でた。「ここに触れられるのはおれだけだ。おれのもの。すべて……おれのものだ」

独占欲をむきだしにした口調だ。濡れた襞に彼の指が触れ、エディは体を震わせた。襞のあいだに親指を滑らせ、そっと分ける。ケヴはすべてを目に焼きつけようとするかのごとく、じっと見つめている。

「ええと……」エディは咳払いをした。「ずいぶん過激なことを言うのね……会ったばかりなのに」

「そうかな。本心を言っただけだよ」ケヴが顔を近づけて、襞に舌を這わせ、硬くなったつぼみのまわりをなぞった。「きみのプッシーは美しい。これはおれのものだ。食べてしまいたい」

彼の声が唇を当てている敏感な部分に響いて、エディは笑い声をもらした。「プッシーなんて言うのはやめて。おかしいわ。あっ、そこ……くすぐったい……ああ、すごくいい」

ケヴがやわらかな黒い茂み越しにエディを見た。「そう？　おれは好きだな」言葉を切ると、突起したつぼみを口に含み、舌先で突く。甘美な快感がエディの体を駆け抜けた。「これ以上いい表現は思いつかないよ。ほかの言葉は露骨すぎる。でも、プッシーはやわらかい感じがするだろう？　どこかかわいらしいというか」

舌の動きが激しさを増す。エディは快感に身をよじり、あえぎ声をもらした。「わたしは……やわらかくなんかないわ」ようやく言葉を口にする。「それに、かわいらしくもない」「いいや」彼が舌をエディのなかに差し入れる。「きみもやわらかいよ。驚くほどやわらかい。でも、違う表現を使ったほうがいいのかな？　何がいい？　きみはなんて言ってもらいたい？」

ケヴが大切なところに鼻をすり寄せた。エディの体が歓喜に震える。「もう、やめて」そう言って、笑いだす。

「それは無理だな」ケヴがあっさり返した。「かわいらしいというのも気に入らないなら変えてもいいよ。おれはきみを見た瞬間、そう思ったけど」

エディも負けじと言い返そうとした。笑いを誘えるような話題を探す。「じゃあ、あなたは、どう表現するの？　その……」エディはケヴの下腹部に向かってあごをしゃくった。

「それを」

「男のシンボルのこと？」エディのはにかんでいるところがほほえましくて、ケヴはにやりとした。「ペニスの話題で盛りあがる機会はそうないからな。それほど多くは思い浮かばないよ。何かいい呼び方はあるかな？　エディ、きみならなんて呼ぶ？」

エディの顔は真っ赤になっている。「別に……なんでもいいわ。ねえ、この話はもうやめましょうよ」

「きみにどう呼ばれても、こいつは気にしないよ」ケヴはまだ話を引っ張ろうとしている。「きみのなかに入ることしか考えていないから」

「あら、そうだったの？　知らなかったわ。で、それはいつ？　わたしが泣きついてお願いしてから？　悪いけど、そのときが本当に来ないと、あなたの言葉は信じられないわね」

「それじゃ、さっそく取りかからせてもらうよ。もうおしゃべりは終わりだ」ケヴはエディの脚を広げ、そのあいだに顔をうずめて、舌と唇で愛撫し始めた。熱く潤う場所に、円を描き舌を這わせ、唇で吸う。たちまちエディの体は反応し、震えが止まらなくなった。常軌を逸しているとしか言いようがない。謎に満ちた筋骨たくましい男をベッドルームに連れこみ、快楽にふけっているなんて。でも、今この世界には、彼と自分のふたりしかいなかった。

とてもセクシーな気分。自分が生まれ変わった気がする。体はエネルギーにあふれ、熱く燃えあがっていた。ケヴに身をゆだねているうちに、快感が募り、大きくふくれあがり、やがて絶頂へと押しあげられて、エディはふたたび歓喜の瞬間を迎えた。

エディはゆっくりと目を開けた。涙があふれ、目の縁からこぼれ落ちる。エディは流れる涙を隠そうとはしなかった。心のうちを吐露した涙。怯えと喜びが入り混じった涙だ。

ケヴがエディの上に覆いかぶさり、その潤んだ目をじっと見つめている。エディはまばたきを繰り返して、涙を押し戻した。震える息を吸いこみ、体を動かそうとする。

そのとき、ケヴが深く自身を突き入れてきた。エディは驚きの叫び声をあげて、とっさに彼の肩を両手でつかんだ。ケヴがゆっくりと動き始めた。硬く張りつめた大きなものが、エディを押し広げて奥深くまで満たしていく。

「さっきよりはよくなったよ」ケヴがかすれた声でつぶやいた。

エディは涙をぬぐい、口を開きかけた。それなのに何ひとつ言葉が思い浮かばなかった。今、体を重ねている男のことしか考えられなかった。全身でケヴを感じ、ケヴの表情を読み、心のなかをのぞく。すぐそばに彼がいる喜びに浸った。エディはさらに深くまでケヴを迎え入れようとして腰を突きあげたが、大きな体に押し戻され、ふたたび彼に身をまかせた。

エディはフランネルのシーツを引っ張って、頬を濡らす涙をぬぐった。白い布地に黒いインクのしみがつく。ぬぐってもぬぐっても、とめどなく涙があふれてくる。顔は涙に濡れ、体は汗で濡れている。そして敏感な場所もしっとり濡れていた。ケヴはリズミカルに腰を動かし続けている。ゆっくりと腰を引き、突きあげる。そしてまた腰を引き、突く。何度も、何度も……。

両肘をついてエディは体を起こした。ケヴがエディの腕をつかみ、体を引きあげて、ベッドの縁に座らせた。ふたりは汗に濡れた額を合わせ、自分たちがつながっている部分を見おろして、エディのなかから濡れて光った太いペニスが出てくるところにじっと見入った。ふたたびケヴが深く打ちこんだ。ふたりの口から同時に声がもれる。小さなベッドルームに、エロティックな湿った音と、あえぎ声と、ため息が響く。

エディは耐えがたいほどの至福の快感に酔いしれた。体が合わさるたびに、唇が重なるたびに、欲望が募ってケヴがほしくなる。自ら腰を大きく揺らし、エディはせがんだ。もっと深く、もっと速く、もっと激しくと。

話しかけようとして、エディはケヴを引き寄せた。口を開くより先に、むさぼるようなキスで唇をふさがれる。それでもかまわなかった。すぐにエディもありったけの情熱をこめてキスを返した。何を言おうとしていたにせよ、今のこのキスがケヴへの正直な思いだった。首に腕を絡ませて、熱いキスの雨を降らせる。ケヴになら本当の自分を見せられる。彼の前では自分のまわりに築いた壁を取りはずせる。この体を放したくない。ずっとつながっていたい。ケヴと心も体もひとつになりたい。

ケヴの腰の動きが徐々に激しさを増して速くなっていく。エディのあえぎ声と彼の荒い息が混ざりあう。エディは無我夢中でケヴにしがみつき、荒れ狂う波に乗った。

かけがえのないものを見つけるために。まだ行ったことがない場所に向かって。自分が自分でいられる場所へ。心を解き放ち、鳥のように自由に舞える場所へ。

10

これは夢なのか。もし夢なら覚めないでほしい。ずっとここにいたい。永遠に。エディとふたりだけで。

エディ……。ケヴはエディを抱きしめる手にそっと力を入れた。エディはほっそりとした腕をケヴの体にまわし、彼の腿の上に座っている。肩にぐったりと預けられた頭の重みが心地いい。真夜中の闇を思わせる乱れた黒髪が肌をくすぐる。ふたりはまだつながったまま抱きあっていた。エディのつやめくピンク色の秘所にケヴの分身は今も埋まっている。

ふたりの体はぴたりと重なっていた。まるでケヴのためにエディの体が作られたみたいに。エディに触れているだけで心が安らぐ。ケヴは腕のなかのあたたかくてやわらかい体の感触を堪能しながら、エディの香りを深く吸いこんだ。

人生最高のセックスだった。セックスなしでは生きていけないタイプではないが、楽しむときは思う存分溺れる。だが、これほどすばらしい経験をしたのは初めてだ。

これまではセックスを楽しんでも、欲望を吐きだしてしまえば、いつも虚《むな》しさしか残らなかった。当然、相手とは気まずくなり、こんなふうに至福の余韻に浸ったことは一度もない。エディ……。いい響きだ。口のなかで名前を転がしてみる。エディ……。甘い香りがする髪に唇を寄せて、心のなかで何度もささやきかけた。

強烈な絶頂を味わった。それなのに今もがちがちに硬いままエディのなかに入っている。一秒たりとも無駄にしたくない気分だが、まずはコンドームを外して、エディを少し休ませなければいけない。

荒々しくしすぎただろうか。ふとそんな思いが頭をかすめる。痣をつけていなければいいのだが。エディをじらすだけじらして、えらそうに忍耐強さを誇示しておきながら、結局は自分のほうがわれを忘れてしまった。情けないにもほどがある。とはいえ、エディも激しいセックスを求めているのが伝わってきた。自ら体を差しだして、無我夢中でおれにしがみついていた。今、エディはぴくりとも動かず、ぐったりと体を預けている。無理もない。あれだけ情熱的なセックスをしたあとだ。疲れきっているに違いない。そして、願わくば満たされているとも思いたい。

きつく締めつけてくるエディのなかで、分身が脈打っている。奥深くに入りこむ瞬間を待ちこがれている。

ケヴはかすかに腰を動かしてみた。ペニスをぴったりと包みこむ感触を一瞬だけ味わう。エディの口から甘いため息がもれた。ケヴはコンドームの根元を押さえ、後ろ髪を引かれる思いで分身を引き抜いた。

ベッドの上にそっとエディを仰向けに横たえる。長い黒髪が扇のように広がった。ケヴはベッドの縁に腰かけて、やわらかい髪を指先で梳《す》き、きれいな扇の形に整えた。エディが無言のまま、眠そうな目でケヴを見あげた。きれいなピンク色の下唇を噛んでいる。

ケヴはコンドームを外して、まわりを見まわした。エディが咳払いをする。「ゴミ箱はキッチンにあるわ」声がかすれている。

ケヴはうなずき、足元をふらつかせてキッチンに向かった。

しばらくそこにたたずみ、もの思いに沈む。今まで、ひとりの女と長く付き合ったことはない。長く続く関係を期待するだけ無駄だと思っていた。自分の人生を考えれば、そう思うのも当然だろう。危険や暴力が渦巻く生活をしていたかもしれないのだ。その可能性もあると知りながら、女と親密になるのはあまりにも身勝手すぎる。そう自分にも言い聞かせてきた。

今さらだが、取ってつけたような理屈だ。本当は、それほど長く付き合いたいと思ったこともないし、あっという間に関係が終わっても気にしなかった。

だが、今回はまったく違う。とんでもない窮地に立っている。

それがいやなのなら、今すぐ服を着て、こっそり出ていけばいい。簡単な話だ。住所も電話番号も残さず、ただちにここから去る。一夜限りの関係で終わらせて、二度と会わなければいい。

まったくお笑い草だ。そんなつもりなどこれっぽちもないのは、自分がいちばんよくわかっているだろう。悪あがきはやめて、さっさとベッドルームに戻れ。エディのもとへ。

エディはキルトの上掛けをあごまで引きあげて、ヘッドボードを背にして座っていた。肩を覆う黒髪は乱れ、唇は赤く腫れ、灰色の瞳はつやめかしく輝いている。胸が苦しくなるほど美しい。やはり夢なのか。現実とは思えない。いや、これは運命だ。おれはずっとエディを待っていた。エディだけを。

エディがほほえみかけてきた。屹立《きつりつ》したままの股間にちらりと目をやる。「あの……寒い？」

とんでもない。マグマのごとく燃えさかっている。見てのとおり、噴火寸前だ。

「いや。その逆だよ。火がついたみたいに体じゅうが熱い」ケヴは笑みを返した。

「あら」エディが目を伏せて、キルトの図柄を指先でなぞり始めた。「そう。それならいいわ。少し一緒に上掛けにくるまって横になりたいと思っていたんだけど、そんなに熱いなら――」

「いや！　取り消す！　一緒に横になろう。考えてみたら、やっぱり寒かった。凍えそうだよ。きみの体であたためてくれ。お願いだ」

エディがくすくす笑いだした。その笑い声に胸が熱くなる。出会ってから、ふたりはほとんど笑っていない。少しだけ互いの身の上話をして、頭のねじが吹き飛ぶくらい最高のセックスをした。だが、声をあげて笑うことはほとんどなかった。エディが上掛けを持ちあげた。ケヴはその下に体を滑りこませて、彼女のぬくもりが残る狭い空間に横たわった。狭いベッドも悪くない。いや、感謝したいくらいだ。すぐ触れられるところにエディがいる。奇跡としか言いようがない。まさに天にものぼる気分だ。

　エディが上掛けを肩にかけてくれた。鎖骨付近に残る火傷の痕に指先でそっと触れる。おそらく煙草の火を押しつけられた痕だろうが、まだこの記憶は戻っていない。間近でエディを見つめていられる喜びに浸る。美しいエディの顔で視界を満たす。今、命が絶えたとしても、エディの顔を見ながら死ねるのなら、これほど幸せなことはない。

「ベッドが狭いから窮屈でしょう？」エディがすまなそうにつぶやいた。

「いや、気にならないよ」

「このベッドが限界なの」エディが先を続ける。「わたしは服もあまり持っていないし、たんすを取り払ってしまえば、もう少し大きいサイズのベッドを置けるけど。でも、買い替える必要もないの。だって……」

「だって、何？」

　エディの頬がみるみるうちに赤くなっていく。なんてかわいらしいんだ。まぶしすぎる。雪原を染める朝焼けみたいだ。だが、朝焼けの色よりずっとあたたかくてやわらかい。いくつ称《たた》える言葉を並べても、エディの魅力は表現しきれない。

「わたしひとりが寝るだけで、誰かと一緒に寝るわけじゃないから」エディが早口で一気に言いきった。

「よかった」思わずきつくエディを抱きしめていた。おい、何を独占欲を丸出しにしているんだ？　おまえはエディの恋人か？　気づいたときは遅かった。すでに抱きしめていた。これはかなり気まずいことをやらかしてしまった。

「おれのうちに来ればいいよ」今度はよけいなことを口走ってしまった。「おれのベッドは巨大だから……」

エディがかすかにほほえんで、まつげの下から彼を見あげた。「そうなの？」

顔が熱い。きっと耳まで真っ赤になっているはずだ。傷痕が残る顔を赤らめても、かわいらしくもなんともない。エディとは大違いだ。「一応言っておくけど、毎晩乱痴気パーティーをしたくて、巨大なベッドを買ったわけじゃないよ」

「そう」エディがうつむいた。

「ほら、なんていうか、おれはでかいだろ？」完全にしどろもどろだ。「それに……丈も長いし。まあ、つまり、そういうことだ」

「それは気づいていたわ」エディが澄まし顔で返す。

顔が異常に熱かった。火が出ているに違いない。「いや、そういう意味で言ったんじゃな

する。「わかってるわ」

エディがちらりと横目でケヴを見あげた。笑いをこらえているみたいだ。小さく咳払いをする。「わかってるわ」

ああ、くそっ。遊ばれた。おれが焦っている姿を見て、エディは楽しんでいる。「とにかく」ケヴはむっつりした顔で続けた。「おれは倉庫を改造して作ったアパートメントに住んでいる。部屋は腐るほどあるし、やたらと広い。バスルームもふたつつけた。いつか……おれにもツキがまわってくるかもしれないから」

エディは唇を噛んで聞いている。「あの……それ、まさか、嘘でしょう？　冗談よね？」

ケヴはさらに続けた。「さあ、どうかな」平静を装って聞く。「エディ、おれはきみからどういう返事を聞きたがっていると思う？」

「どういう返事を聞きたいの？」逆にきき返された。

ベッドの話からかなり飛躍してしまった。この会話はここで終わりだ。

だが正直に言えば、今すぐエディに伝えたい言葉がある。ケヴは心のなかで叫んだ。エディ、毎晩おれのベッドで一緒に寝よう。おれの子どもを産んでくれ。きみの左の薬指に指輪をはめたい。エディ、結婚しよう。身も心もきみに捧げる。おれのすべてを。永遠に。

さすがにこれはまだ早い。エディを怯えさせるだけだ。ケヴは肩をすくめた。「悪かった。変なことを言って。出会ったばかりでこんな話をするのは、いくらなんでも早すぎだ」

「あなたは、その、わたしと、付き合いたいと思っている？」エディが唐突にきいてきた。

ケヴの鼓動が思いきり跳ねた。「ええと、もしそうだとしたら？」

「まず、ききたいことが山ほどあるわ」

「なんでもきいてくれ。すべて答えるから。それが終わったら、引っ越しのための荷造りをしよう」

エディが手で口を覆った。「ケヴ、話が飛びすぎよ」

ケヴは彼女の表情を盗み見た。今にも吹きだしそうになっている。これなら言ってもかまわないだろう。

「きみの部屋を作るよ」早口でしゃべりきる。「どの部屋も窓が大きいんだ。太陽の光がさんさんと入ってくる。仕事も快適にできると思う。とにかくでかいから、スケートリンクも作れる」

「ケヴ、落ち着いて。まずはあなたの話をして。何も知らないから」

エディ、それは違うだろう。『フェイド・シャドウシーカー』シリーズはおれの物語だ。ケヴはエディを抱く腕に力を入れた。どういうわけかエディはおれを知っている。誰にも話していないことまで知っている。自分でさえ忘れていたことも。どうでもいいような小さなことまで。

彼女はおれの心のなかをのぞき、そこに潜む闇を見た。それが『フェイド・シャドウシーカー』の本になった。あのイラストは、不気味なほど正確におれの人生を描いている。エディとはつながっている気がする。彼女といると、心が安らぐ。おれを知っているのはエディだけだ。おれを暗い穴から引きずりだしてくれるのは、エディしかいない。

「あの、わたし……」エディは言いだして唇を噛んだ。慎重に言葉を選んでいる。「気を悪くしないでね。わたしは、あなたに自分とフェイドを重ねあわせてほしくないの。あなたの勘違いだから。フェイドにはモデルはいないの。完全にわたしの創作なのよ」

ケヴは不安そうな大きな目を見おろし、黒髪を指に巻きつけた。「エディ、おれの妄想をぶち壊さないでくれよ。ひそかに思うくらい、いいだろう？」

「どうかしら」エディがささやく。「危険な気がする」

なるほど。エディはおれを精神病一歩手前の男だと思っているわけだ。ここでやめればいいものを、ケヴは引きさがれなかった。「きみはおれの何を知りたいんだい？　きいてくれないと、おれたちの関係を前進させられないだろう？」

エディはぎこちなく笑った。「ええと……」

「なんでもきいてくれ。包み隠さず話すよ。秘密なんてないから」一瞬、間を置いて、それから言葉を継ぐ。「記憶が欠けている。昔のおれのことをきかれても答えられないけど」

エディが首を横に振った。「秘密というより、謎と言ったほうがいいかもしれないわね」

「なるほど」ケヴは返した。「謎のほうが重厚な響きがするな」

「それに、セクシーだわ」エディが言う。

ケヴの心はばかみたいに浮き立った。「そうかな?」

エディが目を閉じた。「ケヴ、もちろんそうよ。グラフィックノベルを描いているわたしが言うんだから間違いないわ。謎とセクシーは同義語なの。謎めいているからこそセクシーなのよ」

ケヴはベッドルームの天井を見あげた。頬の傷に痛みが走る。顔がにやけるのを抑えられなかった。「いいね、その表現。気に入った」

「仕事は何をしているの?」エディがきいてきた。「基本中の基本の質問よね。本当なら出会ってすぐきくことだわ。寝たあとじゃなくて」

ケヴは片肘をついて横になった。「弟と事業をしている」

エディが当惑した顔を見せた。「弟さんがいるの? でも……わたしは、てっきり――」

「血はつながっていないんだ」ケヴは先を続けた。「ブルーノといってね。倉庫街で暴行を受けていたおれを助けてくれた男の姪の息子なんだ。ブルーノは十二歳のときに、おれを助けてくれたトニーという男とその妹のローザに引き取られた。おれがトニーに命を救われた一年後のことだ」

「それじゃ、その家族はあなたのことも引き取って面倒を見てくれたのね?」

「いいや。誰もおれの面倒は見てくれなかった。ブルーノ以外はね。ブルーノだけがおれの面倒を見てくれたんだ。まだ十二歳だというのに」

エディはわけがわからないといった表情を浮かべている。「どう面倒を見てくれたの?」

ケヴは当時を思い出して笑みを浮かべた。「ブルーノはいつもおれのあとをくっついて離れない子どもだったんだ。ある日、食堂の厨房にあいつとふたりでいたときがあってね。おれは肉切り包丁で指を切ってしまった。血を流しているおれに気づいて、ブルーノが何をしたと思う? いきなりその包丁をつかんで自分の手も切ったんだよ。驚きだろ? それで、血だらけの手でおれの手を握りしめて、放そうとしないんだ。そのうち血が肘に向かって流れ落ちてきてね。ぞっとしたよ」

エディが目を丸くしている。「すごい。どうしてそんなことをしたの?」

「血の儀式だったんだ。兄弟の契りを交わす儀式。少年少女向けの歴史冒険小説にそういう場面が出てきたらしい。ブルーノはおれと血のつながった兄弟になりたかったんだ。きっとあのとき、あいつはチャンス到来だと思ったんだろうな。その日から、おれたちは晴れて兄弟になったというわけだ」

「ドラマチックな話だわ」エディがつぶやく。

「ああ。ブルーノはそういう男なんだ。とにかくやることが一途《いちず》で激しい。それは今も少しも変わっていないよ。結局、あいつは十八針も縫うはめになった。腱《けん》に達するまで深く切りこんでいたからね。普通、そこまでしなくても、少し切りこみを入れればいいと思うだろう？　だけど、あいつにとってはそれでは意味がなかったんだ。おかげでおれの神経は何週間もずたずただったよ。なんの感染症ももらわなかったのはよしとしても」

あの日の光景がまざまざと目に浮かんできた。ケヴはエディと互いの指を絡めた。あの日のことは忘れられない。自分にも兄弟ができたのはうれしかった。確かに、血の契りを交わさなくても、あげくの果てに何十針も縫わなくても兄弟にはなれた。それでもあの狂気の沙汰ともいえる儀式には魂が揺さぶられた。まったくブルーノらしい。あいつは子どもの頃から本当に熱い男だった。

「弟ができてよかったわね」

「ああ。兄貴のおれのほうが弟に頼りきっているよ。おれがまた話せるようになったのも、あいつのおかげなんだ」

「弟さんは何をしたの？」

ケヴは急に照れくさくなった。「ブルーノはおしゃべりな子どもでね。口を閉じているときがなかった。あいつをおとなしくさせるには、おれのほうが、一刻も早くまた話せるようになるしかなかったんだよ。そうしないと、頭が完全におかしくなりそうだった」

どうやらエディはケヴの語りからブルーノを正しく理解したらしい。ケヴを見あげ、にっこりほほえんだ。そのまぶしい笑顔にケヴの息が止まる。エディが寄り添ってきた。ケヴは、疲れ知らずの元気な分身をぴたりと腹につくようにあわてて直して、しなやかでやわらかい体を抱き寄せた。

エディはどこを取っても神々しいほど美しい。はっきりとした目鼻立ち。ふっくらした唇。きめの細かいなめらかな肌。官能的な曲線を描く体。すべてがこの世のものとは思えないほど完璧だ。彼は完全にエディに心を奪われていた。

そして、ケヴを見つめる彼女の顔にも、同じ表情が浮かんでいる気がした。エディがケヴの頬にそっと手を当てた。いとおしむような優しさをこめて。美しいものに触れるみたいに。

今まで付き合った女たちは、決まってこの顔の傷痕から目をそむけていた。だが、エディは違う。傷痕もケヴの一部だと思っている。頬に触れる手つきや表情からそれが伝わってきた。考えてみれば当然だ。エディは何年もケヴを描き続けてきたのだから、もう醜い傷にも慣れているのだろう。別に大騒ぎするほどのことではない。

「おもしろい子だったのね。それで、さっきの続きだけど」エディが口を開いた。「事業というのは？　その話をしましょうよ。まずは弟さんから。ブルーノの苗字は？」

「ラニエリだ。ブルーノ・ラニエリ」

エディが物問いたげに眉をあげた。「ラーセンじゃないの？」

「ラーセンはおれの本名じゃないんだ。仕事だが、事業を始めた頃は、スポーツカイトをデザインしていた。会社名は、ロスト・ボーイズ・フライウェア。事業立ちあげから二、三年後には新分野にも乗りだして、教育玩具や模型や科学の実験キットなども開発するようになった」

「そうだったの？　知っているわ！　あなたたちの会社！」エディが片肘をついて体を起こした。瞳が輝いている。「わたしもロスト・ボーイズの商品を妹に買ったことがあるのよ！　ロニーというんだけど、すごく喜んでくれたの。特に〝自分で作る爆竹キット〟があの子のいちばんのお気に入りだったわ。そのせいで、いまだに父はわたしに腹を立てているのよ。たしか『ポートランド・マンスリー』にロスト・ボーイズの特集記事が載っていたわよね？」

ケヴがあきれ顔で天を仰いだ。「あの号の表紙を飾っていた、にやけた男がブルーノだよ。あのときの見出しを覚えているかい？　〝ポートランドでもっとも結婚相手にふさわしい独身男性〟。おれの頭のなかは疑問符だらけになったよ。ブルーノときたら、すっかりその気になって浮かれっぱなしだった。今もまだ調子に乗っているよ」

「どうしてあなたはブルーノと一緒に写らなかったの？」

「それはおれの役目じゃないからね。ブルーノはモテるんだ。いつも女の子が群がっているよ。きみもあいつに会ったらわかる」

エディが目をしばたたいた。「えっ？　わたし、彼に会うの？」

「おれたちの関係を深める第一歩だよ。おれはきみにブルーノに会ってもらいたいと思っている」

「そう。わかったわ」エディが遠慮がちにつぶやく。「ねえケヴ、ロスト・ボーイズはふたりの会社なんだから、見出しは〝ポートランドでもっとも結婚相手にふさわしいふたりの独身男性〟になるはずよね。やっぱり、あなたもブルーノと一緒に表紙を飾るべきだったと思うわ」

ケヴは枕にどさりと頭を沈めた。「一緒に写らなかったのには理由があるんだ。ひとつ目は、おれの写真を載せたらはらわたを引き裂いてやるとカメラマンを脅したからだよ」

エディが目を丸くした。「えっ」一瞬うろたえたが、すぐに立ち直り、驚くほど冷静な表情を顔に貼りつけて先を続けた。「ふたつ目の理由は?」

できればこの話はしたくないが、エディに嘘をついてもしかたがない。「十八年前、拷問を受けた話はしたよね。まだどこかにおれを殺そうとしたやつが生きているかもしれない。だから、おれの顔や住所や新しい名前は公表していないんだ。それに、おれは結婚相手にはふさわしくない。表紙を飾ったら嘘の見出しになってしまう」

エディが身をこわばらせてケヴから離れた。「あなた、まさか結婚しているの?」

ケヴはあわてて飛び起きた。「いや、違う! おれは独身だ。そうじゃなくて……ああ、くそっ」

エディが大きく息を吐きだした。「ふうっ。どきっとしたわ。心臓が止まるかと思った」

ケヴはエディのあごに手を添えて上を向かせた。「すまない。驚かせて」エディの瞳をじっと見つめる。「どこの馬の骨ともわからない男は、結婚相手にはふさわしくないだろう？　そういう意味で言ったんだ。おれは人生をめちゃくちゃにされた。記憶を失い、顔もこのありさまだ。それでも、死ななかっただけラッキーだったと思う。チューブにつながれて寝たきりというわけでもない。だけど、おれを殺しそこねたやつはまだどこかにいるはずだ。それなのにおれは、誰にこんな目に遭わされたのかまったく覚えていない。狙われていても警戒のしようがないんだ。こんな物騒な男は、あの特集記事にはふさわしくないよ。金持ちの独身男との結婚にあこがれている女の子たちの夢をぶち壊してしまう。それに、この傷じゃ、写真写りも最悪だし」

「金持ちの独身男？　あなたはお金持ちなの？」エディが率直にきいた。

ケヴは咳払いをした。「それは、誰と比べるかによるかな」

「たとえば、わたしの父とか？」淡々とした口調だ。

「そうだな」ケヴは言った。「きみの父親に比べたら、足元にも及ばないよ。かろうじて生きているって感じかな」

「あなたにとって、そのかろうじて生きているというのはどういう生活なの？」

ケヴはため息をもらした。なかなか手ごわい。きびしい尋問を受けている気分だ。「おれは家と車を所有している。あとは、貯金が少しと株を持っている。それからほかに、年一回六桁の収入が入ってくる。ブルーノがスポーツカイトのデザイン特許を取得したんだ。自分がいなければ、今頃おれは通りで物乞いをしているとあいつは思っているよ。実際、そうだったかもしれないな」

エディが大きく首を横に振っている。「わたしは外されたの」

「え？」ケヴは言葉の意味がわからず、きき返した。「なんの話だ？」

「父よ。わたしは相続人から外されたの。パリッシュ家の財産は一セントももらえないのよ。わたしが改心しない限りはね。でも改心なんてできないわ。父の理想の娘になるのは無理なのよ。最初にあなたにはっきり言っておくわ。誤解を与えたくないから。わたしは相続権を失ったから、お金はないの」

「なあ、この話はどう続くのかな？」ケヴは慎重に切りだした。「それがどうかしたのか？きみはパリッシュ家の財産を当てにしなくても、立派にやっているじゃないか」

エディは、わずかな家具しかない小さなベッドルームのなかをぐるりと指さした。「これが？　これが立派にやっていると言えるの？」

「ものじゃないんだ」ケヴは静かな声で言った。「きみが立派にやっているんだよ。南洋真珠みたいに美しく輝いている」

エディが開きかけた口を閉じた。顔にはとまどいが見え隠れしている。「それは」消え入りそうな声。「あの……ありがとう」

ふたりのあいだに気まずい沈黙が垂れこめた。ケヴは感情を押し殺し、シーツの上に広がる乱れた黒髪にそっと顔を寄せて、エディの香りを吸いこんだ。シルクを思わせるなめらかな肌触りと、甘い香りを記憶に刻みつける。

「エディ……」名前を呼びながら会話の糸口を探す。そして少し前に話を戻すことにした。

「きみはあのばかげた特集記事を読んだのかい？　それにしても、世間は狭いな」

「隅から隅までしっかり読んだわ」エディが口を開いた。「あなたの弟さんはかっこいいわね。えくぼがチャーミングだわ。わたし、お金持ちの独身男の話には弱いの。そういう特集があると思わず買っちゃうのよね」

エディはおれをからかっているのか？　ケヴは顔をあげて彼女の顔をのぞきこんだ。視線を合わせようとしない。束の間、重苦しい時間が流れる。エディの唇が震えだした。「やっぱり、きみをブルーノに会わせるのはやめるよ」

みるみるうちに、エディの唇に笑みが広がった。ケヴの胸を指で突く。「もう、ケヴったら」くそっ、まんまとだまされた。「からかったのよ。わたしたちは冗談も言いあえないの？」

「冗談は苦手だ」ケヴはぽつりとこぼした。

「わたしもよ。ねえ、ケヴ。わたしはこの十年間、あなたの弟さんをモデルにして、セクシーなグラフィックノベルを描いてきたわけじゃないのよ」

初めてだ。ふたりの謎に満ちたつながりを、エディが口に出して認めたのは。ケヴはエディをきつく抱きしめて、これは現実なのだと心のなかで何度も自分に言い聞かせた。最高の気分だ。

同時に怖くもあった。幸せを感じれば感じるほど、しっぺ返しが来て、奈落の底に落ちていきそうな気がする。それでも、こみあげてくる喜びは抑えられなかった。ここに自分をわかってくれている人がいる。エディがいる。これほどうれしいことはない。

「スポーツカイトと教育玩具」エディがつぶやく。「わたしはもうここ何年も、ロニーにあげるプレゼントには、ロスト・ボーイズの科学実験キットを買っていたの。どれもおもしろそうな実験よね。遊び心があるのよ。賢い子にはたまらないと思うわ。それに大人でも楽しめるの。昔から教育玩具のデザインをしたいと思っていたの? 覚えている限りってことだけど」

ケヴは首を横に振った。「いいや。眠れない夜とかに、おれはよく凧を作ったりしていたんだ。何かに熱中していたら、よけいなことを考えずにすむから。そんなおれをブルーノはいつも見ていた。事業を始めるのを思いついたのはあいつなんだ。おれは、時間潰しにデザインした凧が仕事に結びつくなんて頭をかすめもしなかったよ」

「でも、あなたは大成功をおさめた」エディが返した。

ケヴは黙っていた。別に好きでやっている仕事ではない。だが、それを言って傲慢だと思われるのもいやだった。それに正直なところ、成功なんてどうでもよかった。ロスト・ボーイズには、今の自分の人生同様にたいして関心はない。

確かにまっとうな仕事だ。それに儲かってもいる。すべてブルーノの頑張りのおかげだ。遊び半分でやっているわりには、忙しいことを除けば不満はない。だが、今の仕事なら眠っていてもできる。目隠しをしていても、手を縛られていても、トイレで用を足しながらでもできる。

要は、自分が本当にやりたいものではないから情熱を傾けられないのだ。もっとスケールが大きくて、高度で難解な仕事に没頭したい。複雑で、頭をかきむしりたくなるほど厄介なことに。結論に達するまで、何年ももがき苦しみ、脳をフル回転させることに。

それがどんな仕事かはわからないが、おそらく一生できないだろう。たとえ記憶が戻ったとしても、無理だと思う。すでに多くのものを失っている。その失ったなかには、卓越した才能も含まれていたかもしれない。人生が真っぷたつに分かれる前に何を目指していたにせよ、それを手にする機会はこの数十年のブランクで逃してしまった。

今さら嘆いてもしかたがない。とりあえず玩具のデザインをしているあいだは、忙しくて自己憐憫に浸る暇はない。それに金も入ってくる。そして何よりも、ブルーノを失望させたくはない。ブルーノがいたからこそ、ロスト・ボーイズはここまで成長できた。あいつはすばらしい才能を持っている。経営センスがある。これはおれにはない才能だ。起業家になるべくして生まれてきた男。そんな自慢の弟に、兄貴としておれができるのは、今の仕事を続けて、ロスト・ボーイズのさらなる発展に少しでも貢献することだけだ。たったそれだけでなんの苦労もせず金が手に入る。こんな楽な人生を誰もが送れるわけではない。ブルーノには感謝している。心からありがたいと思っている。

「以前……記憶を失う前の自分が何を目指していたのかはわからない」ケヴは静かな口調で話し始めた。「だけど、玩具《トイ》デザイナーではないだろうな。確かに自分がデザインした商品が売れるのはうれしいよ。それでも……なんというか……違うんだ」

「物足りないのね」エディがぽつりとつぶやく。

エディは見抜いている。だが、ケヴは否定も肯定もしなかった。「実はもう何カ月も仕事をしていないんだ。ブルーノは在庫を取り崩している。滝の事故のあと、いろいろあってね。静養中にまた病院に舞い戻ったり、過去を探る手がかりを見つけようとしたりしていた」

エディは片肘をついて横になった。「どうやってわたしを見つけたの？」

ケヴは、昏睡状態から目覚めた直後にフラッシュバックを起こしてパティルに襲いかかったことや、そのときに思い出した名前についてかいつまんで話した。オスターマンについて。

「それで、オスターマンのことをネットで調べて、フェイスブックで写真を見つけたんだ。オスターマンはデズモンド・マールという男と一緒に写っていたよ。マールからヘリックス社にたどり着いて、会社のホームページをのぞいてみた。そこできみの父親の写真を見つけたんだ。見覚えがあったよ。何度も夢に出てきた顔だったから。そのときに、夢で見た男の名前がチャールズ・パリッシュだと知った。でも、きみとはまだ結びついていなかった」

「今日までは」エディが話を引き取り、あとを続けた。「そして今日、あなたはわたしを見つけた」

「ああ」信じられないが、事実だ。今日、エディを見つけた。ようやくエディにたどり着いた。意外なことに、過去とはなんの関係もなかった。新しい第一歩の始まりだ。未来に向かって。愛しいエディと。その記念すべき日。今まで苦しめられた亡霊や悪夢をすべて忘れられそうだ。過去を手放してもいい気さえする。エディとともに生きていけるのなら、ほかに何も望むものはない。

エディと一緒にいられるのなら、これ以上の幸せはない。

ケヴはエディを抱き寄せて、髪に顔をうずめた。「まだコンドームはあるかな?」

「あると思うわ。三個つながっていたから」エディが笑いをこらえながらつぶやいた。「まだふたつ残っているわよ。いやね。きかなくてもわかっていたでしょう?」

「痛む?」ケヴは不安そうにきいた。「痛い思いをさせてしまったかな?」

エディが彼の腕のなかで伸びあがった。ケヴの顔を両手で挟み、自分の顔に近づける。そしてあごに指を添えて、そっとキスをした。「セックスがこんなにすてきなものだとは思わなかったわ。これがわたしの答えよ」

右頬の傷が燃えるように熱くなった。またにやついていたようだ。笑うことなどめったにないのに。「それで、コンドームはどこだい？」ケヴはエディの目を見つめてささやいた。

「たんすのいちばん上の引き出しに入っているわ。右側の奥に」エディがほほえんだ。

ケヴは勢いよくベッドから跳ね起きた。引き出しを開けて、繊細な布地を引っかきまわす。

興奮が体を駆け抜けた。だが、激しいセックスをするつもりはない。互いを確かめあいながら体を重ねる。エディの瞳をのぞきこみ、甘い吐息を聞き、ひとつに溶けあうのだ。

ケヴはコンドームをつけて体を重ね、そして待った。エディが脚を広げ、入り口に彼をいざなうのを。ケヴはゆっくりと腰を沈めた。背中にまわされたエディの腕に力が入る。ケヴは動きを止めた。エディに重みがかからないように体を浮かせ、息を殺して彼女を見おろす。

「大丈夫かい？」

エディがうなずき、ヒップを持ちあげた。ケヴをぴたりと包みこみ、奥深くへといざなう。コンドームなしでエディを感じたい。そういう日もいつか来るかもしれない。エディとの未来を考えると、体の内側から喜びがわきあがってきた。きつく彼を抱きしめるエディのなかに、ケヴは深く、さらに深く入っていった。ベッドがきしむ音と、ふたりのあえぎ声と、肌がぶつかりあう音が重なる。エディの喉からせつなげな声がもれた。ケヴの背中に爪を立て、もっと強くと彼をたきつける。

とてもきれいだ。熱く濡れた震える秘所がケヴを強く締めつける。ケヴはエディを抱き寄せ、体を反転させて、自分の上にのせた。美しい胸が上下に揺れる。一瞬、エディの体が前に倒れた。長い黒髪がケヴの胸をかすめる。そしてまたエディは体を起こし、頭をのけぞらせて激しく腰を振り始め、ケヴを引きつれてクライマックスへとのぼりつめていった。

ケヴは強烈な解放感に包まれ、エディを抱きしめたまま体を震わせて横たわっていた。

やがて、長年の不眠症が嘘のように、深い眠りに落ちた。

11

エディはケヴを起こさないようにそっと彼の上からおりた。でも、その必要はなかったようだ。ケヴはぐっすり眠っている。こういう姿を見るのはなんだか不思議な感じがする。ケヴが放つ強いエネルギーは研ぎ澄まされ、張りつめているからだ。だけど、こんなふうに手足を伸ばして無防備に寝ていると、彼もまた心に弱さを隠した普通の男に見える。

そう、スーパーヒーローなどではないのだ。ケヴをくたくたにさせたのはこのわたし。思わず乾いた笑いがもれそうになった。魔性の女、エディのお通りよ！　道を空けなさい！　男たちはわたしの足元にひれ伏すわ。

エディは嘲るように笑った。ははは。というより、男たちはあわてて逃げていくわね。

ベッドの脇に膝をついて、ケヴの体じゅうに残る傷痕をじっくり眺めた。むごすぎる。どうしてここまで残酷なことができるのだろう。ケヴを拷問したやつらは人間ではない。十一歳のわたしの脳裏に焼きついた彼の姿は、これほどひどくはなかった。きっとそれでよかったのだろう。彼のことがなくても、子どもの頃に受けたトラウマは、わたしの人生に充分影を落としている。

ケヴは美しい。ギリシア神を彷彿とさせる美しさだ。傷があろうとなかろうと。たちまち指先がうずきだした。彼は気にしないだろう。自分から描いてほしいと言ったくらいだから。罪悪感にさいなまれることなく、自由に描ける。人目を気にしてこそこそすることもない。それに、ケヴを描くなら眠っているときのほうがいいかもしれない。さっきはふたりの欲望がぶつかりあったせいで心の目が曇ってしまった。今なら、ケヴの過去につながる何かが見えるかもしれない。眠っている人を描くのは初めてだけど、もしかしたらケヴが今見ている夢をのぞけるかも……。

エディは音をたてずにゆっくりと歩いて、大きなスケッチブックとペンを取りに行った。大きな用紙に大きな男を描く。早く描き始めたくて、指先がむずむずする。

男性のヌードは学校の授業で何度か描いたことがある。だけどこれは人体模型のデッサンではない。生身のヌードモデル。長身で、ハンサムな顔立ちで、しなやかな体。どこから見ても完璧だ。エディは自分の世界に入りこんでいた。ペンが紙の上をなめらかに動く。穏やかな寝顔。それに若く見える。

息をするたびに、胸が規則正しく上下する。エディは大胸筋の動きをとらえようと何度もペンを走らせた。大きなペニスは太腿の上にのっている。コンドームをつけたままだ。一瞬、外してあげようかと思ったけれど、ケヴを起こしたくなかったし、デッサンも続けたかったので、そのままにしておくことにした。太腿には新しい傷がある。抜糸の痕がまだ赤い。手術の痕だ。滝の事故でできた傷。

いつのまにか背景を描き始めていた。ベッドルームでも風景でもない。無数のクモの巣。気がついたら、ページがクモの巣で埋まっていた。

背筋が一気に冷たくなった。それでもエディは描く手を止めなかった。ケヴは見たいはず。わたしも最後まで見届けなければならない。

それでももし不吉なものが見えたら、破り捨てればいい。

ペンの動きが速くなった。大きな卵形の黒光りする胴体。毛むくじゃらの関節のある足。クモだ。寝ているケヴの体より巨大で、全身から悪意を発散させている。ケヴがまだ眠ったまま、大きく伸びをした。心の目が見ている彼の顔は死人のように青白い。でも、死んではいない。

薬漬けで朦朧としていて、自力では動けないようだ。死が近づいている。

わたしはプロのアーティストだ。当然、絵を描くテクニックは持っている。美しく見せたり、不気味に見せたりするのはお手のものだ。濃淡や、遠近感のつけ方次第で、絵の印象はどうにでも変えられる。この巨大グモだって美しく描き直せる。偽りの絵でいいのなら。エディはペンをなめらかに走らせて、仕上げにかかった。最後に触肢とぎらつく目をクモにつけ足して描き終えた。感覚が麻痺した冷たい指先からペンが滑り落ち、床に転がる。その音でケヴが目を覚ました。

肘をついて体を起こし、すばやく室内に視線を走らせる。スケッチブック、床に転がったペン、そしてエディの顔に浮かんでいるこわばった表情。

「何が見えた?」

エディはスケッチブックを閉じた。これで彼との関係も終わりだ。この絵を見たら、どんな男も気がふれた薄気味悪い女からは逃げだしたくなる。「特に何も」エディはごまかした。「いつもと同じ。災害。焦土と化した風景。破滅。死。わたしがいつも見るものばかりよ。興味深いものは何も見えなかったわ」

「嘘だ」ケヴがベッドの縁に腰かけた。「きみの顔を見ればわかる。不吉なものが見えたんだろう? エディ、ごまかさなくていいよ。さあ、見せてくれ」

ケヴはまったく動じていない。エディに向かって手を差しだしている。

エディはスケッチブックをきつく胸に抱きしめて、激しく首を横に振った。

「エディ、そんなつらそうな顔をしないで」ケヴは落ち着き払っている。「大丈夫だから」

そのひと言を聞いたとたん、悪意に満ちた巨大グモが目の前に浮かびあがってきた。エディは体を震わせて、引きつった笑い声をあげた。「あなた、わたしの言ったことを聞いていなかったの?」声を詰まらせる。「死ぬかもしれないのよ。どうしてそんなふうに平然としていられるの?」

ケヴは肩をすくめた。「狙われているのはわかっているからさ。この体がいい証拠だ。おれはただ、その人物と理由が知りたいだけだよ。死ぬのはたいして気にしていない。死ぬときは死ぬんだ。後ろを始終気にしていてもしかたがない」

「怖くないの？」

「もう慣れたよ」ケヴがベッドから立ちあがり、エディの前に来て膝をついた。彼女の手からスケッチブックを引き抜く。

奪い返そうとしたが、すでにケヴはページをめくっていた。その姿を、エディは息を殺して見つめた。ついにケヴが目的のページを見つけた。

その瞬間、エディは目をそらした。ケヴの顔に浮かぶ表情を見たくなかった。嫌悪に満ちた表情はもう飽きるほど見ている。彼からもそんな表情を向けられるのはつらい。

だが、ケヴは顔をあげなかった。眉間に皺を寄せてじっと絵に見入っている。

「なるほど」彼がつぶやいた。「巨大グモか。おれはこの女王さまのごちそうなんだな。まあ、確かに気味が悪い。きみが見せたがらなかったのもわかるよ。無理を言って悪かった」

エディは大声で泣き叫びたくなった。だけど、セックスの最中もずっとめそめそ泣いていた。ケヴは何も聞かずに優しく包んでくれたけれど、それでももう涙は見たくないだろう。

「おかしいんじゃない？」彼女は辛辣に言い放った。「なぜあなたが謝らなきゃいけないのよ！　このおぞましい絵を描いたのはあなたじゃないでしょう！」

「そうだな。おれは女王さまに捧げられた生《い》け贄《にえ》のほうだ。それにしても、どうしてクモなのかな」ケヴがひとり言のようにつぶやいた。「これはクロゴケグモみたいだ。このクモはメスのほうが凶暴なんだよ。受精後にオスを食い殺すんだ。女に警戒しろという暗示かな？おれの命を狙っているのは女なのか？　でも妙だな。おれを拷問にかけたやつらのなかに、女はいなかったはずだ。男だけだったと思う」

エディはケヴのつぶやきを唖然として聞いていた。天気の話でもしているみたいな口調だ。〝今日、雨が降ると思う？　傘を持っていったほうがいいかな？〟これと同じ。彼らしい静かな口調でひとりごちながら、絵の意味を論理的に分析している。

未来を予知する不気味な絵を見て、こんな反応をした人はケヴが初めてだ。突然エディは声をあげて泣きだした。

ケヴがあわててスケッチブックを脇に投げだして、エディを抱きしめた。「エディ！　すまない！　おれが悪かった。きみにいやな思いをさせるつもりはなかったんだ！　許してくれ」

「あなたが？　わたしにいやな思いをさせた？」エディは泣きたいのか笑いたいのか、自分でもわからなくなった。「そうじゃないの……なんだか変な感じで。あなたみたいな人は初めてだから。だって、怒鳴られたことしかないもの。ここにいるのがあなたじゃなくて父だったら、とっくにわたしはバスルームの窓から逃げだしていたでしょうね。精神病棟に入れられる前に」

ケヴがエディの太腿に優しいキスを落とした。「おれは、きみに描いてもらいたかった」

太腿に唇を当てたままささやく。「そうだ、腹は減ってないかい？」

いきなり話が変わって面食らってしまった。エディはしばらくケヴをぽかんと見つめていた。「ええと」ようやくまた頭が動きだす。「食事のことは忘れていたわ。あなたはおなかがすいているの？」

「食事に出かけないか？」ケヴが言った。「デートをしよう。普通のカップルみたいに」

その言い方に、エディは思わず笑ってしまった。「普通のカップル？　ねえ、ケヴ。普通のカップルってどんなふうにふるまえばいいの？　わたしに指導してくれる？　デートはあまりしたことがないのよ」

「おれもだよ。まわりのカップルを見て真似をしよう。おもしろそうだと思わないか？　いや、絶対に楽しいよ。おれたちも……まあ、いいか。レストランで食事する？　それとも映画？　生演奏を聞きにジャズクラブに行く？　きみにまかせるよ。どこに行きたい？」

デート……。すてき。なんていい響きかしら。わくわくする。すごくうれしい。うれしすぎてまた涙があふれてきた。

「デートに誘ってくれてありがとう、ケヴ。でも、だめなの」エディは後ろ髪を引かれる思いで泣く泣くそう言った。「今夜は父の引退パーティーがあるのよ。父がヘリックスから退くの。正直言って憂鬱よ。でも選択の余地はないの。楽しみなのは、ロニーに会えることだけよ。普段は会わせてもらえないから。だから、ロニーに会うために行くようなものね」

ケヴは一瞬がっかりした表情を見せたが、すぐに顔をあげてエディを見た。緑色の瞳が輝いている。「パーティーのあとはどうかな？」

「あと？」エディは目を大きく見開いた。「遅くなるわよ。確実に十二時は過ぎるわね。父を褒めたたえるスピーチがすべて終わらなければ帰れないの。どれだけ憂鬱か、これでわかったでしょう？　でも、今夜の主役は父だから、黙って耐えるしかないのよ」

ケヴが肩をすくめた。「別にかまわないさ。どっちにしろおれは寝ないから。今夜は特に眠れそうにないな。きみに会えないなら」ためらいがちに先を続ける。「もちろん、今夜はぐっすり眠りたいときみが思っている――」

「いいえ、大丈夫」エディはあわてて口を挟んだ。「寝なくても平気よ。会社員じゃないから昼間寝られるもの」実際、夜型人間だ。仕事は夜にしたほうが集中できる。

ケヴが顔をほころばせた。「よかった。パーティーが終わる頃、迎えに行くよ」

エディは目をぬぐい、小さくほほえんだ。「父と話す時間があったら、きいてみるわ。あなたの――」

「いや」ケヴが断固とした強い口調で言った。「そこまでしなくていいよ」

エディは怪訝《けげん》な表情を浮かべてケヴを見た。「どうして？　もっと手がかりがほしいんじゃなかった？」

「きみをわずらわせたくない。ただでさえ今夜きみは、気が重いパーティーに出なきゃいけないんだ。おれが直接きくよ。エディ、これとプライベートは分けて考えよう」

エディは最後の最後まで迷った。「ケヴ、だけど、隠してもいずれわかることだ。それなら今、正直に話してしまおうと思った。「ケヴ、わたしにプライベートはないのよ。きっと今頃、父はわたしといるあなたの写真を眺めているでしょうね」

ケヴは驚いた顔をしている。「どうしてそんなことができる？　おれたちは会ったばかりじゃないか」

「わたしは監視されているの。二十四時間ずっと」エディは言葉を継いだ。「もう慣れたわ。今では空気みたいなものね。父はそういう人なのよ。すべてを支配しないと気がすまないの」

ケヴは少し間を置いて、口を開いた。「写真を見たらおれが誰だかわかるかな？」

「そう思うわ。ええ、絶対にわかると思う。半狂乱になって怒鳴り散らすでしょうね。だから、もしかしたら今夜あなたに会うのは難しいかもしれない。なんとか会えるように頑張ってみるけど、万が一わたしが現れなくても気を悪くしないでね。そのときは、わたしはリムジンに閉じこめられて、父のわめき声に耐えているってことだから」

ケヴがにやりとした。熱いまなざしを向けられて、たちまち体がほてってくる。エディは笑いながら彼の肩を突いた。「もう、ケヴったら。そんな目で見ないで。挑発しても無駄よ。これから美容院に行かなきゃいけないの。いとことおばがそこでわたしを待ち構えているのよ。そろそろ出かけないと約束の時間に遅れるわ。だから激しいセックスはなしよ」

ケヴは壁の燭台《しょくだい》にかけられた、透明のビニール袋のほうにあごを突きだした。「今夜、着るドレスかい？」

エディはうなずいた。ケヴが、ドレスの裾にほどこされた、シャンパンピンクのシフォン素材の細かいフリルに触れた。「きれいなドレスだ」

「ありがとう。実家のわたしの部屋のクローゼットは、こんなドレスで埋まっているわ。どれも一度しか着ていないものばかりよ。同じドレス姿の写真を撮られるわけにはいかないから」

「このドレス、気に入ったよ」ケヴが甘くかすれた低い声でつぶやいた。「きみが着た姿を見たいな」

そう言われて、エディは心がくすぐられたが、少し疑ってもいた。「まさか、おかしなことを考えていないでしょうね。あなたに襲いかかられたら、皺くちゃになってしまうわ」

「約束する。ドレス姿を見るだけだよ。髪をセットしたり、メイクをしたりするきみも見たい」

「ごめんなさい。ここでは着ないの」エディは申し訳なさそうに言った。「髪のセットもメイクも、自分ではうまくできないからスタイリストにやってもらうの。今何時かしら――」身を乗りだして、本棚の上にのった時計を見る。「大変！　十三分も遅刻してる！　車が外で待機しているの。ああ、どうしよう。おばに殺されるわ。急いでシャワーを浴びなくちゃ。ちょっと失礼するわ」エディはバスルームに飛んでいった。

　バスルームの扉に鍵をかけてひとりになると、エディはほっとため息をもらした。浮かれ気分は早く消し去らなければならないのに、まだ胸は大きく張りつめ、下腹部はうずき、脚は震えている。

　髪をねじって頭頂部でまとめ、ヘアスティックを挿《さ》して止める。どうせ髪を洗っても、ヘアスタイリストのフィリップに洗い直されるのだ。だけど、体に残る甘美な余韻は洗い流していかなければならない。

　エディは体にタオルを巻いてバスルームを出た。ケヴはすっかり身支度を整えて待っていた。彼には全身余すところなく見られているのだ、それも至近距離から。エディは心のなかでそう自分に言い聞かせて、できるだけさりげなくふるまおうとした。

　それでも、ねずみを狙う飢えた猫のような目で見つめられながら、クリーム色のTバックを身につけるのは顔から火が出るほど恥ずかしかった。ケヴはエディの一挙手一投足をじっと目で追っている。その視線が痛いほど突き刺さる。エディはDカップのストラップレスブラを手に取った。谷間が見えたり、胸が弾んだりするのは許されない。過度な露出は禁物。

厳格なパリッシュ家の娘は、陶磁器の人形のごとく楚々《そそ》として控えめでなければいけない。エディはブラジャーのなかに胸を押しこんだ。当然、ケヴはじっと見ている。頬が赤く染まり、雄々しい昂ぶりがジーンズを押しあげている。自分が男をその気にさせられるなんて新しい発見だ。すごく興奮する。エディはジーンズに手を伸ばした。そのとき、ケヴが裏切られたというような表情になった。

「ちょっと待ってくれ！」彼が大声で抗議する。「次はドレスだろう？」

「ケヴ、ここでは着ないと言ったでしょう？　ごめんなさい。早く出ないといけないの。外で車が――」

「エディ、頼む。ほんの一瞬でいいから着てくれないか。ドレスアップしたきみがパーティーに出ている姿を想像したいんだ」

熱いまなざしで訴えられると、それ以上何も言えなくなってしまった。エディは透明のビニール袋を外して、ドレスを頭からかぶった。

そしてケヴに背中を向ける。「ホックをとめてくれる？」

言い終える前にすでにケヴの手は動いていた。手際よくホックをとめていく。ケヴはエディを鏡と向きあわせた。彼女のウエストに両腕をまわし、ぴたりと体を寄せて背後に立つ。繊細な生地越しに彼の熱が伝わってくる。ふたりの視線が絡みあった。強い光を宿した彼の瞳に、エディは息をのみ、体を震わせた。

「おとぎ話のお姫さまみたいだ」ケヴがエディの耳元に唇を寄せてささやき、首筋にキスをする。「今夜、パーティー会場にきみをさらいに行こうかな」首筋を伝う官能的な唇の感触に全身がとろけた。こんなふうに抱き寄せられて、甘い言葉をささやかれたら、わたしは彼のなすがままだ。ケヴは自分の武器をちゃんとわかっている。

わたしを惑わせる悪い男。

「もうやめて」エディはささやき返した。「お願い。早く行かないと本当に殺されてしまうわ。ドレスを脱いでもいいでしょう? 今、皺をつけるわけにはいかないの。パーティーが終わったら、いくらでも好きにしていいから。ええと……コスプレプレイとか?」

ケヴがドレスの裾をつかんで太腿まで持ちあげた。「それ、本気で言っているのかい?」興味津々な口調だ。「このドレスを着たきみと?」

「そうよ」エディはケヴの手を払いのけた。「このドレスとも今夜でお別れだから、いくらでも皺をつけていいわ。ケヴ、八千ドルのイブニングドレスを着たわたしとセックスするのはどんな気分?」

ケヴの目は今にも飛びだしそうだ。「八千ドル? 本当に? なんてこった!」

「まったく、なんてこっただわ」エディがため息まじりにつぶやく。「ばかみたい。無駄遣いもいいところよ。だからパーティーは嫌いなの。こういうドレスを強制的に着せられるから」

「ああ」ケヴはしきりに頭を振っている。「そうだよな。なんだか頭がぼうっとしてきたよ。そうだ、今夜の予定を変更してもいいかな？　出かけるのはやめて、まっすぐおれのうちに来るのはどうだい？」

エディは自分の顔が真っ赤になっているのがわかった。「いいわよ。そうしましょう」

「だけど、コスプレプレイはなしだ」ケヴが言う。「おれは一糸まとわぬきみと愛しあいたい」

今の言葉にさらに顔が熱くなった。自分の鼓動の音が大きく耳に響く。エディは恥ずかしくてケヴの顔を見られなかった。「お願い、ホックを外して」

「少し待って」ケヴがポケットからスマートフォンを取りだして、エディの写真を撮った。「待っているあいだもきみと一緒にいたいから」

ケヴがゆっくりとホックを外し始めた。彼の指先が背中に触れるたびに、神経の末端まで震えが走った。

ドレスを脱ぐと、ジーンズとセーターを急いで身につけた。あとはドレスを抱えて出かけるだけだ。ストールやバッグや靴はおばのイヴリンが持ってくる。買い物の帰り際、おばは自分がすべて預かると言い張った。姪が暮らすあばら家に高価なものを置いておくのをいやがったのだ。だけど、お直しが必要だったドレスは持って帰るわけにはいかなかった。ドレスがいちばん高価なのに、この成り行きは皮肉としか言いようがない。きっとおばは気が気でないはずだ。

ジャケットをはおったところで、エディはコンタクトレンズをつけていないことに気づいた。危機一髪。親族の集まりで、べっ甲の眼鏡は論外だ。レンズが入ったケースをバッグに詰めこみ、ケヴのほうを見る。「ええと、ボディガードに会いたくなかったら、裏にまわって――」

「なぜ、ボディガードを避けないといけない？」

そうきき返されて、エディは口ごもった。「あの……わたしは……ただ――」

「ボディガードには会っておきたい」ケヴがきっぱりと言いきる。「大切な女性を安心してまかせられるかどうか確かめたいからね。それに顔だけでなく、乗っている車やナンバープレートもチェックしたいし。さあ、エディ、行こうか。ドレスはおれが持つよ」

ケヴはドレスを入れたガーメントバッグを持ち、ドアを開けてエディを先に出した。

本当にケヴは紳士だ。女心がよくわかっている。彼のさりげない優しさに、自分でも怖いくらい幸せな気分に包まれた。

そんなに浮かれないで、落ち着きなさい。心の片隅でもうひとりの自分がささやく。そのとおりだ。物事をもっと客観的に見たほうがいい。すてきな午後のひとときを過ごした。それだけのことかもしれない。ケヴとはもう二度と会えないかも。その覚悟はしておいたほうがいい。でも、たとえこれきりで終わったとしても、ケヴに会えてよかった。彼はすばらしい男性だ。それに夢のような時間をわたしに与えてくれた。

わたしは大人。傷つきはしない。これくらい乗り越えられる。

ふたりは電話番号を教えあい、待ちあわせ場所を決めた。それから腕を組んで廊下を歩き、階段をおりた。そのあいだずっとエディは、ピンク色の雲にのってふわふわ浮かんでいる気分だった。

金網のゲートを通り抜けると、リムジンが待機していた。ドライバーはポール・ディティーロだ。最悪。ユーモアのセンスのかけらもない、体重百四十キロの巨漢の元レンジャー。骨の髄まで忠実な父の部下。わたしを見くだしている男。ポールはわたしを親不孝者で、パリッシュ家のお荷物だと思っている。

ポールがケヴに目を向けた。すかさず背筋を伸ばし、コートの下に手を入れる。嫌悪感を隠そうともしない。敵意丸出しの目でケヴをにらみつけたまま、リムジンのドアを開けた。

エディはリムジンに乗りこみ、ケヴからガーメントバッグを受け取った。ポールがドアを閉めるなり、高圧的な態度でケヴに詰め寄り、何か言い始めた。車内にいると話の内容は聞こえないが、ケヴはまったくひるまず超然としている。

ポールが携帯電話でケヴの写真を数枚撮り、憮然とした表情で運転席に滑りこんだ。リムジンが動きだした。エディは振り返って、リアウィンドウから外を見た。ケヴが手をあげた。エディにほほえみかけている。その目はとても優しくて、表情は……ああ……とても幸せそうだ。

胸が張り裂けそうになった。エディは思わず声を張りあげていた。

「止まって!」

ポールが急ブレーキをかけた。クラクションが鳴り響く。「危ないでしょう。いきなりどうしたんです?」ポールが吠えた。

エディはリムジンのドアを開けて、つんのめりそうな勢いで外に飛びだした。まっしぐらに駆けてくるエディをケヴが抱きとめた。驚いた顔をしている。

「エディ、どうしたんだい?」

「まだ伝えたいことがあるの」エディは息せき切って話しだした。「本当は教えるのはやめようと思っていたの。詳しい情報もないし、証拠もないから。だから……よけいなことを言って、もし違っていたら、あなたをがっかりさせてしまうのが怖かった……でも……でも、やっぱり、わたし……」話しているうちにまた迷いが出てきて言葉が途切れた。「隠しておけない」早口で一気に言い終える。

ケヴは顔をこわばらせて、エディをじっと見おろしている。「話してくれ」

ポールが運転席から出てきた。憎々しげにドアを叩きつけて閉める。

その音に反応してケヴが視線をあげた。エディの背後に目をやると、近づいてくるポールを手をあげて制した。

驚きだ。あのポールが立ち止まった。

エディは振り返って、その様子を目を丸くして見つめた。ポールは苦虫を噛み潰したような顔だ。だが、それ以上近づこうとはせずに、その場で腕組みをして、体を揺らしながら待っている。

いきなりエディの口から言葉がほとばしりでた。「数週間前に父とレストランで食事をした話はしたわよね。そのとき父が教えてくれたの。三年前、あなたを探しに父を訪ねてきた男の人たちがいるって。その人たちは、あなたの兄弟だと父に言ったんですって」

エディの肩にのせていたケヴの手に痛いほど力が入った。唇は色を失っている。「兄弟?」

「そう。あなたの兄弟」エディは重ねて言った。「三人よ、ケヴ。三人はあなたを探しているの。あなたを忘れていないの。あなたに会いたがっている。父はあなたの兄弟のことを、とても……とても血の気の多い人たちだと言っていたわ。かなり激しい口調で父に詰め寄ったみたい。父は役に立つ話は何もできなかったの。だけど、あなたの兄弟はそれでも引きさがらなかった。そのうちのひとりに……父は暴力を振るわれたそうよ」

ケヴが鋭く息を吐きだし、手で目を覆った。「話してくれてありがとう」声がかすれている。

エディはつま先立ちになって、ケヴの頬を包みこみ、彼の唇にキスをした。だがケヴの表情は硬く、目はうつろだ。

「きみの父親はおれの兄弟の名前を言っていたかい？」

「わたしには言わなかったわ。ごめんなさい」

ケヴが静かにうなずいた。そして身をかがめ、ふたりの額を合わせて、エディの顔をそっと両手で包んだ。「エディ、ありがとう」消え入りそうなささやき声に彼女は胸が詰まった。

「ケヴ、お礼なんていいのよ」エディは言った。「事実だといいけど。本当にあなたの兄弟だったらいいと思っている」ケヴのこわばった顔を見て、エディの喉は痛いほど締めつけられた。「あなたをがっかりさせたくないから。これ以上傷ついてほしくないから。あなたには幸せになってもらいたい。だから、言いだせなかったの。でも……いつまでも隠してはおけなかった」

「話してくれてうれしいよ」ケヴが穏やかな声で言う。「エディ、そんなに心配しないで。事実じゃなかったとしても、おれはがっかりしないよ。大丈夫だ。きみは優しいな。感謝してもしきれないよ」

ケヴがエディのこめかみに、そして頰にキスを落とす。すぐにふたりはきつく抱きあい、激しく唇を重ねた。命綱にすがるように互いの体に腕をまわし、強く抱きしめあってさらにキスを深めていった。

ポールが大きな音をたてて咳払いをした。小ばかにした表情を浮かべ、ふたりのほうに向かって痰を吐きだす。

「ミズ・パリッシュ」ポールが見くだした口調でエディに声をかけた。「お楽しみのところ悪いんですがね、もう四十分も遅れているんですよ」

エディはケヴから離れ、おぼつかない足取りでリムジンに引き返した。

ポールはすでにドアを開けて待っている。彼は自分の立場もわきまえず、エディを乱暴な手つきで車内に押しこみ、力まかせにドアを閉めた。

それからケヴに向き直り、携帯電話でさらに写真を三枚撮り、これ見よがしにその場ですぐメールで送信した。

ケヴは気づいてもいないみたいだ。

リムジンが走りだした。エディは首を伸ばしてケヴを見つめ続けた。彼は歩道にじっとたたずみ、エディを見つめ返していた。ふたりの距離があっという間に離れていく。やがてリムジンはカーブを曲がり、ケヴの姿が見えなくなった。

「あいつは誰です？」ポールが振り返ってエディをにらみつけた。

自分には知る権利があるとでも言いたげな態度。大きなお世話だ。「友達よ」エディはそっけなく返した。

ポールが鼻を鳴らす。「はっ、あれが友達のすることですか？」

「そうよ。ポール、ちゃんと前を向いて運転して。危ないわ」

ポールは右側の路肩にタイヤをきしらせて急停止した。「まあ、別にいいですけどね」吐き捨てるように言う。「面が割れるのも時間の問題ですから。おれの仲間がすでにあいつを尾行してるんでね」

くだらない男。もううんざりだ。この男の敵意むきだしのふてぶてしい態度には吐き気がする。「彼をそっとしておいて」無駄だと知りつつ、エディは釘を刺した。

わたしが何を言っても、何をしても無駄。すべて踏みにじられる。自分がつけられているのがわかったら、ケヴはわたしと付き合ってもろくなことがないと思うだろう。それで彼とも終わり。いつもと同じ展開だ。

それでも、今日ふたりで一緒に過ごしたあの時間は消え去りはしない。たとえ最初で最後のひとときだったとしても、ケヴにはすてきな夢を見させてもらった。とてもすてきな夢を。

そして、どの瞬間を切り取っても完璧で、美しくて、輝いている。

エディは自分の体を両手で抱きしめ、息をしようとした。この先もう二度とケヴと会えなくても、わたしは悲しみはしない。

心のなかで何度もそう自分に言い聞かせた。

12

兄弟……。

車が急ブレーキをかけた音とクラクションが、同時にケヴの耳をつんざいた。あわてて赤のトヨタ4ランナーから飛びのく。ふうっ。危機一髪。

警戒を怠るな。殺《や》られるぞ。記憶の深淵《しんえん》からむっつりとした声が聞こえてきた。これは記憶だ。トニーに命を救われてからこの十八年間、警戒がどうのこうのといった説教は誰からも聞かされていない。これは過去に聞いた声だ。きっとそうに違いない。

兄弟。ケヴはぴたりと足を止めた。驚愕の告白。

ここからはタクシーで帰ったほうがいいだろうか。それで、おまえは狭苦しい後部座席におとなしく座っていられるのか？　その答えは考えるまでもない。一秒も持たないはずだ。だったら足を動かすしかないだろう。

とにかく落ち着け。にやにやするな。この興奮は何時間も天使の腕のなかにいたからだろうか？　美しい天使の腕のなかに。謎に満ちた魅惑的な天使。まばゆいばかりに輝いている。

それでいて心に傷を抱え、孤独に怯えている、おれの天使。

ケヴの頭のなかはピンボールマシンと化していた。派手な電飾が点滅し、にぎやかな音が鳴り響いている。エディ、そして兄弟の存在。どうしようもなく心が弾む。家まではまだかなりの距離があるが、歩いて帰っても消費しきれないほどエネルギーがみなぎっている。危険すぎるほどの高揚感。少し頭を冷やす必要がありそうだ。

だが、エディに対するこの気持ちは抑えられそうにない。抑えるつもりもない。エディは奇跡だ。いつまでもこの高揚感に酔いしれていたい。

天使は存在した。自分で作りあげた妄想ではなかった。長年ずっと心のよりどころだった天使に、今日、現実の世界で会えた。何度もおれの命を救ってくれた天使に。これを奇跡と呼ばずになんと呼べばいいのか。

そして、またひとつ新たな奇跡が起ころうとしている。

兄弟。それも三人。

気持ちを静めろ。舞いあがるのはまだ早い。それはチャールズ・パリッシュに会ってからだ。あの男が何を知っているのか。何を隠しているのか。まずはそれを見極めなければならない。そもそも、兄弟だと名乗っていたやつらは、おれを殺そうとした張本人かもしれないのだ。何しろパリッシュに暴力を振るったやつらだ。そのへんにいる普通の男たちではないだろう。

まあ、おれも人のことは言えないが。常に品行方正なふるまいをしようと心がけているが、喧嘩を吹っかけられたら黙ってはいない。何倍にもして返す凶暴な男だ。

パリッシュが勘違いしている可能性もある。嘘をついた可能性も。だが、なぜわざわざそんなことをする？　十八年も前の出来事だ。今さら作り話をでっちあげる必要もないだろう。それも娘のエディに。

それでもまだ過剰な反応は禁物だ。やみくもに信じるわけにはいかない。とにかく今は平静を保つに限る。老子の言葉にあるように、静を保ち、時が過ぎるのを待てば、いずれ真実が見えてくる。

兄弟？　本当なのか？　衝撃的すぎて腰が抜けそうだ。

もの思いに浸りながら歩いているうちに、家に到着していた。そのときだった。突然、男が目の前に立ちはだかり、道をふさいだ。相手は大型冷蔵庫並みに体格のいい男だというのに、今の今までまったく気づかなかった。警戒を怠った結果がこれだ。きっと天から罰が下ったのだろう。「少しいいかな」冷蔵庫男が言った。「話がしたいんだが」

もうひとり男が現れ、いきなり背後からケヴの腕をつかんだ。『フェイド・シャドウシーカー』の本が歩道に落ちる。ケヴはすばやく動き、背後の男に頭突きを食らわせた。だがその拍子にバランスを崩し、ふたりとも歩道に倒れこんでしまった。たちまち体に激痛が走り、思わずケヴの口から悪態がついて出た。こうなったのも浮かれていた自分がすべて悪い。

腕をつかんでいた男の手が緩んだ隙にケヴは立ちあがり、話しかけてきた男の鼻を狙ってまわし蹴りを放った。その瞬間、歩道に倒れた男が起きあがろうとしているのが視界の隅に映った。すかさず男の膝に強烈な蹴りを入れた。骨が砕ける鈍い音が響いた。

ケヴは攻撃の手を緩めることなく、鼻を潰した男をわが家である煉瓦倉庫の壁に投げつけた。くそっ。よりにもよって防御技に頭突きを使うとは愚かだった。こんなことをしたら、せっかく治りかけている傷がまた開いてしまうかもしれない。しかも頭は自分の弱点だ。それなのに、頭痛や吐き気には一度も悩まされたことがないかのように、思いきり頭突きをしてしまった。

そんな自分に無性に腹が立ち、ケヴはもう一度男の顔面に蹴りを加えた。男はよろよろと後退し、古ぼけた煉瓦の壁にまた体をぶつけた。「おまえらは何者だ？　誰の差し金でここに来た？」ケヴは吠えた。

ケヴに膝を砕かれた男は、体をふたつに折り曲げてうめき声をもらしている。もうひとりは、ぶざまな格好で壁に寄りかかって咳きこんでいる。そしてまわりをこっそりうかがい、歯を吐きだした。

ケヴはその男のシャツの襟元をつかみ、引っ張りあげた。「おい、また壁とキスをしたいか？　このくそ野郎。どうだ？　え？　いやなのか？　それならさっさと吐け！」

「チャールズ・パリッシュだ」男が息を詰まらせながら言う。「おれはセキュリティスタッフだ」

ケヴはあっけに取られて相手の顔を見た。戦闘モードが一気に萎えた。「くそっ」腹立たしげにつぶやく。「それならそうと早く言え。何もおれの前に立ちふさがることはなかったんだ。あんただって鼻の骨を折られずにすんだんだぞ！　こいつの膝も無事だったんだ！」

男がまた咳きこんだ。口から鮮血が飛び散る。「おれたちは……あんたを迎えに来た」声がかすれている。「ボスの命令だ」

ケヴはずきずき痛む後頭部をさすった。建物の隙間からのぞく群青色の空を見あげて、カラブリアの方言で悪態をつく。食堂の厨房で覚えた言葉だ。そこでトニーの口から吐きだされる悪態を長年聞き続けてきた。口汚い罵り言葉はトニーの専売特許だ。話ができなかったあの数年間、トニーのひとり言を熱心に聞いていた。

まったく。上等な出だしじゃないか。過去への扉を開ける秘密を握っている男のほうから話しあいの場を持ちかけられた。おまけに、その男は新しい恋人の父親だ。それなのに、名刺代わりに彼の部下を痛めつけてしまった。それもめちゃくちゃに。

さすがおれの兄貴だ。ブルーノならそう言うだろう。でかしたぞ！　第一印象もこれでバッチリだな。

自然とため息がもれた。ケヴはコートのポケットに手を突っこんでペンを探したが、財布しか入っていなかった。くそっ。必要なときに限って手元にない。

「ペンを持っているか?」ケヴはぶっきらぼうにきいた。

男が顔をあげた。白目が充血し、唇は震えている。「はあ?」

「ペンだ」ケヴは繰り返した。「貸してくれ」

男はレザージャケットのポケットを探り、高級な万年筆を取りだした。十八金の輝きも血に染まって台無しだ。ケヴはロスト・ボーイズ・フライウェアの名刺を出して、男の肩を突いた。「後ろを向いて、背中を貸せ。動くなよ」そう釘を刺し、名刺に走り書きする。「おれの家の電話と携帯電話の番号と、プライベート用のメールアドレスを書いておく。ボスに渡してくれ。おれに会いたいならまずここに連絡を入れろと伝えるんだ」

ケヴは男に名刺を渡して、ふたたびコートのポケットに手を入れた。いつも持ち歩いているポケットティッシュを取りだす。これも今や必需品だ。滝の事故以来、光に敏感に反応して、すぐ涙目になるせいだ。

男にティッシュを手渡す。「ほら。顔を拭けよ」

男は鼻血をぬぐい、顔をしかめた。

「あんたの名刺をくれ」

男は呆けた顔をして、ケヴを見あげた。「はあ?」

「おれのを渡しただろう」男をにらみ返す。

「なんでおれの名刺なんかほしい——」

「あんたと一杯飲みたくなるかもしれない。おれたちはもう親友だからな。だろ？」

男がかすかに肩をすくめてポケットに手を突っこんだ。血がべっとりついた名刺をケヴに差しだす。「上がセキュリティの代表番号だ」男が言う。「下がおれの携帯電話の番号」

ケヴは名刺に目をやった。「マックス・コリア。あんたの名前か？」男が咳をしながらうなずく。「それじゃ、マックス」ケヴは先を続けた。「ミスター・パリッシュに伝言を頼む。部下に怪我を負わせたことをおれが謝っていたと伝えてくれ」自制心を総動員して、これ以上はもう何も言わず立ち去るつもりだった。だが気づいたら、男たちに説教を始めていた。「いいか？　もとはと言えば、あんたらがとんま野郎だから悪いんだぞ！　あんなふうに突然現れたりしなければ、おれは礼儀正しく話をしたよ。ミスター・パリッシュともいつでも快く会うつもりだ。まずは事前に電話を入れろ！　それから会う日時を決めるんだ。それがマナーというものだろう？　違うか？　通りで待ち伏せされるのは気に入らない。いきなりぬっと出てくるな。第一、失礼だろう。そんなことをされたら、心臓が止まりそうになる。で、その反動でアドレナリンが噴きでるんだ。その結果どうなるかは、わざわざ口にする必要もないよな。こっちだってばつの悪い思いをするんだぞ。おい、わかったか？」ケヴは相手が何か言うのを待った。「耳が聞こえないのか？」ふたたび語気を強めて言う。「マックス、わかったか？　次回からはこんな真似はするなよ」

マックスがぎこちなくうなずいた。「ああ、はっきりわかった」

「よし」ケヴは歩道に散らばった『フェイド・シャドウシーカー』シリーズを拾いあげた。そして、すぐそばでうめき声をあげて体を震わせているもうひとりの男に目を向けた。「車はどこに停めた？　こいつを運ぶのに手を貸そうか？」

「いや、いい。おれひとりで運べる」マックスがあわてて言った。

ケヴは両手をコートのポケットに入れた。「そうか。早く病院に連れていったほうがいい。もたもたしていたらショック症状を起こしてしまうぞ。それじゃ……おれはこのへんで失礼する……楽しい夜を過ごしてくれ」

「ああ、あんたもな」マックスの声は震えていた。この男もショック症状を起こしそうだ。

マックスが相棒の脇の下に手を差し入れて引きずり始めた。

やれやれ、なんてこった。男はマックスに引きずられながら断末魔の悲鳴をあげている。おそらく、あの男の膝の皿は粉々に砕けているだろう。かわいそうに。

マックスが、半ブロック先の通りにアイドリングしたまま停めてある黒のSUVの後部座席に男を押しこんだ。それを見届けてから、ケヴは煉瓦倉庫の入り口の扉の鍵を開けた。とたんに頭のスイッチがエディと兄弟のことに切り替わる。階段を駆けのぼる頃には、今の珍事件もすっかり忘れていた。足取りも心も弾んでいる。勢いよくアパートメントの扉を開けて、電気のスイッチを入れた瞬間、体が硬直した。

「いったいどこをほっつき歩いてたんだよ？」ブルーノがパソコン用の椅子の向きをくるり

と変えてケヴと向きあった。

腕に抱えていたグラフィックノベルが床に散らばった。「脅かすな！」ケヴは怒鳴りつけた。「二度とこんな真似はしないでくれ。神経が持たない」

「神経？　兄貴にそんなものがあったのか？」ブルーノが椅子から立ちあがった。「おれは何時間もここに座ってたんだ。救急病院か留置場から電話がかかってくるのを待ってたんだよ。それなのに――」

「おれの行き先は知っていただろう！　このことは何度もおまえと話しあったはずだ！」

「兄貴が悪いんだぞ！　約束したはずだ。本屋に行って、こっそりエディス・パリッシュを見たら、おれに電話するとな！」ブルーノが吠えた。「だが、あんたはかけてこなかった。どうだ？　なんか文句があるなら言ってみろ！」

たちまち罪悪感に襲われた。そう、約束したのだ。すべてブルーノの言うとおりだ。だが、あの天使の瞳を見たとたん、すべてを忘れた。エディ以外は何も見えなくなってしまった。

ケヴは笑ってごまかそうとした。しかし、ブルーノは表情を読むのが異常に得意だ。たとえ無表情を装っても、弟の目はごまかせない。

「何がそんなにおかしいんだ？」ブルーノが嚙みつく。「で、エディス・パリッシュとは会えたのか？　今までどこへ行ってたんだ？　何があった？　ばかなことをしたんじゃないよな？　だまそうとしたって無駄だぞ。おれは鼻が利くんだからな」

「勘弁してくれ、ブルーノ。少し落ち着けよ」

ブルーノが開きかけた口を閉じて、また開いた。「兄貴、笑ってるぞ。どうなってるんだ？　薬を変えたのか？」

ケヴは首を横に振った。ブルーノがすぐそばまで近づいてきて、目を細めた。

「待てよ。エディス・パリッシュには会えたんだろう？　彼女と話をしたんだな。それはしないと約束したはずだぞ。この嘘つき野郎！」

ブルーノには一度も天使の話はしていない。だが、これだけ頭に血がのぼっていたら、エディとは初対面ではないと教えても、今は聞く耳を持たないだろう。

ケヴはコートを脱いだ。「ブルーノ、もう帰れ。おれは疲れた」

ブルーノの目がきらりと光った。「おい、まさか寝たんじゃないよな？　話をしただけじゃないのか。手の早いスケベ男め。エディス・パリッシュとヤッたんだな！」

ケヴは体をこわばらせた。エディとのあいだに起きたことを、そんな露骨な言葉でおとしめられたくはない。「そういう言い方はやめてくれ」

ブルーノは聞いていない。完全に十二歳のおしゃべりな少年に戻って、大はしゃぎしている。「隅に置けないやつだ。兄貴もやるじゃないか。なんで連れてこなかったんだ？」

「よけいなお世話だ」ケヴは言い返した。「今夜は予定があったんだよ。ヘリックス社の大物のパパが会社を退く。今夜はその引退パーティーだそう。パーティーのあとに会う約束はした」

ブルーノが種馬並みの荒い息を吐いた。「頭がくらくらしてきた。エディス・パリッシュに会い、彼女とヤり、パパのお抱えセキュリティにぶちのめされ、今夜またデートの約束をするとは。さすがは謎の男、ケヴラーだ」

「そんなふうに言うのはやめろ」ケヴは繰り返した。「それに、おれはぶちのめされてはいない。おれがやつらをぶちのめしたんだ」

「おっと。これまたケヴラーらしいや」ブルーノがわざとらしく目をぱちくりさせた。「それで兄貴、どうだった？　彼女はよかったか？」

ケヴは弟をにらみつけた。「おまえには関係ない」ぼそりとつぶやく。

ブルーノが眉をひくつかせた。「おれが下心丸出しで、兄貴の輝く女神に言い寄るんじゃないかと気が気じゃないのか？　おれが女神とヤる――うわっ！　うぐぐ……」

ケヴはブルーノを壁に押しつけて、首をつかんだ。ブルーノはケヴの手首を握りしめて必死にもがいている。「何度も言わせるな」ケヴがすごんだ。「もっと丁寧な言葉を使え。また下品な言い方をしたら容赦しないぞ」

ブルーノは芝居っ気たっぷりにあえいでいたが、憎らしいことに、エディがチャーミングだと言っていたえくぼを見せてにやりと笑った。「今日はずいぶんと元気じゃないか」ケヴの顔を見つめて、かすれた声で言う。

「うるさい」ケヴはしばらくそのままブルーノを壁に押しつけていた。エディから聞いた兄弟に関する衝撃告白は、今はまだこいつには伏せておいたほうがいいだろう。機嫌を悪くするのは目に見えている。まずはパリッシュに会い、詳しく知るのが先決だ。伝えるのはそれからでも遅くはない。

ケヴはブルーノから手を離した。弟は首をさすっている。その表情はどこか考え深げだ。

「ふと思ったんだが、パリッシュの娘にしてみたら、兄貴は理想の恋人の条件にあてはまるかもな」

そのとき突然、ケヴは床に散らばったままの本のことを思い出した。膝をついて、『フェイド・シャドウシーカー』シリーズを拾い集める。「どうしてそう思う？」

「兄貴は金に無頓着だからさ」

ケヴは机の上に本をのせ、顔をしかめてブルーノに向き直った。「なんだそれは？ 金が理想の恋人の条件となんの関係がある？」

ブルーノがあきれた顔をした。「おいおい？ 頭は動いてるのか？ 大金持ちの娘だぞ。ヘリックスの相続人。ちらりとも札束が目に浮かばないのか？ 浮かばないよな。それでこそ兄貴だ」

ケヴはかぶりを振った。「ブルーノ、エディがどこに住んでいるか知っているか？ ノースイースト地区のヘルムート通りだぞ。しかもエレベーターなしのおんぼろの建物の四階だ。

部屋の扉の鍵は役に立たないも同然の代物だし、部屋だってふたつしかない。ちっとも金持ちなんかじゃないさ」

「ほら見たことか。おれが言った意味もわかってないじゃないか」ブルーノが大きく頭を振った。「まったく鈍い男だ」

「おい、おれは鈍くなんかないぞ。おまえが言いたいことはちゃんとわかっている」ケヴがいらだたしげに返す。「だが、金なんてどうでもいいんだ」

「はっ。ああ、神さま。こいつをどうにかしてください。おれならまったくそんなふうには思わない」

「どうしてだ？」

「まず金なんだよ。金持ちの娘だから付き合うんだ」ブルーノがあからさまに言った。「打算的なのはわかっている。でも男なんて所詮そんなもんだ」

ケヴは肩をすくめた。「おまえはエディに会っていないからわからないんだよ」穏やかな口調で言う。「くだらない話はもうやめてもいいか？　頼みがある。不法侵入した罰だ。少しはおれの役に立ってくれ」

「何をすればいいんだ？」

「デートについて教えてほしい」ケヴは言った。「おまえは女たらしだろう？　いつもお盛んだ。デートはどこに連れていったらいい？　真夜中過ぎでも開いている、いいところを知っているか？」

「どういうところに行きたい？」ブルーノが目を細めた。

「エディは八千ドルのイブニングドレスを着ている。だから、そういうドレスがふさわしい場所だ。落ち着いた雰囲気で、センスのいい音楽が流れていて、キャンドルが灯《とも》っているのもいいな。テーブルは店の奥。手を握りあってゆっくり話ができるように」

「手を握りあう？　この時代にそんな男がまだいたのか？」ブルーノが目を丸くした。「なんてこった。これは恋の病だ。エディス・パリッシュに惚れてしまったんだな」

ケヴは口をつぐんでいることにした。エディに対するあふれる気持ちをうっかり打ち明けたら最後、ブルーノに何を言われるかわかったものではない。「さあ、どうなんだろう。誰かに惚れたことなんて一度もないからな。ところで、何か食べるものはあるか？」

ブルーノがますます目を丸くした。「はあ？　食べるものだって？」

「ここ何カ月もおまえはここに食べ物をせっせと運んできただろう。おれの顔の前に無理やり突きだしていたよな。まさか今日は持ってきていないのか？」

ブルーノがいきなり携帯電話を取りだして、どこかに電話をかけ始めた。鼻歌を口ずさみ、相手の応答を待っている。「もしもし？　デリバリーを頼む。ビーフタコスがひとつ。チョリソ・ケサディーヤがひとつ。それと、ステーキファヒータとエンチラーダをひと皿ずつ。そして、チキンタマーレを四つ。ワカモレとサワークリームとスパイシーサルサを追加してくれ。それから――いや、今夜はチリビーンズはいらない。代わりにトルティーヤチップスにするよ。それを四人前。あとは、コロナビールの六本入りパックひとつ。ライムも忘れずに入れてくれ。以上だ。ああ、そうだ。じゃあ、よろしく頼む」ブルーノはクレジットカード番号と住所を伝えて電話を切った。

ケヴは唖然としてブルーノを見ていた。「ブルーノ、そんなに大量に注文してどうするんだ？」

「体力をつけるために決まってるだろ？　第一ラウンドを終えて、これから第二ラウンドが待っているんだぞ」ブルーノがにやりとする。「おれも一緒に食うよ。愛しの女をどこに連れていけばいいのかもわからない無知な男に、講義をしないといけないしな」

「でも、おれは料理が届くのをゆっくり待っていられないんだ」ケヴは言った。「そろそろ出たいんだよ。パーティー会場の近くに、車を停める場所を見つけないといけないからな。それに、もしかしたらエディはパーティーに飽きて、早めに抜けだしてくるかもしれないだろう？　行き違いだけは避けたいんだ」

ブルーノが小ばかにしたようにケヴの全身に視線を走らせた。「まさかその格好で行く気か？　相手は八千ドルのイブニングドレスを着たレディだぞ。そのジーンズなんかよれよれじゃないか。それになんだ、そのセーターは？　血がついてるぞ。気持ち悪いな。あんたの血か？　ぶちのめした男のか？」

ケヴはセーターを見おろした。胸元にどす黒いしみがついている。まいったな。パリッシュの部下に怪我を負わせ、そのうえこれか。踏んだり蹴ったりだ。

「ぶちのめした男のだ」ケヴは言い返した。「いちいちうるさいんだよ。もう帰れ。男がみんなジョージ・クルーニーになれるわけじゃないだろう？」

ブルーノがケヴにあきれた顔を向けた。「つべこべ言わずにさっさとシャワーを浴びてこい」完全に命令口調だ。「おれが服を選んでおく。髪も洗うんだぞ、きっちりセットしてやるから。ひげも剃れ。片側のあごしかひげが生えていないのは変だからな。ただでさえ兄貴は変なんだから、最低限こぎれいにはしておけ。おれがやったアフターシェーブローションもつけるんだぞ。女の子はいい香りに弱いんだ。なのに兄貴は封も切ってないんだからな」

「おい、おれのキャビネットを勝手にのぞくな」ケヴは文句を言いながらバスルームに向かった。

シャワーを浴び始めると自然に笑いがこみあげてきた。まさかデートのためにめかしこむ羽目になるとは。これでは十代の少年と同じだ。十代の頃の記憶はないが、簡単に想像がつく。大人と子どもの狭間《はざま》で揺れる多感な時期。若くて、愚かで、頭のなかはセックスのことでいっぱいで。

それにしても、セックスがこれほど感動的で情熱的なものだったとは夢にも思わなかった。エディのおかげでセックスの本当のすばらしさを知った。

エディのひんやりとした細い指が肋骨のあいだに滑りこみ、心臓をえぐり取る。もし彼女にそうされても、おれはかまわない。ようやく天使を見つけた。エディはおれのもの。いや、より正確に言えば、おれがエディのものだ。

そう、身も心も魂も、おれのすべてはエディのもの。

13

やれやれ。まるで戦場だ。

ショーンはデイビー宅の子ども部屋のドア枠に寄りかかり、ビールをひと口飲んだ。今日も戦場を取り仕切っているのはスヴェティだ。いつも自ら進んでこの過酷な任務を引き受けている。タマラとヴァルのところに住み、アメリカの高校に通うこの少女は、子守りは自分の義務だと言って頑として譲らない。大人たちもたじたじだ。子守りは義務でもなんでもないのだといくら話しても、自分の意志を曲げようとしない少女を、いまだに誰も説得できずにいる。だが、そんなスヴェティも生理的欲求には勝てず、ショーンに戦場をまかせてトイレへ駆けこんでいった。わずか数分の任務が何時間にも感じられる。ショーンはすでにくたくただった。

甲高い声をあげて遊んでいる子どもたちを見ているうちに、目が疲れてかすんできた。親玉はタマラとヴァルの娘、レイチェルだ。ふわふわの黒い巻き毛のおてんば娘は、四歳半にしてすでに自分の魅力を武器に人を操る技に長《た》けている。さすがはタマラの娘だ。コナーとエリンの長男、ケヴィンも早いものでもうすぐ三歳になる。ケヴィンは、おもちゃのピストルと黄色いプラスチックハンマーを両手に握りしめ、果敢にもレイチェルからロッキングホースを奪い取ろうとしている。負けるな、ケヴィン。男を見せろ。だが、レイチェルがゴム製の魔法の杖をひと振りしただけで、あっけなくわが甥《おい》っ子は退散してしまった。デイビーとマーゴットの娘のジーニーは、ケヴィンより五カ月年下だが、嬉々とした声をあげながら、赤毛を振り乱して一心不乱に飛び跳ねている。どうやら自分だけの世界を存分に楽しんでいるみたいだ。

そして、静かなチビたちもいる。セスとレインの十カ月になる息子ジェシーは、ひとりのんびりハイハイしている。ニックとベッカの娘のソニアは五カ月になった。彼女は今、匍匐《ほふく》前進の練習中だ。腹這いになって、蛇みたいにくねくね進んでいる。それからマデリン。レイチェルには歯が立たないケヴィンもお兄ちゃんになった。生後二カ月のマデリンは、エリンの胸に抱かれてすやすや眠っている。あと二、三年もしたらこのチビたちも加わって、家が揺れるほどの騒音をたてるのだろう。仲よく遊んでいたかと思えば喧嘩が始まり、部屋じゅうに食べ物や飲み物がこぼれ、ここは泥沼の戦場と化しているに違いない。

そのなかに自分とリヴとのあいだに生まれる、息子のエイモンもいる。おれたちの息子が。できるなら、大きないとこたちに立ち向かってロッキングホースや三輪車を奪うような、ガッツのある息子に育ってほしい。そんな息子の姿を見るのが待ち遠しい。

いきなり鳥肌が立ってきた。楽しみでしかたがないと同時に、膝から力が抜けそうになっている。ショーンはビールをあおり、脚の震えを止めようとした。

おれは父親になるのを怖がってはいない。リヴに話したとおり、これは本心だ。確かに親になるのは大変だろうが、喜びのほうが大きい。ただここ何カ月も、レム睡眠に入りかけたとたんに決まって悪夢を見る。そのせいで熟睡できず、神経がささくれ立っているだけだ。それに、父親になることと眠れないことはなんの関係もないと、兄貴たちやセスやニックも口を揃えて言っていた。

オスターマンの実験台にされ、その結果、頭蓋骨を開ける大手術をする羽目になった日から、正直言ってここまで来るのは苦難の連続だった。頭部に重度の外傷を負うと、その後遺症のひとつとして鬱病に似た症状が現れるらしい。だが、おれは鬱病ではない。そもそも鬱になる原因がまったく見当たらない。人生はすべて順調だ。仕事も、夫婦関係も、家庭も、子どもも、どれを取ってもうまくいっている。

そう、悪夢を見ること以外は。最近は以前にも増して、その夢のなかにケヴィンが出てくる。また頻繁に見るようになったこの悪夢は何かを暗示しているのだろうか。それともリヴが言うように、ストレスや不安がたまっているせいなのだろうか。

夢の意味はわからないが、これだけは、はっきり言える。ヘリックス社の連中を地獄に送ってやりたい。やつらは、オスターマンの悪事を包み隠さずすべて公表するべきだった。

それなのに被害者面してほとんど語らず、オスターマンから得た莫大な利益についても口をつぐんだままだ。

一方、デイビーとコナーはおれとは違い、全体像を見ている。いかにも高潔な兄貴たちらしい。ふたりには、ヘリックス社を潰しても従業員が職を失うだけだと言われた。すでに巨万の富を得たトップ連中は痛くもかゆくもない。たとえ地獄に送っても、ケヴィンは戻ってこないのだと。

おれはそこまで寛大な気持ちにはどうしてもなれない。高潔なんてくそくらえだ。そう思うのは、機械につながれて、意識不明のまま何日も病院のベッドで寝ていたからだろう。この憎しみが、オスターマンの実験台になっていない兄貴たちにわかるわけがない。

耳をつんざく大きな泣き声で、ショーンはわれに返った。どうやらもの思いに沈んでいるあいだに、ひと騒動起きていたらしい。レイチェルが魔法の杖でケヴィンを殴っていた。そこにひとりの世界を楽しんでいたジーニーもいつのまにか参戦し、ゴム製の海賊の短剣を容赦なくケヴィンに突き刺している。怖い女たちだ。ケヴィンは顔じゅうを口にして泣いている。小さな顔が怒りで真っ赤に染まり、涙でぐちゃぐちゃだ。

ショーンは、かすみに加えてゴミが入ったようにごろごろする目をこすった。こういうときは仲裁に入ったほうがいいのだろうか。それとも、放っておけばいいのか。そうこうしているうちに、ケヴィンがゆっくり後退して、ショーンの脚のあいだに逃げこんできた。敵を追い払ったレイチェルは、何事もなかったかのような涼しい顔をして、またロッキングホースにまたがって体を揺らし始めた。ジーニーはひとり奇声をあげ、くるくるまわりながら短剣で空を切り裂いている。血を見ることなく、ひとまず戦いは終わり、軍配は女戦士たちにあがった。まったく、この娘たちは母親にそっくりだ。先が思いやられる。

スヴェティが戻ってきて、にっこり笑って任務終了を告げた。ショーンはリビングルームに戻った。ほっとして大きなため息をつく。ケヴィンはコーヒーテーブルの上にのったボウルに顔を突っこんで、ポテトチップスを食べ始めた。やけ食いをして自分を慰めるのだろう。

玄関のドアが開き、マイルズとシンディが入ってきた。

ケヴィンがマイルズに駆け寄り、なかなかさまになっている回し蹴りを放った。マイルズはそれをさらりとかわすと、お返しにケヴィンの首にそっとチョップを入れ、片手で羽交い絞めにして体をくすぐり始めた。ケヴィンがきゃっきゃと楽しそうな声をあげる。

「よう、マイルズ」ショーンは声をかけた。「ぼうずをあまりくすぐらないでくれ。下半身すっぽんぽんで帰らなきゃならなくなる。トレーニングパンツの替えを持ってきていないんだ」

マイルズが不敵な笑みを浮かべ、ケヴィンをくすぐり続けている。子どもが小便をもらしても無頓着でいられるのも今のうちだけだ。まあ、そうはいっても、マイルズが父親になるのはまだずっと先のことだろう。シンディと日夜セックスに励んでいるが、それは快楽を求めているだけで、子作りをしているわけではない。

おれにもそういうときがあった。女たちに囲まれ、はしゃぎ、浮かれていた日々が。

そんなおれがもうすぐ父親になる。夢のようだ。これっぽちも怖くはない。パソコンには、リヴのおなかのなかにいるエイモンの成長記録が保存されている。膀胱《ぼうこう》や睾丸《こうがん》が形成された日。まつげや歯芽や足の爪が生え始めた日。指紋が出てきた日。

日々成長していくエイモンを見ながら、生命の神秘に圧倒されている。

「こんにちは、ショーン」好戦的な低い声で名前を呼ばれ、ショーンの全身の筋肉が収縮した。「生まれてくる息子のために、日々父親になるトレーニングを積んでいるようね。その充血した目を見ればわかるわ」

ショーンは気を引き締め、振り向いた。あいかわらずタマラはきれいだ。細身のしなやかな体のラインにフィットした黒のタートルネックセーターを着て、つややかな黒髪を緩くひとつに編んでいる。アクセサリーは、バロック調の凝ったデザインのティアドロップ形ピアスをひとつだけだ。真実の愛にめぐりあったタマラは、以前より穏やかになった。相手は、元超一流諜報員《ちょうほういん》のヴァル・ヤノシュという謎めいた男だ。だが愛に目覚めたとはいえ、毒気が抜けたわけではない。タマラの悪女ぶりはまだまだ健在だ。やり手で秘密主義の危険な女に変わりはない。そして、タマラの心を射止めたヤノシュも人を落ち着かない気分にさせる男だ。女たちは夫そっちのけで、ヤノシュの映画俳優並みの端整な顔立ちにうっとり見とれ、引き締まった形のいい尻や脚をこっそり盗み見ては、顔を寄せあって少女みたいにくすくす笑っている。ヤノシュがどういう人物なのかもよくわからないのに、そのあたりはあまり気にしていないようだ。おそらく、これまでさまざまな形で自分たちを助けてくれたタマラが認めた男なら、ヤノシュの素性などどうでもいいのかもしれない。

今、タマラはまばゆいばかりの笑みを浮かべてこちらを見ている。わざとおれをいらつかせようとしているのだ。かなりゆがんではいるが、タマラ流の愛情表現だ。嫌いな相手なら、はなから笑みなど見せない。何かとむかつく女とはいえ、嫌われたらそれはそれでさびしく思うだろう。

「よう、タマラ」ショーンは返した。「あんたの娘、ゴムの杖でおれの甥をいじめてたぞ。もっと文明人らしく育てたらどうだ？」

「あの子は、男に自分の身のほどをわからせただけよ。男の操縦法は早いうちに学んだほうがいいの」

ショーンは鼻を鳴らした。「血も涙もない女だ。ケヴィンはまだ三つにもなってないんだぞ」

「ずいぶんと甘ちゃんだこと。この世は弱肉強食よ。そんなことより、また悪夢を見始めたと聞いたわ」

ショーンのあごがこわばった。「へえ、もう知ってるんだ。耳が早いな」

「リヴを怒らないでよ。うっかり口を滑らせただけなの。それをわたしが、リヴの頸動脈《けいどうみゃく》に毒を塗ったヘアピンを押し当てて無理やり吐かせたの」

ショーンはむっつりとうなずいた。「なるほどね。それで？」

「それで、薬はのんでいるの？」タマラが言った。

「あんたに関係ないだろ？　首を突っこむなよ」

タマラが目をしばたたいた。黄色いその目は何を考えているのかまったく読めない。「最近のあなたはちっともおもしろくないわ。だから気になるのよ。まるで別人だから。度がすぎるほど旺盛な性欲は変わらずあるみたいだけど」

「なんでおれの性欲の話が出てくるんだよ。大きなお世話だ。言っておくけど、あんたに欲情したことはないぞ」

タマラがわざとらしく咳払いをした。「あら、よかった。まあとにかく、息子が生まれるんだからふさぎこんでいちゃだめよ。早く以前のユーモアセンスを取り戻して」

「わかってるって」ショーンは噛みつくように言った。「説教は聞きたくない」

「ショーン」タマラがためらいがちに言葉を継ぐ。「わたしもずっと悪夢に苦しんできたの」

一瞬、心のうちを見せたことを後悔している表情がタマラの顔をよぎった。「失った人たちのね。わたし……何年も不眠症で……頭がおかしくなりそうだった」

「タマラ、あんたはもともと頭がおかしいじゃないか」ショーンはあっさり返す。

「言えてるわね」タマラが気にするふうもなく先を続けた。「ねえ、ショーン。薬をのんでみたら？　気持ちが楽になるかもしれないわ。ふたりでセラピーも受けたのよね。でも効果はなかった。リヴから聞いたわ」

「ちょっとリヴと話してくる」ショーンはタマラに背を向けて歩きだした。

いきなり肩に爪が食いこみ、引き戻された。「リヴに当たるのは間違っているわよ。あなたがいつもぴりぴりしていたら、息が詰まるのも当然でしょう？　愚痴りたくもなるわよ。今はあなたがリヴを守らないといけないときなのに、どうしてそう――」

「黙れ、タマラ。よけいな口出しを――」

「あなたこそ黙りなさい」タマラが声を荒らげて言い返した。「あなたに後悔してほしくないから言っているの。選択肢はないのよ。さあ、ショーン、深呼吸をして、頭を冷やしたほうがいいわ」

ショーンはタマラをにらみつけた。だが、柄にもなく不安そうな表情を浮かべているタマラを見て、怒鳴り返す気力も失せてしまった。ただみじめで、うろたえていた。

「リヴは妊娠しているのよ。怒るのはやめて」タマラがたしなめる。「体に障るわ。おなかのなかには……ほら、小エビちゃんがいるんだから」

「小エビちゃん？」ショーンは声を張りあげた。「小エビだったのは何カ月も前だ！　今は、もっと……もっと……」

「宇宙人みたい？」タマラが助け船を出した。「頭でっかちで、まばたきしない大きな目をしていて、水かきがあって？　えら呼吸している？」

「タマラ、もういいよ」ショーンはつぶやいた。「あんたは詩的センスゼロだな。生命の奇跡なんだぞ。もっと美しく表現しろ」

「あら、これでも精一杯美しく表現したつもりよ。それに、わたしだって生命の奇跡だと思っているわ。だから、奥さんを怒るのはやめろと言ったの。リヴはあなたに責められるようなことは何もしていない。怒りにまかせて怒鳴っても後悔するだけよ」タマラが手を伸ばして、ショーンの手首をつかんだ。手錠をきつく締めるみたいに指先に力を入れる。

ショーンは視線をさげて、タマラの手と自分の握りしめたこぶしを見つめた。手首を強く握っているその細い手を振り払って、タマラを壁に投げ飛ばしたい衝動に駆られる。その気になれば簡単に投げ飛ばせるのはお互いにわかっている。そしてタマラは、ショーンが女に暴力を振るう男でないこともよくわかっている。そのとおりだ。どんなにタマラが癪に障る女でも、力で反撃はできない。

タマラの説教はまだ終わっていなかった。「リヴはとても心配しているわ。考えこむ性格だし。これからリヴはどんどん体重が増えていくのよ！　目の下には隈ができる。睡眠不足にもなる。そうなったら、おなかの赤ちゃんに悪い影響を与えてしまうでしょう！」

「タマラ、話がちょっと――」

「しっかりしなさい！　まったく救いようのないばかなんだから！」ショーンの手首にタマラの爪が深く食いこんだ。きっと三日月形の痕がくっきりついているに違いない。

「おい！　ショーン！」マイルズの陽気な声が聞こえて、タマラが口をつぐんだ。マイルズがショーンによく冷えたビールを渡し、タマラにも差しだした。タマラが形の整った美しい鼻にうっすらと皺を寄せてビールを断ると、マイルズはそのまま自分の口に運び、ひと息で半分ほど飲み干した。そんなマイルズを、ショーンは弟を誇らしく思うような気持ちで眺めた。今はもう、出会った頃のひょろひょろとした顔色の悪いコンピュータオタクの面影はない。あのときはまだ、彼はコナーの妻エリンの色っぽい妹、シンディに片思いをしていた。それが今では、筋肉がついてたくましい体になり、服のセンスもよくなり、シンディとのセックスライフもバラ色だ。

「ショーン、見せたいものがあるんだ」マイルズが言った。

「へえ」ショーンはうわの空で応じた。

タマラに手首の骨を握り潰されていては、マイルズの話もろくに耳に入らない。タマラの細めた目は、リヴを悲しませたら容赦しないと言っている。おれにどんな罰を与えようとたくらんでいるのか知らないが、リヴを悲しませる気などさらさらない。リヴはおれのすべてだ。命をかけて幸せにしたいと思っている。そして、小さな宇宙人が生まれたら、ともに歩む人生はさらにすばらしくなるはずだ。

「……驚いたよ。そっくりで」マイルズが熱弁をふるい続けている。「見たときは、シンディもぼくもあごが床につきそうになった。で、急いでシリーズ全巻を買いに行ったんだ。それで、今はふたりとも夢中だよ。すごくおもしろいんだ。ショーン、あんたも――」

「ちょっと待った」ショーンは話をさえぎった。「そっくりって？　誰と似てるんだ？」

いきなりショーンに口を挟まれて、マイルズがしどろもどろになった。「えっと……その……あんたにだよ」とまどった表情を浮かべて先を続ける。「ヒーローがあんたにそっくりなんだ。顔の右側全体を覆う傷痕以外はね。本当にうりふたつだよ」

ショーンは胃が沈みこむ感覚に襲われた。あの男に脳を支配されないように必死に闘っていたとき、精神異常者のオスターマンにX-Cogの実験台にされた日に戻っていた。彼は、同じ姿のケヴを見ていた。始めに、青く澄み渡った空に浮かぶ曼荼羅《まんだら》模様の凧が見えた。凧の紐《ひも》をたどって視線を徐々にさげていくと、そこにケヴが立っていた。年を取り、顔の右半分は傷に覆われていたが、確かにケヴだった。

「……放してくれ、ショーン！　くそっ、ショーン！　痛いって！」

気づかないうちに、ショーンはマイルズの肩を関節が白くなるほどきつくつかんでいた。

「誰だ？」ショーンは声を荒らげた。「誰がおれにそっくりなんだ？　傷があるやつって誰だ？」

「落ち着けって！」マイルズが怯えた顔をしている。「架空の人物だよ！」

「なんの架空の人物だ？」ショーンの声は震えた。「見せろ！」

「見せるから、とにかく落ち着けよ。ショーン、どうしたんだ？　そんなに取り乱して」マイルズが振り返って、シンディに声をかけた。「シンディ！『フェイド・シャドウシーカー』シリーズは持ってきたよね？」

「ええ、今そっちに持っていくわ」シンディが明るい声で答えた。

髪を左右に揺らし、弾んだ足取りで、すぐにシンディがやってきた。均整の取れた小柄な体にぴったり張りついた、二サイズは小さいTシャツにローライズのジーンズ姿だ。シンディはバッグのなかをかきまわして本を取りだした。「これはシリーズ三作目の『真夜中の予言者』よ。もう、すっごく——ちょっと！」

ショーンはシンディの手から本を奪い取った。マイルズの手にビールを押しつけて、本を開く。その瞬間、体が凍りついた。まわりの話し声も、自分にかけられる声も、自分の名前を呼ぶ声も、すべて耳から耳へ抜けていった。

ケヴだった。オスターマンに脳を犯されているときに見たケヴの姿だった。流れるようなタッチで描かれた精巧なイラスト。自分と弟の顔の微妙な違い。そっくりに見えても、自分には違いがわかる。

「あいつだ」ショーンはつぶやいた。「ケヴだ」

ショーンのすぐそばで話をしていた三人がぴたりと口をつぐんだ。全員が心配げな視線をこちらに向ける。

「ショーン」タマラが口を開いた。その慎重な口ぶりに、ショーンはタマラの首に手をかけて絞めあげたくなった。「グラフィックノベルよ。架空の人物なの」

「ああ、そうか！」マイルズがただでさえ大きな茶色の目をさらに見開いている。「ケヴだとは思いつかなかったよ。ただ、あんたにそっくりだと思っただけで。驚きだな」

「この傷」ショーンはぎらついた視線をタマラからマイルズ、シンディへと投げつけた。「見たんだ。まったく同じだった」

「なんの話だ？」たしなめる低い声が響いた。険しい表情を浮かべたデイビーがシンディの背後に近づいてきた。「四人でいったいなんの話をしてる？　問題でも起きたのか？」

「緊急事態発生よ」タマラが言った。

デイビーがショーンをにらみつけた。「緊急事態とは？　傷がどうしたって？」

「ケヴだよ。これと同じ傷を見たんだ」ショーンは弟の姿を見たときの状況を話した。だが、みんなに頭がいかれている男を見るような目で見られた。そのうちコナーも話の輪に加わった。ショーンはもう一度最初から説明した。やがてエリンも加わり、それからマーゴットも来て……。

数分後、ショーンはリビングルームのカウチに腰を落ち着けた。家族たちはショーンを取り囲むようにして座っている。全員の視線が突き刺さり、裁判にかけられている気分だ。

ショーンは、コーヒーテーブルの上にのっているグラフィックノベルにじっと目を向けていた。

「ショーン、もう一度初めから説明しろ」裁判官役のデイビーが、重々しい口調で口火を切った。「何を見たか。いつ見たのか。まずはそこからだ」

「二度」ショーンはうんざりした表情を浮かべて話し始めた。「同じ姿のケヴを見た。みんなはただの妄想だと思っているかもしれないが。ほら、おれはここのところ熟睡できないからさ。一度目は、オスターマンにＸ‐Ｃｏｇの実験台にされたときだった。あのときは……お袋も、親父も見た。ふたりともおれを助けようとして話しかけてきた。だから最初はケヴも幽霊になって現れたんだと思っていた。でも、おれが覚えているケヴじゃなかったんだ。今のおれと同じくらいの年で、髪が短かった。あいつは爪をあげていた。顔の右側に傷があった。あのイラストとまったく同じだ」彼はコーヒーテーブルの上にある『フェイド・シャドウシーカー』シリーズを指さした。

「それで、二度目は？」コナーが先をうながした。

「山で見た。退院したあとだ」ショーンはいったん口をつぐみ、それから言葉を続けた。「霧のなかで足を滑らせて崖から落ちたとき、おれはもうあきらめていた。そのときケヴが現れて、死ぬなとおれを叱りつけたんだ。やはり同じ場所に傷があった」

コナーは両手で頭を抱えた。「もういい」

ショーンはきつく握りしめたこぶしを見おろした。「どうせ兄貴はおれの頭がいかれていると思っているんだろう」彼は険しい口調で言い放った。「だが、本当なんだ。信じてくれ。頼む」

リヴが丸みを帯びた腹に両手を添えて近づいてきた。ショーンの隣に座り、コーヒーテーブルから本を取りあげ、表紙をじっと見つめる。「わたしの心は決まったわ」

その口調には挑むような響きがあった。全員がそれを感じ取ったのだろう。一瞬にしてリビングルームは完全な沈黙に包まれ、裏庭で遊んでいる子どもたちのにぎやかな声がはっきりと聞こえてきた。

「心が決まったって、どういうこと?」マーゴットが静かな声できいた。

「こういう話は今日初めて聞いたわけではないの」リヴが言った。「ショーンはもう何年も苦しんでいたから。でも、誰もショーンの話を信じていなかった。すべて戯言《ざれごと》だと思っていた。だけど、そうじゃなかったのよ」

「リヴ、おれたちだって戯言だとは思っていない」デイビーが口を挟んだ。

「ショーンは妄想に取りつかれていたわけではなかった」それには何も答えず、リヴは先を続けた。「彼の言うとおりだったのよ。ケヴの頭はおかしくなっていなかった。ケヴは自殺なんかしていないのよ。わたしの車に爆弾を仕掛けられたときも、わたしがT-レックスにさらわれたときも、ショーンはケヴィンが教えてくれたと言ったけれど、わたしは信じていなかった。でも、ショーンは本当のことを言っていたの」

デイビーが咳払いをした。「リヴ、おれもそう思うよ」困ったような顔をして言葉を継ぐ。「それで……心が決まったというのは？」

「現実を見ることにしたの。ショーンの話を信じる。わたしはすべて受け入れるわ。だって、死んでいてもおかしくないのに、わたしは今こうして生きているんだもの。だから、ケヴもどこかで生きていると信じるわ。きっと家族に会いたがっているわよ。そうと決まったら、ぐずぐずなんてしていられない。さっそく行動を開始しなきゃ」リヴはショーンの手を強く握りしめた。「わたしはショーンの味方につくわ。ショーンをとことん信じる。みんなもそうでしょう？」リヴは全員の顔を見まわした。文句があるなら言ってみろといった挑戦的なまなざしだ。

誰の口からも文句は出なかった。ここにも女戦士がひとり。腹をくくったときのリヴの強さは天下一品だ。

ショーンは感謝の気持ちでいっぱいで、不覚にも泣きそうになった。彼はリヴの手を強く握り返した。「ありがとう、リヴ」そうつぶやく声はかすれ、震えた。

リヴがショーンに目を向けた。その熱いまなざしがショーンの股間を直撃する。たいした女だ。まったく太刀打ちできない。

こういう日が来るのを何年も待ち続けていた。そして今日、初めてリヴが味方についてくれた。ほかに援軍がいなくても、どこから始めたらいいのか皆目見当がつかなくても、リヴさえいれば百人力だ。「で、リヴ……何から始める？」ショーンは彼女の瞳をのぞきこんだ。

リヴがほほえみを返してきた。心強い笑顔だ。絡めた指に力を入れる。「何年か前に、ビーチで見た凧を覚えている？　ケヴがデザインした曼荼羅《まんだら》模様と同じだと言っていたでしょう？　まずは、ここから始めましょう」

「それがいい！」マイルズが会話に入ってきた。「ネットでスポーツカイトのカタログを片っ端から当たってみるよ。ケヴがデザインした、その曼荼羅模様の画像を保存している人はいないの？」

「デイビーのデスクトップパソコンの壁紙がそうよ」マーゴットがマイルズに言った。

リヴがふたたび勇気づける笑みをショーンに向け、コーヒーテーブルから本を取った。裏表紙をめくり、著者紹介に目を走らせる。「ねえ、ショーン、わたしたちはポートランドに行きましょう。作者のエディ・パリッシュに会って、どこからこの本のインスピレーションを得たのかきいてみましょうよ」

「いいね、それ」ショーンは言った。安堵感がどっと押し寄せてきた。「じゃあ、今夜はポートランドのホテルに泊まろう」

「だめよ」リヴが声を落とした。「今夜は行けないわ。明日の午後、超音波検査を受けるから」

「ああ、ごめん。そうだった。出発は明日の夜にしよう」

「リヴ」デイビーの鋭い声が響いた。「今、パリッシュと言ったね？　作者の名前はパリッシュなのか？」

男たちが大きく息をのむ。三兄弟とマイルズは互いの顔を見つめた。揃いも揃って、口をぽかんと開けている。

「まさか」マイルズがつぶやいた。

「偶然だろう」コナーが言った。その顔を見れば、いやな予感がしているのは一目瞭然だ。デイビーが立ちあがった。「調べてみよう。この作家がチャールズ・パリッシュと関係があるかどうかすぐわかるさ」

男たちは書斎に向かった。マイルズはさっそくパソコンの前に座り、猛烈な勢いでキーボードを叩いてハッキングし始めた。その背後に残りの男たちが陣取った。その頃リビングルームでは、ショーンとリヴが目配せして、さりげなくふたりだけで出ていこうとしていた。

ほかの女たちはその様子を見るとはなしに見ていた。だが、タマラだけは違った。腕組みをして、仁王立ちになる。「必ず探しだしなさいよ」にらみを利かせてそう言った。

「当たり前でしょう、タマラ」リヴが言い返した。

「ああ、絶対に見つける」ショーンはリヴの美しい瞳をのぞきこんだ。一点の曇りもない信頼を寄せた表情で妻に見つめ返され、胸が熱くなった。

ショーンは腕のなかにリヴを包みこんだ。タマラたちが同じ部屋にいるのも忘れて、最愛の女性を強く抱きしめた。

14

同じテーブルについた人たちは、誰もエディと目を合わせようとしない。それだけでもいたたまれないのに、胃の調子がどんどん悪くなっていく。

なんだか、本当に……ああ、どうしよう。エディは手で口を押さえて、いきなり立ちあがった。「ちょっと失礼します」

父の手がさっと伸びてきて、手首をきつくつかまれた。エディの顔を見あげ、笑みを浮かべている。パーティー用の笑顔。だけど目は笑っていなかった。

「座れ」父がささやいた。

「でも、吐き気がするの」

父が眉をつりあげた。いかにも軽蔑しきった表情だ。鉄の胃を持つ父には吐き気のつらさは決してわからないだろう。「それでは、タニアとイヴリンに一緒に行ってもらえ。トイレの外にはポールを待機させておく。無事に戻ってこられるようにな」父が腕時計に目をやった。「デズモンドが話し終えたら、次はわたしのスピーチだ。それなのに、家族席にいるのがロニーひとりとはね。まったく恥ずかしい限りだ。だが、おまえにとっては父親の引退パーティーのスピーチより、自分の体のほうが大事なのだろう。トイレでもどこへでも勝手に行ってくれ」

エディは椅子に座りこんだ。ゴシップ記事の見出しが目の前で躍りだす。

ヘリックス社の創立者の愛娘、父親の引退パーティーで大失態。エビのパイ包みを盛大に吐きだす。シャンパンの飲みすぎ？　過食症？　まもなくリハビリセンターへ入所か？　それとも妊娠しているのか？

エディはテーブルを見まわした。誰も視線を合わせようとしない。ロニー以外は。妹はテーブルの下でエディの足首を蹴り、同情するようにすばやくウインクを投げてきた。ありがとう、ロニー。とても強くて優しい子。

シャンデリアのまばゆい光に包まれたパーティー会場を見渡した。ゆっくりと呼吸を繰り返し、胃のむかつきを抑えようとする。もともとパーティーは苦手だけれど、今夜はいつにも増して気持ちが張りつめていた。ドレスはちくちくして着心地が悪く、おばのイヴリンに無理やり買わされたジミーチュウのオープントゥサンダルは、まったく自分の足に合っていない。父の引退パーティーには、当然ながら自慢のガールフレンドも出席している。その父の若い恋人のマルタは、オイスターホワイトのシルクのイブニングドレスにダイヤモンドのネックレスを合わせて美しく着飾っている。けれど、その顔に貼りついた笑みは、いつも以上に冷ややかだ。おばはマルタを完全に無視している。自分の兄と元秘書が付き合っているのを、快く思っていないのだ。その母親にならって、タニアもマルタを無視している。会場じゅうに寒々とした空気が流れていた。居心地が悪くてしかたがない。この緊張感を少しでもやわらげようとエディはマルタに話しかけたが、相手にもされなかった。でも、こうなることはわかっていた。もう何年も前から、マルタには冷淡な態度しか取られていない。

そして父。険しい顔は怒りで青ざめている。その原因はただひとつ。今日の午後、わたしがどこで誰と一緒だったか知っているからだ。

ホテルに着いて父と顔を合わせるなり、ドレス、靴、バッグ、髪形、爪ときびしい目でチェックされた。メイクの仕上がりを見る父と目が合った瞬間、父がすでに危険で不快なボーイフレンドの存在を知っていることに気づいた。

エディの指先がペンを求めてうずきだした。ペンとスケッチブックを持って、好きなものに集中できる避難場所に逃げこみたい。強い人間になれる場所に。自分が誰かわかる場所に。そこなら自分が自分でいられる。そう、ケヴと一緒にいるときのように。ああ、こんな気持ちを抱くなんて夢みたい。信じられないくらい幸せ。

でも、終わってしまった。ケヴにはもう二度と会えないだろう。わたしは独房に閉じこめられてしまうからだ。別に今回が初めてではない。その場所には前にも行ったことがある。わたしはそこで薬を強制的にのまされて、朦朧とした頭で何カ月も過ごすのだ。そして父が選んだ医者のセラピーを受けさせられる。話をひと言も聞いてくれないのに何がセラピーだろう。わたしを頭のいかれた金持ちの娘だと決めつけている医者のセラピーを受けても、なんの意味もない。

やっぱり来なければよかった。父が見逃すはずがないのはわかっていたのに。だけど、ロニーにはどうしても会いたかった。この機会を逃したら、ロニーにはもう会えないかもしれない。できるなら父と和解したい。愛しあい、許しあえる家族になりたい。

悲しいけれど、そういう日は永遠に来ないだろう。夢見るだけ無駄だ。今夜もまた厄介な事態に追いこまれ、父娘関係はよくなるどころか後退してしまった。

エディは背筋を伸ばした。「お父さん、なぜ怒っているのかはっきり言ってほしいわ。そうやって――」

「まったく、おまえというやつは。時と場所をわきまえろ」父が無理やり笑みを作った。「今ここで何が開かれているのかわかっているのか？　わたしの引退パーティーだぞ。いたるところからカメラを向けられているときに、そんなことをきくな」

「わたし、トイレに行ってくるわ。すぐに――」

「だめだ。おまえのことは何ひとつ信用できない。今日もおまえはそれを証明してくれた」

父が耳元で必殺の言葉を吐いた。

「でも、わたし――」

「おまえが誰と一緒にいたのか知っているんだぞ。その男と何をしていたのかも。エディス、おまえにはうんざりだ。反吐《へど》が出る」

「お父さんは彼の何を知っているの？　オスターマンが彼にしたこと以外に。でも、彼は被害者よ」

「あの男は狂人の手にかかって大怪我を負った。エディス、あいつは危険極まりない男だぞ。わたしを襲ったんだからな。あのときのことは、今でもはっきりと覚えている。わたしを恨んでいるのだろう。だからおまえに接近したんだ、わたしに復讐《ふくしゆう》するために。これだけ知っていれば充分だろう。これ以上は知りたくもない」

「違うわ」エディは激しく首を左右に振った。「お父さんは間違っている。そうじゃないのよ。彼は――」

「あの男の思いどおりにさせてたまるか。断固として阻止するつもりだ」

「だから、違うのよ！」エディは言い返した。「彼はそんなふうには考えていない――」

「エディス、恥を知れ。もとはと言えば、おまえが悪いんだぞ。くだらないコミックを描いているからこんなことになったんだ。あげくの果てに、ついにあの男はおまえを見つけた。わたしはあいつからおまえを守るつもりだ。どうやらおまえは自分自身の身も守れないようだからな」

「すべて隠し撮りされていたとしても驚かないわ」マルタが口を挟んできた。目が意地悪く輝いている。「わたしたち、インターネット上に投稿された、あなたのあられもない姿を見る羽目になるかもね」

エディは父に、そしてその連れに目を向けた。「ありえないわ！　よくもそんなひどいことが言えるわね。彼はそんな人じゃない！」

「声を落とせ！」父が小声で怒鳴りつける。「おまえがあの男と寝たのは事実だ。愚かしいにもほどがあるぞ！」

エディは背筋を伸ばして座り直した。一瞬で心が氷のように冷たくなった。「わたしは何も悪いことはしていないわ」静かに話すその声は毅然《きぜん》としていた。「それは彼も同じよ」

父が鼻で笑った。「ほう。勝手に意固地になっていればいいさ。だが、わたしは自分の考えを変えるつもりはない。この話はこれで終わりだ。さあ、笑顔を見せろ」

エディは笑わなかった。笑顔を取り繕うこともできない娘に、父は内心はらわたが煮えくり返る思いをしているだろう。

ケータリングスタッフがエディたちのテーブルにやってきた。目が覚めるほどハンサムなアジア人の男性だ。彼が父のグラスを取りあげて、ワインを注ぎ足した。次に彼はマルタのグラスを満たし始めた。マルタの視線が彼の広い肩や引き締まったヒップを値踏みしている。

ボトックスを注入した顔に笑みを浮かべ、目をなまめかしく輝かせて。

エディは、このときとばかりにバッグから携帯電話を取りだした。テーブルの下に隠して、手元を見ないでメールを打つ。

トラブル発生。父に見つかった。隔離決定。最高の気分よ。じゃあまたね。

ワインが注がれる音が聞こえた。エディが顔をあげると、ケータリングスタッフの謎めいた黒い目と視線が合った。たちまち全身から血の気が引いていく感じがして、崖に落ちる寸前で止まったかのような感覚に陥った。

ワインを注ぎ終えた男は、ビジネスライクな笑みをエディに向けて立ち去った。

空想の世界に生きているエディ。想像力がたくましすぎる、情緒不安定な娘。また悪い癖が出たのね。母が生きていたら、きっとそんなふうに言われるだろう。そうよエディ、考えすぎよ。気にするのはやめなさい。

手のなかで携帯電話が振動した。さっそくメールを開き、目を通す。

絶対にそんなことはさせない。

ロビーの外で待っているよ。


心臓が口から飛びだしそうなほど跳ねあがった。心が弾んでいる。

「エディス！　メールをしてるのね？」いきなりマルタが鋭い声をあげた。「あの男と？」

エディは携帯電話からSIMカードを取りだした。ロニーの指が膝をつつくのを感じ、とっさに妹のてのひらにカードをのせて、電話をバッグにしまった。

父が手を差しだした。「エディス、携帯電話をよこせ」父の我慢も限界に来ているらしい。今にも怒りが爆発しそうな口調だ。

「お父さん、わたしは――」

「早くしろ。今すぐ入院させるぞ。みんなが見ている前でセキュリティにここから連れだされてもいいのか。これだけおまえに恥をかかされたら、世間の評判など、もうどうでもよくなってきた」

「チャールズ！」マルタが満面の笑みを顔に貼りつけた。「みんな見ているわ！」

「携帯電話を出せ」父は一段と大きな声で繰り返した。

逆らっても無駄だ。どうせもう二度とこの携帯電話を使う機会はない。エディは観念して父に手渡した。

「暗証番号は？」

エディは首を横に振った。父が顔をこわばらせた。「エディス、父親に向かってその態度はなんだ！」語気を強める。

「お父さんは最低な人間だわ」エディは静かな声で言い返した。「口から出るのはいつも脅し文句ばかり。今度はなんて言うつもり？　わたしの足の骨を折る？」

おばのイヴリンが声をあげた。「エディス！　なんてことを言うんですか！」

父は口を開きかけたが、マルタに腕をつつかれて思いとどまった。デズモンド・マールが壇上に立ち、スピーチを始めようとしている。父は温厚な笑みを浮かべた。この顔を見たら、たった今このテーブルで、家族の醜いいさかいが繰り広げられていたとは誰も思わないだろう。もっとも、エディの顔に浮かぶ表情に気づかなければだが。

その心配は無用だ。エディに注目する人はほとんどいない。親族はさぞかしほっとしていることだろう。

父がワインのグラスを口元に運んだ。またマルタが父の腕をつつき、耳元で何かささやいた。エディは父が持っているグラスのなかのワインをじっと見つめた。深みのある赤い液体が揺れている。まるで血みたい……。その単語が頭をかすめた瞬間、ワインのしみがついた父の似顔絵を思い出した。

ワイン。

突然、デズモンド・マールの声がはっきり聞こえだした。「……そろそろ口を閉じるべきなのですが、チャールズが成し遂げた数々のすばらしい功績を話し始めたら止まらなくなってしまいました。チャールズのたぐいまれな統率力でヘリックス社がここまで……」

不思議だ。いきなりデズモンドのごますりスピーチが聞こえてくるなんて。ずっと、父のワイングラスのなかで揺れる液体を見つめながら物思いに浸っていたのに。あの似顔絵は細部まで目に焼きついている。父の顔と上半身が血だまりに沈んでいた。

ワイン。

ふたたび父がグラスを持ちあげ、口元へ――。

「飲んじゃだめ！」エディはすばやく立ちあがり、テーブル越しに身を乗りだして、父が持っているワイングラスの柄を震える指でつかんだ。ふたりの手にワインがこぼれた。父のシャツの袖口にも赤いしみがつき、あごやタキシードの前身頃にも飛び散った。テーブルの上もめちゃくちゃな状態になっていた。花は散乱し、水のグラスもキャンドルもすべて倒れている。息をのむ声や叫び声が飛び交うなか、マルタが真っ赤に塗った口をあごが外れるほど大きく開けていた。

「エディス？」父が呆然とエディを見つめた。「いったい……おまえはどこまで……手を離せ！　早く座れ！　聞こえないのか！」

「お父さん！　飲んではだめ！」エディの声は震えている。「絶対に飲まないで！」

父がワイングラスからエディの指を引きはがした。おばのイヴリンが片腕をつかみ、タニアがもう一方の腕をつかんで、エディを椅子に座らせた。会場内の全員の目がこちらを向いている。

「……というわけで、チャールズ・パリッシュはわれわれのよき手本となりました」デズモンドは壇上で悠然としゃべり続けている。「それだけでなく、チャールズは常にハードルを高く設定し、確固たる哲学を持ち革新的なビジネス手法を取り入れました。もちろん、良識があり洗練されているのは言うまでもありません。チャールズは真の紳士です。では、みなさま、盛大な拍手でチャールズ・パリッシュをお迎えください」

デズモンドはマイクを置いて、力強く拍手を始めた。

父がタキシードに飛び散ったワインを拭き取り、心の奥まで突き刺すような鋭い視線をエディに投げつけた。エディは震える唇を噛んだ。ばかみたい。何かに取りつかれたみたいにあんな醜態を演じるなんて。だけど、ばかな真似をするのはこれが初めてではない。

顔をあげると、デズモンドがにやりと笑みを向けてきた。デズモンドのことは生まれたときから知っている。そしてずっと嫌いだった。〈安息の地《ヘヴン》〉でも一緒だったが、あの頃も冷たい少年で、なおかつオスターマンのお気に入りだった。一方、エディは内気で人の輪に溶けこめない十四歳の子どもだった。〈安息の地《ヘヴン》〉に行くのがいやでたまらなかった。

デズモンドは、子どものときからずっと完璧な跡継ぎだと言われ続けている。ハンサムで、スポーツマンで、社交的。ヘリックス社の共同創立者である彼の父親のレイモンドも鼻が高いだろう。三十三歳のデズモンドは、レイモンドのあとを継いで、莫大な金を持つ帝国を仕切ることになっている。この男なら、公の場で突然テーブル越しに父親に飛びかかって、ワインがこぼれるのもかまわず薄気味悪い予言を叫んだりは絶対にしない。

ふと気づくと、おばとマルタがこちらをにらんでいる。しまった。父に拍手をしなければいけない場面だ。物思いに沈んでいてすっかり忘れていた。

エディは無理やり笑みを作り、てのひらが痛くなるまで拍手をした。演壇に向かってさっそうと歩いている父の足取りが遅くなった。急に立ち止まると、体がふらりと揺れた。額には玉の汗が浮いている。

拍手が徐々に小さくなっていく。

デズモンドがふたたびマイクを手に取り、話し始めた。「みなさま、今夜の主役がまもなく壇上に立ちます。さあ、チャールズ！　みんなあなたのスピーチを待っていますよ。どうぞみなさま、チャールズ・パリッシュに今一度大きな拍手をお願いします！」

拍手がわき起こった。父が椅子の背をつかんだ。かろうじて立っているように見える。底知れぬ恐怖に胸がかきむしられ、エディは椅子から立ちあがった。

その瞬間、父に鋭い一瞥《いちべつ》を向けられ、エディはどさりと腰を落とした。ロニーがエディの手を取り、きつく握りしめた。不安げに目を大きく見開いている。

愚かな娘に対する怒りが父の心に火をつけたようだ。椅子から手を離して、よろよろと歩きだした。デズモンドが満面の笑みを浮かべて手を叩いている。父は長い時間をかけて演壇にたどり着いた。会場に鳴り響いていた拍手がふたたび小さくなり、ざわめきがあちこちで起こりだした。

なぜか突然、首筋が粟立ち、エディは振り返った。ケータリング・スタッフのあのアジア人の男がさっと視線をそらし、会場の奥へ歩み去った。シャンデリアの光を受けて、ポニーテールにした黒髪がつややかに輝いている。胸騒ぎがしてしかたがない。目が合ったのはほんの一瞬だったが、あの男の目つきには敵意を感じた。

「……すばらしい友人たちに囲まれ、この場にいることを大変光栄に思います……」父が演壇を握りしめて話し始めた。ろれつがまわっていない。いつも雄弁な父が言葉に詰まっている。「あー……デズモンド……祝辞をありがとう。とてもうれしいよ……やんちゃだった少年が立派な大人になったたな」

控えめな笑い声が会場を満たした。父が額をぬぐい、言葉を継ぐ。「きみが成長していく姿を見ているのは……わたしにとっても大きな喜びだった……」父がマイクを落とした。ささやき声がさざ波のごとく広がっていく。

デズモンドが父の肩に手を置いた。「チャールズ？　大丈夫ですか？」

「大丈夫だ。何も……問題はない」父はデズモンドの手を払いのけて、背筋を伸ばした。

「今なお飛躍的な成長を続けるこの会社……あー……ともに切磋琢磨《せっさたくま》してきた優秀な社員た

ちと……別れるのは後ろ髪を引かれる思いですが……わたしは、わたしは……」父がぴたりと口をつぐんだ。手で喉を押さえた。唾を必死にのみこもうとしているらしい。

「チャールズ？　どうしました？」デズモンドがきいている。「具合が悪いんですか？」

父が喉を手で押さえたまま、空気を求めてあえぎだした。

「ああ、なんてこと」おばのイヴリンがつぶやいた。「いったい……？」

マルタが口を手で押さえて、立ちあがった。「チャールズ？」

エディも立ちあがったが、おばとタニアに手をつかまれて椅子に押し戻された。父のこんな姿は初めて見た。どんな会合やパーティーに出席しても、グラス一杯しかワインは飲まないし、健康管理や体形維持にとても気を使っている。なんといっても、今の恋人は自分より三十歳も若いのだ。

父が喉を詰まらせたような音をたてて、ゆっくりと後ろに倒れた。すかさず手を伸ばして父を支えようとしたデズモンドも、叫び声をあげて床に倒れこんだ。

デズモンドが父の手からマイクをねじり取り、声を張りあげた。「このなかにお医者さまはいませんか？　いたらすぐに来てください！」

会場内が騒然とするなか、セキュリティスタッフとタキシード姿の医者が父のもとへ駆け寄った。マルタもあわてて向かい、ロニーも泣きながら走っていった。

エディはつま先立ちになり、人混みの隙間からのぞき見た。その場から動けなかった。何かを見落としている気がして、それがはっきりするまで動けそうになかった。危険がすぐそばまで迫っているというやな予感がぬぐいきれなかった。

この混乱を利用して、逃げたほうがいいのだろうか。逃げる？　ここから抜けだすなら今しかない。どうする？

待って。父のワイングラスに目が行った。キャンドルの明かりを反射して、やわらかな光を放っている。グラスの底に、まだ一センチほど赤い液体が残っている。例のアジア人の男がワイングラスに手を伸ばした。

エディはすばやくグラスの柄をつかんだ。男は上部のふくらんでいる部分をつかむ。ふたりの手にワインが飛び散った。

「すみません」男が〝このアマ、いったいなんのつもりだ？〟という笑みを向けてきた。

「このグラスをおさげしてもよろしいですか？」

「いいえ、このままにしておいて」エディは言った。「わたしが……持っています」

男はとまどった表情を浮かべている。「ですが、新しいグラスとお取り替え――」

「いいえ、けっこうよ」エディは繰り返した。「ここに置いておいて」

「エディス！　何をやっているんですか！」おばが金切り声をあげた。

エディは男の目を見据えたままグラスの柄をつかんでいた。絶対に放すものですか。

男が手を離した。その拍子にワインが跳ねあがり、タニアの青いシフォンドレスにかかった。タニアの口から悲鳴がほとばしる。

「わたし、これを持って帰りたかったの」エディはダマスク織のナプキンをグラスのなかに入れてワインを染みこませた。「分析してもらうわ」

「エディス！　あなたのほうこそ分析してもらいなさい！　そんなものはそこに置いて、早くチャールズのところに行きましょう！」またおばが甲高い声をあげた。「マルタはもう行っているんですよ。チャールズを気にかけているのはあの女しかいないと、みんなに思われてもいいんですか？」

どうでもいいわ、そんなこと。これは心の声。口には出さなかった。エディは思ったことをなんでも口にしてしまわないよう気をつけている。何年もかけて身につけた処世術だ。ナプキンを入れたままのグラスをバッグにしまい、そのバッグをテーブルの下に置いて、おばのあとを追った。

人混みをかき分けて演壇にたどり着いた頃には、すでに父はストレッチャーに横たわっていた。意識不明で、酸素マスクを顔に当てられている。マルタが妻気取りでその場を取り仕切っていた。彼女は自分が父に付き添ってレガシーエマニュエル病院に行くと言いきった。どうやら救急車には付添人はひとりしか乗れないらしい。残りの者は、もしその気があるのなら、ほかの手段を使って来いというわけだ。

このマルタの態度に、おばが頭から湯気を立てた。ロニーの手をむんずとつかみ、バッグを取りに憤然とテーブルに戻っていく。エディはふたりの後ろをついていった。

エディのバッグが消えていた。

必死にバッグを探しまわるエディを見て、おばとタニアが顔を見あわせている。エディは近くにいたケータリング・スタッフの腕をつかみ、責任者を連れてくるよう要求した。それを聞いていたふたりがあきれた表情を浮かべた。

おばはそのスタッフが離れていくのを待ってから口を開いた。「エディス、自分勝手だと思わないのですか？　父親が病院に救急搬送されるというときに、バッグなんかどうでもいいでしょう」

「カード会社にすぐ連絡を入れたほうがいいんじゃない？」タニアが高飛車な口調で言った。

「いい加減にしてほしいわ。面倒ばかり起こさないでよ」

縮れた赤毛の凜とした女性がこちらに向かってきた。「ミズ・パリッシュですか？　わたしは接客マネージャーのギルダ・スワンといいます。バッグをなくされたとスタッフから聞いたのですが？」

「そうよ！　このテーブルを担当していたスタッフと話をさせてほしいの」エディは勢いこんで言った。「若い男性よ。二十五歳から三十歳くらい。アジア人で、長い黒髪をポニーテールにしていたわ」

ケータリング・スタッフたちがまわりに集まってきた。互いに顔を見あわせている。マネージャーが首を横に振った。「申し訳ございませんが、そのような特徴に当てはまるスタッフはおりません」

「そんなことないわ！　確かにその人はここを担当していたのよ！」エディは叫んだ。「イヴリンおばさま、おばさまは見ていたわよね？　わたしとワイングラスの取りあいをしていた男の人よ。タニアのドレスにワインがかかったでしょう？」

おばは唇を引き結んでいる。「いいえ、エディス。わたしは見ていません。ほかのことに気を取られていましたからね。兄が突然倒れたんですよ。それどころではありません」

「わたしのドレスにワインをかけたのはあなたじゃないの」タニアが口を挟んだ。「そういえば、チャールズおじさんのタキシードにワインをかけたのもあなただったわね。エディ、今夜のあなたは、いつにも増しておかしいわよ」

エディは歯を食いしばった。今、口を開いたら自分を抑えられなくなる。何も言うなと心のなかで自分に言い聞かせた。声に出したら最後、建物が崩壊するくらいの大声でふたりに怒鳴り散らしてしまいそうだった。「でも本当なんです。このテーブルを担当していたのはアジア人の男性だったわ。髪を――」

「ミズ・パリッシュ？　このバッグですか？」男性スタッフがバッグを持ってきた。

エディは急いでバッグを開けた。やっぱりだ。当然、グラスもナプキンも消えている。

「取ったんだわ」声が震えた。「あの人がグラスを持ち去ったのよ！」

マネージャーが腕組みをした。「あなたのバッグは口が開いたまま床に落ちていたそうです。たぶんグラスは転がりでたのでしょう。それをスタッフが拾って厨房に戻したのだと思います。ミズ・パリッシュ、ほかにご用がなければ、仕事に戻らせていただきます。では失礼します」

エディは震える手でバッグを握りしめた。「あいつに決まってる。あいつが取ったのよ」

「エディス、精神安定剤をのんだほうがいいんじゃないかしら」おばが皮肉めいた口調で言う。「ずいぶんと気が立っているみたいですもの」

エディはあきれ気味に首を振った。「イヴリンおばさま、よくそんなことが言えるわね。このどさくさに紛れてバッグが盗まれたのよ。口は閉じていたし、鍵もかかっていた。それなのにグラスがなくなっているのよ。変だと思わないの？」

「別に。ワイングラスと汚れたナプキンをバッグに入れるほうが変だと思いますよ、エディス」おばがすげなく答える。

「きっとそのスタッフは、あなたのことを手癖の悪い金持ち娘だと思ったわよ。グラスをバッグに入れたのよ。それって盗んだんでしょう？」タニアははしゃいでいる。「甘やかされた金持ちの若者のおふざけ。ヘリックス社の相続人、ワイングラスを盗んで逮捕される。ああ、ゴシップ記事の見出しが目に浮かぶわ」

「ふたりとも、もういいわ。黙っていて」エディの目に涙があふれてきた。でも、その見出しが載るかどうかは別としても、タブロイド紙の紙面を飾るのは確実だ。父が自分の引退パーティーで倒れて、集中治療室に運ばれるのだから。そして、その混乱した会場のなかにいる自分も写っている。ラヴェンダー色のドレスを着たロニーの姿が目に飛びこんできた。エディはそちらに駆け寄り、妹ときつく抱きあった。

「今のうちに逃げたほうがいいよ」ロニーがささやいた。

妹だけはちゃんとわかってくれている。それがとてもうれしかった。「ごめんね。一緒にいられなくて」エディもささやき返した。「本当にごめんなさい」

「姉さんのせいじゃないわ」姉妹は抱きあいながら、声を出して泣いた。やがて強くて冷静な妹のほうが先に泣きやんだ。ロニーはSIMカードをエディの胸の谷間に押しこんだ。

「行って」エディの肩を軽く突いて、ロニーがぴしゃりと言う。「早く。急いで」

エディは人混みに紛れこもうとした。けれど、ばかみたいに高いヒールと、スカート部分が大きくふくらんだシャンパンピンクのドレスはかなり不利だ。こうなったら、父の雇っているセキュリティスタッフが、父のそばにいて任務を忘れていることを祈るしかない。

「エディ？　ちょっと待って」誰かに腕をつかまれて、エディは振り返った。うっかり目をこすってしまい、しまったと思ったときはもう遅かった。これでもかというくらいたっぷりマスカラを塗られていることをすっかり忘れていた。ああ、最悪。きっとタヌキみたいな目になっているはずだ。「はい？」

デズモンド・マールだった。非の打ちどころのない完全無欠の男。そのデズモンドが、エディの腕をつかんで放そうとしなかった。彼のてのひらがやたらと熱い。肌に指が食いこむほど強く腕をつかんでいる。

「お父さんは心配だね」デズモンドが深刻な顔で言う。「まさかあんなことになるとは思っていなかったよ。きみもびっくりしただろう？　チャールズはいつも健康そのものだから」

「そうね」エディはつぶやいた。「今日のような姿は初めて見たわ」

「もしかして、悲しみから抜けだせないのかな。お母さんが亡くなってまだ一年ちょっとだろう？　それとも――」

「そうかもしれない」エディはデズモンドの言葉をさえぎった。「ねえ、デズモンド。失礼するわ。急いでいるの」

「エディ、ぼくはきみの味方だよ。それにチャールズの味方でもある。それを忘れないで。いいね？　チャールズが元気になったら、ぼくがそう言っていたと伝えてくれないかな。おじさんはぼくのもうひとりの父親みたいな存在なんだ。そのことをどうしても知っておいてもらいたい」

エディはバッグのなかをかきまわしてティッシュを探した。「え？　ええ、そうね。わかったわ。会ったら伝えておく」父がわたしの顔に唾を吐いて、病室から追いださなければね。

「ねえ、エディ、急いでるのはわかってるけど、ちょっとぼくに付き合ってくれるかな？」デズモンドが哀願口調で言う。「大事な話があるんだ。ふたりだけで話がしたい。いいかな？　時間は取らせないよ。会議室に行かないか？　あそこなら――」

「ごめんなさい、デズ」エディはもどかしげに言った。「今はだめ。本当に急いでいるの。あとで電話して」

デズモンドが大きな青い目をぱちくりさせた。「ああ、そうだね。悪かった。無神経だったね。エディ、ぼくにできることがあったら、なんでも言うんだよ。遠慮することないから。いいね？」

エディの頭のなかで明かりが瞬いた。「それじゃ、お願いがあるの。携帯電話を貸してくれない？」

「いいよ」デズモンドがズボンのポケットから携帯電話を取りだした。

エディはケヴの電話番号を打ちこんだ。十三歳の恋する乙女みたいに、一瞬で暗記したのだ。エディは大急ぎでショートメッセージを送信した。

厨房の出口から脱出。急いで。

デズモンドに携帯電話を返すと、エディはケータリングスタッフのあとについて、彼らでごった返している扉に向かって歩きだした。

デズモンドも一緒に歩きだした。顔に怪訝そうな表情を浮かべている。「どうしてこっちに行くんだい？」

「言っても信じないと思うわ」エディは答えた。

「言ってごらんよ」デズモンドが優しくうながす。「さあ。きみの役に立ちたいんだ」

エディは彼にいらだたしげな目を向けた。「デズ、わたしもう行かなきゃ」

デズモンドが思いやりのこもった目で見つめ返してきた。「でも、きみが心配なんだよ」

なんだかおかしい。こんなデズモンドは初めてだ。この男に優しい言葉をかけられたことなどただの一度もない。百八十度違う人物に変身したデズモンドといると、落ち着かない気分になる。それでも、デズモンド・マールもケヴの過去に通じる扉を開ける鍵を握っている。父が握っている鍵が使えなくなった今、頼みの綱はデズモンドだけだ。その男が手を差し伸べてくれている。

どうしよう。どうしたらいい？　胃がきりきりと痛む。やがてエディは覚悟を決めた。目の前に鍵がぶらさがっているのなら、その鍵を使って、一刻も早く扉を開けよう。長いあいだつらい人生を生き抜いてきたケヴをなんとしても助けたい。それがケヴの天使としてのわたしの務めだ。それにわたしは彼の本物の天使になりたい。夢のなかではなく、手で触れて感じられる、この世に生きる天使に。

「実は、頼みがあるの」エディは意を決して口を開いた。

デズモンドの目が一気に輝いた。「エディ、なんでも言って」

エディは唇を嚙んで、頭のなかで話をまとめた。のんびり話している時間はない。「あのスキャンダルを覚えている？　オスターマン博士が家出した若者たちを実験台に違法な研究をしていた事件」

デズモンドが目を見開いた。「忘れるわけがないさ。ヘリックス社最大の不祥事だ。よく会社が生き残れたと思うよ」

「そうね。で、十八年前の話なんだけど、その家出した若者たちと同じように、博士の実験台にされた男の人がいるの。ただ、その人は逃げだすことができたのよ。それで、フラクソン社の父のところに行って助けを求めたの。でも、父はその人の話を信じなかった。頭がおかしいと決めつけてしまったの。だって、誰も思わなかったでしょう？　まさかオスターマン博士が……」

「そうだね」デズモンドの目が興味深げに輝いている。「エディ、きみが弁解することはないよ。さあ、続けて」

「その人はひどい状態だったわ」エディは言葉を継いだ。「傷だらけで、脳に損傷を受けたせいで記憶喪失になってしまった。覚えているのは、マインドコントロールみたいなものをかけられたことと、拷問されたことだけなの。過去はすべて忘れてしまった。大きな空洞なのよ」

デズモンドの顔から表情が消えた。「気の毒に」

「ええ」エディは相槌を打った。「それでなんだけど——」

「エディ、きみはその男と連絡を取りあっているのかい？」デズモンドがいきなり口を挟んだ。「つまり、親しいのかな？」

「わたしの話を最後まで聞く気はあるの？」

「もちろんだよ」デズモンドが整った顔を赤らめた。「ごめん。話の腰を折ってしまって」

「それで、昔オスターマン博士がしていた研究の内容を知っている人はいるかしら？　もしそういう人がいたら、記憶をなくした男性の名前や家族のことも覚えているかもしれないでしょう？　その人は過去につながる手がかりを必死に探しているの。デズ、もし心当たりがあったら、名前を教えてくれる？」

デズモンドは考えこんでいる。「ああ、教えられると思うな。でも、当時の記録文書は極秘扱いになっているんだ。それに、すべて破棄するようチャールズに言われている」

エディの胃は沈みこんだ。「そんな！」

「でも、あきらめるのは早いよ。まだ全部処分していないかもしれないだろう？　エディ、チャールズにはきいてみたかい？　もし——」

「それはだめ！　父には、この話はしないで。父はこの件から外してほしいの。ただでさえ今は話せる状況ではないし。それに、犠牲になった人たちに責任を感じているの。自分を責めているわ」

「そうか」デズモンドは携帯電話を取りだした。「エディ、その男の電話番号を教えてくれるかな？　それに、きみの番号も」

エディはデズモンドをしげしげと見つめた。その謎めいた光を放つ目を見たとたん、なぜか今話したことをすべて撤回したくなった。「ええと……携帯電話を持っていないのよ。父に取られたの。彼の番号は……あなたに伝えてもいいか彼にきいてからにするわ。それでいい？　じゃあ、わたしは行くわね」見つからないうちに。のんびりしていたら、一生閉じこめられてしまう。

「きみの力になれてうれしいよ」デズモンドはカードケースとペンを取りだして、名刺の裏に電話番号を書きこんだ。「これを渡しておく。エディ、ぼくもきみの友人の手助けがしたい。できる限りのことをするよ。それで、きみのほうは？　何か困っているんじゃないのかい？」

困っているなんてものじゃないわよ。「まさか、困ってなんかいないわ」エディはきっぱり言いきった。「病院に行く足が必要なだけ」

「ぼくの車で行こう！」デズモンドが勢いこんで言う。

「いいえ、結構よ。じゃあね、デズモンド。あなたって王子さまみたいに頼りになるわね」

エディはあとずさりした。その拍子にケータリングスタッフの女性にぶつかる。彼女が持っていたトレイからグラスが滑り落ち、派手な音をたてて床に破片が飛び散った。罵声と怒りに満ちた冷たい視線を思いきり浴びせられたが、その両方とも今ではすっかり慣れてしまった。

修羅場を通り抜けて、エディは厨房の出口へ向かった。

「エディ？　あともうひとつだけ」

デズモンドに呼び止められ、エディはいらだたしげに振り返った。「何？」

「今夜のきみはきれいだ」デズモンドが笑みを浮かべた。「最高にきれいだよ」

一瞬、デズモンドの青い目が、燃えさかる石炭の炎みたいに赤く光った気がした。思わずエディは体を覆いたくなった。胸の谷間を手で押さえ、むきだしの肩や首をストールで隠したい。

目の錯覚よ。ずっとデズモンドには見向きもされなかった。初めて会った日から完全に無視されていた。それがいきなり情熱をこめた熱いまなざしを投げかけてくるわけがない。それに、ハンサムでお金持ちのデズモンドなら、わざわざわたしに狙いをつけなくても、いつでも望みの女を落とせるはずだ。

「それは……どうもありがとう」それだけ言って、エディは出口に向かって駆けだした。

勢いよく外へ飛びだすと、扉の前で待っていたケヴにしっかり抱きとめられた。壁に激突したような衝撃。だけど、こんなにあたたかくて、弾力があって、セクシーな壁はない。おまけに、おめかしまでしている。抱きしめられた瞬間、目の前が真っ白になり、顔をあげたとき、ケヴがスーツを着ていることに気づいた。

白いシャツにマスカラがこすれた茶色い跡がついている。

「ああ、どうしよう！」エディは叫んだ。「シャツにマスカラをつけてしまったわ！　ごめんなさい」

「気にしなくてもいいよ」ケヴが言った。「マスカラを拭き取るときは、いつでも遠慮なく使っていいから」

エディは笑いだした。「そんなことできないわよ！　真っ白いシャツが台無しだわ。とてもすてきなのに」

「ミズ・パリッシュ？」ポールの声だ。「そこにいてください！　話があります！」

「もう、いや」エディはつぶやいた。「ケヴ、早くここから連れだして」

エディが話し終える前に、すでにふたりは走りだしていた。エディはケヴのスピードに合わせて全速力で走った。ポールの叫び声が背後から迫ってくる。エディは自分の荒い息遣いと激しい心臓の音を聞きながら必死に走り続けた。

ケヴが、つややかに輝く黒のジープ・ラングラーのドアロックをリモコンキーで開錠した。

「さあエディ、乗って」

15

エディは助手席に乗りこんだ。ケヴが運転席に飛び乗るなりイグニッションキーをまわした。たちまちエンジンがうなりをあげて始動する。ケヴは巧みなハンドルさばきで狭い駐車スペースを抜け、タイヤの音をきしませながら、出口に向かってジープを一気に加速させた。ポールが叫び声をあげ、巨体を揺らしてどたどたと駆けてきた。手には銃を握っている。なんて光景なの。まるでアクション映画さながらだ。

道路に出る手前でケヴがジープをいったん停止させた。その瞬間を狙って、エディは窓を開けた。「ポール！　心配しないで！」エディは彼に向かって叫んだ。「大丈夫だから！　わたしはこの車で病院に行くわ。向こうで会いましょう！」ジープがなめらかに走りだし、徐々にスピードをあげていく。エディはシートにもたれ、大きく息を吐きだした。

「病院って？」ケヴが口を開いた。「それに、どうして隔離されるんだい？　メールを読んだとき、背筋がぞっとしたよ。エディ、いったい何があったんだ？」

「わたしもぞっとしたわ。パーティーでいろいろあったのよ」

「話してくれ」

すべて話し終える頃には、エディの頬は涙に濡れ、きらめく街の明かりを受けたケヴの横顔はこわばっていた。ジープは街の中心部を走り抜け、うっそうとした木々に囲まれた住宅街にさしかかった。ケヴは両脇に質素な家が並ぶ狭い路地に入り、伸び放題のシャクナゲの生け垣と車庫のあいだにジープを停めた。エンジンを切ったとたんに、深い静寂に覆われる。

エディは両手で涙をぬぐった。「ここはどこ？」

「しゃれたレストランでも映画館でもなくてすまない」ケヴがつぶやく。「ここは弟が所有している家だよ。買った当初はリフォームして貸しだすつもりだったんだ。でも、弟は忙しくてね。いまだに空き家のままになっている」

家族ドラマから始まり、サスペンスあり、アクションありの劇的な数時間を過ごした身にとっては、闇に包まれたこの静けさが妙に非現実的に思えた。エディの体が震えだした。

「ふたりきりになりたかったから、ここにきみを連れてきた」ケヴが先を続けた。「誰にもつけられていないから、もう肩の力を抜いていいよ」彼がエディに手を差し伸べる。「こっちにおいで」

エディはケヴの腕のなかに飛びこんだ。「あんなパーティーなんか行かなければよかった。父になんて言われるかはわかっていたんだもの」

「もう二度と行くな」ケヴの硬い声が静かな車内に響いた。

エディは顔をあげて、暗闇のなかでケヴを見つめた。「でも、病院に行かないと――」

「なぜ？　家族からひどい仕打ちを受けたんだろう？　それも今日が初めてではないはずだ。エディ、そんな家族とは自分から縁を切ったほうがいい」

「でも……でも妹が……」

「いくら待っても無駄だ。きみの父親は、これっぽちもきみを妹に会わせる気はないよ」

それでもエディはあきらめきれなかった。「でも父は今、危険な状態なのよ。殺されそうになったの。ワインに毒を入れられたのよ。だけど、おばもいとこもわたしの話を信じてくれなかった。だから、わたしが父の担当医にこのことを伝えないといけないわ」

「電話で伝えればいい」ケヴが有無を言わさぬ口調で切り返した。

確かにそうだ。そう言われてしまったら反論の余地はない。けれど、やはり父の状態が心配だし、娘としての義務を果たしたかった。

エディはなんとかしてケヴを説得しようとした。「わたしがこのままどこかに消えて、病院に行かなかったら、あなたは誘拐犯になってしまうわよ。みんな、あなたが父に復讐するためにこの誘拐を企てたと思うでしょうね。今頃ポールたちは、あらゆる手段を使ってあなたを探しているはずよ。わたしの家族は、あなたを見つけるまで絶対にあきらめないわ」

「何もおれを探しまわる必要なんかないさ。なんならきみの家族をここに呼んでもいい」まるで他人事《ひとごと》のように、ケヴは平然としている。「おれは大歓迎だよ。こっちの考えを直接言えるいい機会だ」

「あのね、ケヴ」エディは咳払いをした。「あなたが勇敢なのは認めるわ。でも、わかっていない――」

「いや、おれは完璧にわかっている。わかっていないのは、きみの家族のほうだよ」

エディにはケヴの大胆不敵さがかえって怖かった。「大変な目に遭うわよ」声が震えていた。「あなたが傷つくことになるわ」

ケヴが肩をすくめたのがわかった。「エディ、おれはこれまで大変な目に何度も遭ってきた。それに、数えきれないほど傷ついてもきた。今さらどうってことないさ」

「やっぱりわかってない」エディはケヴの胸を叩いた。「わたしも傷つくのよ！　あなたが傷ついたら、わたしも傷つくの！　もう傷つくのはいや！」

ケヴはしばらく何も言わなかった。ただエディをきつく抱きしめていた。「すまない。きみの気持ちも考えないで。そこまできみが……気にかけてくれていたとは知らなかった」

「それじゃ、覚えておいて」エディはそうたしなめて、ケヴの胸に顔を押し当てた。真っ白だったシャツは、もう目も当てられない状態になっているだろう。

ケヴはそっとエディの髪を撫でている。「病院に電話をかけてごらん。そのほうがきみも安心できるだろう？」

「でも、父に携帯電話を取りあげられたの。あなたにメールしているのを見つかってしまったのよ」

ケヴは特大級のため息をついて、ポケットに手を入れた。「そういうことか。だから、誰かから電話を借りてメッセージを送ってきたんだ」

「そうよ。デズから借りたの。あっ、そうだったわ。それで話があるの。ちょっと待って」エディは病院に電話を入れて、集中治療室につないでもらった。何度か断続的に待たされ、そのたびに通話の相手が変わった。医療スタッフは、錯乱した娘が感情的にわめきたてているだけだと思ったのだろう。いくら説明してもまったく取りあってもらえなかった。それでもエディはいらだちを押し殺して、なんとかわかってもらおうとした。だが、十五分間奮闘したすえ、結局エディは電話を切った。

ケヴに携帯電話を返し、ふたたび彼の胸に顔をうずめた。

「ああ」エディの口からため息がもれた。「無駄だったみたい」

「いや、頑張ったよ。きみは正しいことをしようとした。向こうが悪いんだ。きっと家族と結託しているんだろうな」ケヴが静かに言った。

「それでも、わたしにとっては父親なの」エディはつぶやいた。「あんな人でもね。わたしには父とロニーしかいないの。母はもう亡くなってしまったから。あなたがばからしいと思っているのはわかっているわ。でもね、父は父で、自分は正しいことをしていると信じているのよ」

ケヴは何も言い返してこなかったが、たとえ口に出さなくても彼の無言の言葉は伝わってきた。「何？」エディはつっけんどんに言い放った。「はっきり言っていいわよ」

「言ったら、きみは恥ずかしがると思うな」

「そうなの？　どうして？」

「きみは褒められるのが苦手だから」ケヴが一瞬ためらったあと、先を続けた。「おれは、きみは勇気があると思っていたんだ。自分を犠牲にして、人に尽くす優しい女性だと思っていた」

「ケヴったら。からかわないで」

「からかってなんかいないさ。本心だよ」ケヴが言った。「とても魅力的だと考えていた」

エディはすっかり汚れてしまった彼のシャツをきつくつかんだ。こんなすてきな言葉をかけてくれる、思いやりのある男性にしがみついていたかった。彼女の目も、顔も、体も、性格さえも好きだと言ってくれるこの男性を二度と放したくない。いまだにエディを自分の天使だと信じているせいで、判断が甘くなっているだけかもしれないけれど、それでもケヴと離れたくなかった。

「こういう話をしている場合じゃなかったかな」ケヴの声は不安げだ。「きみがつらい思いをしているときに、おれは――」

「もう黙って」いきなりケヴの言葉をさえぎって、エディはぴしゃりと言った。「いい加減にして」

ケヴの体が固まった。「えっ？」

エディはシャツを引っ張って、ケヴを引き寄せた。「だから、もう黙ってキスして」

そしてすぐにケヴの首に腕をまわして、自分のほうから彼にキスをした。

唇が触れあったとたん、ケヴは激しいキスで応えてくれた。エディは彼の情熱的でむさぼるようなキスに身をゆだねた。

荒々しく唇を重ねながらも、ケヴは慈しみをこめて抱きしめてくれている。頬を伝う涙を唇で優しくぬぐってくれた。こんなに美しい男性に大切に思われているなんて、夢を見ているみたいだ。でも、これは現実。ケヴの自分に対する気持ちが、彼の体から、そして唇からひしひしと伝わってくる。

突然、自分のなまめかしい姿が頭に浮かびあがってきた。ケヴに身も心も捧げ、甘い快感に包まれている自分の姿が鮮明に見えた。

ケヴの心の声も聞こえてきた。彼の顔を描いてもいないのに、欲望の叫び声がはっきりと聞こえる。

やがて、欲情に駆られた鋭い雄叫びが熱波のごとく一気に押し寄せてきた。こらえきれずにエディは体をよじってケヴの膝の上にのろうとした。

その瞬間、ケヴが唇を離し、大きく息を吸いこんだ。「だめだ！」

エディはうろたえた表情を浮かべた。「どうして？」

「人目がある！　ここは路地だぞ！　おれはきみを守らなければならない。それなのに、きみのドレスを引き裂いて、車のなかでセックスするなんて言語道断だ！」

「でも、ケヴ……わたしがそうしてほしいと言ったら？」エディはおずおずと口にした。「それならいい？　だって、ここは……人目につかないわ。真っ暗だもの」

「きみのボディガードが――」

「ここにはいないわ」エディはあっさり言った。「あとを追ってきたなら、もうとっくにわたしは捕まっているはずよ。あなただって、誰にもつけられていないと言ったじゃない」

「いや」ケヴがあっさりと前言を翻した。「そう思ったが、ひょっとしたら注意力が散漫になっていたのかもしれない。こういうときは充分に警戒したほうがいいんだ。それに、車のなかにはコンドームもないし」どこか勝ち誇った口調で最後の言葉をエディに投げかけた。

エディは顔を近づけて、ふたりの額を合わせた。「ケヴ、あなたって困った人ね。どうして学習しないのかしら？」

「おれの家にはあるぞ！」ケヴはいきり立った。「ひと晩じゅうおれの家できみとセックスするつもりだったんだ。今もそれは変わらない。だから家にはコンドームが山ほどある。鍵を何重にもかけて、最新式の警報装置をセットして、手元には銃を置いて、誰にも邪魔されずにきみとふたりだけで夜を過ごすつもりだ。こんな路地の、しかも車のなかでするなんて冗談じゃない。絶対にだめだ。エディ、気を緩めるわけにはいかないんだよ」

もう一度エディは額をケヴの額と触れあわせた。「お願いよ」甘い声でせがむ。「ケヴ、いいでしょう？」

エディはフレンチネイルにした爪でケヴの胸をなぞった。ケヴが鋭く息を吐きだした。

「きみはどうかしているよ」そうつぶやく声はかすれている。

エディは手を止めた。なぜかいきなり体が震え始めた。笑っているのか、泣いているのか自分でもわからない。「頭のいかれたエディ」声を絞りだす。「当たってるわ。そのとおりよ」

ケヴはあわててエディを引き寄せて、強く抱きしめた。「エディ、すまない。そんなつもりは——」

「いいの、わかってるから。そんなつもりで言ったんじゃないのはわかっているわ」エディは両手でケヴの顔を包み、熱烈なキスを降らせた。暗闇のなかでそっと指を滑らせて、傷痕が残る右頬の引きつれた肌と、対照的になめらかで傷のない左頬の肌の感触を記憶に焼きつけようとした。彼はひげを剃っている。さっきよりも肌がすべすべしているわ。それに、いい香りのアフターシェーブローションまでつけている。わたしを喜ばせるために。そんな彼の気遣いに胸が熱くなった。

だけど、真実をささやき続ける声が頭のなかでこだましている。わたしはケヴと一緒にはいられない。これは密会みたいなものだ。ふたりだけで会える、ほんのひとときの大切な時間。だからこそ、ケヴといられる一瞬一瞬を思う存分楽しみたい。

「あとどのくらい時間が残されているかわからないわ」エディはキスの合間につぶやいた。

「必ずわたしは連れ戻される。そのときはすぐそこまで迫っているわ。ケヴ、時間がないの。だから、お願い。今ここでわたしを抱いて」

ケヴはエディの肩をつかんで強く揺すった。「やつらにそんなことはさせない。きみを絶対に渡さないぞ」

本当に優しい人だ。だが、その勇敢な言葉が悲しくエディの心に響いた。ケヴはわかっていない。いくら今までのボーイフレンドとは違っていても、彼も普通の男だ。私兵部隊を抱えているわけでも、警察トップや政治家と深くつながっているわけでも、湯水のごとく使える資金を持っているわけでもない。

「ありがとう。すごくうれしい」エディはそっとささやいた。「無理だとわかっていても、今の言葉はうれしいわ」

ケヴが体をこわばらせて、怒気を含んだ声で言った。「おれを信じていないんだな」

エディはケヴの頬を撫でた。せつなくなるほどすてきなケヴ。「そうじゃないわ。ただ、わたしはあの人たちのことをよく知っているだけ」

「あいつらはおれを知らない。知ったらショックを受けるだろうな」

ケヴの心のうちで渦巻く怒りが伝わってきた。爆発寸前の凶暴な怒り。激しい怒りを目の当たりにしても怖くないのは初めてだ。むしろ、その揺るぎのない自信にエディの血は熱く燃えた。ケヴの言葉を信じられそうになっていた。彼なら本当に自分を守ってくれるのではないか。あのチャールズ・パリッシュにもひるむことなく敢然と立ち向かい、勝つのではないだろうか。だって、ケヴは正義の味方だもの。

ばかみたい。そんなことはありえないのに。ケヴは誰を相手にしようとしているのかわかっていないのだ。何がなんでも父の魔の手から彼を守らなければならない。

でも、今だけはわがままを許してほしい。もう一度だけケヴに抱かれたい。エディはケヴの太腿の上にまたがり、熱く潤った部分を彼の脈打つものに押し当てた。ケヴの首筋に唇を当て、湿った肌を軽く嚙み、舌を這わせて汗をなめ取った。

ケヴがエディの腰をつかんで激しく動かし始めた。「エディ、信じてくれ。おれは必ずきみを守るよ」

エディは背中をのけぞらせて胸を突きだした。「ケヴ、どうやってわたしを守ってくれるの？　その証拠を見せて」彼女はケヴを挑発した。「わたしを感じさせて。あなたを信じさせて」

ケヴが低くかすれた声で絞りだすように言った。「それは家に帰ってからだ。きみの望むことはすべて叶える」

「今すぐ叶えて」エディは彼のベルトのバックルを外して、ズボンのなかに手を差し入れようとした。だけど、ぴたりと張りついたズボンと何度格闘しても手が入らなかった。エディはケヴの腿の上からおりると、熱くたける張りつめたものをズボンの上から撫で、ぎゅっと握りしめた。

「エディ、やめろ」ケヴがうめいた。

やっと捕まえた。彼が降伏したのがわかった。ふたりは悪戦苦闘のすえに頂上までのぼり、反対側に転げ落ちた。エディは運転席の背もたれを片手でつかみ、もう一方の手でピンクのシフォンドレスをたくしあげて、Tバックをおろし、片足に引っかけたままふたたびケヴの太腿の上にまたがった。Tバックがガーターベルトのように腿に絡まっているのも気にしなかった。

「わたしを感じて」スカート部分が大きくふくらんだドレスを持ちあげて、エディはケヴの手をつかんだ。「ここよ」腿のあいだに彼の手を添える。「濡れているここに触れて」

ケヴの口から荒い息がもれた。エディの胸の谷間に顔をうずめ、なめらかな秘所にそっと愛撫を加え始める。彼の指遣いはどこまでも優しい。エディは息を潜め、ケヴに奥深くまで貫かれるときを待っていた。「お願い、あなたがほしいの」その声はかすれていた。

ケヴが聞いたことのない不思議な言葉で小さく悪態をついた。彼の指の動きが徐々に大胆になり、襞を撫で、そっと分け、押し広げて、あふれでる蜜を塗り広げていく。

そうよ、ケヴ。すごくいい。もうすぐあなたとひとつになれる。早くあなたがほしい。

エディの心のつぶやきが聞こえたのか、ケヴも態度を決めたのがわかった。エディの体を軽々とずらして、ズボンのファスナーをおろした。ふわりと広がったドレスがふたりの下腹部を覆っている。暗がりのなかでは、華やかなシャンパンピンクが繊細な白に見える。なんだかまるでウエディングドレスみたい。

ふたたび涙が頰を伝い落ちた。これはうれし涙。わたしの望みを叶えてくれるケヴへの感謝の涙だ。ケヴが大きく屹立した自身を握り、入り口に先端を押し当てた。角度を調整して、ゆっくりとエディのなかに滑りこんできた。

その瞬間、痛みが走った。それと同時に……ああ、すてき……ケヴを感じる。コンドームなしのセックス。でも、気にならなかった。無責任だとも思わない。常識なんてどうでもよかった。ケヴのすべてを、せつなくなるほど優しい愛撫を体に刻みつけたい。

ケヴがエディの両手を取り、運転席の背もたれを握らせた。そして彼女の腰に手を添えて、強く突きあげ始めた。突かれるたびに、エディの口から声がもれる。体は歓《よろこ》びに震え、激しい感情が胸の奥底からわきあがってきた。ケヴは腰を上下させながら、ひと突きごとに深さを増していく。エディは強烈な幸福感に包まれていた。どこからかヴァイオリンの美しい音色が聞こえてきた。音が少しずつふくれあがり、深みをたたえてオーケストラを奏でだした。エディは高みへと押しあげられていった。やがて激しい打楽器の音が鳴り響き、一気にエディはのぼりつめた。

快感が体を貫いたそのとき、暗闇にまばゆい光が降り注いだ。

オーガズムの余韻のなかで、エディは奇妙な安堵感に浸っていた。世界が美しく見えた。この世界には邪悪なものが潜む闇はなく、すべてが光り輝いている。もう家族に何を言われようと、強く生きていけそうな気がする。

弾んでいた息が徐々に落ち着いてきた。エディはケヴにもたれたままうとうとしていた。まどろみからふとわれに返ると、彼が自分のなかでまだ脈打っていることに気づいた。ケヴは動かないように体をこわばらせて、そっとエディの背中を撫でている。

エディは顔をあげて、ケヴを見た。「あなたはまだなのね」

「ああ」ケヴが答えた。

「どうして？　何かを証明しようとしているの？　見事な自制心を誇示したいとか？」

「おれはそんな立派な男じゃないよ」ケヴがエディの唇に人差し指を押し当てた。「ただ、子どもを作るのはもっと落ち着いてからのほうがいいと思うんだ。話しあうこともいろいろあるし」

エディは暗闇にほのかな光を投げかけるケヴの瞳をのぞきこんだ。「それは……そうね。あなたの言うとおりだわ」エディはささやいた。

「誤解しないでほしい。別に嫌いなわけじゃないんだ」

ケヴはエディのヒップを両手で包み、ゆっくりと腰を動かし始めた。エディの唇からあえぎ声がもれる。「赤ん坊だよ。おれはほしい。ふたりの子どもがほしい」

「ええと……ケヴ、わたしたち、会ってからまだ二十四時間も経っていないのよ」

ケヴはエディの喉元にキスをした。そっと歯を当て、舌でなぞる。「時間なんて関係ない

よ。おれたちには関係ない」

エディも内心ではそう思っている。だが、口に出して言うのは恥ずかしかった。「でも普

通は初デートで赤ちゃんの話はしないわよ。男の人ってこういう話を嫌うもの。女がうっか

り赤ちゃんのあの字でも口にしたら、絶対に尻尾を巻いて逃げていくわよ」

「おれは逃げない」

エディはケヴをきつく抱きしめた。

「きみはどう？　逃げだす？」ケヴの声が低く響いた。

「いいえ。逃げないわ」

「それじゃ、いいかな」ケヴはエディの腰をつかんで持ちあげ、ふたたび彼女の腰を深く沈

めた。ふたりの口から同時に、歓喜のあえぎ声がこぼれでた。

エディは咳払いをして間を取り、頭をはっきりさせようとした。「あのね、思うんだけど

……あなたも最後までイッたほうがいいんじゃないかしら？」

「ああ、エディ」深みのあるなめらかな声。「きみもおれの子どもがほしいんだね?」

エディは吹きだした。「わたしは、あなたが大噴火するところが見たいのよ。赤ちゃんを作らなくても、爆発はできるでしょう?」

ケヴはしばらく口をつぐんでいた。「きみはおれの気持ちをもてあそんで楽しんでいるんだな」

エディはケヴの頰にキスをして、唇をあごへ、そして喉へと滑らせた。「まさか。そんなことしていないわ」そうささやいて、ケヴの腿の上からおりた。そして、彼の脚のあいだに体を入れてひざまずくと、脈打つ太いペニスを握りしめた。

「もてあそぶのはこれからよ」エディは笑みを浮かべて、彼を口に含んだ。

ああ、すごい。こんなに大きくて硬いなんて。ケヴのとてもセクシーな匂いがする。熱く濃厚な匂い。それに、自分自身の匂い。豪語するほどのテクニックはないけれど、夢中で舌を動かし、彼を愛撫しているうちに興奮が高まってきた。やがてケヴが体を激しく震わせ、口のなかで果てると同時に、エディも二度目の絶頂に達していた。

オーガズムの波が全身を洗い、頭のなかでは美しい花が咲き乱れている。エディは口を大きく開けて、荒い息をつきながら顔に張りついた髪を払った。

ケヴがエディを抱えあげ、膝の上にのせてきつく抱きしめた。涙がとめどなくあふれてきたが、隠そうとは思わなかった。ケヴの顔にキスの雨を降らせる。彼の顔も涙で濡れていた。

深い静寂に包まれたまま、ふたりはしばらく抱きあっていた。永遠とも思える時間が過ぎ去ったあと、ようやくエディは心地よい胸から顔をあげた。「決めたわ」エディはささやいた。「これから病院に行ってくる」

ケヴが体をこわばらせた。「なぜ？」

エディは背筋を伸ばし、話し始めた。「ケヴ、一緒に病院に行きましょう。逃げるのではなく、強いわたしたちを見せつけてやりましょうよ。わたしたちは、頭のいかれた娘でも誘拐犯でもないわ。父親の容態を心配する娘とそのボーイフレンドなの。堂々とふたりで病院に行きましょう。毅然と立ち向かうのよ」

「エディ、相手はまともじゃないんだぞ」ケヴがすかさず言い返した。「立ち向かうだけ無駄だ。放っておけよ。このままふたりでどこかへ消えよう」

確かに、ケヴとなら逃亡生活も楽しいだろう。考えただけで胸が躍る。でも、ロニーのことを思うと実行に移す気にはなれなかった。「じゃあ、どこへ行くの？」

「どこでもかまわないさ。場所なんて問題じゃない。ラップランドでトナカイを飼って暮らしてもいいし、オーストラリアでエミュー農場を経営してもいい。クレタ島でヤギを飼育するのもいいかな。南太平洋の島で漁師をするのも悪くない。どこで暮らそうと、おれはきみを守っていく。得意技はたくさんあるし、言葉を覚えるのも早いからね」

エディは黙って聞いていた。「心惹かれる話だわ。ロニーがいなければ今すぐ荷造りをするでしょうね。でもね、ケヴ、ここで逃げたら、あなたも自分の過去を探すのをあきらめることになるのよ。今の生活も手放すことになるの。懸命に築きあげてきた暮らしじゃない。ゼロからここまで来たのよ。それを簡単に捨ててしまうの？」

「おれはきみさえいればいい。きみがそばにいてくれるなら、ほかには何もいらないよ」

エディは震える唇に手を押し当てた。「ああ、ケヴ。すごくうれしい。そんなことを言ってくれるなんて、あなたは本当に優しいわ。わたしは何もあなたにしてあげられないのに」

「そんなことはない。充分してもらっているよ」ケヴがきっぱり言いきった。

エディは思わずもれそうになった笑みを噛み殺し、ケヴにキスしたい衝動も抑えた。「病院に行きましょう。鼻を明かしてやりましょうよ」

道中、ケヴはずっと無言を貫いていたが、病院に着いて車からおりると、エディの肩にコートをかけてくれた。ケヴがそばにいるだけで心強い。さあ、いよいよ敵陣に乗りこむときが来た。エディはケヴにしっかり手を握られて歩きだした。

ふたりは迷路のように入り組んだ廊下を歩き、いくつもの診療受付窓口を通り過ぎた。人人が目を見張ってこちらを見ている。ふたりは好奇の目など気にもとめずに、集中治療室に向かって歩を進めた。

ふと目をやった窓に自分の姿が映っていた。髪はくしゃくしゃに乱れ、目のまわりはメイクが崩れて黒く汚れている。大きな目はみだらな光を帯び、頬は上気して、唇は赤く腫れている。男物のコートの裾からのぞくドレスのフリルがあまりにもミスマッチで、エディは笑ってしまいそうになった。まさに、隣にいる大柄でゴージャスな男とたった今セックスしてきましたと宣言しているも同然の姿だ。それに引きかえ、ケヴの姿は神のごとく輝いている。長身で非の打ちどころのない体。厳かな顔。油断なく光る緑の瞳。女たちの視線を一身に集めているのも当然だ。ある者はすれ違いざまに振り向き、またある者は立ち止まって彼を熱いまなざしで見つめている。

それなのに当の本人は、彼女たちにはまったく見向きもせず、わたしの手をしっかり握りしめて歩いている。そう、わたしの手を。ケヴはわたしを守ると力強く誓ってくれた。一緒に逃げようとも言ってくれた。幸せすぎて泣いてしまいそうだ。

だが、エディの天にものぼるような高揚感は、廊下の角を曲がって家族の姿を目にしたとたん、跡形もなく消え去ってしまった。

16

廊下の角を曲がった瞬間、不快感をあらわにした顔に迎えられた。まったく歓迎されていないのは一目瞭然だ。ケヴは気にもならなかったが、このあからさまな拒絶はエディの心を傷つけた。ろくでなしの集団。どれだけエディを苦しめたら気がすむのだろう。だが、こんな救いようのない愚か者たちのなかに天使がひとりだけいた。ラヴェンダー色のドレスを着た痩せた少女が、こちらに向かって一目散に駆けてきた。少女は勢いよくエディに飛びつき、強く抱きしめた。

「ヴェロニカ!」骨と皮ばかりの年配の女が口をゆがめ、鋭い声をあげた。「今すぐこちらに戻ってきなさい!」

ロニーはがみがみ女を完全に無視して、エディの肩に顔をうずめた。この腹の据わり具合は、あっぱれとしか言いようがない。

「あなたを巻きこんでしまってごめんなさい」エディがケヴのほうに顔を向けてささやいた。それから前方に陣取っている面々をあごで指す。「わたしたちを殺したくてうずうずしているわ」

「きみが謝ることはないよ」ケヴはエディに笑みを向けた。「おれはこれっぽちも気にしていない」彼はろくでなしの集団を眺めた。ロニーを叱りつけた、痩せぎすの干からびた女。まるまる太った若い女。ふたりともイブニングドレスを着ている。眼鏡をかけた年配の男。そしてボディカードの男がふたり。ひとりは筋肉隆々のがっしりした黒人。もうひとりは昨日エディを迎えに来た、ゴリラ顔のリムジン運転手。エディの前で痰を吐きだした男だ。こいつの歯をすべて、へし折ってやりたい。

年配の女が一歩前に進みでた。「エディス、いい加減にしなさい」女はすごんだ。「あなたの父親は今、死の淵《ふち》に立っているんですよ。そんなときに男を連れてくるなんて、いったいあなたの頭はどうなっているんです？」

エディが鋭く息を吐きだした。「イヴリンおばさま、わたしのボーイフレンドを紹介するわ。ケヴ・ラーセンよ」毅然と言いきる。「ケヴ、わたしのおばのイヴリン・モリス」

彼女の凜とした態度にケヴは誇らしい気持ちになった。「はじめまして」ケヴは怒りで真っ赤になっている相手の顔をじっと見つめて、控えめにうなずいた。手は差しださなかった。それはいくらなんでもやりすぎだ。

「こんな茶番は我慢ならないわ」年配女のヒステリックな甲高い声が響く。

エディは落ち着いた声で続けた。「それから、いとこのタニア・モリス。イヴリンおばさまとは母娘《おやこ》なの。そして、マルタ……マルタはどこ？」

「チャールズおじさまに付き添っているわ」タニアが言った。「病室にはひとりずつしか入れないのよ。おじさまが興奮するといけないから」

エディは先を続けた。「ドクター・カッツよ。パリッシュ家のかかりつけのお医者さまなの」そう言って、眼鏡をかけた年配の男を指さす。次に、がっしりした黒人の男にうなずきかけた。「ロバート・フレイザー。セキュリティ・スタッフよ」最後に、ゴリラ顔のネアンデルタール人を示した。「ポール・ディティーロには会ったわね」

「ミズ・パリッシュ、昨日の夕方、うちのセキュリティ・スタッフがこの男に襲われたのはご存じですか？」ポールが言った。「殺されかけたんですよ」

ケヴはあきれた顔をポールに向けた。「ずいぶん大げさだな」

エディが目をしばたたいた。「えっ、なんですって？」

「膝をやられたんです。今頃手術をしていますよ」ポールが憎々しげに吐きだす。「もうひとりは鼻の骨を折られました。あごも外れて、脳震盪《のうしんとう》を起こしたんですよ」

くそっ。この男はチクリ魔か。エディがとまどった表情を浮かべてケヴを見あげた。「どういうこと？」

ケヴは肩をすくめた。「突然目の前に現れたんだよ。もうひとりは、いきなり背後からおれの腕をつかんできた。きみの父親の部下だとは知らなかったんだ」ポールをにらみつける。

「ひと言言わせてもらえば、待ち伏せなんかしないで、正々堂々とおれに会いに来ていたら、膝も鼻も無事だったんだ」

ポールが顔を真っ赤にしていきり立った。「ミズ・パリッシュ、こいつは危険です。おれたちはお嬢さんを守らなければならない。それがおれたちの仕事ですから。だがね、その仕事をやりづらくさせているのは、お嬢さん本人なんですよ。そこのところをよく覚えておいてください」

エディは欲望をそそるふっくらとした唇を噛んだ。「ケヴは何も悪くないわ。いきなり現れて先に手を出したセキュリティが悪いのよ。ポール、そもそもケヴを尾行するなんて間違っているわ」

相手の鼻の穴がふくらむ。「そう言うと思ってましたよ。お嬢さんは洗脳されているってボスから聞いてましたからね」

エディは今の嫌味を聞き流した。「父の様子を見に行ってもいいかしら?」

「今はマルタがついています」おばが言った。「チャールズは意識が混濁しているんですよ。きっとストレスのせいでしょうね。エディス、あなたが向こう見ずなことばかりして心配をかけるから、チャールズがこんなことになるんです」

ケヴはエディの肩に手をのせた。これでは彼女の神経がすり減るのも当然だ。このろくでなし集団は骨の髄まで腐っている。

チャールズ・パリッシュの病室のドアが開いた。光沢のあるグレーがかった白いドレスに、光り物のアクセサリーをじゃらじゃら身につけたバービー人形が出てきた。女はティッシュで目元をそっと押さえてから、エディに目をやった。予想どおり、女は唇をゆがめた。完璧なメイクをしていても、この表情で女の顔が一気に十五歳は老けた。

次に女はケヴに目を向けた。とたんに顔色が変わる。ケヴはぴんときた。女は目の前の男が誰なのか気づいたのだ。その顔には恐怖が張りついている。

女が目をそらした。「会ったことがあるかな?」ケヴはきいた。

彼女が首を横に振った。「いいえ、まさか。今日が初めてですわ」息もつかずに言いきる。

「ただ、あなたに少し似ている……」

「誰に似ている?」思わずきつい口調になってしまった。

女がケヴからエディに視線を移した。「いえ、なんでもありませんわ。ちょっと失礼」そう言い残し、廊下にヒールの音を響かせて洗面所のほうへ歩いていった。

歩き去る女の背中をエディが怪訝そうに見つめている。「どうしたの?」

「いや、さっぱりわからない」ケヴはつぶやいた。だが、バービー人形とはもう一度話をしたほうがよさそうだ。すぐにでも。

エディがロニーの頭のてっぺんにキスをして、耳元で何かささやき、体にまわされた妹の腕を引き離した。父親の病室に近づき、ドアの取っ手に手をかけて、申し訳なさそうにケヴを見る。「あなたを連れて入れなくてごめんなさい」彼女は敵意むきだしの集団に向かってあごを突きだした。

ケヴはエディにほほえみかけた。「大丈夫だよ。気にすることはない」

「いなくならないでね。わたしのグラフィックノベルのなかに、夢の世界に帰ってしまわないで。わたしをひとりぼっちで置いていったら許さないから」

「どこにも行かないよ」ケヴは安心させるように言った。「消えてくれと言われても、どこにも行かない。この世界が気に入っているからね」

エディがにっこりほほえんだ。その笑顔がケヴの心を直撃した。「わたしもよ」

彼女は病室に入っていった。イヴリン・モリスがすかさずやってきて、ロニーの手をつかみ、自分の陣地に無理やり引っ張っていった。なんて強引なのだろう。引きずられるようにして連れていかれるロニーは、今にも泣きそうになっている。

敵陣から嫌悪むきだしの視線が飛んできた。ケヴは表情ひとつ変えずに見つめ返したが、内心はとても落ち着いてはいられなかった。隔離という言葉が頭から離れなかったのだ。まったくひどいことをするやつらだ。おそらく、エディを精神科の病院に隔離するもしないも父親のひと声で決まるのだろう。とりあえず今夜は難を逃れられそうだ。今の状態では、エディの入院書類にサインすることはできないだろう。不謹慎なのは承知のうえで、あえて言わせてもらえば、あの傲慢な父親のワイングラスに毒を仕込んだやつに感謝したいくらいだ。突然舞いこんできたこの時間を逃す手はない。

まずは、一刻も早くエディを家に連れて帰り、家族と縁を切るよう説得しよう。うまくいけば明日の今頃はオレゴン州から離れているかもしれない。

当然、エディはロニーを置いてはいけないと言い張るに違いない。その姿が目に浮かぶ。説得するのはかなり大変だろうが、エディとなら根比べも楽しめそうだ。たとえ負けたとしても。

病室のドアが開き、エディがおぼつかない足取りで出てきた。目がうつろだ。くそっ、サディストめ。いくつものチューブにつながれてベッドに寝ていても、娘を傷つけることは決して忘れないようだ。ケヴは彼女を抱きしめた。「どうだった？」

エディがもたれかかってきた。「わたしを怒鳴りつける元気はあるみたい」疲れのにじむ声でつぶやく。「でも、きっとこれはいい兆候なのよね。毒を盛られたのかどうかは、検査結果を待つしかないわ」

彼女のおばといとこが仏頂面でこちらをにらみつけている。

「ベイビー」ケヴはエディの耳元でささやいた。「家に帰ろう。ここにいる連中と話をしてもなんの得にもならない。いやな思いをするだけだ」

「ミズ・パリッシュ、帰りましょう。おれとロバートがお嬢さんたちを家に送り届けます」ポールが大声をあげた。「ドクター・カッツも一緒に――」

「あんたとはどこにも行かないよ」ケヴは言い返した。

ぎこちない沈黙が広がる。

「エディスには面倒を見てくれる人が必要です」イヴリンが声を張りあげた。「その子は精神的に不安定なんですよ。さあ、ポール、ロバート、よろしく頼むわ」

男たちがこちらに向かって歩いてきた。ケヴはエディを背後に隠し、不敵な笑みを浮かべた。「それ以上近づかないほうがいい。まあ、そうはいっても、ここはもう集中治療室だ。あんたたち、ラッキーだな」

男たちがぴたりと足を止めた。自分たちの仲間がどうなったのか思い出したのだろう。緊張が走った。ケヴは男たちとにらみあった。戦闘態勢はすでに整っている。それでも、病院で騒ぎは起こしたくなかった。あまりにも常識外れだし、大人げない浅はかな行動だ。それにこの男たちも、ここでは暴力沙汰を起こしたくはないはずだ。

ポールが目を細めた。「いい気になるなよ。この落とし前はきっちりつけてやる」

「ああ、楽しみに待っているよ」いつでも受けて立つつもりだ。ケヴはエディのおばといとこに向き直った。「失礼ながらひと言言わせていただきます。このくそ女。さっさと地獄へ落ちろ」それからロニーを見て、ほほえみかける。「もちろん、きみは違うよ」

ケヴはエディの手を握り、廊下をずんずん突き進んだ。

言わなければよかった。ふと後悔が頭をかすめる。子どもじみた不作法なふるまいだった。

自分の立場を悪くするのも、わかりすぎるほどわかっていた。だが、あのいけ好かない女たちを見ていると、どうしても言わずにはいられなかったのだ。突然、エディが肩を震わせて笑いだした。楽しげに笑う声を聞いたとたん、かすかな後悔は吹き飛んでしまった。褒められた態度ではなかったが、この声が聞けたのだからよしとしよう。

ケヴはエディをエレベーターに乗せ、細い肩を抱き寄せた。彼女はまだくすくす笑っている。笑いは最良の薬だ。これで少しは緊張がほぐれるだろう。エディが震える唇に当てていた手を離した。

「信じられない。まさかあんなことを言うなんて思わなかったわ」笑いながら、やっとのことで言う。

「おれもだよ。自分でも信じられない」エレベーターの扉が開き、ケヴはエディを外に押しだした。「さあ、急ごう。距離を稼いでおきたいんだ。あいつらに捕まらないうちに」

エディはケヴの歩調に合わせて懸命についてくる。できるなら彼女を肩に担いで走りたいが、これ以上人目を引きたくはなかった。「あいつらには金銭的にきみにちょっかいを出す理由があるのかい？」

エディがとまどった表情を浮かべている。「ええと……それはどういう……」

「きみが財産を受け取らなかった場合、その莫大な金はおばさんたちに行くのか？」

「そのあたりのことは、わたしは何も知らないの」なぜこんな話をしているのかわからないといった口調だ。「気にしたこともなかったわ。莫大な遺産があっても、わたしは相続人から外されているから」

「あいつらには近づかないほうがいい」ケヴは言った。「できるだけ遠くに離れるんだ」

「ようやく話が見えてきたわ。わたしのそばにいると、あなたにも危険が及ぶわね」つらそうな声だ。「わたしを本屋で見つけたばっかりに、あなたの人生が狂ってしまうかもしれないわ。知らないうちに犯罪者にされることだってありうる。ああ、ケヴ。これ以上あなたを巻きこむわけにはいかない。わたしのせいであなたを――」

「そうじゃない！」ケヴはいきなり立ち止まり、エディに向き直った。そのはずみでエディが後ろによろめいた。「きみは何ひとつ悪くないだろう。おれは巻きこまれたとは思っていないよ。きみのそばにいるのは、おれがそうしたいからだ。おれはどこにも行かない。行きたいところもない。きみのそばを離れるつもりはないよ。これが最終結論だ。いいね？」

エディがケヴの顔を見あげた。肩で息をして、目を大きく見開いている。唇をなめた。やわらかな唇がピンク色に輝き、食べてしまいたいほど愛らしい。「あの……わかったわ」

ケヴは一歩さがった。なぜか照れくさかった。「よし。これで話は決まった」

エディはまだフクロウみたいに目を丸くしている。「なんだかびっくり」呆然とつぶやく。「その……すごく迫力があって、ちょっと怖かったわ」

ケヴは肩をすくめた。「なんとでも言ってくれ。きみのいかれた家族に会って、いらいらしたんだ」

　エディがすまなそうな顔をした。「本当にごめんなさい。言ったとおり、大変な目に遭ったでしょう？　だからわたしは――」

「もうこの話はいい」ケヴは吐きだすように言った。

　エディが咳払いをした。「そう。わかったわ。それで、これからどうするの？」

「家に帰る」ケヴは有無を言わせぬ口調で、きっぱりと言った。「おれの家に」

「エディ？　ああ、よかった、まだいてくれて。会えないかと思っていたんだ」

　いきなり声をかけられ、ふたりは驚いて振り返った。背の高いハンサムなタキシード姿の男が足早に廊下を駆けてくる。「イヴリンに、きみはもう帰ったと言われたから」

　男は駆け寄るなりエディを抱きしめた。そのまま一向に離そうとしない。エディはぎょっとした表情を浮かべている。ケヴは秒数を数えた。一秒、二秒、三秒、四秒。もう我慢の限界だ。彼は男の肩をいささか乱暴に叩いた。「おい、もういいだろう。離れてくれ」

　男がエディの髪にうずめていた顔をあげた。青い目でケヴを見る。「失礼」悪びれもせずにそう言うと、エディから体を離した。永遠とも思えるほどゆっくりと時間をかけて。「きみたちは……」男はエディを見て、眉をぴくりと動かした。「この人はきみの――」

「そうだ」ケヴは男の言葉をさえぎった。「そういうことだ。だからその手を離せ」

　男が含み笑いをもらして両手をあげた。その態度がケヴの神経を逆撫でした。「まいったな。そんなつもりは……。気を悪くしないでくれ」

「別に気にしちゃいないさ」ケヴは嘘をつき、たっぷり間を置いて、もうひと言言い添えた。

「今はまだ」

男がエディに向き直り、手を伸ばしかけたところでケヴの視線に気づいて、あわてて手を引っこめた。「大変だったね、エディ。あのときはどうなるかと思ったが、チャールズの状態が安定したと聞いてほっとしたよ。本当によかった。きみもこれで安心だね」

「ええ」エディは静かな声で答えた。「どうしてあんなことになったのか、一刻も早く検査結果が知りたいわ」

「そうだね。エディ、結果が出たらぼくにも知らせてほしい」男がケヴに目をやり、顔の傷をじっと見つめた。「この彼が、きみの話していた例の友達かな?」

ケヴは驚いた。エディはこんな薄っぺらい男におれの話をしたのか?

「ええ、そう」エディが言った。「ケヴ、デズモンド・マールよ。ヘリックス社の副社長なの。デズ、ケヴ・ラーセンよ」

マールが手を差しだした。ケヴも手を伸ばした。ただし礼儀として握手をしたまでだ。本心は、マスをかいたべとべとした男の手なんか握りたくもなかったが、エディのためだと思い、しかたなく握手をした。マールは男性下着モデルも叶わないほどのまばゆい笑顔を向けてきた。ケヴは笑みを返さなかった。

「父のパーティーで、オスターマン博士の昔の研究内容を知っている人と連絡を取れるかどうか、彼にきいてみたの」エディがケヴに話しかけた。「ごめんなさい。すぐにあなたに教えるつもりだったんだけど……いろいろあったから、忘れていたわ」

ケヴは言葉が出なかった。あまりにも話ができすぎているようで信じられなかったのだ。こんなに簡単に自分の過去につながる手がかりに近づいたとは、現実と思えなかった。それにしても、よりにもよってその鍵を握っているかもしれない人物が、このセックス依存症のくそ野郎だとは。この話を否定的に考えてしまうのは、この男に反感を抱いているからかもしれない。

マールは満面に笑みを浮かべて、何度も力強くうなずいている。「もうすでに何人かに電話をかけてみたよ。研究所の同僚のアヴァ・チャン博士が、きみに会うのを楽しみにしている。彼女は、フラクソン社でのオスターマン博士の研究についてはよく知らないみたいだけど、ぜひきみの手助けをしたいと言ってくれたんだ。ぼくもできるだけのことをするつもりだよ。これからは連絡を取りあいながらやっていこう。そうしたほうが手がかりも早く見つかると思うんだ。きみの連絡先を教えてくれるかい？」マールは携帯電話を取りだした。電話帳を開き、待っている。

なぜか、やはりどうしてもこの話に飛びつく気にはならなかった。まったく興味がわかないのだ。むしろ、この男をぶちのめしたくなった。

「さあ」マールの声にかすかないらだちがにじんでいる。「電話番号を教えてくれるかな？　名刺でもいいけれど」

ケヴはエディを見た。「きみは彼の電話番号を知っている？」

「ここにあるわ」エディはドレスの胸元に手を入れて、折れた名刺を取りだした。マールの視線がエディの胸の谷間に釘づけになっている。

ケヴはエディの手から名刺を抜き取った。弾力のある美しい胸に張りついていたせいで、まだぬくもりが残っている。「おれたちのほうから電話するよ」ケヴは言った。「今はごたごたしているんでね。エディの父親の検査結果が出て、すっかり落ち着いたら連絡する」

マールの笑みが凍りついた。ほんの一瞬だったが、ケヴは見逃さなかった。すぐに彼は目尻に皺を寄せ、真っ白い歯をきらりと見せて、さわやかな笑みを顔に貼りつけた。勢いこんで相槌を打つ。「そうだね。そのほうがいい。じゃあ、連絡を待っているよ」そしてエディにキスをしようとして一歩前に踏みだした。すかさずケヴはエディの前に立ちふさがった。

「だめだ」ケヴはにこやかな笑みを浮かべて釘を刺した。「それはやめておけ」

マールのまぶたがぴくりと痙攣した。「きみは勘違いしていると思う。ぼくは――」

「話は終わりだ」ケヴはさらりと流した。「もう遅い。長い一日だったからエディは疲れている。そういうわけで……このくらいでいいかな」

マールの顔から完全に笑みが消えた。「ああ、わかった。暇になったら電話してくれ」

ケヴはマールの姿が廊下の角を曲がって見えなくなるまで待ってから、文句を言い始めたエディの肩を抱き寄せて先を急いだ。

「今の態度はあまりにも失礼じゃない?」エディが声を張りあげた。「どうしちゃったの? 早く話を聞きたくないの?」

駐車場へ続くエレベーターの扉が開いた。エディをなかに押しこみ、扉が閉まると、ようやくケヴは口を開いた。「わからないのかい? まったく? 考えてみてくれ。思い出すかもしれないから」

エディがいらだたしげに息を吐きだした。「疲れていて、ゲームをする気分じゃないわ。さっさと言って。でないと、タクシーを呼んで自分の家に帰るわ」突然エディが口ごもる。「でも、タクシーを呼ぶにはあなたの携帯電話を借りなきゃならないけど」

ケヴは鼻を鳴らした。「あいつはきみと寝たがっている」唐突に切りだす。

エディがぽかんと口を開けてケヴを見あげた。まいったな。本当にエディは自分がどれだけ男の性欲をかき立てているか気づいていないのだ。もちろん、エディにも好みはあるだろう。それでも、あまりにも無頓着すぎる。ひょっとすると、抱きしめられ、キスをされ、体じゅうをまさぐられても、男の反応に気づきもしないかもしれない。

エディほど魅力的な女性はいないだろう。それなのに当の本人はそうは思っていない。まったく不思議だ。マスカラがにじんでいても瞳は変わらず美しいままだし、口紅がすっかり取れているのに今もピンク色に輝く唇は、ふっくらとしていて思わずキスしたくなる。そして、着崩れたドレスからこぼれ落ちそうになっている胸。この姿を見て脈拍があがらなければ男ではない。

実際、ケヴの脈拍はあがりっぱなしだった。駐車場に到着すると、ケヴはエディをエレベーターから追い立てるように出した。また誰かに邪魔されてはかなわない。

隣を歩くエディの足元がふらついた。「でもデズモンドは……わたしは……絶対それはないわ！」エディがいきなり話しだした。「まったくの見当はずれよ。わたしは子どものときからデズを知っているの。でも彼は一度も……そんなの信じられない――」

「しっ。黙って」ケヴはエディを駐車場の壁に押しつけると、彼女の脚のあいだに割って入り、体を持ちあげた。エディはケヴの痛いほど張りつめた下腹部の上にまたがるようにして、彼にしがみついている。「本当だ。あいつはきみと寝たがっている。だが、その願いが叶う日は永遠に来ない。きみはおれのものだから」

エディがケヴの腰に脚をしっかり巻きつけて、彼の顔をじっと見つめた。頬がピンク色に染まり、唇はかすかに震えている。

「傲慢男さん、それについて異論はないわ」エディが澄まし顔で答える。「まったく」

「よかった」ケヴはささやいた。

「あなたにやきもちを焼かせたかったわけじゃないのよ」彼女が先を続けた。「力になりたいと思っただけ。過去を探す手助けをしたいの。あなたにまだ探す気があるのならだけど」

「もちろんあるよ。ただ、あのときは無性に腹が立ったんだ。このドレスのせいだよ。きみときたらおれに夢中のはずなのに――」

「あら？」エディが唇の端をあげて、ケヴを見ている。「わたし、あなたに夢中なの？」

「完全に心酔している」ケヴはにやりとして言った。「きみはおれに洗脳されているからね。ほら、ゴリラ顔もそう言っていただろう？」

エディが笑いだした。その楽しげな笑い声に、ケヴの心は弾んだ。「それって、ポールのこと？」

「ああ。そういうわけで、この立場を大いに利用させてもらうよ。さあ、家に帰ろう。きみにおれの巨大なベッドを見せるよ。特大サイズのコンドームの隠し場所も教える。今夜は最低でも七個は使うつもりだ。どうだろう？　契約成立かな？」

「そうねえ……」エディが黒いまつげを伏せてつぶやく。

ケヴはエディの体を見おろした。自分の上にのり、美しい胸を揺らしているエディの姿が目に浮かんだ。そのときが待ちきれない。「頭が吹き飛ぶくらいすばらしいテクニックも提供するよ」彼女の喉にキスをする。そしてさらに説得にかかった。「きみは何度も何度も絶頂に達する。そして、もうこれ以上は無理だとおれに頼みこむんだ。そこでようやく眠りにつくことができる」

「すごい」エディがケヴにもたれかかった。「なんだかとても激しそう」

「ああ、それは保証するよ。悩みも苦しみもはるか彼方《かなた》に消え去り、きみは疲れきってベッドに横たわっているんだ。まぶたが今にも閉じそうだ。そんなきみに、おれはチョコレートソースがかかったアイスクリームを手で食べさせる」

エディはケヴの首のくぼみに顔をうずめた。「トッピングは、ドゥルセ・デ・レチェにして。そうしてくれたら永遠にあなたの言うことを聞くわ」

よし、これで話は決まった。「おれの家から二ブロック離れた場所に二十四時間営業の食料品店があるんだ。それを買って帰ろう」ケヴは早口で言い添えた。「永遠の契約だ」

永遠の誓いを交わすキスをしようとしたが、エディから体を離すことができなかった。彼女の体はとてもやわらかくて、甘い香りがする。優しい口元。ふっくらとした唇。愛らしい舌。エディのすべてが愛しくてたまらない。

エディが顔をあげた。「ひとつだけ条件があるの」

ケヴは深く息を吸いこんだ。「条件？」

エディがケヴの頬を撫でた。今もケヴの腰に脚をきつく巻きつけている。「わたしにもお返しをさせて。わたしもあなたをくたくたにさせたいわ」甘くかすれた声でつぶやく。

ケヴはにやにや笑っていた。間抜け面をさらしているのはわかっていたが、どうにも抑えられなかった。不思議と傷痕が以前より痛くない。きっとこれはエディ効果だろう。笑う機会が多くなったおかげで、頬の筋肉がほぐれ、やわらかくなったに違いない。

「ああ、ベイビー」彼はかすれた声で言った。「楽しみにしているよ」

17

「見失うなよ！」デズモンドは携帯電話に向かって怒鳴った。「絶対にだぞ」

「わかってますって」ケン・ワタナベがのんきな口調で返す。「やつらは今、フリーモント橋に向かってます。それより、そんなことでいちいち電話してくるのはやめてくれませんかね。仕事に集中したいんですよ」

デズモンドは通話終了ボタンをいらだたしげに押した。「くそっ」ひと言つぶやいて、病院の廊下を歩きだす。

確かに応援部隊がいるのはありがたい。しかもトムのボディガードは一流だ。突然の計画変更にも難なく対応できる。だが、やつらの自信満々の態度には無性に腹が立つ。下っ端風情がえらそうに。つくづく、ケヴ・ラーセンの車にGPS発信器を仕掛けられなかったのが悔やまれた。それさえできていたら、これほどケンにいらだたされることはなかったのだ。だが、あの男が乗っている車がわからなかったのだから、悔やんでみたところでしかたがない。

ラーセンには激しい怒りを覚えた。これにはわれながら驚いてしまった。自分は常に冷静沈着でいられると思っていたからだ。いちかばちかの勝負に出る男にとって、この性格は必要不可欠だ。感情に左右されればミスを犯す。そしてミスは決して許されない。オスターマン博士の教えだ。

ケヴ・ラーセンの傲慢さは絶対に許すわけにはいかない。このぼくにあんな口をきくとは、無礼にもほどがある。いや、訂正しよう。あいつはケヴィン・マクラウドだ。これは確信を持って言える。あの男を取り囲んでいた空気でわかった。体から発散させていた焦げくさい臭いで。

まあ、あの男がケヴィン・マクラウドであることは、インターネットで双子の兄弟の顔を調べればすぐに確認できる。あんな醜い傷痕があっても、双子なら似ている部分があるはずだ。

それにしても、よくエディはあんな不気味な顔をした男と寝られるものだ。あの顔が目の前にあることを想像しただけで吐き気がする。自分がエディなら、とてもではないが無理だ。体が拒絶反応を起こすのは間違いない。きっとエディはセックスの最中、目をきつく閉じているのだろう。もしくは、バックスタイルでしかやらないのかもしれない。

窓に映った自分の姿が目に入った。デズモンドはしばし立ち止まって、非の打ちどころのない端整な顔立ちを眺め、自分ににっこりほほえみかけた。最高の笑顔だ。惚れ惚れするほど完璧ではないか。

くそラーセンとは大違いだ。支配者気取りの愚か者め。病院の廊下で、犬のマーキングのごとく自分の縄張りを主張した間抜けな男。このデズモンド・マールをいったい誰だと思っているのだ。レイモンド・マールの息子で、ヘリックス社の副社長であり、アメリカで指折りの大金持ちでもあるこのぼくに、頭も顔も壊れたみじめな記憶喪失男が本気で勝てるとでも思っているのか？

勘違いもはなはだしい。今にラーセンも後悔するだろう。自分の愚かさに気づくはずだ。必ず目にもの見せてやる、エディを使って。そう、あの男の縄張りを奪うのだ。エディのしなやかな体を組み敷き、激しく腰を打ちつける。その光景を思い描くうちに、自然と口のなかに唾液があふれてきた。フェラチオをさせてもいい。あのふっくらとしたピンク色の唇をこじ開けて、ペニスを根元まで突き入れるのだ。

もちろん、ラーセンの目の前で。きっとあの男は青筋を立てて、狂気に駆られたように叫ぶことだろう。

だが、あの五分間の屈辱を埋め合わせるには、まだ足りないくらいだ。当然、それだけで終わらせるつもりはない。今度はX-Cog用ヘルメットをラーセンにかぶせるのだ。そしてラーセンを思いどおりに動かす。アヴァはばかにするが、ぼくのマスターヘルメットの操作技術もそれほど悪くはない。

あの傲慢男にヘルメットをかぶせて、どちらがえらいのかを思い知らせてやる。床の上に散らばったものを貪り食い、這いずりまわり、転がり、犬みたいに吠え、デズモンド・マールの靴をなめるラーセンの姿は、さぞかし見ものだろう。

所詮、ラーセンの人生なんてこの程度のものだ。取るに足りない存在。両目からも鼻からも口からも血が流れるまで服従させて、ゴミ置き場に投げ捨ててやる。

手のなかで携帯電話の着信音が鳴り、楽しい空想に水を差した。画面にアヴァの名前が表示されている。パーティー会場を出てから、これで十回目の電話だ。いくら愛しい女でも、今はかまってはいられない。デズモンドは携帯電話をマナーモードに切り替えて、ポケットに入れた。アヴァはあとまわしでいい。

廊下の角を曲がり、集中治療室へ向かった。パリッシュ一族の姿が見えた。まったくイヴリンときたら、悲しくなるほど貧相な顔をしている。兄のチャールズはあんなに整った精悍《せいかん》な顔をしているのに、どうして兄妹《きょうだい》でこうも違うのだろう。その娘のタニアはまるまると肥え、目も肉で埋まっている。唯一輝きを放っているのは、エディの妹のロニーだ。とてもかわいらしい顔をしていて、澄んだ大きな目はエディにそっくりだ。椅子に座って泣いている姿はとてもはかなげに見える。控えめなラヴェンダー色のドレスをまとったその体に、デズモンドは視線を走らせた。すばらしい。子どもから大人へ変わろうとしている、まさにぼく好みの体つきだ。少女に興味を持つようになったのは、大学時代ロリータ好きだったトムの影響だった。

ビーズをあしらった黒いシフォンのドレスを着た、しなびたイヴリンばあさんが、デズモンドの姿を見つけて勢いこんで話しかけてきた。「デズモンド！　ああ、よかったわ、戻ってきてくれたのね。エディスには会えたの？　あの……恐ろしい連れの男にも？　わたしが言っていたとおりの男だったでしょう？」

デズモンドはうなずき、粉っぽい香水の匂いを吸いこまないように、息を止めてイヴリンを抱きしめた。「ええ、ミセス・モリス。あなたの言うとおりでしたよ。あの男はオスターマンの実験台にされて、十八年前、チャールズのオフィスに押しかけたやつでした。あの男は心身ともに壊れています。とても危険ですよ。エディが心配だな。あの男に完全に洗脳されていますからね」

イヴリンが大げさに顔をしかめた。「そうなのよ」

「そうかな。わたしはいい人だと思うけど」ロニーが不服そうにつぶやく。

「ヴェロニカ、大人の話に口を挟むのはやめなさい」イヴリンが叱りつけた。

ポケットのなかで携帯電話が振動した。またアヴァかと思いつつ画面を見ると、ケンの名前が表示されていた。デズモンドは申し訳なさそうにイヴリンにほほえみかけて、電話に出た。「マールだ」

「やつらを見失いました」ケンが言った。

FUTAMI BUNKO
http://www.futami.co.jp/

デズモンドの頭が一瞬真っ白になった。「なんだって？」

「どういうわけか消えたんですよ」弁解がましい口調だ。「まったくわけがわからない。だがあいつは――」

「言い訳は無用だ」デズモンドはいきなり電話を切り、驚いて見ているイヴリンに、にこやかな笑みを向けた。だが、心のなかでは狂犬のごとく吠えまくっていた。

「エディが、チャールズおじさまは毒を盛られたんだって言い張っていたけど」タニアが口を開いた。「でも、そんなことをする人間なんて、あの男しか思い浮かばないわ。だって、エディのためならなんでもやりそうだもの」

デズモンドは感心したふりをしてタニアを見つめた。「すごいよ、タニア！　きみの洞察力はすばらしいね。ぼくはまったく思いつかなかった。いやあ、きみは鋭いな」

タニアが得意げな笑みを見せた。「女の勘よ」

「検査結果が出て毒だと判明したら、病院側が警察に連絡するはずだ」デズモンドが言った。

「そうなったら、ぼくたちも話を聞かれるだろうね」

「チャールズおじさまのためなら、なんでもするわ」タニアが心にもないことを言う。

「エディをあの男のそばにいさせたくないな」デズモンドは、さも心配しているふうを装った。「できるなら、ぼくが直接あの男を問い詰めたいぐらいだ」

ゴリラ顔のセキュリティの男がポケットのなかをあさり始めた。「やつの名刺ならありますよ」男がデズモンドに話しかけてきた。

「今、なんて言った？」

「うちのスタッフのマックス・コリアに渡したんです」ゴリラ男が眉間に皺を寄せて読みだした。「ケヴ・ラーセン。ロスト・ボーイズ・フライウェア」

デズモンドは男の手からひったくるようにして名刺を取りあげた。自宅の住所は入っていないが、トムに頼めば簡単に見つけてくれるだろう。

それからほどなくして、デズモンドは集中治療室をあとにした。もちろん、口うるさいイヴリンとばかなタニアを優しく抱きしめてキスをし、肩をそっと叩いて慰めの言葉をかけるのは忘れなかった。駐車場へ向かう途中で、ラーセンの情報をトムにメールで送る。アヴァでもよかったが、今頃は怒りが極限に達しているだろうから、こちらからは連絡しないことにした。アヴァほどせっかちな女はいないだろう。待つという言葉は彼女の辞書にはない。常に動きまわっていないと気がすまないのだ。

またポケットのなかで携帯電話が振動した。アヴァからだ。もうこれ以上は無視できないだろう。デズモンドは覚悟を決めて出た。「やあ、アヴァ」

「ちょっと、今どこにいるのよ！」アヴァの大声に鼓膜が震えた。「どうして電話に出ないわけ？　どうせ、わざとなんでしょう？　デズ、あんた何様のつもり？」

「アヴァ、そう怒らないで、落ち着けよ――」

「あの女はつかまえたの？　もう手に入れた？　当然、手に入れたわよね？」

「いいや。アヴァ、実は――」

「どういうことよ？　いったい、あいつらは何をしていたの？　チャールズが発作を起こしてのたうちまわっている隙に、娘をさらうはずだったじゃない！　もうタムリックス-12をエディのアパートメントに置いてきたのよ！　それなのに、あの能無し男たちはエディを取り逃がしたの？　何やってるのよ！」

「少し黙れ、アヴァ！　あいつらは取り逃がしたんじゃない。ぼくが止めたんだよ」

「なぜ？　ばかじゃないの、デズ！　どうしてよ！」機関銃のようにまくし立てるアヴァの声がだんだん大きくなっていき、デズモンドは電話を耳から離した。

「マクラウドだ」延々と続きそうなアヴァの罵倒攻撃に、デズモンドは強烈な一撃を叩きこんだ。

　アヴァが急に口をつぐんだ。してやったり。アヴァは完全に言葉を失っている。めったにない瞬間だ。

「え？」アヴァのかぼそい声が聞こえてきた。

「だから、言っただろう？」

「……ケヴィン・マクラウドが生きてるってこと？　デズ、あの男の居所を知ってるの？」

「ああ、マクラウドは生きている。なんと、記憶喪失だ。どこで何をやっていたのかは知らない。だがアヴァ、あいつは生きていたんだよ」

「本当に？　ああ、デジー、信じられない」アヴァの声が興奮で震えている。「どこにいるの？」

「今頃、エディ・パリッシュとファックしているよ。実は、チャールズのパーティーで、昔のオスターマン博士の研究資料を持っている人間を知っているかとエディにきかれたんだ。記憶喪失になった友人が家族を探しているからってね。すばらしい展開だと思わないか？それでぼくは、その友人が誰なのかぴんときたのさ。なあ、アヴァ、そのみじめなエディの友人を助けたいと思わないかい？」

「もちろんよ。助けたいに決まってるじゃない」アヴァの声は夢見心地だ。「わたし以外に誰があの男を助けられるって言うのよ」

「だから、エディ誘拐計画はいったん中止にしたのさ。マクラウドの情報をもっとつかむまでは、しばらく自由に泳がせておこうと思ったんだ。ふたりとも手に入れられるんだぞ、アヴァ、うれしいだろう？　エディはあいつと一緒にパーティー会場をあとにして、チャールズの様子を見るために病院にもふたりで来た。少し前にふたりに会って――」

「ふたりに会った？　デズ、マクラウドに会ったの？　どんな感じだった？」

「ただの化け物さ」デズモンドは辛辣に吐き捨てた。「傲慢で、いけ好かない男だ。思いきり懲らしめてやりたいよ」

「それならいくらでもできるじゃない、デジー」アヴァの甘くかすれた声が弾んでいる。

「それで、今ふたりはどこにいるの？」

「ケンが尾行していたんだが、見失って——」

「はあ？　あのばか、尾行もできないわけ？」アヴァがふたたび怒りを爆発させた。

「アヴァ、怒るなよ。今、マクラウドの自宅の住所を調べている」デズモンドはなだめにかかった。「安心しろ。すぐに見つかるから。そんなことより、これからどうするか考えよう。風向きが一気に変わったんだよ、ベイビー。すべてぼくらの思いどおりになる」

「何を言ってるの？　これからどうするも何も、マクラウドを捕まえればいいだけじゃない」

「アヴァ、ぼくの話も聞いてくれ」デズモンドは慎重な口調で話し始めた。「マクラウドはチャールズを恨んでいる。助けを求めたのに、チャールズはオスターマン博士のほうを信じたんだからね。そして今、あいつはチャールズの娘と寝ている。このチャンスを逃す手はない。あいつをチャールズに毒を盛った犯人に仕立てるんだ」

「そんなのだめよ」アヴァがまた怒りだした。「わたしは、マクラウドを実験の被験者にしたいの。犯罪者になられたら困るわ！　あいつが刑務所に入ったら、何もできなくなるじゃない！」

「刑務所には行かないよ」デズモンドはアヴァをなだめた。「ぼくを信じてくれ。筋書きはもうちゃんと練ってあるんだ。あいつは忽然《こつぜん》と姿を消すのさ。億万長者を殺害したあと、その娘を誘拐してね。娘も行方知れずだ。永遠に死体は見つからない。事件は迷宮入りだ。どうだい？ノンフィクション犯罪小説のベストセラーになりそうな話だろう？」

「どうかしら。危険な気がする。わたしは――」

「あとにしてくれ、アヴァ」デズモンドは電話を切り、ジャガーの運転席に乗りこんだ。トムに電話をかけようとしたところで、携帯電話が振動する。

またアヴァからだった。デズモンドは思わず歯ぎしりしたくなった。「なんだ？」電話に向かって声を荒らげる。

「エディよ」アヴァが甘くささやいた。「きれいだった？　マクラウドにファックされてバラ色に輝いていた？　エディのあそこが濡れている匂いがした？　ねえ、デジー、教えて。エディを気に入った？」

たちまちX-Cog用ヘルメットをつけただけのエディの姿がデズモンドの目に浮かび、熱い欲望が渦巻き始めた。研究所の明るい蛍光灯の下で全裸をさらしたエディが、口でぼくに奉仕している。それをマスターヘルメットをつけたアヴァが、ゴーグルの奥の黒い目をみだらに輝かせてじっと見つめている。そして奴隷用ヘルメットをつけたマクラウドは、そんなあられもないエディの姿を見て、体をこわばらせ、うなり声をあげている。ざまあみろ、マクラウド。次はおまえの番だ。このぼくが思う存分おまえをいたぶってやる。デズモンドは咳払いをした。

「ああ、気に入ったよ」声がかすれている。「アヴァ、きみもきっと気に入る」

「そう、すごく楽しみだわ。デジー、あなたもでしょう?」

「ああ」デズモンドはふくれあがった股間を撫で始めた。「すごく楽しみだ」

車はケヴの家に向かって快調に走っていた。高まる期待に胸が躍る。エディの頭のなかでは華やいだ音楽が鳴っていた。ケヴの家に行き、大きなベッドで奔放で官能的なセックスに酔う。けだるい余韻に浸りながら、アイスクリームを食べさせあう。ふざけて、笑って、冗談を言いあう。ああ、幸せオーラ全開。まるで夢みたい。

でも、今は浮かれてはいられない。エディは自分に言い聞かせた。ケヴをパリッシュ一族から守れるかどうかは自分にかかっているのだ。もちろん、ケヴと別れるのが最善の策なのはわかっているけれど、どうしてもそれはできない。だって、ようやく出会えたのに、別れなくてはいけないなんて残酷すぎる。

ケヴが大きな倉庫の隣に車を停めた。エディはケヴのほうを向いて口を開いた。「ここにはいられないわ」

「おれも同じことを考えていた。きみの父親は私立探偵も雇っているんだろう? もうすでにここの住所を見つけているかもしれないな。別にプロの探偵でなくても住所を調べるのはそれほど難しくないしね。エディ、家族はきみの入院書類を今夜じゅうに用意すると思うかい？」

「用意できても、父は書類にサインできないと思うわ。でも、あなたに逮捕状を出すように警察に言うかもしれないわね。なんの罪にするのかはわからないけれど、わたしの家族のことだもの、きっと何かこじつけるわ」そう言って、エディは大きくため息をついた。「わたしを洗脳した罪とかね」

「エディ、知っているかい？　ホテルの部屋にいると洗脳されやすいんだ」ケヴが真顔で言った。「ホテルでおれのセラピーを受けてみないか？　試してみる価値はあると思うな。セラピーが終わったあと、きみはさらにおれに夢中になっている自分に気づくはずだよ」

エディは吹きだした。「それじゃ、どうしてわたしたちはここにいるの？」

「少し持っていきたいものがあるんだ」ケヴは言った。「予備の銃とか、ナイフとか、現金とかね」

エディは目を丸くした。「予備の銃って……武装するの？」

「ああ。いつも持ち歩いているよ。エディ、おれのこの顔を見たらわかるだろう？　それともきみはそんな物騒なものを身につけている男は嫌いかい？」

ケヴの言い分はもっともだ。いつ襲われても不思議ではないと彼が思うのは当然だろう。ならば、用心するに越したことはない。けれど、その淡々とした口調に背筋が寒くなった。

「ああ、ケヴ。不安だわ。かえって逆効果じゃないかしら。銃を持っていたら、危険な男だと思われるわよ。向こうも躊躇なく使うはず――」

「エディ、おれはやつらに銃を向けるとは言っていないよ。もちろん、見せつけるつもりもない。だが、念には念を入れておきたいんだ。もし警戒を怠ったら、きみの命を危険にさらしてしまうかもしれない」

エディは恐怖を抑えこみ、ケヴの言葉を受け入れようとした。これが今のふたりに突きつけられている現実なのだ。「わたしも一度家に戻りたいわ。服や下着の着替えを持っていきたいから。こんな裸同然のドレス姿でうろつくわけにはいかないもの」

ケヴはしわになったドレスを指でつまんだ。「やっぱりこのドレスはいいな。エディ、このドレスは取っておこう。ドレス姿のきみを見ると、息が止まりそうになる。てのひらが汗ばんでくるよ」

ふたりを取り囲む空気が、にわかに熱をはらんできた。エディは緊張をほぐそうとして、大きく深呼吸をした。「わたしたち、集中したほうがいいわね」エディはささやいた。

「ああ、そうだな。集中したほうがいい」ケヴのなめらかな低い声が静かな車内に響いた。

ケヴが車を降りて助手席側にまわり、エディに手を差しだした。優しいケヴ。本当に紳士そのものだ。

ふたりは、四角い煉瓦造りのどっしりとした構えの建物に入っていった。広々とした吹き抜けのある玄関ホールは建物の外観同様に飾り気がなく、踏み板部分がコンクリートの大きな鉄骨階段と、鉄製の格子状の扉がついた荷物用エレベーターしかない。

「階段でもいいかな」ケヴが言った。「なんとなく狭い箱のなかに入りたくないんだ。急に閉所恐怖症になったみたいだな」

「階段で行きましょう」エディはケヴに腰を抱かれて階段をのぼった。体をしっかり支えられているのに、ふわふわ浮かんでいるみたいだ。こんなふうに頭がぼんやりしているのは、ストレスだらけの怒濤《どとう》の夜を過ごしたからだろう。

ケヴのアパートメントのドアには、驚くほど頑丈な鍵がいくつもついていた。ケヴは目を凝らしてすべての鍵をじっくり眺めている。それからドアを開けて一歩なかに入り、廊下に立っているエディを引き寄せてドアを閉めた。「電気をつけたくないんだ。暗くても平気かい?」

「大丈夫よ、ちゃんと見えるから」エディは目を見張ったままつぶやいた。

アパートメントのなかは、照明をつけなくても充分明るかった。途方もなく広く、天井は果てしなく高い。内装はシンプルにまとめられていた。壁はむきだしの赤煉瓦で統一され、奥の壁には、高さが四メートルはありそうなアーチ形の大窓が並んでいる。そこから差しこむ月明かりが、板張りの床を青白く照らしだしていた。ケヴが言っていたとおりだ。これだけ窓が大きいと、日中は太陽の光がたっぷり入ってくるだろう。ひょっとしたら、百年前のこの建物は、多くのお針子たちが働く縫製工場だったのかもしれない。リビングルームとひと続きの巨大なキッチンはアイランド型で、ガスレンジとシンクが埋めこまれている。ワークスペースもある。その真上にある天窓から、街灯の明かりが反射して鈍いオレンジ色に染まった雲が見える。エディはリビングルームの中央に歩を進めた。片隅には長椅子とテレビ、そして錬鉄製のらせん階段がある。きっとあの上はベッドルームとバスルームになっているのだろう。

「ここがおれの家だよ」ケヴの声はどこか不安そうだ。

いかにも彼らしい住まいだ。とてつもなく豪華でありながらも質実剛健。エディはリビングルーム全体を見渡そうとして、その場でゆっくりと回転した。そのとき、ちらりと光るものが視界の隅に映り、一瞬息をのんだ。

キャンドルだった。テーブルに所狭しと並べられた料理に、キャンドルが揺らめく光を投げかけている。大量のごちそう。ローストビーフとグリル野菜とチーズの盛り合わせ。ロールパンとバゲット。スタッフドマッシュルーム。アーティチョークのオーブン焼き。小エビとカニの盛り合わせ。スモークサーモン。色とりどりのフルーツがふんだんに盛られたバスケット。生クリームたっぷりのデザートプレート。それから銀製のアイスバケットには、よく冷えているらしく表面に水滴がついたシャンパンのボトルが入っている。

「ああ、信じられない」エディはつぶやいた。「ケヴ、あなたが……」

「おれじゃないよ」ケヴが返した。「こういうしゃれたことを思いつけばいいんだが、残念ながら、おれじゃない。ブルーノが準備したんだと思う」

「わたしたちのために？」

ケヴが肩をすくめた。「女性を口説くときの弟の手口なんだ。弟は口を開けば彼女を作れとうるさくてね。しきりにセックスを勧めるんだ。しつこくてまいるよ。セックスすれば、それで男の問題はすべて解決すると思っている。風邪をひいた？　だったらセックスしろ。毛が濃くなってきた？　なら、セックスしろ。怒り狂った億万長者に追われている？　じゃあ、セックスするしかないな。いつもこんな感じだよ」

エディはしばらく口をつぐんでいたが、やがて話し始めた。「それ、わかるわ。わたしも弟さんに賛成よ。セックスは人生の万能薬と言うけれど、わたしもあなたと出会ってから、その意味がわかってきたもの」

「あの小僧め。また戻ってきたんだな。勝手に入りこむなといったい何度言ったらわかるんだ？」ケヴはぶつぶつこぼしながら、テーブルに向かい、料理を眺めた。「おいしそうだな」

「でも、食べる時間はあるの――」

「いや」ケヴはカニの身の大きな塊を口のなかに放りこんだ。「ない。少しここで待っていてくれないか。すぐに戻ってくるから」

ケヴがいなくなると、エディはもしやと思いキッチンに向かった。ブルーノが普通の男性なら……やっぱり。ブルーノは典型的な男性だった。アイランドカウンターの上は油やら何やらで汚れ、テイクアウトの容器が散乱している。耐油性の大きな紙袋も捨てられずに残っていた。完璧だわ。これならひとつにまとめて持っていける。

とにかくおなかがすいていた。それに深夜営業のレストランでは、これほどのごちそうは食べられない。エディはテイクアウト容器に料理を戻し、紙袋に詰めこんだ。ティラミスを箱に入れているとき、ケヴが戻ってきた。「えっ？　何をしているんだ？」

「料理を持っていくの」エディは澄まし顔で言った。「ティラミスはアイスクリームの代わりよ。アイスクリームを手で食べさせてくれると言ったわよね？　そこは外せないわ。置いていけと言うなら、あなたの洗脳セラピーは受けないわよ」

「ああ……そうか」ケヴはどこかうわの空だ。「持っていっていいよ。ベッドルームの金庫から急いで現金を持ってくる。そうしたらここを出よう」

エディはティラミスの箱を紙袋に入れて、ケヴの背中に声をかけた。「巨大なベッドを見せてくれると言ったじゃない」

ケヴが振り返った。「エディ、頼むからおれの気を散らさないでくれ。ただでさえ神経が張りつめていて、今にも切れそうなんだ」

エディは紙袋を床に置くと、髪をひとつにまとめ、緩くねじって肩に垂らした。「じゃあ、切れてみて」なまめかしくほほえみ、そっと話しかける。「ケヴ、あなたの切れたところを見てみたいわ」

ケヴがため息をついた。「まいったな。きみは危険だよ」

「そう?」エディはケヴの前に立った。「いい気分だわ。ケヴ、危険な女っていいわね。気に入ったわ」

「エディ……」ケヴは目を細めてエディを見おろしている。困りきった表情だ。

無言のまま、一秒また一秒と時間が過ぎていく。ついにエディはしびれを切らした。

「ベッドルームを見せて!」大声をあげる。「今すぐよ!」

ケヴは大きくため息をもらし、降参したというように両手をあげた。エディはケヴの後ろについてらせん階段をのぼった。

ベッドルームもリビングルームほどではないが広々としていた。ここも壁一面が窓になっている。だが黒いブラインドが床までしっかりおろされていた。路地に面した壁には、比較的普通のサイズの四角い窓が並んでいる。

ここにもキャンドルが灯されていた。たんすや棚やベッドサイドテーブルの上で、何十本ものキャンドルの明かりが静かに揺れている。ベッドサイドテーブルには、シャンパンのボトルが入ったアイスバケットものっていた。

「火事にならないのが不思議だ」憮然とした表情で、ケヴがクローゼットを開けて手を差し入れ、何かを始めた。おそらく金庫のダイヤルを操作しているのだろう。

「きれいだわ」エディはうっとりとつぶやき、ベッドに目を向けた。

巨大なベッドだというのは誇張でもなんでもなかった。これだけ大きいと、シーツもオーダーメイドに違いない。ブロンズ色の上掛けの上一面に、深紅のバラの花びらがまき散らされていた。

「ケヴ！」エディは興奮して声を張りあげた。「ベッドの上の花びらに気づいていた？」

ケヴが振り返ってベッドを見つめた。あきれた表情を浮かべる。「おいおい、勘弁してくれ。また鍵を替えないとだめだな。いったいこれで何度目だ？」

「なんてことを言うのよ。すてきじゃない。わたしはすっかり魅せられたわ。効果抜群よ」

ケヴがエディをいぶかしげな目で見た。「効果抜群？　どういう意味だい？」

「どういう意味だと思う？」エディは両手で花びらをすくいあげて、そこに顔をうずめた。

「急がなきゃいけないのはわかっているわ。本当よ。すごくよくわかっている。でも、見て。キャンドルに、花びら……ああ、すてきすぎて離れがたいわ」

エディは仰向けにベッドに倒れこんだ。花びらが跳ねあがり、エディの肩や顔にはらりと落ちる。

目を開けた瞬間、エディは息が止まった。まばたきも忘れてしまった。

吸いこまれてしまいそうなほど美しい絵が目に飛びこんできた。魅惑的な曼荼羅が、群青色、赤錆《あかさび》色、茜《あかね》色といった深みのある色で真上の天井に描かれている。「ケヴ！」エディは片肘をついて体を起こした。「あなたが描いたの？」

「ああ」

すばらしい。エディはふたたび天井を仰ぎ見た。とてもではないが太刀打ちできない。天はケヴに三物も四物も与えたらしい。自分には絵を描く才能しかない。それに人の心のなかが見えること。これが才能と言えるのかはわからないけれど。ケヴはまさに才能の宝庫だ。これからもずっと彼には驚かされ続けるのだろう。「見事な曼荼羅だわ」

「スポーツカイト用に初めて描いた絵だよ。さあ、起きて。急ごう。まだやることが残っている。お楽しみはそれが終わってからにしよう」

ケヴは必要なものを袋に詰め、ほぼ準備を終えていた。だが、エディはもう少しだけこの甘美な夢のなかにいたかった。たんすの上の鏡に、髪を乱した自分の姿が映っていた。花びらの雲にのって空に浮かんでいるように見える。エディはドレスの胸元に手をやり、勢いよく引きおろして、胸のふくらみをあらわにした。これでケヴもその気になってくれるはず。わたしをほしいと思ってくれるはずだ。

背中をそらして胸を突きだし、ふたたび鏡に映る自分の姿を見つめた。

ケヴは表情を変えなかった。だが、エディを見ている緑の瞳には炎が宿っている。ケヴの体のなかで脈打つ欲望が、はっきりと伝わってきた。手を伸ばせば触れられそうなほど強く感じる。

「エディ、きみはおれを困らせるのが好きなんだな」ケヴが静かな声で言った。

「あら、気づいていたのね」エディはあえて軽口を叩いた。「時間が心配なら、わたしは完璧に準備ができているわ。入念な前戯はいらないし、優しくしなくてもいい。あなたは、ただ……するだけでいいのよ。さっと終わらせて、ここを出られるわ」

ケヴが引き出しを開けて、ひとつながりになったアルミの包みを取りだした。エディは歓喜の叫びをあげたくなるほどの興奮を覚えた。ようやくケヴをつかまえた。彼を誘惑してその気にさせたのだ。この自分にそんなことができるとは思ってもいなかった。ケヴがエディの後ろに立ち、ふたりは鏡越しに視線を絡ませた。長身のケヴの姿は、まぶしいほど神々しい。キャンドルの明かりに照らされたエディの顔は青白く見える。頬骨のあたりだけがかすかに赤く染まり、目の下にはマスカラがにじんだ黒い影ができ、ドレスの胸元から乳房がこぼれている。十七世紀の娼館《しょうかん》から抜けだしてきたような姿だ。赤くふくらんだ乳首をあらわにした、大胆なエディ。妖艶な娼婦がここにいる。ケヴが引きだしてくれた新しい自分を、わたしはとても気に入っている。

ケヴが両手でエディの乳房を包み、親指と人差し指で乳首を挟んで、そっと転がし始めた。たちまち甘い戦慄が体を貫き、エディは背中を弓なりにそらして、せつなげなあえぎ声をもらした。ドレスのなかに滑りこんできた大きな手が、太腿からヒップを撫であげていく。ケヴの指が肌を伝い、敏感な襞を分けて、熱く濡れたつぼみに触れた。エディは小さな叫び声をあげると同時に太腿をきつく閉じて、ケヴの指を奥深くへといざなった。もう準備はできている。

手早くケヴがベルトを外し、ズボンのファスナーをおろした。エディは、コンドームをつけるケヴの姿を鏡越しにじっと見つめていた。彼のたてる小さな音が、静かなベッドルームにエロティックに響く。エディは耳を澄ました。その音のひとつひとつをすべて記憶にとどめておきたかった。この瞬間が永遠に続いたらいいのに。

そっと背中を押されて、エディは深紅の花びらの上に両手をついた。軽やかなシフォンが幾重にも重なったドレスが持ちあがり、ふわりと背中に落ちる。ケヴがエディの体の位置を少しずらして、彼女の脚を広げた。期待に胸を高鳴らせながら、エディは顔をあげて、そのときを待った。

ケヴがエディのヒップを強くつかんだ。肌に指が食いこんでいる。「きみの言葉を信じてもいいのかな」

エディは鏡に映るケヴの目を見つめてほほえんだ。自分でも初めて見る、あだっぽい笑みが口元に浮かんでいる。「ええ」

すぐにケヴは腰をうずめて、なかに入ってきた。どこまでも優しく。そしてゆっくりと腰を動かし始めた。ひと突きごとに少しずつ体をうずめていき、奥まで入りこんだ瞬間、彼は動きを速めた。何度も腰を突きあげ、エディを熱く満たし、快楽の頂点へと押しあげていく。

肌と肌がぶつかる湿った音が部屋にこだまする。ケヴに激しく貫かれるたびに、エディは甘いあえぎ声をあげた。その声が徐々に大きくなって叫び声に変わり、彼女は自らヒップを突きだしていた。エディの体が震えだした。ふたりはともにのぼりつめ、強烈な快楽の高みへと飛ばされ、同時に弾け、忘我の世界へ落ちていった。

エディは目を開けた。ふたりは体を重ねたまま横たわっていた。ずっとこうしていたい。そんな思いがふと胸をよぎる。キャンドルのやわらかい光に包まれて、ケヴとつながったまま、永遠にこのベッドに横たわっていたい。

突然、ケヴが顔をあげた。「くそっ」小声で悪態をつく。「誰かいる」

「えっ？」エディは振り返ってケヴを見た。「どこに？」

「外だ。エディ、声を落として。きみの父親の部下かな。もしかしたら警官かもしれないし、医者かもしれない。だが誰であれ、こんな時間にあの窓の下に車を停めるのはおかしい」ケヴはエディから体を離すと、コンドームを外して、ベッドルームのキャンドルを消した。

「服を着て」ケヴがささやいた。「急いで。くそっ。閉じこめられてしまったな。こんなときに何をやってるんだ、おれは」

服を着るのはすぐに終わるわ。エディは心のなかでつぶやいた。ストラップレスブラのなかに胸を押しこみ、ドレスをおろすだけでいいもの。

ケヴが、見るからに怖そうな大きな拳銃をショルダーホルスターにおさめた。ふたつ目を足首のホルスターに、三つ目の大きな四角い拳銃をズボンの後ろに差しこむ。今のケヴはスーツのズボンではなく、ポケットがたくさんついた、オリーブ色のカーゴパンツをはいていた。

エディは、ケヴがズボンの後ろに差しこんだ拳銃を指さした。「それ……危なくない？ 間違って発砲することはないの？」

一瞬、ケヴがにやりと笑った。「大丈夫だ」

ばかな質問をしてしまったと思う間もなく、ケヴが肩にコートをかけてくれた。「ここで待っていて。リビングルームからバッグを取ってくるから」

「ここで待つの？」エディはとまどい顔でベッドルームを見まわした。「どうして？」

「そこから出るんだよ」ケヴが窓を指さした。

たちまち胃が締めつけられた。どうしよう。高所恐怖症なのに……。「気づかれるんじゃない？ こんなピンク色のひらひらのドレスを着たスパイダーマンなんていないわよ？」

「隣の倉庫が今リフォーム中で、足場が組まれているんだ。新しく金持ちが引っ越してくるんだよ。そこの窓の外にある避難ばしごとその足場が接触しそうなほど近いんだ。おれの家にとっては、セキュリティ上大いに問題があるけどね。でも今は感謝しないといけないな。その窓から出て、隣の倉庫から脱出しよう。それがいちばん手っ取り早い」

「だけど……車はどうするの？ この建物の横に停めた――」

「別の車を使うから大丈夫だ」

そうよね。きいたわたしがばかだったわ。ケヴなら何台も車を持っているはず。エディは、出ていこうとしているケヴを追いかけた。「わたしも行くわ。料理があるから」

ケヴがいきなり立ちどまり、くるりと振り返った。その拍子に、エディは彼の体にぶつかって転びそうになった。「なんだって？」

「すごくおなかがすいているの。だって、昼からキリンのクラッカー一枚しか食べていないんだもの」エディはつぶやいた。「もうすべて袋に詰めてあるわ。だからいいでしょう！袋を取りに行くだけよ！」

ケヴはリビングルームにおりていくまでずっと口のなかでぶつぶつ言っていた。エディは大きな紙袋を抱えて、よろけながらふたたびらせん階段に向かった。すかさずケヴが彼女の手から袋を取りあげる。

ベッドルームに戻るとすぐにケヴが窓を開けた。エディを先に避難ばしごの上に出し、あとから音もたてずに出てくる。嘘、信じられない。地上ははるか二十メートルも下だ。おまけに下は真っ暗闇。わたしはこんなに足ががくがく震えているというのに、ケヴときたらダッフルバッグを片手に持ち、もう一方の手には大きな紙袋を抱えて、涼しい顔で隙間をまたいでいった。腹が立つといったらない。

足場の上からケヴが手を差しだした。エディは歯を食いしばった。覚悟を決めなければ。

今のわたしは、恐れを知らない危険で大胆でセクシーな女。足場に飛び移るくらいどうってことない……はず。地上二十メートルの場所でも。ジミーチュウのオープントゥサンダルを履いていても。

ケヴはしっかり抱きとめてくれた。生き延びたことを喜ぶ暇もなく、エディは彼に闇のなかに引っ張りこまれた。ケヴはとても自信に満ちている。やるべきことを心得ている。これほど冷静沈着に動ける人がいるだろうか？　いつミスを犯してもおかしくない状況なのに、骨折することも、足場から転落することもなかった。

ケヴがポケットから小型の懐中電灯を取りだした。足元を照らして、埃の積もったコンクリートの階段をエディとおりていく。一階にたどり着くと、ダッフルバッグを背負い、エディに料理の紙袋を渡して、彼女を抱きあげた。

驚いたエディは小さな悲鳴をあげた。「ケヴ？　どうしたの？」

「ここは床がないんだ」ケヴがささやく。「崩れた煉瓦とコンクリートのかけらで覆われている。きみのかわいい小さな足に怪我をさせたら大変だ。それにきれいなペディキュアもはがれてしまう」

ケヴはエディを抱いたまま扉に向かい、外をのぞいた。自宅の入り口の前に三人の人影が見えた。そのうちのひとりがピックガンを取りだして鍵穴に差しこんだ。鍵を開ける大きな音が、真夜中のひっそりとした通りに響き渡る。

「家のなかに入っていこうとしている」ケヴがつぶやいた。「妙だな。どういうことだ？誰だ？　あいつらは？」

入り口の扉が開き、ふたりがなかに入っていった。「今夜は何も知りたくないわ」エディは言った。「ケヴ、もう行きましょうよ」

「しっ。男がこっちを見ている。あいつが向こうを向いたら、その隙にここを出よう。エディ、そのときは走るんだ。全速力で。さあ、準備して。いいかい？」ケヴがエディの耳元でささやいた。もう一度外をのぞいて、エディの腕を握る手に力をこめる。「今だ」

ふたりは外に出るとすぐに角を曲がり、一ブロックを全速力で走り抜けた。そこにシルバーのボルボが停まっていた。エディを助手席に乗せて、ケヴは運転席に乗りこみ、ライトを消したままゆっくりと車を走らせた。

数ブロックほど走ったところで、ようやくケヴはスピードをあげた。エディは大きく息をついてシートに沈みこんだ。「あの人たち、どうかしている。不法侵入よ。父の部下があんなことまでするなんて思ってもいなかったわ」

「エディ、これでひとつ学んだな。きみがおれの言うことを聞いていたら、怖い思いをしなくてもすんだんだよ。三十分前に家を出ていたんだからね。おれだって、何も好きこのんできみを地上二十メートルの場所に引きずりだして、電気もない建設現場に連れていったわけじゃない。できればあんなことはしたくなかったよ。それを覚えておいてくれ」

エディはケヴをにらみつけた。「何よ、その言い方。あなただって、ちょっとした寄り道を楽しんでいたじゃない」

ケヴの瞳がかすかな光を放った。「楽しくなかったとは言っていないよ」穏やかな口調で返す。「ただ、浅はかだった。ああいう間違いは二度と犯したくないだけさ」

「間違い？　わたしとセックスしたのは間違いだったの？　へえ、そう。ずいぶんはっきり言ってくれるわね」

暗闇のなかで、ケヴの白い歯が光った。「なあ、エディ。この喧嘩はきみの勝ちだ。判断力を失ったおれが悪かったんだよ。きみに完敗だ。だが、もう二度ときみに勝たせないぞ。さっきので懲りたからね」

「あら、そうなの？」エディはわざと甘ったるい声で言った。「あなたってチャレンジャーなのね」

「まあね」ケヴにあっさり切り返される。「これからは百パーセント安全だと確信できない限り、セックスはしない。これを教訓にするよ」

「なるほど」エディはどう返そうか少し考えてから、口を開いた。「セックスは安全地帯でするべしってことね」

ケヴがにやりとした。「そのとおりだ」

「じゃあ、覚悟しておいて。安全地帯に入ったら、セクシー攻めにしてあげるわ」エディは笑いながら言った。

「いいね。セクシー攻めか。楽しみだ。そのお礼は十倍にして返すよ。おれも容赦しないからな。きみを徹底的に攻めるよ」

ケヴの低い声に、エディの全身がぞくぞくと震えた。本当にケヴは感情を隠すのがうまい。今も淡々と話をしている。まさに鉄壁の自制心の持ち主だ。

だけど、ケヴが心の奥底に熱いものを秘めているのはわかっていた。このたぐいまれな自制心は、過酷な人生を生き抜いてきたなかで身につけたものなのだろう。それを思うと胸が痛んだ。

「どうぞ、好きなだけ脅せばいいわ。体の大きな怖いお兄さん。そんなことを言っていられるのも今のうちよ」エディは軽い口調で言い返した。「ひざまずいて懇願するのはどっちか、すぐにわかるわ」

ケヴが声をあげて笑った。その笑い声に心があたたかくなる。そうこうしているうちに、見慣れたおんぼろの建物が見えてきて、車が歩道の脇に停まった。

エディを車のなかに残し、ケヴはしばらく通り全体をじっくり眺めていた。助手席のドアを開けて、小声で彼女に話しかける。「急ごう。やつらはここにも来るはずだ。制限時間は三分。できればそれ以内ですませたい」

エディはケヴの大きな歩幅に合わせて、小走りで建物に向かった。気持ちが焦っているせいで、クラッチバッグからアパートメントの鍵を取りだすのに手間取った。隣でケヴがいらだたしげに待っている。鍵が床に落ちた。静かな廊下に、金属音がやたらと大きく響き渡る。ケヴがエディの代わりに鍵を拾い、ドアを開けた。「明かりはつけずに用意してくれ」

心強い助言をありがとう。うれしいわ。暗闇のなかで、震える手をせっせと動かして荷造りすればいいのね。おまけに首筋には、臨戦態勢でぴりぴりしている大男の息がかかっている。エディは製図台に向かい、手当たり次第にキャンバスバッグに詰めこんだ。

「エディ、服を取りに来たんじゃなかったのか?」

「スケッチブックは持っていくわ!」エディは声を荒らげて言い返した。「鉛筆も、ペンも、木炭も、それに鉛筆削りも――」

「じゃあ持っていけばいいよ。口はいいから、手を動かしてくれ」

エディはキャンバスバッグをケヴの足元に放り投げると、クローゼットに突進し、思いきり悪態をつきながらスーツケースを探した。ようやく見つけたスーツケースを引きずり、あわててベッドルームに入ったところで、したたかにむこうずねをぶつける。

「あと一分」ケヴの容赦ない声が響く。

「これでも急いでいるのよ! でも、真っ暗で何も見えないわ!」エディはたんすの引き出しを次々に開けて、手に触れるものを適当にスーツケースに詰めた。下着、Tシャツ、スウェットらしきもの。そしてジーンズ。荷造りを終え、ジミーチュウのサンダルを脱ぎ捨てて赤いハイカット・スニーカーに履き替える。履き心地の悪い靴から解放されて、思わず大きなため息がもれた。八千ドルのドレスにスニーカー。最高の組み合わせだ。

「さあ、コートを着るんだ。もうここを出よう」ケヴが大声で言った。「早く」

「待って、まだ洗面用具も――」

「そんなのはどこかで買えばいい」ケヴがスーツケースをつかみ、踵《きびす》を返した。

エディはケヴの脇をすり抜けて、玄関扉の前に立ちはだかった。「ケヴ、ジャマールにメモを残しておきたいの。いいでしょう、お願い！」

ケヴがぴたりと足を止めた。「明かりはつけられないから、無理だ」

「でも、ジャマールに何も言わないで行くわけにはいかないわ」エディは必死に食いさがった。「お願い、ケヴ。あの子はまだ八歳なの。わたしを頼りにしているのよ。大切な友達なの」

ケヴは無言のまま何も答えてはくれない。じりじりと時間が過ぎる。やがてケヴは静かに話し始めた。「エディ、すまない。やっぱりだめだ。いやな予感がするんだよ。ここにやつらが来たら、必ずそのメモを見る。そうしたら、ジャマールを巻きこんでしまうかもしれない。あの子は今でも充分問題を抱えている。これ以上増えたらかわいそうだよ」

ケヴはエディの弱いところを突いた。それでもまだ、彼女は決心がつかなかった。「でも……でも――」

「あとでたくさん埋め合わせをしてやればいい。ジャマールはわかってくれるよ」ケヴはキャンバスバッグをエディの肩にかけ、スーツケースをつかみ、ドアを開けた。静かな廊下に出て、ドアを閉め、鍵をかける。

いつもきしむ廊下をケヴは音もたてずに歩いていく。ふたりは無言のまま急いで歩を進め、やがて外階段の朽ちかけた踊り場に出た。

頭上から、死の雨のごとく黒い影が音もなく落ちてきた。

ドスン、ドスン……ドスン。

何が起きたのか考える間もなく、いきなりとてつもなく重いものに押し潰されて、エディは声を出すこともできなかった。

18

振りおろされた棍棒《ブラックジャック》をすばやくつかみ取り、ケヴは男を階段から突き飛ばした。間髪を容れず殴りかかってきた別の男の攻撃を、背中をそらしてかわす。その男の股間を狙い、足を振りあげようとしたときだった。ほんの一瞬バランスを崩した隙を突かれ、足をつかまれた。すかさず男の顔に肘鉄を食らわせて反撃に出たが、勢い余って踊り場に倒れこみ、男を道連れに階段から転げ落ちた。その刹那、ピンクのシフォンのドレスが視界の端に映った。

エディの叫び声が夜のしじまを切り裂いた。

階下の踊り場で、全身がしなやかな筋肉で覆われた、にんにく臭い息の男ともみあいながら、ケヴは恐怖とも闘っていた。格闘の最中にこんな気持ちになるのはこれが初めてだった。いつもの自分は、完全に戦う機械と化している。常に冷静で、恐れも良心の呵責《かしやく》も怒りも、いっさい感じたことはなかった。だが今回ばかりは違った。

憤怒の雄叫びがケヴの口からほとばしった。にんにく男の上に馬乗りになり、容赦なく何度も顔面をこぶしで殴りつける。後頭部をめがけて放たれた足蹴りを間一髪でよけ、お返しに股間に指を突き刺してやった。苦痛にあえぐ男の絶叫が夜の闇にこだまする。

にんにく男の鼻に空手チョップを食らわせ——。

「そこまでだ。女が死ぬぞ」

その声にケヴは視線をあげた。覆面をしたもうひとりの男が、エディを抱きかかえて上の踊り場に立っていた。太い腕に締めつけられているせいで、エディの胸のふくらみが今にも飛びだしそうになっている。男は、仲間のふたりよりずっと体が大きく、まさに巨漢そのものだ。そいつがエディの喉にナイフを押し当てている。エディが唾をのんだ。ナイフの刃が皮膚に食いこみ、ひと筋の血が流れ落ちた。

ケヴは、息を切らしてぐったりしているにんにく男の上からおりて立ちあがった。この巨漢はセキュリティスタッフではない。パリッシュの子分なら、親分の娘の喉にナイフを突きつけたりはしないはずだ。

こいつらはパリッシュとは関係のない連中だ。やつらの何十倍もたちが悪い。それなら、誰だ？

「言うとおりにしろ。ばかな真似はするなよ」巨漢がすごんだ。「後ろを向け。ゆっくりとだ。両手は背中にまわせ。ケン、さっさと起きて、そのくそ野郎に手錠をかけろ」

ケンという名のにんにく男が、うめき声をあげてよろよろと立ちあがった。股間攻撃が相当効いたのだろう。まだ、ふらついている。いい気味だ。一生苦痛にあえいでいろ。股間を無防備にさらしていたおまえが悪いのだ。

誘拐犯なのか？　それならまだエディを殺さないだろう。金を手に入れるまでは生かしておくはずだ。だが、相手は人の命などこれっぽちも気にかけていない極悪人だ。金と引き換えに、エディが戻ってくることはない。この局面をどう突破する？　エディが生き延びられるかどうかは、次の行動ですべて決まる。

彼女の喉にナイフを当てられていては、目立つ動きはできない。ホルスターから銃を抜くのは無理だろう。ならば、腿の横に縫いつけた鞘に入っている短剣はどうだ？　短剣ならすぐに手が届く。「彼女に手を出すな」ケヴは巨漢をにらみつけた。

「早く言ったとおりにしろ」張りつめた声が返ってきた。

「彼女から手を離せ。そうしたら、手錠をつけてやってもいい」

「つけてやってもいいだと？」巨漢が鼻で笑った。「ばかじゃねえの。あんたに選択の余地はないんだよ。女はおれの好きにさせてもらうぜ」

巨漢がエディの脚のつけ根に手をやり、シフォンのドレスの上から太い指を食いこませた。エディが驚きの声をあげる。

ケヴはじっとエディの目を見つめて、心のなかで話しかけた。エディ、前に倒れこむんだ。さあ、前に倒れて。今だ！

エディの体がぐらりと揺れ、倒れかかった。前のめりになった体を、とっさに男が支えようとした。その瞬間、ナイフがエディの喉から離れた。

ケヴは電光石火の速さで短剣を引き抜き、投げつけた。巨漢が驚愕の表情を浮かべて、うなり声をあげる。短剣は男の腿に深く突き刺さっていた。

「次はおまえだ！」ケヴは怒りの咆哮《ほうこう》をとどろかせて、にんにく男ケンの側頭部に回し蹴りを放った。にんにく男は手すりに背中を打ちつけ、その場にくずおれた。エディは身をよじって巨漢から離れようとしている。

ケヴは階段を駆けのぼり、男の腕からエディを引きはがした。エディがもたれかかってきた拍子に、ケヴはバランスを崩し、よろよろと後退して手すりに体をぶつけた。巨漢が大きな音を響かせて階段をおりていく。

残りのふたりが、足を引きずるようにして巨漢のあとに続いた。ケヴはエディを座らせて、階下の踊り場に戻り、シグザウエルP220を取りだした。だが、薄暗がりのジグザグ階段では狙いをつけるのは難しい。それに、壁をぶち抜いたり、無関係な人を撃ってしまったりする可能性もある。男たちが階段をおりていく足音と、悪態をつく声が遠ざかっていく。さあ、どうする。これ以上離れたら、ライフルが必要になるだろう。

男たちが金網のゲートをくぐり、ふらつきながら黒のSUVに乗りこんだ。ライトがつき、SUVは轟音をとどろかせて闇のなかへ走り去っていった。ナンバープレートは遠すぎて読み取れなかった。

ケヴは拳銃をズボンの後ろに差しこむと、エディに向き直った。「大丈夫かい？」

エディがぼんやりと顔をあげた。あちこちが破れ、汚れたシフォンのドレスの裾から赤いスニーカーがのぞいている。「わたし……わたし……」声がうわずっている。「今のは……あの人たちは――」

「ここを出よう」ケヴは彼女の言葉をさえぎった。

「そうね」エディを引っ張って立たせる。キャンバスバッグとスーツケースは階段の上がり口に落ちていた。ケヴはふたつを手に持ち、エディを連れてボルボに向かった。エディは呆然としたまま、ふらふらと後ろをついてくる。

どうにも腑《ふ》に落ちなかった。車に乗りこむところを見られていないのは、まず間違いない。追われてもいなかった。第一、ボルボのことは誰にも話していない。そう考えれば、やはりエディのアパートメントは、やつらの次のターゲットだったのかもしれない。それとも、監視カメラがどこかにあるのだろうか。あるいは、こちらの到着を知らせる監視役がいたのか。その場合、ボルボに盗聴器やGPS発信器を仕掛けられた可能性が大いにある。粉々に壊してしまいたいが、今は調べる時間がない。

ケヴはエディを助手席に乗せて、ボルボを出した。カーブを曲がったところでハイヤー会社に電話を入れ、ポートランド国際空港の降車専用停車スペースで待ちあわせることにした。GPSが取りつけられていたとしても、やつらの追跡は空港で終わる。ざまみろだ。

ケヴは片手をエディの膝にのせ、無言で車を走らせた。エディは身じろぎもせず、じっと前を見つめている。その無表情な横顔からは、どれだけ神経がまいっているのか読めないが、呼吸は浅く、唇はかすかに震えている。

空港に到着すると、すでに待ちあわせ場所にタクシーが停まっていた。ケヴはその後ろにボルボを停めて、エディの手を握った。細い手も、ひな鳥のように震えていた。

「エディ」ケヴは小声で声をかけた。「きみの意見が聞きたい」

エディがはっと息を吸いこんだ。「わたしの?」

「そう、きみのだ」ケヴはエディの震える手をそっと撫でた。くそっ、耐えられない。ケヴは体をずらし、エディを引き寄せてしっかりと胸に抱きしめた。

エディは力なくもたれかかっている。だが数分後には、激しかった鼓動が落ち着いてきた。浅かった呼吸も、今は深くゆったりとした呼吸に変わっている。ようやく少しショック状態から抜けだしたのだろう。

「あなたの話を聞くわ」それでもまだ声はこわばり、引きつっている。「どうぞ、話して」

ケヴはボルボのドアを開けた。「車から出よう。盗聴されているかもしれないから」

ふらついて倒れそうなエディの体を、ケヴは腕のなかに包みこんだ。行き交う人や車から目を離さずに、彼女の耳元でささやく。「エディ、これからおれたちがどうするか、きみの意見を聞きたい。選択肢はふたつある。ひとつは、このタクシーに乗って郊外の安モーテルに行く。ひと息ついて、睡眠をとり、目が覚めたら、またどうするか次の手を考える。宿泊代は現金払いで足跡を残さない。そしてもうひとつは、タクシーで病院に行く。きみは大きなショックを受けたからね。それに怪我もしているかもしれない。どっちがいいかな？」

「ええと」エディが唾をのみこんだ。「わたしは……大丈夫よ。少し痣ができているだけだと思う」

「心配なことがひとつある。きみを病院に連れていった場合だ」ケヴは重い口調で言葉を続けた。「何があったのか、おれたちは警察に詳しく話さなければならない。警察はきみの家族にもきっと連絡するだろう。そうなったら、今以上にきみはきびしい立場に追いこまれてしまう。でも、あれだけ大変な目に遭ったんだ。認めたくはないが、監視がさらにきつくなるのは当然だろうな」

「そのとおりよ」エディがささやいた。

「あいつらは、いったい誰だったんだろう？　心当たりはあるかい？」

エディの体が小刻みに震えだした。「ないわ。知らない人だと思う。聞き覚えのある声はひとつもなかったから」

「誘拐犯だったのかな」ケヴは言った。

「ああ、そんな……」エディが彼の胸に顔をうずめた。

「男たちは三人とも覆面をしていた」ケヴはエディを抱く腕に力を入れた。「だから、医師や看護師や検査技師に変装して病院に侵入していても、おれにはやつらを見分けられない。それが怖いんだ。だが、怪我をしているきみをこのままモーテルに連れていくわけにもいかない。エディ、どうしたらいい？　今すぐきみの意見が聞きたい。こうしてここにいるだけでも、神経がどうにかなりそうだよ」

エディが顔をうずめたままケヴの胸に爪を立てた。彼女の荒く熱い息が吹きかかる。彼女の甘い香りや、やわらかい体の感触に、股間が反応し始めている。ケヴは気づかないふりをした。まったく、こんなときになんて情けないんだ。「さあ、エディ、決めてくれ。ボルボをここに捨てて、すぐに出なければならない」

エディが彼の胸にキスをした。「モーテルに行くわ。あなたといるほうが安心できるから」

安堵のため息が盛大にもれそうになった。勝利の雄叫びをあげたい気分だった。そして、欲望もふくれあがっていた。どうしようもない男だ。エディは突然襲いかかってきた巨漢に殺されそうになったんだぞ。欲望を感じるなどもってのほかだ。身勝手すぎる。

エディが顔をあげて、こちらをまっすぐ見つめていた。その瞳に浮かぶ信頼しきった表情に、ケヴは胸が熱くなった。

エディはおれを選んだ。ケヴの目は涙でかすみ、喉が詰まった。

ばか野郎。感傷的になるな。気持ちを引き締めろ。エディのために強くなれ。どんな困難が待ち構えていようとも、最後までエディを守りきるんだ。今は泣いている場合ではない。

「エディ、行こう」

ケヴはエディをタクシーの後部座席に乗せた。それからスーツケースとダッフルバッグをトランクに入れ、キャンバスバッグを彼女の膝の上にのせ、料理が入った紙袋を座席の足元に置いて、隣に腰を落ち着けた。「カスケード・ロックスまで」運転手に声をかける。

「遠すぎだ！　お客さん、本気で言っているのか？　朝の四時だぞ！」

ケヴは財布から百ドル札を数枚抜いて、文句たらたらの運転手の手に押しこんだ。男は手のなかの札を見つめ、黙ってシャツのポケットに入れた。振り返って、乗り捨てたボルボに目をやる。

「ここに車を停めたまま行く気か？」

「ああ」ケヴは言った。

「降車専用ゾーンだぞ。とんでもない罰金を取られてもいいのか？」

「どうってことないさ。それより早く出してくれ。急いでいるんだ」

運転手はエディに目を向けた。破れたドレスから顔へと視線を走らせ、黒くにじんだ目元や痣ができた頬を見つめる。次にケヴに視線を移して、頬のかすり傷や、血がこびりついたこぶしを眺めた。ひどい姿をさらしているのは、自分たちがいちばんよくわかっている。

「何があったのか知りたくねえな」運転手がつぶやいた。

「それでいい。おれも話すつもりはない」ケヴはそっけなく言い返した。「カスケード・

ロックスまで三十分以内で行ってくれたら、あと百ドル出すよ」

そのひと声で、運転手はアクセルを全開に踏みこんだ。ケヴは体をシートに預けて、エディを抱き寄せた。

だが、頭のなかはめまぐるしく動いていた。あの男たちはプロ中のプロだ。しっかり訓練を積んでいる。あの戦い方や、無駄のない動きが何よりの証拠だ。

それにしても、なぜおれを殺さなかった？　おれを撃ち殺すのは簡単だったはずだ。サイレンサー付きの銃で一発で仕留められた。どうして、手錠なんだ？

わけがわからない。今頃おれは死んでいてもおかしくなかった。何かを見落としている。重要な何かを。それがたまらなく怖くもあり、怒りを増長させる。

あの三人を必ず見つけだして、地獄の苦しみを味わわせてやる。

ケヴは目を閉じた。怒りや憎しみは、ひとまず胸の奥底にしまいこむことにした。今は休息をとるのが先決だ。数分経つと、呼吸が楽になり、固く握りしめたこぶしもほどけた。心が落ち着いてきた。

それもつかの間、今度は欲望が頭をもたげ始めた。欲望の扉は二度と閉まらなくなった。エディにドアの蝶番《ちょうつがい》をすべて吹き飛ばされてしまったのだ。

いつの間にか、眠っていたみたいだ。ケヴのあたたかい大きな体に包まれて、彼の静かに刻む鼓動を聞いているうちに寝てしまったのだろう。はっと目が覚めたときには、グレシャムを走り過ぎていた。対向車のヘッドライトがまぶしい。タクシーは州間高速道路八四号線を東に向かって快調に飛ばしている。コロンビア渓谷を過ぎると、針葉樹に覆われた、空高くそびえ立つカスケード山脈が見えてきた。車窓の景色を眺めながら、エディは昨夜の出来事に思いをめぐらせた。だけど、ぼんやりした頭では、切れ切れにしか思い出せない。

「あの男たちと、父がパーティーで倒れたこととは何かつながりがあるんじゃないかしら」エディはつぶやいた。

ケヴがエディの顔を見おろした。「起きていたのか。寝ていると思っていた。もうすぐ着くよ」

「ねえ、ケヴ――」

「話は着いてからにしよう」どことなく怒っているみたいな声だ。

モーテルに着いても、ケヴはエディを自分のそばから離さなかった。フロントで、眠そうな顔をしたはげ頭の男から鍵を受け取り、ふたりは部屋に向かった。煙草と芳香剤が混ざりあった匂いのする狭い部屋。それでもエディは泣きそうになるほどうれしかった。

ケヴが部屋を見まわした。「すまない。こんな狭苦しい部屋で。宿泊代は現金で払ったよ。男たちがどうやっておれたちを見つけるかわからないけど、しばらくは大丈夫だと思う」

「いい部屋だわ」エディは笑みを浮かべた。「ありがとう。ようやくほっとできるわ。それで、さっきの話の続きだけど、父が倒れたことと関係があると思う?」

ケヴが首を横に振った。「いや。やつらの狙いは、父親ではなくきみだと思うな。不思議なのは、どうしてまだおれが生きているかだよ」

「言っている意味がわからないわ」

「なぜおれを殺さなかったのか」ケヴが言い直した。「それが不思議なんだ」

「それは……」エディはとまどい気味に言った。「あなたが強すぎたからじゃない? でも、どうしてそんなことを言うの?」

ケヴが手を振ってエディの言葉を一蹴した。「おれは不死身でもなんでもないよ。立場が逆だったら、おれならやつらの頭を撃っていた。目障りな人物は消したいからね。それなのに、やつらは殺傷能力のないブラックジャックを使い、次は手錠をはめようとした。最初からおれを殺すつもりはなかった気がするんだ。何かをたくらんでいたのは確かだが、それがなんなのかがわからない。ただ、金目当てではなかったんじゃないかと思い始めている。おれが生きているということは、狙いはきみだけじゃなく、おれたちふたりだったのかもな」

「それって……つまり何?」

「さっぱりわからない」ケヴもお手あげといった感じだ。「でも、楽しいことは待っていないだろうな」

「そうね。それはわたしにもわかるわ」エディはぽつりとつぶやいた。

ケヴがスーツケースを床におろした。料理が入った紙袋をたんすの上にのせて、ダッフルバッグとキャンバスバッグは椅子の上に置く。「部屋のなかを確認するよ。それが終わったら、拳銃に弾をこめないといけない。しばらくかかるから、きみは先に寝てくれ」

エディはケヴを見つめた。なんだか置き去りにされたような気分だった。ひらひらのドレスを着た頼りない女の子には用はないと言われた気分。彼にお荷物だと思われているのかもしれない。エディの喉が締めつけられた。「あなたは寝ないの?」

「ああ、まだ寝ないよ」

「どうして?」エディは食いさがった。「ここは安全地帯でしょう?」

ケヴはぽかんとしている。エディはあきれた顔をして、ため息をついた。「教訓を忘れちゃったの? ケヴ、あなたって最低。セックスは安全地帯ですべし、よ!」

ケヴが鼻を鳴らした。にこりともしない。「状況が変わった」

まったくもう。状況というのはいつでも変わるものなのよ。エディはなおも食いさがった。

「じゃあ……正確には、どう変わったの?」

「おれの状況が変わった」そのそっけない口調に、思わずエディはたじろいだ。「セックスを楽しむ気分じゃないんだ。喉にナイフを押し当てられているきみを見た瞬間に、状況が一変した」

エディは下唇を噛んだ。ベッドで戯れたあとアイスクリームを食べさせあう夢はあきらめるしかないのね。「それじゃ、あなたはもうわたしをほしくないの？」

ケヴが頭のおかしい女を見るような目つきでエディを見た。「まさか。ほしいに決まっているだろう。釘が打てそうなほどがちがちに硬くなっているよ。だけど、今のおれはかなり凶暴になっている。誰かの喉を切り裂きたくてたまらないんだ。危険だからおれから離れていたほうがいいよ」

あっ、そう。でも悪いわね。わたしは人のアドバイスに素直に従ったことは一度もないのよ。今さら従う気もないわ。少なくともケヴはまだ、わたしを捨ててもっと面倒でない女と付き合おうとは思っていないようだ。エディは、その釘が打てそうなほど硬くなったものを盗み見た。ううん……すてき。

「ねえ、ケヴ、こう見えてもわたしは結構勇敢なのよ」エディはあきらめずにもうひと押ししてみた。「わたしは鉄の女なの。あなたのそばにいたいのよ。だから少しぐらいあなたが凶暴になっても、わたしは――」

「おれは床で寝るよ。まあ、どっちにしろ眠れないだろうけど。エディ、この話は終わりにしよう」ケヴが目をそらした。「寒いからコートをかけて寝たほうがいい。おれにとってもそうしてくれたほうがありがたい。きみの胸を見なくてすむからね」

なるほど。そこまで言うのね。やる気が出てきたわ。エディは肩にかけたコートを床に落とした。わざと見せつけるように、両手でバストを下からすくいあげる。「でも、わたしは自分の好きにさせてもらうわ」

ケヴが大声でうめいた。「エディ、頼むからやめてくれ。遊んでいる時間はないんだ」

「あら、別に遊んでいるつもりはないわ」エディは穏やかに言い返した。

「きみはいきなり襲われたんだぞ。暴行されそうになった。殺されていた可能性だってある」ケヴが語気を強めた。「そんなことが起きたあとでセックスはできない。あきらめてくれ。おれの気持ちは変わらない」

エディはケヴに近づき、彼の右手を取って自分のほうへ引き寄せた。ケヴは手をきつく握りしめている。こぶしは皮膚が裂け、乾いた血がこびりついていた。エディは傷口にそっと唇を当てた。「怪我をしたのね」ささやくように声をかける。

ケヴが自分の手を見おろして、こぶしを開いた。「知らなかった」

エディは彼のてのひらに唇を押し当て、一本ずつ指にキスをして、それから手の甲に、そして手首にもキスを落とした。「ケヴ、わたしもふざけた気分ではないわ」ケヴの顔を見あげる。「あっ、お礼を言うのが遅くなってしまったわね。助けてくれてありがとう」

ケヴは押し黙ったまま、エディを見おろしている。彼の喉仏が動いた。エディはもう一度傷口にキスをした。「礼なんていいよ。おれのせいで、きみを危険な目に遭わせてしまったんだから」

エディは困惑した表情でケヴを見つめた。「どうしてそういう話になるの？　あなたのせいじゃないわよ」

「いや、おれのせいだ。やつらがおれの家に来たのを見たときに、きみの家に行くのはやめればよかったんだよ。そんな当たり前の判断もできなかったおれは、大ばか者だ。ばかさ加減をさらしたついでに言えば、そもそもおれは家に戻るべきではなかった。ましてや、緊急事態のときにセックスするなんて言語道断だ」

「でも、わたしたちは知らなかったじゃない」エディは言い返した。「まさか父の部下が、あんなことまでするとは思ってもいなかった――」

「きみは殺されそうになったんだぞ！　下着なんか取りに行かなければよかったんだ！」

エディは両手で口を覆い、身をこわばらせた。こらえようとしても涙があふれてくる。ケヴが顔色を変えた。「ああ、くそっ。大声を出して悪かった。おれの気持ちをなだめようとしなくてもいいよ。あの巨漢にナイフを押し当てられていたきみの姿が、目に焼きついて離れないんだ。だからしばらくおれのことは放っておいてくれ。きみはもう寝たほうがいい」

エディはふたたびケヴの手をつかんで、自分の胸に押し当てた。

「ケヴ、気づいていた？　セックスをする前に必ずわたしたちはもめるわよね。それに、誘うのはいつもわたしのほう。ねえ、教えて。わたしには男性を惹きつける魅力がないのかしら？」

ケヴがうなった。「エディ、おれを笑わせようとしているのか？」

「そうね、たぶん」エディは思いきって言った。

「無駄だよ」ケヴにあっさり返される。「今はまったく笑えない」

エディはため息をついた。「もう、頑固なんだから」

「そのとおり。一秒ごとにますます頑固になっていくよ」

ケヴは手を引っこめようとしたが、エディはそうさせまいと彼の手首に爪を食いこませた。

「わたしを怖がらせようとしているのね。でも、無駄な努力はやめたほうがいいわ。あなたには絶対にできないもの」

「へえ、そうなのか？　たった一日でそんなにおれのことがわかるのかい？」

「たった一日じゃないわ。十八年よ。あなたの夢にわたしが出てきたように、この十八年間、わたしの夢にもあなたが出てきたんだもの。だからあなたのことはよくわかっているわ」

ケヴのあごの筋肉がぴくりと動いた。「それはすばらしい。うれしいよ。おれたちがようやくひとつになれて」

エディはシャツの上からたくましい胸に手を滑らせた。指を押し当てて、厚い筋肉の感触を確かめる。「そうね。わたしもうれしいわ」そうささやき、ケヴの顔を両手で包んで視線を合わせた。「ケヴ、肩の力を抜いて。少しリラックスしましょう。さあ、わたしにもたれて。あなたのそばにいたいの」

ケヴが目を閉じて、体を寄せてきた。額が触れそうになるほどエディに顔を近づける。

「おれは決してきみを傷つけたりはしない」

「わかっているわ」エディは静かな声で返した。「命を懸けてもいいくらい、それはわかっている」

ケヴがいきなり顔をあげた。「命を懸けるなんて、軽く言うもんじゃないよ」

「もう、ケヴったら。そんなにぴりぴりしないで。言葉のあやよ」

腕のなかのケヴの体は、まだ弓の弦のように張りつめている。「不思議だわ」エディは彼の肩をそっと撫でながら話をした。「いつもわたしは人と話すのが怖いの。怒られるのが怖くて緊張してしまうのよ。でも、相手があなただと怖くないの。あなたに大きな声をあげられているときでもよ。なぜか自分の思っていることを自由に話せるの。どうしてかしらね」

ケヴが笑い声をもらした。「それじゃ、おれがいくら怖がらせようとしても、きみはなんとも思っていないんだ。なるほどね。だから素直に言うことを聞いてくれないんだな」

エディはたくましい体を包む腕に力を入れた。「あなたは充分怖いわ。いい意味でね」

ケヴがいぶかしげな表情でエディを見おろした。「怖いという言葉に、いい意味なんてあるのかい？」

「それがあるのよ。わたしも、あなたに出会ってわかったの」

「からかっているんだな」ケヴが苦りきった声で言った。「きみの言葉遊びに付き合う気分じゃないよ」

「でも、少しだけ黙ってわたしの話を聞いて」エディは淡々と続けた。「なんだか奇妙な感覚なのよ。あなたといると、はるか彼方まで続く山並みを延々と眺めている感じなの。星空をずっと見あげているような。空を飛んでいたかと思うと、地上におり立っていて、しまいにはどっちにいるのかわからなくなるの。それに、息ができなくて胸が苦しくもなる……」

ケヴがうなずいた。「その感覚、よくわかるな。エディ、おれもきみが怖い。死ぬほど怖いよ」

ケヴの言葉に希望の光が差しこんできた。「そう？　よかった」エディは明るい口調で言い添えた。「じゃあ、話は決まりね？　ベッドに入って、正気を失うまでお互いを怖がらせましょう」

ケヴがエディを強く抱き寄せた。「エディ、いったん始めたら、きみは眠れないよ」

エディは彼を見あげた。「聞いたことのあるセリフだわ。もうじらされるのはいやよ」

エディのからかいの言葉には答えず、ケヴは硬い表情を浮かべている。「すべてを受け入れられるかい？　このとおりおれは、かなり頭に血がのぼっている。誰かの喉を切り裂いて、頭を叩き割ってやりたい気分なんだ。とてもではないが平常心ではいられないんだよ。だから、きみに優しくできないかもしれない」

ケヴはまだわたしを怖がらせようとしている。自分からわたしを遠ざけようとしている。

頑固なケヴ。なんてかわいらしいの。でも無駄よ。わたしはあなたのそばから離れるつもりはないもの。

ああ、ケヴがほしくてたまらない。たとえ優しくされなくても、わたしはかまわない。かえって今は、優しさはいらない。彼の低い声に、胸が高鳴り、腿が震え、つま先がきゅっと丸まった。エディはケヴの目を見つめてうなずいた。

突然、ケヴが腕をほどいて体を離した。「おれは部屋のなかを確認して、銃に弾をこめるから、きみはドレスを脱いで、先にベッドに入るんだ」

ケヴのそっけなさに、エディは唖然とした。「でもわたし、シャワーを浴びたいの」

「なぜ?」鋭い声が返ってきた。

「なぜって……汚れているからよ」エディは口ごもった。「このドレスを着たまま、あなたと二度セックスをしたでしょう? それで、膝まで濡れているのよ」

ケヴの顔をよこしまな笑みが一瞬よぎった。「最高じゃないか。すぐに始められる」

エディは思わず笑ってしまった。「それはそうだけど、限度というものがあるわ。だからシャワーを浴びて――」

「ベッドに行くんだ」ケヴが話しながら近づいてきた。「おれは濡れているほうが好きだな。ドレスを持ちあげて見せてくれないか。濡れて輝いているところも、熱くなっているところも、きみの匂いも、すべて好きだ」

エディは笑い声をあげてケヴから逃げた。「もう、やめて。シャワーを浴びてくるわ」

「どうぞ。だが、すばやくすませてくれ」

エディはバッグをつかんで、バスルームに逃げこんだ。コンタクトレンズを外してケースに戻してから、シャワーの下に立ち、長いあいだ熱い湯に打たれていた。

シャワーから出ると、バッグからヘアブラシとハンドローションのミニボトルを取りだした。ハンドローションを使ってメイクを拭き取り、濡れた髪をとかしてもつれをほどく。鏡に映る自分をじっと見つめた。素顔に戻った、いつもの見慣れた顔。不安げで、疲れきった表情を浮かべている。

エディはバスルームから出た。ケヴの視線には気づかないふりをして、椅子の背にドレスを広げてかけると、ベッドに仰向けに横たわった。眼鏡をかけていないから、彼の顔はぼんやりとしか見えない。それでも、なめるように体を這う視線は痛いほど感じる。全身が小刻みに震えだし、頬がほてり、唇がうずいてきた。ただ見つめられているだけで、エディの興奮は頂点に達していた。

エディは横向きになり、片肘をついて、腰のくびれを強調するポーズを取った。ケヴは靴を脱ぎ捨て、ホルスターも外していた。弾を装塡《そうてん》し終えた銃はベッドサイドテーブルにのせてあり、連なったコンドームの包みが、シーツの上に無造作に置いてある。準備万端だ。

ケヴがシャツの袖口のボタンを外して、ベッドから立ちあがった。服を脱ぎ捨てていく。

そのあいだもずっとエディから視線を外さなかった。ケヴの一糸まとわぬ姿に、エディは息が止まりそうになった。引き締まったたくましい体。どこを取っても完璧で、とても美しい。

太くそそり立った自身を撫でると、ケヴはコンドームに手を伸ばした。ベッドに戻ってエディにまたがり、つながったコンドームをひとつちぎってペニスにかぶせる。そして体を前に倒した。エディの頭の両脇に手を置いて、じっと顔を見おろし、巨漢につけられた紫色の痣に指先でそっと触れる。「痛い？」

踊り場で襲われたときの光景がよみがえってきた。あの恐ろしい瞬間は思い出したくもない。今は目の前にいるこの男性のことだけを考えていたかった。熱い昂ぶりを彼女のおなかに押し当てている人のことだけを。

エディは首を横に振った。「痛くないわ」

「あの男を見つけたら、はらわたをずたずたに引き裂いてやるよ。きみを傷つけた罰だ。殺しても殺し足りない」

彼女は体をこわばらせた。「ああ、ケヴ。そこまでしなくてもいいわ」

「いいや」ケヴはまったく悪びれもせずに言いきった。「おれは必ずそうするつもりだ」

エディは手を伸ばして、ケヴを抱きしめた。「わたしは平気よ。これくらいなんともないわ」背中を撫でて、ケヴの怒りを静めようとする。「あの覆面男のことは忘れたいの。わたしたちふたりのことを考えたいわ」

いきなりケヴがエディの上から滑りおりて、彼女の足首をつかみ、大きく広げた。脚のつけ根に顔を近づける。

驚いたエディは身をよじった。「ケヴ！　どうなってるの？　今あなたは怒りに燃えて、はらわたの話をしていたわよね？　それなのに、次の瞬間には欲望全開になっているわ。この変わり身の早さは、いったい何？」

「おれはそういう男なんだ、エディ。すぐに欲望全開になれる。でも、きみはまだ全開じゃないな。おれの手助けが必要みたいだ」

エディは両肘をついて体を起こそうとしたが、大きな手であっけなくベッドに押し戻されてしまった。「抵抗しようとしても無駄だよ。こういうおれに慣れてくれ」言い返す間もなく、ケヴのあたたかい唇が敏感な部分に触れた。

それだけでエディの欲望も全開になった。彼の唇が巧みに動くたびに、あえぎ声がもれる。激しく体をくねらせながら、エディは甘美な快感の極みへとのぼりつめていった。

ふたたびケヴがエディの上にのり、なめらかなひと突きで奥まで満たした。そのとき一瞬にして、絶頂のあとのけだるい余韻は吹き飛んでしまった。たちまちエディは燃えあがり、自ら腰を突きあげて、さらに深くへケヴを誘いこんだ。エディの口から大きな声がほとばしる。ケヴの動きが速くなり、強く突かれるたびに、エディの腰がマットレスから浮きあがった。ベッドが揺れ、きしむ音と、ふたりの肌がぶつかる音が狭い部屋に響く。ケヴは荒々しく腰を打ちつけてくる。ああ、すてき。このままずっと彼と愛しあっていたい。恐怖が消え去るまで。頭が空っぽになるまで。

強烈な快感が襲いかかってきた。爆発したかのような衝撃が走り、ふたりの体はひとつに溶けあい、同時にクライマックスを迎えた。目を開けたとき、エディは頬が涙で濡れていることに気づいた。優しい男性がそばにいる喜びの涙。満ち足りた幸福感が胸いっぱいに広がってきた。

わたしはケヴを愛している。狂おしいほどケヴを愛している。

19

息ができない……。ケヴは豊かな黒髪にうずめていた顔をあげて、大きく息を吸いこんだ。ふらふらだ。完全KO負け。腰が砕けて力が入らない。ケヴはエディの汗に濡れた震える体からゆっくりと離れた。ベッドの縁に座ってコンドームを外し、顔をしかめる。なんだこれは。汗まみれになり、これでもかというほどエディを攻め続けたというのに、分身はまだ誇らしげに天井を向いている。どうなっているんだ？

コンドームに手を伸ばし、新たにつけ直して、ふたたびエディの上にのった。拒めるものなら拒んでみろと、挑む目つきでエディを見おろす。動き始めたケヴの下で、エディがかすかに身をくねらせ、小さなあえぎ声をもらした。ケヴはエディの両膝をつかみ、左右に大きく押し広げた。すばらしい。つやめくピンク色の秘部がペニスをすっぽり包みこんでいる。じっくり時間をかけて腰を引き、また沈めると、そのたびにケヴをきつく締めつけてくる。

エディの目には涙があふれていた。直視できずに、ケヴは視線をそらした。エディがいちばん感じるスポットに当たるようにペニスを挿入し、硬く突きだしたピンク色の真珠を親指で愛撫した。

セックスは優しく思いやりをこめてするものだと思っている。だがその気持ちとは裏腹に、エディを前にするといつも自分を抑えられなくなってしまう。理性は本能にのみこまれ、自分の欲望が満たされるまでひたすら腰を打ちつける——そして、強烈なオーガズムが延々と続く。ペニスを強く締めあげるエディのなかは熱くなめらかで、永遠にとどまっていたいほど心地いい。

完全にエディのとりこだ。できることなら、直《じか》にエディを感じてみたい。

コンドームなしでするエディとのセックスを思い描いているうちに、興奮が高まってきた。動きが一気に激しさを増し、容赦なく奥深くまで貫き始めた。またしても制御不能状態だ。自分でもそんな自分が怖かったが、エディは……ああ、エディは……夢中で腰を突きあげている。

ふたりの体はぴたりと重なり、やがて恍惚《こうこつ》の世界へ同時に飛び立った。

ケヴは体を震わせて横たわり、ふたたびエディの髪に顔をうずめた。セックスするたびに、ますます抑えがきかなくなっている。一心不乱に腰を振り続ける自分の姿は、発情した獣と同じだ。しかし結局のところ、勝負ははなからついている。

エディの完勝。ひざまずいて懇願しているのは、おれのほうだ。

息を切らし、ぐったりと体を横たえているうちに十五分が過ぎた。新しいラウンドの開始だ。エディが仕掛けた甘い罠に、喜んで飛びこむ時間が来た。だが今回は、それほど激しくするつもりはない。

「うつ伏せになって」

ケヴの声を聞いて、エディがぱっと目を開けた。「嘘でしょう」弱々しい声で言う。「もうだめ。くたくたよ」

「そうはいかないんだよ」ケヴはにべもなく言い返した。「おれが言ったことをもう忘れたのかな?」

エディが片肘をついて体を起こした。「だって、まだ……」ケヴの股間に視線を向ける。

「どうして……。まさか、怪しいものでも飲んでいるの?」

「アドレナリンのせいだよ」ケヴが言う。「階段でいきなり襲われたときに、大量に噴きでてから止まらなくなってしまった」エディをうつ伏せにさせ、腰をつかんで自分のほうへ引き寄せる。濡れた黒髪が張りついた、ほっそりとした背中をそらして、丸みを帯びた形のいいヒップを突きだすような格好にさせた。かすかにのぞく秘密の場所がなまめかしく誘いかけている。ケヴは指を差し入れ、愛撫を加えた。たまらなくおいしそうだ。

エディが体をひねって、コンドームをつけているケヴに顔を向けた。「あなたはアドレナリン大王ね。道理で殴りあいが強いわけよ。あの三人組があなたに適《かな》うわけないいわ」

ケヴはエディのつややかなヒップを撫で、分身を片手で握って、先端をしっとりと濡れた入り口に押し当てた。「おれに罪悪感を埋めこもうと思っているのか？　それならあきらめたほうがいい。おれは有言実行の男なんだ」

「そうみたいね」奥まで突き入れた瞬間、エディが小さく声をあげた。「ねえ、ケヴ？」

ケヴはいったん腰を軽く引き、自身をのみこんでいるエディの秘所をじっと見つめ、ふたたび深く突いた。もはやどうすることもできなかった。骨の髄までエディ中毒に陥っている。

「あと何回セックスしたら、あなたをからかえるの？」

ケヴは吹きだした。「そうだな。昼までにはその答えを出しておくよ」エディのヒップをつかんで、動き始める。

ケヴはゆっくりと時間をかけた。カーテン越しに、太陽の光がかすかに差しこんでいる。ある時点から、時間の感覚がなくなっていた。そろそろ昼になるのか。また新しい朝が来たのか。エディは息を弾ませ、シーツを握りしめてただケヴに身を預けているだけで、もはや話すことも、動くこともできずにいる。自分はまだ何時間でも続けられるが、エディにその体力は残っていないだろう。

休息の時間だ。ケヴは動きを速め、高みへとのぼりつめていった。鋭い快感が体を突き抜けたとたん、頂点に達し、エディの上にゆっくりと倒れこんで、彼女をきつく抱きしめた。

「もうおれをからかってもいいよ」ケヴは肩で息をしながら言った。「少し気持ちに余裕ができたと思うから」

エディがふっと笑い声をもらした。「そんなエネルギーはないわ。酸欠状態だし」

ケヴはあわててエディの上からおりた。息ができるように、エディを仰向けに寝かせる。

「思ったんだけど」しばらくしてからエディが話し始めた。「わたしを本気で洗脳する気なら、セックスがいちばん効果があるわ。脳が脱水症状を起こしているもの。実を言うと、脳だけじゃなく、全身だけど」

エディに愛らしい笑顔を向けられて、ケヴは目頭が熱くなった。本当は責められて当然なのだ。アドレナリンを静めたいという身勝手な理由で暴走したのだから。それなのにエディは、おれの気持ちをなごませようとしている。自分のしたことが恥ずかしくてしかたがない。

「おれもだよ。セックスがいちばん効き目がある」かすれた声で言う。「エディ、すまない。おれはあまりにも――」

「いいのよ」エディがケヴの言葉をさえぎった。「何も言わなくていいわ。わかっているから」ケヴの唇を人差し指で封じ、そっと指先で輪郭をなぞる。「すばらしかったわ。今だけじゃなく、これまでもずっとすばらしかった」

ケヴはエディの指にキスをした。「それは、きみがすばらしいからだ」

エディがさらに身を寄せてきた。「アドレナリン全開状態はおさまった？」

「やっと半分ってところかな」

エディがケヴを見あげた。「まだ半分なの？」

「たぶんね。そのくらいかな。休憩が終わったら、すぐわかるよ」

エディが視線をさげた。あいかわらず雄々しくそそり立っている。「普通じゃないかも」

「そう。おれは普通じゃないんだ。普通だったことは一度もない」ケヴは静かな声で返した。

「でも、それはきみのせいでもある。きみはあまりにも美しくて、セクシーだからね」

「よく言うわよ」

ケヴはコンドームを外して、ゴミ箱に捨てた。そのときたんすの上の、料理が入った紙袋が目に入った。いきなり腹が鳴りだす。ケヴはその紙袋をベッドに持っていき、引き裂いて、底に入っていたフォークとスプーンと紙ナプキンを取りだした。「朝食にしようか?」

「そうね。おなかがぺこぺこよ」エディがゆっくりと体を起こした。ふたりはベッドの上にあぐらをかいて座り、食欲旺盛に食べ始めた。大量の料理が、みるみるうちにふたりの胃袋におさまっていく。エディが、スライスしたローストビーフをケヴの口のなかに押しこんだ。お返しにケヴは、カニの身の塊をエディの口のなかに詰めこんだ。チーズもグリル野菜も驚くほどおいしい。バゲットは、外がパリパリで、なかはふんわりしている。スタッフドマッシュルームには、ベーコンとチーズがたっぷり詰まっていた。アーティチョークのオーブン焼きはやわらかく、レモン風味のバターソースと相性抜群だ。それに、フルーツはどれも甘くてみずみずしい。最高の朝食だ。

ケヴは紙袋に印刷された店の電話番号を頭に入れた。いつか注文する日が来るかもしれない。ふたりの生活が元のペースに戻ったら、今度は自分がここに電話をかけ、こんなふうにまたエディとベッドに座り、料理を食べさせあおう。情熱的なセックスをして、ごちそうを腹いっぱい食べ、またセックスをする。今はまだ夢物語にしか思えないが、一日も早くそんな日が来てほしい。

ケヴは紙ナプキンで口をぬぐった。ブルーノに感謝だ。さすがにあの小僧は女心をつかむのがうまい。また勝手に家に入りこんだとはいえ、高得点をあげた。それにしても、柄にもなく、ずいぶんと大盤振る舞いをしたものだ。ブルーノのことをぼんやり考えながら、バゲットをちぎり、口に運んだ――。

ポン！　突然、大きな音が響き渡り、ケヴはベッドから落ちそうになった。その拍子にロールパンとチーズが床に飛び散った。反射的にベッドサイドテーブルの拳銃をつかんで構え、殺気立った目つきで部屋を見まわす。

「ああ、ケヴ、ごめんなさい」エディが申し訳なさそうに口を開いた。「この音よ」そう言って、シャンパンのボトルを持ちあげる。「コルクが天井に当たってしまったの。ちょうどあなたは見ていなくて……でもまさか……間違えるとは思わなかったわ。ごめんなさい」

ケヴは震える息を吐き、目を閉じて、激しく打ちつける鼓動を静めようとした。「勘弁してくれ、エディ」声を絞りだすようにしてつぶやいた。

「まったく、そのとおりだわ」エディが唇を噛んだ。「本当にごめんなさい」ケヴにプラスチックのコップを差しだす。「飲む？　冷えていないけれど、ドンペリニヨンよ」

ケヴは拳銃をベッドサイドテーブルに戻して、どさりとベッドに寝転がった。まだ両手が震えている。「いや、いらない。この状況が完全に落ち着くまで、アルコールを断つことに決めたんだ」

エディが不安げな表情を浮かべた。「ここにいてもまだ安全じゃないの？」

「安全な場所なんてどこにもないんだよ、エディ。それを知っていて、反射神経が鈍るアルコールを飲むわけにはいかないだろう？」

「そう。わかったわ」エディがシャンパンのボトルとプラスチックのコップをベッドサイドテーブルの上に置いた。「自分にとてもきびしいのね。これからはあなたをミスター・ハードボイルドと呼ぶわ」

「好きなように呼んでくれ」ケヴはつぶやいた。「おれはいつも試練の道を行くんだ」

エディが小首をかしげて、ケヴをまじまじと見つめている。「ねえ、ケヴ。試練の道って、何？」

ケヴは面倒くさそうに肩をすくめた。「ただの言葉のあやだよ」

「そんなはずないわ。正確にはどういうことなの？　はっきり言ってみて」エディは引きさがらなかった。

くそっ。今は熱く語りあう気分ではない。「さあね」ケヴはそっけなく言い返した。「なんとなく口から出てきたんだ。ただ、正しいことは試練であることが多いと思う。逆の場合も同様だ」

エディは何か考えこんでいる。「それじゃ、簡単なことは悪いことになるわね。のんびりすることも、身勝手なことも、危険なことも、すべて悪いことになるのね?」

たちまち頭に血がのぼる。エディの口調は穏やかだったが、それでも批判されている気がした。「そうだ! そのとおりだ! 誘拐犯がすぐそばまで来ているときに、家でセックスするのも悪いことだ。この失敗があまりにも重くおれにのしかかっている。立ち直るのに何年もかかりそうだ」

「あれはあなたのせいじゃないでしょう!」

「そんなのは関係ないんだ」ケヴは言い捨てた。「重要なのは結果なんだよ、エディ。結果がすべてなのさ。おれにはきみを守る責任がある。あんなことになるとわかっていてもよかった。だが、そもそもこのこと自体が、できすぎた話だったんだ」

ケヴはぴたりと口を閉じた。よけいな話までしてしまった。とんだばか野郎だ。興奮するとろくなことにならない。結局、自分で自分の首を絞めてしまった。

「できすぎた話?」エディがきき返してきた。「どういう意味なの?」

ほら来た。絶体絶命だ。「どういう意味も何も、言ったとおりだ! できすぎなんだよ! だいたい長年夢に出てきた理想の女性に出会うなんておかしいんだ。ましてや普通に付き合えるわけがないし、うまくいくはずもない」

エディがとまどった表情でケヴを見ている。「ケヴ、何を言っているのかさっぱりわからないわ。普通に付き合えるわけがないとか、うまくいかないとか、どういう意味？」

「世間一般のやつらみたいにさ！」ケヴは声を荒らげた。「ひとりの女性と出会い、惹かれ、映画やコンサートに行ってデートを重ねる。やがてふたりはベッドをともにし、互いの家に歯ブラシや下着を置くようになる。そのうち一緒に住み始め、相手の両親に会い、指輪を買い、式の日取りや場所を決めて、めでたく結婚する。これが普通の付き合いというものだろう？　で、問題は、このシナリオにおれが当てはまるかどうかだ。答えは明白だよ。かすりもしない。毎晩夢のなかに出てくるきみに会えたというのに、おれは死なせるところだったんだぞ！　それも、出会ったその日にだ！」

「ケヴ」エディがそっと息を吐きだした。「あのね――」

「なあ、エディ。どう考えたらいい？」なおもケヴは大声でまくしたてた。「おれは呪われているのか？　ああ、そのとおりだ。呪われているんだよ。そんな男がきみと付き合えると思うか？　不幸にするだけだとわかっていて、一緒にいられるか？　無理だ。どんなにきみを手に入れたくてもおれにはできない。自分に与えられた運命だと、あきらめるしかないんだ。この試練の道を行くしかない。だが、エディ、わかっていても、それが難しいんだよ。つらすぎて立ち向かえそうにないんだ！」

ケヴの声はかすれていた。エディに背を向け、突如こみあげてきた涙をこらえる。しっかりしろ。ここで泣くわけにはいかない。

「そんなふうに言うのはやめて」エディが静かに切りだした。「わたしをあきらめないで。わたしはあなたをあきらめるつもりはないわ」ケヴに体を寄せ、彼の肩に顔を押し当てる。そして優しく肩にキスをしながら、彼の頬を撫で始めた。張りつめていたケヴの神経が徐々にやわらいでいく。

「エディ」ケヴは疲れきった声で話しかけた。「そういうわけにはいかない——」

「もう何も言わないで」エディがささやいた。「ケヴ、いいことが起きたら素直に喜ばなくちゃ。そのまま受け入れるの。喜んだからといって、誰もあなたを責めたりしないわ。自分を罰する必要なんてないのよ」エディのやわらかな唇が肩の傷痕に触れた。ケヴは目を閉じてそのあたたかい感触を味わった。「それはわたしも同じ。ねえ、これからふたりで新しい自分に生まれ変わりましょう。わたしたちに舞いおりたすばらしい奇跡を、思う存分堪能するの」

ふいにエディの唇が離れ、ケヴは振り返った。エディが残った料理のなかからスプーンを取りだして、白い箱を開けた。

デザートなのだろう。甘く濃厚な香りが漂ってきた。コーヒー、チーズクリーム、それにカスタードの匂いがする。

エディがデザートをスプーンですくい取り、膝歩きで数歩近づいてきた。澄んだ瞳には神秘的な光が宿っている。ケヴは息をするのも忘れ、その瞳に見入っていた。

「エディ、それは洗脳セラピー用のデザートだね？」

「そうよ。さあ、早くこっちに来て。セラピーの時間よ」

エディがケヴをじっと待っている。ケヴが膝歩きでそばに行くと、逃がすものかと言わんばかりにしっかり手首をつかまれた。

「いい、ケヴ？　わたしのあとについて言って」有無を言わさぬ口調だ。「おれのせいではない」

ケヴはため息をついた。「エディ、そんなふうに単純にはいかないんだ。おれには――」

「言って！」鬼軍曹並みの迫力のある声だ。ケヴは軍事演習を受けている兵士のごとく、背筋をぴんと伸ばした。自然と笑みが顔に広がり、右頬の傷痕が引きつる。

「わかったよ」もう一度ため息をついて、ケヴはしぶしぶ、言われたとおり復唱した。「おれのせいではない」

エディがにっこりほほえみ、デザートをすくったスプーンをケヴの口のなかに入れた。糖分が一気に全身を駆けめぐる。だが、これで終わりではなかった。「わたしのあとについて言って」エディ鬼軍曹の命令する声がふたたび響く。「おれには幸せになる資格がある」

なぜか急に胸が締めつけられた。「エディ――」

「ばからしいのはわかっているわ。嘘っぽく聞こえるのも。でも、声に出して言うことが重要なの。怒らないで、わたしのわがままに付き合って。大変な夜を過ごしたからしかたないと大目に見てくれる？　ね、いいでしょう、ケヴ？」

ケヴは心のなかで盛大なため息をついた。とんだセラピーを受ける羽目になってしまった。こうなったら開き直るしかない。

「おれには幸せになる資格がある」むっつりとした表情で言う。

エディがデザートののったスプーンをケヴの唇に当てた。ケヴは口を開けた。濃厚な味が口のなかに広がる。ふたりは視線を合わせた。その瞬間、何かが起きた。かすかに空気が震えた。

「じゃ、次ね」エディの声も少し震えている。「わたしのあとについて言って。おれには喜びを享受する権利がある」

ケヴは唾をのみこんだ。どうにも落ち着かないが、とにかく最後までやりきるしかない。

「おれには喜びを享受する権利がある」

エディはうなずき、上手に言えたご褒美をケヴの口に入れた。「これが最後よ」静かな声で言う。「わたしの目を見て、あとについて言って。おれは愛される価値のある存在だ」

ケヴは声を失い、呆然とエディを見つめた。喉に大きな塊がつかえているみたいで、言葉が出てこない。だが、エディはケヴをじっと目つめ返して、彼が口を開くのを待っている。

「さあ、ケヴ」優しくうながす。「言って」

ケヴは咳払いをした。「おれは愛される価値のある存在だ」かすれた声でつぶやいた。

エディがケヴの目から視線を外さず、彼の口にデザートを入れた。

ケヴの喉は焼けつき、胸に熱いものがこみあげてきた。エディの瞳は涙で光っている。

彼はエディの手からデザートの箱とスプーンを取りあげた。「よし。今度はきみの番だ、エディ。きみも同じ言葉を言ってくれ」

エディがケヴの言う言葉を繰り返し、そのたびに口に運ばれるデザートを受け取った。

いつしかセラピーは、儀式めいたものに変わっていた。粛々《しゆくしゆく》とその秘めやかな儀式は続き、最後にふたりは見つめあった。静寂のなかで、激しい感情が互いのあいだに流れる。

「愛しているわ」エディがささやいた。

ケヴは息を大きく吸いこんだ。「おれもきみを愛している」

ケヴはデザートの箱とスプーンをベッドの上に置き、エディの両手を取った。そして、うやうやしくゆっくりとキスをしていく。エディが手を引き抜いて、ケヴの首にまわし、彼の顔を下に向けた。

唇にキスを求めるしぐさだ。この神聖な瞬間にふさわしい、敬意をこめた優しいキスをしよう。心のなかでそうケヴは思った。だが、エディの唇に触れたとたんに、たちまち熱に浮かされたようなキスを始めた。ふたりは魂を重ねあい、命綱にしがみつくようにぴたりと体を寄せて、キスを深めていった。

突然、ケヴは顔をあげた。息を弾ませながら早口でまくしたてる。「だめだ。こんなふうにキスを続けていたら、おれはまた盛りのついた獣になってしまう。これでも一応、理性的な文明人らしくなろうとしているんだ。時間を置いて、きみを休ませようと思っているんだよ。だから頼む。これ以上おれを刺激しないでくれ」

エディが体をくねらせて挑発してきた。「おなかが満たされたら、元気が出てきたわ」

ケヴはベッドから料理を手早く払い落として、エディを押し倒した。


「何をやってるのよ！　信じられない。それで筋金入りのプロと言えるわけ？　たしか、会社案内のパンフレットには、経験豊富と書いてあったわよね？　それが何よ、このざまは？　嘘ばっかり並べるんじゃないわよ！」

アヴァが延々と雷を落とし続けている。その罵声を聞いているうちに頭痛が始まり、デズモンドはこめかみをさすった。ふたりは、アヴァの秘密の研究所の外に停めたトレーラーハウスのなかにいる。この豪華な巨大トレーラーハウスは、デズモンドがポケットマネーで買った。今、アヴァの怒りの集中砲火を浴びているのは、力なく椅子に沈みこんでいるトムと、その部下のリチャードとケンだ。三人は、そろいもそろってみじめな姿をさらしている。リチャードの顔は見るも無残な有り様だ。両目は腫れあがり、唇は裂け、鼻の穴には乾いた血がこびりついている。急所を痛めつけられたケンは、椅子に丸まって座り、うめいている。トムのズボンは片方が破れ、怪我をした太い毛むくじゃらの腿に包帯を巻いている。その包帯もすでに血がにじんで真っ赤だった。

「もういいだろう、アヴァ」ほとほとうんざりして、デズモンドはなだめにかかった。「少し落ち着けよ」

「簡単な仕事だったはずよ。それなのになんであいつらを逃がしてるのよ！　ばかじゃないの？」アヴァの怒鳴り声がトレーラーハウスじゅうにとどろく。「この役立たず！　能無し男！」

「そう言うけどな、重要な情報が抜けていたぞ」果敢にもトムが言い返した。額には玉の汗が噴きだし、瞳孔は鎮痛剤の副作用で広がっている。「あの男が高度な戦闘訓練を受けていたとは知らなかった――」

「あの男はマクラウドなのよ！」アヴァが嚙みついた。「あんた、ファイルを読まなかったの？　父親のことも、兄弟のことも全部載っていたはずよ。それに、ショーン・マクラウドがオスターマン博士に何をしたのかも話したわよね？　あんたも博士の認知強化プログラムを受けたんでしょう？　それなのに、なんで自分の頭で考えられないのよ。ねえ、トム、知ってた？　そういうのを宝の持ち腐れって言うのよ！」

「あの男が脳に損傷を受けて記憶喪失になったと言ったのはおまえだぞ！」トムが吠えた。

アヴァが嫌悪もあらわに鼻で笑う。「今度からは、頭を使う仕事はあんたの会社には頼めないわね」

トムが険しい目つきでアヴァをにらみつけた。「黙れ！　口の減らない女め」

アヴァの闘争心に火がついた。彼女の目が輝いている。「これほどあんたたちが使えない男だったとはね」毒を含んだ甘い声で続ける。「それがわかっていたら、キーラにそのしなびたピンク色の小さなペニスを嚙みちぎらせたのに」

「勝手に言ってろ」トムがデズモンドに目を向けた。「取引はなしだ。おまえの毒グモ女には我慢ならない。おまけに今夜はこんな怪我までしたんだぞ。やってられないぜ。言っておくが、マクラウドはおれが始末する。これでな」太腿に突き刺された短剣を持ちあげる。

「めった切りにしてやる」

「だめよ！」アヴァが大声をあげた。「マクラウドはわたしのものなんだから」

「ふたりとも、ちょっと待ってくれ」デズモンドはあわてて話に割りこんだ。「いったん深呼吸をして、少し冷静になろう」アヴァの肩をつかみ、かがみこんで、耳元でささやく。「アヴァ、こらえるんだ。すべて失ってもいいのか？」アヴァは今にも怒りを爆発させそうだ。デズモンドは彼女の目を見て話しかけた。「ずっとほしかったものだぞ。きみだってそれを失いたくないだろう？　しばらく口を閉じて、いい子にしていてくれ。いいね？」

アヴァがうつむいて、不満げにうなずいた。

デズモンドはトムに向き直った。「アヴァはきみに失礼な態度を取ったことを反省している」

トムが憎々しげに鼻を鳴らした。「なら、床にひざまずいて、おれのものをしゃぶってもらおうか」

アヴァが顔をあげて、まばゆい笑みを浮かべた。「トム、わたしがあなたなら、そんな危険は冒さないわね」

「いい加減にしろ！　もうやめてくれ！」デズモンドは語気鋭く言い放った。「罵倒合戦は終わりだ。それより、マクラウドを無傷のままどうやってとらえたらいいか早く考えよう」

「薬よ」すかさずアヴァが言う。「麻酔銃で眠らせるの。マクラウド用に特別な薬を使うわ」

「テーザー銃（スタンガンの一種）もいいな」とデズモンド。

「テーザー銃を使えばよかったのよ！」アヴァが声を張りあげる。「もっと脳にダメージを与えられたかもしれないじゃない！　それなのにブラックジャックを使った？　間抜けとしか言いようがないわ」

「アヴァ！　黙っていろ！」デズモンドはこめかみをもんだ。「ところで、チャールズは集中治療室から一般病棟に移ったよ」ぶっきらぼうに言う。「マルタに電話して聞いたんだ。前よりさらに元気になったと言っていたよ。一日も早く退院して、エディを探したいそうだ。チャールズが家に戻ったら、さっそく決行だ。今度こそ、あの世に行ってもらわないとな」

「その計画が成功するかどうかの鍵を握っているのはマクラウドだな」トムが口を開いた。

「トム、大丈夫だ。つかまえられるさ」デズモンドはトムの機嫌を取った。

「へえ？　で、何か策でもあるの？　今頃あの男はどこかのホテルにしけこんで、エディと寝てるんでしょうね。このまま姿を消してしまうかもしれないのよ」

「心配するな。戻ってくるって」デズモンドは携帯電話を取りだした。「マクラウドの電話番号を知っているんだ。それに、ぼくはあの男のほしいものを持っている。だから必ず戻ってくるよ。エディもね。もう少ししたら、イブニングニュースでパパが死んだことを知るだろう？　あわてて帰ってくるさ。トム、ふたりまとめてつかまえよう」

トムが鼻の穴をふくらませた。「なんだよそれ。電話番号を知っているなら、もっと早くに言えよ。そうしたら、こんな痛い思いをしないですんだんだ」

デズモンドはなだめた。「悪かった。ぼくもマクラウドが戦闘のプロだったとは、まったく知らなかったんだよ。だが、きみが最高レベルの戦闘技術を持っているのはわかっていた。もちろん、きみの部下もね。だから、きみたちにまかせておけば大丈夫だと思っていたんだ。本当にすまない。許してくれるか？」

トムが口のなかで悪態をついた。「デズ、ひとつ貸しだぞ。女にはたっぷり奉仕してもらう。フェラチオでな」アヴァにちらりと目を向ける。彼女は満面の笑みを浮かべ、白い歯を見せつけていた。

またふたりがいがみ合いを始めないうちに、デズモンドは急いで話を続けた。「それで、マクラウドとエディのアパートメントに監視カメラを設置しようと思うんだ。カメラがあれば、どちらかが戻ってきたらすぐわかるだろう？　きみたち、取りつけられるか？」

「あんた、なめてんのか」ケンがうなった。

リチャードも同時にうめき声をあげ、腫れあがった目を開けようとして、また閉じた。

「おれたちにまかせておけ」トムが言った。

「もうひとつ頼みがある」デズモンドは気持ちを引き締めた。重要な局面だ。うまく乗りきらなければいけない。「不測の事態が起きなければ、昨日話すつもりだったんだが……後始末のことだ——」

「それは昨日片づけた」トムがそっけなくさえぎった。「パーティーの前にな。けりはついているんだ。なんでも細かく口を出すのはやめてくれ」

「いや、キーラのことじゃないんだ」デズモンドは慎重に先を続けた。「前から冷蔵庫に入っているほうの後始末なんだよ。今はタイミングが悪いのはわかっている。昨夜、死ぬはずだったチャールズはぴんぴんしているしね。まったく悪運の強い男だよ。だが、早急にゴミを始末してほしいんだ」

トムが口をきつく引き結んだ。「何体だ？」

デズモンドは肩をすくめた。「たぶん、八体だと思う。少し前に数えてみたんだ」

「十二よ」アヴァが悪びれもせず、あっさり訂正する。「デズ、嘘を言わないでよ。最近は見てもいないじゃない」

トムがデズモンドをじっと見つめ、それからアヴァに視線を移した。「十二ね」ぶすっとつぶやく。「まともな情報をおれたちに与えもしないで、あの凶暴なマクラウドのくそ野郎をつかまえろと言ったあげくに、今度はなんだ？　死体を十二も始末しろだと？」

デズモンドはすまなそうな顔をしてみせた。ここはひたすら低姿勢に徹するだけだ。「きみが怒るのもよくわかる。数があまりにも多いからな。だが、トム、こう考えてみてくれ。独占契約を結ぶことを――」

「だめよ！」アヴァがわめいた。「なんでこんなばかと独占契約を結ぶのよ！」

「黙れ！　アヴァ」デズモンドは硬い表情で続けた。「契約期間は一年でどうだろう？」

トムは頰の内側を嚙んでいる。「二年だ」

「だめ！」アヴァがさらに大声をあげた。

「一年だ」デズモンドは辛抱強く繰り返した。「期間は一年」

「いや、一年半にしてくれ。それから、この女の口に靴下を突っこんで、話をさせないことも契約書に加えてほしい」

「契約成立だ」デズモンドは有無を言わせない視線をアヴァに投げかけた。「いいな、アヴァ」優しい声で話しかける。「あと戻りはもうできない。受け入れるんだ」

アヴァが目をそらした。その横顔は激しい怒りで青ざめている。
デズモンドは携帯電話の電話帳を開いて、発信先の番号を選択した。

20

無視しようとしたが、電話の音は途切れることなく鳴り響いていた。ケヴは脳を覚醒レベルへと引きずりあげた。それまで覚醒からあまりにも遠い状態にあったことを思うと、少々きまりが悪かった。電話は何時間も鳴り続けていたのかもしれない。目を開けたら銃を突きつけられていた、なんてことになっていてもおかしくなかった。銃を握る利き手の上にはエディのやわらかな体がしなだれかかっている。感覚を研ぎ澄まさなければ。早く。

だが、ケヴはそんなことはしたくなかった。起きあがりたくもない。電話なんて放っておけ。このままでいいじゃないか。エディがおれを抱きしめてくれていて、彼女の髪がおれの胸の上で渦を巻き、彼女の胸がおれに押しつけられているんだから。

いったいどこのどいつが電話をかけてきてるんだ？　しつこいやつだ。

ベッドから転がるように冷たい空気のなかへ出ていった。散乱している服を蹴り分けて、ようやくコートを見つける。それは昨夜エディが床に放り投げたままになっていた。ケヴはかがみこんでポケットを探り、やっと携帯電話を見つけだすと、目を細めて液晶画面を見た。

知らない番号だ。

エディが上半身を起こし、心配そうに見ていた。「誰なの？」

「さあな」ケヴはベッドに腰かけて、通話ボタンを押した。「誰だ？」

一瞬の間を置いて、男の声がした。「そちらはケヴ・ラーセン？」

聞き覚えのある、むかつく声だ。ケヴは記憶をたぐって相手を思い出そうとした。「そういうあんたは？」

「デズモンド・マールだ。おはよう！」

「ああ」あのよだれを垂らした猟犬か。ケヴはどうにか礼儀を保った。こんな非常識な時間に電話してくるとは。彼は時計に目をやった。十時十五分。

くそっ。それほど非常識という時間でもない。だからってかまうものか。ケヴは罵声を浴びせる理由を探した。「どうやってこの番号を探り当てたんだ？」

「勝手なことをして申し訳ない」直接会ったときに感じたマールの不快な歯切れの悪さは、電話を通しても変わらなかった。「エディがゆうべのパーティーできみにメールを送るのに、ぼくの携帯電話を使ったものだから、履歴が残っていたんだ。気を悪くしないでくれるといいんだが。起こしてしまったかな？」

それがおまえになんの関係があるんだ。「なんの用だ、マール？」

マールが甘ったるい含み笑いをもらす。ケヴは歯ぎしりをした。「実は、きみが望んでいたことについてなんだがね。きみは興味を示していただろう、あの記録——」

「こちらから連絡すると言ったはずだ」ケヴは言った。「わざわざ電話してこなくていい」

マールが咳払いをした。「おっと、そうだった。ただ、ぼくはパリッシュ財団とやり取りしているんだが、彼らはエディが……その、誘拐されたことにひどく動揺していてね。きみが誘拐したと彼らは考えているんだ、残念なことに」

そう聞いてケヴは仰天した。これまでのところ、昨夜の誘拐の企てについては自分とエディ以外は誰も知らないはずだ。「誘拐などしていない」ケヴは言った。「彼らにはこっちから連絡する。大騒ぎするようなことじゃない」

「おや、それはよかった」マールが心から言った。「みんな安心するだろう。それで、ちょっとエディに代わってもらえるかな?」

ケヴはエディに電話を渡し、声は出さずに口を動かした。「マールだ」

エディが電話を受け取った。「もしもし、デズモンド。お父さんの容態はどう?」彼女は耳を傾け、うなずいた。「よかった。もっと長く入院していればいいのにと思うけど、充分に回復して仕事を始められると本人が感じているのなら……ええ、父はタフよ……そこが問題なのよ。みんなはわたしがケヴと一緒にいることを許してくれない。だからそうするのがいちばんいいの。もしわたしが……ええ、わかってるわ、でも……」彼女は電話の向こうから聞こえてくる耳障りな言葉の奔流にうんざりといった顔で天を仰いだ。「今は帰る気などないわ。わたしはケヴといるから安全よ。それに…… いいえ。どのみちわたしたちはすぐに発《た》つから、心配しないで」

詮索好きな間抜けめ。エディから居場所を聞きだそうとしても無駄だ。ケヴは電話に手を伸ばし、大げさにまくしたてているマールをさえぎった。

「マール、ラーセンだ。話はまた今度。パリッシュによろしく伝えてくれ」

「待て！ 記録文書のことは聞いているだろう？ 今朝、チャールズがそのことをぼくに尋ねてきたんだ。のんびりしていると、彼はきみが自分で知っているよりもはるかに詳しい、きみに関する情報を手に入れてしまうぞ。そしていっさい、きみには教えないだろう。情報がほしいのなら、早く動いたほうがいい。今日のうちに」

ケヴのあごが引き締まった。まずエディをかくまう場所を決めなければならない。それに車とコンピュータを調達するあいだ、彼女を護衛してくれる人間も探さなければならないのだ。そうしないことには、あのくそったれの誘拐犯どもを見つけだしてミンチにしてやるという仕事に取りかかることもできない。「明日だ」彼は言った。「今日は無理だ」

「手遅れになるかもしれないぞ」マールが警告した。「保証はできない――」

「それならそれでかまわないさ」ケヴは言った。「明日まではおれは動けない」

「時間を稼いでみよう」マールがいらだちを抑えたような声で言った。「アヴァに連絡しないと。きみは何時なら――」

「明日になったらこちらから知らせる。電話をかけてくるな。おれからかける」

「わかった」マールの声がとたんに冷ややかになった。

ケヴは彼の首を絞めてやりたくなったが、一瞬、奇妙な思いにとらわれた。「ひとつききたいんだが、あんたはなぜこんなことをしているんだ？」

マールが苦々しげにうなった。「正直に言えば――」

「ああ、どうか正直に答えてほしいもんだな」

「きみのためではない」マールは言った。「きみは無礼で非協力的な愚か者だ。ぼくがこんなことをしているのはエディのためだ。彼女に頼まれたからだ。それに、ぼくは自分が相手にしているものがなんなのか、正確に知っておきたい。それはチャールズも同じだろう」

「ふうん」ケヴは全神経を集中させて続きに耳をそばだてた。

「エディの髪の毛一本でも傷つけてみろ。きみを追いかけるのはチャールズだけではなくなるぞ」マールがすごんだ。「ぼくもきみを探しだす」

おっと。そいつは怖くてちびりそうだ。ケヴはそんな皮肉な言葉を吐かないよう、必死で自分を抑えた。子どもじみたふるまいはもう充分やりすぎている。

「オーケー」ケヴは言った。「わかった。じゃあ、明日また」

彼は電話を切ってエディを見た。「あの男はきみに惚れているのか？　きみが昔あいつを振ったとか、何かあったのか？」

「やめてよ」エディは当惑していた。「デズモンド・マールは、昨日のパーティーまではろくに話しかけてもこなかったのよ。〈安息の地《ヘヴン》〉にいた頃でさえ、わたしをずっと無視していた。なぜ急にわたしに関心を持つようになったのか、さっぱりわからないわ。不思議よ」

ケヴはまたベッドに寝そべった。利き腕はいつでもシグ220を構えられるように空けておき、もう一方の腕でエディを抱き寄せる。「パーティーに行く前に鏡を見たのかい？　彼はきみを見て、ビビッと来るものを感じたんだ。彼を責めることはおれにはできないな」

「やめて、お願いだから。また魔法のピンクのドレスのせいだっていうの？　着ればたちまち男をとろけさせるセイレーンみたいな美女に早変わりしちゃうとか？」

彼女はまだわかっていない。ケヴはあえて反論しないことにした。あとで納得させる時間はいくらでもある。「きみのお父さんに電話しないとな。きみが無事だと知らせるんだ。そして誘拐されかけたことを説明してやれ」

エディがつらそうな顔をした。「父はきっと癇癪を起こすわ」

「彼のセキュリティスタッフにとって必要な情報だよ」ケヴは動じなかった。「きみの妹のためだ。理由はそれしかない」

エディが顔をこすった。「まずは目を覚まさないと。コーヒーでも飲みたいわ」

「先延ばしにすればするほど電話しづらくなるぞ」ケヴは警告し、彼女の髪を撫でながら、しばらく天井を見つめていた。「マールもオスターマンの認知強化プログラムを受けていたと言ったね？」

「ええ、彼は博士のお気に入りだった。実際、成績が飛躍的にあがったとデズモンドのお父さんが褒めちぎっていたから、父もわたしを参加させる気になったのよ」

ケヴは彼女をさらに近くに抱き寄せた。「オスターマンはきみたちに何をしたんだ？」

エディが眉をひそめた。「人によって違ったわ。博士の研究は、ネガティブなアプローチとポジティブなアプローチのあいだの完璧なバランスを探って、脳の潜在的な力を解放することだったの」

「ネガティブとポジティブ」ケヴは繰り返した。「どうも不吉な感じだな」

「確かにね」エディが認めた。「ポジティブなほうは薬の投与や行動訓練。ネガティブなほうはバリアの除去だったわ。抑圧やコンプレックス、恐怖や自滅的な考え。そういったバリアを取り去るために、心理学的な動機付けの講義を受けたり、強い薬を処方されたり、毎日の脳トレーニングや、ピンポイントで電気ショックを与える療法を受けたりしたの」

ケヴは口笛を吹いた。「なんてこった。聞くだに恐ろしい」

「まあね。わたしたちを自由にするためよ。〝われわれの脳を縛る鎖から解き放つ〟というのがオスターマン博士の口癖だった。今でも夢のなかでしょっちゅう聞くわ。悪夢のなかと言うべきかしら」

エディは壁を見つめ、不快な思い出をよみがえらせていた。

ケヴは彼女を揺さぶった。「おい、大丈夫か？　戻ってこい」

エディが身震いした。「彼は確かに何かを解き放ったわ」

「きみが絵を描くときに起こるあの超常現象のことか？」ケヴは尋ねた。「オスターマンにされたことのせいであれが起こるようになったと思っているんだな？」

エディがケヴの目を見つめた。「思っているんじゃない。知っているのよ」淡々と言う。

「そこから始まったんだもの」

「ほかの人間にはどんな効果が表れたんだ？」

エディの目は苦悩にさいなまれていた。「それを教えるのは難しいわ。生き残った人間は多くはなかった。残ったのはデズモンドみたいな成功例よ。そして、高度な成果をあげた人は博士を否定するようなことは言わない。一度、〈安息の地《ヘヴン》〉にいた人たちと連絡を取ったことがあるの。あそこでのみんなの経験を非公式に調査したのよ。わたし、びっくりして固まったわ」

「つまり、成功しなかった例もあると？」

「たくさんね」エディが静かに言った。「自殺。殺人事件を起こした者。ガールフレンドを殺して自殺した人もいたわ。家族を殺した人も。ドラッグ中毒、アルコール中毒。脳腫瘍の原因があのプログラムだったのかもしれないし、精神科の病院に入れられた人もいた。恐ろしく高い割合というわけではないけれど、一般的な統計よりは高かったわ」

ケヴは困惑した。「家族は抗議しなかったのか？　あちこちで訴訟が起こされていてもおかしくないだろう」

「オスターマン博士には自分の身を守る方法があったのよ」エディが言った。「事後催眠で命令を植えつけるか何かしたんでしょう。こんなことを考えるなんて、わたしの頭がどうかしているのかもしれないけれど、〈安息の地《ヘヴン》〉から戻って何年も、あそこで起きたことを両親に話そうとするたびに、目もくらむほどの頭痛がしたの。しばらくすると、わたしは話そうとするのをあきらめたわ。どのみち両親は関心を示さなかったし。あの当時はね。そして成功例は感動的なものばかりだった。デズモンドのように。彼は驚異的よ。わたしとは三歳しか違わないのに、彼はもう二年もすればヘリックス社の経営をまかされる」

ケヴはデズモンド・マールのすばらしい能力についての称賛を手を振って却下し、彼女を抱き寄せた。過去にさかのぼって彼女を守ってやりたかった。「マールの脳味噌《のうみそ》のどの部分にショックを与えたのかが知りたいな」推測はできたが、口には出さずにおいた。

「わたしもよ」エディが言った。「わたしの場合は、生まれつき持っていたどこかの保護フィルターが壊れたんだと思うの。もっと悪いことにならなくてよかったわ。いろんなことが起こるのはわたしが特殊な状態になるときだけだし、そうなるのは絵を描いているときだけだもの。あるいは……あなたとセックスしているときもそうね」彼女は頰を赤らめた。「そのときは、わたしはあなたに同調してしまう。でもそれは唯一の例外よ」

ケヴのペニスがぴくりと動き、うずき始めた。エディを押し倒してそれを彼女のなかに突き立てたい衝動を、彼はなんとか抑えた。エディが言葉を詰まらせながら苦悩に満ちた告白をしているときにやっていいことではない。「興味深いな」喉が詰まって声が出にくかった。

「ええ」エディが同意した。「そういう情報が絶えず押し寄せるような状況だったら、わたしはどうかなっていたと思うわ。死んでいたかもしれない。もしかしたら、成功しなかった〈安息の地《ヘヴン》〉の出身者たちにはそういうことが起こったのかもしれない。わたしは幸運だったのね」

「あるいは、きみが彼らより強かったんだ」

エディが肩をすくめた。「自分が強いなんて感じたことはないわ。その逆よ」

「強さにはいろんな種類がある。きみはとても強いよ」ケヴは彼女の肩に鼻をすりつけた。

「親が子どもにそんなことをされて許したなんて、信じられないな」

「親たちは知らなかったの」エディが言った。「オスターマン博士はわたしたちを丸めこむのがうまかったのよ。どの子にも、よりよい世界を目指す博士の計画には自分が不可欠だと思わせるの。親には言うな！　パワフルですばらしい変身を遂げたきみを親は理解しない！理解を超えたことで親を悩ませるな！　わたしの極秘のマインド・テクニックをほどこしてもらえるのは選ばれたごくわずかな人間なんだ、とかなんとか。そんなことを言われて抵抗できるティーンエイジャーはいないわ」

ケヴはエディを見つめた。「きみは抵抗した。決してそれを鵜呑《うの》みにしなかった」

エディが鼻をぐすんといわせた。「ええ。彼にはぞっとしたわ。電気ショック療法を持ちだす前から」ケヴの胸に頬をすりつける。「本当は、博士は自分のやっていることをわかっていないんじゃないかという気がしたの。ただわたしたちをからかって遊んでいるだけで。だって、博士にはそれができたから。何が起こるか見たいというだけで、彼にはなんでもできたのよ。科学と名づければ」

ケヴは胸の悪くなるような想像を頭から振り払って起きあがり、携帯電話の画面にとある番号を呼びだした。

「誰にかけるつもり?」エディが尋ねた。

「支援者だ。おれたちは車もなしにここに立ち往生している。助けが必要だ」

エディが妖精のような眉をつりあげた。「誰の?」

ケヴは顔の傷痕がつっぱるのを感じながら、にやりと笑った。「おれたちの関係に大胆なアップグレードをほどこすときが来たようだ」彼は発信ボタンを押した。「待っていろよ。もうじきラニエリ一家とのご対面だ」

21

コロンビア川を見晴らすレストラン〈チャー・バーガー〉でハムとチェダーチーズのオムレツとイングリッシュマフィンを食べ、オレンジジュースとコーヒーを何杯か飲むと、エディはずいぶんと勇気を取り戻せた気がした。それでも、ケヴの携帯電話を借りて父親の番号を打ちこむときには体の奥が震えた。まるで飛行機から飛びおりようとしているかのようだ。

ある意味では飛びおりにも等しい行為だわ。でも、夢で見たなかでもいちばんスペシャルでユニークでセクシーで、ほかの誰とも違うすばらしい男性の手を握って飛ぶのよ。わたしにはできる。エディは頭のなかで自分を励ました。携帯電話のボタンの上で指が震えた。

「この電話でわたしたちの居場所を追跡されてしまうの？」

「ああ」ケヴが言った。「GPSの発信器は入っていないが、電波を追跡すれば位置を特定できる。昨晩切っておくべきだったが、マールが電話してくるまで、きみがこの番号を誰かに教えたとは思わなかったから」

「ごめんなさい」彼女は言った。「デズに番号を教えたりして」

「こんなに妙な方向へ事態が急展開するとは、思ってもいなかったからな」

「覚悟して」彼女は厳粛に言うと、発信ボタンを押した。「もっと妙な展開になるわよ」

エディの父親は最初の呼び出し音で電話に出た。「誰だ？」彼はぴしゃりと言った。

いい兆候だ。父は回復している。「お父さん。わたしよ」

「エディス！　どこにいる？」彼が吠えた。

エディはためらった。「わたしは大丈夫よ。お父さんはどうなの？　まだ病院？」

「いや、違う。娘が誘拐されたというのにいつまでも入院していられると思うか？　おまえはどこにいる？　今すぐに迎えをやるから！」

エディはレストランの巨大な窓の外を見つめた。高くそびえる山々にかかる霧をまばらな光線が照らしている。まばたきすると涙がこぼれ、視界が緑と灰色にぼやけた。「いいえ、お父さん」彼女は静かに言った。「ありがとう、でもわたしは大丈夫だから」

父が次の戦略を考えている。エディの耳にはギアがギリギリと音をたてて回転しているのが聞こえる気がした。「ロニーにはおまえが必要なんだ、エディス。あの子はひと晩じゅう泣いていた。何も食べようとしない」

罪悪感が襲ってきた。しかし父には前にもその手を使われ、裏切られた。薬漬けにされて精神科の病院に押しこめられてしまったら、ロニーの助けになることはできない。「わたしにもロニーが必要よ」エディの声がくぐもった。「無理を言ってわたしを困らせないで」

「わたしが？　わたしのせいだというのか？　おい、やめてくれ、エディ！　脅かさないでくれ。おまえがどうしてそこまで自分のことしか考えられないのか、信じられんよ！」

そこから父の長広舌が始まったが、ケヴが一本の指で喉を掻き切るしぐさをしてみせた。エディは次から次へと流れでてくる怒りの言葉を無理やりさえぎった。「ちょっと待って、お父さん。電話を切る前に大事な話があるの。誘拐未遂のことよ」

「未遂？　はっ！　未遂どころか、やつはまんまとやり遂げたように見えるがね」

「あれは誘拐じゃないわ。わたしはただ新しいボーイフレンドと遊びに出ているだけよ。わたしにはそうする権利があるはずだわ」

「すべては呼び方の問題だと言いたいのか？」

「お願い、わたしの話を聞いて！　ゆうべ、アパートメントで三人の男がわたしたちを襲ってきたの！　わたしは喉にナイフを突きつけられたわ！」

父が黙りこんだ。「わかりきったことを言ってすまないが」しばらくして冷ややかな声で言った。「おまえがセキュリティスタッフの目を盗んで逃げるようなことをしなければ、彼らがおまえを守ってくれたはずだ。あの界隈は危険だと、何度言ったらわかるんだ？」

「小言はやめて、話を聞いてもらえない？　わたしは襲ってきた連中には捕まらなかった。でも、お父さんにそのことを知らせたかったの。セキュリティには特別に警戒してもらわなきゃならないから。ロニーを守るために」

父が舌を鳴らして考えこんだ。この音はよい前兆であったためしがない。「ナイフを喉に突きつけられて、どうやって逃げたんだ?」

「ケヴが助けてくれたの」エディは言った。「彼が男たちと戦って、彼らは逃げたわ」

「ほう。なるほど。暗闇で三人のプロの犯罪者に襲われて、ひとりで全員を追い払ったというのか? それはそれは! あの男はたいした戦士なんだな、そうだろう?」

どうしてそこまで皮肉でえらそうな口調になれるのか、エディにはわからなかった。「ええ、そうよ、本当なんだから!」彼女は激しく食ってかかった。

「きっとかすり傷ひとつ負っていないんだろう? 実に見事だ」

「お父さん、お願い。わたしは真実を話しているのよ。わたしは別に――」

「真実など語ってくれなくてもいい、エディス。どうせおまえは何もかも台本に書かれたとおりにしゃべるよう言われているのだろうからな」

「違う! そんなことないわ! わたしは襲われた。そしてそれは強盗じゃなかった! お父さんにも警戒してもらいたいと思って話しているのよ。親切で電話したの!」

「親切で? はっ! まったく、エディス! おまえは純真すぎる。わたしの子とは思えんな。おまえは襲撃されても危険な目に遭う心配はなかった。本当に襲ってきたのなら、そいつらはあの男を殺していたはずだ」父が怒鳴り声をあげた。「やつは撃たれていただろう! おまえはどこまで愚かなんだ? 何も見えていないのか?」

「でも……でも、わたし……でも、彼は——」

「芝居を打たれたんだ！」父が吠えた。「おまえはだまされている！　それなのに、あの男のことを疑いもしない。こんなことを言って傷つけたらすまないが、やつの目的はおまえじゃないんだよ、エディス！　わたしなんだ！　やつがわたしの罪だと思いこんでいることで、わたしを罰しようとしているんだ！　わたしの罪かどうかは知らんし、率直に言えば、もはやどうでもいい。おまえもこんなふうに利用されるんじゃない！　見るに堪《た》えんよ」

「お父さん、やめて」これは誤解よ。父はあの場にいなかった。父にわかるはずがない。

「おまえのことを思うと情けない！」チャールズ・パリッシュはなおも言った。「さぞかし感謝したんだろうな？　感動の場面だったに違いない。考えるだけで胸が悪くなる」

「だったら考えないで」エディは言った。

「ああ。そうだな。考えるのが耐えられないことの長いリストに加えるとしよう。自分の子どもに毒を盛られそうになったことに続いて」

エディは言葉を失った。やっとのことで息を吸いこんで、叫んだ。「いったいなんの話なの？」

「言ったとおりだ、エディス。毒物検査の結果はまだ出ていないが、ポールが今朝おまえのアパートメントを捜索して、ガラス瓶をふたつ発見した。たしか……タムリックスとかいうものだが、おまえがどこからそんな毒を手に入れたのかは知りたくもない。ドクター・カッツが調べたところ、それを少量摂取した際の症状が、昨晩のわたしの症状と一致するそうだ。おまえがゆうべ使った量ですんでよかった。もっと多ければ心臓が止まっていただろう」

エディは首を横に振った。父には見えてもいないのに。「わたしは絶対に――」

「おまえがわたしに腹を立てているのは知っているよ、エディス。しかし、これほどまでとは知らなかった。殺したいと思うほど怒っているとは考えたこともなかった」

「で、でも、違うわ！」彼女は口ごもりながら言った。「そんなことは考えたこともない！　これからも決して――」

「わたしは決しておまえを責めない。おまえがわかってくれることを願う。昨晩おまえがわたしを止めようとしてからは、特にそう願っている。あのときふと良心が顔をのぞかせなければ、わたしの命はなかったのだろうな」

「違う。お父さん、わたしは――」

「おまえにはただ、必要な助けを与えたい。無事でいてほしいんだ、エディス。そして……あの男から離れてくれ。誰かに入れ知恵されなければ、おまえがあんな恐ろしいことをするはずがないと、わたしにはわかっているよ」

エディは、必死で否定しようとした言葉をのみこんだ。父の耳には入らないだろう。「さようなら、お父さん」彼女はささやいた。「わたしのことをそんなふうに思っているなんて残念だわ。それは真実ではないのに。どうかロニーに、愛していると伝えて」

エディは腕をテーブルに力なく落とし、まだキーキーと猛烈な勢いで叫んでいる電話を見つめた。通話終了ボタンを押すと、声は止まった。いつもこんなふうにシンプルに終わらせられればいいのに。

ケヴが黙って携帯電話を取りあげ、電源を切った。それからエディの手を取って握りしめた。彼女はもう一方の手を震える口に当てた。

「父は、ゆうべ自分に毒を盛ったのがわたしだと思っているの」彼女はささやいた。「今朝、わたしのアパートメントから毒の瓶が見つかったんですって」

「なんてこった」ケヴが静かに言った。「ひどい話だ」

「そして誘拐はあなたが仕組んだのだと父は言っているわ」エディは言った。「ゆうべのあの男たちも、あなたの邪悪な罠にわたしを誘いこむための芝居だと」

ケヴがエディの手を握る手に力をこめた。「わざときみを傷つけたり怖がらせたりするくらいなら、おれはその前に死ぬ。それはわかってるよな？」

ケヴからは誠実さがあふれている。彼女をだますなどありえなかった。エディにはそれを見分ける不思議な才能がある。しかし、それを父に説明することは不可能に思えた。「わかっているわ」彼女はささやいた。「ありがとう。そんなにも誠実でいてくれて」時代遅れな言葉に思えたが、ケヴも古風な男だ。彼にはぴったりの言葉だった。

ケヴがまたエディの手にキスをした。「どんどん妙なことになっていく」彼が言った。「きみをはめようとしているのは誰だ？　誘拐しようとした連中か？　なぜだ？　どうして、わざわざきみを陥れて父親を殺させようとする？　父親が死ねば身代金の交渉が難しくなるだけだ。意味が通らない」

　エディは頭を横に振った。

「きみのお父さんが、誘拐は演出だと考えるのは理解できるが」ケヴが考えこんだ。「どうもわからない」

「まあ、わたしはただよかったと思うだけよ。彼らがあなたの頭を吹っ飛ばさなかったのはとんでもないへまだった、なんて言うのはもうやめて。二度と聞きたくないわ！　感謝するのよ、わかった？」

「わかったよ」ケヴがあいまいにほほえんだ。「もちろん、感謝しているさ。今ほど生きていてよかったと思ったことはない」エディの手をひっくり返して、てのひらにキスをする。

「この幸運がずっと続いてほしい。永遠に」

　エディははなをすすって涙をこらえ、川のほうを見つめた。

「笑えるな」ケヴがつぶやいた。「おれが誘拐の芝居を打ったただなんて」

「笑えるですって？」エディは鼻を鳴らした。「あら、そうね。あんな乱闘、大笑いだわ」

「違うよ、おれがきみを誘惑するのに邪悪な罠を仕組んだってところさ。偽の誘拐みたいなばかげた手間をかけなくても、おれはうまくやれていた」ケヴは不満げだった。「おれがデートにこぎつけるのにどれだけ時間がかかると思われてるんだよ」

心外だと言いたげな口調にエディは笑ったが、その笑いは涙に変わった。彼女はナプキンをつかんだ。「父はもう二度とわたしをロニーに会わせてくれないわ」

「すまない、ベイビー」ケヴが言った。「それを修復する方法はおれにはわからない」

エディは頭を振った。彼が口先だけの励ましの言葉を言わなかったのがうれしかった。この世には修復できないこともある。ぐっとのみこんで、耐えるしかない。

頭をぱっと後ろに振り、眼鏡を持ちあげて涙をぬぐった。「計画を立てないと」

「選択肢はふたつある」ケヴが言った。「おれはまだ檻のなかに入れられたくはない。大変だろうが、おれたちならやれる」

「わたしは、ロニーにもう一度会う望みを捨てられない。まだあきらめる気にはなれないわ。もうすでにあの子を裏切っているような気がするの。そのうえもしここで逃げたら、わたしは罪悪感を覚えることになる。わたしたち、何も悪いことをしていないのに」

ケヴが一瞬彼女を見つめた。「オーケー。それならプランBだ」

「それは？」

彼は明らかに言いしぶり、コーヒーを見つめた。

「いいから言って」エディは懇願した。「意味ありげな沈黙でじらさないで。耐えられないわ。わたしはもう神経がまいってるんだから」

ケヴがうなずいた。「ゆうべ、きみのお父さんに奇妙なことが起こった」彼が言った。「奇妙なことはきみにも起こった。そして、おれにも。おれたち三人の共通点がなんなのか、もっとよく考えてみよう」

そこには奇妙な必然性があった。その名前がエディの口から飛びだしたとき、それはまるで解放されるのを待っていたかのようだった。「オスターマン」

「それだ」

「でも……彼は死んだわ」エディは力なく言った。「三年も前に。黒焦げになったのよ、研究室の火事で。行き止まりよ」

ケヴが頭を横に振った。「オスターマンは何十年ものあいだに何人も殺し、拷問してきた。おれは研究室の火事を信じない。それ以上の何かがあったはずだ」

「じゃあ、デズが言っていた記録文書を見てみる?」

いらだちがケヴの顔をよぎった。「あいつと会うのは気が進まないが、まずはそこからだな。きみのお父さんとぐるなのかもしれないから、リスクはあるが」彼が顔をしかめた。

「おれが彼に電話するよ。それがいいと思う」

「電話して」エディは言った。「今すぐに。さっそく始めましょう」

ケヴが頭をゆっくり振った。「始めるのはおれだよ、エディ。きみじゃない。きみは離れた安全な場所にいて、保護を受けるんだ」

エディは彼を見つめた。「どういう意味?」

「今言ったとおりだ。それ以上でも、それ以下でもない」

エディは背筋を伸ばした。「いいえ。わたしたちは一緒にやるのよ」

「やめておけ」ケヴのこんな冷たい声をエディは聞いたことがなかった。まるで別人だ。

「議論してもきみが負けることになる」

エディもいつもとは人が違っていた。「いいえ、ケヴ」彼女は言い返した。「牢獄《ろうごく》から別の牢獄に移るなんてごめんだわ。看守を別の看守に替えるのも同じことよ」

「きみがそんな観点で考えているなんて、残念だ」

「これが唯一の観点よ」エディは言った。「よく考えて。あなたが望むやり方でやりたいのなら、あなたは本当にわたしを誘拐しなきゃいけないことになる。今ここで、このレストランでね。わたしは言いなりになることを拒否するわ。もうそんな戯言にはうんざりよ、この先ずっと。わかった?」

ケヴが目を閉じた。あごの筋肉がぴくりと動く。「頼むよ、エディ」

「あなたには無理よ、ケヴ」彼女は静かに言った。「あなたはそんなことをする人じゃない。わたしの父とは違うもの。うれしいことにね」

ケヴが顔を両手で覆った。「くそっ」小声で言う。

数分のあいだ、エディは彼が折り合いをつけるのを待った。ケヴがとうとう顔をあげた。

その目はぎらぎらと燃えている。「妥協案だ」

「妥協はいっさいしないわ」エディは宣言した。

「頼む」ケヴが言った。「どうしてかは説明できないが、とても強く感じるんだ。危険が迫っている。明らかに目的はきみだ。やつらはきみを誘拐しようとした。きみの父親はきみを支配しようとしている。みんなはきみに殺人の罪を着せようとしている。デズモンド・マールはきみとファックしたがっている。誰もがきみを追いかけているんだ、ベイビー。とにかく、これはおれひとりでやらせてくれ。記録文書を見るだけだ。二日あればいい。おれたちが何を相手にしているのか、もっとはっきりつかむまで、レーダーから隠れていてくれ。頼むよ、エディ。おれはきみを愛しているんだ」

「それは問題じゃないわ」エディはぴしゃりと言った。「そのことを振りかざさないで！」

「やっときみを見つけたんだぞ！」ケヴの声は荒々しかった。「せめて二日でいいから、きみを安全な場所に置かせてくれ！　きみを失うのが怖いんだ。ゆうべは危うくそうなりかけた。そんなことになったらおれは耐えられない。死んでしまうよ」

「あなたを失うかもしれないというわたしの恐怖はどうなるの？」エディは言い返した。「それには同じ価値はないの？　そんなの、フェアじゃないわ！　なぜ、あなたがひとりでうろつきまわるのは問答無用で許されるの？　説明してよ！」

ケヴが口をきっと結んだ。「いいとも、説明しよう。おれは武術の集中的な訓練を受けた経験があり、銃を三丁持っていて、ナイフが五本、ワイヤーがひと巻きある。いや、ナイフは四本だな。一本はあのくそったれの脚に突き刺してきたから。というわけで、おれが行き、きみは残る。ほんの二日間だ。おれが頼んでいるのはそれだけだよ、エディ」

「そのあとはどうなるの？」

「あとは交渉次第だ」彼が平静に言った。

エディは頭を傾け、怒りに細めた目で彼を見つめた。「そうでしょうね。あなたは自分が如才なくわたしを丸めこめると思っているんでしょう？」

「如才ないなんてもんじゃないな」ざらついた太い声が背後から響いた。「ケヴラーに気をつけろ。謎多き男だからな、お嬢さん」

ふたりはさっと振り向いた。テーブルのそばに三人の人間が並んでいた。いちばん年かさの男は七十歳ぐらいだろうか。肩幅が広く、ずんぐりした体で、しかめっ面のブルドッグみたいな顔をしている。白髪まじりのクルーカットに、銀色に輝く無精ひげ。隣にいるほぼ同年代の大柄な女性は、彼とよく似た陰気なしかめっ面で、これまたブルドッグを思わせた。真っ黒に染めてカールした髪がやわらかいヘルメットのようだ。ペイズリー柄のポリエステルのカフタン風ドレスを着て、プラスチックのアクセサリーをごちゃごちゃとつけていた。

反対側の隣では筋肉質で色黒のハンサムな男が、頭のねじが緩んでいるのかと思うほど、にやにやしている。エディはそのえくぼを、ロスト・ボーイズ・フライウェアを紹介する雑誌の記事で見たのを思い出した。

なるほど。これがケヴを助けた家族なのね。

ケヴが観念したようにため息をついた。「エディ、これがラニエリ一家だ」


このうるさい家族に話を邪魔されて感謝するときが来るとは夢にも思わなかった。だが、今ならキスしてもいいくらいだ。トニーにさえも。

「注意を払わないにもほどがある。おれは十回以上おまえの尻を撃てたぞ、チビ」トニーが叱りつけた。それからローザとふたりで意地悪な目でエディを眺めまわした。まるで購入を検討している若い雌牛を見るように。ブルーノは眉毛をぴくぴくさせて、無遠慮に彼女を見つめるだけだ。

「やるじゃん、ケヴラー」ブルーノが称えた。「美人じゃないか」

トニーがケヴの隣に腰かけた。ローザはエディの隣だ。ローザがむさぼるように見つめるので、エディは椅子のなかで体をもじもじさせた。ブルーノが残った椅子に座る。

「で、これが彼女か」トニーが重々しく言った。

「エディ、こちらがトニー・ラニエリ、その妹のローザ・ラニエリ、そして彼らの姪の息子に当たるブルーノだ」ケヴは告げた。

エディがおずおずとほほえんでうなずき、挨拶の言葉をつぶやいた。

「で、あんたがあの億万長者の娘か」トニーが言った。おいおい。ケヴは喉の奥でうなった。トニーは優美さも繊細さもまったく持ちあわせていない。「トニー、ちょっと――」

「おれが予想していたのと違うな」トニーがかすかにむっとしたように言った。

「どんな予想をしていたんですか？」エディがおもしろそうに尋ねる。

「おつむの弱いお嬢さま」ブルーノが親切にも解説した。「ほら、真珠の首飾りにハイヒール、たっぷりふくらんだドレスを身につけて、髪をふわふわに結ってるような」

エディが笑った。「少なくともそういうドレスは持っているわ。ホテルに置いてあるの」

ケヴは親指で携帯電話を操作し、自分の撮ったドレス姿のエディの写真を画面に出した。それをトニーに渡す。「このドレス姿をよく見てくれ」

トニーは眼鏡の奥から小さな画面を見つめ、称賛のうなり声をあげた。「ふうむ。これなら、もっとそれっぽく見えるな」

ローザが電話をつかみ、同じく満足げにうなった。「いいドレスね。これなら億万長者の子どもらしいわ」

そして彼らはまたもやエディを見つめた。ドレスを着た億万長者の娘の写真と、目の前にいる女性とを結びつけようとして、苦労しているのがケヴにはわかった。今のエディはひどく質素な格好をしている。べっ甲のぶかっこうな眼鏡、顔を隠している長い髪、色あせたジーンズ、ゆったりした膝丈の地味なセーター。だが、不思議なことに、美しさを隠そうとすればするほど、彼女はケヴにとって刺激的だった。エディをつかまえて、すべてをはぎ取りたくなる。ああ、なんて美しいんだ。彼女は光り輝いている。あの輝きのなかで溺れたい。

「実はわたし、億万長者とはなんの関係もないんです」エディが出し抜けに言った。

トニーとローザがあっけに取られて彼女を見た。「どういうことだ？」トニーが尋ねる。

エディがきまり悪そうにもじもじした。「勘当されました。今のわたしはどこにでもいる貧乏なアーティストです。財産なんてありません。実際、銀行口座の残高はゼロですし」

トニーがうなった。「ああ、あんたの父親が実に厳格だというのは聞いた」

エディがちらりとケヴを見た。「ええ。このところ、わたしの人生にはそのことがかなり影響しているみたいです」

「で、あんたのどこが悪いんだ？　なぜ勘当された？」トニーが尋ねた。「何があった？」

「それはエディの個人的な問題だぞ、トニー」ケヴは言った。

「いいえ、いいの」エディが言った。「実際、理由はいろいろあって。父はわたしのことを恥じているんです。間の悪いときに思ったことをそのまま口にしてしまうし、ちゃんとした格好をしないし、間違った職業を選ぶし、それに、その……命令に従わないから」そして、もう一度ケヴをにらんだ。

ケヴも見つめ返した。彼女は試練を求めているのか？　ラニエリ一家に襲いかかられても知らないぞ。彼らに引き裂かれるがいい。止めてなどやるものか。

「そして今や、お父さんはケヴのせいでかんかんに怒ってるってわけか」ブルーノが言った。

「マジでロミオとジュリエットみたいだ。超ロマンティック。なあ、おれは応援するよ」

「みんな揃って出てくるとは考えてもみなかった」ケヴはぶつぶつ言った。

「ちょっとは考えろよ」ブルーノが返す。「幸い、ここにはあんたの代わりに考えるおれという人間がいる。ローザおばさんはネット検索されても簡単には兄貴とつながらないから、おばさんに車を借りてもらったんだ。事情を知った以上、おばさんが黙って引っこんでると思うか？　兄貴の新しいガールフレンドに山ほどききたいことがあるってのに？」

「それはないだろうな」ケヴはしぶしぶ答えた。「くそっ。なんて騒ぎだ」

「で、おれとおじさんとおばさんは、おれの車で街に帰り、今日の午後にはおれも仕事に戻る。哀れな貧乏人は働かないと食っていけないんでね。仕事って、覚えてるか？　それとも、兄貴にとっては、はるか昔の話かな？」

「仕事のことならよくわかってる」ケヴはつぶやいた。

ブルーノが鼻を鳴らした。「じゃあ、おれは明日の朝早く山小屋に戻ってきて、あんたと交代するよ。それで番犬の真似をやってるから、そのあいだに兄貴はじっくりオスターマンの記録文書を見てこられるだろ」

「まあ、そうなの！」エディの口調を聞いて、ケヴは胃が重くなった。「つまり、あなたたちふたりはもう全部予定を決めてしまったのね！　気が利くこと！」

全員が、すぐさまほかに目をそらした。ブルーノは民芸品がいっぱいに飾られた壁を見あげて口笛を吹き、トニーとローザは外の川を行くタグボートを熱心に見つめだした。

実はエディがシャワーを浴びているあいだに、ケヴはその点について慎重にブルーノと話しあっていたのだ。話を簡単にするために。

「今度のことでは、いくつか前もって計画を立てておく必要があったんだ」ケヴは弁解するようにもごもごとつぶやいた。

エディの眉がつりあがった。「その計画を立てるのに、わたしも呼んでもらいたかったわ」

「ああ、そうだ、エディ！」ブルーノが割って入った。大きくて、不自然なほど元気のいい声で。「バラの花びらとキャンドルは気に入った？」

その見え見えな道化っぷりに、エディも思わずほほえんだ。「ええ、とても」穏やかに言う。「すばらしかった。食事も最高だったわ。ありがとう。すてきな思いやりだったわ」

おやおや。ブルーノの空気を読む才能はおれより優れているらしい。しかし、そう思うとケヴはいらいらした。口だけが達者な青二才め。「おれのアパートメントに押し入ったのは、すばらしいとは言えないがな」

ブルーノが憤然とケヴをにらんだ。「あんたを助けようとしただけだよ、兄貴。百万年経ったって、兄貴からベッドにバラの花びらなんて発想は出てきやしない。よく見て学べよ」またしても彼は眉をぴくぴく動かした。「そういうちょっとしたことで、男は驚異的な恩恵を得ることができるんだぜ」

ケヴは、エディが手で隠した口元からくすくす笑いがもれたことにほっとして、ブルーノを責めないことにした。とりあえず今のところは。

エディが視線をトニーに向けた。「あなたにお会いしたくてたまらなかったんです。ケヴがいろいろ話してくれたので」

トニーが疑わしげな目つきをした。「いったいこいつはあんたに何を言ったんだ？」

「あなたがどうやって彼の命を救ったか。そして彼を叩きのめそうとしていた男をどうやって追い払い、仕事を放りだしてケヴをかくまってくれたか。勇気のいることですわ」

「というより、ばかだ」トニーが不機嫌に言った。「こいつを後部座席に押しこんだせいで、あのいかした八三年製のキャデラック・エスカレードを手放さなきゃならなかったんだ。こいつは人間というより、生焼けのハンバーガーみたいだった。あの哀れな車を見せたかったぜ。残骸を埋立地に埋めてもらうのに、賄賂をつかませなきゃならなかった」

ケヴは顔をしかめた。「くそっ、トニー、よけいなことを言うな！」

しかしトニーは止まらなかった。「あの車を清掃業者に持っていって、なあ、ちょっと、こいつから人間の血を洗い流してくれないか、なんて言えると思うか？　ありえない。こいつは最初から金のかかるやつだった。今でもそうだ」

「そして彼を縫ってあげたのよ」ローザが両手をひらひらさせた。「彼の顔を。濡れたティッシュペーパーを縫いあわせるみたいだったわ」

ケヴは詫《わ》びるようにエディを見て、小声で言った。「すまない」

「大丈夫よ」エディが答えた。「わたしもその状態のあなたを見ているもの」

その発言は全員にショックを与えた。そしてエディは、十八年前のあの運命の日に父親のオフィスにいたことについて、長々と説明した。ケヴは、次第にそわそわしだした。「そろそろ行かないと」

ケヴが食事代を払っているあいだ、トニーとローザはエディのそばに寄って、まるで稀《き》少《しょう》動物を見るかのように彼女をじろじろ見つめていた。おれにばつの悪い思いをさせようというのか？　しかたがない、これも彼らの助けを得るための代償だ。

ローザが口を開いた。「あなたは赤ちゃんがほしいの、お嬢さん？」

エディの頬がピンクに染まった。「ええ、とても。いつかは」

ローザが鼻を鳴らした。「いつか？　そのいつかって、いつなの？　あなたは若返っていくわけじゃないのよ」ケヴをにらみつける。「この子だって確実に年を取るわ」

「おれが本当は何歳なのかも知らないじゃないか」ケヴはローザに言いながら、釣り銭を財布にしまった。

「充分年寄りよ」ローザは人目を引くシャイニーブラックのビニールのハンドバッグを探り、

レンタカーのキーをケヴに向かって放った。「充分にね」

「エディは二十九歳だぞ」ケヴは告げた。

ローザが感心した様子はなかった。「ブランカレオンの祖母は二十九歳で孫がいたわ！」

「家族計画としては、それを参考にしちゃいけないんじゃないか？」ケヴは言った。

ケヴの傷痕のないほうの頬を、ローザが警告するようにぴしゃぴしゃと叩いた。「あんたが待てば待つほど、あんたの精子は年を取るのよ」

「おれの精子は元気だよ、おばさん。放っておいてくれ」

エディがローザを抱きしめ、頬にキスをした。「少し時間をください。わたしたち、先に解決しなくてはいけないことがあるんです」彼女が言った。「でも、そのことについては、もう話はしていますから」

「話をしている？」ローザが口元を震わせた。笑みを見せまいとしているようだ。「赤ちゃんはいくら話をしたってできないのよ。今から始めてくれなきゃ、トニーとわたしはよぼよぼになって、いいおじいちゃん、おばあちゃんにはなれないわ。赤ちゃんのお守りをしたり、おむつを換えたり――」

「おれはおむつなんぞ換えんぞ」トニーがそれとなく脅すように言った。

ローザがトニーに何やら吐き捨てた。ケヴが悪態をつくときによく使う外国語だ。エディはちらりとケヴを見た。「彼女はなんて言ったの？」

ケヴはためらったが、ブルーノがすぐさま朗らかに言った。「〝お黙り、ぼんくら〟って言ったんだよ。まったく、いいおばあちゃんになるよ、なあ？」

「さよなら、おばさん」ケヴは声を張りあげた。「車をありがとう。恩に着るよ」

トニーとブルーノがそれぞれローザの肘を取り、ドアのほうへと引っ張っていった。

「わたしの作ったポーク・テンダーロインをお食べなさい！」ローザが叫んだ。「ライスプディングもね！　車のトランクにあるから！」ケヴに向かってあごを突きだす。「肉を食べて強い精子を作るのよ！」

トニーとブルーノがローザを外の駐車場へと連れだした。ブルーノのＢＭＷが出ていくと、ケヴはその後ろに停めてあった派手な黄色のニッサン・エクステラを見やった。人目を引いて記憶に残る色だが、それがどうした？　いかにもローザらしい。「すまなかった。あんなことまで言うなんて」

「すまなく思うことなんてないわ」エディが言った。「彼女は待ちきれないのよ。孫がほしいのね。あなたを息子だと思っているんだわ。すばらしい人だと思う。あの人たちはみんな、すばらしい人たちね」

ケヴは驚いて、エディにちらりと目をやった。「本当に？　そう思うのか？」

「すごく率直だもの」エディが言った。「あの人たちと一緒だから、あなたは自分がどこにいるのかちゃんとわかるのよ」

それはまさしく真実だった。しかしケヴは、これまでそのことに感謝したいと思ったことは一度もなかった。「ふん。それが誰かの役に立てばいいけどね。さあ、行こう」

22

トニーの山小屋はどことも知れない山奥にあった。ケヴはカスケード・ロックスで川を渡り、ワシントン川からホワイト・サーモンに向かって東へ車を走らせ、それから北にあるアダムズ山のあたりに連なる山々へと向かっていった。道は次第に狭くなり、曲がりくねって山をのぼっていく。洗濯板のようにでこぼこした砂利道はかろうじて車一台通れるだけの幅しかなかった。浸食された小川を横目に、崩れた山肌や落石、崖を通り過ぎる。口から心臓が飛びだしそうなドライブだった。話をしようとしてもケヴはにべもない返事で会話を途切れさせ、エディはただ窓の外を見つめていらだちを募らせていった。

ここにわたしを閉じこめておきたいのなら、大成功ね。ここから歩いて山をおりるには何年もかかるわ。その前に凍え死ぬか、飢えた獣に食べられなければの話だけど。

とうとう車が停まると、エディは外に出て、空気が甘いことに驚いた。果てしない沈黙が広がっている。木々が生い茂り、さまざまな針葉樹が見える。枯れて白い骸骨のようになった木がそこかしこにあり、灰色の藪《やぶ》が足元をふさいでいた。浅い湖があり、冷たい風が葦《あし》の茂る水面を渡っている。水はガラスのように透きとおっていた。

ケヴがエディの手を取り、スーツケースを持って、木々のあいだを抜けていった。少し開けた場所に出ると、山小屋があった。雨ざらしのつつましい木箱といった趣だ。しっかりした錠を開けてなかに入り、雨戸を開けた。小さなキッチンとバスルーム。寝るためのスペースはカーテンで仕切るようになっており、ベッドはキャンバス地の布とビニールの防水布で覆われていた。上に寝具が詰めこまれたビニール袋が置いてある。

「火をおこしてくる。プロパン式の湯沸かし器もつけてくるよ」ケヴが言った。「二時間もすればシャワーを浴びられるぐらいあたたかくなる」

エディはうっとりとあたりを見まわした。「これをトニーが建てたの？」

ケヴはドアのそばにある箱から焚《た》きつけをひと握りつかむと、だるまストーブの前にかがみこんだ。「いや、これはトニーのスタイルじゃない。彼は二十年ほど前にここを買った。ヴェトナムで殺された彼の友人の未亡人が、金に換えたがっていたんだ。トニーはアウトドア派ではないが、おれとブルーノをよくここに連れてきた。ただおれたちを街から連れだすためにね。ここ十年ほどは、おれがここの管理をしていた」

「美しいところね」エディはこれほど雄大な自然を味わったことはほとんどなかったが、機会があれば自然と触れあうのは好きだった。

「ああ、おれはここが好きだ」ケヴは感慨にふけっているようだった。くしゃくしゃに丸めた紙を積みあげた焚きつけのなかに放りこんで火をつけ、炎が枯れ枝を燃やし始めるのを見守る。「ここはどこよりも落ち着く。もしかしたら……」彼の声が小さくなって消えた。

エディは彼の考えを代弁した。「あなたはこういう場所で育ったのかもしれないわね」

「ありうることだ」ケヴが認めた。「夢を見るんだ。森のなかの家。山や木々」

「人もいる？」エディはおずおずと尋ねた。

うなずいたケヴの顔は暗がりのなかで翳《かげ》っていた。「夢のなかでは彼らの顔が見える。声も聞こえる。だが、目覚めるとすべてが消えてしまうんだ。壁が崩れ去るみたいに。おれはそれにしがみついていることができない」

「じゃあ、記憶はあるのね」エディは考えこんだ。「ただブロックされているんだわ」

「それをどう引っ張りだせばいいのかわからない」ケヴが言った。「おれの脳には物理的な外傷は何もない。おれをこんな目に遭わせた連中は、頭蓋骨の内側まで掘ったりはしなかったんだ。このブロックは自分で作りあげたものなんだと思う」

エディはベッドに腰をおろした。「あなたが自分で？　どうやって？」

「わからない。自分を守るためだろう。オスターマンを近づけないために。ただ、自分でもそれを解除できないんだ。もっとも、これは仮説にすぎないが。本当は何が起こったのか、いったい誰が知っているのやら。それがわかる日は来ないのかもしれない。おれはただ、それを受け入れなければならないいんだ」

エディは小屋のなかを見まわした。ケヴがその視線を追う。「ずいぶんと質素だろう」彼が言った。「テレビも電話もないし、携帯電話もインターネットもつながらない。だからこそ、おれはここが好きだとも言えるが、きみが退屈するとしたらすまないな」

エディはふふんと笑った。退屈? 人生が遠心分離機で振りまわされて、ケヴ・ラーセンが常にわたしの頭を悩ませているというこんなときに、退屈できると思うの?

「ねえ、明日はここにひとりでいるわ」エディは言った。ケヴが眉をひそめて頭を振り始めたので、彼女はあわてて続けた。「本当よ。ブルーノに仕事を早退させてまで、わたしのお守りをするためにここに来させなくてもいいわ。そんなに大騒ぎしないで。彼はほとんど知らない女と会話をするのに一日じゅう神経をすり減らさなきゃならないのよ。わたし、ひとりきりでいることには慣れてるの。スケッチブックは持ってきているし」

「ブルーノとの会話なら心配はいらない」ケヴが言った。「あいつを黙らせておくほうが大変だ。ところで、あいつにはいつでも好きなように〝黙れ〟と言ってくれていいから。それで気分を害するようなことはないよ」

それ以上はどう押しても無理のようだ。「わたしにしてみれば、これがどれほど大きな譲歩か、あなたがわかってくれるといいんだけど」エディはむっつりと言った。「あなたのせいでこんなところまで来る羽目になったのよ。いつもこの手が通用すると思わないで。わたしは、根負けしたことをすでに後悔しているんだから」

ケヴがもっと大きな枝を二本、火にくべた。「もう手遅れだ」だが、彼の声にはさほどすまなそうな気持ちは表れていなかった。「この埋めあわせはきっとする」

エディは両手を腰に当てた。「本当に？　どうやって？」

ケヴが立ちあがった。「何かいいことを考えるさ」

「適当なことを言って」エディは寝具の詰まったビニール袋をケヴに投げつけた。彼がキャッチして、投げ返す。その袋をもてあそんでいると、彼がエディをつかまえた。

「同意してくれてありがとう」そう言うとケヴはエディに不平をもらす暇も与えず、熱烈なキスをした。体が熱くなり、燃えあがる。抱きあうと、いつもの性急な、体のなかがねじれるような切望がわき起こった。彼が頭をあげてあえいだ。「エディ――」

「テレビなしでわたしを楽しませる方法を探しているの？」

ケヴが苦痛に満ちた顔をした。「そうしたいが、今はだめだ。マールに電話をかけないと。ここに来る前にしておくべきだったが、きみを早く街から遠くへ連れていこうと必死だったものだから。明日の朝はそんなことをしている余裕はない。電波をキャッチするには崖の上までのぼらないといけないし、そこに行くだけで四十分はかかる。となると……」腕時計を見る。「日が暮れるまでもう時間がない」

「あなたひとりならもっと早く行けるわ」エディは提案してみた。

ケヴがにらんだ。エディはため息をついた。「わたしも行くわよ。からかっただけ」

「悪かった」ケヴが言った。「あんなふうになるはずじゃなかったんだ。ただキスをするだけのはずだった。だが、きみとのキスはただのキスにはならない」

エディはケヴをどんと突いた。「もういいわ。放して。これ以上刺激しないで」

足の速いケヴのあとについて崖をのぼるのは大変だった。茂みをくぐり、倒れた幹を乗り越え、崩れた岩肌で足を滑らせた。底の薄っぺらなエディのスニーカーは本人の脚よりも先に音をあげた。だが、木が少なくなっていって崖の頂上にたどり着くと、雪に覆われたアダムズ山の光景がふいに目に飛びこんできた。

肺も脚も焼けるように痛いのを忘れ、エディは口を開けて見とれた。これほど近くから目にする休火山のパワーは圧倒的だった。そして、奇妙なことに馴染み深さを覚えた。

ケヴに似ているんだわ。エディは思った。畏怖に打たれたようなこの感覚。なぜならケヴがまさにあの孤独な、雪に覆われた火山のような人だから。頂が雲を突き抜けてそびえ、その奥深くには秘密の炎が燃えている。おごそかな美しさをたたえ、どこまでも謎めいていて、人を惹きつける。

その魅力にはあらがえなかった。あらがおうと考えることすら想像できなかった。

そんなことを考えているとエディの目に涙があふれたが、都合よく強風が吹いていて、ケヴには気づかれなかった。彼は大きな岩が点在する丘をうろついて電波の入る場所を探し、ついに、そびえ立つ黒い岩の陰にかがみこんだ。

エディは横に座り、ケヴに言われて着てきたぶかぶかのジャケットをしっかりと握りしめた。彼女は湿気があって穏やかなポートランドの気候に慣れていた。こんな冷たい風にさらされたのは、何年も前、彼女にスキーを教えこもうとした父にアスペンの雪山に連れていかれて以来だ。あのときは結局、脚を骨折して入院する羽目になった。痛かったが、エディの思いは父に伝わった。もうスキーなどしたくない。

ケヴは携帯電話に向かって大声で怒鳴っていたものの、その声は風に吹き消された。エディの知らない相手と言いあっているようだった。電話を切ると、彼はエディの腕をつかんで眉をひそめた。「きみが凍ってしまう前に下におりないとな」

エディは心配で足をもつれさせながら、急いで彼のあとを追った。風を防いでくれる木々のところに着いたときにはあたりに闇がおりていた。「それで?」彼女は尋ねた。「話はついたの?」

「明日の朝、パリッシュ財団の新しいビルで、脳科学者のチャンと会う。マールはきみが来ないというので腹を立てていた。きみがどこかに囚われて吊るされていると思ってるんだ」

「だったら、わたしに行かせて」エディは提案した。「わたしなら彼の気を落ち着かせることができるわ」

ケヴが彼女をにらんだ。「あいつの気を落ち着かせることなんて、どうでもいい。たとえ誘拐犯やきみを狙う白衣の男たちがいなくても、あいつのそばにきみを置くくらいなら、おれは溺れ死んだほうがましだ。急げよ、エディ。霧が出てきたら、こんな崖の途中で立ち往生したくないからな」

ケヴのぶっきらぼうな口調にエディは傷ついたが、足を速めてついていくのに忙しくて、言い返すどころではなかった。やっと眼下に山小屋が見え、煙突から立ちのぼる煙を目にしたときには、エディは心からほっとした。

山小屋に入っても、ケヴはあいかわらずいかめしい顔をして黙っていた。だが小屋のなかはうれしくなるほどあたたかく、だるまストーブでは火がぱちぱちと燃えていた。ケヴがストーブの扉を開けて奥をかきまわす。エディは何枚も重ねていた上着を脱ぎ、麻痺した指先をこすった。この緊張感は彼女には馴染み深いものだった。ガラスの上を歩いているような、あえて口を開くまいという緊張。子ども時代をずっとこんな感覚で過ごしてきたエディは、恋人からも同じことをされて耐えるつもりはなかった。

「なぜ怒っているの？」エディは率直に尋ねた。「わたしが何かした？」

ケヴはしばらく黙っていた。「何も。そんなふうに見えたとしたら、すまない」彼の声はよそよそしかった。「きみに対してではないんだ」

「ここにはわたししかいないわ」エディは言った。「あなたの怒りを肌で感じるのよ。デズがあなたを怒らせるようなことを言ったの？」

ケヴが否定するように片手を振った。「そうじゃない。あいつなんかどうでもいい。おれはただ……」言葉を止め、唾をのんだ。目を閉じる。

　エディは息もできなかった。「何？」

「怖いんだ」ケヴが必死にその言葉を押しだした。バリアを突き破るようにして。

　エディはほっとしてため息をついた。それならわかる。怖いという気持ちには共感できる。人生の大半を怯えながら過ごしてきたのだ。「怖くなかったらどうかしてるわ。あなたの人生の半分、失われた家族、あなたのすべてがじきにわかるんだもの。恐ろしいことだわ」

「違う、そういうことじゃない」ケヴが言った。「自分が何を発見するかが怖いんじゃない。おれが恐れているのは、すべてを思い出したときに何が起こるかだ。おれが何かを思い出すと……ひどい光景なんだ、エディ。とてもいやな場面だ」

　ケヴの目に浮かぶ追いつめられた表情を見て、エディは彼を抱きしめたくてたまらなかったが、何かが彼女を引きとめた。今の彼は手を触れられることにも耐えられないだろう。

「話して」エディは静かに言った。

　ケヴが握りしめたこぶしを見おろした。「滝に落ちたあとで昏睡状態から目覚めたとき、おれは思い出し始めた。前に話したあのメカニズム……頭を負傷したことでそれが解き放たれたに違いない。あの痛み、そして恐怖。記憶が戻り始めたとき、おれは……くそっ、あれは生きたまま焼かれるような苦しみだった。頭がおかしくなりそうだった。おれは無実の男を殺しかけたんだ。フェイスブックでオスターマンの顔を見たとき、目のなかの血管が爆発して自ら昏睡状態に入った。それ以上にうまく説明する言葉が見つからないんだ。おれは目が覚めていて、意識もあった。でも動けなかった」

「それがあなたの保護メカニズムなのね？」エディは言った。

「ああ。頭のなかに穴があるんだ」ケヴの口調は何かに取りつかれたようだった。「出口はない。おれはそのなかに隠れていた。それぐらい怯えていたんだ。あの男の顔を見ただけで、一枚の写真を見ただけで。あの顔にはそれほどの威力があった」

「記憶を取り戻せば、またそのスイッチが押されることになると思っているの？」

「ブルーノのおかげでおれはパティルを殺さずにすんだ」ケヴが言った。「あいつがおれを緊急治療室に担ぎこんだのは二度目だ。まあ、明日おれが誰かを襲うとしたら、マールのばかしかいないだろうけどね」

その可能性をケヴは不適切なほど明るい口調で語ったが、エディは彼を責める気にはなれなかった。「記録を調べるのはほかの人にやらせたら？　わたしが行くわ」

ケヴが下を向いたまま、ちらりと彼女を見た。「まだそれを言うのか」

エディはため息をついた。「わかったわ。だったらブルーノよ」

ケヴは火花が床に飛び散るまで火かき棒でストーブをつつきまわした。そして頭を振った。「いい考えだとは思えない。記録を見るのはおれでなければならないんだ」

その言葉がエディの怒りに火をつけた。尊大で、自分が犠牲者だというような顔をして。

なんていやな人。「あなたって本当に傲慢ね」彼女はぴしゃりと言った。「ひどい石頭だわ。すべての危険をひとりで引き受けないと気がすまない。だって、ほかに誰もうまく対処できる人間はいないものね。全部あなたのためにあるのよ。リスクも責任もみんな」

ケヴが立ちあがった。「おれが引き受けられる限りはな」

エディはケヴの肩を、彼がぐらつくほどの強さでこづいた。「そうよね。わたしには引き受けられないわ！」彼女は怒鳴った。「そんなのばかげていて、自分勝手で、フェアじゃないと思う！」

「きみがそんなふうに思うとは残念だ」ケヴが言った。

「お黙り！」エディはまたこづいたが、彼は地面に根が生えたようにびくともしなかった。

「恩着せがましいわよ！　二度とわたしにそんなことを言わないで！」

エディが振りまわしているこぶしをケヴがつかみ、彼女を自分のほうに引き寄せた。「おれが頭のなかの穴からどうやって出てきたか知りたいか？　おれが使うのはいつも同じテクニックだ。魔法の秘密兵器。それを知りたいか？」

「ええ」エディは言った。「わたしを驚かせてよ、ケヴ。あなたの得意技でしょう」

「オーケー」彼が答える。「おれはきみを使ったんだ、エディ」

エディはケヴをまじまじと見た。緊張が高まって頭のてっぺんから爆発しそうだ。「何を言ってるの？　わたしはあなたのことなど知りもしなかったのよ！　わたしたちは出会ってもいなかったのに！　わたしをかつぐのもいい加減にして！」

しかし、ケヴは首を横に振った。「本当だ」頑固に言い募る。「フラクソン社で会ったときの、きみのあの姿。きみはおれのお守りだった。言っただろう、あのコーヒーショップで。覚えているかい？　きみはおれの天使だった」

「違うわ！」エディは叫んだ。「天使の話をしないで。気が変になりそう。その天使はわたしじゃないわ。わたしだったことは一度もない！　天使があなたを助けたんだとすれば、わたしはうれしく思うけれど、それはあなたの脳のなかで生まれた概念にすぎないのよ。ちゃんと理解して！」

「おれが動けず、パニックに陥っていたとき、きみはおれの最後の頼みの綱だった」ケヴがなおも言った。「ほかのすべてがどうにもならなかったとき、おれは心の目できみを思い描いた。それでおれは落ち着いた。集中できた。そして暗闇のなかで道を見つけることができたんだ。おれがブロックしていた通り道を照らしてくれたということかもしれない。よくわからないが。だが、きみはおれが自分で作りだしたあの壁を通り抜ける、唯一の安全な道だった。どうしてそうなったのかはわからない。おれにわかるのは、それが確かに助けになったということだけだ。きみが助けてくれた。おれの命を救ってくれた。きみがいなければ、おれは今生きていなかっただろう」

「違うわ、ケヴ。やめて」エディは懇願した。「わたしにはそんなことできない」

「おれだってできないさ！　あれは現実ではなく、ありがちな錯覚だったなんて、誰にも言わせない。あれは奇跡だったんだよ、エディ。そうしておれはふたたび話すようになった。トニーがおれを見つけてから何年も、おれは口を利けなかったんだ。ただ皿を洗い、床掃除をしていた。あのちっぽけな食堂の裏にある部屋で暮らし、頭がおかしくなりかけていた。自分の頭のなかで身動きが取れず、字を書くことも、論じることも、計画を立てることもできなかった。正しい筋道で考えることができなかった。おれは混乱して、迷っていた。脳の機能の大半がブロックされていたからだ。あのクソみたいな隠れ家のなかで」

「ああ、ケヴ——」

「生きながら死んでいるも同然だった」ケヴは荒々しく言った。「ねばつくタールのなかを走っている悪夢みたいに。だが、きみは全部知っているよな。きみの本にはそれが描いてあった。おれが今さら言う必要もない！」

「でもケヴ、わたしは全然——」

「しゃべろうとするだけで恐怖が襲ってきた」ケヴは厳しい顔で話し続けた。「話そうと思うたびに頭が痛んだ。あまりにひどい痛みで、手首を切って死んでやろうかと思ったくらいだ。でもブルーノが根気よくおれにつきあってくれた。だからおれは挑戦し続けた。そしてついに、あの壁を抜けられた。きみを利用して。きみがおれを導いて、壁を越えさせてくれたんだ。いつもそれはきみだった」彼がエディの両肩をつかみ、その手に力をこめた。「おれはまた話せるようになった。また生きられるようになった。それはきみのおかげなんだ、エディ。きみがいなければ、おれはまだあそこで、ただ床を拭いていただろう。あるいは頭がいかれていたか、死んでいたかもしれない。その可能性がいちばん高いな」

エディは彼の両手をぱっと外してあとずさりした。「わたしは天使じゃないわ！」声を張りあげる。「ただのエディよ。欠点だらけでめちゃくちゃの、頭のいかれた女！　誰も救ったことなんかないわ。自分自身だって。あらゆる意味でありきたりの、どこにでもいる女よ。絵を描くことができるくらいで。あと、しょっちゅう困った事態に陥るのは才能かもね。いつもへまばかりやって、落ちこんで、自分を哀れむの。あなたの天使なんかじゃない！」

大声でわめいていても、ケヴの目を見れば、彼が納得していないことがわかる。エディはいっそう叫びたくなった。彼がまたエディのほうへ近づいてきた。エディの背中が壁に当たった。それ以上どこにも行けない。

ケヴがエディの正面で足を止めた。「きみを守ろうとしているのは、おれがマッチョで傲慢で支配的だからというだけじゃない。おれは自分を守っているんだ。なぜなら、きみの身に何かあったら、困るのはおれだから。おれはもうおしまいだから」

エディは両手で顔を覆った。「ケヴ、お願い――」

「きみなしでは無理なんだ」彼がはっきりと言った。「おれひとりじゃ立ち向かえない」

エディはいらだって大声をあげた。「いいわ。わたしがあなたにとって重要だというのはわかった。ええ、ありがとう！　でも、あなたは……わたしについて思い違いをしている。あなたはわたしが……魔法のような超絶的な存在で、神秘的な力を持っていると思っているみたいだけど、そうじゃないの。わたしがあなたに与えられる特別なものがあるとしたら、それは、あなたを愛しているということしかないわ！　それだけ！　それで全部よ！」

信じられないという顔で、ケヴがエディを見つめた。「それだけ？　それで全部？　きみがおれを愛しているのがたいしたことじゃないと思っているのか？　取るに足りないことだと？」

エディは頭を振った。わたしがどんなに怯えているか、ケヴにはわからないのだろうか。その考えは危険をはらんでいる。これは罠だ。

「エディ」ケヴの声は穏やかだった。「それは、おれにとってはすべてだ。とてつもなく大きなものだよ」彼がエディの両手をつかみ、かがみこんでその手にキスをする。エディはぴくりと手を震わせた。「根本的なことを考えてもらいたい」

「えっ？」エディは笑った。「根本的なことを考えるのは、もう限界よ」

「限界は超えられる」ケヴが言い張った。「こういう可能性を考えてくれ。おれはきみのなかの、美しくて特別なものを見ているけれど、それはきみには見えていないんだって。だが、そういうものが、きみのなかには確かにあるんだ。単なるおれの想像じゃない。はっきりと見える」

エディはかぶりを振った。「あまり仰々しい神話を作りあげないで。ついていけない。わたしをそんなふうに持ちあげても、ろくなことにならないわ」

「そんなつもりはない。きみが気づいていないだけだ。今まで誰もそれを崇《あが》めたり称えたりしなかったから、きみが知らないのも無理はない。それがどんなに貴重で、どんなに完璧か、きみには想像もつかないんだ」

エディはひどくきまりが悪くなり、皮肉を言ってはぐらかすのが精一杯だった。「で、そのミステリアスなものはなんなの？」

ケヴがエディの顔を包んだ。「言葉では説明できない」静かに言う。「言葉で表わせるようなものではないんだ。とにかく、それを崇めさせてくれ。お願いだ」

エディは潤んだ目を閉じて、彼の視線を避けた。「なんて人」彼女はささやいた。「あなたはわたしたちふたりを持ちあげておいて、大きな失望を味わわせようとしているのよ」

「これまできみに失望させられたことなんか、ひとつもないさ」

エディは陰気な笑い声をあげた。「わたしたち、知りあってまだ一日半しか経っていないのよ。時間をちょうだい、ケヴ。ちょっと待って」

「いいとも」彼があっさりと言った。「永遠に待てばいいのか？」

「ああ、もう」エディは両手で顔を覆った。「お願い、いじめるのはやめて。あなたはいったい、どこの惑星から来たの？」

ケヴがしばらく黙りこんだ。「それがわかればな。オスターマンの記録文書にその惑星の名が書いてあるかもしれない。わかったら、きみに知らせるよ」

ケヴは彼女の反応を待っていたが、エディはケヴの求めるものを前に絶望して凍りついていた。月や星のように手の届かないもの。完璧で理想化された、実在しないエディ・パリッシュ。そんなものが実在するはずもないのに。

ビニールががさがさ音をたて、床板がきしんだ。しばらく経って、首の緊張がようやくほぐれたとき、エディは振り返って、いったいケヴが何をやっているのか見ることができた。

彼はベッドメイクをしていた。薄暗い明かりのもとで、マットレスの上に敷いたパッドを撫でつけている。そして大きなビニール袋のなかからシーツを取りだした。

そのきびきびした動きを見ているうちに、体が動くようになった。エディはベッドの反対側に行き、ケヴが投げたシーツの端をつかまえた。これならわたしにもできる。ベッドメイクの手伝いぐらい、わたしにもできるわ。

「今日はベッドの上に散らす花びらを持ってないんだ」ケヴが言った。「だけど、清潔なシーツとあたたかいブランケットなら用意できる」

ケヴの思いやりに、エディの目に涙がこみあげた。シーツをマットレスの隅に巻きこみながら、まばたきで涙を押し戻す。「花びらならあるわ」声が震えた。「あなたが何か言うたびに、あなたの口からこぼれてくる。あなたはわたしには優しすぎるわ。現実とは思えないくらい」

「違う」ケヴが言い返した。「どこまでも現実だ」

「あなたを信じるわ」エディは言った。「あなたのことは何も疑わない」

「おれだってきみのことは何も疑ってないさ」

ケヴが彼女にほほえみかけた。その笑顔は、エディの涙腺が決壊するのを止めてはくれなかった。彼はあまりにも美しい。そして優しい。死んでしまいそうになるくらいに。それをどうやって受けとめればいいのかわからないけれど、精一杯やってみるつもりだ。

ケヴはベッドの上に上掛けを放り、さらに枕をふたつ投げた。「ほら」彼が言った。「おれの心と魂を守ってくれる聖なる天使にふさわしいとは言えないが――」

「からかわないで」エディはぴしゃりと言った。

「これでもなんとか間に合うだろう」彼が静かに言葉を続けた。

ふたりはベッドを挟んで見つめあった。空気を震わせる感情の波は怖いくらいにはっきりしていた。ケヴが唾をのみ、喉がごくりと動く。「ええと……ローザが食事を作ってくれていたな。食べたいかい？」

「あとでね」エディは言った。

ふたりのあいだで燃える見えない炎が、静けさのなかでうなりをあげて燃えさかった。まるで、その意味ありげな言葉がガソリンでも注いだように。

エディはひざまずいてスニーカーの紐をほどいた。崖をのぼったせいで泥が結び目にこびりつき、なかなかほどけない。ケヴが自分のバッグからコンドームを出してベッドの上に放り、いつものように無駄のない動きで服を脱ぎ始めた。エディがまだ靴を脱ごうと悪戦苦闘しているあいだに、裸になったケヴが手伝おうと彼女のそばにやってきた。

彼はエディの髪をうなじのところでまとめていたニットの帽子を取ると、髪をほどき、ひと房手に取ってキスをした。彼女のセーターのボタンを外し、ジーンズとショーツを引きおろす。あっという間に、エディは裸で震え、赤のストライプが入ったグレーの厚手の靴下だけの姿になっていた。それはかなりおかしくて威厳に欠ける格好だったので、彼女はベッドの縁に座って靴下を脱ごうとした。

「だめだ」ケヴが彼女の足首をつかんだ。「靴下はそのままで。セクシーだ」

エディはくすくす笑った。「ちょっと、やめてよ！　ばかげてるわ！」

ケヴはただにやりと笑うと、彼女の両脚をベッドの縁に置いたまま膝を広げ、腿を開かせた。露骨に、エロティックに、秘めた部分が彼の前にさらけだされる。エディはゆっくり息をして、リラックスするよう自分に言い聞かせた。ケヴに従うのよ。彼を信頼しなくてはだめ。彼は信頼に値する人よ。すべてを捧げる価値がある。

「その靴下は好きだ。かわいい」ケヴが片手でそっとエディの内腿の敏感な肌を撫でた。そして秘めた部分を包む。まるでそれが奇跡の証であるかのように。その優しさに、エディの目から涙がこぼれ落ち、頰に冷たい筋を残して髪のなかへと流れていった。

彼がいつわたしについての恐ろしい真実を発見するかと、身構えるのはもうやめにしよう。でないと、怖くなって自分からそれを暴露してしまうことになる。このすてきな時間を台無しにしたくないのに。

ああ、それはだめよ。もしも彼がわたしを女神だと信じたいのなら、それでいいじゃないの。歯を食いしばってでも、神々しい存在であるふりをするしかない。

それが続けられるうちは。

ケヴが親指を彼女の潤んだ割れ目に当て、上下にゆっくりと滑らせた。ピンク色のなめらかな襞をもてあそぶ。もうすっかり刺激されたエディは、じらすように触れられるたびにあえぎ、唇を嚙みしめた。ケヴは彼女の花芯を開くと、かがみこんで大胆に口づけし、舌を這わせて味わった。

エディは両肘をついて体をそらし、頭をのけぞらせて、彼の巧みな舌による愛撫に屈した。エディを歓ばせたい、どれほど崇拝されているかを知らせたいというケヴの強烈な欲望が伝わってきて、それがとうとう彼女の内なる抵抗を消し去った。

ケヴはじっくりと時間をかけた。エディは彼の思いどおりに、彼の本能に従って連れ去られるがままになっていた。何度も何度も、ケヴはエディを絶頂の寸前にまで運んでいき、盛りあげてはゆっくりとじらし、そしてとうとう頂へと導いた。彼女が目を開けると、ケヴはパッケージからコンドームを取りだして装着しようとしているところだった。

「待って」エディは衝動的に口走っていた。

ケヴは驚いたようだった。「もっとしてほしいのかい？」

「あなたの熱でどろどろに溶かされているあいだに、思ったことがあるの。あなたは頭のなかに天使を作りあげて、崇拝した。でも、わたしもあなたに同じことをしたわ」

「どんなことを？」ケヴが警戒するように尋ねる。

エディは彼のペニスを握り、ねじって引っ張った。「フェイド・シャドウシーカーよ。誇り高き正義のスーパーヒーロー、弱き者たちの守護神。わたしがあなたの天使にふさわしい存在でなければならないのなら、あなたもフェイドと同じでいてくれなきゃいけないわ。でないとフェアじゃない」

ケヴはまだぴんと来ていないようだ。「それはどういう意味だ？」

エディはベッドから滑りおり、彼の手を引いて立たせた。「あなたも崇拝されているという意味よ。今度はあなたの番だということ」

エディは彼の美しい体を、彼の目に浮かぶ表情を見つめた。両手をケヴの肩へ、胸へと滑らせて、傷痕の感触を指で味わいながら、ひざまずく。

床は冷たく、松葉や砂が散らばっていたが、エディは気にしなかった。ストーブの火が彼女の体の半分をあぶり、反対側の半分は震えるほど冷たい。だが、気にしなかった。ケヴの太いペニスを握ると、先ほど彼が彼女の秘めた部分を味わったのと同じ熱心さで崇めた。先端のベルベットのような表面をくわえ、てらてら光る興奮のしずくをなめ取り、彼自身を深くのみこんで絞りあげる。ゆっくりと、なめらかに、眠りに誘うように吸いこむ。そしてケヴのヒップに爪を食いこませ、喉の奥に当たるまで彼を根元からくわえこんだ。自分でもそんなことができるとは思ってもみなかった。ケヴとなら、どんな仮定も裏づけられ、どんな誤解も正されるのだ。彼はわたしの頭と心の扉を開け放ってくれた。そしてそこには、言葉にできない豊かな財宝が、驚きが待っていた。

エディは舌で金属的な風味を味わった。唇で彼の脈動を感じた。ケヴのあえぎが速まった。ケヴを爆発させたい。しょっぱくて熱い彼のほとばしりをのみこみたい。

「待ってくれ」ケヴがあえぎながら言い、エディの頭を押さえた。

「どうしたの？」エディは先端のまわりになまめかしく舌を這わせながら体を引いた。ケヴの体を歓喜の震えが駆け抜けるのを感じて、女神になったような気がした。快楽を授ける聖なるパワーをわたしは手にしている。惜しみなく与えるのがわたしの役目なのだ。

「動かないで」ケヴの声はくぐもっていた。「イッてしまいそうだ」

エディは待った。そして一瞬のオルガズムが彼の体を駆け抜けるのを感じた。なんという自制心だろう。ああ、セクシーだわ。それが去るのを待って、彼女はなめらかなペニスを頬にすりつけた。「もういい？」エディは尋ねた。「あなたをイカせたいの。味わいたい」

「だめだ」ケヴが懇願した。「きみのなかでイカせてくれ」

懇願などしなくても、わたしはあなたの思いどおりよ。エディは引っ張りあげられて立つと、ベッドに押し倒され、マットレスの上で弾んだ。ケヴがコンドームをつける。「わたしをどうやって奪いたいの？」エディは息を切らしながら尋ねた。

「おれに選ばせるな。時間ならひと晩ある。なんだって試せるさ」

「すばらしいわ」エディは喜んだ。「すてき」

ケヴがエディの上にまたがった。ベッドがきしむ。「まずは古典的な方法で始めよう」彼が言った。「ファックするあいだ、きみにキスしていたい」

エディの体の至るところがほぐれて、彼を受け入れた。彼女に馬乗りになったケヴの熱、重み、しょっぱくて金属的な味。彼女は体を開いた。そしてケヴが入ってきてエディの目を見つめると、ふたり揃って吐息をもらした。すべての動きが耐えがたいほどに甘美だった。ケヴはエディに、彼女が渇望しているあらゆるものを与えた。腰をひねり、潤った体の奥を突く。しっかりと抱きしめる腕と、むさぼるようなキスだけが彼女をつなぎとめている。

最後には、それすらも彼女をとどめてはおけなかった。閃光《せんこう》が爆発し、エディは輝かしい永遠のなかへと溶けていった。

23

ケヴは動けずにいた。以前にも動けずに固まったことはあった。脳の損傷、痛み、恐怖、その他あらゆる悪いことが原因で。しかし、快楽のせいで動けなくなったことはなかった。ベッドに横たわっているだけで、女性の顔を見つめているだけで、これほど動けなくなるとは、想像したこともなかった。肺に息を吸いこむことすら満足にできない。

ひとりの女性にこんなにも恋焦《こいこ》がれるとは想像もできなかった。この喜びをいくらかでも手に入れられるなら、膝がすりむけるまで這いまわってもいい。こんなにもすばらしく、こんなにも鮮やかで……全身の細胞が輝いている。これが幸せというものか？

そう。そしてその裏には闇がある。誰かにこれを奪われてしまうという恐怖。だが、その恐怖を気にし始めれば、それは手に負えないものへと変わってしまう。だからおれはその恐怖に目を向けない。恐怖を追い払う方法は知っている。喉元でとどめておいて、そんなものはないようなふりをする方法を。歯を剝いてうなり、嚙みついてやるのだ。

しかし当面の問題は、この麻痺状態をどうやって打ち破るかだ。体が中枢部分からの指令に応答しない。おれの上にはエディが横たわっている。ほのかにあたたかい彼女の重みがおれの体にぴったりと寄り添って、まるで絶え間ないキスのようだ。

エディの髪の香り、まつげのカーブ。おれの硬い手の下にある彼女の肌のやわらかさ。ヒナギクの花びらのように、蝶の羽のように、繊細で、あまりにも美しい。その彼女を抱きしめ、彼女を感じ、彼女の匂いを嗅いだ。彼女をファックした。

分身が目覚めて硬くなり、欲望がむくむくとふくらんだ。これまで体験したことがなかったような夜を過ごしたあとでも、男は生理学的に勃起可能なのだ。もう何回愛を交わしたかわからなくなっていた。それをしていないときは、話をするか、キスをするか、抱きしめあうか、うたた寝をするかだった。ポーク・テンダーロインとバターたっぷりのベイクドポテトもむさぼった。ローザのライス・プディングは頭をすっきりさせる効果絶大だった。

だがエディの体はひりひりしているに違いない。それに、おれたちがベッドに、あるいはシャワーに入っているところをブルーノには見られたくない。タオル一枚巻きつけただけのエディのほてった顔を見せるぐらいなら、ブルーノを殺してやる。あれを見られるのはおれだけだ。

ブルーノが車でやってくるときには、シャワーを浴びて服を着て、ベッドを軍隊のように整えて、コーヒーでもすすりながら小屋の外で出迎えたい。となると、もう起きなければ。

くそっ。動くんだ。

ケヴの体の上でエディが伸びをした。目がぱちっと開き、あのショッキングなほどゴージャスなほほえみが浮かぶ。とたんにケヴのハードディスクはきれいに初期化された。腰に彼の硬いものが当たっているのを感じたエディが、指で愛撫を始めた。ケヴはのけぞり、ものうげに撫でまわされる快感にあえいだ。濡れた指がなめらかに動く。興奮のしずくが滴り、彼女はそれをみだらに塗り広げていた。

「エディ、やめるんだ」ケヴは歯を食いしばって言った。

彼女がうろたえたふりをして目を見開いた。「あら、いやだ！　石頭さん、起きてたの？　こんな早朝なのに！　わたし、また懇願しないといけないのかしら？」

「もうじきブルーノが来る。ずかずか入ってきたあいつに見られたくない」ケヴは言った。

「それにコンドームは全部使いきってしまったんだ」

「まあ」エディがつぶやいた。「本当に？　それは大変だわ」

「本当だ」ケヴはうなった。「いい子になってくれ。それをやめるんだ。今すぐに」

エディは手をいっそうきつく握った。「わたしたちは昨日、その危険を冒したわ。パーティーのあと。あれはとてもよかった。あなたを感じるの。わたしのなかで、素のままのあなたを。肌と肌を触れあわせて。すばらしかったわ」

それを考えたとたんにペニスがびくっと跳ねたが、ケヴは頭を振った。「きみの体はひりひりしているだろう。ゆうべのおれたちはやりすぎた」

エディが身をよじり、腰を彼の腿に押しつけて歓喜の吐息をついた。「少しね。でも大丈夫よ」ケヴの上によじのぼり、彼の脚の上にまたがる。上半身を起こしたので、ブランケットがはらりと落ちた。彼女はケヴのものを握り、さすった。「ほんのちょっとだけ、いいでしょう？」

ケヴはエディの両手をつかみ、動きを止めた。「現実を見ろよ」彼はうなった。「ちょっとだけと言い続けて、おれたち、いつからやり続けてる？」

「今すぐ楽しめるのにもったいないわ」エディがつぶやいた。

「おれが帰ってきたら、もっと楽しませてやる」ケヴはエディがほほえんだのを見て、彼女の肩をつかんだ。彼女を引っ張りおろし、ほんの数センチの距離で見つめあう。「きみはじきにお父さんに捕まって閉じこめられてしまうから、おれたちには時間がないと思っているんだろう？」エディが顔をこわばらせた。視線がぱっと離れたが、ケヴは彼女の肩をしっかりつかんでいた。「おれを見ろ、エディ」かすれた声で言う。

エディは追いつめられた顔をしていた。「わたしが何を恐れようと、それがどうだっていうの？　起きることは起きるのよ。わたしたちが何を宣言しようが変わらないわ。いいから、とにかく今を楽しみましょうよ」

ケヴは彼女に目を合わせるよううながした。「きみのお父さんにそんなことはさせない」彼は言った。「おれたちはきっと一緒になる道を見つける。それはわかっているだろう？」

答えを待ったが、何も返ってこなかった。「わかってくれ、エディ」

エディがケヴを見つめ、ごくりと唾をのんだ。唇が震えている。

理性を超えた怒りがわきあがって、ケヴは自分でも驚いた。おれはこんなにも無力だ。彼女を安心させることもできない。エディのこれまでの人生の重みがおれにのしかかる。裏切られ、見捨てられて過ごした彼女の歳月は、おれには修復することも癒すこともできない。手を差し伸べることすら。くそっ……腹が立ってしかたがない。

エディが息をのんだので、ケヴは彼女の肩をつかんだ手に力が入りすぎていたことに気づいた。怖くなって、ぱっと手を離す。彼女の肩には赤い痕がついていた。ケヴはそれを撫で、あわてて謝った。「すまない」彼は恥じ入ってつぶやいた。

「大丈夫よ」エディはケヴと目を合わせようとせず、彼の胸にもたれかかった。

「頼むよ、エディ」ケヴはいきり立った。「そんなふうに考えるな。きっとうまくいく。おれたちは一緒になる。どうすればきみに納得してもらえるんだ?」

エディの口がゆがんだ。上目遣いでちらりとケヴを見る。わたしの計画どおりだ。「そうね。尋ねられたから言うけれど……」

ケヴは頭を振った。そのまま振り続けていたが、エディは澄んだ目で彼を見つめてねだった。「お願い。あなたをわたしのなかに感じさせて。一度でいいから。あなたが出かけたら、わたしは一日じゅうこの小屋のまわりで風がうなっているのを聞いていなければならないのよ。奥まであなたを感じさせて。その感覚が大好きなの」エディはかがみこみ、ケヴの頬やあごにキスの雨を降らせた。「それを感じることがわたしには必要なのよ」

エディがペニスを握った。ケヴの体は彼の意思を裏切っている。「ただ入れるだけだ」ケヴは警告した。「おれは動かない。動き始めたら、きみのなかでイッてしまう。今はその結果を考えられるようなときじゃない。わかったな？」

「もちろんよ」エディが即座に約束した。「銅像みたいにじっとしているわ」

エディがケヴの上にのって構えた。その美しさにケヴの心臓は爆発寸前だった。優美な脚を開いて彼にまたがったエディの顔に、胸に、赤みが差す。肩の痕は黒ずんで青みを帯びていて、指の形が浮きあがっていた。それを見てケヴの胸に怒りがわき起こったが、エディがペニスを握って熱く潤った割れ目へ招き入れると、たちまち甘い苦痛に変わった。彼女は体をくねらせ、彼が奥まで突き入れられる角度を探して、ゆっくりと動いた。

彼女がその角度を見つけた。ああ、すごい。ケヴはのっぴきならない事態に陥っていた。エディが沈みこんで彼を包み、もがくようにひと突きするごとに弱々しい声をあげてあえいだ。なめらかで、きつい。至福の苦しみがケヴを襲う。エディの腰をつかんで突きあげたい衝動を、彼は必死に抑えた。だめだ。

とうとうエディは可能な限り奥まで彼を迎え入れた。子宮の入り口にケヴの先端が当たっている。ふたりの鼓動が同調した。ケヴは横たわり、両手いっぱいにシーツをつかんで、歯を食いしばった。やけどしそうに熱いふたりの体が今、ひとつになっている。

エディがかがみこんでケヴにキスをした。花びらのようにやわらかい唇が彼の唇をかすめ、舌が口のなかに忍びこみ、髪のひと房ひと房が彼を愛撫した。彼の胸のそこらじゅうで神経の先が飛びあがり、歓びにぱちぱちと音をたてた。

なんと甘美な、なんと頑固な女性だろう。いつもおれを駆り立て、ルールを破り、居心地のいいところからおれを押しだす。いつだってそうだ。これからもずっとこの戦いは続くのだろう。それがどうしたというんだ？　おれは今のおれのまま、変わるとは思えない。おれだって頑固者だ。骨の髄まで。頑として快楽に抵抗するし、美しすぎるもの、よすぎるものはなんだって疑ってかかる。

けれどもエディは戦うだろう。おれを負かすまで。熱烈な愛の女神。おれの愚かな取っ手を握って、おれをこづきまわす。なんということだ。彼女はこんなところまでおれを引っ張ってきてしまった。さっさと義務を果たして彼女をイカせたほうがいい。

ケヴは粉々に砕けた自制心の残りをかき集め、エディの脚のつけ根に手を伸ばし、割れ目の先端を持ちあげてクリトリスを飛びださせた。エディが体をよじり、目を閉じた。じっとしているという約束は今にも破られそうだ。

ケヴはエディをぐいっと引きおろし、むさぼるようなキスをした。彼女のなかにおさまっているペニスがうずいた。突くのはだめだ。一瞬で果ててしまう。彼はかろうじて自分を抑え、彼女のクリトリスを愛撫した。彼女の体をつかんでいる緊張の高まりを、ゆっくりとなだめすかし、それを遠くへ、さらに遠くへと引っ張っていく……パチンと弾けるまで。

エディが激しく震え、苦痛に満ちた泣き声をあげて頭をのけぞらせる。ケヴは彼女を強く抱きしめた。彼女の熱い潤いがあふれ、体の奥は規則正しい脈動で彼を締めつける。だらりと力を失って彼の胸にもたれかかり、目を開けたエディの瞳は輝いていた。涙がきらめき、ピンク色に染まった頰を照らしている。とてもあからさまで、無防備だった。

「愛しているわ」エディが言った。

その言葉がケヴの心をぎゅっとつかみ、ひねりあげた。何かが彼のなかで弾けた。

いきなり、ケヴはエディを仰向けに押し倒して両脚を高く抱えあげ、激しい勢いで彼女を突いていた。エディが叫び声をあげて絶頂を迎える。彼女のクライマックスは、あらがうことを許さない絶対的な権威をもってケヴの興奮を頂点に導いた。

崖崩れのように、それが爆発した。ケヴはかろうじてその瞬間にペニスを引き抜いた。エディの両手をつかみ、彼自身に巻きつける。ふたりのつなぎあわされた手のあいだから熱いものがほとばしり、リズミカルに噴きだした。

ケヴはエディの上にぐったりともたれかかり、ほてった顔を彼女のしっとり湿った胸に押しつけた。彼女の胸が波打ち、心臓が脈打つのを感じる。

思いもしなかったことが起こってしまった。ケヴはいつも、心の奥深くにある何かによって自分の世界をひっくり返されることを恐れていた。自ら制御できない何かによって。それが愛だとは、考えたこともなかった。夢のなかの悪魔が現れることを、過去の秘密が暴露されることを心配していたのだ。しかし、ケヴを打ちのめしたのは愛だった。

ケヴは、彼の体重を受けとめたエディが息をしようともがいているのに気づいた。ふたりの両手はまだつながれたままだ。

「満足したか?」ケヴの声は自分で思っていたよりも荒々しかった。まるで怒っているようだ。そんなことはないのに。全然怒っていない。

エディは怯えてはいなかった。ぎらつくピンクの唇をなめ、自分の両手にまとわりついた白い液体を見て、咳払いをした。「しばらくはもっと思うわ」取り澄まして言う。「ほんのちょっとのあいだはね」

ケヴは滑るようにベッドから出ると、エディの手首をつかんで彼女をバスルームに引っ張りこんだ。手を握ったままシャワーから湯を出す。セックスはおれを原始人に戻してしまったようだ。そして、それを元どおりにするつもりもない。くそっ。エディがセックス・ゲームにおれを引きこみ、おれの自制心を溶かしてしまったんだ。あとは彼女に、おれにまだ残っているものにうまく対処してもらうほかないだろう。

エディをシャワーの下に押しこみ、自分の手で彼女の体を洗った。いかにも自分のものだというように彼女の隅々にまで触れる。泡立てた石鹸《せっけん》を彼女の体じゅうになすりつけて、エディが息を切らしてあえぐまでキスをした。シャワーヘッドを外すと、水流で彼女の秘めた部分を愛撫し、それからひざまずいた。茂みのなかに顔を突っこみ、舌でクリトリスをかき分ける。キスして、なめずにはいられない……。

「ねえ！　ケヴ！」エディが彼の頭を引っかいた。

「ん？」ケヴは顔をあげてあえいだ。「なんだ？」

「水よ！」彼女の唇が青くなっていた。「氷みたい！　それに、外に車の音がしたわ」

「くそっ！」ケヴは水を止めてシャワーから飛びだした。「きみを凍えさせてしまったな。すまない」

エディが激しく震えながら笑った。「気づかなかったの？」

「頭をきみの脚のあいだに突っこんでいたんだぜ？　ああ、全然気づかなかった。冷たかろうが熱かろうが、おれはどうでもいい。ここにいろ、きみの服を持ってくる」

ケヴは小さなスーツケースをかきまわし、バスルームのドアから何枚かの服を突きだした。

「これを着ろ」

自分もあわてて服を着て、あとはブーツを履くだけというところで、ブルーノがドアをノックした。ブルーノがノック？　そんなことが今まであったか？　ドアを引き開けると、悦に入ってにやにや笑っている弟の顔がそこにあった。

「おはよう！」ブルーノが高らかに言い、ケヴの横から暗い室内を見渡した。「エディはど

「彼女が出てくるまで外で待て」ケヴは不機嫌な顔で言った。「外は凍えるような寒さだ。なかに入れてくれよ。彼女が口にするのもはばかられるような格好で出てきても、おれは目を閉じてるからさ」

ケヴはしぶしぶ道を開けた。ブルーノが横を通り、ふたつの大きな袋を掲げてみせる。

「何を持ってきたんだ？」ケヴは尋ねた。

「朝食だよ。ローザおばさんが朝の五時に来て、これを届けろと置いていったんだ。卵とチーズのキャセロールに、焼き立てのパンとソーセージ。元気な精子ができるんだってさ。男根の形をしたソーセージは多産の役に立つことを意味しているそうだ」

ケヴはうなったが、その袋からもれる匂いにどっと唾がわいて、文句を言う気にはなれなかった。「コーヒーをいれるよ」彼はつぶやいた。

コーヒーを用意し、キャセロールをこんろの上にのせて火をつけた。ブルーノはテーブルの脇のスツールに腰をおろして片足を揺すり、調子外れの口笛を吹いて、指でとんとんとテーブルを叩いている。せわしないエネルギーの塊だ。このチビはおとなしくなるということがない。いつも興奮しっぱなしだ。

「それで」ブルーノがゆっくりと口を開いた。「ええと、とんでもない啓示を受けとめる覚悟はできてるのか？」

その質問にケヴは驚いた。てっきりセックス絡みでからかわれると思っていたのだ。「覚悟ならいつだってできている」ケヴは言った。

「本当にいいのか？」ブルーノの顔はいつになく真剣だ。

「なぜいけない？」ケヴは尋ねた。「また何か嫉妬でもしているのか？」

ブルーノがいらいらと手を振って否定した。「まさか、違うよ」スツールから滑りおりると、かがみこんでストーブのなかをのぞきこみ、焚きつけをなめている炎を見つめる。「おれはただ、そのボートを揺らすべきじゃないと思ってるだけさ」

ケヴは当惑した。「なんのボートだ？　おれは溺れかけているんだ、ここで。ロープを探している。くそったれのボートなんてどうでもいい！」

ブルーノがじれったそうに舌打ちした。「溺れてなどいない。あんたはケヴラーだ。誰もあんたの邪魔なんかしない。だけど今や、あんたにはいい風が吹いている。このあいだの晩はデートをしただろう。あんたは女と寝てる。あんたに熱をあげてるいかした女の子をものにした。もう、そろそろ――」

「そう思うか？」ケヴは口を挟んだ。

ブルーノが混乱したように目をぱちくりさせた。「何が？　そう思うって、何を？」

「彼女がおれに熱をあげてると思うのか？」自分がばかに思えたが、その言葉はつい口から出ていた。ケヴは顔を赤くした。

ブルーノが吠えるように笑った。「よく考えろよ。おれがいつも言ってただろう。あんたの人生は悪くない。今のあんたはいい感じだ。あんたが作りあげてきた今の暮らしはうまくいっている。なぜそれをぶち壊すんだ？　過去は忘れろよ！　前に進め！」

ケヴはゆっくりとため息をついた。「できない」彼は言った。

「なぜだ？」ブルーノが詰め寄った。「何を見つけるにしろ、それはあんたをひどく失望させるだけかもしれない。おれの両親みたいな親がいるかもしれないんだぞ」

つらい可能性を示唆した言葉が宙を漂い、炎がぱちぱちと音をたてた。

ケヴはようやく立ちあがった。「おとといの夜、誰かがエディの喉元にナイフを突きつけた」彼は言った。「彼女は殺人未遂の容疑をかけられている。エディの父親は彼女をおれから引き離しておくために、彼女を精神科の病院に閉じこめようとした。おれが社会のクズだからだ。妙な事態になってるんだよ、ブルーノ。今はのんびりくつろいだり、物事を当然だと受けとめたりしている場合じゃない。マイナスからゼロに戻るまで、おれたちはずっと這い続けなきゃならないんだ」

ブルーノが考えこんだ。「あんたの過去が、それとなんの関係があるんだ？」

「何もないかもしれない。だが、目が見えないまま車を運転し続けることはおれにはできない。何があったのか、おれは知らなくてはならないんだ。未来のためにチャンスがほしいと思うなら。おれとエディのために」

ブルーノがため息をついた。「ああ、もう」疲れたように言う。「好きにしろ」

エディがバスルームから出てきた。すっかり服を着て、濡れた髪をきっちり櫛《くし》でとかして後ろで三つ編みにしてある。彼女はほほえみ、朝の挨拶をつぶやいた。ブルーノは妙におとなしかった。ケヴが彼をよく知らなければ、恥ずかしがっていると思ったかもしれない。

ローザのおかげで、彼らはコレステロールたっぷりの朝食を食べた。それでもまだブルーノとエディがランチに食べる分は充分に残っていた。ディナーの計画はケヴが記録文書を見たあとで立てればいい。

時間が迫っていた。街まで長いこと車を走らせなければならない。エディはケヴのあとについて山小屋を出た。ケヴは出発を引き延ばす唯一の理由を思いついた。かがみこみ、リボルバーを入れた足首のホルスターのバックルを外す。「SP101ルガーだ。簡単に使い方を教えておく。こっちに来るんだ」

エディが目を丸くした。「まさか。そんなものにはさわりたくもないわ」

「いいから、こっちに来るんだ。おれが教えてやれる時間は五分しかない」

エディがかぶりを振った。「落ち着かないわ、そんなもの——」

「きみが落ち着こうと落ち着くまいと知ったことか。誘拐犯がきみを探していると思うと、おれのほうが落ち着かないんだ！」

ケヴの口調に、エディがきっと口を結んだ。「銃火器を安全に使う方法を学ぶのに、五分では足りないわ！」

「きみは守る価値があるか？」ケヴは詰め寄った。

「ええ！」エディがあごを突きだした。「ちょっと、ケヴ！」

「だったら自分で身を守る用意をしろ」彼はにべもなかった。「そして、その方法を学ぶ時間が五分あるんだったら、早く覚えろ」

「でも……でもわたしはてっきり……」エディの視線がブルーノに向けられた。

「おれがあいつを呼んだのはきみを守らせるためだと思ったか？」彼は代わりに続きを言った。「ああ、そうだ。それで？　だからなんだというんだ？」

　ケヴはブルーノに目をやった。弟がさっと立ちあがって彼らのほうに来た。

「おれはやつらに殺されるかもしれない」ブルーノは言った。「そうしたら、きみはやつらにめちゃくちゃにされる。でも武装していれば、きみにはまだチャンスがある。正確に言えば、銃弾六発分のチャンスが」

　エディは追いつめられたような表情になった。

「どこかにまだ弾はあるんだろう？」ブルーノが尋ねた。

「小屋のなかだ」ケヴは言った。「キッチンの引き出しのいちばん上」

「そりゃよかった」ブルーノはそう聞いて明るい顔をした。「今朝のうちに銃撃訓練をやろう。楽しいよ。時間があっという間に過ぎていく」

よし。ブルーノがいろいろ教えてくれるだろう。ケヴはひざまずき、ジーンズをはいたエディの脚を持ちあげた。足首のホルスターを隠すにはうってつけだ。ケヴはそれをエディのほっそりした脚にベルトでとめ、一瞬よけいな時間を取ってふくらはぎのカーブを撫でた。彼女はまだあのストライプの靴下を履いている。それは昨晩のエロティックな行為をケヴの頭のなかによみがえらせた。

ケヴは立ちあがった。こちらを見あげるエディは彼の物言いに怒っている。ケヴはその激怒した顔にキスをした。かわいらしい唇を開かせ、彼女をのみほす。やがて彼女は降伏に震え、怒りが引いていった。体がやわらかくなり、頭をのけぞらせてケヴにしがみつく。花が咲くように、ふわっと熱が高まった。

ブルーノが咳払いをした。「おれは、ええと、邪魔しないほうがよさそうだな」

ケヴの耳に、山小屋のドアが閉まる音がかろうじて聞こえた。エディなしで過ごす時間に備えるのに夢中だったのだ。これからその長い時間が始まろうとしている。退屈と渇きの無情な砂漠が目の前に広がっている。

しかし、タンクいっぱいに水を貯《たくわ》えることはできない。顔を離した瞬間に、エディを求めて渇きを覚えた。キスしたことは、事態を悪化させただけだった。

「いい子にしてろよ」ケヴはしわがれた声で言った。「気をつけるんだぞ」

「わたしが？　わたしはばかみたいに待っているだけよ」エディの言葉はそっけなかったが、

その声は震えていた。「気をつけるのはあなたのほうだわ」

ケヴは車に乗りこんだ。「連絡する。だが、おれからは無理だ。崖の上から電話をかけてくれ。一時ちょうどに。遅れるなよ。おれはその時間に待っている。いいな？」

エディがうなずくと、ケヴは車のドアをバタンと閉めてエンジンをかけ、窓を開けた。外に身を乗りだす。「愛している」

エディがケヴの額にキスをして、彼の頭を車のなかに押しこんだ。「さっさと終わらせて帰ってきて。でないとわたし、死んでしまうわ」

「ああ」ケヴは車の向きを変え、振り向くことなく走り去った。そうしないと、わっと泣き崩れてしまいそうだった。まったく。おれはコンピュータの記録文書を見に行くんだぞ。ろくでなしの実業家と、いかれた脳神経学者のいる会社に。ハンバーガーヒルの戦いでドン・アプ・ビアに赴くわけじゃない。ノルマンディー上陸作戦を敢行するわけでもない。しっかりしろ。

ケヴは車を自動運転にした。滝に雲がかかっていないか、コロンビア川の水面に白波が立っていないかなどと気にせずにこの道を走ったのは初めてだった。彼は街を走り抜け、橋を渡り、ポートランドを横断するフリーウェイのランプをくねくねと通り抜けた。道はヘリックス社の新しい社屋があるヒルズボロに向かう国道二六号線につながっていた。それから南東モントローズ・ハイウェイでだらだら続くストリップ・モールを通り過ぎると、ターンしてハイエットのよく手入れされた芝生へと車を乗り入れた。大きな駐車場には月曜の朝からたくさんの車が停められている。ケヴはマールの指示どおり、ヘリックス社の現在のビルから芝生を突っ切ったところにあるパリッシュ財団が移る予定の場所へと向かった。ミラーガラスの建物がふた棟、公園を隔てて向きあって立っており、銀色の空を映しだしている。

エントランスには鍵がかかっておらず、ほとんど人けがなかった。ロビーは未完成に見えたが、それでもフロントデスクの後ろに警備員がひとりいた。髪をポニーテールにしたアジア系の陰気な男だ。男がケヴを見た。「ラーセン？」

「そうだ」ケヴは言った。

男が受話器を取りあげた。「来ました。はい」彼は電話を切った。「ドクター・チャンから、客が来ることは聞いていた。上だ。階段を使え。五階のライブラリー。スイート５０００だ」

記録文書を見るための待ちあわせにしては奇妙な場所だ。ケヴは階段をのぼりながら考えた。記録は前にあった場所から移されているはずだ。処分されることになっているのなら、なぜ、わざわざそんなことをする？　ずいぶんと簡単にここまでたどり着けたのはなぜだ？

警備員に言われた部屋のドアは開いていた。芝生とヘリックス社のビルが見える見晴らし窓から光があふれている。風に木々がそよいでいた。

がらんとしているはずの未完成のオフィスの真ん中に、白いプラスチックのファイルが入った大きな箱が山積みされていた。誰かがこれを全部ここに持ちこんだのだ。二十五から三十個ほどもある大きな箱を、この何もないスペースに運びこんだ人間がいる。ケヴの間違い探しセンサーが〝この絵にはおかしなところがあります〟と警報を鳴らしていたが、何をどう思えばいいのか、はっきりとはわからなかった。この状況をどうとらえるべきか、参考にすべき雛形《ひながた》がまだ何もない。

片手をジャケットのなかに滑らせ、シグを撫でた。カーゴパンツの後ろに突っこんであるグロックのほうは、より手に取りにくい。

コツ、コツ、コツ、コツ。ハイヒールが御影石《みかげいし》のタイルに当たる音がして、雲母《うんも》がかすかにきらめいた。女性がひとり現れた。ドアのところでポーズを決める。腰の角度はまるでファッションモデルのようだ。「ミスター・ラーセン？」

ケヴの間違い探しセンサーの警報がいっそう大きくなった。この小娘が脳科学者だと？むしろ高級娼婦に見える。神経科学と女性美が相容れないものだとは言わないが、両立する可能性はどれぐらいあるだろうか？　驚くほどかわいらしい顔をして、肌にはしみひとつない。赤い唇がふっくらと突きだし、目のまわりは真っ黒なアイシャドーが巧妙に塗ってある。つややかな黒髪は結いあげて美しくまとめていた。彼女は人形のようにきらびやかなほほえみを浮かべた。着ているものは紺色のスーツだが、ウエストのところからフレアになっている短いスカートが長く完璧な脚の線を見せている。ハイヒールは十二センチ程度。襟ぐりの深く開いた白いシルクのブラウスが、ジャケットのV字の開きをフリルで彩り、胸の谷間のほとんどが見えていた。

「きみがドクター・チャン？」ケヴは尋ねた。

アヴァ・チャンがほっそりした白い手を差しだした。長い爪は真紅に塗られている。ケヴと握手をすると、彼女はその手に力をこめた。「そうです」

続く沈黙のあいだに、ケヴは手を引っこめた。彼女はおれが緊張してばかなことを口走るのを待っている。あなたが脳神経科学の研究者だなんて、とてもそんなふうに見えませんよ、へへへ、とでも笑えばいいのか？「はじめまして」彼はそれだけ言った。

アヴァがさっと目を伏せ、いっそう笑顔になった。「こちらこそ、はじめまして。お会いできてうれしいわ。あなたのことはデズから聞いているの。彼が知る限りの話ということだけれど」彼女の目にちらちらと同情するような光がきらめいた。「驚きだわ。あんな虐待を受けたなんて。記憶をすべてなくしてしまったというのも、なんて恐ろしいことでしょう。あなたのお気持ちは、想像することしかできないけれど」

「しなくていい」ケヴは言った。

アヴァが目をしばたたいた。「なんですって？」

「想像しようとしなくていい」ケヴは言った。「きみには無理だ」

「そうかしら?」彼女の顔がこわばり、凍りついた。それからまつげがひらひらと震え、まるで再生ボタンを押したかのように、あの輝くほほえみがふたたび広がった。「ごめんなさい。あなたの気を悪くさせるつもりはなかったの」

「気を悪くなどしていない」ケヴはあたりを見まわした。「マールはどこに?」

「ああ、デズモンド? もうじき来るわ。今朝、パリッシュと会う約束があったの。実のところ、その予定を入れたのはあなたのための時間稼ぎよ。鋭い目をした年寄りにこれを渡す前に、まずは何があるかざっと見たいのでしょう?」アヴァは箱の山に向けて片手を振った。「というわけで、それがこれ。デズはあなたのために頑張っているのよ。今日の午後ならもう手遅れだったわ」

なのにあなたは彼に感謝のかけらもないのね。そんな声にならない非難の言葉がケヴの肌を焦がすように感じられた。

そうだろうとも。おっしゃるとおり、おれが悪い。おれのために危険を冒してくれとマールに頼みこんだわけではないから、彼がここにいないのはしかたがない。ケヴは不安がちくっと胸を刺すのを感じた。記憶が戻るときのあの危険な、暴力的なフラッシュバックが起こるかもしれない。それを自分で乗り越えなければならないのだ。

またしてもわれを忘れた状態になってしまうとすれば、エディにそばにいてほしくないのはもちろんだが、この小娘もそんな面倒には巻きこみたくない。せいぜい二十五歳ぐらいだろう。机にかがみこむようにハンドバッグのなかをかきまわし、見事な尻を見せつけている。やがて彼女は体を起こすと、ゲーム番組の司会者が優勝者に賞を与えるようにほほえんだ。ケヴに向かってじゃらじゃらと車のキーの束を掲げる。

「お願いがあるの。デズは約束に遅れないようにあわてて行ってしまったから、車にスーツケースがふたつ、まだ残っているのよ。ちょっと下まで行って、それを持ってきてもらえないかしら。そのあいだに、入れ違いになってあなたに会えないといけないと思って、ここで待っていたのよ。あなたとわたしでファイルをスキャンできるでしょう。わたしはノートパソコンの用意をしておくわ。パソコンがふたつになれば、何時間も節約できるわ」

「何時間も？」そんなに長くかかるとは思わなかったので、ケヴはいやな予感がした。「どれぐらいの時間がかかるときみは考えているんだ？」

アヴァが肩をすくめた。「数時間か、数日か……わからないわ。あの時期に関連しているファイルは全部持ってきたのよ。それとダウンロードできる限りの電子ファイルも全部。ソフトウェアが昔のものだったから、ファイル変換が必要だったわ。お願い、最後のふた箱を取ってきていただける？」

ケヴはなぜ首筋がちくちくするのかを分析しようとした。この女に何ができるというんだ？　ピンヒールでおれの目を刺す？　真珠のような白い肌で目をくらませる？　彼女はおれの過去には無関係のはずだ。当時、この女はほんの子どもだった。せいぜい五、六歳。大きくても八歳だ。エディは十一歳だった。それに、この女はエディとは全然違う。彼はアヴァとエディを比べずにはいられなかった。目の前の女は、客観的に言えば驚くほどの美人だが、ケヴはなんとも思わなかった。エディの美しさにはらわたまでつかまれるような気がするのとは正反対だ。エディの存在はおれの脳味噌を包み、筋肉と神経に編みこまれた。彼女はおれの吸う空気そのものだ。

ケヴは疑問点をひとつずつ潰していった。ここに危険はない。この女がおれに対してできる最悪の仕打ちは、おれの時間を無駄にすることだ。もっと本気で取り組むべきことがあるのだから、そんなことをされたら最悪だ。だが、それはこの女のせいではない。ケヴは頭のなかで、失礼な言葉を吐かないようにしようと自分を戒めた。

アヴァの顔からほほえみが消えた。「あなたがその気になれないのなら、わたしが行ってもいいわ。スーツケースはものすごく重いけれど、なんとかします」

ああ、くそっ。「おれが行くよ」ケヴは言った。「車はどこだ?」

アヴァが顔を輝かせた。「まあ、ありがとう。白のハマーよ」キーを投げてよこす。「このビルの南側に停めてあるわ」

こんなかよわい女性が乗るにしてはごつい車だ。彼女は郊外のドライブを楽しむタイプには見えない。もっとも、実際どうなのかはわからないが。ケヴはブルーノとエディへのメールを打ちながら階段を駆けおりた。崖の上にのぼるまで彼らはメッセージを受け取れないが、メールを打つだけでもエディの近くにいるような気がした。これがブルーノの電話でなければよかったのに。ケヴはふとそんなことを考え、とにかくエディと一緒にいたいと思う自分はよほどのロマンティストだと照れくさくなった。

PFビルのライブラリーに到着。箱の山だ。愛してる。

ハマーはアヴァが言ったとおりの場所にあった。後部に、側面が金属製のスーツケースがふたつある。ケヴは持ちあげて、その重さに驚いた。中身ががさごそ音をたてたり、動いたりする様子がないのもおかしい。開けようとしたが、数字の組みあわせ錠になっていた。時間をかければ開けられないことはないが、アヴァはじりじりして待っているだろう。それに、そんなことをしても意味がない。謎はじきに明らかになる。ケヴは車をロックし、スーツケースを抱えて大股でロビーを走った。警備員の姿は消えていた。

ケヴが入っていくと、アヴァは振り向いて、ぱっと笑顔を見せた。ハアハアあえいで尻尾を振れという合図だ。ケヴはそうしなかった。アヴァのほほえみが消えた。

スーツケースを彼女の机の横に置く。「持ってきたぞ」

「ああ、ありがとう！　さあ、このコンピュータの前に座って。最初の五枚のディスクはファイル変換しておいたわ。あなたはスクロールしてドキュメントを見ていけばいいの。何か引っかかるものがあるかどうか見てみて」

彼は前かがみになり、画面を見つめた。「これはなんだ?」

「一九九〇年以降のオスターマンの研究メモよ。彼は当時、学習障害を治療する薬の開発をしていたの。わたしが誤解しているのでなければ」

ケヴはディスクの山を見つめた。これは果てしなく時間がかかりそうだ。こんなことに脳味噌を使っていないで、さっさとここを出てエディを誘拐しようとした連中を探しに行く口実を見つけなければ。早ければ早いほどいい。

どうやって言いだそうかと思案したが、どんな言葉にしても無礼に思われるだろう。だが、かまうものか。無礼だからといって殺されるわけではあるまい。

アヴァが立ちあがった。「キッチンからダイエットコーラを持ってくるわ」彼女が言った。「あなたも何か飲む? コーヒーか紅茶、それともソーダ?」

「いや、いい。ありがとう」

そのときだった。ディスクの入った箱からクモが這いだしてくるのが見えた。小さな白いクモ。ケヴはそばにしゃがみこんだ。背中の中央に黒い筋が入っていて、脇腹に銀色の斑点がある。幼年期の雌のアシナガグモだ。彼はそれがのぼってきた指を持ちあげ、もっと近づけてよく見た。こいつは森に、あるいはせめて茂みに、大地の上にいるべきだ。プラスチックのまわりを這いまわっているべきではない。ここを出るときに放してやろう。

アヴァがケヴの後ろを通った。クモはずうずうしくも指をどんどんのぼってくる。彼の真後ろに来たアヴァの足音が遅くなった。衣擦《きぬず》れの音。首筋がざわざわする……。

エディの描いたクモの絵がケヴの頭のなかで爆発した。思わず体をひねる。しかし、その警告のメッセージが彼の四肢に届いて椅子から飛びあがる前に、針が彼の首を刺した。

冷たくて熱い痛みが体を貫き、四肢に広がる。すべての筋肉がこわばった。やめろ。蛇のようにしつこいくそ野郎どもめ。あいつらは若くかわいらしい姿に変身して、二十年もおれを待っていた……そしてとうとう、おれをつかまえた。なぜおれはこんなにも愚かになることができたんだ？　こんなにもひとりよがりに。

ケヴのなかで自動的な反応が始まっていた。もうそれを感じることができた。システムが勝手にシャットダウンされる。電源が切られたみたいに。秘密の穴に逃げこめ。そこならやつらはおれに手が出せない――。

だめだ！　ケヴは反射作用を押しとどめた。穴に逃げこむわけにはいかない。意識が鋭敏なままでいなければ、今は失うものが多すぎる。

頭のなかにエディの顔を思い描く。天使の絵を掲げるように。体は燃えるような痛みに襲われていたが、彼女がいれば、意識をとどめておくことができる。

アヴァがケヴの顔のほうにかがみこんだ。「手応えがなさすぎるわ」彼女は不平を言い、情熱的なキスをした。彼の口に舌を突き入れる。ケヴは彼女の口紅を味わうことになった。

人工甘味料のように甘ったるい。吐き気がこみあげたが、動くこともしゃべることもできない。ケヴにできるのは意識を失わずにいることだけだ。

「デズはあなたのことを醜いと言ったのよ」アヴァがケヴの頰の傷痕を撫でながら言った。「でも、あなたは醜くない。この傷もわたしは気にしないわ。わたしたちはみんな傷を持っている」ケヴの股間に手をやり、そこで見つけたものを称賛して歌を口ずさむように言う。「ずっしりしてるわ」彼女がつぶやいた。「わたしたち、いっぱい楽しめるわよ、ケヴ。あなたならわたしの特別なペットになれるかもしれない」

ケヴは強い意志の力で意識を保ち、アヴァの目を見つめた。持てる力を総動員していた。怒り。絶望。エディ。アヴァの目に宿る狂気に気づかなかったのが信じられなかった。今はこんなにも明らかなのに。薬でハイになっているような、あの輝き。幻想の裏側を見てしまうと、一度でも彼女を美しいと思ったことすら信じられなかった。この女はグロテスクだ。脳味噌の配線を取り換えられて、何か恐ろしくて奇妙なものにつながれているに違いない。

エディ。ケヴは彼女のイメージにしがみついた。彼女の美しい顔。朝見たばかりの、白くてすがすがしいあの顔。目には涙が光っていた。言葉にできないくらい美しくてピュアなエディ。現実のエディ。ケヴは彼女にしがみついた。闇が迫ってくる。視界がぼやけ始める。ロビーのフロントデスクにいたアジア系の警備員がケヴの前に現れた。輪郭はぼやけているが、男の顔に浮かぶ悪意はがつんとケヴの頭を殴りつけた。驚いたな、さっきは何も感じなかったなんて。**警戒を怠るな。殺《や》られるぞ。**だが、もう遅い。男はかがんでケヴの顔の数センチ前まで顔を近づけた。唇がゆがみ、歯が見えた。男は楽しんでいる。「こいつに打ったのか？」

「もちろんよ」アヴァが言った。「三十分はもつわ。さっさとやって」

男はラテックスの手袋をはめ、スプレーの小さなボトルとセーム革の布きれを取りだすと、ケヴが車から運んできたスーツケースの外側をこすり始めた。それから、感覚を失ってこわばったケヴの両手を取り、ぺたぺたとケースの表面に押しつけていく。取っ手と錠のあたりは特に念入りだった。それから男が数字を合わせてケースを開けた。

ケヴはみぞおちが二階下まで落ちる気分を味わった。狙撃用ライフル。アークティック・ウォーフェア・スーパー・マグナムだ。分解されてケースにおさまっている。男はシュミット&ベンダーPMⅡの望遠スコープを取りだし、そのまわりにケヴの指紋をつけた。338ラプア・マグナムの銃弾ケースにもケヴの指を押しつける。トリガー・システムを分解した内側にも、銃床、銃身、二脚、台座、ボルト、トリガーにも。そこらじゅうに彼の指紋がついた。

こいつらはおれを何か恐ろしい罠にはめようとしている。ケヴの両手があらゆるものに押しつけられたが、彼にはもはや、それがなんなのかもはっきりとは見えなかった。手の感覚がなくなり、何に触れているのか認識できない。彼は気を失いつつあった。

そのとき男がシャツの前をつかんでケヴを持ちあげた。「おまえと一緒に埋めてやらなきゃならない死骸がひとつあるんだよ、くそ野郎」男が言った。「これはこの前の晩のお返しだ」膝がケヴの下腹部にめりこんだ。

熱く激しい痛みが睾丸のなかで炸裂《さくれつ》した。ケヴはまっさかさまに闇へ落ちていった。

24

「本当にこの住所でいいのね？」リヴはノースイースト地区のヘルムート通りにある、どうにもすてきとは言いがたい建物を見つめた。金網のフェンス。詰めこみすぎの大型ゴミ容器にマットレスが立てかけてある。ゴミ袋の山を野良犬があさっている。そぼ降る雨のせいで、あたりの雰囲気はさらに暗かった。「チャールズ・パリッシュの娘がこんな場所に住んでいるの？」

ショーンは再度デイビーからもらったプリントアウトを確かめた。「ここにはそう書いてある」

「でも、あなたたちの話では、パリッシュは億万長者じゃなかった？」

ショーンは肩をすくめた。「アパートメント4のF」リヴの腹部に目をやる。「四階だ。きみは車のなかで待っていたほうがいい。でもこの界隈ではだめだ。おれがきみをホテルに連れて帰るというのはどうだい？」

「黙ってて」リヴがぴしゃりと言った。「行くわよ」

ふたりはゲートをくぐり、ショーンはゆっくり階段をのぼっていくリヴのペースに歩調を合わせてすぐ後ろをついていった。二階にたどり着いたとき、リヴはすでに息を切らしていた。ショーンは彼女を支えるために腕を取ろうとしたが、彼女は腕をぐいと引いてその手を退けた。あの燃えるようなアマゾンの女神の目がショーンを射る。「つきまとわないでよ。わたしは大丈夫なんだから」

「おれはつきまとってるんじゃない」ショーンは傷ついて言った。「紳士らしく、親切に、思いやりを持って、気の利く男でいようとしてるんだ」

リヴがふふんと笑った。

「豚みたいにブーブーうなるだけの原始人のほうがよかったのかい？　ペースを速めろよ、ベイビー。なんだったらビールのケースを持ってのぼってくれてもいいぜ」

「あなたはつきまとっていたわ」リヴがそっけなく言った。

「違う。つきまとうっていうのは、こういうのを言うんだ」ショーンはリヴを抱きすくめ、身をよじって大声をあげる彼女を抱えあげた。「スカーレット・オハラとレット・バトラーはこれでうまくいったんだ」

「スカーレットはウエストが四十センチしかなかったのよ！」リヴが叫んだ。「スカーレットは妊娠七カ月なんかじゃなかったわ！　おろしてよ、あなたがひっくり返る前に！」

「いいとも」ショーンはそう言って、大股で階段をあがった。「四階に着いたらな。ほら、着いた。奥さま、お望みでしたらどうぞ」彼は妻を立たせた。「おれが役に立つところを見せたかっただけさ。得点稼ぎにね」

「得点？　はん！　なんの得点？　わたしを怒らせないでよ！」

ショーンはリヴをつかんでキスをし、両手を彼女のおなかのふくらみの下に当てた。「しーっ。おれはただ、この重みをきみに代わって運んでやりたいんだ。できるときには」彼は甘い声を出した。「おれが全部引き受けられたらと思うよ。つらいことや恐ろしいことはみんな、きみの代わりにおれが引き受けられたらいいのに。でも、おれにはできない。生物学は残酷だ」

リヴがまだ身をこわばらせていたので、ショーンは彼女を抱き寄せ、背中を撫でた。「お願いだ、怒らないで。おれはこんなにもきみを愛している。耐えられないんだよ」

それは効果があった。リヴのこわばっていた背中から力が抜け、彼女は頭を傾げて、ショーンが首筋を撫でるのを許した。ショーンはため息をついた。危機は遠ざかった。

結婚は難しい。バスケットボールの感情版だ。たくさんの汗、たくさんの努力。だけどシュートを決めれば、とてもすばらしいご褒美が待っている。おれはそのために生きているのだ。

ショーンは傷だらけで今にも壊れそうな四階F号室のドアを見つめ、ノックしようと手を伸ばした。

するとドアは、幽霊マンションのほうがお似合いなキーッという音をたてて開いた。ショーンはすばやくリヴを自分の後ろに隠し、部屋をのぞきこんだ。室内はめちゃくちゃに破壊されていた。

「ここは荒らされてる」彼は言った。「ちょっと待ってろ。誰もいないか確かめてくる」

「ショーン！」リヴが小声で叫び、ショーンのジャケットの背中をつかんだが、その指をすり抜けて、彼はすでに部屋のなかに入っていた。

暗い小さなアパートメントを、誰かがとんでもない勢いで破壊しつくしたようだった。バスルームは割れたガラスと粉々になった鏡の破片だらけ。シャワーカーテンはずたずたに切り裂かれている。リビングルームの家具はひっくり返され、そこらじゅうに紙が散らばっていた。写真や絵画やスケッチで覆われた壁にスプレーされた赤い塗料が、ある単語を形成していることにショーンは気づいた。血の滴るような文字で〝化け物〟と書かれている。彼はリヴをなかに入れ、抱き寄せた。「誰もいない」

めちゃくちゃになった部屋を見渡して、リヴが言った。「彼女は傷つけられたと思う？」

ショーンはしずくの垂れている走り書きを見つめた。「彼女がここにいて直接やつらに応対したのなら、壁にこんな文字は残されなかっただろう」彼は言った。「とにかく、そう願うよ。これを目にしたのはおれたちが最初に違いない。犯罪現場のテープが張られていないし、ドアは開いていた。彼女はこれが起こったときからずっと家に帰っていないんだ」

リヴがつらそうな顔をした。「彼女はショックを受けるでしょうね。わたしたち、警察を呼んだほうがいいと思うわ」

「ちょっと待って。もう少しあたりを見てまわらせてくれ。何にも手は触れないから」

リヴがいらだたしげな声をあげる。ショーンはつま先立ちで現場をまわり、壁にとめられた紙の切れ端をのぞきこんだ。吹きこんでくる冷たい風が紙をはたはたとひらめかせるように、彼の肌を寒けが襲った。

そこらじゅうにケヴがいた。スケッチの三枚に一枚、あるいはそれ以上の割合で、ケヴが描かれている。ポートレイト、線描画、習作。グラフィックノベルから抜けだしてきたようなアクション・シーンにはセリフの吹きだしがついていた。だが、これは彼の弟だ。ショーンは命を賭けてもよかった。「彼女はケヴに取りつかれている」

「もしかしたら、ただ恋をしているだけかもよ」リヴがいかにも軽蔑したようにふふんと笑った。「マクラウドの男たちを描くにしては、繊細なラインだわ」

ショーンはその言葉を吟味して、これは罠だと結論づけた。彼は口をつぐみ、妊娠中の女性のホルモンを刺激しないようにした。それは前触れもなく爆発して、コミュニケーションを遮断する。彼はそれが大嫌いだった。結婚の不幸な部分だ。しばしばショーンはその災難を引き起こしていたが、それは彼の特殊な才能と言ってもよかった。

そのとき、ドアがバタンと音をたてた。ショーンはぱっとリヴの前に飛びだした。

「エディ！　おかえり！」駆けこんできたのは、痩せた褐色の顔に大きな笑みを浮かべた少年だった。ふたりを、そして部屋のなかを見たとたんに、その笑顔が凍りついた。身をひるがえし、弓から放たれた矢のように飛びだそうとする。

ショーンは少年がドアを出る前に、その震える細い腕をつかんだ。「待て。エディを知ってるんだな？」

「あんた誰だよ？」少年は必死にもがき、ショーンのすねを蹴った。「放せ！」

ショーンは称賛すべき速さのアッパーカットを防御して、少年を羽交い絞めにした。

「落ち着け。ちょっと質問したいだけだ」

「くそったれ！」少年が足をじたばたさせて叫んだ。

リヴは怯えた顔をしていた。「やめてよ、ショーン！　放してやって！」

「おまえらがエディを傷つけたんだ！」少年が金切り声をあげた。「おまえらがこの家をめちゃくちゃにした！　殺してやる！」

「違う、おれたちじゃない」ショーンは言った。「おれたちはこれをやったやつらを見つけだす。きみなら、おれたちを手伝えるはずだ」

少年が体をよじってショーンの顔を見あげた。とたんにショーンの腕のなかでがっくりと力を落とした。あごががくんと落ち、目が飛びだす。その表情をショーンはよく知っていた。胸のうちに興奮がわきあがったが、慎重にそれを抑えた。「なんだよ？」彼は詰問した。

「おれは、きみの知ってる誰かに似ているのか?」

「フェ、フェ、フェイド」少年が口ごもった。「そんなばかな。フェイドにそっくりだ! あんたには傷痕がないけど、違いはそれだけだ」

ふくれあがった興奮が失望でぺしゃんこになった。当然だ。くそったれのコミックめ。誰がこの子どもを責められる? 「それはシャドウシーカーのシリーズに出てくる登場人物だろう? おれが彼に似てるって?」

「違うよ、本物のほうだ! ぼく、このあいだ彼に会ったんだ。エディと一緒に帰ってきたんだよ! たぶんふたりはセックスしたと思う」少年は賛成しかねるといった顔で眉をひそめた。「最悪だ。それにエディは、ぼくがフェイドは本当にいると言ったらすごく怒ったんだよ。だって、みんなしょっちゅうフェイドを見てるんだから! 彼は女性の緊急避難施設《シェルター》にお金をあげたんだ。ホームレスの保護施設や食料配給所にも!」

「きみは彼を見たのか?」ショーンは少年の言葉をさえぎった。「おれにそっくりで、傷痕のある本物のそいつを見たんだな? 物語の登場人物じゃなくて」

「そうだよ! ぼくはエディに、彼は本物だって言ったんだ! そしたらエディはさんざんいい加減なことをまくし立てた。でも、やっぱり、ぼくは正しかったんだ」少年が顔をしかめた。「でも彼とセックスする必要はないよね。あれは最低だ。ねえ、ぼくの首を絞めあげるのはやめてくれない?」

「手を離しても、おれを殴ったり、逃げたりしないな？　ただ話がしたいんだ」

「いいよ」少年が言った。「じゃあ、あんたはフェイドを知ってるんだね？」

とてつもない悲しみがショーンを襲った。彼は少年をおろしてやった。「ああ、知ってる」

彼は重々しい口調で言った。「おれの弟だ」

「ショーン！」リヴはぴりぴりしていた。「そんなことわからないじゃない、彼に会って話してみないと！」

「わかるさ」ショーンはその言葉の重みでリヴの抗議を止めた。そして、彼女の表情豊かな顔に次々とその効果が現れるのを見守った。最初に現れたのは反論。何しろ彼女はリヴなのだから。自説を曲げず、人の上に立ちたがる、みんなの保護者のリヴ。続いて罪悪感。彼女は夫の本能を認めてやろうという自分の勇気ある闘いを思い出したのだ。そして、自制心。彼女は賢明にも口をつぐみ、ショーンが彼なりの奇妙なやり方でなすべきことをするのを見守ろうとしている。

ああ、おれはこの女性を愛している。そして彼女にとって、おれはこんなにもつらい試練なのだ。よき人間でいよう。ショーンは百万回目の決意をした。それほど活動的でなく、性欲が激しくもなく、無慈悲でも生意気でもない男になろう。男にできるのはせいぜい、生まれ持った性質と闘おうとすることぐらいしかない。

ショーンは片手を差しだした。「おれの名前はショーン。こちらのレディは妻のリヴだ」

リヴが少年にほほえみを向けた。少年は恥ずかしそうにほほえみ返し、彼女の丸いおなかに目を向けた。「リヴのおなかにいるのはおれたちの子だ。それで、きみの名前は？」

「ジャマール」少年がおそるおそるショーンと握手した。

「エディとは友達なの？」リヴが尋ねた。

「うん。エディはクールなんだよ。ぼくにコンピュータを使わせてくれるんだ。ここのソファで眠らせてもくれる。おいしいスクランブル・エッグも作ってくれるよ」

「すてきな人みたいね」リヴがつぶやいた。「エディに一ポイント」

「おれに似ているという男とは、話したことがあるのか？」

「少しね」ジャマールが言った。「ぼくが彼に、フェイドに似てるって言ったら、エディが怒ったんだ。フェイドは存在していないのよって言って」ジャマールが反抗的な顔つきになった。「でも彼はそこにいたんだよ！　まったく！　エディは何をふざけてるんだろう？」

「彼は自分の名前を言ったの？」リヴが優しく尋ねる。

ジャマールは考えた。「えっと、うん。たしか、エディが彼のことをケヴって呼んだと思う」

その言葉はショーンを打ちのめした。きっとそうだと確信してはいたが、みぞおちが地面に落ち、さらにめりこむような感覚だった。リヴが両手で口を覆う。顔色を失っていた。

ちくしょう。やつはケヴと名乗っているのか。まだいまいましい名前を使っているのか。

それなら彼は自分が誰か知っているということだ。自分がどこから来たのか。兄弟のことを考えることはないのか？　どうやらないらしい。兄弟があいつのことをどれほど思っているか、考えてみたことがあるのか？　くそったれの豆粒ほどの脳味噌を、そのことがよぎったことはないのか？　ただの一度も？

これはひどい。ケヴに怒り、彼に傷つけられたと思うのは、ケヴの不在を嘆き、死を悼《いた》む以上にひどいことだ。激怒して復讐心に燃えるなんて。

しかも、自分がもうあらゆる種類の痛みを知ったと思っていたとは。いつでも新たなどん底が、苦悩の新しいボタンが、押せとばかりに現れる。ショーンは食いしばった歯のあいだからゆっくりと息を吐き、感情が声に出ないように努めた。「苗字は言っていたか？」

ジャマールはその声に奇妙な苦痛を感じ取ったようだ。目を丸くして首を横に振り、ドアのほうへじりじりと寄っていく。

「どこに住んでいるかは？」ショーンは口調をやわらげようとしたが、ドリルを構えた外科医のような声が本能的に出てしまった。気難しいエイモンが彼を通して話している。

ジャマールが怯えたようにかぶりを振った。なるほど。手がかりは得たものの、それはどこにもつながらない。心のなかの牢獄以外には。

「ジャマール」リヴが優しく尋ねた。「そのケヴという人を知っているかもしれない人間を、ほかに誰か知っている？」

「つまり、エディ以外にってこと？」

リヴが称賛のほほえみを少年に向けた。「そのとおりよ！　エディは今ここにいないし、わたしたちは彼女がどこにいるかも知らないんだもの。ほかに誰かいないかしら？」

ジャマールは考えこんだ。「えっと、ヴァレリーは彼に会ったよ。だけど彼女は刑務所にいる。フェイドは彼女のために最低なやつをぶん殴ったんだよ。そいつ、彼女につらく当たって、殴りだしてさ！　フェイドがそのくそ野郎をぶちのめしたんだ」そう言ってキックとパンチの真似をする。「パンパン、バシッ！　まったく最低なやつだった」

「ヴァレリーは気の毒だったわね」リヴが言った。「ほかには？」

ジャマールの顔が輝いた。「もしかしたらエニー・ポートの人たちが知ってるかも！　スターク通りの避難所なんだ。フェイドはそこにたくさんお金をあげてた。あそこの人たちなら知ってるかもしれない。彼はそこにヴァレリーを連れていったんだ。傷を縫ってもらわなきゃならなかったから」

ショーンとリヴは目を見交わした。「それはどこにあるんだ？」

「ぼくが連れていってあげるよ」ジャマールが熱心に申し出た。

ふたりはエディ・パリッシュの荒らされたアパートメントのドアを閉め、階段を駆けおりていくジャマールのあとを追いかけた。ショーンは車のドアを開け、ジャマールが後部座席に乗りこんで生きたスーパーヒーローの話をしゃべり続けるのを見守りながら考えこんだ。

ショーンは運転席に、リヴが助手席に座った。ふたりは目を合わせた。

「ええと、ジャマール」ショーンは言った。「きみは本当に見知らぬ他人の車に乗りこみたいのか？　賢いこととは言えないぞ。それはわかってるな？」

「あんたたちはもう見知らぬ他人じゃないよ！　あんたはフェイドの兄弟だ！」

「走っていってママにきいてみたほうがいいんじゃない？」リヴが優しく言った。「わたしがママだったら、言ってほしいもの。あなたがどこにいるか知っておきたいわ」

「ママは気にしないよ」ジャマールから笑顔が消えて不機嫌になった。「寝てるんだ。夜に働いているから」

「なるほど」ショーンはハンドルを指で軽く叩いた。「そういうことなら、わかった。パパはどうなんだ？」

ジャマールが目をくるりとまわしてドアをバンと閉めた。「ふざけないでくれよ」

ショーンはため息をついた。「だったらシートベルトを締めろ。そして約束してくれ。すべての偉大なスーパーヒーローの魂にかけて、今後は二度と見知らぬ他人の車に乗りこんだりしないと。いいな？　約束できるか？」

「もちろん、問題ないよ」ジャマールは約束した。

少年のぶっきらぼうな口調で火がついたふたりは、車を走らせているあいだじゅう、見知らぬ他人の危険性について熱心に講義した。ジャマールはむっつり黙っていたが、正面に虹が描かれている煉瓦造りのビルの前に着いたとたんに元気を取り戻した。

ジャマールが入り口の階段を駆けあがって、ベルを鳴らした。「おーい、トレイシー！」インターホンに向かって怒鳴る。「ジャマールだよ！　ドロセアと話をしたいって人たちが来てるんだ！」

ブザーが鳴ってドアが開いた。彼らはジャマールのあとについて狭い階段をのぼった。小さなオフィスが並ぶ廊下を進んでいくと、突き当たりのドアが開き、白髪まじりのもじゃもじゃ頭の中年女性が顔を出して彼らをじろじろと眺めた。ジャマールが走っていって彼女に飛びつき、抱きしめる。彼女はジャマールの髪の毛をかきまわしながらふたりを観察し、その目をリヴのおなかに向けた。「なんのご用？　あなたは緊急避難が必要には見えないけれど」

「ええ」ショーンは片手を差しだした。「情報を求めているんです」

「彼はフェイド・シャドウシーカーを探しているんだ！」ジャマールが興奮して金切り声をあげた。「彼はフェイドの兄さんなんだよ！」

ドロセアが目をしばたたいた。ショーンの顔をじっと見て、オフィスのほうへあとずさると、彼らを手招きした。「なかで話しましょう」

ジャマールも入ろうとしたが、彼女はその襟首をつかんだ。「あなたはトレイシーを見つけて、今朝ベーカリーからいただいたブラウニーを分けてもらいなさい。やわらかくて、ファッジみたいよ」

ジャマールは弾丸のように飛びだしていった。ドロセアはドアを閉め、手振りで椅子を勧めると、机の向こうへ行ってふたりを眺めた。机の上はぼろぼろのファイルフォルダーや、カラフルな付箋、数字の走り書きやメモでいっぱいだった。「それで？」彼女が尋ねた。「質問をどうぞ。わたしで役に立つことならお答えするわ」

ショーンはぴんと伸ばしたままの両手を見つめた。「弟が十八年前に消えました」彼は言った。「彼が誘拐され、ひどい怪我を負ったと信じる理由がおれたちにはあります。おれたちは彼を見つけられなかった。でも数日前、これを見つけたんです」リヴがハンドバッグから『フェイド・シャドウシーカー』の本を取りだし、ショーンはそれをドロセアに渡した。ドロセアがそれにさっと目をやった。「これならよく知っています。ジャマールが見せてくれました。尋常でないくらい似ているわ」

ショーンのなかで興奮が爆発した。「じゃあ、あなたは彼に会ったんですね？」

ドロセアが彼を見つめた。「わたしが言ったのは、あなたに似ているということよ」

ショーンの喉が締めつけられた。「彼には会ったんですか、それとも会っていない？」

「もし会っていたとしても、彼のために、その事実を言いふらしたりはしないわ。だって、そうでしょう？　そんな傷のある人よ。敵がいるのは明らかだわ」ドロセアが答えた。

「わたしたちはケヴの敵じゃありません」リヴが言った。ハンドバッグを探って、封筒からぼろぼろの写真の束を取りだす。

ケヴとショーンが一緒に写っている写真だった。八歳、十二歳、十六歳、十九歳、ショーンの高校の卒業式。今残っている数少ない写真だ。頭のいかれたエイモンは、思い出を残しておくことに寛大ではなかった。

ドロセアが写真を広げて見つめた。長い時間が過ぎ、彼女はふっとため息をついた。

「あなたの弟さんはエニー・ポートが一九九一年に開設して以来、もっとも大口の個人寄付をしてくれているわ」彼女が言った。「この三カ月だけでも十五万一千ドルももらっているのよ。現金の入った封筒が郵便受けに届くようになって、わたしは何か妙なことが起きているのではないかと心配していたの。ドラッグ絡みのお金とかね。それでカメラを設置して、封筒を置いていった人を尾行してもらうのに私立探偵を雇おうとしていた矢先に、朝五時に彼が呼び鈴を鳴らしたの」

「ヴァレリーですね？」リヴが言った。

ドロセアが目をしばたたいた。「ええ、そうよ。彼は暴力をふるった売春宿の客から彼女を守った。彼女が確実に保護を受けられるようにしたいと言っていたわ。わたしは彼が誰なのかわかった。だから直接お金のことを問いつめたわ。そうしたら、彼が封筒を渡してきたの。心配はいらない、ポーカーで勝った金だけど自分には必要ないんだ、と言って。それをあちこちにばらまきたがっていた」少しためらってからドロセアはつけくわえた。「彼はとても普通の人に見えたわ」

「はあ」ショーンはつぶやいた。「少なくとも経済的な問題を抱えていないとわかったのはよかった。でも、ポーカーだって？ なんてこった」

「彼はどんな様子でしたか？」リヴが静かに尋ねた。

ドロセアは警戒する顔つきになった。「あまり幸せそうには見えなかったわ。そして、あまり……元気ではなかった。どこか、迷っているようだった」

「彼は道を見失って迷っているんです」ショーンは言った。「でもきっと、じきに見つかる。今度こそ絶対に」

その激しい口調にドロセアは心配そうな表情を浮かべたが、リヴが机越しに手を伸ばして彼女の手を取った。「わたしたちは絶対に彼を傷つけたりしません。彼の傷痕を覚えていますか？」

ドロセアがうなずいた。

「彼はわたしの命を救うためにその傷を負ったんです」リヴは静かに言った。「わたしたちは彼を愛しています。そして彼に会いたい。それだけなんです。わたしは自分の息子に、おじさんのことを知ってほしい」

ドロセアがまたうなずいた。目をこすり、机の引き出しから大きなアドレス帳を出してぱらぱらめくると、ピンクの付箋に走り書きをした。そしてそれをリヴに差しだし、不安そうな目でショーンを見た。まるで彼が狂犬のように机を乗り越えて飛んでくるのではないかと恐れているようだった。

ショーンはメモを見た。ラーセン。弟の苗字だ。ありきたりすぎる。ノースウエスト地区、レノックス通り。そこが彼の住所……ケヴの居場所だ。これだけの歳月が経って、やっとわかった。くそったれ。

胃がひっくり返った。あれこれがないまぜになったメッセージが汗腺から吹きだしてきた。歓喜、恐怖、憤怒、希望。ショーンはかろうじて世間話と感謝の言葉で会話を締めくくった。リヴがドロセアに、ジャマールを無事に家に帰してやってくれと頼んでいるのが聞こえた。リヴが冷静でいてくれて助かった。ショーンはぼうっとしていて、そのあたりのことはほとんど覚えていなかった。それからリヴに引っ張られて階段をおり、車に向かった。

「キーをちょうだい」リヴがきっぱりと言った。

ショーンはキーを取りだしながら、彼女のおなかに目をやった。「でも――」

「妊娠していたって運転はできるわ」リヴがキーを引ったくり、彼を助手席のほうに押しやった。「黙って。いいから乗って」

ふたりはしばらく、それぞれの思いにふけりながら座っていた。やがてリヴがキーをまわしてエンジンをかけ、手を伸ばして指をショーンの指に絡めた。彼の手をぎゅっと握る。ショーンも感謝をこめて握り返した。ぬくもり、支援、愛。それらが心を慰める波となって流れこんでくる。リヴはGPSをセットすると、ケヴの住所を打ちこんだ。

ショーンは考えをまとめることに集中した。もちろん、おれはリヴを抱えあげて階段を運んでいくことはできる。だけど、ああ、大事なことになると……。

彼女がおれを運んでいってくれるんだ。いつだってそうなのさ。

25

「お忙しいのに朝からお時間をいただいて、感謝してもしきれませんわ、ミスター・パリッシュ」アヴァは感情が高ぶるあまり声をうわずらせた。「ご家族にとって大変な時期だというのはデズからうかがっていますので、なおさら、お時間を作っていただいてありがとうございます」

チャールズ・パリッシュはデズモンドをひとにらみして、ヘリックス社の本部ビルの広大で豪華なオフィスにある机の上に置かれた分厚いバインダーをさっとめくった。「魅惑的なプロジェクトのようだ」彼はしぶしぶといった調子で認めた。「敬意を表する」

アヴァは感謝の言葉をつぶやき、大物から注目を浴びることに酔いしれた。恩恵を与えるのも控えるのも思いのまま。この男は来る日も来る日も、人々に影響力を及ぼす自分の権力に陶然となっているに違いない。最低な男。

「彼女の研究は大脳のインターフェースにおいて驚異的な進歩を遂げています」デズモンドが言い添えた。「神経系人工器官のコントローラーは、脳と脊髄を負傷した患者の治療とセラピーに驚異的な範囲での応用が期待できます。この研究はヘリックス社に莫大な利益と名声をもたらすことでしょう」

「ああ」チャールズ・パリッシュがこめかみをさすりながら不機嫌な口調で言った。「それはすばらしい。だが、多額の資金を要請する通常のルートで簡単に通ったのではないかね。正直なところ、これを今朝、わざわざわたしのところに持ってくるほどの緊急性が理解できんよ、デズモンド。会議は来月ある。そのときでもよかっただろう。なぜ今日、こんなに大騒ぎしてわたしに見せる必要があったんだ?」

「これは特別なのです」デズモンドが頑固に言い張った。「ほかのものと一緒にされては困ります。爆発的な成果を生む研究なんですよ、チャールズ。一刻を争います。他社の先手を打たねばなりません」

アヴァはパリッシュの手に触れて、自分の大胆さに驚いたようにその手をぱっと離した。

「ひょっとしたらわたしは自分の幸運をいいことに、調子に乗っているのかもしれません」彼女は言った。「でも、自分の仕事をあなたに個人的にお見せできることを光栄に思います。いつでもかまいませんわ」彼女は机の上に身を乗りだし、ブラウスのフリルでパリッシュの袖をかすめてみせた。形のよい乳首が彼にははっきり見えているはずだ。ブラをつけていない、弾力のある胸。みずみずしくて、やわらかな。「よろしいかしら?」

パリッシュの視線がアヴァの差しだした贈り物をちらりと確認し、ふっくらとしたつややかな唇へと飛んだ。「まあ、その」彼がつぶやいた。「ああ」

「あなたがとてもお忙しいのは存じています」でも、これをもうちょっとほしいとも思わないほど忙しいわけではないはずよ。アヴァは息切れしたようなくすくす笑いをもらした。

「あなたの時間をいただきたくて、わたしはどんどん欲張りになってしまいますわ。でも、女の子がそうなってしまうのを責めることなんてできないでしょう?」

「ああ、そうだな」パリッシュが咳をした。「わたしは……スケジュールを見てみよう」

アヴァは喜びに顔を輝かせた。「大変光栄に存じますわ」

デズモンドがパリッシュの目の前に紙を突きだした。「では、これにサインをいただけますか? そうすれば、次の会議のときに協議するまでもありません。あなたがすでに承認したことが彼らの目にも明らかになるのですから。とにかく、物事はスピードが大事ですよ」

パリッシュが眉をひそめて書類を見おろした。その視線がアヴァへと飛び、彼女の体をなめまわし、希望に満ちた黒い目を見る。彼はサインした。

「ああ、ありがとうございます!」アヴァの手がさっと伸びて、パリッシュの顔にスプレーを吹きつけた。彼は凍りついたように固まった。

「急いで、デズ」吐息まじりのくすくす笑いが消え、アヴァの声はガラスのように硬くなった。「この効果は二分しかもたないわ」

デズモンドがひざまずき、パリッシュのフェラガモの靴を脱がせて靴下をはぎ取る。アヴァはピンヒールでバランスを取ってしゃがみこみ、注射器の針を目の前に掲げて、パリッシュの怯えたまま凍りついた目にほほえみかけた。「わたしのために時間を作ってくださって、本当にうれしいですわ」甘ったるい声で言う。「わたしの今の研究プロジェクトを発表させていただきます。あなたもきっとぶっ飛ぶわよ、ミスター・パリッシュ。文字どおりの意味でね」

そう言うと、アヴァは針をパリッシュの足の指のあいだに突き立ててプランジャーを押しこんだ。パリッシュがびくっと動いたが、叫ぶことはできなかった。アヴァはきびきびと彼に靴下と靴を履かせた。靴紐を結ぶとぱっと立ちあがり、ハンドバッグのなかをかきまわす。メッシュ状の奴隷用ヘルメットを引っ張りだすと、それをパリッシュの顔の前で振った。「あなたの財団はこの十年間でこれに二百万ドルを投資したわ」彼女は言った。「そろそろあなたが試してみる頃合いよ」アヴァは片脚を振りあげて彼の膝にまたがった。「ほら」優しく言う。「わたしがあなたの悪いところを治してあげる」

「頼むよ、アヴァ！　邪悪なゲームで遊んでいる時間はないんだ！」

「わたしはただ彼にヘルメットをつけてやっているだけよ」アヴァは傷ついたように言った。前かがみになってパリッシュの顔に胸を押しつけ、鼻をふさぐ。「ほら、ハニー。ママのところにいらっしゃい」

デズモンドが鼻を鳴らした。「少なくとも下着はつけているんだろうな？」

「ええ！　かわいらしい赤いレースのタンガ。わざと赤を選んだの。それがふさわしいと思わない？　赤が今日のテーマよ」

「彼のスーツをびしょびしょにしないでくれよ、このクレイジーな売女《ばいた》め。鑑識がそれをどう受けとめるやら」

「わたしを信じて、ベイビー」アヴァはチャールズ・パリッシュの頭にヘルメットをのせると、自分の頭からヘアピンを一本抜き、それを使って彼のふさふさした銀髪にとめつけた。髪は接触ポイントをうまく隠してくれる。この男がはげでなくてよかった。もっとも、どっちだってたいして違いはないが。パリッシュ財団ビルの防犯カメラは遠すぎて、何が映っているのかはっきりとは見えないだろう。それでも、注意するに越したことはない。すべての細部に気を配れ。

「急げ」デズモンドがいらいらと言った。「ぼくのヘルメットも調整してもらわないと」

「こんなに何年も経っているのに、まだひとりでマスターヘルメットの調整もできないんだから」アヴァは不平を言った。「ばかね。あなたの頭皮にタトゥーで接触ポイントを入れておくんだったわ」彼女は姿勢を正し、パリッシュの状態を眺めた。「あなた、美人に見えるわよ」ふざけた調子で言う。「キスぐらいはしてあげてもいいわ」

「そんなことはしない」デズモンドが割って入った。「なぜなら、口紅や唾液をこいつの上にべたべた残すような真似はしないからだ」

アヴァは口をとがらせた。「あなたってしらけさせてくれるわね、デズ。こっちにいらっしゃい、調整してあげるから。代わりにわたしに操作させたいわけじゃないんでしょう？」

「ぼくらは一緒にこれをやってきた」デズモンドが自己弁護するように言った。「きみがぼくのことをお粗末だと思っているのは知っているが、こんなのは特に複雑な操作でもなんでもない」

「わかったわ」アヴァはデズモンドのふさふさしたマホガニー色の髪にのせたヘルメットをぴしゃりと弾き、毛束を引っ張っているピンを使って彼の頭皮上のセンサーを調整した。外からはほとんど見えない。それから急いでパリッシュのほうに行き、椅子の上で彼の姿勢を直すと、彼の両手を机に置いた。

「試してみて」アヴァは指示した。「彼はもう準備ができているはずよ」

デズモンドが目を閉じ、集中した。チャールズ・パリッシュは純然たる恐怖に襲われた目で、自分が両手をあげてぎこちなく打ちあわせるのをただ見つめた。それからふたたび、今度はより明確に、より大きな音で手を叩いた。両の親指を耳に突っこみ、指をひらひらさせる。「ピーター・パ・パ・パイパー、ピ・ピ・ピックト・ア・ペ・ペック・オブ・ピックルド・ペ・ペ・ペッパー」パリッシュがくぐもって間延びした声で言った。

「もっとうまくやれるはずよ」アヴァが叱責した。

デズモンドがもう一度試した。「ピーター・パイパー・ピックト・ア・ペック・オブ・

ピックルド・ペッパー」パリッシュが今度は明瞭に言った。その目は恐怖で見開かれている。

最低な男。自分が世界を所有していると思っていたんでしょう。あらゆる人間が自分のしもべだと。そして今日は研究室のテーブルにわたしを押し倒すことを夢想したはずよ。盛りのついた野獣のように鼻息を荒くして。それを夢見たことを後悔するがいいわ。欲情した年寄りのブタ。処理場行きの用意はできたわ。あんたの最期のときが来たのよ。

「彼の口を閉じて、デズ」アヴァは言った。「それと目もどうにかできるかやってみて。今にも落っこちそうになってるわ」

デズモンドが苦労してパリッシュの顔の筋肉を動かした。その結果、かろうじてではあるが、状態は改善された。デズモンドに期待できる最高の状態ということだ。わたしにマスターヘルメットをかぶらせろと主張すべきだったとアヴァは思ったが、今さら言っても手遅れだ。チャンスの窓はあっという間に閉じてしまう。パリッシュの鼻から血が一滴こぼれた。それが顔面の緊張を破り、口の端がぱっと開いて、あごが落ちそうになった。目がさっと動き始める。彼はインターフェースとしては落第点だ。年寄りすぎるし、男らしすぎるし、頑固すぎる。

「彼がサインした紙を取ってくれ、早く」デズモンドの声が緊張で震えた。「もうじき彼は弾ける」

アヴァは書類をつかんだ。パリッシュは机の上にぐったりと頭を垂れ、ぜいぜいと息をしている。吸い取り紙の上に血がぽたりと落ちた。肺が固まってしまったのだ。体は薬で麻痺させられている。彼はもう手助けなしには呼吸ができない。

ちょっと、何もかもわたしが考えなきゃならないわけ？「彼に息をさせるのよ、この間抜け」アヴァはうなるように言った。「彼、窒息するわ！」

大きく吸いこんだ息が男の体を揺るがし、胸がびくっと動いた。

「過呼吸にさせないでよ」アヴァは警告した。「この下手くそ。もう二度とあなたにはマスターヘルメットを操作させてやらないから」

さあ、そろそろ神の恵みを授けるときが来た。アヴァの胸は高鳴り始めた。

「彼に葉巻の火をつけさせて」彼女はデズモンドに命じた。「この派手好きなろくでなしは、最高級のキューバ葉巻を吸いながら死ぬのよ」

デズモンドがパリッシュの机の引き出しを開けて、箱から葉巻を一本取りだした。そして先端をカットして火をつけた。ばかね。パリッシュに自分でそれをやらせればいいのに。そのほうが犯罪現場の鑑識官にはもっともらしく映ったはずよ。そのときアヴァの目に、パリッシュの口から幾筋もの血が流れでるのが見えた。そのシナリオを実行している余裕はないらしい。崩壊《メルトダウン》はもうじきだ。

デズモンドがパリッシュの手に葉巻を突っこみ、アヴァの手をつかむと彼女を部屋の奥の壁際へと引っ張っていった。彼らはどきどきしながら背中を壁につけて立った。アヴァはハンドバッグを開けてビニール袋を取りだした。医療廃棄物を隔離するのに使われる袋だ。

「彼の向きを変えて、窓に背中を向けさせるのよ」アヴァは息もつかずに指示した。「銃弾の出口の傷が顔を破壊するようにしておかないと」

ふたりは指を絡めた。デズモンドが歯を食いしばる。パリッシュに立ちあがって葉巻を吸わせようとして、汗が額から噴きだした。パリッシュの肺がふくらみ、彼は咳きこんだ。

「葉巻はもういいから、彼を窓際まで行かせるのよ！」アヴァは激怒した。「早く！」

「うるさい、ぼくに集中させろ！」デズモンドがうなり返した。

パリッシュはゾンビのように動いた。血が耳から流れていたが、倒れはしなかった。ヘリックス社やパリッシュ財団のビルやポートランドの空を見晴らす眺めのいい窓に向かって、よろよろと進む。遠くにフード山がそびえている。彼は向きを変え、窓を背にしてもたれた。

アヴァはハンドバッグを持ちあげて顔を隠した。数秒が過ぎた。三秒、四秒。ふざけないでよ、ケン、急いで。空気が必要だったが、あえて呼吸する危険は冒さなかった。彼女の内側に叫び声が盛りあがってきた。喉が裂けそうな、頭が割れそうな叫び。

アヴァはなんとか踏みとどまった。あとでいくらでも叫ぶ時間はある。目的を果たしたあとなら。八、九、十――。

ガシャン！

彼らは銃撃で破片が飛び散ることは予想していた。だが、その音の巨大さは、覚悟していてもなお彼らをすくませた。

新たな風景になじむには、しばらく時間がかかった。壁、家具、すべてに明るい赤の動脈血が飛び散っている。パリッシュはクリーム色のラグの上に伸びていて、顔があったところにはぽっかりと穴が空いていた。脳味噌が彼のまわりにピンクがかった扇状に飛び散っている。割れたガラスが明るく残酷なきらめきを放った。

新鮮で冷たい空気が部屋に流れこむ。

アヴァとデズモンドはパリッシュの死体のほうへ向かった。アヴァはひざまずき、死体の血まみれの髪からヘルメットを外した。それは損なわれていなかった。ケンの弾丸はほんの少しもヘルメットを傷つけてはいない。上出来だ。

割れたガラスで膝が傷ついたが、アヴァはそれを無視した。このほうが救急隊が到着したときの見栄えがいい。彼女は奴隷用ヘルメットをビニール袋に落とし入れてデズモンドに渡した。デズモンドがそれを自分のコートのなかに突っこんだ。アヴァの服はタイトすぎて隠せない。

アヴァはチャールズ・パリッシュの血を自分の顔に巧妙に塗りつけ、白いブラウスのフリルにも血をつけた。それをなめてみた。とても熱い。

金属的な血の味がアヴァを解き放った。彼女は屈服し、自分を解放した。いったん叫び始めれば、鎮静剤を注射されない限り、自分で自分を止められないことはわかっていた。でも、それでいい。わたしはこの瞬間のために生きている。甘い解放感を得るために。アヴァはわれを忘れて叫んだ。彼女の内なる宇宙を切り裂いて駆け抜けていく。あの究極の、言葉で表現できない、知性すらも届かない、自分自身をはるかに超えた場所へ。

彼女が安らげる唯一の場所へ。

マイルズは大喜びだった。車の助手席に置いた携帯電話をちらりと見ると、それをひったくって短縮番号を押した。誰かに話さないではいられない。あるいは薬でも打たないと。

彼は自分を押しとどめた。まだだ。これを無駄にしてはもったいない。彼は個人的な実演販売をやろうとしていた。コナーとデイビーのあごが床まで落ちるところを見てやる。おもしろいぞ。コンピュータオタクのマイルズがマクラウドの連中を驚かせたり、彼らの先手を打ったりするようなチャンスがいつ来るんだ？　答え：永遠に来ない。彼らはいつでも、ほかの誰よりも十歩先を行っている。いつでもそうだ。

マイルズはコナーの家の前に車を停めた。シンディと、マクラウド一家のみんなとランチをとることになっている。デイビーのSUVがあるのを見て、マイルズは喜んだ。つまり小さなジーニーとケヴィンがじゃれついてくるということだ。もっとも、マイルズおじさんはすでに人気者だった。子どもたちが蹴って遊ぶボールであり、ひねって遊ぶおもちゃであり、従者でもあった。緊急時にはおむつも換えてやる。だが、赤ん坊がうんちをしたとなると、巧妙に逃げを打つことでも知られていた。

後部座席から箱をつかむと、マイルズは家のなかに駆けこんだ。当然ながら、三歳の忍者が待ち伏せしていて、叫び声をあげて飛びかかってきた。押し倒されたマイルズが寝っ転がってぴくぴく体を引きつらせ、やられたとうなっていると、ジーニーが血に飢えた勝利の叫びをあげて彼の頭の上にダイブしてきた。頭蓋骨が粉砕されたかと思うほどだった。くそっ、これは痛い。

身をよじって息絶えるマイルズの芝居が終わるまでにはしばらくかかり、彼が外に出ていく気がないことをジーニーとケヴィンに穏やかに納得させて、ふたたび彼らに攻撃をさせてやるのにまた時間がかかった。いつもならそれを六、七回は繰り返すところだが、今日はだめだ。マイルズはコナーとデイビーに箱の中身を見せたくてうずうずしていた。

子どもたちを引きはがして、もこもこしたパペットがはしゃいでいるテレビの前に放りだすと、マイルズは戦利品を手にダイニングルームへ入っていった。到着したのは彼が最後で、テーブルには食事が山盛りになっていた。自己満足は男に食欲をわかせるものだ。

「よう、マイルズ。ビールでいいか？」コナーが彼に一本渡した。

マイルズは、マーゴットがテーブルに並べているレモンとコリアンダーを添えたサーモンの炭火焼きの皿に目をやった。だが、おいしそうな食事とよく冷えたビールを前にしても、プレゼンテーションにかける彼の気が殺《そ》がれることはなかった。それは今にも爆発しそうだった。「あんたたちに持ってきたものがある」

「ふうん？」デイビーが口のなかに赤いポテトを放りこんだ。「もらおうじゃないか」

「ぜひ見てもらいたいんだ」マイルズはポケットナイフを取りだすと、箱を開けた。「スポーツカイトだ。あるカタログで今朝見つけた。オンラインで探して、何本か電話して、タコマのスポーツ用品店にまさに同じデザインのがあることを突きとめた。それで、ひと晩待ったりせずにタコマまで車を飛ばして、買ってきたってわけ」彼はインターネットからプリントアウトした書類をぴしゃりとテーブルに叩きつけた。「デザインした会社も見つけた。ロスト・ボーイズ。拠点はポートランド郊外。ブルーノ・ラニエリが経営。聞いたことは？」

デイビーとコナーが目を見交わして首を振った。「ないな」デイビーが言った。「それを見てみようじゃないか」

マイルズは組み立てられていない凧の布地の部分を箱から引っ張りだすと、大きな八角形をぱっと開いた。「見覚えがあるだろう？」

部屋が静まり返った。聞こえるのは子どもたちの部屋から響いてくる音だけだ。デイビーとコナーはマイルズが掲げているものを見つめた。険しい顔。死んだように色を失っている。

そしてマイルズは理解した。なんと子どもじみていて利己的なことをしてしまったのだろう。穏やかに知らせるのではなく、コナーの家に爆弾を持ちこんで、彼らの目の前で高く放りあげてみせたとは。ただ反応が見たいというだけで。自分よりも賢くて、強くて、速くて、クールな彼らに罰を与えるために。彼らも傷つくかもしれないということを忘れて。

ああ、なんてことをしたんだ。まったく、なんてばかなんだ。

デイビーが立ちあがり、部屋の外へ歩いていった。マーゴットも立って彼のあとを追った。マイルズは腕にかけたナイロンの生地を見つめ、それをくるくると巻き始めた。これを消してしまわなければ。

「だめだ」コナーがぱっと手を出すと、それをマイルズの手からひったくった。「だめだ。これを飾ろう。おれはケヴが残した作品のすべてをそうしている。だったらこれもそうしない理由はないだろう？」

彼は大股に部屋を出ていった。その後ろ姿がぞっとするような空気を発していた。エリンが立ちあがり、不安そうな顔をする。シンディも怯えているようだった。

コナーが戻ってきた。片手にスポーツカイト、もう一方の手にハンマーと釘。額に入れたケヴの絵を壁から外すと、コナーはそれらをダイニングテーブルの上に大きな音をたてて落としていった。グラスや皿や食器が震える。充分に空間を確保すると、彼はその曼荼羅の上辺を掲げて釘を置き、壁に打ちこんだ。

「コナー！」エリンがショックもあらわに言った。「落ち着いて！」

「おれは落ち着いてるぞ」

バン、バン。

白く塗られた壁にハンマーが醜い傷痕をつける。コナーは布地をピンと張り、凧の底辺に釘を打った。

一撃ごとに、一同はすくみあがった。

バン、バン、バン。

それからコナーは右側を持ちあげた。

バン、バン。

マイルズは絶望を感じた。この悪夢を始めたのは自分だ。なんとかしなければ。

バン、バン。

「コナー？　大丈夫かい？　頼むよ！　冷静になってくれ！」

「おれは大丈夫だって」

バン、バン。

「最高の気分だよ。弟の最新の芸術作品を飾っているだけだ。それのどこが悪いんだ？」あとは左側を残すのみ。コナーはそっちも広げて釘の場所を決めた。

バン、バン。

マイルズは一打ごとに顔をしかめた。「ものに当たらなくたっていいだろう！」

コナーが止まり、激しく息をついた。歯を食いしばり、しかめっ面になっている。彼は釘に最後の一撃を加えた。塗料のついたかけらが飛び、木の床にばらばらと降り注ぐ。いちばん近いところにかかっていた額入りの絵が落ちてガラスが割れ、破片が飛び散った。

「コナー?」突然訪れた沈黙のなかで、エリンが小さくささやいた。

「いったいあいつはどこにいるんだ?」コナーの声はしわがれていた。「いったいぜんたい、どこにいるってんだよ?」

コナーは額の中央に頭のてっぺんを押しつけた。彼の顔は髪に隠れていた。傷痕のある手に握られたままのハンマーがだらりと揺れた。肩が震えている。

テーブルの足元の揺りかごで眠っていたマデリンが目を覚まして泣き始めた。エリンは彼女のほうへ行きかけたが、ためらい、コナーに駆け寄った。両腕を彼の腰にまわして顔を背中に押しつける。「シンディ、マディを連れていって、お願い」彼女の声はくぐもっていた。

マデリンの泣き声が大きくなる。マイルズはばかみたいに突っ立っていた。床の下に消えてしまえたらいいのにと思いながら。

シンディが椅子から立ちあがった。「マイルズ? マディをリビングルームに連れていってあげて」声が震えていた。「わたしが割れたガラスを全部片づけるまで、ケヴィンとジーニーを部屋から出さないようにして」

マイルズは役目を言いつけてくれた彼女に感謝した。首のすわっていないマデリンを抱きかかえるのは恐ろしかったが、自分の引き起こした騒動をただ見つめているよりはましだ。

顔を紫にして泣き叫んでいる赤ん坊を抱きあげると、マイルズは肩にもたせかけ、子どもたちのいるところへと逃げた。そこがまさに自分のいるべき場所だ。ゼロ歳児以下の成熟度の自分にはそこがお似合いだ。

マデリンがおとなしくなるまでずいぶんかかったが、果てしないほど長い時間が経って、彼女はようやくまた眠り始めた。コナーとデイビーがリビングルームに来て座った。誰も言うべき言葉が見つからないようだった。

「ごめん」マイルズは率直に言った。「あんなことをするべきじゃなかった」

「いいんだ」デイビーが言った。

「おまえの過ちじゃない」コナーが言った。「おれが悪いんだ。おれはショーンの夢や幻覚やスポーツカイトに描かれた光景を信じなかった。あまりに疲れていて信じられなかったんだ。疲れすぎて希望を持てなかった。ジェットコースターみたいなとんでもない騒ぎばかりで、疲れていた。おれはとにかく先へ進みたかったんだ」頭を垂れて両手で覆い、ため息をつく。「なんてこった」彼がささやいた。「最悪だ。弟を手放してしまったのが……おれが疲れていたからだなんて」

マイルズは言うべきことを思いつかなかった。「すまない」それしか言えなかった。

「すまないのはおれたちのほうだ。あいつを失望させたのはおれたちだ」

その言葉はマイルズに予期せぬ怒りの火をつけた。自分は三年前、その光景を見たのだ。

あの最悪の日。自分を殺そうとする血に飢えた鬼のようなゴードンと戦った。ショーンは脳出血を起こしてそこに倒れていた。血まみれのリヴがタイヤレンチを握りしめていた。シンディはマイルズを守ろうとして地面に倒され、ぴくりとも動かなかった。燃える研究室から流れだす煙が鼻をつんと刺した。「あんたたちのせいじゃない！」マイルズは怒鳴った。

コナーとデイビーが目を見交わした。「どうしてそう思う？」

「ぼくはあいつらを見た。あいつらと戦った！　あいつらがみんなをめちゃくちゃにしたんだ！」マイルズは激していた。「あいつらが真実を隠し、嘘を言い、だました！　それをうっかり信じたからって、それはあんたたちの過ちじゃない！　過ちを犯したのはあの殺人鬼どもだ。こっちじゃない！　だから、あんたたちがそれを引き受けるな！　そんなのはばかげてる！」

マデリンが彼の熱いスピーチに目を覚ましてあくびをし、消化されていないミルクをマイルズのセーターに吐きかけた。まったく、やってくれたな。

コナーが口をゆがめ、手を伸ばした。「ほら、こっちによこせ」

マイルズは赤ん坊を渡し、コナーはソファにどさっと座ると広い胸に赤ん坊をもたれさせた。マデリンはたちまち眠りに戻った。デイビーがソファの裏からよだれかけを一枚取って、マイルズに向かって投げる。「赤ん坊を抱く前には一枚当てておけ」彼はアドバイスした。「抱くたびに必ず吐かれるからな」

「覚えておくよ」マイルズは胸の汚れを拭いた。

デイビーは、マイルズが集めたロスト・ボーイズ・トイズ&フライウェアのカタログを開いた。「今日、ポートランドまで行くか?」彼が尋ねた。

マイルズはまごついた。「今でもぼくに一緒に行ってほしいのかい?」

彼らはぽかんとした顔になった。「そりゃ、そうだよ」コナーが言った。「当たり前だろう」

マイルズはソファから飛びあがった。じゃあ、彼らはぼくに腹を立てていないんだ。彼はほっとして泣きたいくらいだった。だが、泣くものか。「行こう」マイルズは言った。「ラニエリってやつと話がしたい。こいつには答えてもらわなきゃならないことがあるからね」

コナーとデイビーがにやりと笑った。「それでこそ、おれたちの仲間だ」コナーが言った。

26

「まだ全然食べてないだろ」ブルーノがぶつくさ言った。「ソーセージが残ってるぞ」彼はエディの皿にもっと料理をよそった。

「もうだめ！　おなかいっぱい！」エディは笑いながら抗議した。「本当よ！」

「射撃訓練は腹の減る大仕事だ。それに、おれたちはこれから崖をのぼらなきゃならないんだぜ」ブルーノが励ました。「食べろ、食べろ！　きみは今朝よくがんばった。ケヴに射撃訓練がいかに上出来だったか話すのが待ちきれないよ」

エディはそれを却下するように手を振った。しぶしぶ始めた訓練だったが、今朝は楽しかった。ブルーノはいい教官で、エディが納得いくように一歩ずつ教えてくれた。もはやエディは感情的に銃そのものを恐れてはいなかった。それどころか、ほとんど、そう……楽しみ始めていた。もちろん、精神を集中させるエクササイズとしてだけれど。

「あなたはすばらしい先生よ」エディは認めた。

「おっと、それはケヴのおかげだよ」ブルーノが打ち明けた。「彼は究極の先生なんだ。どう戦うか、どう撃つかはケヴが教えてくれた。獲物を追い、狩りをすることも。彼はすべてを知っている。おれに教えた以上に、もっと多くのことを知っている。それは間違いない。おれの頭に全部詰めこむのは無理だった」

「たとえばどういうことを？」

「えっと、そうだな、適当にテーマを選んで言ってみなよ。量子物理学についてケヴにきいてみな。ローマの軍隊の歴史について、脊椎動物の進化について、あるいはなんでもいい、耳にしたことのある動物でも鳥でも植物でも、何かについてきけば、必ず答えが返ってくる。地質学。惑星の動き。天文物理学。おれが高校に通っていたときに一度、相対性理論を説明してくれたこともある」ブルーノが頭を振った。「おれはそれをほぼ理解したよ。たった二分間だけだったけど。ああ、あれは美しかったな。記憶にとどめることはできなかったけど、それが続いているあいだはすばらしかった」

エディは笑った。明らかにブルーノは彼女を笑わせようとしている。「すてきね」

「もしケヴにわからないことがあったら、彼は図書館に行って本の山を抱えて帰ってきて、ひと晩でそれを読んでしまう。すべての言葉を理解する。読み終えたときにはすべてがわかっている。それを人に教えることができる。それについて意見を述べることができる。彼の脳味噌は深遠なる宇宙に飛んでいっちまってるんだ。ターボ・チャージャー付きで。おれはきみをからかってるんじゃないよ」

ブルーノの口調に、エディはほほえんだ。「あなたにからかわれていると思ったことはないわ」

「彼はローザとトニーの話を聞いているだけでカラブリア地方の方言を覚えた。まるでブランカレオンで育ったみたいに話すって、おじさんたちが言ってたよ。そうだ、あれを見てごらん」ブルーノは立ちあがってぼろぼろに傷んだ木の戸棚を開けると、なかをまさぐった。

「これだ」彼はふたつの物体を取りだし、エディに見せた。

エディは手のなかでその奇妙な物体をひっくり返し、見入った。彫刻、と言っていいのだろうか。削られた小枝やどんぐりでできている。ひとつは楕円形《だえんけい》で流線形の長い腕がついており、もうひとつはらせんを描くコイルの形だった。どちらも美しい。「これは何？」

「こっちは炭素の構造」ブルーノが言った。「これがどの分子かは覚えていない。ケヴはこれを本も何も見ずに作ったんだ。階段に腰かけて、ナイフで。こっちは人間のＤＮＡの一部だ。彼はどの部分か説明してくれたけど、それはおれの反対側の耳から抜けてった。そういうデータを貯めこんでおく場所がおれの脳にはないんだ。この小枝をどうやってつなげているか見てみろよ。な？　接着剤なんて使ってないんだぜ」

「美しいわ」エディは静かに言った。

「まったくだよ。これがおれにロスト・ボーイズの最初のヒントを与えてくれた。それに、凧が。ケヴは数年前にスポーツカイトに夢中になったんだ。ベッドルームの天井に飾ってあったあの曼荼羅の絵、きみも見ただろう?」

花びらをまき散らしたケヴのベッドでのあのひととき。「ああ、そうね」

ブルーノは頬を赤らめたエディから目をそらすデリカシーを備えていた。「あれはおれたちが最初に作ったものだ。今では国じゅうのスポーツ用品カタログに載っている。彼がほかのスポーツカイト用に描いたデザインがこれさ」彼はエディの手にカードの束を押しつけた。エディはそれをテーブルに並べ、色合いを愛《め》で、繊細な幾何学的デザインを称賛した。見ているうちに動きだしそうな気がする。「まあ、すばらしいわ」

「見てみろよ、この絵。動物、花、葉っぱ。おれもいる。でもケヴは、おれがじっとしていないって文句を言う。おれは落ち着きがないんだ。ほら」ブルーノは子どもが自分のおもちゃを見せびらかすように、テーブルに数冊のノートを放った。

ケヴの才能を自慢するブルーノの熱意にエディは引きこまれた。ノートをめくるうちに、エディは黙りこんだ。絵はとても控えめで、とても美しかった。線とディテールの簡略化。どの線も必然で完璧だ。驚くことなどないわ。これはとてもケヴらしい。

「フェアじゃないわ」エディは言った。「こんなにたくさんの才能を持っている必要はない。ひとつかふたつあれば人間には充分よ。わたしたちみたいなその他大勢には不公平だわ」

「同感だ」ブルーノが言った。「ケヴは普通じゃない。おれたちはもうそれに慣れた。何年もかけて。でもときどき、今でもケヴに不意を突かれることがある。ヴェトナム人たちみたいに。まったく、あれはどこから出てきたんだって感じだったな」

「ヴェトナム人？　なんのこと？」

「あれは信じられなかった」ブルーノの目が興奮で輝いた。「そう、ケヴがとうとうふたたび話し始めたってこと。もうずっと前のことだ。おれは十四歳くらいだったと思う。ケヴはいくつかの言葉を必死に吐きだそうとし始めた。ただおれを喜ばせるために。今思うと、バケツに何杯もの汗を絞りだすような苦労だったに違いないよ。そしてある日、ヴェトナム人の食料雑貨商とその息子がうちの食堂の厨房に、野菜と果物を配達しにやってきた。彼らはぺちゃくちゃしゃべりながら出ていこうとした。するといきなり、ケヴが彼らに話しかけたんだ。完璧なヴェトナム語で。吐きそうな感じでひと言ずつ口ごもりながら、とかじゃない。すらすらとね。ケヴは彼らと礼儀正しく会話をしたんだ。もちろん、彼らの床まで落ちたあごが元に戻ってからだけどね」

エディは自分のあごも落ちそうになり、あわてて口を閉じた。「ヴェトナム語を？」

「そうさ。いったいなんだって感じだろ？　トニーは心臓発作を起こしかけてたよ。とにかく、それが噂になって、数日後、オレゴン・ヘルスサイエンス大学のスピーチの専門家というのが食堂に現れて、ケヴと話したがった。彼女は夢中だった。彼女の姪っ子がヴェトナム人の食料雑貨商の息子と同じ高校に行ってたんだって。おじさんは無視しようとしたけれど、彼女は腹を立てて、トニーを成人保護機関に通報すると脅し始めたんだ。虐待だの奴隷扱いだの、身体障《しょう》がい者《しゃ》を利用しているだの、いろいろ言って。彼女が公の機関に訴えて騒ぎだしたら、誰だか知らないけどケヴを狙ってた連中が彼を見つけだしてしまうんじゃないかと、おじさんは恐れた。それで降参したんだ。おじさんが降参したのを見たのはあれが最初で最後だよ。死にそうになっていた」

「まあ」エディはつぶやいた。「それは信じられない話ね」

「まったく、おじさんはあのえらそうな女のことでいつも文句を言ってたよ」ブルーノが懐かしそうに振り返った。「彼女は自分が神さまに選ばれた者だと思ってたんだ。ブロンドで、脚が長くて、爪も長くて、ハイヒールを履いて、博士号を八つ持っていた」

「それで、彼女はケヴにスピーチの治療をしたのね？」

「そのとおり」ブルーノが言った。「週に二度、会いに来た。治療代は請求してこなかったけど、彼女は間違いなくプロフェッショナルなサービスに対してなんらかの代償を得ていたとおれは思う。治療のセッションのためにホテルの部屋を借りるようになったからね。ふたりが、その、平穏と静けさのなかで集中できるようにってさ、わかる？　そうやってセラピーが行われるようになると、ケヴはぐんぐん進歩していった。もしかしたら自己防衛のために話し始めたのかもしれないな」ブルーノが言葉を止め、うろたえた顔をした。「おっと、しまった。よけいな情報をしゃべりすぎたね？　ケヴがかつて性的に搾取されてたことなんて、話すべきじゃなかった。女の子はそういうのを嫌うものなのに。おれって本当にばかだな。ごめんよ。おれが言ったことは忘れてくれ」

エディはほほえみを押し殺した。「正直なところ、ケヴがわたしと会うまでまったく経験がなかったなんて全然思っていなかったから。だから安心して」

ブルーノはほっとしたようだった。「よかった。おれはただ、きみに手がかりを与えたかったんだ。ケヴがいかに特別かってことについて」

「わたしはちゃんとわかってると思うわ」エディは請けあった。「たくさん手がかりをもらったから」

しかしブルーノは言い募った。「わかりっこないよ。ケヴは決して自分のことを吹聴《ふいちょう》したりしないから。見せびらかそうなんて気がこれっぽっちもないんだ。それにとても寛大で、自分の金は残らず人にやってしまう。自分のことなんてまったく考えてない」彼は大きく目を見開いた。「ケヴが一家の大黒柱にふさわしくない、なんて言ってるんじゃないよ。彼が頼りないとか、そんなことをほのめかすつもりじゃなくて――」

「わたしにケヴの美点を並べ立ててみせなくてもいいわ。わたしはもう彼に魅了されているもの」

ブルーノの顔にぱっと明るい笑みが広がった。「本当に？」

「あなたに言われなくてもね」

ブルーノがすばやく目をそらした。「ふうん。へえ」彼はつぶやいた。声がくぐもっている。「それはすごいや。ケヴには、何かすばらしいことが起こっていいはずなんだ。ひどい目に遭ってきたんだし。ほら、最高のやつだからさ。最高のなかの最高だ。ケヴはおれの命を救ってくれた。おれの兄弟になってくれた。なんだろう、おれにはよくわからないけど。彼はお月さまや夜空の星々に値する男なんだ」

そう聞いてエディはケヴの天使の幻想を思い出し、不安のうずきを覚えた。「わたしは月でも星でもない。普通の女よ。ケヴと同じくらい情緒不安定な。もしかしたらわたしのほうがひどいかもしれない。わたしはすぐに彼の心を乱してしまうもの」

「いや、それでいいんだよ。ケヴだってきっときみの心を乱すさ。それに、きみが普通だってことには大いに疑問があるね。これまで何年も、普通の女の子が次々と彼の前に現れては体を投げだしていたし、ケヴもときどきは手を出してたけど、誰ともどっぷり恋に落ちるなんてことはなかった。きみには何か特別なものがあるんだよ」

なるほど。特別という言葉は自分では言いたくないけれど、別にかまわないわ。それにブルーノをがっかりさせたくない。

「おれ、しゃべりすぎて、きみをうんざりさせてる?」ブルーノが尋ねた。「ケヴはおれにしゃべりすぎるなって言ってた。でないとぺしゃんこにしてやるぞって。どう?」

エディは声をたてて笑った。「わたしは気にしないわ。だって、ほかにケヴのことを学ぶ方法がある? 彼は自分では言ってくれないんだから」

「よかった」ブルーノが熱心な口調で言った。「黙っていなきゃいけないのって、大嫌いなんだ。頭のなかが湯気で曇ってるみたいになるんだよね」ちらりと腕時計を見る。「今から崖にのぼれば、ちょうど時間どおりに着くと思う。テレビに出てくるみたいな完璧な家族が発見されたかどうか、聞かせてもらおうじゃないか」

エディの驚いた表情を見て、ブルーノはばつが悪そうな顔をした。「ごめん、つい抑えられなくて。おれは、ケヴは過去を忘れるべきだと思うんだ。おれとトニーとローザという家族がいるんだからさ。それ以上家族が増えたら窒息死しちまうよ！」

エディは片手を彼の肩に置いた。「ケヴが何を発見しようと、彼はあなたという弟がいて幸運だと思っているのよ。自分でそう言ってたわ」

ブルーノが足元を見つめた。「ふうん。そう。じゃあ、そろそろ行こうか」

崖をのぼるのは日中のほうが快適だった。ブルーノは絶えず朗らかにしゃべりながら、ケヴよりもゆっくりしたペースでエディの傍らについて歩き、ときおり手を貸して彼女が木の幹を乗り越えるのを助けた。ブルーノがケヴの偉業を、尋常でない知性を、喧嘩の腕前を、ほかにもさまざまな驚くべき特徴を語って聞かせるのを、エディはひと言ももらさず熱心に聞いた。恋に落ちてわれを忘れている女性ならみんなすることだ。ああ、お気に入りの話題に浸ることができるのはなんてすばらしいのだろう。

頂上に着くと、山には霧が出ていたが、風が吹いて雲の切れ間を作った。ときおり黒と白の山肌が現れては、グレーの霧がそれを隠す。

ブルーノがメッセージに気づいた。「ショートメールだ」彼はエディに見せた。

エディは簡潔なメールの最後を見つめた。〝愛してる〟びっくりだわ。この文字に胸を打たれ、涙がこみあげてくるなんて。

ブルーノはケヴの番号を画面に呼びだしたが、携帯電話に向かって眉をひそめた。「鳴ってるんだけど出ないんだ」

彼の顔つきが変わっていた。これまでなら、エディはブルーノを陽気でレトロな風刺漫画風に描いただろう。にやりと笑って、えくぼを見せているところを。だが、今なら違う雰囲気で描く。もっときびしくて硬い顔だ。「出ないの?」

ブルーノはもう一度試した。三回目。腕時計を見る。「変だな。おれたちが電話をかけるのはわかってるはずだ。ケヴは死ぬほどきみと話したがっているだろう。あいつがきみなしで過ごして、かれこれどれぐらい? 四時間?」

「五時間と十六分よ」エディは訂正した。

岩のまわりで風がうめいた。彼らはお互いを見つめ、そして峡谷へと続く長い山道を見おろした。そこから川に沿って西へ行けば、ポートランドだ。エディのおなかのなかで、さっき食べたものが冷たい異物の塊となっていた。

ブルーノはまた試した。首を横に振る。沈黙がおりた。彼の明るく気さくなおしゃべりに何時間も付き合ったあとでは、その沈黙がなんとも奇妙に思えた。

ふたりともすぐにあきらめたくはなかった。崖をやっとのぼってきたのだ。そこで彼らは、冷たい風を少しは防げる場所を見つけた。

「電話を貸してもらえる？」エディは尋ねた。「妹にかけたいの。もしかしたらあの子は警察に監視されているかもしれない。父はわたしが妹に連絡することを禁じたから。でも、やってみないと。いつかは彼らだって根負けするわ」

「好きに使ってくれ」ブルーノが電話を手渡した。「そのあとでまたケヴにかけてみよう」

エディは妹の番号を打ちこみ、ショートメールを打った。


ロニー、姉さんよ。話せない？


送信し、電話を握りしめる。ロニーが普段どおりにふるまって、こっそり連絡してくれますように。妹と連絡を取ることは、今まさに愛という狂おしい感情のジェットコースターが下りに差しかかっているエディにとって、唯一心の慰めになりそうだった。ケヴのことを思うと死ぬほど恐ろしかった。

電話が鳴り、エディは危うく飛びあがるところだった。ブルーノがかがみこんで番号を見たが、それはケヴではなかった。ロニーだ。

エディは通話ボタンを押した。「もしもし、スウィートハート！　話せるのね？」

「姉さん？」妹の声は甲高くうわずっていた。

「ロニー？」エディは鋭く尋ねた。「何があったの、ベイビー？」

「ああ、大変。大変よ、エディ。パパが……」妹の声が途切れ、弱い電波とうなる風のせいで言葉が聞き取れなくなった。

「ロニー？　聞こえないわ」エディは風を避けてかがみながら、必死に呼んだ。「もう一度言って、お願い。オーケー？」

「お父さんよ」ロニーがすすり泣いた。「お父さんが」

「お父さんがどうしたの？　怪我でもした？　また入院した？　なんなの？」

答え始めたロニーの声がさえぎられた。「エディス？　あなたなの？」割って入ったのはもっと大きくてはっきりした声だった。

エディの心は沈んだ。最悪。イヴリンおばさまだ。いつにも増して声が甲高く聞こえる。

「ええ、おばさま。どうしたの？　何があったの？」

「チャールズが……殺されたの」

エディはおばが今言ったことを取り消してくれるのを待った。考えられない、口にすることもできないその言葉を。ありえない。父は無敵のはずだ。岩のように、不変で、不滅で。

「撃たれたの」イヴリンが震える声で言った。「オフィスで狙撃されたのよ。今朝の十時半に。恐ろしいこと。本当に恐ろしい」

エディは岩に向かってかがみこんでいたが、脚の力が抜け、気づけば尻もちをついていた。ブルーノの唇が動いたものの、彼の言葉は聞こえなかった。ただ風が叫んでいる。あるいは叫んでいるのは彼女の頭のなかかもしれない。お父さん。エディは心の目で父の顔を見た。最後に見たときの、集中治療室でのあの顔。彼女はそれを何度も思い描いていた。これまでずっと、父に認められることを強く願っていた。もはや父の承認など必要ないということを自分に納得させるのに苦労してきたのだ。

しかし、もう父から称賛の言葉を受けられる見込みはなくなった。彼女の努力のすべてがいかに虚しいものだったかを突きつけられることもない。

おばの金切り声が続いている。エディの心には何も響かなかったが、彼女はその声に耳を傾けようとした。「……るの？　エディス？　答えて！　まだ電話はつながっている？」

「聞こえてるわ」エディはやっと声を出した。

「帰ってきなさい」おばの声がかすれた。「ロニーにはあなたが必要よ」

「できるだけ早く行くわ」エディは言った。「ロニーと話をさせて」

イヴリンがためらった。「それはいい考えだとは思わないわ」続けて言う。「わたしが監視できるときなら、ロニーと話してもいいけれど。もちろんドクター・カッツには連絡します。ロニーはとても繊細なの。そして、これもいい考えだとは思わないわ、あなたが――」

「うるさい！　妹と話をさせて！」

イヴリンが息をのんだ。「エディス！　そんな乱暴な！　こんなときに！」

エディはいらだちを嚙み殺した。食ってかかれば、彼らはわたしの頭がおかしくなって取り乱していると決めつけるだけだ。大事なのはロニーに近づくこと。彼女を手放さないこと。強力接着剤のように。エディは声をやわらげた。「ごめんなさい、イヴリンおばさま。とても動揺しているの。できるだけ早くそちらに行くわ。今はもう切らないと」

「エディス！　待ちなさい！　今どこに――」

エディは電話を切ってブルーノに渡し、よろけながらその場を離れた。さもないとランチを彼の膝にぶちまけていただろう。彼女はその日食べたものすべてをもどした。何も残っていないのに、吐き気は続いた。苦い鼻水が涙と混じった。

ブルーノは待っていた。エディがやっと立ちあがろうとすると、彼女の震える肩に片手を置いた。彼がティッシュを差しだす。エディは顔を拭き、ブルーノにうながされるまま、汚物から離れた。もはや氷のように冷たい風も感じなかった。何も感じなかった。

エディは気を取り直し、なんとか声を出した。「父が今朝、殺されたわ」彼女は伝えた。

まるで誰か別人がその言葉を言っているように思えた。体は感覚のない操り人形で、泣き叫ぶ風のなかで誰にも届かない戯言をしゃべっているようだった。言葉には意味も重みも何ひとつなかった。彼女はその言葉の意味を理解できなかった。

父が、もういない。彼はエディの人生において大きな存在だった。山のような、岩のような。そして精力的な人だった。父がいなくなってしまったら、戦う相手がいなくなる。自分を定義づける相手がいなくなる。エディはひとり、あてもなくさまよっている感覚に襲われた。

あんな無慈悲で冷酷な父でも、彼のいない世界は考えられない。ぐらりと傾いたエディの肘をブルーノがつかんだ。そうしないとそのまま倒れてしまいそうだった。

「もう一度、ケヴにかけてみる」ブルーノが言った。「ケヴもこのことは知っておくべきだ」彼は番号を呼びだし、待ち、頭を振った。「下へおりよう」

下りの道は静かで、忍耐の修行をしているようだった。エディの脚には感覚がなかった。

山小屋に着くと、エディはまっすぐブルーノの車に向かった。「行きましょう。わたしをポートランドへ連れていって。妹のところに行かなきゃいけないの」

ブルーノは怯えた顔をした。「おれはケヴに約束したんだ——」

「誰が誰と何を約束しようが、どうでもいい」エディは言った。「その約束は全部、わたしの父が撃たれて死ぬ前に交わしたものだわ」

「気持ちはわかるよ。でも、きみは危険にさらされてるんだ」ブルーノが抗議した。「まずケヴに連絡をさせてくれ。そして彼に判断をまかせて——」

「電話に出ないのは彼の過失よ」わたしはアンフェアなことを言っている。でも、そんなことどうでもいい。エディは片手を突きだした。「車のキーをちょうだい」

ブルーノが口を結んだ。「おれにはできないよ、エディ」

ほら、来たわ。真実の瞬間が。この瞬間のために崖をおりてきたのよ。勇気を出して。支配されるのも監視されるのも、もううんざり。そんなことは誰にも許さない。誰からも。ケヴからも。ケヴから役目を託された人からも。

エディはかがみこむと足首のホルスターからルガーを引き抜き、姿勢を正して、震える膝に力を入れた。銃をブルーノに向ける。

「車のキーをよこして。さもないと、あなたを撃つわ」彼女は言った。

ブルーノが悲しそうな顔をした。「だめだよ、エディ」

彼女は首をかしげ、銃を振った。「わたしを説き伏せようとしても無駄よ。頭がおかしくなったわけでもないし、ばかな子どもでもない。とことん真剣なんだから」

「わかってる」ブルーノの声は低くて穏やかだった。「でも、きみは人殺しじゃない」

「そうなろうと思えばなれるわ」彼女は警告した。「わたしを追いつめないで」

ブルーノが一歩近づいた。また一歩。エディは狙いをつけたが、引き金を引くことはできなかった。ブルーノが手を伸ばして彼女の両手をつかみ、森に向けて銃身を振ったときでさえ。彼の指がそっと、関節が白くなるまできつく握りしめたエディの指を緩めた。

ブルーノが安全装置をかちりと戻した。「こんなことは二度とするなよ、エディ」静かに言う。「最後までやり遂げたいと思うときまでは」

「ああ、まったく」涙がこみあげた。エディは自分がとんでもないばかに思えた。

ブルーノが両手のなかで銃をひっくり返した。「きみがどんな気持ちかはわかる」

エディは震える声で笑った。「どうわかるというの？」

「おれの母親は殺された」ブルーノが淡々と言った。「母の同棲《どうせい》相手は女嫌いの精神病質者《サイコパス》で、マフィアの殺し屋だった。そいつはおれの母を死ぬまでぶちのめした。おれはそのとき十二歳だった」

ああ、なんてこと。エディはその情報を心にとどめておかないことにした。受けとめきれない。よけいな情報が多すぎる。「お気の毒に」彼女はぎこちなく言った。

「同情してほしいわけじゃない」ブルーノが言った。「ただ、きみに知ってもらいたいんだ。おれはわかってるということを。それだけだ」

エディはぎゅっと目を閉じて、うなずいた。「ありがとう」

ブルーノはかがみこみ、彼女の泥まみれのジーンズをまくりあげると、リボルバーをホルスターに戻した。「おれはケヴにハンバーガーの肉みたいにされちまうだろうな」

「どうして？」エディは尋ねた。

ブルーノが車のキーを突きだしてじゃらじゃら振った。「きみを家に連れていくからさ」

27

ケヴは暗闇のなかで、トンネルを走っていた。つまずき、行き止まりにぶち当たり、手探りで道を探している。何かに手を伸ばそうとするが、なんなのかは思い出せない。急がなければならないが、それがなぜなのかは思い出せない。恐怖。歯ぎしりするほどのいらだち。精神が岩で押し潰され、その死角に何もかもが閉じこめられている。岩が彼を潰そうとしている。

ピシャッ。

冷たい水が顔を打った。ケヴはあえぎ、目を開けようとした。光が差しこみ、目が燃えるように痛い。また目を閉じる。

パチッ、パチッ。

誰かが顔を叩いている。彼は感覚を失っていた。感じるのは苦痛だけ。すべての筋肉が耐えられないほど張りつめたまま動かなくなっている。かろうじて呼吸はできるが、肺はきつく締めつけられていた。息をするたび、胸で重い岩を押しあげるようなものだ。まぶたもやはり、とても重い。

ケヴはそのまぶたをなんとかこじ開けて、まばたきをした。刺すような痛み。熱い。燃えるようだ。閃光とともに女の顔が視界に入りこんできた。後光が差している。

音はなかった。おれの耳はまだおとぎの国から戻ってきていない。

前にも見た女だ。アヴァ・チャン。服を着替えている。タイトなジーンズとTシャツ。おろした髪はつややかな黒だ。おれを刺したクロゴケグモ。恐怖の脳科学者。

彼女が何か話している。目が喜びに輝いている。ケヴにはその声は聞こえなかった。彼は頭を振ろうと、聴覚がオフになっていることを知らせようとしたが、できなかった。何を注入されたのか知らないが、体が麻痺していた。半随意機能がかろうじて作動しているだけだ。力が尽きれば窒息して死んでしまう。息をしようともがくのをやめれば終わりだ。

パチッ、パチッ。

彼女がまたケヴを叩いた。明らかに楽しんでいる。

「起きなさい、この怠け者」彼女が突然わめきだした。恐ろしい音量で響いたその声の波動は、頭が爆発するかと思ったほどだった。

「もうそろそろ話せるようになったはずよ」アヴァが言った。「新しいおもちゃで遊ぶ前に、ちょっとおしゃべりしたくてね。何が起こるのか、正確に知っておいてもらうほうがわたしは好きよ。内側で抵抗されると、より張り合いが出るというものだわ」

ケヴはこわばって震える唇で、慎重に言葉を発した。「だ、誰だ?」

彼女がくすくす笑った。「誰って? あなたが誰かってこと? 誰でもないわ、今はね。わたしの新しいおもちゃ。それともあなたは、わたしが誰かってききたいの?」彼女がほほえんだ。「わたしはさっき言ったとおりの人間よ。あなたに嘘をつく理由はなかったわ、ハニー。あなたには絶対にわからないでしょうけど。わたしはドクター・アヴァ・エレイン・チャン。あなた以外にはそれで通っている。でも、あなたにとって、わたしは神よ。それに慣れることね」

ケヴは目を細めて彼女を見た。「オス……ター……マン?」

アヴァの目が輝いた。「ああ、そうよ! オスターマン博士! あなたの古いお友達、そうでしょう?」彼の顔の傷痕をピタピタと叩く。「博士は自分のしるしを残していったのね。わたしにもよ。彼はわたしの先生、わたしの導師だった。今持っている知識はすべて彼から学んだ。彼がいなくてさびしいわ。あなたの兄弟が彼を殺したのよ」

兄弟? ケヴの頭はそのことでいっぱいになった。最初に浮かんだのはブルーノだったが、それはどうも違う。正解とは思えない。

そのとき、電気ショックのような光がケヴを襲い、彼は目がくらんだ。あまりにスリリングで恐れる暇もなく、あまりに痛くて喜ぶこともできない。「き、きょ、兄弟?」

さも驚いたようにアヴァが目を丸くしてみせた。「あら、まあ。忘れかけていたわ。あなたは知らないのよね？　記憶喪失だったんだもの！　いやだ、それってすごく笑える」彼女は前かがみになってケヴに近づいた。「以前のあなたがどういう人間か、わたしは全部知っているわ」歌うように彼の耳にささやく。「あなたの家族も、あなたの歴史も。でもあなたは何も知らない。まあ、恐ろしいことね。他人にその情報を握られているなんて。そして、ただの意地悪で何も教えてもらえないなんて」アヴァがくすくす笑い、彼の唇を指でつついた。

ケヴは息を吸いこみ、慎重に言葉を吐きだした。「名前？」

アヴァが指を小刻みに振った。「おやおや！　サーカスの熊がご褒美をもらえるのは、演技をちゃんとやり遂げたときだけよ」彼女はかがみこむとケヴにキスをした。感覚を失ったケヴの口の奥深くまで舌を突っこむ。

彼女はケヴがなんとか取り入れているわずかな空気を遮断しようとしていた。興奮にあえぎながらアヴァがようやく顔を離すと、ケヴは必死で空気を吸いこみ、口のなかに充分な唾液が残っていれば、馴染みがなくほろ苦い彼女の味を吐きだしてやったのにと思った。さっきより楽に言葉が出るようになっていた。筋肉運動の制御ができるようになったようだ。

「今度それをやってみろ、おまえの唇を嚙みちぎって床に吐き捨ててやる」

アヴァが怒りに目を細め、片手をあげる。バシッ。ケヴの目の奥で火花が散った。「言葉を間違えているわ。代償を払ってもらうわよ」

「そんなことには慣れっこだ」ケヴは言った。

アヴァが胸の下で腕を組み、バストをより高く突きだした。「あなたの大切なエディも代償を払うことになるわ」その声は歌うようだった。

エディ？　恐怖ではらわたがよじれた。ケヴはこぶしを握りしめた。今やそれができるようになっていた。いったい、おれはどこにいるんだ？

頭はわずかにまわせる程度だった。周囲を見渡す。部屋は明るく、白かった。病院の検室のようだ。電子機材、ボトル、ガラス瓶が雑然と置かれている。そばにテーブルがひとつ。その上には数本の注射器とプラスチックの手錠がいくつか、そして鋏《はさみ》がひとつ置かれている。

ケヴは何かで天井から吊るされていたが、それがなんなのか見あげられるほどには首が動かなかった。プラスチックの手錠でつながれている。両手は冷えきって感覚がないとはいえ、動かないわけでもなさそうだった。樹脂発泡シートで覆われた短いベンチに腰かける格好になっていて、手首にかかる負担がいくらか取り除かれていた。喉にはプラスチックのバンドが巻かれていて、息を吸うたびに声帯に食いこむ。脚は動かせなかった。あるいは感覚を失っていた。だが、睾丸はうずいていた。激しく。吐き気がするほどの痛みだ。

その痛みにケヴが表情をゆがめたとたんにアヴァが気づき、手をおろして彼の股間をつかんだ。完璧なほほえみを浮かべたアヴァの顔は、ケヴにはその皮膚の下の頭蓋骨がにやついているようにしか見えなかった。死人の顔だ。

「陰嚢《いんのう》のなかで睾丸がピンク色のスープになっていないことを感謝してくれなくちゃ」アヴァが言った。「ケンは潰そうとしていたのよ。わたしが止めたの。危機一髪だったわ」感謝の言葉を期待しているかのように間を置く。ケヴは何も言わなかった。アヴァは彼があえぐまで睾丸を絞りあげた。「あなたを何も損なわれていない状態にしておきたいの。わたしたちのゲームのために。エディを迎えるときのためにね」

ケヴはその光景を頭から振り払った。「おまえなんかにエディは捕まらない」

「きっと捕まえるわ」アヴァが言った。「こうしてわたしたちが話しているあいだも、彼女は自宅に向かっているところよ。家族のもとにね。デズが教えてくれたわ。エディが電話をかけてきたとき、デズはそこにいたの。エディの妹は彼の肩ですすり泣いていた」

ケヴの体から力が抜けた。勝ち誇ったアヴァの笑顔を見ていると、空気が肺のなかで凍りついた。「これのどこにマールが関係しているんだ？」

「すべてによ」アヴァが言った。「彼はわたしのパートナー。わたしの恋人。デズはたった今、チャールズの遺族に感情面でのサポートを申しでているわ。ショックと悲しみに打ちひしがれている彼らにね。あら、待って！　あなたは知らないわよね？　わたしったら、ばかね！　そのとき、あなたは眠っていたんだもの！　チャールズ・パリッシュは死んだのよ。ひどい殺され方をして。気の毒なエディは今や孤児ってわけ」彼女は舌を鳴らした。「かわいそうにねえ」

ケヴは胸の悪くなるような恐怖の波と闘おうと必死だった。「死んだ？　どうして？　誰が……誰が――」

「誰が彼を殺したか？　それが、信じられない話なのよ。十八年前から始まっているの。犯人は、ここにいる記憶喪失の謎の男。オスターマンの犠牲者のひとり。彼は、自分を不幸に陥れたのはヘリックス社のCEOだと逆恨みして、それでズドンよ」彼女はライフルを撃つ真似をして、悲しげに頭を振った。「悲劇だわ」物思いに沈んでみせる。「ねえ、本当に責められるべきは誰かしら？　この気の毒な男はなんの助けも得られなかった。組織には見捨てられ、ほかのみんなは悲劇の連鎖に巻きこまれた。現代のハムレットのようなものね。全員が死ぬの」彼女がくすくす笑った。「あるいは、いずれ死ぬことになる。わたしたちの用がすんだらね」

ケヴは頭を振った。「それをおれのせいにするなんてことはできないぞ」

「この男はエディ・パリッシュを誘拐してレイプまでしたのよ」アヴァが話を続けた。「彼はエディを洗脳して隔離し、それから建設現場に潜んで、狙撃用のライフルでチャールズを仕留めるチャンスを待った。そして今日、彼は成功した。ありがたいことに、かわいそうなエディは助かった。この気の毒な男の頭のなかでどんな病的でゆがんだ思考が繰り広げられているのか、誰も知るよしもない。考えるだけでも震えてしまう。そうでしょう？」

「エディはおまえなんかに捕まらない」ケヴは必死に繰り返した。「彼女は誰も知らないところへ行った」

「わたしたちは、すでに彼女を見つけたわ」アヴァがあざけった。「自宅に向かっているの。妹を慰めるためにね。帰ってきたら、デズが彼女を出迎える」

「嘘だ」否定したからといって真実でなくなるということはないが、ケヴはその言葉を吐かずにはいられなかった。そんな真実は遠ざけておきたかった。

「心配しないで」アヴァが言った。「デズはきっと優しくするわ。エディが泣いているあいだは抱きしめていてあげるし、慰めを必要としているならファックしてあげてもいいのよ。幸運なエディ」

その言葉に筋肉がぴくっと動き、ケヴは自分の自制心のなさを悔やんだ。その反応を見て、アヴァが喜びに目を輝かせた。

「おまえは気にならないのか？」ケヴはしわがれた声で尋ねた。

「あら、全然」アヴァがまた彼の股間を撫でた。「デズには好きにさせているの。わたしたちの関係には充分な自由があるのよ。最終的にエディをわたしのもとに連れてきてくれさえすれば、それでいいわ。犬が死んだうさぎをご主人さまの前に持ってくるように」

「エディに触れるな」ケヴは言った。「彼女のことは忘れろ。おまえがほしいのはおれなんだろう？　おれが消えたって誰も気にしない。エディはパリッシュ家の人間だ。世界が彼女を見ている。彼女が消えたら、おまえたちは大変なトラブルを抱えこむことになる」

「あら、それは違うわ。あなたは間違ってる。そうね、どこから始めようかしら」アヴァが両腕をひらひらと振った。「エディは特別なの。あなたや、わたしと同じ。彼女はわたしの失った部分を補ってくれるミッシング・リンクになるわ。わたしたちには共通点があるのよ。わたしはX-Cogの奴隷用ヘルメットを一度ならず装着しても、脳出血で死ぬことはない。エディにもそれができるはずだというのがわたしの仮説よ。〈安息の地《ヘヴン》〉でのテスト結果とMRIを鑑みれば、エディもその素質を持っている。わたしはそこに賭けてX-Cogの独占契約を結んだ」

ケヴは心の底からすくみあがった。「もし……おまえが間違っていたら？」

アヴァが肩をすくめた。「間違っていたら、間違っていたということよ。彼女は二十分で死ぬわ。体の穴という穴から血を流して。その幻想はそこでおしまい」

「おまえは地の果てまで追われることになる」

「そうなったらそうなったで考えるわ。うまくいけば、わたしたちはエディを完璧にコントロールできる。わたしたちの望みどおりになんでもやってもらう。そして、わたしたちがもう遊びたくなくなったら、彼女には都合よく崖から車で落ちてもらうか、漂白剤をひと瓶飲むかしてもらいましょう。おもしろがらせてくれれば、どんな方法でもいいわ」

ケヴはその恐怖を心のなかの小さな部屋にしまいこんで、アヴァの言ったことすべてを記憶から追いだそうとした。「ミッシング・リンクか。おまえがオスターマンにとってそうだったように」彼はゆっくりと言った。「さっき言ったな。彼はおまえにも自分のしるしを残したと。おまえはオスターマンの実験台になった子どもたちのひとりなのか？」

「たったひとりの生き残りよ」アヴァ・チャンの顔が凍りついて能面のようになった。「わたしは名の知られた、数々の賞を受賞してきた脳科学者。専門誌に論文が載ったし、何百万ドルもの特許をいくつも取っている。わたしがいるからヘリックス社の株価は天井知らずなのよ。同じ分野にいてわたしのことを知らない人間はいない」

そして、おまえは楽しみのために人々の精神を犯して殺すってわけか。

「オスターマンはおまえに何をした？」ケヴは尋ねた。

アヴァ・チャンが眉をつりあげた。「知りたい？　わたしがエディにすることを見ているといいわ。彼女はわたしの従順な売春婦になるの。そしてあなたもね」

ケヴは全身でアヴァの声に耳を傾けようとした。恐怖と嫌悪感を超えたところで彼女を見ようとした。壊されて人間とは呼べないようなものにゆがめられてしまう前の、少女だった頃のアヴァの面影を捕まえたい。

その少女はアヴァからすっかり切り離されていた。少年のケヴが彼の手を離れたのと同じだ。いや、それ以上かもしれない。なぜならケヴは自分で自分を保護していたからだ。彼はその部分をブロックし、守っておくことができた。皮肉なことに、自分自身からも守ったのだ。

だが、この女は大きく切り裂かれた。残らず破壊された。内側から死んでいた。

ケヴはひるむことなくアヴァの目の奥をのぞきこんだ。「あいつはおまえを傷つけた。おまえを利用した。それは間違いだったんだ」

「わたしを哀れまないで。さもないと、あんたの目の前にあんたのはらわたを引きずりだしてやるわよ」

「わかった」ケヴはおとなしく言った。「同情はいっさいしない」

「わたしは、そんなばかげたものからかけ離れたところにいるわ」彼女が言った。「わたしは別のレベルの人類なの。鍛えられて生まれ変わったのよ」

ケヴは何も言わなかった。睾丸をねじりあげられたり、歯ががたがた言うような平手打ちを食らったりしないという保証つきの返答は思い浮かばなかった。

アヴァの目から獰猛《どうもう》な輝きが消えた。代わって現れたのは、追いつめられ、混乱している必死な表情だった。「あんたはどうやったの?」彼女が出し抜けに言った。とてつもないプレッシャーのもとでやっと押しだされたように聞こえた。

ケヴは彼女の目を見つめ、答えがそこにあるのを感じた。「何を?」

「オスターマン博士から、それにゴードンからも逃げた。誰も彼らからは逃げられなかったのに。あんたとあんたのいまいましい兄さん以外は」

ゴードン。その名前に呼び覚まされた悪夢がちらちらと点滅した。せわしなくてつかみどころのない、けれども恐ろしい夢。愚鈍な赤ら顔がほくそえんでいる。薄いブルーの目がケヴの顔のすぐそばまで迫る。無力感、恥辱、恐怖。苦痛。赤く焼けた鉄が近づいてきて、そして——。

だめだ、やめろ。記憶を飛び越えて響いた心の叫びに、ケヴは身をすくませて逃げだした。そして別の考えにしがみついた。彼が沈みこむのを防いでくれる唯一の考えに。「おれの兄貴のことを教えてくれ」

「お黙り！　あんたが彼に会うことはないわ！　誰にも会わせない！　わたしの質問に答えなさい！　いったいどうやったの？　どうやって脱走したの？」

ケヴはほんのわずかな時間で非常に限られた選択肢を考え、真実を言って自分が傷つくことはないと結論を出した。その判断は間違いかもしれないが。「わからないんだ」

アヴァが彼を平手打ちした。汗が額に噴きだし、大きく見開いた目でケヴを見つめている。

「この嘘つき！　最低！　教えなさいよ！」

「本当なんだ。その記憶はブロックされている」ケヴは告白した。「自分でブロックしたんだが、方法は自分でもわからない。その過程でおれは自分自身もそこから締めだしてしまった。そこに戻ることは一度もできずにいる」

「あの支配を破ったの？」アヴァが金切り声をあげた。

「わからない」ケヴは静かに繰り返した。「神に誓って本当だ」

彼女があえいだ。「やめて。わたしがあんたの神よ。嫉妬深い、執念深い神。あんたを這いつくばらせて、わたしの足の裏をなめさせてやるわ」アヴァがケヴを殴った。唇が裂ける。ケヴがなめると、血の味がした。

「わからないんだ」ほかに言うべきこともなく、彼は繰り返した。

「そう。ならいいわ」アヴァが白目をむいた。「わたしの予定表の次の項目に移りましょう。もしかしたらこれがあんたの記憶を呼び起こすかもしれないわね」そう言って注射器を掲げた。「新しい、改善されたX-Cogよ。あんたにはすでにいくらか試しているわ、パリッシュ財団のビルで。適応力を見たかったの。満足のいく結果だった。あれは追加で打つ量で、わたしが今日チャールズに打ったのとは全然違うわよ。彼の場合は暴れている象も倒すほどの量。そこらじゅうの血管が壊れていたんじゃないかしら。脳味噌が吹き飛んでしまったのはよかったわ。でないと検死官は大いに困惑したでしょうから」

ケヴはまるで有毒な昆虫であるかのように注射器を見つめた。

「びっくりするわよ、この薬にどれほどの効果があるかを知ったら」アヴァが言った。「オスターマン博士が何年も取り組んでいたのはX-Cog2。それともあんたの頃にはせいぜいX-Cog3になっていたかしら。これはX-Cog19。まるで別世界よ。あんたに今日何をやってもらうか、見せてあげるわ。ここで待っていなさい」

まるでおれがふらふら歩きまわることができるみたいな言い方だ。ケヴはできる限りアヴァを目で追いかけたが、喉に食いこむ硬いプラスチックのバンドのせいで、頭はそれほどまわらなかった。数分後、アヴァがふたたび現れた。車椅子を押している。

車椅子には少女が座っていた。手をアームレストに、足首をフットレストに手錠で縛りつけられ、猿ぐつわをされている。若い。せいぜい十八歳といったところか。ほっそりしてしなやかな曲線を描く体にグレーのスポーツブラとショーツをつけていた。顔は、恐怖にゆがんでさえいなければさぞ美しかっただろう。

背筋を這いのぼるいやな感じが強まった。アヴァがケヴとその少女のために何を考えているにせよ、それは間違いなく悪いことだ。どこまで悪くなるのか。出口がない。ケヴは底なし沼を知っていた。ずっとそこで生きていたのだ。

「ケヴ、こちらはユリヤよ。ラトヴィアから出てきたばかり。音楽家なの。オーボエを吹くのよ。彼女のオーディション用CDがわたしの車のなかにあって、毎日聴いているの。モーツァルトのコンチェルト。すばらしいわ。彼女が新しいお友達よ」

ケヴは少女を見つめた。大きく見開いた目で少女が見つめ返す。

意識的に頭のなかの秘密の穴を開くことはできるだろうか。これまでそんなことをやったことは一度もないが、なんとか道を見つけなければならない。もしもアヴァが、おれにその少女を傷つけさせようとしているのなら。「彼女をどうするつもりだ？」

「あら、ひどいことはしないわ」アヴァがなだめるように言った。「ユリヤのためには大きなプランがあるの。彼女は次のX‐Cog奴隷インターフェースに予定されているのよ。クライアントが次に大きな仕事をやってくれと言ってきた場合にね。わたしたちはついに被験者の安定した供給ラインを手に入れたの。でも、今いる女の子たちは全員が予約済み。絶対にあんたにユリヤを傷つけさせたりしないわ。かすり傷ひとつ残すのも許さない。ただ、あんたに、その……」彼女はウインクした。「わかるでしょう」

ケヴのみぞおちが恐怖にねじれた。「おれにそんなことはさせられないぞ！」

「あら、そう？」アヴァのほほえみが冷たくなった。「わたしはあんたに、なんだってさせることができるのよ。男を操ってセックスさせた経験はそんなに多くないけれど、楽しそうだわ。それにわたしはチャレンジするのが大好きなの。心配しないで。恥ずかしがることはないのよ。誰もわたしたちの邪魔をしないようにしておいたから」

「そんなこと、うまくいくわけがない」ケヴは言った。「おれの血流やホルモンを制御するなんて、おまえには無理だ。おれの分泌腺をそんなものでコントロールさせるもんか。それに、おれは暴力とレイプで興奮などしない。しぼんじまうだけだ。時間を無駄にするな」

「つまり、あんたは男だからセックスを強制させられないと思ってるのね？　典型的な男の傲慢さだわ。X‐Cogの主人と奴隷の関係は、あんたの時代よりはるかに複雑になっているのよ。ギブ・アンド・テイクというより、交換の関係。それに、あんたは暴力で興奮しないかもしれないけど、わたしは興奮するの」アヴァがくすくす笑った。「心臓どきどきよ。

息が切れて、体が熱いわ。それに、わたしがあんたにヘルメットをつけたら……あんたもそうなる」

ユリヤが手錠を外そうと身をよじった。ケヴは目を閉じた。アヴァを締めださなければ。オスターマンのときに自分がどうやったのか、彼はさっぱりわからなかった。わかるのは、そのために払った代償だけだ。十八年もの時間。

「ねえ、わたしは厩《うまや》からわざわざユリヤを選んできたのよ。あんたのためだけに。彼女はどこかエディに似ているわ。そう思わない？　それが役に立つかもしれないと思ったの。あんたがもっと興奮するかと思って」

はらわたがよじれるようだ。どうにかしてアヴァを締めださないと。彼女をしゃべらせておけ。得意がらせて、悦に入らせるんだ。「厩だと？　何人いるんだ？」

「昨夜届いたばかりよ。すごく興奮したわ。ユリヤを入れて六人いる。才能があってきれいな子ばかり。でも、もうみんな予約が入っているの。やることはたくさんあるわ。注文はあと十件は来ているし」

今で六人、さらに十人。神さまも泣くぜ。「おまえは犯罪心理学第一章の物証その一って感じだな」ケヴは言った。「オスターマンによっぽどずたずたにされたらしい」

アヴァがくすくす笑った。「オスターマン博士が研究倫理についてよく言ってたわ。オムレツを作りたいなら、卵をいくつか割らなければならない。最悪なのは、自分がたまたまその卵だった場合だって。そういうことよね？」くすくす笑いが甲高くなり、声が震えた。もう自分で自分を止めることができないようだった。

アヴァがまたケヴを平手打ちした。バシッという鋭い音が彼女のヒステリーに歯止めをかけた。彼女は口をだらりと開けてあえいだ。「誰だって這いつくばる番が来るわ」かすれた声で言う。「あんたの番はもうすぐよ」ケヴに近づいて耳元にささやく。「そして、あんたがインターフェースを上手にやってのけたら……ユリヤをうまくファックしたら……わたしをショーツをはいたままイかせることができたら……あんたの本名を教えてあげてもいい。よく考えるのね」

アヴァがケヴの腕に針を突き刺した。彼は息をのみ、体をのけぞらせた。

効果はすぐに現れた。蜂のひと刺しのように。手足が引きつり、苦痛に思わず口が開いた。ケヴの顔はアヴァを見つめたしかめっ面のまま固まっていた。こめかみで血液がどくどくと脈動し、眼圧が高まる。まるで彼が内側で叫んでいるかのように。けれども外にはなんの音も出てこない。

アヴァ・チャンが銀色のメッシュのヘルメットを持ちあげると、それをケヴの頭にかぶせ、近くに寄って頭皮の上のさまざまな接触ポイントに小さなセンサーをぶらさげた。それからゴーグルをかけさせ、似たような装置を自分の頭にもつけると、彼から目を離さずに自分のセンサーをセットした。ゴーグルを装着し、にやりと笑う。「さあ、誰が犠牲者かこれでわかるわ、ケヴ。制御しているのは誰なのか、よくごらん」アヴァが大きく深呼吸した。唇を引き結び、目を閉じる。ケヴはミイラ化した死体を思い出した。

アヴァがケヴのなかにぶつかってきた。まるでトラックにはねられたみたいだ。

彼女が自分を動かそうとしているのを感じ、ケヴは本能的に戦った。だが、すぐに悟った。アヴァにはできない。あの連結部は切り離されている。動くというおれの意志はどこか別のところに行ってしまっている。彼女には手の届かないところに。もちろん、おれの手も届かない。

脳のまわりをアヴァがジグザグに進んでいるのを感じた。痛い。けれども彼女はおれの手綱を取ることはできない。あのブロックがまだ機能しているのだ。よし。

十八年前に緊急措置として敢行した再配線は今でも有効だった。偉大なる誰かさんに感謝と称賛を。アヴァはおれをばらばらに切り刻むことはできても、おれにあの少女をレイプさせることはできない。アヴァからの圧力が高まった。しかしケヴの脳の保護された部分は、クルミのように硬くて彼女には割ることができない。

一歩あとずさったアヴァは怒りのあまり目が飛びだしていた。「こんちくしょう」唾を吐き、テーブルからまた別の注射器を取ると、ケヴの目の前に掲げ、しずくが針の先端にしみだすのを見せつけた。「強いのね、ぼうや。あんたにはもっと助けが必要なようだわ。量を倍にしたらどうなるか、見てみようか」ブスリ。

またあの蜂のひと刺し。信じられない。まだ悪くなる余地があったとは。ケヴは吊るされたまま、じっと耐えた。そして奇妙なほど穏やかに、その認識を受けとめた。このくそったれな薬はおれを殺すだろう。圧力がさらに高まれば、おれはパチンと弾ける。

唯一のチャンスは秘密の穴だ。しかし、そこに入りこむのはいつも自らの意志とは関係なかった。実際、自分から入ろうとしたことは一度もない。

今こそ道を見つけだすときだ。

もちろん、穴に入れば二度と出てこられないかもしれない。闇のなかに囚われて、衰弱していくのを待つしかないかもしれない。恐ろしいほど正気のまま、死を待つ。それはとても長く、ゆっくりと忍び寄る死だろう。

まともな選択肢はひとつもない。それならそれでしかたない。

あの穴にどうやって入ったかはわからないが、どうやって出たかはわかっている。おれの小さな天使。もしかしたら彼女は、なかに入るのも導いてくれるかもしれない。狂牛のように周囲で暴れるアヴァをよそに、心を落ち着けて集中するのは至難の業だった。ケヴはエディのイメージを呼び起こした。彼女の輝く目。意識をその輝きで満たす。すると嵐は遠くへ追いやられた。今や空っぽになった部屋で、アヴァは好きに暴れるがいい。ケヴはそこを出て、漂っていった。

エディが彼の前に姿を現した。暗い岩のトンネルのなかに立っている。彼がよく知っているトンネルだ。エディが手招きした。真珠のように輝いている。

ケヴは彼女を追って暗闇のなかへ飛びこみ、彼女の輝きに導かれるがままに迷宮を進んでいった。アヴァが遠くで暴れている。彼はもはやアヴァのことなど気にしていなかった。ただ恋人を追った。なんの疑問も持たず、彼女を信じた。

エディが彼女の内なる光でトンネルを照らす。彼女はおれの太陽だ。闇のなかをどこまでどう進んできたのか、ケヴにはわからなかった。遠くまで来たのは確かだった。

そしてそこに、ドアがあった。中世の城から持ってきたような、巨大で重々しい鉄の扉。人の頭ほどもある大きな四角いボルトでとめられている。守りは強固だ。忍び返しがあり、槍《やり》と甲冑《かっちゅう》までついている。

エディの白いほっそりした手のなかに鍵が現れた。それは彼女の姿が放つやわらかい光を受けて鈍く輝いている。彼女がそれを錠に差しこみ、まわした。

ドアが内側に開いた。エディが一歩さがり、彼に入るよう合図した。なかはひたすら闇だ。彼女の目はとても悲しげだった。

ケヴは悲嘆に暮れた。ひとりで入っていくのが怖かった。彼はエディに、自分のあとから一緒に来てくれるのかどうか目で尋ねた。彼女は首を振った。いいえ。

試練の道を行け。ケヴは決意を固め、彼女の脇を通り過ぎて戸口を越え、闇のなかへ入っていった。ドアがきいっと音をたてて閉まり始めた。まもなくズンとうつろな音が響けば、自分は暗闇に閉じこめられてしまう。

ケヴは振り返った。だが、そうすべきでないのは自分でもわかっていた。後ろを見れば、心がくじけ、つらくなるだけだ。そして見てしまった今、彼は恐怖に立ちすくんだ。

巨大なクロゴケグモが、トンネルのなかにいるエディの後ろに立っていた。黒々と輝く腹部がエディの光を反射でゆがめている。クモの巣が岩のトンネルをふさいだ。

後戻りする道は断たれた。エディのもとへ向かう出口はない。

エディの目がケヴの目と合った。暗い色の液体が彼女の目から滴った。中世の聖母像のように、目から血を流している。X-Cogヘルメットのせいだ。彼女は知っている。この罠から逃れることはできないと。彼女は消える運命にある。

エディの目が別れを告げた。ドアが音をたてて閉まった。ズン。暗闇。

その音とともに、ケヴのなかで恐怖が爆発した。どうして彼女をここに引きこんだんだ？どうして彼女をもっとちゃんと守らなかった？　胸のなかで恐怖と否定と激怒が渦巻く。

ケヴはショックを受けていた。この試練の道は間違っている。これまで選んできたなかでも最低最悪だ。エディが危険な目に遭っているというのに、おれはここに引きこもって、隠れ家で震えているねずみのように縮こまっていていいのか？　いくじなしめ。

これでは死ぬよりも悪いじゃないか。おれは自分のことしか考えていない。エディに頼って、まるで地獄の川の渡し守のように暗闇を彼女が導いてくれることをあてにして、彼女を利用した。おれが彼女を守るべきなのに。

あの怪物はエディを生きたまま食らうだろう。ここにいてはいけない。脳の毛細血管の最後の一本まで破壊されてしまったとしても、おれはここから出なければならない。今すぐに。

ケヴのなかで責任感がわきあがった。彼はそれをかき集め、持てる力のすべてを投入した。これまで心からは締めだしていたが、体や胸の内のどこかには残っていた、すべての名もなき恐怖。すべての切望と孤独。狂おしいほどのいらだち。口も利けずに混乱していたあの歳月。わきあがる怒り。

エネルギーが高まった。火山のガス圧のように、今にも山を空中に吹き飛ばしそうなエネルギーが高まって、ふくれあがって――。

ドカン！　その爆発の力でケヴは吹き飛ばされた。

目を開いたとき、喉を締めつけるプラスチックのバンドで窒息しそうになっていた。彼は溺れていた。鼻から喉へと流れ落ちているのが血であることに気づくにはしばらくかかった。アヴァが床に倒れている。やはり鼻血を出していた。彼女が上半身を起こして座りこみ、自分の頭に触れた。呆然としている。

何かが違う。夜と昼ぐらいに違う。ケヴはまだ拘束されていた。締めつける痛みに襲われていた。しかし精神は、風船のように軽かった。のしかかっていた大きな岩が取り除かれたようだった。

死角が……消えた。消えている。ああ、やったぞ。

感覚を失っているあのスペースにイメージが流れこんでいく。ケヴはオスターマンを見た。ケヴにヘルメットをつけているオスターマン。何かを言わせようとしている。だがX－Cogの強制力は、情報を引きだす目的においては役に立たない。それでオスターマンは彼をゴードンに与えたのだ。おもちゃとして。

ゴードン。ああ、くそっ。ケヴはゴードンの拷問を思い出した。そして思い出さなければよかったと思った。焼く、切りつける、ほくそえむ。ゆらゆらと、少しずつ、記憶が塊となって戻ってくる。叫ばずにはいられない、血まみれで、永遠に終わらない悪夢のかけらたち。

あの最後の日、ゴードンはケヴが立ち向かってくるとは予想もしていなかった。彼がもう疲れきっていると思っていたのだ。彼はケヴに言った。今日でおまえもおしまいだと。目をくり抜き、耳を切り取り、舌を、手を、足を、睾丸を、ペニスを切り取ってやる。リヴがどこにいるのか言わなければ、おまえはおしまいだぞ。

リヴ。リヴ？　それは……。ケヴはもがき、探しまわった。リヴ……エンディコット。

ああ、そう。リヴ。そうだ。彼は心の目で彼女を見た。図書館の外にいる。リヴのグレーの瞳は恐怖をたたえていた。ケヴは彼女に、このノートをショーンに渡して街を出ろと言ったのを思い出した。さもないとやつらが――。

ショーン？　いったい誰なんだ……ショーン？

兄弟だ。双子の兄。

イメージがどっと弾けた。カラフルでさまざまな感情に満ちたイメージ。ショーン。デイビー。コナー。親父。家。山。ミッドナイト・プロジェクト。ケヴの人生。ケヴという人間。涙が流れて血に混じった。ひとつの記憶が百の記憶を呼び覚まし、ケヴを襲った。記憶、感情の雪崩。彼が抱えていた形のない切望が、何年も無視しようとしてきた思いが、ついに名前を持った。兄弟。家族。

ケヴはあの日、オスターマンの隠れ家で、力を振り絞ったのだ。たまたま当たったパンチでゴードンがのびてくれたので、そのあいだに車の点火装置をショートさせてエンジンをかけることができた。ケヴはフラクソン社まで車を走らせていた。ミッドナイト・プロジェクトをやめさせるために。だが、警告を与える相手にフラクソン社の代表チャールズ・パリッシュを選んだのが間違いだった。警察に行くべきだったのだ。よりによってパリッシュとは。

ケヴはまともにものを考えることができなかった。

ケヴは取り押さえられた。そしてゴードンが来て、彼を回収した。

オスターマンは激怒していた。罰としてケヴに自分で自分の手足を切断させようとした。

ケヴは必死で、自分の脳に対して何かをやった。自分で自分をブロックして、穴に隠れた。

思い出せたのはそれだけだったが、そこから先の物語は簡単に再建できた。オスターマンは応答しない肉の塊に飽きたのだ。そしてゴードンにケヴを始末させることにした。それから、トニーがケヴを見つけた。そういうことだ。

アヴァがまた彼をひっぱたいていた。しばらくずっとそうしていたが、ケヴは記憶に圧倒されていて気づかなかった。彼女の体がぐらりと傾き、鼻から血が流れた。「……をわたしにしたの？　こんちくしょう！　あんたはわたしを傷つけた！」

バシッ！

ケヴはひるみ、目をしばたたいた。感情が、記憶が渦を巻く海に放りこまれて、すべてを消化しきれなかった。人生の半分がいきなり戻ってきても、脳と心はその重みに耐えられなかった。

「もう二度とあんなことはしないで！」アヴァがケヴに指を突きつけて振った。できるものなら、ケヴは声をあげて笑っていただろう。まるでこのクレイジーな結末をおれが自分で選んだみたいな言いぐさだ。おれはバッファローの群れに追い立てられているんだぞ。すべてが崖から落ちていく。おれの人生の物語が。

アヴァがふたたび彼の脳に突進してきた。ああ、くそっ……。

今回はまったく違っていた。今のケヴは丸裸だった。保護メカニズムをすっかり吹き飛ばしてしまったのだ。そしてアヴァは彼を手中におさめた。彼女の爪がケヴの神経に、意志に、深々と食いこむ。彼女はケヴを動かした。束縛されている体がびくっと動いた。ケヴがあらがえばあらがうほど、彼女の支配は強まった。アヴァがにやりと笑う。血が歯を伝っていった。

「それでいいのよ」彼女があえいだ。「これでやっと話ができるわ」

ケヴはもう戦えなかった。血まみれの肉の塊だ。そしてアヴァはそれを大いに気に入った。内側から彼に触れ、彼を動かし、意思に反して下腹部を硬くさせた。まるで彼が勃起したみたいに。

そして彼は勃起していた。それは真実だった。アヴァは本当に彼を硬くさせることができたのだ。ケヴはそれを許した自分を憎んだ。鼓動が速まり、ペニスがうずいた。

アヴァが手を伸ばし、彼の股間を愛撫して大喜びした。「もう準備万端ね、ケヴ?」彼女はあざけった。「ユリヤがお待ちかねよ」ペニスを撫でる彼女の手が彼を絞りあげる。「すてき。エディがなぜあなたに夢中なのかわかるわ」

エディの名を出されたことで、痛みが激しくなった。怒りの刃が奥深くまで突き刺さり、焦点が合って意識がはっきりしてきた。防御はもはや機能しない。アヴァは彼を隅に追いつめている。残されているのは攻撃しかなかった。

あのおぞましいくそ女を倒してやる。

ケヴはエディのイメージを思い描いた。まともにものを考えられるのはこれが最後かもしれない。彼女の輝く姿はキャンドルの炎のようだった。

そして、彼はすべての抵抗をやめた。

突然、アヴァは相手を失ってよろめいた。彼女の精神にだらりと寄りかかってきたケヴの、死人同然の重みを受けとめることになったのだ。そして、わけがわからなくなったその瞬間に、ケヴは彼女に飛びかかった。

アヴァがたじろいだ。奴隷となった被験者に挑みかかられたことなど一度もなかったのだろう。ケヴはさらに追撃し、アヴァを彼女自身の奥へと追いこんだ。自分が何をやっているのか、どうやっているのか、彼はさっぱりわかっていなかった。ただひたすら上に向かってもがいた。

アヴァの目が飛びだした。ケヴが内側にいて、彼女をコントロールしていた。その接触は醜く、汚らしくて、恐ろしく簡単でもあった。彼女はオスターマンに何年も飼い慣らされ、精神の支配に服従することに慣れていた。

ケヴはアヴァが感じていることをともに感じていた。自己嫌悪。それはあまりに日常的なことで、もはや彼女はそれを認識してもいなかった。アヴァの精神を通して見る世界はゆがんでいた。悪意と危険に満ちた世界。腐敗が悪臭を放つ。すべてが醜く、憎まれ、蔑まれ、疑われている。

頭を万力で挟まれているようだった。ケヴはアヴァに腕と脚を動かすよう指示した。彼女がよろめく。彼は倒れないようにアヴァを動かした。テーブルの上の注射器の横に鋏があった。彼はアヴァをよろよろとテーブルのところまで行かせ、鋏を持ちあげさせた。

アヴァがそれを落とした。ケヴは彼女に拾わせた。

それを八回繰り返して、ようやくアヴァはグリップを握り、よろめきながらケヴのほうへと戻ってきた。彼女の目は激しく動き、口はだらりと開いている。緩んだ唇から血の混じったよだれが垂れた。

まずは喉のバンドだ。このままだと首が絞まって死んでしまう。彼は喉を絞めつけているプラスチックに鋏を入れるよう、アヴァを動かした。失敗。また試してみる。また失敗。行きすぎた。今度は危うく喉を突かれるところだった。危なかった。これで彼女に刺されて終わったら、なんと皮肉なことか。

やったぞ。ケヴはアヴァの手の筋肉を操って収縮させた。

パチン。

頭がだらりと前に垂れた。力は入らないが、ごくりと唾をのむことはできるようになった。それからあえいで、空気を胸いっぱいに吸いこんだ。

今度は手錠だ。頭が胸の上に垂れたまま動かないので、何も見えない状況でやらなければならない。しかしとうとう、彼は手錠に鋏の刃を入れさせることに成功した。グリップをひねる。

パチン。

片手が死体のようにだらりと落ちて、ぶらぶらと揺れた。その手でアヴァから鋏を奪い取って最後の手錠を自分で切りたいところだが、今ここで動くものといえばアヴァの腕しかない。

またしても長い戦いの末、パチン。もう一方の手も自由になった。

彼はどさっと倒れこみ、モミの木のように伸びた。床に当たり、弾み、歯がガタガタ言って、力なく固まる。筋肉がこわばっていた。目の端にアヴァが見えた。テーブルと注射器も。ケヴは最後に残された力をかき集め、アヴァに注射器を持たせた。彼女の手もぎこちなく、感覚がない。注射器を取り落としそうになり、もがき、なんとか準備を終えた。

ケヴとアヴァはそれを腿に突き立てた。親指でプランジャーを押しこむ。アヴァの体を駆けめぐる氷のように冷たい炎を、ケヴは感じることができた。絶望の叫びが彼女の精神を引き裂いた。

ケヴが意識を保っていられたのは、アヴァが彼の真上に倒れこむまでだった。

闇が迫ってきた。光の輪が縮まっていく。それが針の穴ほどの輝きになり——そして、プチッと消えた。

28

「本当にこれでいいのかい？」ブルーノはビーヴァートンのパリッシュ邸の門の外で車を止めた。彼は落ち着かない様子だった。「おれにはそうは思えないけどな。まずいと思う」

「これでいいのよ」エディはきっぱり言った。「わたしは妹のところに行かなくちゃ」

「おれがどんな目に遭うか、わかってるんだよな？　ケヴに骨格から変えられちまうよ。次にきみに会うときには、おれは頭ひとつ分、背丈が低くなってるか、手足が何本かなくなってると思う。左右対称の体が好きだったのにな」

エディは場を明るくしようとするブルーノの努力をありがたく思ったが、少しでも笑ったらなし崩し的にヒステリーの発作を起こしそうだった。「わたしを笑わせるのはやめて。涙が出るまで笑っちゃいそう。ここの人たちの前で泣くわけにはいかないの」

ブルーノが困惑した表情になった。「でも、家族じゃないのか？」

エディは、家族の前で感情をあらわにするたびに恥ずかしくてたまらなかったことを思い出した。その恥ずかしさを克服するために、何年にもわたって薬をのまされたことを。

「だめよ」彼女は静かに言った。「できないの。複雑なのよ」

制服を着た背の高い黒人の男が運転席側にやってきた。ロバート・フレイザー。エディは父のセキュリティスタッフのなかでいちばん彼が好きだった。雇い主や直接の上司がどんな手本を見せようと、彼はいつもエディに礼儀正しかった。

ロバートが無線機に何やらつぶやいた。ブルーノが車の窓を開ける。ロバートは、なかにいるエディを見つめた。「ミス・パリッシュ？ 大丈夫ですか？」

「大丈夫よ、こんな状況にしてはね」エディは答えた。

「お悔やみを申しあげます」

彼女はうなずいた。「ありがとう」

ロバートがブルーノをじろじろ見た。「こちらは？」

「わたしの友人よ。家まで乗せてきてくれたの」

「名前はブルーノ・ラニエリ」ブルーノが告げた。「今からコートのポケットに手を入れるけど、それは財布を出して身分証明を見せるためだからね？ 焦って撃たないでくれよ」

「ゆっくりとやるんだ」ロバートが言った。

ブルーノはポケットから財布を取りだし、なかの運転免許証を見せた。ロバートがそれを検分する。「ここで待て」彼が言った。

ロバートは無線機に話しかけ、車の正面に歩いていってナンバープレートに書かれたナンバーを報告した。

ああ、まったく。エディは窓の外に身を乗りだした。「ロバート、ブルーノに車寄せまで乗せていってもらうこともできないの？」

「ボディチェックと身元の照合をしないと屋敷には入れません」ロバートが言った。

「泊まるわけじゃないのよ」エディは言った。「家のなかまでは入らないわ」

「そんなことになったら、おっかなくてしょうがないよ」ブルーノが皮肉っぽく言った。

「本当に大丈夫だから」彼女はロバートをせっついた。「彼は友達よ。無害だわ」

また無線でやり取りしてから、とうとうロバートがうなずいた。門が開き始める。ロバートがかがみこんでブルーノと目を合わせた。「車からおりるな」

ブルーノは車を乗り入れた。「厳戒態勢の監獄に面会に来たみたいだな。レーザー光線と監視塔はどこだい？」

わたしの頭のなかよ。エディはその言葉をのみこんだ。真実だと認めたら、本当にそれが真実になってしまう。彼女は見えてきた屋敷を見つめた。そして寒けを覚えた。そこは彼女が育った、ヘリックス社のかつての本部ビルに近いタコマにあるヴィクトリア朝の豪邸のようにあたたかい場所であったことは一度もなかった。両親が選んだこのモダンなガラス張りの家に、エディは絆《きずな》を感じたことがなかった。冷たくて人間味が感じられない家。

もしかしたら、だからこそ両親はここをあれほど気に入っていたのかもしれない。

罪悪感がエディの胸を刺した。こんなときにそんな憎々しい考えを抱くなんて。スイートルームが一室、エディの部屋として用意されていたが、彼女はそこで眠ったことがなかった。バスルームだけでも、ヘルムート通りの彼女のアパートメント全体よりも広い。それでも、ここにいると閉じこめられているようで、息もできなかった。

道の途中でセキュリティスタッフがふたり現れ、ブルーノがブレーキをかけた。彼は心配そうに眉をひそめた。「おれの携帯電話の番号は知ってるよな？　何か問題があったら連絡して」

ええ、もちろん。ここの人たちと問題がなかったことなんてあったかしら。エディは無理やりほほえみを浮かべた。「心配しないで。ケヴにはわたしからじきに連絡すると伝えて」それはずいぶん控えめな表現だった。ケヴ・ラーセンがどこからか現れたときには、もっと痛烈な言葉を言ってやるつもりだった。わたしとブルーノに自分は大丈夫だからとも言わずに、どこに行ってたのよ？　もっとも、本当に彼が大丈夫だとしての話だが。エディはその考えを脇に押しやって車をおり、ブルーノに手を振った。車は南国の雰囲気に刈りこんだ茂みに囲まれた車まわしをぐるりとまわり、私道を遠ざかっていって見えなくなった。

エディは家に向き直った。何が出てきたとしても、真正面から受けとめるしかないわ。

マホガニーの玄関には、いとこのタニアがいた。顔は青ざめ、目は充血している。その純粋な悲しみは、何も感じなくなっていたエディさえも揺るがした。喉が締めつけられる。彼女は急いでタニアのほうへ歩いていき、両手を差しだした。

タニアが一歩さがってあごを突きだした。さわらないでよ。

エディは腕を体の脇に垂らし、大きく息を吸って、刺すような痛みをこらえた。そう、やっぱり悲しみを分かちあうこともできないのね。父は親族のなかでのわたしの地位をペットの犬並みに定めた。その位置づけはずっと変わることはないのだ。

たいしたことじゃない。ここに来たのは妹のためよ。慰めや支援や受け入れを求めて来たのではないわ。妹以外はみんな、地獄に落ちればいい。「ロニーはどこ?」エディの口から出た声はひどく冷ややかだった。まるで遠隔操作されたロボットの少女のように。

「サンルームよ。へえ、とうとう顔を出す気になったのね」

そんな言葉には傷つきもしなかった。エディはいとこの横を通り過ぎてサンルームに向かった。この家で唯一好きな場所だ。あたたかな色味の杉材で化粧張りがほどこされたその部屋には高窓が並び、ベージュのソファとクリーム色のウールのラグに気持ちのいい光が当たるようになっていた。屋敷に二本ある巨大なオークの木のうち一本がその部屋の外にあり、光をさえぎらないよう注意深く剪定《せんてい》されている。

ロニーが頭をクッションにあずけてソファにぐったりと座りこんでいた。エディが入っていくと、イヴリンが振り向いた。ロニーの頭は動かなかった。

そのわけはすぐにわかった。ドクター・カッツが立ちあがったのを見て、エディは生理的嫌悪感をこらえてぐっと腹に力を入れた。彼がロニーを薬で眠らせたのだ。

人畜無害に見える男だ。丸い顔に丸い眼鏡、グレーの髪。非の打ちどころのない経歴。しかし彼は薬を処方するのが大好きで、各種錠剤を常備していた。涙や不安の発作、鬱、超常現象、業績悪化などに悩む権力者たちが駆けこんでくると、カッツはたちどころに解決策を処方してみせるのだ。その根性がエディは大嫌いだった。「妹の具合は？」彼女は尋ねた。

エディのそっけない口調に、イヴリンが不服そうに口をゆがめた。「休んでいるわ。ずっと泣き続けていたのよ」

「彼女が休む助けになるものをわたしが処方した」カッツがつけくわえた。

「そうでしょうとも」エディはソファをまわりこんでロニーの前にひざまずいた。まだ涙の跡が残る顔をクッションに押しつけ、口をぽかんと開けている。エディはその両手を取って握りしめた。

「ベイビー？」彼女はささやいた。「起きてる？　わたしはここよ」

だがロニーは目覚めなかった。エディは妹を見つめ、必死で怒りをこらえた。

「この子はあなたを呼び続けていたのよ」おばが言った。

「わたしは行くって言ったでしょう」エディは答えた。「待ってくれてもよかったのに」

「あなたが急いで来てくれればよかったのよ」イヴリンが言い返した。

「彼が薬のバットでこの子の頭をかっ飛ばす前に？」

イヴリンが息をのんだ。「エディス！」

「いいんだ、イヴリン」カッツがなだめた。「エディがそんなふうに思うのも無理はない。実際、彼女が敵意をむきだしにするのは予想していたんだ。怒りは嘆きのプロセスの重要な部分だ。それを抑えつけてはいけない。そんなことをしたら――」

「黙ってて」エディはロニーの冷たい手をさすってあたためた。「そんなこと、聞きたくありません。あなたからは特に」

「エディ、きみはショックを受けて悲嘆に暮れているんだ」カッツが言った。「わたしがきみの力になろう。怒りを発散したくなったら、あるいは泣きたくなったら、それを外に出すことを恐れてはいけないよ」

「ええ。そうね」エディはつぶやいた。よけいなお世話よ。彼の手が肩に置かれると、エディは身をこわばらせた。

「リラックスして」彼がなだめた。「きみにいいものをやろう――」

「その手を切り落とされたくなかったら、わたしの肩からどけて」エディの声は大きくはなかったが、そこに含まれた何かが室内をしんとさせた。

カッツがゆっくりと手をどけた。「わかった。そんな怖い顔をしなくてもいい」

「エディス！」おののいたイヴリンの声はかすれていた。「あなた、どうしちゃったの？」

「どうもしないわ」エディは言った。「誰がどう思うかなんて、もうどうでもいい。わたしはロニーのためにここへ来たのよ。この子に与えた麻薬の効果はいつまで続くの？」

カッツが胸を張った。「麻薬などではない！　ただの鎮静剤だ。きっと彼女の助けになると――」

「わたしの質問に答えて」

「一時間半から二時間」カッツが硬い声で言う。

エディはドアのほうへ向かった。

「どこに行こうというの？」イヴリンが詰問した。

「さあね」エディは言った。「キッチンかしら。水でも飲みに。それとも、トイレでおしっこ。したいようにするわ。ほっといて」

エディは彼らの非難の視線を断ち切ってドアをばたんと閉めた。家のなかを適当に歩いて、何年も前に母が撮らせた家族写真の前で足を止めた。

それは昔ながらの構図だった。中央の椅子に父が座り、古い銀板写真から抜けだした建国の始祖のように気取っている。かわいらしい赤ん坊のロニーを抱いた母が傍らに立ち、ピンク色のスーツとパールのネックレスで完璧に装い、ボブの黒髪を輝かせている。そしてエディは父の足元に縮こまり、カメラマンがどんなポーズを取らせようとしても、とにかくここから消えてしまいたいと思っていた。〈安息の地《ヘヴン》〉の二年後のことだ。自分は頭がおかしくなりつつあるという恐ろしい確信を抱いていたあの頃。

その写真は、完璧な家族に見せかけようという母の必死の試みのひとつだった。エディはよく、母がもうひとり子どもを作ろうと決意したのは、新しい素材で最初からやり直そうと思ったからではないのかと考えたものだった。だからといって、そのことがエディの妹への愛情を左右することはなかったけれど。

写真のなかのエディはすくみあがった顔で、取りつかれたように目を見開いていた。あれからずいぶん長い時間がたったものだわ。エディはしみじみ思った。わたしは本当の意味で進化しつつある。だって、見てよ。このわたしが、手を切り落とすと言ってドクター・カッツを脅したんだから。それは正しい方向に向かう第一歩のはずよ。

さらに数歩進むと父の書斎に続くドアがあった。ここで何度も父に小言を言われ、説教され、最後通牒《つうちょう》を突きつけられたことが思い出された。そのすべてが結局は無意味だった。どれも、娘の人となりを変えることはできなかった。

あるいは、両親はそんな望みすら持っていなかったのか。それでもいい。このままの自分が好きだ。そしてケヴも今のわたしを好きでいてくれる。

彼のことを思うと、恐怖が襲ってきて膝が崩れそうになった。エディは深呼吸して気持ちを落ち着かせ、ドアを押して書斎に入った。

部屋は暗かった。ウッドパネル張りの壁、革製の家具。チーク材で造られた机と本棚に、同じくチーク材の書類棚。見つかったら叱られてしまう。そんなことを思いながらエディは部屋のなかをうろうろした。でも、誰に？　彼女に影響を及ぼす意見の持ち主はもう死んでしまったのだ。

どういうわけか、父が殺されたことは、エディの身に起きていることや、ケヴがかつて経験したことと関係があるらしい。オスターマンの遺産がいつまでもまとわりついている。で、どうしてさっさと調べ始めないの？　ロニーが鎮静剤で眠らされているあいだに、わたしにやれることがほかにある？　イヴリンおばさまとおしゃべり？　タニアとボードゲームで遊ぶ？　そんなことをするぐらいなら家を出ていくほうがましだわ。

コンピュータの電源が入ったままだった。エディは父の革張りの椅子に滑りこんだ。心のどこかで、父に怒鳴りつけられるのを期待している自分がいた。あの父ならきっとプライバシーの侵害だと激怒するだろう。

エディは父の予定表をクリックすると、カーソルをスクロールさせて見ていった。わあ、すごい。一日前に集中治療室から出てきたばかりだというのに、予定がびっしり詰まっている。仲間のひとりとヘルスクラブでラケットボールの試合をする約束はさすがにキャンセルしているけれど、それが精一杯の譲歩だったようだ。朝の八時から、次から次へとミーティングの約束。十時十五分、デズ。

十時十五分？　デズモンドがケヴと会っている時間じゃなかった？　そしてそれは……。ああ、なんてこと。まさにお父さんが殺された時間だわ。

恐ろしいほどリアルにその事実が迫ってきた。エディは身震いして机の上で頭を抱え、心の目を開かないようにした。しかし彼女は、頭に浮かんだことを視覚化する能力の持ち主だった。

エディは短剣の形をしたレターオープナーに目をとめた。父の六十歳の誕生日に、母がカルティエに特注で作らせたものだ。箱のなかでぎらりと光ったそれを取りあげ、手のなかでひっくり返した。父の誕生日パーティーを思い出す。五十人の客が集まるなか、両親は鷹のような目で娘を見張っていた。彼女がショッキングなことを言いだしてパーティーをぶち壊さないように。

エディは気を取り直して目元をぬぐい、コンピューターの中身を探り続けた。この二週間で父が受け取ったメールには、興味を引くような、あるいは重要なものは何もなかった。デスクトップ上のほかのアイコンも調べたが、手がかりになりそうなものはない。彼女はコンピューターの前を離れて書類棚のファイルを見ていった。ヘリックス社の資料。パリッシュ財団の文書。ファイルは大量にあった。

パリッシュ財団のファイルのなかには、母が書いた書状がいくつもあった。優雅で流れるようなリンダ・パリッシュの署名を見ると、喉が詰まった。オスターマンのスキャンダルを暴くのに貢献した一連のファイルもある。財団の委員会に宛てたメモ。こんな不名誉なことが二度と起こらないよう、研究費の使途を厳重に管理する必要性についてヒステリックなまでに繰り返し訴えた文面。母の死に至るまでの数カ月間のすべてがここにあった。

読み進めるうちに涙がこみあげた。すべてがいかにも母らしかった。とても厳格で、清廉潔白で、独善的で。両親とも、苦痛や障害や病気をなくして世界を救う慈善団体の一員であることを心から誇りに思っていた。自分たちは善人だと考えていた。正義の味方、聖戦に乗りだした十字軍だと。

ふたりともオスターマンのスキャンダルには怯えていた。自分たちがそれに関わらないようにするためなら、パリッシュ財団を不名誉から守るためなら、彼らはどんなことでもした。狂信者も真っ青なほど熱心に。それは彼らの最良の性質であると同時に最悪の性質だった。

エディはさらに、ラベルの貼られていないファイルが棚に突っこまれているのを見つけた。メモ、ノート、スクラップ、名刺、礼状、イベントへの招待状、宣伝用素材、雑誌の定期購読申込み、メールのプリントアウトの束。どれも母が死んだ前後の時期のものだ。

エディはざっと目を通した。葬儀を終えて秘書が母の机をさらった結果、どこに分類していいのかわからなかったようなものがすべてここに投げこまれていた。エディの目がデズモンド・マールからの一通のメールにとまった。

リンダ、

昨晩、ＰＦの今後の研究費に関する監査を強化するというあなたの計画書を読みました。

徹底的にお堅いのはまことに結構なことです。それこそまさに当委員会が求めていることですから。あなたの手にかかれば、誰もが震えあがらずにはいられないでしょう。

委員会の会議に出る前にちょっと寄らせてもらって、いくつか話しあいたいことがあります。十一時はご都合いかがですか？　話はすぐにすみます。

デズより

エディは目をあげ、もう一度メールの日付を見た。冷たい恐怖が忍び寄り……そして、はらわたをねじりあげた。

それは母の死んだ日だった。

しっかりしなさい。怖じ気づく必要はない。これのどこがそんなに奇妙なの？　リンダ・パリッシュにとっては、いつもと同じ一日。メール、計画、ミーティング。

しかし母は、委員会の会議中に倒れた。病院に着く前に事切れていた。

エディはふと、自分がいつの間にかデズモンドからのメールにぼんやりいたずら描きをしていることに気づいた。小さなハートがそのメールを埋め尽くしていた。レストランで、よく紙ナプキンに描いていたように。母と最後に会ったときもそうだった。

〝エディの小さなクローゼットは欲求でいっぱいなのね〟母の声が頭のなかに響いた。あまりにも鮮明で、その声が今、耳元で聞こえたようだった。

「あら、まあ！　あなたったら、ちょっとしたセックスの冒険から帰ってきて、今度は恋人のためにスパイをしているってわけ？」

エディは飛びあがった。動悸《どうき》が激しくなる。ドアのところに立っているのはマルタだ。といってもほとんど彼女だとはわからなかった。髪はおろし、メイクもしていない。しかし充血した目はエディへの強烈な反感でぎらついていた。

エディは、パニックに襲われて乱れた呼吸をなんとか落ち着かせた。「違うわ」彼女は言った。「わたしにはここにいる権利がある。見たいものはなんでも見る権利があるわ」

「そう？　わたし以上に権利があると？　そう言いたいの？」

「あなたが言ったのよ。わたしじゃないわ」エディは相手の女性を見つめた。マルタの憔《しょう》悴《すい》しきった顔を見ると、自分が思っていたよりも彼女は父のことを気にかけていたのかもしれないと思えた。もっとも、億万長者と結婚する見こみがなくなったことを嘆いているのかもしれないが。

ふと、エディの頭にある考えが浮かんだ。「マルタ、あなたはあの日、タコマのヘリックス社にいた？　ケヴの兄弟がお父さんを訪ねてきた日のことだけど」

マルタの顔が険しくなった。「ええ、いたわ。マクラウド兄弟にも会った。あいつらは動物よ。あなたのお父さまを襲ったんだから。そのことは知っていたの？」

「マクラウド兄弟？」エディは驚いた。「それが彼らの名前なの？」つまり、父はケヴの本名と素性をずっと前から知っていたのだ。

「ねえ、エディ、気になるのはそれだけ？　わたしはあいつらがチャールズを襲ったと言ったのよ！　痣ができていたわ！　ちょっと、聞いてる？」

エディはケヴの体にある傷痕のことを考えたが、比べたところで見当違いでいらだたしいだけだと結論づけた。「それで、彼らはケヴのことを尋ねたのね？」

「それは控えめな言い方ね」マルタがつぶやいた。「彼らはあきらめようとしなかったわ。とにかく受け入れられなかったのね。自分たちが殺したふたりが、求めている情報を与えてくれたかもしれない唯一の人間だったという事実を。それは自分たちの過ちだというのに、あいつらはその騒ぎの尻ぬぐいをわたしたちがするべきだと考えたのよ！　ばかなやつら」

エディはまごついた。「ふたりを殺したって……どうやって？　誰を？」

マルタがいらいらと手を振った。「オスターマンよ、もちろん！　それとゴードン。オスターマンの……ええと、どう呼べばいいのかしら、彼の命令で動く殺し屋よ。あのマクラウドのやつらが黙っていれば、あんな騒ぎにはならなかったのに。あいつら、ヘリックス社を完全に破壊しかねない勢いだったわ」

エディは途方に暮れた。「でも……でも研究室の火事は……？」

「あれは実際に起こったことよ。だけどその前にマクラウドの連中がオスターマンの喉を掻き切って、ゴードンの頭蓋骨をへこませてたってわけ」マルタは辛辣に言った。「わたししたちが相手にしていたのは進化途上の人間だったということよ。わかった？」

エディは鋭く息を吸いこんだ。「ええ、まあ……」

「言ったでしょう。野蛮な動物よ。今でも信じられないわ。この現代に、ヘリックス社のような組織が、あるいはあなたのお父さまのような人が、マクラウド兄弟みたいなあんな暴力的な連中に人質に取られることが起こりうるなんて」

何十年ものあいだ、家出した子どもたちを殺し続けていたのはマクラウド兄弟ではないけれどね。しかしエディはそれは口に出さずにおいた。

「そして今、兄弟のなかでもっとも野蛮な動物が復讐に乗りだしたというわけ。時間の問題だったとわたしは思うわ」マルタが言った。

エディは相手を見つめた。「どういう意味？　なんの復讐？　誰がお父さんを殺したか、もうわかっているの？　犯人はもう捕まったの？」

「何も知らないふりをするんじゃないわよ」マルタがぴしゃりと言った。「知らなかったなんて言わないでよね。あなたは計画の全部に関わっていたんだから。あの男に洗脳されて、使い走りに利用されて、セックスの相手をして。このあいだの夜、パーティーでチャールズに毒を盛って殺そうとしたのはあなたでしょう。恋人がその仕事を完遂したことを悲しむふりなんかしないで！　あなたは牢獄にいるべきよ！　あなたを見てるとむかつくわ！　よくもここに来られたものね。そのうえ、あの男が何をしようとしていたか知らないふりをするなんて！」

エディは口を開き、また閉じた。どうすればいいのかわからなかった。「わたし……彼は……でもあなたは何を……そもそもどうやって——」

「マルタ」書斎にデズモンドが入ってきた。青ざめて不安そうな顔をしている。「きみが悲しみに暮れているのはわかるが、ぼくはこんなふうに彼女に話したかったんじゃない」

「わたしに何を話すですって？」エディの声が割れた。「なんの話をしているの？　もしもそれがわたしの思っているとおりのことなら、どうぞおかまいなく。あなたの悪意に満ちた嘘なんて聞きたくないわ！　もうたくさんよ！　聞こえた？　もううんざり！」

デズモンドとマルタが目を見交わした。デズモンドが手招きをした。「エディ、ぼくたちは話をする必要がある。それに、きみに見せたいものがあるんだ。それがきみの目を開いてくれるだろう」

「わたしの目はぱっちり開いているわ！」エディは叫んだ。「わたしはロニーのところに行く！　いいから黙って、わたしたちを放っておいて！　地獄に落ちろ！」

「まだそうするわけにはいかないんだよ、エディ。今はまだ」デズモンドが彼女の腕をつかんだ。

エディは乱暴に振り払った。「わたしにさわらないで！」

「エディ」デズモンドが疲れきった悲しげな声を出した。「一緒にこれを乗り越えよう」

よく言うわ。でも、今は調子を合わせて彼らの嘘を聞いてやろうかしら。そしてわたしの本当の敵がわかったときに、そいつらにくたばれと言ってやってもいい。彼らが何を言おうと、現実は変わらない。彼らにはケヴという人を変えることはできない。嘘で彼を破壊することなどできはしない。

ケヴはそんなことを許さないくらいに強い。そして、ピュアだ。

エディはデズモンドについて部屋を出た。腕を胸のところで組んでいた。心臓を、そして自分が真実だと知っていることを守るように。

手のなかで何かがかさかさと音をたてた。まだ母のファイルから持ってきたメールのプリントアウトを握りしめていたのだ。ふと、別のことが頭に浮かんだ。

「デズ、今朝はどうだった？」エディは尋ねた。「ケヴに会ったの？　彼に記録文書を見せた？　何か見つかったの？」

デズモンドがさっと目をそらした。「そのことも話さなければならないな」

「だったら話してよ！」

デズモンドが蔵書室のドアを開けた。「きみが会わなければならない人がいる」

かっちりしたネイビーブルーのスーツを着た、白髪まじりの細身の女性がテーブルに向かって座り、メモ帳に走り書きをしていた。ふたりが入ってきたのを見て立ちあがる。

「エディ、こちらはポートランド警察のモニカ・ハウタリング刑事だ。刑事、エディ・パリッシュです」

エディは刑事と握手をし、お悔やみの言葉にうなずいて、デズモンドが彼女のために引いた椅子を見つめた。そこに座れば彼らになんらかの力を明け渡してしまうというように。

「デズ」エディには自分の声が高く、細く感じられた。声帯が今にも弾けそうだ。「今朝、何があったの？　記録文書はどうなったの？」

「何もなかった。ラーセンとのあいだでは、ということだが。彼は現れなかった」

「現れなかった？　どういう意味？　彼は到着したと言ってたわ。彼は——」

「約束の場所で一時間もラーセンを待った。そのあと、ぼくは行かなければならなかった。十時十五分に会うことになっていたのでね、チャールズと」

「今朝？　あなたは……そこにいたの？」エディの声がかすれた。

デズモンドが片手を自分の顔の上にかざした。「そうだ」彼の声はくぐもって重々しかった。「ぼくはそこにいたんだ、エディ。殺人が起こったときに。ぼくはすべてを見た。ぼくと、同僚のドクター・チャンが。彼女はまだショック状態だ」

「でも、それは……でも——」

「ぼくたちはチャールズに新しいプロジェクトの説明をし終えたところだった。資金提供の可能性を話しあっていたんだ。それからチャールズは葉巻に火をつけ、ぼくたちに話しかけながら窓辺に歩いていって……そして……」彼が言葉を切り、唾をのんで目をそらす。「ぼくは……そのことはこれ以上話せない」

部屋は静まり返り、彼らの後ろでマルタのはなをすする音だけが響いた。

「エディ、これからつらいことを話さなければならない」デズモンドが口火を切った。

「やめて」エディは片手をあげた。「何も聞きたくない」

「話さなければならないんだ」デズモンドが重々しく言った。「現実を否定する余裕はぼくたちにはない。刑事、彼女に防犯カメラの映像を見せてもらっていいですか？」

ハウタリングがシルバーの薄いノートパソコンを自分のほうに引き寄せて何やら打ちこんだ。口をいかめしく引き結んでいる。「これは今朝、パリッシュ財団のビルの外から撮られた防犯カメラの映像です。午前九時十九分」彼女はエディに画面が見えるようにノートパソコンの向きを変えた。

映像は静止しているように見えた。ビルの外で木々の枝が優しく揺れているだけで、数分間は何も起こらなかった。それから、背の高い、見慣れた姿が大股で視界に入ってきた。ケヴだわ。エディは息を詰めた。

ケヴが足を止め、ゆっくりとターンして一周し、周囲を検分するように目を細めた。それからビルのなかに入っていった。

「これから八分間の空白がある」デズモンドが言った。「いいですか？」彼は刑事に尋ね、彼女がうなずくと映像を早送りして、また再生した。

ケヴがビルの外へ歩いてくる。きびきびと、断固とした足取りで。

「空白は三分間」デズモンドがまた早送りした。「さあ、ここをよく見て」

またケヴが現れた。今度はふたつの大きな、表面が金属のスーツケースを運んでいる。彼は肩でドアを押し開け、横歩きになってスーツケースをなかに入れた。エディの目に彼の顔の傷痕がはっきり見えた。

「この一時間後、きみのお父さんは殺された」デズモンドが言った。「このビルの八階にある未完成の部屋から、きみのお父さんのオフィスは空き地を挟んだ真向かいだ。彼はここで銃を準備して、その瞬間を待っていたんだよ」

エディはかぶりを振った。「いいえ。あなたは何もかも間違って受け取っているわ」彼女は抗議した。「父がどこにいるか、どうやってケヴが知ることができたというの？」

「彼は知っていた。ぼくが教えたからだ」デズモンドが重々しい口調で言った。「ぼくはラーセンに、時間に遅れないでくれと言った。チャールズと約束があるからと。ヘリックス社の彼のオフィスで、十時十五分に。彼はチャールズがいつどこにいるか正確に知っていた」デズモンドが片手で顔を撫でた。「ぼくが教えたんだ」繰り返す。「これからの人生ずっと、ぼくはそのことを背負って生きていくことになる」彼は両手に顔をうずめた。

マルタがむせぶような音をたて、デズモンドの肩に手を置いた。

エディは恐ろしいほど冷ややかな気持ちで、すすり泣きの合唱がどこか遠くで響いているのを聞いていた。

デズモンドが頭をあげ、彼女の片手をつかんだ。エディは感覚が麻痺していてその手を振り払うこともできなかった。「エディ、きみにとっては恐ろしいことだ。ぼくにはよくわかる」彼の声がかすれた。「しかし、ぼくは尋ねなければならない。きみは彼がいそうな場所に心当たりはあるか？　参考人として話を聞けるような人は？　たとえば、きみをここに連れてきた男はどうなんだ？　彼はラーセンの仲間なのか？」

エディは首を横に振った。「ただの友達よ」

気がつくと、彼女はまたいたずら描きをしていた。いつしかポケットからペンを取りだし、メールのプリントアウトを広げて、熱心に描いていた。まるでペンと紙に触れていることが正気を保つ命綱であるかのように。「わたしにはなんの心当たりもないわ」彼女は言った。心の目が開くのが感じられた。ペンの動きがさらに速まった。

「エディ！　やめなさい！」マルタが叱りつけた。「子どもじみた真似をしないで！　こんなときに絵を描くなんて、非常識よ！」

エディは手を止めた。周りを囲む顔を見ながら、彼女を見つめている部屋じゅうの目を見ながら、自分が無防備になっているのを感じた。

デズモンドが手を伸ばし、彼女のペンを持つ手をつかんだ。「エディ、絵を描くのをやめて、集中してくれ。こう考えるんだ。もしラーセンが無実なら、何も心配しなくていい。警察が彼を見つけるのを手伝えば、それだけ早く彼の身の潔白を証明できるんだ。指紋は嘘をつかないよ、エディ。そして、もしも彼が有罪なら、誰がきみを守るんだい、エディ？」

「わたしの名前を繰り返すのはやめて」エディは言った。

デズモンドが目をしばたたいた。「え？　なんだって？」

「わかってるのよ、あなたはきっと人心掌握セミナーか何かで教わったんでしょう。人は自分の名前の響きを聞くのが好きだって。でも、わたしはその音が繰り返されるのが、信じられないくらい耳障りなの」

デズモンドが顔をこわばらせた。「エディ、その言い方はあまり……」彼は自分を抑えた。

「それで、きみは警察の助けにはなれないと？　なんの心当たりもないんだな？」

エディはうなずいた。

「信じられないな、きみをここに連れてきた男をセキュリティが尋問もせずに帰したなんて」デズモンドがぶつくさ言った。

「名前とナンバープレートは控えてあります」ハウタリングが言った。

「彼は何も関係ないわ！」エディは抗議した。

「あなたの言うとおりだといいのですが」とハウタリング。「そして最終的にあなたが殺人幇助《ほうじょ》や教唆《きょうさ》、共犯などの罪で起訴されるということがないよう願っています。そのことをよく考えてみてください。ほかに何か心当たりがないかどうかも」

「お願いですから、刑事、そんな罪状をあげて脅さないでください」デズモンドが言った。「彼女はもろいんです。それに苦しい経験をしてきた」

　その言葉がエディを怒らせた。ケヴはわたしを苦しめてなどいない。ケヴと過ごした日々はこれまでの人生でも最高の日々だった。三時間前、あの崖から電話をかけたときまでは。

「わたしは、もろくなんかない」彼女はぴしゃりと言った。考えこむような顔で眉をひそめているケヴの静止映像を見つめ、顔をあげる。彼への愛で胸が締めつけられた。「デズ」エディは言った。「約束の時間に彼が現れなかったって、どういう意味？」

　デズモンドがまごついた顔をした。「言ったとおりの意味だ。彼は姿を現さなかった」

「でも、ここにいるわ」エディは言った。「まさにここに。映ってるじゃない」

　デズモンドがためらい、すばやく目をしばたたいた。「ああ！　ぼくたちの待ち合わせ場所は財団のビルではなかったんだよ。ぼくたちは〈グレイストーン・ビジネスパーク〉の倉庫で会うことになっていた。そこに記録文書の箱が置いてあるんでね。それを動かすことに意味があるとは思えなかったから、ぼくはそこで彼を待っていたんだ」

「彼がわたしに言ったこととは違うわ」エディは言った。「彼はあなたとパリッシュ財団のビルで会うことになっていると言った。箱の山があるって、わたしたちにメールしてきた」

　彼女は刑事に向き直った。「五階のライブラリーを調べましたか？」

「エディ」デズモンドの声は必死でいらだちを抑えているようだった。「そりゃもちろん、彼はきみにはそう言うだろう。考えてもごらん。遅かれ早かれきみが防犯カメラの映像を目にすることになると、彼は知っていたはずだよ」

「ライブラリーは調べたのでしょうか？」エディは震える声でハウタリングに同じ質問を繰り返した。

刑事が唇を引き結んだ。「五階を調べる理由はありませんでした。狙撃手がいたのは八階です。そもそもあのビルはまだ完成していないという印象をわたしは受けましたが」

「そうよ。でもわたしはたった今、そこを調べる理由をあなたにあげたわ」エディは言った。

「ケヴはわたしたちにメールしてきた。彼はライブラリーを見た。箱の山を見たの」デズモンドが両手に顔をうずめた。「エディ、もういい。妙なことを言ってこれ以上ひっかきまわさないでくれ。ファイルが入った箱などなかった。最初からなかったんだ」

「誰か人をやって」エディは彼を無視してハウタリングに嘆願した。「お願い。誰かを確認しに行かせて。今すぐに」

「見に行かせます、なるべく早く」ハウタリングが言った。

エディは立ちあがった。「ありがとう」

「ちょっと待ってください」刑事はポケットから名刺を出してエディに渡した。「ほかに何か思い出したことがあれば、ここに連絡を」

エディは名刺を自分のポケットに突っこむと、よろよろと夢遊病者のような足取りで歩いていった。ロニーはもうサンルームにはいなかった。エディは優美な曲線を描く階段をあがり、廊下を進んでロニーの部屋まで行った。

妹はアンティークの四柱式のベッドに寝ていた。エディはベッドの端に座り、彼女のもつれた髪を指でとかした。

エディは靴を蹴るように脱いでベッドにのぼった。足首につけた銃の重みが落ち着かない。ジーンズについた泥が、純白のアイレットレースの上掛けにしみをつけた。彼女はロニーの髪の香りを吸いこみ、近くにいることで心が慰められるのを感じた。そして自分の心だけが知っている真実を思い起こした。

わたしはケヴを描いた。彼の内側を見た。わたしが彼の内側にいた。あの波長、あのバイブレーションのどこにも、ごまかしはなかった。嘘が入りこむ余地はなかった。

でも、あと何段階を経ればケヴにたどり着くのだろう？　エディにはわからなかった。彼の心のなかにあったあのバリアの奥に何が隠れているの？　ケヴ自身も知らないのかもしれない。そこにあるのは彼のよい部分かもしれない。誠実で正直な。そして、同時に……ほかの何かがあるのかもしれない。何かまったく違うものが。

エディは身震いした。そんなはずはない。自分を信じなくては。そして彼を信じなくては。わたしのケヴに対する信頼を突き崩そうとする連中を好きにさせておいたら、わたしはおしまいよ。

エディはロニーの髪に鼻をすりつけ、心を無にしようとした。もちろん、そんなことができるわけもなかった。だが、少なくともそうしていれば、ほかのことを考えずにすむ。

29

ケヴは瓦礫《がれき》の山の下に埋まっていた。しかし誰かが彼の両足をつつき、蹴り、引っかいていた。頭がおかしくなりそうだった。

くそっ。岩に埋もれているのなら、せめてこのまま穏やかに死なせてくれ。ひょっとして、おれはもう死んだのか？　するとここは地獄か。ツンツン。ガリガリ。ゆさゆさ。ネズミでもいるのか、くるぶしのところに？　ぐずるような声。くぐもった音。悲鳴のようにも聞こえる。ケヴは正気の世界へ這っていこうともがいた。目を開けようとしては、失敗する。彼は百回もやり続けた。

蛍光灯の明かりが暴力的に目に飛びこんできた。世界がぐらりと傾く。ツンツン、ツンツン。いったい、なんだっていうんだ……？

ケヴは誰がちょっかいを出しているのか見ようとした。アヴァ・チャンが彼の上に伸びている。体は硬直し、しかめっ面が凍りつき、目は悪意で燃えあがったまま、彼の目のほんの数センチ先にあった。麻痺してはいるが、意識はある。彼女の顔は鼻から伸びる黒く乾いた血で縞模様《しまもよう》になっていた。

目覚めたら胸の上にサソリを見つけたようなものだ。ケヴは動こうとした。だがどんなに必死に力をこめても、体はわずかに痙攣しただけだった。

果てしない挑戦の末、その痙攣が激しくなり、アヴァの体を振り落とした。彼女は仰向けに転がった。天井を見つめた目がぎらついている。注射針がまだ腿に刺さっていた。

ようやく、足をつついていた犯人が見えた。車椅子のラトヴィアの少女だ。ケヴは脳味噌を絞るようにして名前を思い出した。ユリヤだ。彼女は手錠をはめられた足をできる限り伸ばして彼の足を蹴っていた。くるぶしが血まみれで痛々しい。努力の結果だ。いつからそうしていたのだろう、とケヴは思った。

目が合うと、彼女は身をよじって猿ぐつわのなかでもごもご言った。早くして、この怠け者。言葉にならなくとも伝えたいことは明らかだった。

そのとおりだ。ああ、彼女が起こしてくれてよかった。アヴァにはX-Cogを一本注射しただけだが、おれは二度注射されている。おれの体重が彼女の約二倍だとしても、アヴァのほうがおれよりも先に復活するかもしれない。そうしたらおれもユリヤも一巻の終わりだ。まだ完全に危険を脱したわけではない。これからが大変だ。

ケヴは転がり、両手と両膝をついて起きあがろうとしたが、生まれたての子馬のように手足に力が入らなかった。腹這いで動き、鋏を取って車椅子のほうへと動いていく。てんで、ばらばらに震えている手の筋肉の動かし方を思い出すには果てしない時間がかかった。

拘束されているユリヤのところに行くと、血まみれの足と、それからもう一方の足の手錠を切った。それから両手の手錠、さらには猿ぐつわも外してやった。彼女は口からゴムボールを吐きだして咳きこみ、椅子から立ちあがった。そして感覚を失ったケヴの手から鋏を奪い取ると、憤怒の金切り声をあげてアヴァに襲いかかった。

ケヴの反応はとても鈍く、ユリヤの手首をつかんだときには鋏の刃がアヴァの頸動脈に向かって今まさに振りおろされようとしていた。「だめだ」彼は言った。

ユリヤが裏切られたといいたげな顔をした。彼女がまくしたてる言葉はケヴには理解できなかったが、目が雄弁にこう問いかけていた。なぜやっちゃいけないの？

いい質問だ。はっきりとした答えはなかった。間違っているというあいまいな感覚だけだ。薬で動けなくなっている無力な女性を処刑するのは間違っている。たとえそれが彼女の受けるべき当然の罰であっても。それに、アヴァが死んだところで、おれがはまりこんでいる厄介な現実から救いだされるとは限らない。

むしろその逆だ。彼らはすでに、おれをチャールズ・パリッシュを殺した犯人に仕立てあげている。おれが若い美人脳科学者まで虐殺したと彼らは訴えるだろう。おれは死刑囚として監獄で一生を過ごすことになる。

それに、すばやく死なせてやるなんて、アヴァにはもったいない。しかしそれをユリヤに説明することができなかったので、ただ彼女の手から鋏を取りあげた。ユリヤがわっと泣きだし、アヴァの顔に唾を吐いて彼女を殴りつける。

また殴ろうとするユリヤのこぶしをつかみ、ケヴは手錠を拾ってそれをアヴァにつける真似をした。「彼女を縛りあげよう」

ユリヤがまた何ごとか激しくまくしたてたが、ケヴは首を横に振り、もうひとつ手錠をつかむとアヴァの足首にはめた。彼女を腹這いに転がして後ろ手に拘束し、その手を引っ張って体を大きくのけぞらせると、三つめの手錠をはめてループを作る。恐ろしくつらい体勢だろうが、おれがこれからの人生を、精神を犯されたゾンビとして生きるところだったことを思えば、それに彼女がエディを脅迫していたことを思えば、これぐらいのことはされて当然だ。

ケヴはユリヤに、さっきまで口に押しこまれていたゴムボールを取ってこさせた。猿ぐつわをされるあいだ、アヴァの目は恐怖に見開かれていた。

ケヴは自分の仕事ぶりを見おろした。上出来だ。さて、次は？

ドアの外をのぞく。さらに広い研究室があった。静まり返っている。邪魔が入らないようにしたとアヴァが言ったのは冗談ではなかったのだ。ユリヤがまた何か訴え始めた。鍵をかけるしぐさを見せて、アヴァを指差す。彼女はひざまずいてアヴァのジーンズのポケットを探り、鍵束を引っ張りだした。この少女は頭がいい。

ケヴはアヴァの脇の下をつかんで広いほうの部屋へ引っ張っていった。窓はない。ドアが多数。それを次々に開けていくと、備蓄品でいっぱいの物置があった。ケヴはアヴァを床の上に残して物置の奥へ行き、壁際の箱をどかして隙間を空けた。そこにアヴァを押しこみ、箱をもとに戻した。

彼女は窒息するかもしれない。誰にも気づかれないまま声にならない声をあげ続けることになるかもしれない。つまり、彼女の運はおれにかかっている。おれが生きてここを出られたら、彼女の居場所を警察に知らせてやろう。

おれが殺されれば、彼女が見つかるのは腐敗臭を放ち始めてからになるだろう。アヴァがおれやユリヤのために計画した死よりも、そのほうがずっとましな死だ。おれはその死を背負って生きていける。あるいは、ともに死ぬのかもしれないが。

さて、出口を見つけなければ。部屋に戻ってほかのドアを試してみたが、多くは錠がかかっていた。ケヴは片手を出してユリヤから鍵を受け取った。やっと、ひとつのドアが開いた。奥をのぞきこむと、巨大な冷蔵庫のようなものを密閉している扉があった。扉のてっぺんで、一連の色のついたライトが瞬いている。ケヴの肌が粟立ち始めた。彼はユリヤに向き直った。

「さがっていろ」ケヴは言った。「なかを見てみる」

少女は首を横に振り、彼の腕にしがみついた。彼女と議論をする元気はない。ケヴは扉をぐいっと開けた。

冷気がどっとあふれ、悪臭も漂ってきた。ふたりはたじろぎ、吐き気をこらえた。ユリヤがうめいた。彼は扉の外に彼女を押し戻そうとしたが、ユリヤは皮膚が破れるほどの強さで彼の腕に爪を立てた。ふたりは一緒になかに入っていった。

冷蔵庫のなかには無数の金属のテーブルがあり、その上はファスナーのついた黒いビニール袋におさめられた死体でいっぱいだった。

なんてこった。ケヴはあたりを見まわした。恐怖で頭がうつろになっていた。

彼は数えた。袋は十二個。いちばん近くにある袋のファスナーを少しだけ開けてみた。若い女性だ。血まみれのブロンドの巻き毛。しかめたまま凍りついた顔。唇が開いて歯がのぞき、中空を見つめる目には破裂した毛細血管の斑点ができている。鼻から黒ずんだ血が流れていた。

ユリヤが悲鳴をあげ始めた。ケヴはさっと振り向き、彼女の口を手でふさいだ。「だめだ!」彼はうなった。

ユリヤはむせ、すすり泣いた。冷蔵庫のような部屋のなかで震えている。それが別の問題を明らかにした。ユリヤは裸も同然だ。ここを一緒に出られたとしても、十一月の寒気に下着姿の少女をさらすわけにはいかない。アヴァの服なら着られただろうが、彼女はもう物置に放りこんである。あのおぞましいものから服をはがすと考えると、ケヴは吐き気がした。

ここにある死体袋のなかを探すというのも、同じくらいぞっとする。ここには誰もいない。生ける屍《しかばね》ばかりだ。怒りと憎悪によってのみ命を吹きこまれる肉の塊。

ケヴは、まだすすり泣いているユリヤを引っ張って死体安置所を出た。たちまちユリヤが床に吐き、ケヴはその飛沫《しぶき》から飛びすさった。服が必要だ。ケヴは研究室の戸棚を開けていった。ビンゴ。白衣だ。アヴァがいかにも科学者らしく見せたいときに着るためのものだろう。清潔でアイロンがかかっている。

その白衣でユリヤを包んでやると、ケヴは彼女を自分の後ろにつかせて廊下に出た。この研究室は、実験の性質から考えて地下にあるに違いない。窓も通気口もない廊下は壁が軽量コンクリートブロックで、天井には絶縁体が巻かれたパイプがいくつも通っている。現在地がわかるような見取り図はない。おもしろくもない迷路だ。

ケヴは持っている鍵束の鍵を端から試してやっと見つけた一本で、研究室のドアをロックした。ふたたび耳を澄まし、すべての感覚を研ぎ澄ませる。どちらに行けばいいのか、まるでわからない。彼はユリヤの腕をつかむと指を唇に当て、彼女を従えて廊下を進んでいった。曲がり角に来るたびに立ち止まり、耳を澄ました。空気が動かないこと、物音がしないことを確認して、そっと角を曲がる。

彼らはついに階段を見つけた。のぼっていく。この先の階には自然光が入るようだ。ケヴは階段から廊下に頭を突きだした。

それは大きな空っぽの倉庫だった。ユリヤが彼の腕をつかんで何やらしゃべりだす。ケヴは必死に彼女を黙らせた。「おれたちは行かなきゃならないんだ」彼はささやいた。「しーっ！　行かなきゃならないんだよ！　今すぐ！」

ユリヤは自分を指差して一本の指を掲げた。それから、五本の指を広げた。「オクサナ、マルガリチカ、オルガ、カチューシュカ、マリヤ！」

なるほど、すばらしい。下着姿で怯えてトラウマを抱えた外国人少女をひとり救うぐらいでは試練として足りないとでもいうのか？　ひとりでも六人でもどんと来やがれ。もしもこんなに絶望していなかったなら、笑いだしたいくらいだ。

ケヴは一本の指で自分の喉をかき切るしぐさをしてみせた。万国共通のジェスチャーだ。そんなものがあるとすればだが。「警察」彼は言った。「おれたちは警察を呼ぶ。警察がオクサナとマルガリチカとオルガと、カト……カット――」

「カチューシュカ、マリヤ」ユリヤがじれったそうにあとを引き取った。「ケイサツ？」

ケヴは彼女を静かにさせて倉庫のなかへ引っ張った。ユリヤは明らかに不満そうだった。臆病者と言いたいのか？　かまうもんか。こっちにはアヴァの鋏しか武器がないんだぞ。おれの武器は連中に奪われた。男はおれひとりだが、疲れていて、怯えていて、エディはどこか外にいる。地獄から現れた巨大なクモに追いかけられただけでも充分なのに。

目の前の大きな金属のドアがいきなりぱっと開いた。大柄な男が飛びだして銃の狙いをつけたとき、ケヴはすでに宙を飛んでいた。

バン！

弾は大きく的を外れた。ケヴの蹴りが男のあごの下に命中し、男はくるりとまわって壁にぶち当たった。銃が落ちる。

もうひとりの男が棍棒を手に向かってきた。振りまわされる棍棒をかわしたケヴは、男の腕をつかむと、弾みを利用して頭からドアに突っこませた。そのままさっと向き直り、息を吹き返した最初の男が伸ばした手の先から銃を蹴り飛ばした。

男のこめかみに強烈な肘鉄を食らわすと、ケヴは男を後ろから捕まえて頸動脈に親指を押し当てた。男はやがてぐったりと伸びた。

ふたりとも倒した。ドアにはふたりめの男の頭から飛び散った血のしみがついている。あごがだらしなく落ちたその顔は血まみれだった。簡単すぎる。自分たちを殺すなという指令が出ていたせいで助かったのだろう、とケヴは推測した。逃げさせろと。死体よりも生きているほうが価値がある。

ケヴはポケットに押しこんできた手錠を引っ張りだすと、男たちが出てきた部屋をのぞきこんだ。防犯カメラの画面でいっぱいだ。彼とユリヤが通ってきた廊下やドアも映っている。彼らの奇妙な幸運の創造主がテーブルに鎮座していた。大きな茶色い紙に包まれた、ふたつのサンドイッチ。

ばかどもは食べることに集中していたのだ。地下であんなものを見てきただけに、サンドイッチのなかのランチョンミートにケヴは吐き気をもよおした。

ケヴはふたりの男を部屋に引きずり入れ、最後の手錠を使ってラジエーターに彼らをつないだ。武器を集める。銃が二丁、ナイフが一本。車のキー。テーブルにあったぶかぶかの黒いパーカーを着こみ、ユリヤには椅子の背にかけてあったレザージャケットを着せた。それは彼女の腿をほとんど隠すほどの丈があった。

ケヴはユリヤの手を引っ張った。「とにかくこのクソみたいな場所から出よう」


ロスト・ボーイズ社に入った瞬間、マイルズはコナーとデイビーが使いものにならないことを悟った。彼らはそこに突っ立っていた。目を瞠り、口を開け、ただただ驚いている。長く行方不明になっている兄弟を探しているのではない人間にとっても、ロスト・ボーイズの受付ロビーはかなり変わっていた。天井は高く、ガラスがたくさん使われている。スペース全体にワイヤーで吊るされた凧がひしめき、鮮やかな色と大胆なデザインがあふれていた。壁は写真のように細かくペイントされた曼荼羅だった。ケヴの曼荼羅だ。

マイルズは口を開けているマクラウド兄弟を放っておいて階段をあがり、かわいらしい受付嬢のほうに歩いていった。彼女は、ちょっとお待ちくださいと言いたげなほほえみを浮かべた。彼女が電話を終えるまでのあいだに、マイルズは最初の一手を考えた。〝名前はわからないんだけど、コミックのヒーローにそっくりな男を探してるんだ〟いや、それとも『フェイド・シャドウシーカー』の本を見せてこう言おうか。〝この男を見たことある？〟

ああ、それだ。それならうまくいくだろう。

「こんにちは。何かご用でしょうか？」彼女がさわやかに尋ねた。

「そうなんだ」マイルズは言った。「この凧をデザインした人に関する情報を探している」

彼は広々としたロビーに飾られているものを手ぶりで示した。

受付嬢のほほえみが消えた。「わたしからお教えすることはできません」

ヘッドハンターだとでも思ったのかもしれない。「誰ならできる？」マイルズは尋ねた。

「CEOのブルーノ・ラニエリなら、たぶん」彼女が言った。

「彼に会わせてもらえる？」

「いいえ」彼女が勝ち誇ったような顔をした。「社長は不在です。今日はずっと」

マイルズは心のなかでうめいた。「明日、彼に会う約束をさせてもらえるかな？」

「アシスタントにきいてみます」彼女は内線電話をかけ、受話器を手で隠して彼を横目でちらちら見ながら小声で話した。しばらくして目をあげた。「すみません。社長の明日の予定はわからないそうです。しばらくは個人的な用事に追われているので」

デイビーとコナーがゆっくりと歩いてきて、黙ったまま不気味に立ちはだかった。いつもの手口だ。コナーがカウンターにもたれかかると、受付嬢が目を見開いた。

「個人的な用事だって？」彼が穏やかに尋ねた。

デイビーが財布から名刺を取りだし、カウンターに置いた。指でそれをとんとんと叩き、彼女のほうに押しやる。「われわれは、ミスター・ラニエリに非常に個人的な用事があって来たんだ」彼が言った。「そして、きわめて重要な用事でもある。どうか彼に伝えてくれ。ここに連絡してほしいと。できるだけ早く。実際、きみが彼の電話番号を知っているなら、今すぐ彼に連絡してくれてもかまわないんだが」

受付嬢が名刺を見つめた。その目がデイビーへ、そしてコナーへと向けられる。「その、わたしは……あの」声がうわずった。「番号は存じません。本当に」

彼らは目を見交わし、踵《きびす》を返した。男らしさを旨《むね》とする彼らの行動規範は、それ以上の行為を許さなかった。これまでのところは、マクラウドのひとりが罪のない女性を威嚇して怯えさせただけだ。マイルズにはそれもできなかった。彼は人を怖じ気づかせるのが不得意なのだ。ガールフレンドのシンディの嫉妬深い猫にすら、彼の靴のなかにおしっこをするなと脅すことができずにいる。

一行は帰り始めた。しかしコナーが足を止め、彼らの行く手をさえぎった。額に入れられた雑誌の記事を見つめている。大きなカラー写真に、ぼくってキュートでしょ、と言いたげなほほえみを浮かべた黒髪の男が写っている。えくぼがあり、映画スターのような白い歯をしていた。コナーが指差した。「こいつがラニエリだ」

彼らはその顔を見つめ、記憶に刻みこんだ。受付嬢がまた電話に向かってひそひそとつぶやき始めた。警察を呼んでいるのかもしれない。

彼らは階段をおりた。ロビーに着いたとたん、怒った男の大声がふいに響いて、ひとりの男がドアをぐいっと押し開けた。

「……だからどうしろってんだよ。彼女に銃を突きつけろってのか？　父親が殺されたばかりなんだぜ！　おれは彼女を家に連れていくしかなかったんだよ！」

ブルーノ・ラニエリだった。えくぼも笑顔もなし。フリースのシャツとジーンズ姿でうなり、携帯電話に嚙みついている。

「……もちろん、彼が電話に出てくれてたらな。おれのせいじゃないって！」彼が横を通り過ぎた。「どうやっておれにわかるっての？　おれには行き先も言わなかった。あいつはひとりで怪物どもに立ち向かわなきゃ気がすまないんだ……もっといい案があるなら、ぜひ聞かせてもらいたいね！」

「ブルーノ・ラニエリか？」デイビーが言った。

ブルーノがくるりと振り向いた。「もう切るぞ」携帯電話に向かってつぶやく。「あとで連絡する」彼は電話を切った。「どちらさま？」

「おれはデイビー・マクラウド。こっちは兄貴で、コナー・マクラウド。そして友人のマイルズ・ダヴェンポート」デイビーが言った。

名前を聞いてもブルーノはなんの反応も示さなかった。目を細めて見つめ、相手を値踏みしている。「何かご用でも？」

「あんたの会社の凧をデザインした人間を探している」

ブルーノの表情は何も変わらなかったが、マイルズは部屋の温度がぐっとさがったような気がした。「お役には立てません。すみませんが」

デイビーが歯嚙みして言う。「名前だけでも」

「いいえ」ブルーノが階段のほうを向いた。

コナーがその肩をつかんで向き直らせた。ブルーノが放ったみぞおちへのパンチをかわし、彼を壁にどんと押しつける。

「あんたが情報をよこすまで、おれたちはあきらめないぞ」コナーが言った。

「人違いだ」ブルーノが唾を吐いた。

めまぐるしいパンチの攻防が続いた。あまりの速さに、マイルズはどういう状況なのかほとんどわからなかった。ブルーノが何やらすばやい動きでコナーの腕をひねりあげ、あごに肘を食らわそうとしたが、コナーはかろうじてよけた。だがブルーノに悪いほうの脚を引っかけられてバランスを崩し、後ろによろめいた。

ブルーノが出口のほうへあとずさった。息を切らし、防御の体勢を取っている。「あんたら、まだやる気か？」

コナーは片手を振った。「いや、いい」彼は言った。「もう充分だ」

ブルーノがドアから出ていった。マイルズは彼が大股に走り去るのを見つめ、コナーとデイビーに目を向けた。

「なんだよ、黙って行かせるのか?」マイルズは大声で文句を言った。「なぜ追いかけないい? 彼がケヴを知っていることはぼくたちにはわかってる。そうだろ? 違うというのか?」

「ああ、わかってる」コナーがグレーの小さな紙片を掲げた。ザ・スクイーカーのタグの貼りつけシールからはぎ取ったものだ。セーフガード社のカタログのなかでも最小の電池式追跡タグは、黒いメッシュの生地に覆われ、裏側が粘着テープになっているので、相手の背中にぴしゃりと貼りつけることができる。平らで軽量で、何時間でも気づかれない。「そう、あいつを追いかけてやるさ。カマキリだ、あの動き。見たか? 白鶴は?」

「見た」デイビーが言った。「あいつ、やるな」

マイルズは兄弟の会話の意味がわからず、うんざりした。「あの男の動きがケヴとどう関係あるというんだい?」

「あれはケヴのお気に入りの攻撃方法だ」コナーが言った。「ケヴがあの男を訓練したんだ」

「へえ……なるほど」マイルズは口をつぐんだ。

「もう一度攻撃してみたいな」とコナー。「ほかにどんなのが好きか見てみたい」

「なんだかショーンと同じようなことを言い始めてるよ」マイルズは感想を述べた。

コナーが片方の眉をあげた。「マイルズ、今のはちょっと傷ついたぞ」

「そしてぼくらは時間を無駄にしてる！」マイルズは叫んだ。「あのくそ野郎をさっさと追いつめようぜ！　あいつをぎゅっと絞ってやるんだ……レモンみたいに！」

デイビーの笑い声は、マイルズがこれまで聞いたことがないほど明るいものだった。知りあってからこのかた、こんなに心から彼が笑うのは聞いたことがなかった。デイビーに背中を思いきり叩かれ、マイルズは内臓が肋骨のなかで一直線に並んだのではないかと思ったほどだった。それから彼らは走り始めた。コナーの引きずった足が許す限りの速さで。

ケヴとユリヤはドアを押し開けた。そこはどこだかわからない工業用倉庫地帯で、金網のフェンスが張りめぐらされ、建物が並んでいた。外は寒く、雨が降っていた。人っ子ひとりいない、明らかに見捨てられた場所だ。

ユリヤが裸足《はだし》なのを見てケヴは歯ぎしりした。建物の裏に車が数台停めてあった。盗んできたキーを掲げてボタンを押すと、マツダCX9のライトが点滅した。ダッシュボードに入れてあったGPS装置をもぎ取り、ユリヤを助手席に乗せる。あまりに簡単に逃げだせて奇妙な気もしたが、敵はX-Cogヘルメットに勝てる者がいるなどとは思ってもいないのだろう。アヴァは自分が優位に立っていると確信していた。

車を運転して倉庫街を走り、出口を探すあいだ、ケヴはさまざまな考えをめぐらした。ユリヤの白い素足には鳥肌が立っていた。ヒーターのスイッチを入れ、シートベルトを締めるようジェスチャーで示したが、彼女は震えるばかりだった。唇が真っ青だ。ケヴはかがみこみ、ベルトを引っ張りだして締めてやった。

ユリヤを病院の緊急治療室に置いていくわけにはいかない。危険すぎる。いろいろな書類を書かされ、警察に尋問されるだろう。ケヴも警察につきあっている暇はなかった。アヴァがチャールズについて言ったことが本当ならば、下手に警察に顔など出したら命取りだ。だまされ、罠にはめられそうになっているとき、あるいは殺されそうになっているときは、官僚組織には近づくな。そうはいっても、ユリヤをどこか安全な場所にかくまわなければならない。ローザのところは？　だが、ローザはすでに危険にさらされている。おれのためにレンタカーを借りてくれたのだ。警察がもうその痕跡をたどっているかもしれない。ローザ、トニー、食堂。

彼らは神が救ってくれることを願うしかない。つまり、警察がということだが。

おれは捕まるわけにはいかない。武装して、自由に動けるようにしていたい。それには現金と新しい車が必要だ。顔にこびりついた血も洗い流す必要がある。エディを助けなければ。それに、オクサナ、マルガリチカ、オルガ、カチューシュカ、マリヤを助けるという使命もある。死んだ少女でいっぱいの冷蔵庫については言うまでもない。

ああ、まったく。そして一日はまだ始まったばかりだ。

道路に出て、国道二六号線の標識が見えるところまで来ると、ポートランドへと向かった。スピードを出しすぎないようにと思いながらも、気がはやっていて、速度を百四十キロ以下に落とすのは不可能だった。ケヴは〈エニー・ポート〉の外で車を急停止させた。ユリヤの体がシートベルトの下で弾み、両手が震えた。ケヴは車をおりると、まわりこんで助手席のベルトを外してやり、彼女の青白い足を縁石の上におろした。手を引いて立たせようとしたが、膝が崩れた。彼女はもう限界だ。

ケヴはユリヤを肩に担ぎあげて入り口前の階段を駆けのぼり、ベルを鳴らした。

「どなた？」

「ケヴ・ラーセンだ。ドロセアと話したい、今すぐに」彼は言った。「緊急事態だ。生死の分かれ目という状況なんだ」

解錠されたドアを押して入り、ケヴは階段をのぼった。ドロセアがあわてて彼らのほうへやってきた。「あらまあ！　その子は誰？　何があったの？」

「彼女を寝かせられるベッドはあるか？　あと、あたたかい毛布と熱い飲み物を」

「こちらへ」ドロセアは迷路のような廊下を案内して、小さく仕切られた個室のひとつに入った。ケヴは寄宿舎風のベッドにユリヤを横たえた。アシスタントのトレイシーが毛布を両手いっぱいに抱えて駆けこんできた。彼女がてきぱき動いてユリヤの面倒を見てくれていたので、ケヴは人けのない別の部屋までドロセアを引っ張っていった。彼女の両手をつかみ、握りしめる。

「彼女の名前はユリヤだ」ケヴは言い、興奮してまくしたてそうになるのを抑えた。「ラトヴィアから来た。通訳を見つけてやってくれ。彼女は誘拐されて虐待を受けていた。彼女に危険が迫っている。かくまってやってほしい。とても手ごわい敵なんだ。必要なら医者を呼んでもいいが、絶対に秘密は守ること」

ドロセアが目をしばたたいた。「彼女の敵はあなたの敵でもあるのね?」

「そうだ。聞いてくれ。おれは何かとんでもない悪事にはめられつつある。ユリヤはおれの無実を証明できるんだ」彼は間を置いた。「彼女が生き残っていればの話だが」

「わたしにはなんの証明も必要ないわ」ドロセアがきっぱり言った。「あなたを信じる」

「ありがとう」ケヴは心から言った。「とにかく彼女を無事に守ってくれ」

「わたしにまかせて」

彼はドロセアの両手を強く握った。「おれはきみときみの組織を危険な目に遭わせようとしている。すまない。だが、ほかにどうしようもなかったんだ。もう行かなくては」

「もう? あなたも休みたいんじゃないの?」ドロセアが心配そうに、彼の傷痕のないほうの頬をぴたぴたと叩いた。「紅茶かスープでも飲んでいったら?」

「いや。彼女が逃げてきたところには、ほかにもまだ少女たちがいる。その子たちも助けなければならない」ケヴは彼女の手にキスをした。「ありがとう、ドロセア」

「じゃあ、せめてこれを持っていって」彼女がポケットから小さな袋を取りだした。「あなた、ひどい顔をしているわよ」ウェットティッシュだった。ケヴはにやっと笑って礼を言うと、それをポケットにおさめて出口に駆けだした。

「ケヴ！　待って！」階段を三段飛ばしで駆けおりていくケヴを、ドロセアがあわてて追いかけた。「今日、ある人が訪ねてきて、あなたの――」

「話はあとだ、ドロセア！」ケヴはドアをバタンと閉めた。彼の心はもう何キロも先に飛んでいた。

おれとユリヤが逃亡したことがまだ発覚していないとすれば、彼らにおれの家を見張る理由はない。もしもすでに発覚しているなら、誰かが待ち受けているだろう。おれがのこのこ自宅に戻るほどぐくそったれで愚かなばか野郎である場合に備えて。

そして、おれはそういう人間だ。ほかに選択肢はない。偽名で用意しておいたいくつかの身分証明を取ってこなければならない。そのひとつを使ってエディとの関係を育むだけの時間がなかったのが残念だ。公的手続きの審査に通るほど確かな身元を作りあげるのには何年もかかる。

だが、少なくともひとつ身分証があれば、働くことができる。旅をして、車を借りて、家を買うことができる。エディとロニーのために。

それには武器が必要だ。武器がなければ、素っ裸でいるようなものだ。

ケヴはタイヤをきしませせて車の向きを変え、アクセルを踏んだ。一刻も早く家へ行こう。

リスクは冒さなければならない。それが唯一のチャンスなのだから。

30

「誰かがこじ開けたみたいだ」ショーンはかがみこんでさらに詳しく調べた。「しかも最近。この錠は新しい。それにこの足跡も」彼は簡素な造りの煉瓦の建物を見あげた。青い空にくっきりと浮かびあがって見える。「車で待っていてくれ、リヴ」

リヴが優美とは言えない音をたてた。「ばかなことを言わないで」

ショーンは今さら言い返して喧嘩を始める気はなかった。彼は黙ってドアを押した。ひどく損なわれた錠はもはやまったく機能していない。

彼らは階段をあがり、どの階のどのドアがケヴの部屋に続くものなのか、なんの手がかりもないまま最上階に着いた。そこはドアがひとつしかなく、ほかは煉瓦でふさがれていた。

そのドアは開いていた。

「ここも誰かが壊して入ってる」ショーンは言った。

「すごい偶然ね」リヴがつぶやいた。

ショーンは頭をドアの向こうに突きだして、耳を澄ました。しんとしている。リヴが指を彼の指と絡めた。いつまでも耳を傾けている彼を、リヴがじれったくなって引っ張る。ショーンは彼女の前に立って部屋に入っていった。

大きな部屋だった。煉瓦の壁、チーク材の床。どうやらケヴはなかなか羽振りがいいようだ。保護施設に大金を寄付していることから想像できなかったわけではないが。金属を基調としたキッチンの中央には、流しとガスこんろとオーブンを備えたタイル張りの大きな調理台がある。コンドミニアムのキッチンとバスルームを改装したばかりのショーンには、目の前にあるものにどれほど金がかかっているか見当がついた。弟は内装にとんでもない予算を注ぎこんでいる。くそったれめ。

天井からワイヤーで吊るされたモビールを見て、ショーンは息をのんだ。どこかから入ってくる隙間風に穏やかに揺れている。ケヴがよく小枝やどんぐりで作っていたものにそっくりだ。分子モデル――十二歳の頃に大学院レベルの有機化学の本で知り、趣味で作っていたものに。

そう。これはケヴだ。この部屋のそこかしこにケヴがいる。

「どうする?」リヴが神経質にあたりを見まわしながら尋ねた。「ケヴを待つ?」

ショーンはポケットに指を突っこんだ。「おかしい」

「あなたがおかしいのはいつものことよ」リヴがばっさり切り捨てた。「おかしくなかったら、あなたじゃないいわ」

「違うんだ。つまり、やつがいなくなってるってことが。錠が壊されてるってことが。あのグラフィックノベル作家の家もめちゃくちゃにされていた。何か変だ。何かがおかしい」

「それはびっくり」彼女がそっけなく言った。さっと回転し、高い天井と広い窓を見やる。「他人の部屋をのぞいてるのに、今さらおかしいも何もある？　わからないけど、これって、不法侵入でしょう？」

ショーンは笑った。「地面の下で死体になって腐ってると十八年もおれたちに思わせていたやつに、不法だのなんだの言わせやしないよ。おれの心の平和を乱したあいつのほうが、よっぽど不法侵入だ」

「ショーン――」

「もう悩んだりしないよ、ベイビー。本当だ。やつの下着の引き出しでもあさろう。ボクサーパンツかブリーフか見てみようじゃないか。どれどれ……」彼は机に置かれたメッシュのバスケットから未開封の封筒を取り、破って開けた。請求書だ。「わーお、見ろよ、この五十二インチのプラズマテレビのＣＡＴＶ料金。豪勢だな。バケツで水をくんで、地面に掘った穴にくそをしていたやつにしてはさ。自分の慎《つつ》ましいルーツを忘れちまったらしいぜ」

「ショーン、やめて」リヴが言った。

彼は大股でキッチンに入った。「冷蔵庫の中身もチェックしてやろう、どうせ不法侵入なんだから」彼は扉をぐいと引き開け、ビール瓶を一本取りだした。ふたをねじり開ける。「そろそろあの野郎に一杯おごってもらってもいいんじゃないかな」

リヴが大きなおなかの上で腕を組んだ。賛成しかねると言いたげに、やわらかな唇をきつく引き結ぶ。「いい加減にして」彼女はぴしゃりと言った。「頭を冷やしなさい」

「おれは熱くなってなんかいないよ。ただこのビールを飲み干して、それが五臓六腑《ごぞうろっぷ》にしみわたったら、あいつのバスルームで長々とションベンをして、あいつの歯ブラシで歯を磨いてやるんだ」ぶらぶらと部屋のほうに歩いていくと、床に一枚の封筒が落ちていた。ショーンはそれを拾いあげた。「なんだ、これ？　電話の請求書だ。どれどれ」彼は破いて開けると、額を見た。「ふうむ。これはかなり控えめな金額だな」

「もっぱら携帯電話を使っているのかもしれないわ」リヴが言った。

「それともやつには友達がいないのかも」ショーンは言った。「話し相手がひとりもいないのかもしれないぜ。自分の死を偽装しておいて人間関係を維持するのはきっと大変だろう。社交的な生活を続けるのは至難の業だろうな。くそったれの嘘つき野郎め」

「もうたくさん！」リヴが怒鳴った。「あなたは好き勝手に楽しんでいるけれど、わたしはあなたの癇癪に付き合うのはうんざり！　早くこっちのゲームに集中して！」

ショーンは肺にためこんでいた空気をゆっくり吐いた。「これはゲームじゃない」

リヴがまた彼の手を取って引っ張った。「わかっているわ、ベイビー」静かに言う。「わたしは誰よりもそれをわかっている。行きましょう。全部見てまわるのよ」

「アラームが作動した。ラーセンの家だ」ケン・ワタナベが言った。

トムはさっと頭を振り向かせた。「なんだって?」

「聞こえただろう」ケンは無愛想だった。三日経ってもタマが痛むらしい。くそったれのホモ野郎め。トムは堪忍袋の緒が切れかけていた。

トムはのしのしと近寄った。「映像は?」

「今はちょうどカメラの死角にいる」ケンが言った。「ラーセンと女がひとり。だがパリッシュの娘じゃない。違う女だ」

「ラーセン?」トムは驚愕した。「そんなことはありえない」

ケンが肩をすくめた。「ラーセンに似てるんだ」

「見せろ」かがみこんだトムに、ケンはいくつかの画面を選んで巻き戻し、再生してみせた。あ開いたドアから頭を突っこんで、あたりを見まわしているのはケヴ・ラーセンだった。あの奇妙な、薄いグリーンの目が輝いている。嘘だ。トムは仰天した。どうやって……?

画面の男が後ろを向いて何か言い、女をあとに従えてこそこそとドアのなかに入った。ケンが言ったとおり、パリッシュの娘ではない。この女は背が低くて、まるまる太っている。長くて黒いカーリーヘア。かわいらしくて、鮮やかな色の服を着て、おなかが真ん丸で……

妊娠しているのか。トムはふいに気づいた。ラーセンが彼女の手を引いて、自分のそばに抱き寄せる――。

違う。ラーセンじゃない。この男のほうが髪が長い。男が一回転してアパートメントを見渡し、口笛を吹くように唇をすぼめた。顔の右側はすべすべで、傷痕がない。

くそったれ、こいつは双子だ！　ショーン・マクラウド。資料で読んだことがある。オスターマン博士の喉をかき切ったやつだ。

怒りがこみあげた。あの男の喉を引き裂いてやりたい。トムはその衝動が、博士が自分の生徒のエリート軍団に植えつけた暗示によるものだと知っていた。だがそうとわかっていても、その欲望はおさまらなかった。

マクラウドはラッキーだ。オスターマン博士を虐殺したのがこいつであることは、公にはされていない。もしもそうなっていたら、Oクラブの全メンバーに追いかけられ、引き裂かれて、血まみれになっていただろう。彼の遺伝子のすべてが消滅させられていたはずだ。

トムは愛らしい女性のセーターのふくらみに目をやった。ああ、そうだ。あいつの遺伝子。まずはそこから始めるのがよさそうだ。

「チームの全員を招集しろ。ラーセンの家の外にただちに集合」トムは言った。「おれたちが到着したら、あいつらとご対面だ。あのちくしょうをとらえろ。生きたままだぞ。あいつはおれのものだ、わかったな？　あの女もだ。殺すなよ。ダート銃かテーザー銃を使え」

トムは通信デバイスを取りあげ、アヴァのコードを打ちこんだ。職務上、あの頭のいかれた売女がトップなのだからしかたがない。「アヴァ、応答を。ラーセンの家で緊急事態だ」応答なし。トムの腹のなかに怒りが渦巻いた。チームワーク、命令、規律といった概念を解さない、自己愛の激しい一般庶民の女はこれだから大嫌いだ。おれの足を引っ張り、おれのペースを乱す。頭がおかしくなりそうだ。

「アヴァ！　応答しろ、くそったれ！」彼は吠えた。

だが、やはり応答はない。彼はアヴァの秘密の研究室に配置しておいた警備員たちを呼びだした。「ジャノウィッツ？　ハックマン？　応答せよ！　応答せよ！」

返事はない。いったいどうなってるんだ？　貴重な時間を無駄にして、無能な連中の尻ぬぐいをしなくてはならないのか。職務を怠ったジャノウィッツとハックマンは、おれがこの手でタマを握り潰してやる。「先に行ってろ」トムはケンに向かって歯をむきだした。「おれは現地で合流する。デズのところの売女の様子を見てこなきゃならない。ラーセンの家には誰も入れるな。そして絶対に……あいつらに傷ひとつつけるんじゃないぞ！」

ケンは称賛すべき速さで仕事に取りかかった。トムは彼らが引きこもっていた大きなトレーラーハウスを出て、アヴァの研究室のある倉庫まで息を切らしながら走っていった。

警備員室をのぞく。仰天して、あごが落ちた。くそったれ。警備員がふたりとも意識を失い、血を流して、ラジエーターにつながれている。役立たずのばかども。トムは彼らを放っておいて、ラーセンが拘束されていた部屋に走った。いかれた売女らしいやり方だ。あの男を眺めて、あざけって楽しもうなどというのは。

ほら見ろ。部屋は空っぽだった。彼を縛りつけていた椅子も空っぽ。手錠は開いて置いてある。ラーセンは消えた。

どうなってるんだ？　あの傲慢な売女はラーセンに手も触れないはずじゃなかったのか。ケヴィン・マクラウドがどうやってオスターマン博士とゴードンのもとから逃げだしたのかは誰も知らない。ショーン・マクラウドがどんなふうにあのヘルメットを叩き壊して博士を殺すことができたのか、それも誰も知らない。それがわかるまでは、計画は最上級の警戒のもとに進められ、一歩一歩確実に、あの男の頭に銃の狙いをつけるはずだったのだ。

トムはアヴァの研究室の鍵を開けた。鼻を突く臭いと冷気があふれだした。冷蔵庫が開いている。彼はそれを閉め、ほかのドアを開けてまわった。

場の混乱は、何が起こったかを無言で物語っていた。ベンチ、天井のバーにくくりつけられた手錠。プラスチックの手錠がいくつも床に落ちている。空っぽの車椅子が横倒しになっていた。床にはいくつもの注射器が転がっている。アヴァは麻薬を筋肉注射して、やつをここに連れてきた。彼女ひとりで。そして、やつにヘルメットをかぶせた。あげくにマクラウドに倒された。

いい厄介払いができたじゃないか。

トムは携帯電話を取りだした。デズモンドへの電話がやっとつながったそのとき、くぐもった物音を耳にした。息苦しそうなぐずり泣きも聞こえる。

おっと。まさか。そんなおもしろいことってあるのか。

トムは電話を切り、音をたどって備蓄品の物置に行った。電気をつける。箱の山をよじのぼり、向こう側を見おろすと、息の詰まりそうなスペースにアヴァが押しこめられていた。アヴァは体をのけぞらせ、顔を真っ赤にして空気を求めていた。紫色の顔、血走ってぎょろぎょろ動く目、もつれた髪が、彼女を醜い老婆のように見せている。これが本当の姿だ。

トムは笑いだした。遊んでいる暇はないが、彼は携帯電話を掲げて写真を撮った。「悪いが、この写真は保存しておかないとな」彼はアヴァに言った。「最低のざまだな、スウィートハート」

彼女が弱々しく泣いて足をじたばたさせた。

トムは頭を振った。「あいつを逃がしやがって、このくそ女。おかげでおれがあいつを探しに行かなきゃならない。デズが助けに来るまで待てるだろう。おれにはおまえの相手をしている時間はないんだ。いい子で待ってろよ、ベイビー。すてきなことでも考えてな」

トムは箱の山からおりるあいだもずっと笑っていた。そして電気を消し、物置のドアをバタンと閉めた。

ショーンとリヴはじっくりとケヴのアパートメントを見てまわった。ショーンは目にとまるあらゆるものに奇妙な感慨を覚え、そのたびにはらわたがねじれるような感覚を味わった。キッチン、机、作業場、アート作品、本棚、生活スペース。ダイニングエリアに近づいたとたん、異臭に気づいてふたりは足を止めた。

「これは何?」リヴが言った。「いやだ、ひどい臭いね」

「おれの弟が無精者になったとか?」ショーンは仮定した。「妙だな。ケヴはいつだってえらくきれい好きだった。デイビーよりもすごかったよ。家族のなかで無精者のレッテルを貼られる可能性があったのはおれぐらいだ」

彼らはテーブルの上の混乱を見つめた。誰かがロマンティックな宴を開いていたのだ。キャンドルまで用意して。その残り物が傷むまで放ったらかされている。

「誰もいなくなってから……」ショーンは鼻をクンクンさせた。「三日ってところか。あるいは二日。魚を使った料理があった。魚はあの特別な臭いを出させる秘密の成分なんだ。知ってたかい?」

「さすがは元独身貴族」リヴが言い捨てた。「わたしが知るわけないじゃない。わたしは使ったらすぐに皿を洗うもの。ただちにね」

「ああ、知ってる。きみは完璧だ」ショーンはキャンドルホルダーのひとつを持ちあげて匂いを嗅いだ。「香り付きのキャンドル? しかもピンクの。おいおい、やつはあっち側に行っちまったのか？　いったいこれはどういうことだ？」

「彼女よ」リヴが静かに言った。「エディ・パリッシュだわ」

ショーンは彼女を呆然と見つめた。「嘘だろ。マジでそう思うのか？」

「彼女がどんなふうにケヴを描くか、見なかったの？　あのグラフィックノベルを見たでしょう？　どんなにロマンティックに描かれていたことか。彼女はケヴを崇拝しているわ」

ショーンはもう一本のキャンドルを手に取った。こっちは深紅だ。「なるほどな。ケヴも彼女を崇拝しているみたいだ。それで、情熱に圧倒されるあまり、片づけも皿洗いもできなかったって？　二日も？」

リヴが考えこんだ。「マクラウド家の男が真実の愛を見つけたなら、ベッドに二日間いることだってありうるわ。わたしは簡単に思い描ける」

ショーンは彼女を横目で見た。「おれ以外の誰かとそんなことを思い描くなよ」

リヴが目を光らせて言い返そうとしたが、ショーンは自分の手で彼女の口をふさいだ。

「ゲームに集中しろ」彼はささやいて、彼女にキスをした。手を引っ張ってフロアを横切り、らせん階段をのぼっていく。バスルームはロフトにあった。豪華ではないが、センスがいい。改装を経験したショーンには、見ただけで素材の値段がわかった。

ベッドルームへのドアを開ける。そのドアも大きくてシンプルだ。窓にかかった木製のヴェネツィアンブラインドが揺れていた。

そして、彼らは天井に曼荼羅が描かれているのを見た。

ショーンは、驚きのあまりかくんと落ちたあごをもとに戻すことができなかった。スクリューがまわっているかのように喉が締めつけられる。両手の感覚がなくなり、彼は震える手でビール瓶をドレッサーの上に置いた。

ショーンたちのベッドルームの天井に飾られた曼荼羅と、何から何まで同じだった。ケヴが父親の死から一年後に描いたものだ。ただ、ここにあるのは十倍も大きかった。部屋いっぱいに、果てしなく広がっているように思えた。

十二歳のケヴは、何週間もその絵に没頭していた。言葉にできない悲しみをそこに全部こめた。兄弟の誰も、父親が死んで自分がどういう気持ちなのかを話さなかった。彼らは悲しみをのみこみ、歯を食いしばり、腹のなかのむかつくような痛みをこらえて、すべてがうまくいっているふりをした。どん底にいたというのに。

ケヴの曼荼羅はその記憶を呼び覚ました。黙ったまま食事をした、あの最初の数カ月間。デイビーは父の代わりにテーブルの上座に座り、いかめしい顔で唇を引き結んでいた。デイビーとコナーが料理をした。焼いた肉、リスのシチュー、イースト発酵させていないぺしゃんこのパン、ガリガリで火が充分に通っていないライス、泥のついたままの野菜。たいていはそんなものだった。先が見えず、息をするのも動くのも怖かった。父親なしでどうやって生きていけばいいのかわからなかった。子どもたちだけで、一文無しで。

それから、デイビーは長男の責務を引き受けた。彼は建設現場での仕事を見つけてきた。コナーも兄にならって金を稼ぐようになると、デイビーは軍隊に入ってイラクへ出兵した。常に変動していた世界。あの頃の、言葉で表現できない感情がすべて、曼荼羅のなかの渦巻きや色の濃淡にこめられていた。

十二歳の頃、ショーンは暇さえあればベッドに寝そべってケヴの絵を見つめていた。そのイメージが頭のなかで渦を巻いて彼を連れ去り、心をきれいに洗い流してくれるのが心地よかった。あの絵を見ていれば、ショーンは息ができた。ときには眠ることもできた。ケヴの特別な才能のおかげだ。

ケヴはおれたちのことを忘れていなかった。ショーンはふいにそう悟った。兄弟はみんな、ここにいたのだ。ケヴの頭のなかに。彼らの占める位置が大きすぎて、ケヴは彼らを締めだすことができなかった。この天井を見ると、彼がそれを望んでいたようにも思えなかった。

「あれはメッセージだったのよ」リヴが言った。

「え?」ショーンは直前までなんの話をしていたか思い出そうとしたが、呆然となっている今の頭では難しかった。「なんだって?」

「凧よ」彼女が言った。「あれはあなたへのメッセージだわ。彼は何年もあなたに呼びかけていたの」震える息を吐きながら言う。「そしてあなたはとうとう彼の声を聞いた」声が詰まった。リヴは片手を口に当てた。

彼らは見つめあって立っていた。そのときリヴが息をのみ、明るい笑い声をあげた。

「なんだ?」ショーンは詰問した。「どうしたんだよ?」

「ベッドよ! あれを見て!」

ショーンはくしゃくしゃになったベッドを見た。上掛けとシーツがたたんである。そして……恐怖が彼のなかで爆発した。「なんてこった、あれは血か?」

「違うわ、ばかね!」リヴはベッドの上に座り、黒っぽくしなびたものをいくつか片手ですくい取ると、そっと匂いを嗅いだ。それからひらひらと落とした。「バラの花びらよ。あら、まあ。なんてロマンティックなの」

ショーンは鋭く息をついた。「やれやれ。脅かさないでくれ」

リヴが手に張りついていた花びらの匂いを嗅いだ。「わたしはうれしいわ。シーツにバラの花びらがあるってことは、彼、結構うまくやれてるみたいね」

「ああ、そのとおり。少なくとも女と寝ている」ショーンは不満げに言った。

「野暮《やぼ》なことを言わないで」リヴが言った。「バラの花びらは寝られるかどうかということじゃないのよ。優しさに飢えている女性への捧げものなの。繊細さ。言葉のいらない理解。わかってるでしょう。女の子が好きなものよ」

「何が言いたいんだ、リヴ?」ショーンは詰め寄った。「おれが優しくしていなくて、繊細じゃないと言いたいのか? おれがきみの女性としての飢えを充分に満たしていないと?」

リヴのセクシーな唇が震えた。ほほえみを必死に押し殺しているようだった。「わたしはただうれしいの。ケヴと、ケヴのお友達のレディのために。彼がそこをわかっているということが。それだけよ」

「ふうん。なるほど。つまり、あれでは足りなかったんだな。おれが絵筆とチョコレートとキャラメルソースを買ってきて、ポスト印象派的なあのすばらしい絵をきみの体じゅうに描いたのは――」

「それとは全然違うわ」リヴがきっぱり言った。「あれは最高に楽しかったし、砂糖とチョコレートを使ったところはとてもよかったわ。でも、これとは比べものにならない」

「じゃあ、おれがセクシーなランジェリーに八百ドルも使ったとき――」

「妊娠九カ月の女性にセクシーなランジェリーの話なんてしないこと」リヴが警告した。

「間違いなく相手の心を傷つけるわ」

ショーンはいらだちのうなり声を嚙み殺した。「弟を捕まえたら文句を言ってやる。おれと妻のあいだにトラブルを巻き起こして、非現実的な期待を抱かせたことについて。バラの花びらだって？　やめてくれよ、リヴ。そんなの、くそったれサーカスの手口だ」

「そう？　まあ、どうぞご自由に、彼に文句をぶつけるといいわ。もしかしたら、これからもっとあなたが参考にできることが出てくるかもしれないわよ。驚きの種は尽きないわ」

ショーンは腕組みをした。「ホテルの部屋に戻ったら、きみの女性としての欲求についてじっくり話をしよう。きみがそれを満たすのに必要だと考えていることについて」

その官能的な約束に、リヴの目が輝いた。「とても楽しそうね」

空気が燃えあがった。ショーンは興奮のあまり、その場でケヴのベッドを使いたいくらいだった。リヴの欲求を満たすという任務を自分がどれほど本気で考えているか、彼女に見せたかった。ひと晩じゅう。永遠に。

だが、そんな欲望の霧の向こうから、彼をちくりと刺す別の思いがあった。実際に目にしたケヴの家と生活を通して見ると、自分を説き伏せたリヴの手際がいかに見事だったかを痛感する。彼女はおれの怒りを爆発させることなく、なだめて、言い聞かせて、叱って、からかった。どれもうまくいかないとなると、ただおれを誘惑した。

おれはいまいましい子犬だ。おすわり。しっぽを振って。転がって。はい、お手。いつもリヴが差しだした手から何かを食べている。いや、もっといいのは、彼女の敏感な部分に塗りたくったチョコレートキャラメルをなめ取ることだ。それがいい。そう、いつだって。

だが今はそのときではない。ショーンはかすかに輝く彼女の目や唇、吸ってくれと言わんばかりの乳首から目をそらして、荒々しく咳払いをした。「さて。順番にやろう」

「あら、そうね。そうしてちょうだい」リヴがつぶやいた。

「やめてくれ、リヴ」彼は警告した。「ちょっと集中させてくれ。手がかりは揃ってる。ドアはこじ開けられていた。ピンク色の香り付きキャンドル、ベッドにはバラの花びら。ということはセックスはしたんだ。皿は何日も洗わずに放ってある。そして目に見える暴力の痕跡は何もない。強盗事件の通報もされていない。つまり彼らは戻ってきていない。パリッシュの娘の家にも戻っていないように」

「それで？」リヴが言った。「結論は？」

「だから、ふたりはここに来て、ケヴがロマンティックな食事を用意した。キャンドルやら何やらも。ふたりは食事をした。それから、ベッドルームにあがって、魔法の花びらを使ってやることをやった」

リヴが咳払いをして、くすくす笑いをこらえた。

「だがベッドルームにいるあいだに、ふたりは誰かが入ってきた物音を耳にした」ショーンは言った。「ケヴは彼女を守らなければならない。だから、下に行ってそいつとやりあうんじゃなくて……」彼は窓のほうに歩いていった。ブラインドが内側に向かって揺れている。そして外をのぞいた。「避難ばしごの上に出て、あの足場へ飛び移り、あっちのビルから逃げた」

「残り物を腐らせたまま」リヴが言った。「とてもいいわ。気に入った」

「でも、いったい今どこにいるんだ？」ショーンは考えこんだ。「誰に追われている？」

冷たい風がブラインドから吹きこんだ。彼は奇妙な胸騒ぎに身震いした。突然、ここを出てホテルの部屋のベッドに戻る理由を並べた長いリストの最後に、もうひとつつけくわえるべき理由が浮かんだ。「行こう」彼は言った。「この場所は安全じゃない」

リヴは言い返すことなく従った。彼女も同じくぞっとするような感覚を抱いていたのだ。ショーンは彼女を自分の後ろにつけて、ベッドルームのドアをそっと抜けた。

その感覚はパニックに近いところまでふくれあがっていた。判断を間違えた、へまをやったという思い。何か重要なものを見落としたに違いない。

その瞬間、ショーンのポケットのなかで携帯電話が震えた。マナーモードにしていてよかった。彼は電話を引っ張りだした。

デイビーからだ。目の隅に、階下で何かが動いたのが映った。正面玄関が音もなく内側に開く。

ショーンはリヴを床に押し倒して上にかぶさり、片手を彼女の口に当てた。仲間がいる。ショーンはそう口を動かして、視線をドアに向けた。

男がふたり、ドアの内側をのぞいた。大きな銃。彼らは忍者のようにするりとなかに入ってきた。一方、ショーンはこんなところにいる。妻とふたりで。彼女のおなかには大切な子どもがおさまっているというのに。手には護身用の六発入りリボルバーしか持たずに。

彼は背後のベッドルームのドアに目をやった。あの部屋には脱出ルートがあるが、遠すぎる。ロフトの端まで動けば男たちに気づかれる。さっと滑っていったとしても、リヴの鮮やかな赤いセーターは目立つだろう。咲き誇る牡丹《ぼたん》のように煉瓦の壁に映える。いったいどうすればいいんだ。

ショーンはリヴをバスルームのほうへと押した。ケヴがどんな設備を選んだか見てやろうと、先ほどドアを開けたままになっていた。リヴが横向きにそっとなかに滑りこんだ。青白い顔で、唇を嚙みしめている。アマゾンの女王の面影は少しも見えない。

ショーンもあとに続き、後ろ向きに這ってバスルームのタイルにたどり着いた。彼はデイビーにメールを打った。

ケヴの家。NWレノックス四六。リヴといる。敵は複数。助け乞う。

送信。ショーンは携帯電話をポケットに突っこんだ。ケヴのアパートメントは巨大すぎて、ここからあの男たちを追い払うにはライフルがいる。そして今、おれたちは追いこまれた。まったく、なんてすばらしいんだ。わかっていてもよかったのに。

やはりケヴはマクラウド家の男だ。こういう事態になることは避けられない。

ケヴは自分の家の隣のビルの脇に車を停めた。第六感がビンビンに反応していたので、アラームを作動させずに家に入る見込みはほとんどないとわかった。連中は今朝まで彼が帰宅するのを監視していたのだろう。だが、彼をとらえたあともここに張りついている理由はないはずだ。

彼らがアヴァをすでに見つけたのでなければ。可能性はいつだってある。

身分証明書を入れた金庫は、ベッドルームのクローゼットのなかに隠したスライド式パネルの裏に組みこまれている。家のあちこちに、ほかにもさまざまな隠し場所を作ってあった。数年前に改装したときに作ったものだ。ビルの外側にも隠し場所がいくつかあった。街灯の上に据えつけた偽の道具箱のなかには、現金一万ドルと偽の身分証明書のひとつがビニール袋に包んで入れてある。

ケヴは街灯をよじのぼり、箱を石で壊して中身を引っ張りだした。もうひとつ、ベッドルームの窓の外の緩い煉瓦の奥に隠してあるのも持っていこう。

隠し場所とその中身を準備しているときのケヴは、自分がすぐにも治療が必要なレベルの偏執狂になっていると自覚していた。なぜかはわからなかったし、わかろうともしなかった。ただ、緊急時には必要なものが手に入るようにしておきたかったし、建物のなかに入らずにそれを取って逃げられるようにもしておきたかったのだ。

だが今は、エディのことを考慮に入れる必要がある。その妹のことも。誘拐犯として捕まることなく逃げ続けるためには、もっと方策を考えなければならない。女性と少女を連れて逃走を続けるのは、正気とは思えないほど大変なことになるだろう。ひょっとしたら不可能かもしれない。ひとりでやりきるのは難しい。

それで？　なんだっていうんだ？　ほかに何をやることがある？　エディがいなければ、おれの人生にはなんの価値もない。とにかくやるしかない。

ケヴは自分の家の向かいにある人けのない建物の南京錠《なんきんじょう》をこじ開けて、暗闇へと滑りこんだ。ありがたいことに、今日は建築現場に人っ子ひとりいなかった。彼は影のように建物を抜け、歩道に足跡をつけないように注意しながら足場に這いのぼり、避難ばしごの上にあがった。煉瓦の奥にしまってあった現金を取りだして、警備員から奪ってきた黒いフードつきパーカーの大きな前ポケットに突っこむ。

窓はまだわずかに開いていた。留守にしていたあいだに普通の泥棒に入られていたら大笑いだ。とんでもない狂気の沙汰ばかりを経験してきたので、それぐらい陳腐なことが起きていたら、かえって元気が出るというものだ。

ケヴは窓の向こうに滑りこみ、床に着いて低い姿勢を取った。

部屋は静かだが、彼の頭のなかでは警報が鳴り響いていた。クローゼットに行き、ドアと蝶番にちゃんとオイルをさしておいてよかったと思った。音をたてずにパネルをスライドさせ、電子錠の番号を打ちこんだ。

警戒を怠るな。殺られるぞ。ケヴはやっとそれがどこから来ているのか理解した。父親であるエイモンの口癖だ。そして今の彼は父と同じくらいクレイジーだった。

金庫には分厚いマネーベルトがあった。必要な書類もすっかり揃っている。出生証明書、投票登録証、クレジットカードと銀行のカード数枚、預金記録、いくつかの異なる身元に応じた固定資産税の記録。そのすべてをいつでも使えるようにしておくには、複雑な手続きと大金がかかった。ブルーノはおれがどうかしていると思っていたが、ほら、見てみろ。今日こそは、おれが正しいと証明されたじゃないか。

金庫にはさらに予備の札入れとともに、弾をこめた銃が二丁置いてあった。ベレッタのクーガーとH&KのUSP。ケヴはカーゴパンツのサイドポケットにクーガーを、下着のなかにH&Kを突っこんだ。弾薬の箱は肩からかけていたバッグに入れた。

クローゼットの反対側の金庫にはもっと武器があるが、これ以上欲張ることはない。忘れものがないかと手探りしたケヴの手が、それを撫でた。空っぽの金庫のなかでくるくるまわっているそれは、起爆装置だった。M18A1クレイモア対人地雷が階下の煉瓦の壁の隙間に埋めこんであり、絵を飾って隠してある。正面玄関からの侵入者を吹き飛ばす角度だ。彼はそれを引っ張りだして見つめ、そんなものを埋めこんでおこうと自分に思わせたのはどんな暗い衝動だったのかと考えた。

ケヴは窓のほうへあとずさった。家のあちこちにさらに隠し場所があるが、幸運は充分使い果たした。あとひと押しすれば、パチンと弾けてしまうだろう。そうなれば自分とエディはおしまいだ。

そのとき、彼はビール瓶を見た。

ブルーノがメキシコ料理店から取り寄せた六本入りパックの一本。ドレッサーの上に置かれた瓶のまわりに泡がこびりついている。そんなものを置いていった覚えはない。

ケヴは部屋を横切り、指先で瓶に触れた。半分飲みかけで、まだ冷たい。冷蔵庫から出したばかりだ。瓶は汗をかいていた。

誰かがいる。おれのアパートメントに。まさに今。

しかし他人の家に入ってビールを開け、それを飲みながら部屋をうろつきまわるなんて、いったい誰の仕業だ？　マールとアヴァの用心棒どもではありえない。作戦行動中の彼らは集中していて仕事に徹している。ブルーノならやりそうなことだが、おれが何年もかけてがさつな弟を指導してきたおかげで、兄が手作業で仕上げた木の家具の上に飲み物を置くときにはコースターを使わないと鼻をへし折られることはわかっているはずだ。そして、ブルーノは今ここにはいない。彼はエディと一緒にいる。

ああ、どうか、神さま。頼む、ブルーノはまだエディと一緒にいると言ってくれ。

ケヴはフードをかぶると、顔のまわりで紐をきつく結んだ。腹這いになってベッドルームを出て、錬鉄の手すりの向こうを見る。

くそっ。武装した男がひとり、作業場をつっきまわしている。もうひとり、ダイニングルームのテーブルを見つめている男もいた。さらにふたりが玄関から滑るように入ってきた。押し黙って、あらかじめ決めたサインでやり取りしながら、誰かを、あるいは何かを探している。その緊張と集中の度合いは尋常ではない。

ビールを飲んだやつじゃないな。まあ、なんでもいい。それは永遠に謎のままにしておこう。おれはここから、この名前から、この人生からおさらばするんだ。またしても一からやり直し。だが少なくとも今度は、おれにはエディがいる。神に優しさがあるならば。

だが、神はしばしば優しくないときがある。それに、今は兄弟たちがいる。彼らにコンタクトを取らずにいられるのか？　彼らが誰か、おれはもう知っているというのに？

今はだめだ。ケヴはこっそりベッドルームに戻った。混乱するばかりでなんの助けにもならない、そんな考えはあとまわしだ。そして彼はスイッチを押した。

31

ザ・スクイーカーは、彼らをサンディ大通りのはずれの〈トニーズ・ダイナー〉へ導いた。デイビーが通りの向かいに車を停めた。窓越しに、ブルーノ・ラニエリがカウンターの前のスツールに腰かけて、髪を海兵隊員風に刈りこんだ老人と話しているのが見えた。大きく髪をふくらませた年配の女性が会話に加わり、スプーンを振りまわした。食事中の客たちは、出し物が始まったという顔で見物している。会話は怒鳴りあいに発展しているようだった。

「行く?」マイルズは尋ねた。

デイビーが疑わしそうな顔をした。「おれたちはわざわざ死の危険を冒そうとしているんだぞ」

「いつものことだ」コナーが皮肉な感想を述べた。

彼らが店に入るのを待っているあいだに、客たちは神経質にささやきあいながら出口へ向かい、不安そうにちらちらと後ろを振り返った。テーブルには食べかけのバーガーやフライドポテトが残されている。ドアが開くと騒音レベルがぐっとあがったが、怒鳴り声のほとんどは聞き取れなかった。というのも年配のふたりは外国語で叫んでいたからだ。イタリア語のようだったが、定かではなかった。

マイルズ、コナー、デイビーの三人は歩いて店内に入っていった。ブルーノ・ラニエリが唖然とした。「あんたら、いったいここで何をしてるんだ？」

「言っただろう」デイビーが言った。「手がかりを探してるって」彼は老人に問いかけた。「あなたがトニー？」

海軍カットの男がカウンターの下に手を伸ばした。「情報が欲しいって？」彼は先端を切り詰めたポンプ連射式のレミントン８７０ショットガンをさっと取りだすと、デイビーの胸に狙いをつけた。「情報とやらをくれてやろうじゃないか」

客がわっと店を飛びだした。老人が銃を振りまわす。「みんな、出ていけ！」彼はわめいた。「閉店だ！　今度来たらランチをただで食わせてやる！　さっさと出ていけ！」

老人の口調に、マイルズはストレスにさらされたときのマクラウド家の男たちを思い出した。最後の客があわてて出ていくと、デイビーとコナーとマイルズはそこに立ったままショットガンを見つめた。

「おまえの言ってたのはこの連中か？」老人がブルーノに尋ねた。

「ああ」ブルーノが言った。「まさにそうだ」

コナーが首を絞められたような音をたてる。マイルズは振り向いた。彼は壁を見つめている。「あの絵だ」コナーがささやいた。

額に入れて壁に飾られた絵は、レストランによくある薄っぺらなアートではなかった。それはデイビーとコナーの家に飾られている絵にも似ていた。ケヴが描いたものに違いない。

「そんなくそったれの絵のことは忘れて、おまえらはこの銃を見るべきだと思うがな」老人がうなった。「おれが撃たないと思っているのなら大間違いだぞ」

老人は本気に見えた。マイルズは深呼吸をして、ぐっと腹に力を入れた。マクラウドの連中と付き合って学んだスキルだ。

「今、おまえらには選択肢がふたつある」老人がざらついた声で言った。「尻を向けて店を出て、永遠に消え失せる。あるいは、おれに撃ち殺される。好きなほうを選べ。五秒で決めろ。五。四。三。二——」

「三つ目の選択肢を提案する」コナーが言った。「あんたがその銃をおろして、おれたちの弟のケヴをこの十八年間どこに隠していたのか話すんだ」

老人は目を細めて彼らをにらむと、コナーの顔をじろじろ見た。続いてデイビーの顔、それからマイルズの顔も。ブルドッグのような彼の顔に恐怖に似た表情が現れた。「いったいぜんたい……」彼の声が小さくなった。「誰なんだ?」

「だまされるなよ、おじさん」ブルーノ・ラニエリがささやいた。「こいつらはケヴとエディを襲ったばかどもだ。相手は三人だったんだろう? それにケヴは言ってた。連中はトレーニングを受けたプロだって」

「誰かがケヴを襲ったのか？」コナーが声をとがらせた。「いつ？　なぜ？」

「黙りやがれ、おまえらには関係ない」トニーがさっとショットガンを振りあげてコナーを狙った。「おまえらが誰だか知ってるぞ。おれは何年も待っていたんだ。エイモン・マクラウドがおまえらをここによこした。そうだろう？」

デイビーとコナーは驚きのあまり口が利けなかった。トニーが彼らの呪いを解くように銃を振りまわす。「そうなんだろう？」彼は怒鳴った。「答えやがれ、ちくしょうめ！」

ブルーノはまごついていた。「エイモン？　誰なんだよ、エイモンってのは？」

デイビーがしわがれた咳をした。「エイモン・マクラウドはおれたちの父親だった」彼が言った。「ケヴの父親だ」

トニーの顔が青ざめる。「だが、それは……そんなのは嘘だ」彼は唾を飛ばした。「あの男のことなら知っている。あいつがどんな男だったか、あいつが何をやったか、おれは知っている。おれはいろんな話を聞いたんだ！」

「つまり、おれたち以上に知っているんだな」コナーが言った。「どんな話だ？」

「マクラウドのことだ！　あいつは雇われの殺し屋だ！」老人がわめいた。「あいつのご自慢のコレクションのことも聞いた。耳、舌、タマ！　あいつは相手を見た瞬間に喉をかき切るんだ！　五百メートル離れたところから眉間を撃ち抜くことだってできる！　その殺しを誰がやったか明らかにされることはない。内戦の最中に行われたからだ。だが、誰もが知っていた！」

デイビーとコナーは目を見交わした。「おれたちはそのことは知らなかった」デイビーが言った。「本当なのかもしれない。それはエイモン・マクラウドのやり方じゃない。父はヴェトナムの話はしなかった。コレクションのことは別だが。だが、そのことは死ぬまで彼につきまとっていたよ」

「死ぬまで？」トニーが侮辱を受けたような声で言う。「どういう意味だ、死ぬまでって。あいつが死ぬわけがない！　おれは目を光らせていたんだ。情報もちゃんと仕入れていた。だが、あいつが死んだなんて聞いたこともない！　あいつに子どもがいたこともだ！　誰もそんなことは言わなかった！」

「誰も知らなかったんだ」デイビーが言った。「おれたちはどこにも出生届を出されていないし、彼は死んでもどこの墓地にも入らなかった。おれたちが彼を焼いたんだ。そのとき、ケヴは十二歳だった」

トニーがマイルズを横目でじろりとにらんだ。「こいつは誰だ？　おまえの弟でもケヴの弟でもないだろう、そんなひょろっとした白人のでか鼻野郎は」

マイルズはいつもの聖人並みの忍耐でそれを受けとめようと自分に言い聞かせた。この鼻とともに生きていくことを、それにまつわるすべてを受け入れることを、彼は学んでいた。

「ぼくはただの友達だ」

　銃は動かなかった。「おまえらの話を信じるに足る理由をひとつでも挙げてみろ」

「ひとつどころじゃない」コナーがポケットから封筒を取りだし、手のなかにばらばらと写真を振りだした。午後、家を出てくるときに壁から集めてきたものだ。

　トニーが片手を出した。「見せてみろ」

　年配の女性がトニーに近寄った。ブルーノが彼らの肩越しにかがみこむ。さすが家族だ。彼ら三人はみんな、疑わしげに眉をひそめた同じ表情をしていた。

「これは母が死ぬ直前のものだ。一九七五年」コナーが指差した。「この小さいふたりがケヴとショーン、双子だ。四歳。その写真ではどっちがどっちか、おれにはわからない」

　老婦人が指輪をした手を口に当てた。「彼は双子《ジェメリーノ》だったの？　こんなにブロンドで、こんなにキュート」彼女は歌うように言った。「なんてかわいい子《チェ・ピッシーノ・カリーノ》でしょう」

「双子」トニーが低い声で言った。「あいつに双子の兄弟がいたのか？」

「そっくりだろう」コナーが言った。「これはふたりが八歳のときのもの。おれは十二歳、デイビーは十四歳だった。そしてこれはケヴ。絵を描いてる。ケヴが十六歳の頃にデイビーが撮ったんだと思う。これはショーンがハイスクールを卒業したとき。おれたち全員が集合した」

「ああ、神さま」老婦人の目に涙が浮かんだ。「彼を見て。傷がないわ。かわいそうな子《ミオ・ポヴェロ・バンビーノ》」

「傷?」デイビーが詰問した。「誰がケヴに傷をつけた? そして、いったいケヴはこの十
八年ものあいだ、何をしていたんだ?」
トニーが銃をゆっくりとカウンターの奥にしまった。ブルーノはまだ写真を見続けていた。
ものすごいしかめっ面になっている。まるで、その写真が偽物だと確信しているかのように。
トニーがゆっくりと後ろを向き、ローマのコロッセオの形をしたセラミック製の記念品を
引っ張りおろした。底のゴム栓を引き抜き、小さなものを手のなかに振り落とす。彼はカウ
ンターをまわりこんで出てきた。それは彼の手からぶらさがっていた。ドッグタグ。年月を
経て黒ずんでいる。

「これがジーンズのポケットにあった。おれがあいつを見つけた夜だ」トニーが言った。

デイビーがそれをひったくった。コナーが彼の肩越しにかがみこむ。「なんてこった」彼
が静かに言った。「ケヴがこれを持っていたことすら知らなかった」

「ケヴをどこで見つけたんだ?」デイビーがきつい声で尋ねた。

「レントンだ。おれが働いていた倉庫の裏。一九九二年八月二十四日、図体《ずうたい》のでかいくそ野
郎が、誰かを死ぬほど叩きのめしていた。おれは夜勤の警備員だった。しばらくは防犯カメ
ラでそれを見ていたが、相手があまりにこてんぱんにやられていて殴り返すこともできない
のに腹が立ってな」トニーが肩をすくめた。「自分のベレッタを手に出ていって、薄汚いくそ野郎に数発ぶちこんでやった。で、そこにケヴがいたんだ。ほとんど死にかけて」

「でも彼は生きていた」マイルズは話の先をうながした。

「そうだ」トニーが言った。「やつは生きていた。おれはあいつをどうしたらいいのかわからなかった。病院に連れていくわけにはいかない。誰かがそうするのを連中は待ち構えているだろう。それで、おれはうちに連れていった。あいつは具合が悪かった。ここがずっと」こめかみをとんとんと叩いた。「話すことも、文字を書くこともできなかった。誰に切り刻まれて顔を焼かれたのか知らないが、そいつがやつの脳味噌に何かしたんだと思う。誰にもわかるもんか」

デイビーとコナーはその言葉に身をすくませた。「顔を焼かれた?」デイビーが尋ねた。

「拷問だよ」トニーがぶっきらぼうに言った。「本当にひどかった。やつは何も覚えてない。話すこともできなかった。おれはやつをここに置いておいた。おれたちのところに。やつはここで働き、ここで食べ、眠った。やつは安全だった。おれたちが面倒を見たんだ」

「でも、あんたはこれを持っていた」デイビーがドッグタグを振った。必死に感情を抑えようとするあまり、声が震えていた。「これでおれたちを見つけることができたはずだ。ケヴを家に戻すことができたはずだ。おれたちはあいつの面倒を見ることができた。ケヴはおれたちの弟なんだぞ、ちくしょう。あいつを安全に守るのは、面倒を見るのはおれたちの役目だ。なぜあんたはおれたちを見つけなかった?」

「おれは間違った決断をした」トニーがぎこちない声で言った。「おれはマクラウドを殺し屋だと思っていた。ケヴの戦い方を見たとき、おれはこのチビがエイモン・マクラウドのチームにいたことがあるんだと思った。そして、きっとマクラウドの気に障ることをしたんだろうと。マクラウドを探したらケヴが殺されると思った。それで黙っていたんだ」

コナーが荒々しく息を吐いた。「ああ、なんてことだ」

「おまえらの親父は息子たちに戦い方を教えた。そうだろう？」トニーが尋ねた。

デイビーがうなずいた。トニーはうめいた。「それならあの戦い方、あの知識にも納得がいく。おれはやつが特殊部隊にいたんだと思った。ほかにどうやってあんなナイフ使いを、あんなサバイバル術を習得できるというんだ？」

「エイモン・マクラウドの息子だからだ」コナーが言った。「それはカリキュラムに組みこまれていた」

マイルズは会話をもとに戻そうとした。「ケヴは記憶を失っていたってわけ？　その記憶は戻らなかったのか？」

「ほとんどな」ブルーノがしぶしぶ言った。「数カ月前、ケヴは巨大な滝に落ちて頭を打った。それでいくらか記憶を取り戻した。でもほんの少しだ。彼をいらいらさせるぐらい。それがこのクレイジーな騒ぎの始まりだった」

「滝？」コナーの声がひび割れた。「どういうことだ？」

「あいつが好んでやる曲芸のすべてをおれたちに説明しろなんて言うなよな」ブルーノがう

なった。「ケヴには死の恐怖ってものがないんだ。おれにはわけがわからないよ。とにかく、彼はオスターマンを思い出した。それと拷問を。それ以来、ケヴはもっと記憶を取り戻そうと必死になった。彼は取りつかれていた」彼は両手を投げだした。「それで、ほらな？　ケヴが記憶を取り戻し始めたと思ったら、地獄の釜のふたが開いたってわけさ。みんなが彼を襲撃し始めて、みんなが撃ち殺されて――」

「なんだって？」コナーとデイビーが揃って怒鳴った。「誰が撃ち殺されたって？」

「チャールズ・パリッシュ」ブルーノがむっつりと説明した。「今朝、狙撃手が彼の頭を吹っ飛ばした。そして今、ケヴは行方不明だ」

「どういう意味だ、行方不明って？」マイルズは詰問した。「彼は見つかったんだろう？　いったいどうしていまだに行方不明なんだよ？」

「行方不明は行方不明だ」ブルーノが言った。「ケヴは今朝、オスターマンの記録文書を見せてくれると約束したヘリックス社のデブ猫の誰かと会うことになっていた。自分の過去を取り戻そうと必死だったんだ。どんなことをしても失われた記憶を見つけだすって」彼は三人を見渡してうめいた。ケヴの過去を代表する者たちが目の前に並んでいることを、明らかに喜んではいないようだ。「何時間も前に着いているはずだった。だが、そうじゃなかった。そして電話にも出やしない。エディのためでもだ。そんなの彼らしくない」

「そのデブ猫の名前は？」コナーが詰問した。

ブルーノがいらだった。「知るかよ。彼はケヴラー、謎の男だぞ。頭に銃を突きつけられなきゃ話そうとしないんだ。ときにはそうされても口を割らない。エディなら知ってるだろうけど、彼女は携帯電話を持ってない」

「エディって、グラフィックノベル作家の？」デイビーが尋ねた。

「そう、ケヴの新しい、本物の恋人」ブルーノが言った。「彼女は今日、父親を失ったんだ。その狙撃手のせいで。すべてがめちゃくちゃになった。おれにはわかってたよ、ケヴが自分の過去をつつきまわし始めたら、それはやつの目の前で爆発するって。ほら見ろ。ドカーン！　なんてざまだ」

マイルズは両手をこすりあわせた。「それでどうする？　おれたちはここに彼を見つけに来たんだ。だから、彼を探しに行こう」

ブルーノが携帯電話を取りだして番号を呼びだした。「エディの妹の番号なら知ってる」彼は通話ボタンを押してしばらく待ったが、首を横に振った。「誰も出ない」

「ケヴの家はどうだい？」マイルズは提案した。「見つかるかもしれないよ、わからないけど。手がかりはあるかもしれないだろう？」

デイビーとコナーの顔が輝いた。彼らはブルーノを見た。「あんたは彼の家の鍵を持ってるよな？」コナーが尋ねる。

ブルーノは悪魔のようににやりと笑った。「鍵なんて必要あるかよ？」

爆風に、体のすべての細胞がばらばらにされるようだった。ケヴは倒れて呆然としていた。立ちあがろうともがいた。

誰かがドアを越えて突進してきた。ケヴはそいつの顔に痣が残りそうな蹴りをお見舞いし、埃の向こうにぶっ飛ばした。男の体は錬鉄の手すりにしたたかに打ちつけられた。

ケヴは追いかけ、腎臓にジャブを叩きこんだ。誰かが叫んでいる。女だ。遠くて言葉は聞き取れない。男はケヴが鼻梁《びりょう》を狙ったチョップをかわして、ケヴの親指をつかむと、ねじられた腱の苦痛が増すように計算されたやり方でひねりあげた。だがケヴには利かない。彼は叫びたくなるような痛みから自分自身を切り離した。その訓練は積んできたのだ。

ねじられた手は使いものにならず震えていたものの、ケヴはもう一方の手で膵臓《すいぞう》への突きを狙った。相手はウナギのように身をよじり、それを肋骨で受けとめたが、ケヴはなんとか彼の手をつかんだ。男のジャケットの後ろをつかみ、彼を持ちあげて手すりの向こうに——。

男の顔に焦点が合った。永遠に続くように思われた一瞬のあいだ、男の目がまっすぐケヴの目を見つめ返した。

ショーン。

双子の兄弟。ふたりの指はしっかりとつなぎあわされていた。ケヴはショーンが落ちるのをくい止めた。ぶらさがった兄の体重で、ケヴの腕は引っこ抜かれそうになった。

ケヴは手すりにのしかかり、煙にむせて咳きこんだ。彼の手の先からぶらさがったショーンはまるで枝の先のフルーツのようだった。

おれの鏡像が、おれを見あげている。鼻や切れた唇から血を流して。彼がそこに揺れている。埃の舞うなか、後光を浴びて、目をらんらんと輝かせて。ケヴは筋肉と腱を引っ張る重みに耐えて、腕に力を入れた。

「ショーン？」ケヴの唇はその言葉を形作ったが、声は出てこなかった。

「じゃあ、わかるんだな、おれが」ショーンが言った。「おまえは、おれの名を、知ってる」

硬く冷たく、短く区切られた言葉が吐きだされた。

ケヴは口を動かしたが、声は出せなかった。あの声。そうだ。兄だ。おれはあの声を夢のなかで毎晩聞いていた。夢の記憶が襲いかかってくる。転がる丸太のように、彼をその重みで押し潰した。

「この嘘つきのくそ野郎め」ショーンが言った。「おれを放せ。そしてここまでおりてきな。おまえのケツを蹴り飛ばしてやるから」

バン。バン。後ろの暗がりのなかで銃口が閃光を放った。つまり、玄関にさらに敵が増えたというわけだ。女性の金切り声がした。手が、ケヴの腕を引っ張っている。彼女の言葉が聞こえてきた。「彼を引っ張りあげてよ、このうすのろ！」彼女が叫んだ。「ふたりとも、喧嘩はあとにして！」

喧嘩？　なんの喧嘩だ？　また銃口がひらめいた。弾丸がかすめる。ケヴは呆然とし、混乱していた。ショーンの腕を引っ張る――。

腕を炎がかすったかと思うと、弾丸がケヴの後ろのドアにめりこんだ。木の破片が飛び散り、彼の手が力を失い――。

ショーンがくずおれた。だめだと怒鳴る声がケヴの肺のなかでわき起こったが、兄が猫のように着地してソファの裏側に逃げこんだとたんに声は消えた。誰かがおれを引っ張っている――。リヴ！　なんてこった、これはリヴ・エンディコットだ！　その認識がケヴの脳をクリスマスツリーの飾りのようにまばゆく照らした。彼女が誰だかわかるというのはすてきなことだ。たとえ彼女がしかめっ面で怒鳴っていても。

弾丸が彼らの頭上を飛んでいった。ケヴはさっと集中力を戻し、H&Kを引き抜いて撃ち返しながらリヴに怒鳴った。「ベッドルームのクローゼットの右、壁の金庫。パスワードは〝汝の恐るべき対称《ザイ・フィアフル・シンメトリー》〟、最後にアスタリスクをつける。ピストル三丁と銃の挿弾子《クリップ》六つ、全部持ってこい！」

リヴが四つん這いでドアを抜けていった。ケヴは暗がりに目を凝らしながら銃を撃った。正面玄関のほうから苦痛の叫びが響く。リヴが腕いっぱいに武器を抱えて戻ってきた。クリップがひとつ腕からすべり落ち、そのとき初めてケヴは彼女が妊娠しているのを知った。なんてこった。彼はおずおずと彼女の腹のほうに銃を振った。「それは……その……ショーンが——」

「そうよ」リヴがそっけなく言った。「これはショーンの息子。あなたの甥のエイモンよ。わたしたちの近況報告をしあうのはまた今度でもいいと思わない？」

ケヴは銃を指差した。「どれか使えるか？」

「ええ」リヴが大きなＰＸ４ストーム・サブコンパクトを構え、そのあいだにケヴはクリップを交換した。ショーンが必死に手を振って見あげている。ケヴはパラオードナンスＰ14－45を落としてやった。ショーンはそれを空中でつかむと、またソファの陰に引っこんだ。敵の銃弾がソファにめりこみ、なかの詰めものが宙を舞う。くそっ。ケヴは、ソファの内部の木枠が兄をカバーするのに充分であることを願った。

「撃つな！」玄関のほうで誰かが怒鳴った。その声には聞き覚えがあった。「このばかどもが！　やつらは生かしておかなきゃいけないんだ！」

キッチンのほうから怒りの抗議と悪態が飛んだ。ケヴはその声のあたりを狙った。バン！　しわがれた叫びが聞こえた。

甥っ子だって？　リヴがおれの甥を身ごもっていて、名前はエイモンにするって？　ほんの数秒のあいだに、ゼロから百へ、メーターは完全に振りきれた。頭のなかに家族を取り戻して、ケヴはめまいでくらくらした。

弾丸が髪をかすめ、ケヴは現実に引き戻された。ここで死んでしまったらなんにもならないじゃないか。

「くそったれ、撃つな！」しわがれた声がまた怒鳴った。

「こっちに来い！」ケヴはショーンに怒鳴った。「おれが援護する！」

ショーンがらせん階段に飛びこむあいだ、ケヴは激しく銃撃したが、撃つなと怒鳴っていた権力者に屈したと見えて、誰も撃ち返してこなかった。

ショーンの体が引きつった。階段の途中で立ち止まる。まるで、自分が何をしているのか忘れてしまったように。頭ががくっと後ろに倒れた。彼は懇願するようにリヴの目を見つめると、手をあげて胸を引っかくようなしぐさをした。

そこから小さな矢が突きでていた。

ショーンが頭からひっくり返った。そして横向きに倒れ、腕が手すりから垂れた。

「ショーン！」リヴが埃の雲のなかに猛烈に弾丸をぶちこみながら階段を駆けおりる。

煙のなかから男がひとり進みでてにやりと笑った。ケヴは突然、どこでそのしわがれ声を聞いたのかを思い出した。あの大きな、不格好な体。混乱した脳波の奇妙な周波数。

エディの喉にナイフを突きつけた男だ。彼女に痣をつけた男。

カチッ。カチッ。

ケヴのクリップは空になっていた。新しいカートリッジを手探りしたが、男はゆっくりとした動きでこの世の終わりを思わせる埃っぽい暗闇を突き抜け、リヴとショーンのほうへ向かっていた。地獄から現れた悪鬼のように笑いながら。

ケヴの銃が装塡されて火を噴く前に、ダート銃の矢が放たれるだろう。男は狙いを定めていた。ケヴは手すりの上で豹のように体を丸め、叫びながら飛びおりた。男の充血した目がさっと上を向き、ダート銃がぱっと振りあげられて――。

重力がふたりともを叩きのめした。彼らは転がり、煉瓦やガラスのかけらの上で取っ組みあった。男は恐ろしく強くて敏捷《びんしょう》だった。らんらんとうつろな光を放つその目は、ケヴにアヴァを思い出させた。死んでいる。なのに何か別のものに突き動かされている。この世のものならぬ邪悪な存在に。

男はケヴより二十キロは重いその体でケヴを釘づけにして、耳元に強烈なパンチを繰りだした。ケヴの目の前に星が飛ぶ。だが片腕をよじって自由にすると、男が腕を振りおろしてつかんだ鋭いガラスの破片を男の顔のほうへ押し戻した。一瞬のひるみがケヴの突破口となった。彼は男をはねのけ、煉瓦を頭の横に叩きつけた。しかし男は吠えながら防御して後ろに転がり、立ちあがってぜいぜいと息をついた。

ケヴは男の目の動きを追い、相手と同時にダート銃に飛びついた。ケヴのキックがそれを男の手の届く範囲から蹴り飛ばす。それはさらにらせん階段の近くまで跳ねて――。

バン、バン！

取っ組みあいが終わったと見たリヴが、男を狙っていた。集中して、顔をこわばらせている。男がさっと手を振りあげて短剣を投げたが、ケヴはとっさに向きを変えてかわし、短剣は煉瓦の山に当たって虚しく跳ね返った。

男が床を蹴って飛びだし、転がってダート銃をつかむと、リヴを狙った。ケヴは叫び声をあげてふたりのあいだに飛びこんだ。

矢が放たれた。胃にこぶしが食いこんだように感じる。ケヴは後ろによろめいてリヴにぶつかり、ふたりしてぐったり伸びているショーンの上に倒れこんだ。

ケヴは黒いパーカーから突きだしている矢を見つめた。へそから指数本分離れたところだ。リヴが彼を押しのけ、叫びながら、銃を構えようともがいている。

その矢は分厚いマネーベルトに突き刺さっていた。

バン。バン。

喜んでいる暇はない。ケヴはショーンを肩に担ぎあげた。意識を失った兄はコンクリートの塊のように重かった。

階段をあがるケヴの脚が震えた。リヴが彼を援護する。追ってくる男に、彼女はとうとう弾を当てた。男が怒りの叫び声をあげながらよろよろと後ろにさがり、肩に手をやった。幸運の一発だ。階段をあがりきったときには、リヴのクリップは空になっていた。

彼らはベッドルームを目指して走った。ショーンを部屋の床におろすと、ケヴは駆け戻ってドアをロックし、ドレッサーをその前に据えた。それから窓のブラインドをあげ——。

ヒュン。

弾丸が窓枠に当たり、破片とペンキが飛び散った。

くそっ。おれたちは下からも追いつめられている。

トニーの車の後ろについて車を走らせるあいだに、デイビーがショーンに最新情報を知らせようと電話したが、応答はなかった。工業用倉庫地域に着くと、彼らはトニーのピックアップトラックと並んで信号が変わるのを待った。ブルーノが車の窓を開け、先に行けと手ぶりで示した。「次のブロックのふたつめのビルだ。前にSUVがずらりと並んでるビルだよ」そう言って眉をひそめた。「妙だな。あのビルにはケヴのほかに誰も住んでない。いつもは誰もいなくて――」

ドカン！

最上階から窓が飛び散った。その爆発の威力は彼らの体まで震わせた。

車のアラームが作動し始めた。建物の前に停められたSUVのまわりで騒ぎが起こっていた。叫び声や怒鳴り声が飛び交っている。

「なんてこった」マイルズは震える声で言った。

デイビーの携帯電話がメールを受信したことを知らせた。彼は画面を見つめた。「ショーンがなかにいる」恐ろしく淡々とした声で言う。「リヴも一緒だ」

四秒ほど恐怖の間が空き、マイルズは空気がガラリと変わったのを感じた。マクラウドの男たちは完全に仕事モードに切り替わっている。彼がまだ教わっていないテクニックだ。マイルズは座ったまま震え、ショーンのことを考えた……違う。ショーンのことじゃない。リヴのことでも、子どものことでもない。何も考えられない。彼は考えることをやめた。両手をねじり、奥歯を噛みしめる。腹をくくるんだ。

デイビーがSUVの床からコンパートメントをぱっと持ちあげ、銃のケースを取りだした。「おれはグロックとコルト・コブラを持っている。おまえたちは何を持ってる?」

マイルズは首を横に振った。銃を隠して持ち歩くライセンスは持っていない。デイビーが不満そうにうなり、彼にグロックとクリップ三つを投げてよこした。「これを持っていけ」

「おれはベレッタを持ってる。それとタマラが客に届けたがっていたペンダントとイヤリングのセットだ」コナーが言った。「十五万ドルの価値があるらしい。プラチナとダイヤモンド、コンポジションB爆薬、破砕性手榴《しゅりゅう》弾《だん》入りの特注デザインだ」

「え、ちょっと」マイルズは言った。「そんなのを使いこんだら、タマラに殺されるよ」彼は今でもタマラのことが心底怖かった。

コナーがショルダーバッグを開け、型押しされた真紅の革のケースを取りだした。それをパチンと開けると、なかから片手ほどの大きさの光り輝くジュエリーが現れた。「まったく、あの女は本当にいかれてるな」

「彼女のいかれ具合はピンチのときに役に立つ」デイビーがクリップを銃に装塡した。

「おれは普通の昔ながらの手榴弾でいいけどな。宝石は必要ない」コナーが言った。

デイビーは中央のコンソールから双眼鏡を引っ張りだした。「三人の男がビルに入っていく。少なくともひとりは——いや、全員が武装してるな。ウージーらしい銃を持ってる。ケヴは何をやらかしたんだ、第三次世界大戦か？」

ブルーノが窓の外に身を乗りだした。「おれはぐるっとまわってくる」硬い声で言った。

「隣のビルの裏手に車を停めよう」

彼らが大きな倉庫の裏にまわると、銃撃戦が始まったのが聞こえた。「こいつはいいや」

デイビーが言った。

「いい？」マイルズの声が割れた。「どうしたらこれがいいなんて言えるんだ？」

デイビーとコナーが笑みを交わした。「誰かさんが撃ち返してるってことは、まだ生きてるってことさ」コナーが言った。

トニーがショットガンとベレッタ・クーガーを手に車からおりてきた。ブルーノはトーラス・ミレニアムを振りまわしながら飛びだした。彼はおばに向かって怒りの言葉を吐き、彼女のふっくらと結いあげた髪を押さえつけている。頭を低くさせようとしているのだ。ローザの漆黒の巻き毛がびっくり箱のように上に飛びだし、肉づきのいい手が盛んに振られた。

ブルーノはうんざりした気持ちを雄弁に示すしぐさで片手を突きあげ、大股でビルの脇へと走っていった。

彼らも急いであとを追った。マイルズの心臓は喉元までせりあがっていた。汗ばむ手で銃を握りしめ、腹に力を入れる。ふと、技術オタクのままくだらない一生を終えていたかもしれないことを考えた。両親の家の地下室で青白い顔をして、失恋したガリ勉みたいにぶるぶる震えて。ノー・ライフ、ノー・セックス、ノー・シンディ。死の危険はなく安全だけれど、絨毯《じゅうたん》のなかの虫みたいに息が詰まる暮らし。

でも、ぼくはここにいる。地獄の黙示録みたいにすさまじい銃声がとどろくなか、ぼくはそこに向かって突き進もうとしている。そこから逃げるのではなく。

バン、バン！

マイルズは飛びあがり、悲鳴をあげた。さっきよりも音が近かった。ビルのなかではない。外だ。ブルーノが建物の端からのぞきこみ、ぎょっとして後ろにさがった。みんなを手招きする。「車が二台、六人いる」彼がささやいた。「ケヴは裏の窓から出ようとしている。取り囲まれた」

デイビーが残忍なほほえみを浮かべた。「じゃあ、そのちくしょうどもを片づけるか」

コナーが大型ゴミ容器の向こうにずらりと停めてある黒いSUVの一団を見つめ、目を細めた。「おれは車でぐるっとまわって、やつらの後ろからダイヤモンドの仕掛けを放り投げてくるよ」

「気をつけろよ」デイビーが言った。彼らはゴミ容器の後ろに積まれたゴミの山のなかにしゃがんだ。

「援護を頼む」ブルーノがささやいた。「おれは隣のビルに入るつもりだ。あの窓の高さの階まで行く。彼らを助けださないと」

「おれも行く」デイビーが言い、マイルズの肩をぴしゃりと叩いた。「あの連中の相手はまかせたぞ」

デイビーとブルーノが走りだし、地獄の釜のふたが開いた。

マイルズは銃声で耳鳴りがした。何発も発砲し、血が出るほど唇を噛みしめた。あの連中の相手はまかせたぞ、だって？　生死を分ける仕事を、借り物の銃を握った臆病者の疲れきった技術オタクにまかせるって？　上等だ。

トニーがその考えを読んだように、マイルズの肩を叩いた。「後ろのふたりに集中しろ」マイルズの耳に向かって怒鳴った。「あのくそどもをのさばらせるな。前のふたりはおれが引き受ける」

その指示は役に立った。マイルズは言われたとおりのことをした、銃声のせいで頭がガンガンし、すべてがグロテスクなほどまばゆく光って現実とは思えない。それでも彼はクリップが空になるまで撃ち続け、震える両手で新たなクリップを装塡した。

あのくそどもをのさばらせるな。

32

筋肉が緊張で震えた。ケヴはショーンをそっとおろして壁にもたせかけると、その傍らに沈みこんであえいだ。

八方ふさがりだ。正面の窓から出ようにも、ここは四階だし、下から集中砲火を浴びる。家のなかではまだ怒り狂って撃ちまくっているやつがいるし、階段をあがってこようとしているやつがいるし、外で待ち構えているやつもいるかもしれない。吹き抜けの階段をのぼるのが屋根にあがる唯一の方法だが、のぼったところで行き止まりだ。たとえこのベッドルームの窓からショーンを生きて引っ張りだすことができたとしても、彼を肩に担いで、片手であの高さをよじのぼれるかどうかは心もとない。リヴが階段をよじのぼるなんていうのも問題外だ。彼女の大きなおなかの上に射撃の的を描いておいたほうがいいかもしれない。なんてこった。そう考えると恐怖で力が抜けた。

リヴがぐったりしたショーンの上体を起こし、片腕で彼を支えた。ケヴは彼女のおなかを身ぶりで示した。「きみは、その……大丈夫なのか？」

きかなければよかったと思わされる目つきが返ってきた。そう、きくまでもないことだ。差し迫った運命が大丈夫でないことはあまりにも明白だった。

「ショーンがやっとあなたに会えたことは、わたしもうれしいわ。少なくとも一度は会えた」リヴが言った。「たとえそれが銃弾の飛び交うなかだったとしても。このあとどうなったとしても……物事はなるようにしかならないわ」

「ああ」ケヴは手を伸ばしてショーンの頸動脈に触れた。彼の心臓は強く確実に脈打っている。「おれもうれしいよ」

「彼があなたにちゃんと文句を言えたのもよかった」リヴがさらに激しい口調で言った。「まだ全然言い足りないけれど。ひどいわ、ケヴ。どうしてあんなことができたの？」

彼女は明らかにケヴが自分を擁護するようなことを言うのを期待している。しかし何も口から出てこなかった。言うべきことがありすぎて、喉元で詰まってしまっている。

「なぜずっと帰ってこなかったの？」言葉を爆発させたのはリヴのほうだった。その声は震えていた。「あれだけの時間を無駄にして！　そしてショーンを傷つけた。それはわかってるわよね？　あなたはみんなを傷つけた。でも、いちばん傷ついたのは彼よ！」

おれも傷ついたんだ。ケヴはどこから始めるべきかを探ったが、彼の物語はあまりにも長く、壮大で、常軌を逸していて、どれほど言葉を駆使しても通じないように思えた。「おれのせいじゃない」彼はそう言うしかなかった。

リヴが唇をきつく結んだ。これではまだだめだ。もっと何か言わないと。

だがケヴは言葉を、きっかけを失っていた。どうにもならなかった。「すまない」そうだ、本当に。おれは心からすまないと思っている。今日より前に、あの心のなかの壁を破っておくべきだった。何年も前に。罪悪感がうずき、体の奥がよじれた。どうすればそれができたのかは見当もつかないが、それでも、どうにかするべきだった。

ふたたび銃撃が始まったものの、今度のは窓枠にも届かなかった。ケヴは思いきって外をのぞき、さっと身をかがめる前に、ＳＵＶの一台の窓ガラスが砕け散るのを見た。怒鳴り声が飛び交っている。

心に興奮が渦巻いた。しかし、彼はそれを押し潰した。誰かがおれたちの味方をしてくれているというのは心あたたまる話だが、現状が好転するわけではない。やはり万事休すだ。ケヴはまた外をのぞいてみた——。

ガシャン。

窓ガラスが砕けて、破片が彼に降りそそいだ。ケヴはよろめいてあとずさった。リヴが金切り声をあげ、両腕で自分とショーンの顔を守った。ブラインドが撃ち抜かれ、もつれ、ねじれ、そのあとに続いた沈黙のなか、冷たい風にさらされてひらひらと揺れた。

「ケヴ？　おい！　そこにいるか？」

まじかよ、ブルーノだ！　ケヴは射程内に入らないように気をつけながら、外を見ようと飛びあがった。彼の弟は向かいのビルの足場のなかにいた。ばかみたいににたにた笑い、目を輝かせている。

「ブルーノ？」ケヴはしわがれた声でささやいた。「いったいどうしてここが——エディはどうした？」

ブルーノが両手をぱっとあげた。ローザ譲りのしぐさだ。「その話はあとだ」彼は大きな厚い板を空中に持ちあげた。その端が避難ばしごの上にどさりと着地し、積もっていたガラスのかけらが小刻みに震えた。「来い！」

「リヴ、先に行け」ケヴは言った。

ブルーノがぽかんと口を開ける。「リヴって誰だ？」

「リヴは大丈夫なのか？」別の男がブルーノの後ろに現れた。目が合ったとたん、ケヴは膝が抜けそうになった。あのごつごつしたいかつい顔は父によく似ている。そう気づいて、ケヴは棍棒で殴られたような気がした。「デイビー？」彼はささやいた。長い髪ともじゃもじゃのひげ、らんらんと輝いて相手を見つめる目つきがないだけで、デイビーは父に生き写しだった。

「おーい。どうなってんの？」ブルーノが手でメガホンを作って怒鳴った。「おれがオエッと吐く前にお涙ちょうだいの再会シーンはやめてくれよな。あとにしてくれ、頼むよ」

銃弾が足場をかすめ、外側のビルに跳ね飛んだ。ブルーノが悪態をついて飛びすさった。

ケヴはリヴを立たせた。「きみが先だ」

「だめよ！」リヴが叫んだ。「ショーンは怪我をしているのよ。それに――」

「それにきみは妊娠している。おれはきみが行くあいだ、こちら側から援護射撃をする。そのあと、おれがショーンを運ぶ。だが、きみが渡らないとおれは行けない」

リヴが喉の奥でぶつぶつ言った。「まったく、あなたもマクラウドの男ね」

「おれが撃ち始めたら急いで行け」ケヴは命じ、近くの窓からブラインドをむしり取った。

バン。バリッ。

誰かが部屋のドアを蹴っている。バリケードに使った家具をガタガタ揺らしている。

バン。

銃がロックを壊した。木片が飛び散る。

バン。

ドアを叩いているのはあのデブだ。

ドレッサーが動いた。男の片目がぎらぎら輝いているのが割れ目から見えた。ケヴは撃った。

バン。

目が消えた。

バリッ。

また強力なひと蹴り。ドアの開き具合がもう少し広くなった。

「急げ！」ケヴはリヴを引っ張った。窓から身を乗りだして、血も凍るような雄叫びをあげながら下のちくしょうどもを撃つ。

リヴが窓から這いだして渡し板の上を進み、ブルーノが伸ばした両手につかまれて安全な場所へと引っ張りこまれた。ケヴは窓の内側にさっと引っこみ、激しく息をついた。まだ生きている。彼女もだ。ほっとするあまり、めまいがした。

バリッ。

ベッドルームのドアがさらに広く開いた。ケヴはドアの隙間に数発撃ちこみながら、意識を失っている兄を窓の外に連れだして狭い避難ばしごにのせる方法を考えた。

不完全ながら考えついたのは、後ろ向きににじり出る方法だった。ケヴが自分の背中を盾にし、尻をターゲット代わりに見せつけて、腕のなかにショーンの体を抱えこんで引っ張りだす。そこはせいぜいひとりが乗れる幅しかなく、ふたりは無理だ。しかしケヴはなんとかショーンを狙いどおりの場所に引っ張りだし、震える脚を開いた。バランスを取るんだ、バランスを。全身の筋肉が震えた。汗があごから滴り落ちる。ブルーノの顔が遠くにかすんで見えた。デイビーの顔も、そして、その傍らにいるリヴの顔も。

ケヴは彼らの顔に焦点を合わせた。だめだ。彼はまたそちらを見ないようにした。彼らの顔に浮かぶ生々しい恐怖が見えたところで、なんの助けにもならない。

銃声よりも大きな爆発音が下で響いた。だが、ケヴはあえて見ようともしなかった。片足を渡し板にのせ、震える脚でバランスを取りながら、もう一方の足を比較的安定している避難ばしごから離した。

三歩か四歩で、大切な荷物を向こうから伸ばされた手に渡すことができるだろう。一歩。板はがたがた揺れ、ふたり分の重みでしなった。ケヴは下から弾丸が飛んでくるものと覚悟した。だが、まだ何も来ない。二歩。三歩。デイビーとブルーノが前に身を乗りだし、ショーンをつかもうと必死に手を伸ばす——。

バン。

さらに大きな爆発音。

ヒュン。ガシャン。ビシッ。

さっき出てきた部屋の窓から弾丸が飛び、ケヴの靴の脇に当たった。彼はよろよろと踊るようにステップを踏み、板が震えて避難ばしごにのせた場所からずれた。

ケヴはショーンをブルーノとデイビーに差しだした。そして次の瞬間、空中でダンスを踊っていた。脚ががくがくと激しく揺れる……。

次の瞬間、ケヴは足場をつかんでぶらさがっていた。手すりの上からショーンをつかんだのと同じ手で。滝の事故で木の幹に強打されたのと同じ腕で。

まったく、なんて痛いんだ。ケヴは息をしようともがいた。足元を見ると、下では決死の銃撃戦が繰り広げられている。

デイビーとブルーノが窓際の男に向けて撃っていた。男が撃ち返す。ケヴは滝のことを思い出した。心の内側の奥深くから、狂気に彩られた笑いがこみあげた。あのときとよく似ている。どういうわけだか。いったいおれが何をしたせいで、こんなとんでもないことばかりが起こるのだろう。ケヴにはさっぱりわからなかった。

一本の手が彼の手首をつかんだ。見ると、デイビーがデブ男の銃弾をものともせずに足場におりてきて、ケヴを引っ張っていた。そのあいだの援護をまかされたブルーノが、ベッドルームの窓に銃弾を浴びせている。ケヴはすさまじい痛みを感じながら、片方の膝を、続いて足を足場に引っかけた。痛むほうの腕をつかんで引きあげたデイビーが、彼を暗いビルのなかに突き飛ばす。ケヴは膝をついて倒れこみ、あえいで咳きこんだ。

「のんびりしてる暇はないぞ！」ブルーノが怒鳴った。「撃たれたのか？　怪我は？」

「大丈夫」ケヴはあえぎ、むせて、咳きこんだ。「だと思う」

「だったら動け！　急げ！　今だ！」

彼らに引っ張られるまま、ケヴは足をもつれさせながら走り、柱やケーブルの森を抜けていった。デイビーは軽々とショーンを担いでいる。一階までおりて外をのぞいたが、彼らを待ち受ける状況は不吉に思えた。そのとき、一台の車がクラクションを鳴らし始めた。現れたのはトニーの古いシボレーのピックアップトラックだ。ローザが運転席で、叫び声をあげていた。彼女は窓から顔を出して叫んだ。「くそったれ、この下衆野郎《ヴァッファンクーロ》ども！」そしてアクセルを踏みこんで黒いSUV軍団に向かっていった。

男たちが彼女の進路から逃れようと飛んだ。ガシャン！　ローザは彼らめがけて突っこみ、ピックアップトラックをバックさせた。バン！　ローザの側の窓ガラスが砕け散る。トニーと、ケヴの知らない痩せてひょろ長い男がひとり、大型ゴミ容器の後ろから飛びだしてきてトラックの荷台に飛び乗った。トニーがローザに走れ、走れ、走れと叫ぶ。もうひとり、足を引きずった男が、煙をあげているSUVの残骸のほうから駆けこんできた。

長身で長髪。コナー。あれはコナーだ。みんな、ここにいる。

ピックアップトラックが速度を落とし、ローザが急げとわめいた。ジャンプしたのか、落ちたのか、押されたのか、ともあれケヴはトラックの荷台に倒れこんでいた。そのあとからショーンがどさっと投げだされ、リヴ、デイビー、ブルーノが続いて乗りこんできた。タイヤのきしむ音をたててローザは車をバックさせ、荒っぽくブレーキを踏むと走りだした。

しばらくして、ケヴは体を持ちあげ、周囲を見まわした。

横たわったリヴがショーンの頭を抱きかかえて、ケヴを見つめていた。デイビーが彼を見つめていた。コナーが彼を見つめていた。ブルーノとトニーと痩せた男も、全員がこちらを見つめていた。

ああ、まったく。今のおれこそ絶体絶命だ。

トムは救急救命士が肩の傷の手当てをするあいだ、目をそらしていた。頭蓋骨が痛むほど奥歯を強く嚙みしめる。だが、痛みに耐えるためではない。彼がコントロールしかねているのは怒りだった。

くそ野郎のラーセン。おれをこけにしやがって。七人が死んだ。四人はアパートメントの爆発で、三人は銃撃戦で。さらに三人が負傷した。ひとりはあの頭のいかれた老婆が運転していたピックアップトラックに轢《ひ》かれて骨盤を折る重傷だ。どこの誰だか知らないが、あの女、すぐに見つけだしてやる。ああ、そうさ、代償は支払ってもらう。ラーセンとあいつのいまいましい寄せ集めチームに、オスターマン博士の軍隊をこけにしたらどういう目に遭うか思い知らせてやる。

目の前でポートランド警察のウィドーム刑事が話していた。頰の肉が垂れさがっている。トムは息をついて、その男のたるんだ醜い顔を潰してやりたい衝動を抑えつけた。顔から真っ逆さまに投げ飛ばし、脊椎をばらばらにして一本一本ブーツの踵《かかと》で踏みつぶしてやりたいところだ。「すみません」彼は嚙みしめた歯のあいだから言った。「ちょっと、ぼんやりしていました。もう一度言っていただけますか？」

「いいですとも。わたしが言っていただいたのは、われわれは公式声明を出さなければならないということです。あなたの関与について、ただちに――」

「言ったでしょう！　チャールズ・パリッシュはケヴ・ラーセン、またの名をマクラウドという男に対処するために、わたしの警備会社と契約したんです。いつでもその契約書をお見せしますよ。悲しいことに、わたしたちは殺人鬼からミスター・パリッシュをお守りすることはできませんでしたが、ラーセンが戻ったという情報を得たので、やつを取り押さえようとしたのです」トムは煙をあげている車のほうに腕を振ってみせた。あたり一帯にガラスが散乱し、救急車と死体袋でごった返している。「結果がこれですよ。実にわかりやすい話です。わたしの意見では、何も意外な要素はありません」

ウィドームが修羅場を見つめて唇を噛んだ。「それでも興味がありますな。たいした戦闘じゃありませんか、ん？　手に負えない仕事なのに無理をしたということですか？」

トムは相手を殺してやりたいほどの怒りをぐっとこらえた。「われわれは彼の力を過小評価していました」彼は歯ぎしりした。「彼の兄弟がすでに援護しているとは知らなかったのです。以前はただの犯人探しでしたが、今では戦争だ」

「わたしはそうは思いませんな」ウィドームが笑顔をトムに向けた。「あなたは手を引いて、この件をわれわれにまかせてもらったほうがいいと思いますよ、ミスター・ビクスビー」

「わたしはプロとして契約を全うしなければなりません」トムも笑顔を返した。「われわれはきっと一緒に仕事ができますよ。お互いに助けあって」

「もちろんですとも」ウィドームが言った。「法律の範囲内で」

「もちろんです。もうよろしいでしょうか。部下たちが必要な手当てを受けているか見てこないと。それに今日亡くなった者たちの遺族にも連絡しなければなりません。ではまた」トムは割れたガラスを踏み、焼けるゴムの臭いに鼻が曲がる思いをしながら、デズモンドに電話した。

電話に出たデズモンドはぺらぺらとしゃべり始めた。「問題発生だ。きみのところの人間を何人か、パリッシュ財団のビルに送ってもらいたい。今朝、ラーセンに見せるために運びこんだ箱の山を片づけてほしいんだ。あのパリッシュの小娘がわめいている。まだ誰も耳を貸していないようだが、念のため――」

「おまえはそれを問題と呼ぶのか?」トムは冷たい笑い声をあげた。「おれが問題ってやつを教えてやろう。七人が死んだ。彼らを採用して訓練に費やした金もパー。対人地雷が目の前で爆発したんだ。武装した車が二台、すっかり破壊された。銃撃戦の末、三人が病院行きだ。うちひとりはくそったれのトラックに轢かれた。マスコミが嗅ぎまわっていて、警察はおれの目の前にいる。そしてラーセンは消えた。おまえのくそったれな相棒のおかげでな。アヴァはまったくすばらしいあばずれだ」

「消えた? どうやって?」デズモンドの声が割れた。「いったいきみはどうやって――」

「おれじゃない! おまえのガールフレンドがやらかしたんだ。ラーセンはアヴァに手錠をはめ、猿ぐつわをし、備蓄品の物置に閉じこめた。そういえば、あの女をそこに置きっぱなしだったよ。物置にな。彼女の犯したミスの罰として。おまえが行って解放してやれ。おれはそんな気にはなれなかった」

「なんてこった」デズモンドがつぶやいた。「ラーセンは今どこだ？」

「知るか」トムは言った。「あいつはおれの部下たちもろとも自分のアパートメントを吹っ飛ばして、残りの部下を頭のいかれた兄弟たちと一緒に撃ちまくって、みんな揃って消えちまった。次はどうやっておれたちをこけにしてやろうかと計画を練るためだ、間違いない。というわけで、もしおまえがエディ・パリッシュの首根っこをつかんでるなら、決して放すなよ。おれたちは今夜、これを終わらせる」

「今夜？　しかし――」

「今夜だ。おれたちのファミリーはもう大勢が殺された。こんなくそったれの見世物小屋をいつまでもやってられるか。もうたくさんだ」

「しかし、アヴァがエディを必要としている理由は――」

「おれの知ったことじゃないね」トムは言った。「おれの株は二十分前に大暴落した。おまえのガールフレンドがもう少し遊びたいからって、これ以上は付き合えないな」

「トム、よく聞け」

「いいや。おまえが聞け。今夜終わらせる、さもないと契約は終わりだ。おれは警備チームを引きあげる。自分ひとりでマクラウドの連中と対決するんだな」トムはトラックに乗せられようとしている死体袋に目をやった。「そんなことはしたくないだろう？　行って、ガールフレンドを物置から出してやれよ。あの女の頭が爆発する前にな」

　トムは電話を切った。このばかがさっさとあの頭のいかれた売女を説き伏せてくれるといいんだが。この失敗作のシナリオを警察に、そしてマスコミに売りつけるためには、アヴァは今すぐにでもX-Cogの実験に取りかかる必要があるはずだ。事態は今や錐《きり》もみ状態で、コントロールを失いつつある。

　だがトムはマクラウドの連中を自らの手でやっつけたくてたまらなかった。やつらの血管をどくどくと激しく脈打たせ、目を飛びださせてやる。やつらの顔が紫色になるのを見てやろうじゃないか。トムの胸は高鳴った。

　あの暗黒の祭壇に捧げる最後の贈り物だ。オスターマン博士への敬意をこめて。

33

夕映えが薄闇に溶けこんでいく。エディはそれを見ながらベッドに横たわり、石のように固まって眠っているロニーを抱きしめていた。自分は寝たいとは思わなかった。ドクター・カッツに睡眠薬を処方してもらわない限りは眠れないだろうし、彼に頼むぐらいなら溺れ死んだほうがましだ。それに、意識を鋭敏に保っておかなければならない。今が鋭敏だというわけではないが。神経過敏にはなっていて、繊細なガラスのようにもろい状態だ。

ケヴは電話をかけてこなかった。当然だ。ブルーノと連絡を取らない限り、ロニーの番号を知るよしもない。つまり、彼は一日じゅう行方知れずということだ。

それとも、わざとわたしに連絡してこないのかもしれない。必要なものはもう手に入れて、わたしには用がなくなったから。

違うわ。エディは頭のなかでぶつぶつ言っている声を却下した。恐怖にだまされてはならない。しかし甘い嘘にしがみつきたくもないし、痛みをともなう真実から顔をそむけたいとも思わなかった。どちらにしても役には立たない。

ドレッサーの上にテレビがある。エディはリモコンをつかむとスイッチを入れた。他愛ないおしゃべりが聞きたかった。沈黙はあまりにも重く、押し潰されて窒息しそうだ。ローカルニュースが流れ始めた。

エディは画面を見つめた。頭がぼうっとしていた。メールのプリントアウトをまだ握りしめたままだったのに気づいて、紙の皺を伸ばした。

それはデズモンドの絵だった。目が輝いている。そこから光が出ているかのようだ。エディは背筋がぞっとするのを感じながら、細部をじっくり見ていった。自分のサイキック能力を簡単に解説してくれるハンドブックがあればいいのにと思った。彼女の無意識の精神は、あまりにも入り組んで複雑だ。しかし、これを解き明かす時間ならたっぷりある。

絵のデズモンドは王冠をつけていた。驚くことではない。エディはいつも彼のことをヘリックス社の王位継承権を持つ王子と見なしていたのだから。けれどもその王冠の虚しい輝きときたら、寒けがするほどだ。彼は何かに取りつかれているように見えた。そして、まわりにはたくさんのハートがあった。初恋に夢中になった十三歳の女の子が学校のノートのそこらじゅうに書き散らすようなハートマーク。メールの最後にある〝デズ〟という署名を、エディは一段と大きなハートで囲んでいた。その後ろには交差する二本の骨。

毒のシンボルだ。けれども一緒に描かれているのは骸骨ではなくハート。どういうこと？ハート。エディが母のポートレートの上に描いたのと同じだ。

なんだか妙だわ。お母さんもお父さんも、死んだその日にデズの訪問を受けていたなんて。でも、それを言うならふたりは毎日のように彼と会っていた。想像をたくましくしすぎよ。

テレビ画面に映った写真がエディの目にとまった。彼女はもう一度見直し、驚いて上半身を起こして音量をあげた。それは赤い髪の少女だった。本のサイン会に来た、エディが絵を描いた少女。

「……いますが、クレイグ・ロバーツ容疑者の捜索は今も進行中です。彼には、昨夜、寮の自室で首を絞められた状態で発見されたポートランド大学の学生、ミス・ヴィクトリア・ソベル殺害の容疑がかかっています」女性キャスターが語った。「友人の証言によれば、ミス・ソベルは数カ月前から、地元ラジオのDJだったロバーツ容疑者と交際していました。ロバーツ容疑者が最後に目撃されたのはクラッカマズ地域で……」

頭のなかの轟音にテレビの声がかき消された。つまり、ヴィッキーにクレイグのことを伝えても、彼女を救うことはできなかったのだ。ヴィッキーに逃げ道はなかった。

エディはテレビを消した。自分がいかに無駄なことをしたかを思い知らされて頬をひっぱたかれた気分になるよりは、窒息しそうな沈黙に耐えるほうがいい。ヴィッキー・ソベルのそばかすだらけの笑顔がエディの心の目に映った。テレビを消しても涙は止まらなかった。

ケヴの陰にぼんやり見えたクモのことを考える。胸がざわめいた。

でも、ケヴはヴィッキーとは違うわ。わたしも違う。そう思うと、胸のなかの苦痛と恐怖の下で何かがかきまわされるようだった。静かな声がする。叱っているのではない。淡々と、否定できない真実を彼女に思い出させる声が。

わたしがヴィッキー・ソベルに感じたことは正しかった。いつだって、わたしは正しく描いている。いつだって。

だからといって特に心が慰められるわけでもないし、胸は震えていたが、その言葉はうつむき加減だった彼女の背中をしゃんと伸ばしてくれた。涙が頰を流れた。

エディはそろそろとベッドをおり、体を震わせてすすり泣きながら、編まれたラグの上に座りこんだ。胸に痣をつけられたあの痛みよりは、この苦痛のほうがましだ。そういえば今日は一日、涙を流していなかった。崖の上でブルーノの前で吐いたときは別にして。それに、あれは悲しいというより、とにかくショックを受けたせいだった。

ようやくあふれた涙は、エディが本当の意味で一度も持つことのなかった、これからも持つことのない、父親のための涙だった。自分にはもう挽回《ばんかい》のチャンスはないのだ。

気の毒なヴィッキー・ソベルのことはまったく知らなかったが、遠くで起こったその悲劇は、エディの涙をせき止めていた門を開け放った。思いきり泣いて気がすんだ頃には、エディは前より落ち着いて、より穏やかになっていた。とてもすっきりした気分だった。

自分を信じよう。わたしには信じるだけの価値がある。そして、わたしはこの混乱をおさめてみせる。邪悪な嘘をおとなしくのみこんだりはしない。絶対に。もう二度と。

エディは立ちあがり、薄暮に包まれた部屋をいらいらと歩きまわった。

「ねえ」ロニーの声がした。静かな、ささやくような声だ。「来てくれたのね。よかった」

ロニーが赤い目をこすった。

エディはぱっと振り向き、ベッドに飛びこんだ。姉妹はしっかりと抱きあった。問題を解決するためにまた妹をひとり置いていくことになると思うと、胸が痛んだ。けれども、何か邪悪な存在が動いている。誰かがわたしの不幸を願っている。戦わなければならない。ただ受け身で、うまくいくよう祈っていてもしかたがない。こちらから強く働きかけなければ真実は明らかにならないのだ。わたしが自分で動かなければ。

エディは誘拐犯たちのことを考えた。引退パーティー。不可解にも彼女のアパートメントに置かれていた毒入りの瓶。そして今度はケヴの失踪。あの防犯ビデオに映っていたケヴ。殺された父親。ケヴは罠にはめられたのだ。

わたしがはめられたように。

誰かが望んでいる……何を？　お金？　これほどまでに大きな混乱、これほどまでに恐ろしい暴力は、金銭絡みでしかありえない。それとも復讐？　エディの知る限り、復讐する理由を持つのはケヴしかいないが、彼女はとっくに彼をその候補から除外していた。

遺産。今、書類上それを相続するのはロニーだ。しかし、こんな事件を引き起こしている犯人が誰にせよ、このまま手をこまねいているとは思えない。

エディは鼻をロニーのシャツにこすりつけ、自分の描いたデズモンド・マールのあの不気味なスケッチのことを考えた。うつろな目、王冠。デズモンドから母へのメール。ハート。毒。

万が一ロニーが死んだら……父の何億ドルという遺産はパリッシュ財団のものとなる。そして、デズモンドはその一員だ。

でも、デズモンドが？　彼がわたしの父にどんな恨みを持つというの？　マール家だって大金持ちだし、デズモンドは成功し、称賛され、憧れの的となっている。父も彼のことを気に入り、敬意さえ抱いていた。ビジネス・スクール時代から彼のよき指導者だった。どこかに、何かとても奇妙な、とてもねじれていることがある。エディは身震いした。ケヴがメールで言っていた箱のことを考える。

ケヴが嘘をついているのか、デズモンドが嘘をついているのか。自分がどちらを信じたいかはわかっていたが、それだけでは充分ではない。警察には通用しない。

「ロニー？　わたしはしばらくあなたを置いて出かけなきゃならないの」エディはささやいた。「手遅れにならないうちに、調べておくことがあるのよ」

「わたしも一緒に行く」ロニーが言った。

エディは考えて、残念そうに首を横に振った。ロニーは警備員に囲まれたこの家で、安全でいてもらわなければならない。しくじりっぱなしで財布も空っぽの姉と、借り物の六連発のルガーを持ってうろつきまわるのではなく。「だめよ」エディは力なく言った。「危険すぎる。ちゃんとした計画もないし。お金も。あなたの安全を守れない」

「安全よりも姉さんと一緒にいるほうがいい」ロニーがエディに抱きついた。

「お願いよ、ベイビー。ほんのちょっとのあいだだけ。誰かがケヴを罠にはめようとしているの。わたしのことも。手遅れにならないうちに証拠を確認しに行かなくちゃ」

「姉さんを？」ロニーが目を丸くした。「罠にはめる？　お父さんのことで？　そんなのおかしいわ。姉さんを知っている人なら、誰もそんなことは信じないわ！」

エディは、自分のアパートメントで毒の瓶が見つかったことを父がロニーに話していなかったことに猛烈に感謝した。「マルタは信じたわ」彼女は指摘した。

ロニーがくるりと目をまわす。「そりゃそうよ。マルタはマルタだもん」彼女の目が鋭くなった。「今逃げたら、姉さんはよけいに怪しいと思われちゃう」

「わたしは何をやっても有罪だと思われるわ」エディは言った。

「これは姉さんが精神科の病院に入れられないようにするために必要なことなのね？」

精神科の病院ではすまないかもしれない。エディは誘拐犯のことを考えた。喉に突きつけられた冷たい刃を。「ええ、そんなところね」

「姉さんが逃げてこれっきり戻らないなら、わたしも行きたい」ロニーが静かな声に強い思いをこめて言った。「わたしを置いていかないで。わたしのために戻ってくると約束して」

　エディは妹を抱きしめた。「約束するわ」静かに言った。「どうすればいいかはわからないけれど、約束する。あなたもわたしに約束してくれたらね」

「何を？」

「デズ・マールに気をつけて」

「どうして？　彼はいつも、とてもよくしてくれたわ」それからロニーは目を見開いた。「ああ！　そうか。またあの特別な絵を描いたのね？　わたしも見ていい？」

　エディはためらったのちに、紙を広げた。ロニーはしばらくそれを見つめた。

「不気味だわ。これがなんのことかはわからないんでしょう？」

「ええ、全然」エディは言った。「なんの手がかりもないわ。ただ、どうかデズには気をつけて。彼とふたりきりにはならないように。一緒にどこにも行っちゃだめよ。わかった？」

「わかった」ロニーがポケットから携帯電話を取りだし、机から充電器を持ってきた。「これを持っていって。姉さんがそれを持ってることは誰にも言わないわ」

　エディはそれを受け取り、電源が入っていないことに気づいた。ああ。もちろんイヴリンおばが切ったのだろう。ロニーを薬で眠らせたあとで。

　そのあいだにケヴがかけてきたかもしれない。エディの心臓が早鐘を打ち始めた。電源を入れて不在着信をチェックしたくてうずうずした。でも今はできない。彼女は携帯電話をポケットに滑りこませ、もう一方のポケットに充電器を入れた。「ありがとう、スウィーティー」

ロニーが鼻をぐすんといわせた。「わたしは古いのを充電しておくわ。前の番号は覚えているわよね？　電話して。早くかけてきてね」

涙が喉を締めつける。それからたっぷり十五分もふたりで抱きあってすすり泣いてから、ようやくエディは計画を立て始めた。もっとも、計画と言えば聞こえはいいが、やみくもな衝動にすぎなかった。フライパンから炎のなかへ飛びこむ自殺行為。

しかし、できることはそれしかない。檻のなかのうさぎのようにここでびくびくしていても、何も変わらない。自分を閉じこめる壁が迫ってくるのを待つのはごめんだ。

部屋で待つようロニーを説得して、エディは廊下に出た。勇気をかき集める。何をすべきだろうか。お金。車のキー。ここからの脱出方法。行き先。彼女は自分用に作られた部屋に急ぎ、ジュエリーボックスをかきまわした。貴重品はここに置いていたので、高価なものがいくつかあった。宝石がついていて高く売れそうなペンダント、イヤリング、ブレスレット、指輪などをポケットに突っこむ。これらのジュエリーは自分のものなのに、なんだか盗みを働いているような気がした。

階段の下に父親の仕事場があった。そこに入り、父が鍵をしまっていた机の引き出しを開ける。四台所有している車のうち三台は地下の駐車場にあるが、厳重な囲いのなかだ。あと一台は書類上エディのものになっているポルシェで、父からの贈り物だったが、運転する機会は一度もなかった。しかしそれも囲いのなかだし、自分で運転して外出するからと説得したところで、警備員がゲートを開けてくれるとは思えなかった。

エディは別の鍵束を見つけた。たしか、父がある日パリッシュ財団の建物を見せるために友人の慈善家を乗せていくのに使った車のキーだ。それから建物のマスターキー。彼女はライブラリーに置かれた箱のことを考えて、それもポケットにおさめた。

やみくもな衝動による次なる行動は、警備員室に向かうことだった。ドアがかすかに開いている。彼女はその外に立った。

ポール・ディティーロの声が聞こえてきた。彼は背中をドアに向けている。「……だから、あの頭のいかれた金持ちのくそ女が父親を憎んでたってことは前にも言っただろうが！　あの女がやったんだよ、絶対！　それに、もし聞きたきゃ言うが、今のあの女は前よりもっと危険で……ん？」

ロバートが彼をつついた。ロバートの視線はエディが押し開けたドアへ向けられている。ポールが振り向き、エディをにらみつけた。おかしな話だわ。その憎しみのせいでかつてはあんなにも悩んだのに。今はそんなことはもうどうでもいい。エディは防犯カメラの映像を映した画面がずらりと並んでいるのを眺めた。

ポールが咳払いをした。「何かご用ですか、ミズ・パリッシュ？」

エディは画面を見つめながら、もっともらしい答えを探した。どの画面も四分割されて、四つの異なる映像を映している。ひとつのカメラにつき五秒間。早く何か答えなきゃ。ああ、複数のことを同時にこなすのって、なんてややこしいの。「ええと、その……ただ、今夜の警備の予定はどうなってるのかと思って」彼女はぎこちなく言った。「その、どんな予防策を講じてくれるのか心配だったの」

ポールがロバートと〝なんだ、この女〟と言いたげな目つきを交わしているあいだに、エディは自分の腕時計とコンピュータ画面の時計をチェックした。腕時計が三十秒進んでいる。北側のカメラの映像は分針が十二時を指したときに現れる。五秒経つと南に切り替わり、東、西と続いて二十秒で最初に戻る。一分ごとに角度が変わり、三つのサイクルが繰り返されている。

「しかるべき予防策は講じていますよ」ポールが言った。「心配無用です。睡眠薬でものんで寝たらどうです?」

エディは目をぱちくりさせた。宣戦布告というわけね。ポールがこれまで特に礼儀正しくしてくれたことはないけれど、今のはなかなか挑戦的だったわ。軽蔑の色がありありだ。

ドアの右側にコートをかけるフックがあった。ポールが先日、美容院までエディを乗せていったときに着ていたチャコールグレーのジャケットもかかっている。ふっくらしたシルバーの羽毛に縁取られたジャケット。あらゆるディテールがこんなにも鮮明だなんて、なんだか笑える。「実は、あなたたちのどちらかが、わたしを車で乗せていってくれないかと思って」エディは思いつきで言ってみた。「ちょっと片づけないといけない用事があるのだけど、自分では――」

「ノー」ポールが言った。

もちろんそう言われるとは思っていたが、エディは喧嘩腰になって怒りの表情を見せた。

「どういう意味よ、ノーって?」

「ノー。つまりあなたはここから出られないという意味ですよ、ミズ・パリッシュ」

エディは傲然とあごをあげた。「あなたにはわたしをここにとどめておく権利はないわ。父は自分にその権利があると考えていたけれど、彼はもういない」

「ええ。それは好都合じゃありませんか」ポールが歯をむきだした。机をまわりこみ、敵意もあらわに、コートがかかっているほうへと彼女を追いつめる。エディはポールの熱くて煙草くさい息にひるみながら、端にある彼のジャケットににじり寄った。

そっと後ろ手でポケットのひとつを探った。手を突っこむ。何もない。ちっ。

「正直に言いますがね、ミズ・パリッシュ。おれは今、誰がここの責任者かなんてことは知らないんですよ」ポールが太い人差し指をあげ、彼女の鎖骨をとんとんと叩いた。「ただ、ひとつだけ確実なことがある。その責任者はあんたじゃないってことだ」

エディはにらみ返しながら、もう一方のポケットを探った。ここだ。半分ジッパーが閉まっている……けれども開いた。手を入れる。車のキーと財布。両方ともつかんで自分のジーンズのポケットに滑りこませた。ポールが角に追いつめてくれて助かった。

ポールは威嚇ショーを演じるのに夢中になっていた。「上に行きなさい、ミズ・パリッシュ」唇に苦々しげな笑みが浮かぶ。「いい子にしてるんだな」

エディは怖じ気づいたふりをして引きさがった。階段を駆けあがってロニーの部屋に戻り、ドアを叩いて開けた。「ここを脱出するのに助けが必要なの」彼女は息もつかずに言った。

「爆竹はまだ残ってる?」

「お父さんが癇癪を起こして、捨てろって言ったやつ?」

「でも捨ててないんでしょう?」エディは不安そうに尋ねた。

ロニーの目が輝いた。「そうか! 陽動作戦ってやつね? 超クール!」

「あなたをトラブルに巻きこみたくないんだけど」エディはぶつぶつ言った。

妹が肩をすくめた。「誰とのトラブル? イヴリンおばさま? 冗談言わないでよ」

クローゼットから爆竹の入った段ボール箱を引っ張りだすと、ロニーは自分のお気に入りをより分け始めた。そのあいだにエディは計画をおさらいした。脱出は綿密に時間を合わせなければならない。警備員や屋敷の使用人たちは、敷地内ではなく外にある駐車場に車を停めている。西側の壁の向こうだ。西の庭の真ん中にあるオークの巨木の枝を伝っていけば、二メートル半ある壁のてっぺんに飛びつけるだろう。ロニーは時計の分針が十二時を指す五秒前に、テラスから爆竹を投げ始めることに決まった。

「でも、いくつ投げればいいの？」ロニーが尋ねた。

「わたしが壁を越えるまでよ」エディは言った。「最初の爆竹から十五秒間、わたしのいる西側は死角になる」

「いっそ全部に火をつけたほうが信じてもらえるんじゃない？」ロニーが言った。「頭がおかしくなっちゃったみたいに、泣き叫びながら投げ続けるの。誰かが止めに来るまで、口から泡を吹いて大騒ぎしてやるわ。実際、それがいいかも。すっきりするわ」

エディは咳払いをした。「やりすぎないで。わたしの頭がいかれていると思われているだけでも大変なのよ。これについてはわたしを信じて。あなたはあの罠にはまっちゃだめ」

「ねえ」ロニーが傷ついたような声を出した。「わたしはとっても神経質で、アーティスト気質で、しかも今日、孤児になったばかりなのよ。叫んで大騒ぎする資格は充分あると思うわ」

エディは妹の肩をつかんだ。「あなたを愛してる」彼女はささやいた。

「わたしも姉さんを愛してる」ロニーがエディをぎゅっと抱きしめた。「ドクター・カッツにまた薬で眠らされるだろうけど、しばらく気絶しているぐらいがちょうどいいわ」彼女は片手をおなかに当てて、ふうっと息を吐いた。「この気持ちからもちょっとお休みするの」

エディはいてもたってもいられなくなった。「ロニー、そんなことを言わないで。そんな方法で感情に対処するのはよくないわ。約束して、絶対に――」

「いいから」ロニーが悲しげなほほえみを見せた。「わたしを信用して。わたしはばかじゃない。それに、臆病者でもないの」

「知ってるわ」エディははなをすすった。「ありがとう、ベイビー。愛してるわ」

最後のハグをして、ふたりはそっとテラスに出た。エディは妹に手を振り、斜めになっているサンルームの屋根に飛びおりた。

急な傾斜の上で足が滑り、エディは必死で屋根をつかんだ。心臓がどきどきする。高いほうの屋根から落ちたら命取りだ。彼女は自分を落ち着かせ、屋根を横切った。ロニーが心配そうにテラスの手すりから見守っている。エディは屋根の端からぶらさがって飛び、大きなキッチンスペースの低い屋根におりた。キッチンのなかで誰かがドスンという音を聞いていないことを祈るばかりだ。スニーカーを履いていてよかったとエディは思った。そこを横切ってしまえば、ひさしから二、三メートル下がパティオだ。

オークの枝はキッチンの屋根に触れそうなほど広がっていた。エディはその陰に隠れてこそこそと庭に出ていった。心臓が早鐘を打ち、気を失いそうなほど緊張していた。

心のどこかで、戻ろうと懇願している自分もいた。何もかも安全で確実な場所に戻ろう。ほかの誰かがすべての決定をくだしてくれる場所に。

でも、その安全はまやかしにすぎない。いつもそうだった。彼女はオークの木のもっとも太い枝に飛びつき、木をのぼっていった。まだ頑固に枝にしがみついている葉のあいだから光が差しこんでくる。エディは手首をその光に向け、腕時計を見た。

うわっ、まずい。あと十三秒で壁に飛びつかないと！　必死に、汗まみれになって、枝に顔を引っかかれながら、膝をがくがくさせて木をのぼり――。

ポン、ポン、ヒユーッ、バン。エディが位置に着く前に最初の爆竹が爆発した。彼女はさらに急いだ。貴重な十五秒がカチカチと刻まれてなくなってしまう。家の向こうでまた爆竹がはぜた。ロニーが叫んでいる。細く甲高い声で。キャー。ドカン、ボン。硫黄の臭いが漂ってきた。男たちの怒鳴り声が聞こえる。あちこちでドアが開き、人がわいわいと集まっている。

エディは壁のてっぺんに飛びついた。血のにじむ指先で体を支え、ゴム底のスニーカーで壁を引っかくようにしてよじのぼる。ポン、ポン。爆発の光が瞬くのが見えた。ロニーが叫んでいる。とても真実味あふれる悲鳴だった。ほかにも叫び声がする。たぶんイヴリンかタニア、あるいは両方だ。おもちゃの笛みたいな金切り声。

最後に必死にもがいて、エディはやっと脚を壁の上に引っかけた。できる限り体を低くし、向こう側にぶらさがる。そしてパティオにおりると、震える足で駆けだした。もんどりうって頭から転がり、口のまわりが土と草と木の破片まみれになった。もがくように立ちあがり、また走りだす。

エディは覆いの下に停められた車のあいだに飛びこんだ。数秒オーバーしていた。もしも誰かがあの爆竹騒ぎの最中に防犯カメラの画面を見る心の余裕を持っていたら、わたしの姿は見られているだろう。もしそうだったら、一巻の終わりだ。エディはあえぎ、二十秒のカメラのサイクルをやり過ごして、さらに待った。もし見られていたら、誰かが来るはずだ。

だが、その気配はなかった。エディは腕時計をチェックし、やっとのことでアスファルトから体を起こすと、ポールの車のキーを取りだした。這いまわってダークグリーンのサターンを見つけ、なかに滑りこむ。ロニーはまだ叫んでいるが、爆竹の音はやんでいた。

次の死角となる時間にエンジンをスタートさせ、私道を走ってメインの通りに出た。携帯電話を取りだすと、彼女の知るいちばん近いハイヤー会社にかけた。ダッシュボードにはGPS装置が備えつけてある。一刻も早くこの車を捨てないと捕まってしまうだろう。

「クラーク・カー・サービスです」退屈しきった声が出た。

「モントローズ・ハイウェイのアウトレットモールまで車を一台回してほしいの」エディは言った。「〈シャリーズ・レストラン〉の前に、お願い」

「十分で行きます」男が言うと電話を切った。

エディはポールの車をモントローズの〈ターゲット〉の店の前の駐車場に停めた。ポールの財布の中身をあらため、海のように広い駐車場を走ってシャリーズへ急ぐ。八十三ドル。悪くない。ハイヤー代には充分だ。彼女はレストランから離れたところで待ち、車が来たのを見て車体のロゴに目を凝らした。駆けつけて、後部座席に乗りこむ。リムジンのレザーシートは恋人の抱擁のように心地よかった。「こんばんは」彼女は息を切らして言った。

運転手が肩越しにちらりと見て、もう一度振り返った。エディは自分の姿を見おろした。ああ、ひどい。血や土や葉っぱにまみれている。

「どちらまで？」運転手が神経質そうに尋ねた。

エディは深呼吸をした。「パリッシュ財団のビルまで。ハイエット・ドライブ五〇〇番地、モントローズ・ハイウェイをおりてヒルズボロ方面よ」


メインエントランスの前に着いたとき、あたりには人っ子ひとりいなかった。ドアには犯罪現場のテープが張られていたが、誰もいない。「ここで待っていてもらえる？」エディは運転手に頼んだ。「すぐ戻るから」

運転手は玄関に張られた黄色いテープを不安そうに見やった。「メーターは止めませんよ」

「それでいいわ」ポケットに突っこんだジュエリーが絡みつくなかから、ビルのマスターキーを探しだす。向かいのヘリックス・ビルの窓に空いた大きな穴が見えた。まるで眼球がえぐられたあとのようだ。父のオフィス。エディはめまいを覚えたが、頭を振って気を取り直した。

防犯カメラに見られていようとかまわなかった。エディは頭を高くあげて歩いていった。愛する人を守ろうとする行為に恥じるところはない。狙撃手が潜んでいたという八階の犯罪現場に近づくつもりはなかった。何にも手を触れず、何も動かさない。現場検証の邪魔はしない。彼女の良心は澄みきっていた。暗闇のなか、裏手の階段をあがる。ライブラリーのドアは開いたままになっていた。

エディは明かりをつけた。目に涙がこみあげ、天使の歌声が聞こえた。箱の山だ。ケヴが言っていたとおり、それはそこにあった。

ケヴを疑っていたわけではない。そんなことは決してない。けれど、ああ、それはなんとも甘い安堵感だった。わたしの本能を裏づける物理的な証拠がここにある。

エディはティッシュを一枚取りだし、中身に直接触れずに調べていった。そこには文書記録もコンピュータのディスクも何もなかった。ただの蛇腹型のフォルダーと、ヘリックス社のリサイクル用ゴミ箱から取ってきた紙の束が詰めこまれているだけ。メモ、ニュースレター、ジャンクメール。日付のついたメールは、みんな一カ月以上前のものだった。そしていちばん上の層以外は、そこまでの細工もしていなかった。下の箱にはシュレッダーにかけられた紙クズが詰まっていた。

芝居のセット。しかも間に合わせにもほどがある。彼らはここにケヴをとどめておくつもりなどなかった。これはただ彼を安心させるためのものだ。そして、それから……。

それから？　それから、彼らはケヴに何をしたの？　エディは片手で腹を押さえ、泣くのをこらえた。ケヴにまた電話をかけてみよう。でもその前に、ハウタリング刑事だ。ケヴの容疑を晴らして彼の自由を守ることのほうが、泣いて自分を甘やかすことより大事だ。

そもそも、彼はいつも電話に出そこねてばかり。ちゃんと電話を受けてくれさえすれば、わたしが彼のことをちゃんと考えていることがよくわかったでしょうに。

エディはロニーの高性能な携帯電話であらゆる角度から箱の写真を撮った。動画も撮っておいた。箱の山から窓の外の眺めに切り替えて、父のオフィスのぽっかり穴の空いた窓までおさめる。慣れない電話で苦労しながらメールにやっと写真を添付し、それをハウタリング刑事に送信して、電話をかけた。

刑事がすぐに出た。「ハウタリングです」

「刑事さん、エディス・パリッシュです」

「こんにちは、ミズ・パリッシュ。どうしました?」

「興味を持ってもらえるかもしれない情報を見つけたの」エディは言った。「ライブラリーの箱よ。デズモンド・マールはそんなものは存在しないと言ったけれど、確かに存在するわ。今、わたしの目の前にある。写真を撮ってあなたに送ったの。受け取った?」

「ええ、確かに。あなたは今、パリッシュ財団のビルにいるのですね?」

「あなたも来て、わたしの言葉をその目で確かめて。そうしてくれると約束したでしょう」

「約束は守るつもりでしたよ、猶予をいただけていたなら」刑事が言った。

「わたしには時間がないの」エディは答えた。

「ミズ・パリッシュ、あなたは犯罪現場を荒らしているんですよ。わかっていますか?」

「ここは狙撃手が隠れていた場所ではないわ。あなたが自分で言ったのよ、今まで誰もライブラリーは見ていないって。写真の日付の証拠になるように、壊れたヘリックス・ビルの窓も押さえた動画を撮ってあるわ。それにわたしは素手では何も触れていない。箱の中身は不要になった紙とシュレッダーにかけた紙クズだらけ。これは罠だったのよ、刑事さん。ケヴはここに誘いこまれたの」

「ただちに人をやってあなたを迎えに行かせます」ハウタリングが言った。

今ではもうお馴染みになっている叫びだしたいほどのいらだちが、エディの肺を、喉を押し潰した。あの間、あの沈黙。彼女はその感じを知っていた。その認識は次第に恐ろしいほどの不信感へと変わった。「わたしの話を信じていないのね?」

「あなたを信じていないということではありませんよ」刑事が慎重に言った。

「来て、自分の目で見てよ!」エディは懇願した。「デズは嘘をついていたのよ! それは問題にならないの? そこからほかの矛盾点を突くことはできないの?」

刑事は黙っている。エディは彼女の機先を制しようとめまぐるしく頭を働かせた。「ああ、なんてこと。わたしが証拠をでっちあげたと思っているのね? そうでしょう?」

「いいえ、必ずしもそんなことは」ハウタリングが言った。「でも、あなたはストレスにさらされ、混乱して、悲嘆に暮れている。あなたはあのビルに入ることができた。その事実は、ほかに誰が入ることができたのかという問題を提起することになります。同時にあなたは深刻な危険に直面しているんです。どうかそのままそこにいてください、ミズ・パリッシュ。二分もすれば誰かがあなたを迎えに行きますから。われわれがあなたの安全を守ります」

エディは携帯電話を持ったまま、だらりと手を落とした。刑事の声がキンキンと、遠くで何か言っている。彼女は親指で電話を切り、外を見つめた……ああ、なんてこと。

車のヘッドライトがハイエット・ドライブをこちらに向かってきていた。

34

「今夜は無理よ」アヴァは繰り返した。これで十度目だ。

「言われたとおりにするんだ、アヴァ」

アヴァはフロントガラスを見つめながら歯をカチカチ鳴らした。震えを止めることができなかった。

あの物置の窒息しそうな地獄に閉じこめられているあいだ、彼女はずっと震えていた。今もまだショックを受けている。脳のどこかのメカニズムが、マクラウドの精神とのあの恐ろしい接触によって激しい衝撃を受けたのだ。

いいえ、レイプだわ。アヴァは心のなかで訂正した。彼がわたしにしたことはレイプよ。彼はわたしの内側でぴくぴく動き、わたしの感情を感じ、それを親密な形で知ってしまった。アヴァの震えが激しくなった。わたしは自分の感情を知ることも耐えられない。敵意を持った他人にそれを感じ取られるのはなおさら耐えられなかった。

あの裏切り者にはもう二度とヘルメットをかぶせないわ。代わりにあいつを椅子に縛りつけて、大切な恋人にヘルメットをかぶせてやる。そう考えると、体の奥に官能の火が燃えあがるのを感じた。

奇妙なことだ。アヴァは大勢の男を経験してきたし、性的な接触を特に親密なものと考えたりはしなかった。彼女はセックスを利用することに慣れすぎていた。サバイバルの第一歩だ。それから、X-Cogによってセックスを強要されてきた。そのあとは自ら美と体を利用した。出世のため、便宜を図るために。ついには純然たる趣味として。セックスなどほとんど意識したこともなかった。楽しんでいるふりをしなければならないときは別として。セックスなどなんでもない。けれども精神を犯されるのは、ああ、耐えられない。恥ずかしさに全身がうずいた。わたしは汚された。わたしは不潔だ。両足がじたばたと動き、両手がぴくぴく震えた。オスターマン博士とのあの歳月。彼がどうやってわたしにヘルメットをかぶせ、わたしを支配し——。

「くそっ、それをやめてくれないか？」

デズモンドの声には棘があり、アヴァを驚かせた。彼女は傷ついて彼を見つめた。

デズモンドが彼女をにらみつけた。「ぴくぴくしたり、体を揺すったりするのをやめろ！それにきみの様子はひどいな。何が必要だ。コーヒーか？　酒か？　薬か？」

「あんたなんて最低よ、デズ」彼女は答えた。

「しっかりしろ。今夜はいろいろ大変なんだ。きみには頑張ってもらわないと」

「でも今夜エディをやるのは無理よ！　エディは唯一の――」

「ああ、きみのエディ理論は知っている、彼女の完璧な脳のことも」

「約束したでしょう、エディはわたしのものだって。なぜシナリオを変えなきゃいけないの？　彼女に妹を殺させて、行方不明にすればいい！　エディはわたしたちのものよ！　誰も彼女を見つけられない！　これまで以上にリスキーなことなんて何もないわ！」

「事態が変わったんだ」デズモンドが言った。「複雑すぎる。ぼくはトムに同意した。損失の少ないうちに手を引かなければならない。大勢の被験者を集めて研究を続ける余裕はわれわれにはないんだ。計画どおりにやったら、彼らはきっといつまでもエディを探し続けるだろう。マクラウドの連中の面倒はトムと彼の部下が見てくれる。ぼくらはエディとロニーを片づける。それで終わりだ。今夜で。そうなったら、ぼくはほっとするよ。この一連のいまいましい騒ぎで神経がどうにかなりそうなんだ」

　アヴァは奥歯を噛みしめて歯が鳴るのを止めた。つま先を丸めて強く床に押しつけ、両手の指をしっかりと絡める。

「みすみす逃すのよ」彼女は反抗的に言った。「わたしができたかもしれない、学んだであろうことを全部。あなたとわたしのお楽しみも」

「ときには個人的な犠牲も必要だよ、アヴァ」

「妹で遊んでもよかったのに、デジー。もうちょっと時間があればの話だけど。彼女はとても若くて、バージンよ。ヒナギクみたいにフレッシュ。想像してみてよ」

「やめるんだ」デズモンドがうなった。「想像もしなくていい。もう決まったことだ」

「考えてみれば、エディをあなたと結婚させることもできたのよね」アヴァは考えこんだ。

「ああ、その可能性があったじゃない、デズ。ヘルメットは花嫁のベールの下に簡単に隠せる。あるいは結婚式用のヘルメットを新しくデザインしてもいいわ。いろいろ飾りつけて。わたしが新婦の付き添い役になる。それっておもしろいんじゃない？」

デズモンドが中央のコンソールからマスターヘルメットを取りだしてアヴァの膝に放った。それから伸縮性のあるベルベットのキャップを出す。

「かぶっておけ。着いてからでは時間がないかもしれないぞ」

アヴァは助手席のひさしをおろしてライトをつけ、自分の血走った目を見て顔をしかめた。震える指では、ヘルメットを装着するのにいつもの倍の時間がかかった。アヴァはキャップをかぶり、青白いやつれた顔に帽子の赤がいいアクセントになっていることに気づいた。少なくとも、もつれた髪は隠してくれる。彼女を物置から出したデズモンドは、あまりに急いでいたので、顔を洗って髪をとかす暇さえ与えてくれなかった。ふたりは弾丸のように飛びだしたのだ。あの豚野郎のトムの言いなりになって。彼のつま先をなめる従順な犬みたいに。

彼らはゲートに到着した。警備員がデズモンドを見た。「こんばんは、ミスター・マール。

お連れの方はどなたですか?」

「こちらはドクター・アヴァ・チャン。彼女は……その、今朝ぼくと一緒にいたんだ、チャールズのオフィスに。あれが起きたときに」デズモンドが男を手招きした。「ぼくはロニーとエディのそばにいてあげたい。だがアヴァをひとりで放っておくこともできなかった」芝居がかったささやき声で言う。「アヴァは心に傷を負っている。そして彼女にはこの町に家族がいないんだ。われわれなら一緒に悲しみに暮れることができると思ってね。もちろん、イヴリンかきみたち警備員の誰かが異を唱えるなら、ぼくも理解するが」

男が彼女のほうをのぞきこんだ。アヴァは精一杯、さびしげで悲嘆に暮れて心に傷を負っているという顔をした。実際、たいした誇張でもない。

「ちょっとお待ちを」警備員は車から離れて無線機でやり取りしたあと、彼らに手を振った。

「お入りください」

「あなたって本当にとんでもない嘘つきね」パリッシュ邸の敷地内で車を停めるデズモンドに、アヴァは言った。

彼がエンジンを切った。「誰もがなんらかの才能を持っているものさ」

ふたりは玄関でイヴリン・モリスに会った。チャールズ・パリッシュの不機嫌な姉だ。その娘で牛のように大柄なタニアにも、デズモンドはアヴァを紹介して心の傷の話をしてみせた。

母娘の目に涙がこみあげた。「まあ、お気の毒に」イヴリンが震える声で言った。

アヴァは唇が震えるのを止めようとしなかった。あごを、そして喉を、胸を震わせ、激しく泣きじゃくる。イヴリンは彼女を抱きしめて泣いた。若い牛女もその輪に加わってはなをすする。全員がすすり泣いて抱きあう輪のなかで、アヴァは突っ立っていた。まったく、いつまで続くの？　彼女たちのひくひく盛りあがる肩を皮肉な目つきで見ているデズモンドと目が合い、アヴァは眉をあげてみせた。誰もがなんらかの才能を持っている。たしかに。けれども、なかにはそれ以上のものを持っている者もいる。

退屈な儀式を終えると、アヴァは肩にそっと触れる手を感じた。眼鏡をかけたずんぐりした中年男が彼女にほほえみかけていた。「失礼、ドクター・チャン。わたしはドクター・カッツ、当家の主治医です。何か処方しましょうか。お眠りになる助けになるものでも」

結構よ。薬はヘルメットを操る能力を台無しにする。そんなことになったら目も当てられない。アヴァはティッシュではなをかみ、彼に痛々しい笑顔を向けた。「ありがとうございます、ドクター。でも、わたしはそれに向きあわなければなりません。真正面から」

「あなたは勇気がある」カッツがおごそかな調子で言った。

「どうも」彼女はあいまいにつぶやいた。

「エディとロニーはどんな様子ですか？」デズモンドが尋ねた。「眠っていますか？」

イヴリンが頭を振って、震える口元にこぶしを当てた。「エディはいなくなったわ」

ふたりはまじまじと見つめあった。「いなくなった？」デズモンドが詰問した。「どこに行ったんです？」

「わからない」イヴリンの声がとがった。「彼女はかわいそうなロニーを操って、わたしたちみんなを脅かして注意をそらしたの。その隙に壁を飛び越えて、車を盗んで消えたわ」

アヴァは目をしばたたいた。そんな元気が、あの意気地なしのエディにあったとは。みんなのお気に入りのスケープゴートのくせに。「たったひとりで外に？」彼女はあえいだ。「あの殺人鬼が逃走中だというのに？　デズ、彼女のあとを追わなくちゃ！」

「ああ、そうするとも！　イヴリン、ロニーと話せるかな？」デズモンドが切迫した声で言った。「エディがあの男に会いに行ったのなら、われわれは急がなければ！」

イヴリンは疑わしげな表情をしている。「ロニーからは何もききだせなかったのよ。でも、あなたと彼女でできることをやってみて。三階の、左手の二番目のドアよ」

アヴァはイヴリンの言葉の選択に笑いたくなるのを押し殺し、階段をのぼり始めた。彼とわたしでできることをやる。そう、間違いなくそうするわ。

デズモンドがきつい目で彼女をにらんだ。「しっかりしろ、アヴァ」

ふたりはロニーの部屋のドアをノックして開けた。ロニーの髪はめちゃくちゃに乱れ、泣きはらした顔には涙の跡がついていた。「何か用？」

「入って話をしてもいいかな、ロニー？」デズモンドがなだめるように言った。

少女は不機嫌そうだった。「いやよ」彼女はドアを押した。

デズモンドがドアの隙間に片足を突っこんだ。「エディがどこに行ったか教えてくれないか。彼女に危険が迫っているんだ」

ロニーがくるりと目をまわした。「お断りよ、シャーロック」

「あなたが力になってあげなくてどうするの」アヴァは叱りつけた。「エディがあなたのお父さまを殺した連中の手に落ちる前に！」

ロニーの目が光った。「姉さんなら大丈夫。自分にかけられた容疑を晴らしに行ったの。それとボーイフレンドの容疑もね。そうしたらあなたたちはみんな、自分がばかだったって思い知るのよ。だから、さっさと出ていって」彼女はデズモンドの足をドアの外に蹴りだした。バタン。ドアにカチリと錠がかけられる音がした。

「おしゃべりなチビめ」デズモンドが小声で言った。

「計画を考え直したくなった？」アヴァは甘い声を出した。「あの横柄なチビにレッスンをほどこすチャンスがまわってくるまで待つのはどう？」

デズモンドはその誘惑に目を白黒させた。「ぼくを悩ませるな」彼は警告した。「急がなきゃならないんだ。エディはライブラリーに箱を調べに行ったに違いない」

アヴァは目を丸くした。「まあ！」

「そうだ。紙クズ入りの箱が三十個。見られたらまずい。だが、エディより先にぼくがそこに着いたら、あるいは少なくともエディが連絡する前に……」彼の声が小さくなって消えた。

「それで？　行きましょうよ！」アヴァは急《せ》かした。

「いや、きみはここにいろ。あの子のそばに」彼はロニーの部屋のほうに頭を傾け、アヴァに奴隷用ヘルメットとX-Cog19の注射器が入ったバッグを渡した。「目を離すなよ」

デズモンドはパリッシュのお姫さまたちの屋敷にアヴァを残して去った。アヴァはロニーの部屋のドアをしばらく見つめていたが、やがて廊下をぶらぶら歩き始めた。

エディの部屋をのぞきこみ、電気のスイッチを入れる。移動可能なトラック照明が緩やかに明るくなり、本棚が並びクリーム色の絨毯が敷きつめられた豪奢《ごうしゃ》な部屋を照らしだした。四柱式のベッド。ふかふかの羽根ぶとん。続きのバスルーム。巨大なシャワー室とジャグジー付きのバスタブ。鏡に映った自分の姿から、アヴァはさっと目をそらした。鏡のなかの彼女はとても若くて傷つきやすく見えた。使いこまれてぼろぼろだ。

オスターマン博士に見つけられた頃のように。当時アヴァは十四歳で、木賃宿や売春宿で暮らしていた。母の同棲相手から逃げたのだ。その男は自分の酔っ払い仲間に彼女を売るポン引きだった。そして母はアルコール依存症でいつもふさぎこんでいて、娘のことを気にかけてもくれなかった。

アヴァは贅沢な部屋を見た。自分が眠っていた汚い場所を思った。自分がやってきたこと、やられてきたことを。

運命の女神はいまいましいクソ女だ。わたしとエディはとてもよく似ている。気味が悪いほど。年も近く、テスト結果もそっくり。それなのに、エディはシルクの枕で眠るお姫さま。わたしは悪臭のなかで縮こまって寝ていたというのに。

ドレッサーの上にジュエリーボックスが開いたまま置いてあった。たいしたものは入っていない。宝石はエディが質屋で売ろうと持っていったに違いない。つまり、戻ってくる気はないということだ。なるほど。デズモンドは急いだほうがよさそうだ。

アヴァは引き出しを見ていった。いちばん上にはランジェリーが詰まっていた。すてき。彼女は何枚か引っ張りだして考えた。ナイロンのストッキング。シルクのストッキング。スカーフ。このあたりはあとで便利に使えそうだ。

クローゼットをぱっと開けて、アヴァは息をのんだ。すごい。裾を引きずる丈のデザイナーズブランドのドレス。ゴージャスだわ。ラベルを見てみる。ディオール。ドルチェ＆ガッバーナ。ミラ・ショーン。ヴェルサーチ。彼女はドレスを撫でていった。サテン。羽のように軽いシルク。しわ加工でふわふわにふくらませたタフタ。セクシーに見せるビーズ細工を贅沢にほどこしたシフォン。ブリリアントカットの宝石やスパンコールのきらめき。

だが、誰も理解していなかった。このかわいそうなお姫さまのことを。彼女は演じなければならなかった。家出して、飢えたアーティストのふりをして、安い粗末な家で暮らして。こんなに何もかも持っていたのに。なんて腹立たしいやつ。

愚かで、偽善者で、嘘つきで、自分に甘えた小さなあばずれ。

布が裂ける音にアヴァははっとした。ブロンズゴールドのシフォンが手のなかにあった。布のバラ飾りが胸の谷間を飾る、アルマーニのオフショルダーの昼用ドレス。ハイウエストのスカートがボディスからずたずたにちぎれてぶらさがっていた。いつの間にか引き裂いていたのだ。両手が震えていた。アヴァはゆっくり息をして、クローゼットからさがった。脚が震える。足元の床が揺れていた。ベッドも揺れる。彼女はそこに倒れこんだ。

どさっという重たい音とともに、空気がふかふかのベッドカバーからもれた。

アヴァはバッグを胸に抱いて横たわっていた。このベッドが揺れてぐるぐるまわるのをやめてくれればいいのにと思いながら。天窓を通して夜の空を見あげる。そうね、エディにはこのドレスのどれかを着せてやってもいい。薄い色の、花嫁のようなドレスを。そうすれば血の色が引き立つ。お姫さまを飾りつける真珠のネックレスがないのは残念だわ。それともティアラかしら。プリンセス・バービーみたいな。

アヴァは夢見るようにほほえんで、その光景を思い描いた。振り乱した髪、ふくらんだスカート、薄い色のドレス。叫び声。肘まで血で真っ赤に染まり、長いナイフを握りしめている。

その姿がエディにはぴったりだ。見事に合う。結局のところ、エディは頭がおかしいのだから。誰もがそう言っている。

「で、ぼくらはレーザーで防犯カメラのなかにある光に反応するフォトチップを除去する。それからきみが壁を飛び越えてなかに走っていってエディを連れてくるあいだに、いくつか手榴弾を投げこむ。壁に穴が開くから、きみは逃げてくるときにまた壁をのぼらなくてもすむ。ぼくらはそこに逃走用の車をまわしておく。これでどうだい？」

ケヴは頭をあげ、思いやり深いまなざしでマイルズを見た。なんとか唇をゆがめないようにする。「あんたのやり方は気に入った。大胆で、派手だ。あんたの計画の唯一の問題は、それを実行したらおれたちの半分は殺され、もう半分は向こう三十年間、もっとも警備が厳重な牢獄にぶちこまれるってこと。そして連中には、おれたちをそこに送りこむ正当な理由が与えられる」

マイルズの肩ががっくりと落ちた。「よけいなことを言って悪かったよ」

ケヴは汗でごわごわになった髪をかきあげた。「彼女のほうから出てきてくれればいいんだけどな」彼は反抗的に言った。「なんだ、今日はみんな居眠りしてるのか？　なんとか言えよ」

そしてまた顔を両手のなかにうずめた。注目を集めているのが耐えられなかった。傷痕を意識しすぎていると自分でも思う。だが、過去の痛みを思い出させるこの傷痕を見て、長く離れ離れになっていた兄弟たちがどう感じるかが気になってしかたがなかった。彼自身は何年も前にそれを乗り越えた。しかし兄弟たちは、まるでたった今起きたことのように傷痕を見つめている。

彼らはそれと格闘している。それは見るも明らかだった。

一行はケヴのアパートメントでの戦闘を終えてから、ほとんど話をしなかった。ケヴをそっとしておいてやろうという暗黙の了解があった。少なくとも差し迫った死の恐怖から逃れるまでは。だが、そのときが来たら、話をしなければならない。十八年もの失われた歳月について。

兄弟たちはケヴが記憶喪失だったことを頭では理解した。だが心のどこかで、彼らはまだケヴに腹を立てている。そしてケヴは彼らを責められなかった。

弟を見つけた瞬間に文字どおり世界が爆発するというのは、感情的にこんがらがった家族の再会のタイミングとしては最低だった。

コナーかデイビーを見るたびに、ケヴは震えずにはいられなかった。悲しみと怒りと疑念が積み重ねられた歳月。彼らについてケヴが知らないこと、ケヴが見逃したこと、ケヴには決してわからないこと。そのすべてが彼を打ちのめした。対処しきれない。彼にできるのは頭を垂れ、目を閉じることしかなかった。すべてを避けて。

幸い、彼らはみんな感情を脇に置いておいて仕事に集中するのが得意だった。さすがはクレイジーなエイモン・マクラウドの息子たちだ。だが結局、その才能こそが親父の頭をおかしくしてしまったのだ。

親父。いきなりよみがえった子どもの頃の記憶にやみくもにアクセスするたび、ケヴは動揺せずにはいられなかった。それらはあまりにも鮮明だった。時を経ても色あせることがない。頭のなかの要塞で手つかずのまま保存されていたのだ。二十年近くも年を取ったコナーとデイビーの顔は、ケヴにはショックだった。

それから、ブルーノのこともあった。助手席でぶつぶつ言って怒っている。エディから目を離したことをケヴが厳しく叱責したので、ブルーノは感情を害し、盛大にすねているのだ。その相手までしている元気はなかった。ブルーノはあとまわしだ。

ショーンとリヴを病院に運びこんだあと、彼らがまずやったのは、ケヴとユリヤが拉致されていたヒルズボロ郊外の倉庫街に戻ることだった。生き残った警備員に見られていないことを願いながら、出口にビデオカメラを取りつけた。街路樹と電柱のあいだに等間隔で中継器を設置し、目立たないところに停めたバンに信号が届くようにして、車のなかに潜んで気を張った状態で待っていた。これまでのところは順調だ。誰にも邪魔されず、気づかれた様子もない。ＷｉＦｉ電波を見つけたデイビーはノートパソコンでメールや電話連絡をこなし、アヴァ・チャンの車とデズモンド・マールの車の種類と型を突きとめていた。

さて、これからどうするべきか。

彼らが乗っているスモークカラーのシボレー・アストロのバンは、デイビーの軍隊時代の仲間で口の堅いアレックス・アーロのものだ。デイビーは最近ポートランドに移ってきて、自分の警備コンサルタント会社を始めたところだった。運転席にアーロ、その隣にブルーノが座っている。ケヴはマイルズ、コナー、デイビーとともに後部座席に押しこまれ、それぞれ度合いの異なるストレスがにじむ汗の臭いを嗅ぎながら、残った酸素を奪いあっていた。

準備が整ってまもなく、デズモンド・マールが現れた。シルバーのジャガーを入り口から乗り入れ、ケヴが囚われていた建物に向かう。一同は彼が車を停めてなかに入るのを見守った。

ケヴは画面を見つめた。どうしようか。あいつが出ていくときに車を止める？　あとをつける？　それとも車から引きずりだしてぶちのめし、囚われた少女たちの居場所を吐けと迫る？　もしもあいつが黙秘すれば、ユリヤの友人たちはおしまいだ。

それに、いったいなぜエディは連絡してこないんだ？　どうして今日みたいな日に、彼女の妹は携帯電話の電源を切っているんだ？

それとも電源を切るよう強制されたのか。

ケヴは身を震わせた。自分の携帯電話で話をしていたコナーがそれを感じ取った。彼はケヴの肩をぽんぽんと叩き、ケヴの注意を引いた。「大丈夫か？」探るような目で尋ねる。

ケヴは言葉よりも雄弁な目つきで兄に答え、またうなだれた。

コナーは通話に戻ったが、片手はまだケヴの肩に置いていた。「……オーケー、なんでもいいが、ニックとベッカにさっさとケツをあげてそこに行けと伝えろ。あと、誰かほかのやつが必要だ。ヴァルじゃなくて……ああ、うん、わかるよ、だが、相手はとんでもなく手ごわい。いくらでも人員がいりそうなんだ」

電話を切ると、コナーは尋ねるようなケヴの目を見た。「今のはセスだ」彼は説明した。

「昔からの友達だ。FBI時代のおれの元パートナーの兄貴でな。おれのパートナーはギャングに殺された。セスはおれたちがそいつを殺すのを助けてくれたんだ」

「そしてそのギャングの娘と結婚した」デイビーがぶっきらぼうに言った。

ケヴは仰天した。「え？　彼女は気にしなかったのか？　自分の父親を殺されたのに？」

コナーとデイビーは目を見交わした。「複雑なんだ」コナーがあいまいにぼかした。「長い話さ。彼には今夜会えるよ。サンホアン諸島の北にあるストーンアイランドに来る。奥さんのレインと赤ん坊のジェシーを連れて。エリンとマーゴットも来る。子どもたちも」

「子どもたち？」ケヴはぱっと兄たちを見た。「ふたりとも、子どもがいるのか？」

「うちはふたりいる」コナーが言った。「下のはまだ二カ月で、マデリン。上のは三歳で」

咳払いをする。「名前はケヴィンだ」

ケヴは唾をのみこもうとしたが、喉が締めつけられた。

「おれのところはひとりだ。女の子で、二歳。名前はジーニー、お袋にちなんで」デイビーが言った。「それと、その……もしかしたら……」

全員がデイビーのほうを向いた。「嘘だろう」マイルズが言った。「まじで？　あんたたちって、うさちゃんみたいにどんどん増えていくんだな！」

「そう決めつけるのはまだ早すぎる」デイビーはつぶやいた。「まあ、おれたちはそうだろうと思ってるが」

ケヴは心臓がどきどきしていた。なんてこった。小さな子どもや赤ん坊だらけだ。そして、おれのとんでもない事件がその全員を危険にさらそうとしている。

「セスが病院でリヴとショーンの護衛についてくれる」コナーが言った。

ケヴは皮肉な笑い声をあげた。「トニーとローザだけじゃ、まかせられないと？」

デイビーが鼻を鳴らした。「車に乗ったトニーとローザは誰にも止められない。ローザはピックアップトラックのアクセルをぶっ壊したほどだ。だが、銃がもっとあっても悪いことはない。タマラも来ることになってる。まあ、見てろって」

マイルズが口笛を吹いた。「おっと、すげえ。それってつまり、あんたは彼女のイヤリングとネックレスについて話さなきゃいけないってことだよな」

コナーが弁解した。「だから、なんだよ？　ああ、使ったさ！　あれがおれたちを救ったんだ！　そのために作られたんだろうが！　使うために。それが目的じゃないのかよ？　おかげでおれたちは生き残れたんだから、彼女だって喜ぶべきだろう？」

「あんたが使うためのものじゃなかったけどね。ダイヤモンドが埋めこまれてたんだぜ」マイルズがむっつりと言った。「タマラはきっとあんたの毛だらけの尻をぶっ飛ばすね」

「そうしたきゃ、彼女も番号札を取って列に並ぶがいいさ」コナーがぶっきらぼうに言った。

「ヴァルが島に向かってる。ニックとベッカも一緒だ。子どもたちと奥さん連中は彼らに守ってもらう」

デイビーが目をくるりとまわした。「最高だ」苦々しげにつぶやく。「すばらしい」

「ヴァル？　誰なんだ？」ケヴは何もかも知りたかった。

「元スパイ。タマラのおもちゃさ。雑誌の表紙モデルみたいなルックスをしてる」コナーはデイビーと同じくらい苦虫を嚙みつぶしたような顔になった。「亭主の留守に妻を護衛させるリストのトップに載せるようなたぐいの男じゃない。だが、あいにくほかはみんな忙しくてな。それにあいつも、少なくとも銃の扱いはうまい」

「エリンに言っとけよ、マディのうんこ爆弾のおむつはあいつに換えさせろって」デイビーが提案した。「ジーニーが眠らないときはあいつにお守りをさせとこう」

「タマラっていうのは元スパイなのか？」ケヴは尋ねた。「興味深いな」

神経質な笑いがどっと起こり、すぐに小さくなって消えた。

「タマラは言葉じゃ表現できない」コナーが言った。「彼女は体験してみなきゃわからない。そして彼女はおまえに会うのを待ちかねてるよ。ああ、大変だ」

とらえどころのないことばかりで、ケヴはいらだち始めていた。「これもまた長すぎて始められない話のひとつってわけか？」

「そのとおり」デイビーが言った。

ケヴはため息をついて、質問の矛先をブルーノに向けた。ちょうど携帯電話で話を終えたばかりの弟の袖を引っ張る。「ローザと話したんだろう？　リヴとショーンはどうだって？」

「よくなってる、と思ってる」ブルーノが言った。「超音波の診断では大丈夫だって。リヴはいくつか痣ができていたけど、抗痙攣性の注射を打たれて、今は眠ってるらしい。ショーンは起きてるけど、おばさんが言うには、点滴を引っこ抜いては看護師を困らせてるってさ。彼もおれたちに加わりたいんだ。でもさんざん脅しておとなしくさせたって。ローザおばさんには誰も逆らえないからな」

「セスが行ってくれればなお心強い」コナーがつぶやいた。

「マールの車が出てくるぞ。彼はひとりじゃない」デイビーが大声で言った。「車に女が乗っている」

ケヴは目を凝らした。助手席の女性のほっそりした横顔を認識して、はらわたがひっくり返るようだった。「あれはアヴァだ」

倉庫のビデオカメラの設置中にX-Cogについては説明ずみだったので、この奇妙な状況にも一同は動じず、ケヴはほっとしていた。三年前にショーンがオスターマンやゴードンとワイルドな冒険をしていたおかげで、長い説明は不要だったのだ。

アーロがバンを出し、慎重に距離を空けてあとを追った。アーロが追跡のプロだとわかっていたケヴは彼に仕事をまかせ、ぐったりと座席に背中をあずけた。どれほど疲れているかは考えないようにしながら、アウトレットモールの明かりが過ぎ去るのを見つめた。

数分経って、ブルーノが振り向いた。「彼らはシーダーに向かおうとしている。パリッシュの屋敷に向かっているんじゃないかな」

ケヴは疲れた体を起こした。「アヴァと一緒に？」彼は吠えた。「あのいかれたビッチをエディの家に連れていくつもりなのか？」

「落ち着けよ」デイビーがなだめた。「おい、現実を見ろ。エディの家族がいる前で、マールやそのビッチが彼女に何をできる？」

「あんたはあの家族を知らない」ケヴは言った。「あのいかれたビッチも」

ブルーノの推測どおり、マールの車はパリッシュの屋敷へと続く私道に入っていった。アーロが車を路肩に寄せてエンジンを切った。

「あの女をエディのいる家に連れこませるわけにはいかない」ケヴはドアに突進した。「おれは行く」

兄たちが彼を引きずり戻した。

「何をしに？」コナーの厳しい声に、ケヴの逆立った神経がびくっと震えた。「ばかなことをするな。おまえがあの家に近づけば、彼らはおまえを捕まえる。おまえは一巻の終わりだ。

これをおまえの真言《マントラ》にしろ。おれの言うことを繰り返すんだ。〝牢獄の鉄格子のなかからじゃ彼女を救うことはできない〟ほら、言えよ。それを心に刻んでおけ」

ケヴはうめいた。「ああ、なんてこった」彼はつぶやいた。「死にそうだ」

その拷問は続いた。もだえたくなるようなのろさで一秒一秒が過ぎていく。誰もその恐怖と気まずさの緊張状態のなかで言葉を発する度胸はなかった。

と、そのとき、ふたたびヘッドライトが闇を切り裂いた。それがゲートの外で一旦停止したとき、街灯がシルバーのジャガーを照らしだした。

「運転手だけだ」アーロが言った。「いかれたビッチは家に置いてきたぞ」

誰もがケヴを見た。「おまえが決めろよ」アーロが言った。「やつを追うか？　それとも女とここにとどまるか？」

ケヴはテールライトを見つめた。体がきつく引っ張られているように感じた。彼の一部はすでにデズモンドが乗った車を追いかけて、ゴムバンドのように伸びていた。

問題なのはその引きだ。ケヴはそれがパチンと切れてしまうのが怖かった。

「やつを追え」ケヴは言った。「彼から何かがわかるだろう。標識を見つめていたって何もわからない」

バンは追跡を開始した。遠くのテールライトを追い、ランドマークの数々が脇に現れては消えていった。ケヴはこの道を知っていた。モントローズ・ハイウェイ。今朝も見たのだ。

何億年も昔に思えるが。「あいつはヘリックス社のビルに向かってる」彼は言った。「左折するはずだ。ここでハイエット・ドライブに乗る」

デズモンドの左のランプがウインクし始めた。ケヴは目をこすった。そして目を開けたとき、デイビーが携帯電話を差しだしていた。

「もう一度、彼女にかけてみろ」兄が言った。

ケヴは力なく電話を見つめた。「もう二十回も試したよ」

「もう一度だ」デイビーが急かした。「自分がそうしたいってわかってるんだろう」

ああ、なんてこった。ケヴは携帯電話を取り、番号を打ちこんだ。

呼び出し音が鳴った。ケヴの心臓が跳ねた。とうとう電源が入れられたのだ。

「もしもし？　ロニー？」エディが出た。「あなたなの？　万事オーケー？」

彼女の甘い声に、安堵と激怒の入りまじる涙がケヴの目からあふれた。「エディ？　ケヴだ」

「まあ、なんてこと、ケヴ！　ずっとどこに行ってたの？」

「その話はあとだ。きみは？」

「わたしは大丈夫。父のこと、聞いた？」

「ああ」ケヴはだみ声で言った。「残念だ」

彼女が咳払いをした。「ええ。まあ、そうね。その話もあとよ。ねえ、ケヴ。これは壮大なペテンなの。みんなはあなたが父を殺したと思ってる。あなたは逃げなくちゃ。今すぐってことよ。本当に、今すぐに」

「エディ、そのことは気にするな。おれの話を聞け。おれは——」

「気にするな?」エディの声が大きくなった。「〝死刑〟って言葉はあなたにとってなんの意味もないの? 〝すごく運がよければ終身刑〟っていうのはうれしい言葉なの?」

「落ち着いてくれ」彼は懇願した。「おれはただきみに言おうとしてるんだ——」

「わたしに落ち着けなんて言わないで! 最悪のなかでも最悪な一日だったのよ、落ち着いてなんていられないわ!」

「落ち着けないのなら、とにかく黙れ! おれの話を聞け!」ケヴは怒鳴った。

車内の男たちが本能的に身を縮めた。

エディが驚いたように一瞬黙りこんだ。「聞いてるわ」

「手短に言うと、きみと一緒に家にいるのは究極に危険な女だ。彼女は——」

「わたしは今、家にはいないわ」

「なんだって?」ケヴは大声をあげた。「どういう意味だ、家にいないって? いったいきみはどこにいる? どこに行ったんだ?」

車内の男たちがいっせいに〝落ち着け、冷静に〟というジェスチャーをしたが、ケヴは自分が今朝まさに車を停めた駐車場にデズモンドが車を停めるのを見て、冷静ではいられなかった。誰もいないように見えたが、ビルにはひとつだけ明かりがついていた。五階。もしかしたらどこかの鑑識係がまだ仕事をしているのかもしれない。

「お願い、叫ばないで」エディが言った。「混乱してしまうわ。全部話すから、ね？」

デイビーが前かがみになり、双眼鏡でフロントガラスの外をのぞいた。「やつが車をおりた」彼が重々しく告げた。「なかに入っていくぞ」

「いいから、どこにいるのか言ってくれ」ケヴが懇願する。

「ええと、父の家をこっそり脱出したんだけど、あなたが考えるより大変だったわ。それで今はパリッシュ財団のビルにいて――」

「何？　どこにいるって？」彼は飛びあがり、頭を車の天井にしたたかにぶつけた。一瞬、視界が暗くなる。

「パリッシュ財団のビルよ」エディが繰り返す。「ライブラリーに来ているの。刑事さんに箱を見せたかったのよ。デズが――」

「彼女はパリッシュ財団のビルのなかだ」ケヴは車内の全員に言った。

アーロがアクセルを踏みこんだ。バンが飛びだし、ケヴは体のバランスを失ってコナーとマイルズの膝に頭から突っこんだ。

「逃げろ！」ケヴは電話に向かって叫んだ。「頼む、エディ、そこから逃げろ、すぐに！デズモンド・マールがなかに入っていった、きみを探して！」

「デズが？　ここに？」彼女の声はためらっていた。「まさか！　冗談でしょう」

「本当だ。あいつは社会病質人格《ソシオパス》の殺人者だ！　あいつのいかれたガールフレンドも！　とにかく口を閉じて逃げろ！　ビルの裏手に出口はあるか？」

「ええ、でも、わたし――」

「おれたちは数秒でそっちに行く！　走れ！　グレーのバンを探すんだ！」

「ああ、なんてこと」エディがささやいた。「愛してるわ、ケヴ」

電話は切られた。ケヴはこぶしで自分の膝を殴った。「もっと速く！」彼は怒鳴った。「このおんぼろはもっとスピードが出せないのか？」

タイヤがきしみ、車の後部が左右に振られた。車は二本のタイヤで角を曲がった。遠心力で全員が手足をもつれさせながら転がった。

バンが急停止した。ケヴは後部のドアから飛びだし、転がって四つん這いになった。立ちあがり、ビルのドアに向かって走る。ドアは厚く硬い金属でできている。プッシュバーは内側だ。小さな窓の向こうは暗闇で、何も見えなかった。

そして案の定、ドアはロックされていた。

35

エディは急に脚に力が入らなくなったのを感じながら、電気を消した。デズモンドがどちらの階段を使うだろうかと思いながら、廊下をのぞく――。

ドカッ。

床に、仰向けに押し倒された。

「見つけたぞ」デズモンドだった。息を切らしている。両側の階段からの明かりだけでも、彼のほくそえんだ顔は見て取れた。

エディは必死に空気を吸いこんだ。「デズ?」

彼が急に心配そうな表情に変わった。その変化は奇妙だった。「エディ、きみはここで何をしているのかな?」

エディは咳きこんだ。「あなたこそ、わたしの上に乗って何をしようというの?」彼女はしゃがれた声で言った。

身をよじったが、デズモンドは大きく重かった。ショックが恐怖に取って代わられ、その恐怖は一秒ごとに大きくなっていく。

「きみを守っているのさ！」独善的な言い方だった。「きみは自分で自分を危険な目に遭わせている。家に帰らなきゃだめだよ、エディ。安全でいられる場所に」

子どもに言って聞かせるような口調は、彼の体が発するいやらしい親密さとは相容れなかった。エディはもがいた。デズモンドはさらにしっかりと、彼女の真上に体重がかかるように移動する。彼の胸はとても硬かった。まるで鋼鉄で覆われているかのように。

防弾チョッキ？　ああ、まさか。恐怖がじわじわと増してきた。

「もう一度きいてみようかな」デズモンドが言った。頑固な子どもを相手にしているかのようだ。「きみはここで何をしているのかな、エディ？」

彼は知っている。嘘をついても無駄だ。「箱がここにあるかどうか見たかったの」エディはあえぎながら言った。

「それで？　きみはそれがないのを見た。もう満足したかな？　じゃあ、われわれは家に帰って、クッキーと紅茶でもいただこうか？」

いったいなんなの？　一瞬、エディは実際に箱を見たことを疑った。本当に自分の頭がおかしくなったのではないかと思った。

だが、静かな声がささやいた。しっかりしなさい。彼はあなたをだまそうとしているのよ。

「箱はそこにあるわ、この嘘つき」エディは言った。「わたしから離れて。わたしはその箱の写真を撮ってハウタリング刑事に送ったわ。ゲームは終わりよ」

デズモンドは最初傷ついた表情を浮かべたが、見つめあううちに、エディはあの目が開くのを感じた。絵を描くときに開く心の目。

初めて、エディはそれを自分から使った。それに使われるがままになっているのではなく。どうやったのかは自分でもわからなかった。

その目を開けてエディはデズモンドを見た。ああ、なんてことだろう。先ほどまでの自分が怯えていたとしても、今感じている恐ろしさに比べればどうということもなかった。そこには何もなかった。人間だと認識できるものは何も。生気、心、そういうものが彼にはいっさいなかった。

彼の正体をエディが悟った瞬間、デズモンドがそれを察知した。彼の笑顔がグロテスクなほど大きくなり、普通っぽさの仮面がかなぐり捨てられる。デズモンドが体をずらし、さらに強く押しつけた。エディの腹部に当たったペニスがふくれあがった。

エディは嫌悪感で身をこわばらせた。そしてデズモンドはそれを気に入ったらしい。彼女の不快感が彼をさらに興奮させたのだろう、彼の脈動と腰の動きが強まった。

「エディ、エディ。今ぼくがきみをどうしようとしていると思う?」彼はおもしろがっているようだ。彼女の両手を頭上に引っ張りあげて押さえつけ、ストレッチ素材のTシャツの襟ぐりを引きちぎって彼女の胸をさらけだし、舌なめずりをした。「痣だ!　きみの恋人は乱暴だな。あの卑しい、汚らわしい野獣め。だが心配しなくていい……ぼくはもっと気持ちよくしてやろう」そして彼女の胸をなめた。

べっちょりとした舌のおぞましい感覚に、エディは叫ばないよう必死で耐えた。叫べば事態は悪くなるばかりだ。冷静で、無感覚でいなければ。急いで、ケヴ。早く！「オスターマン博士はあなたに何をしたの？」彼女は尋ねた。

その問いに気を散らされ、デズモンドが顔をあげた。「彼がきみにしようとしたことと同じだよ。ぼくの場合、それがうまくいった。きみの場合はだめだった。それぐらい単純なことだ。きみには強さが足りなかった」

引き延ばすのよ、ケヴが来るまで。「わたしが？」エディは甲高い声で言った。「どこがどう強くなかったというの？」

デズモンドがくすくす笑った。「きみがきかずにはいられないのなら、説明しても意味のないことだが、わがままを叶えてやろう。オスターマン博士はぼくを自由にしたんだ。博士のプログラムを受ける前は、ぼくのすべての本能や、衝動や、欲望は……」彼は腰を強く押しつけて最後の言葉を強調した。「……ブロックされていた。恐怖や罪悪感によって。愚かな抑制だ。博士はその恐怖と罪悪感を取り払ってくれたんだ。そしてぼくは離陸した。ロケットのように」

オスターマンの特別な椅子に縛りつけられた、あの恐ろしいプログラムの記憶がどっとよみがえった。「つまり、電気ショック療法？」

デズモンドが傷ついた顔をした。「それよりももっと洗練されていたよ」

エディは驚くあまり、駆け引きをしていることを忘れた。「あなたはつまり、脳の善と悪を見分けられる部分を彼が焼いたと言ってるの？　モラルや倫理を？　彼があなたを……ソシオパスにしてしまったの？」

「おやおや」デズモンドがくるりと目をまわした。「きみが無意識のプログラムに支配されているのがよくわかるよ。彼はわれわれの脳の、Xは正しい、Yは間違っていると信じるようにプログラミングされている部分を書き換えた。だが、もともとそれは相対的なものだ。でたらめなんだ。ひとたびそのことを理解して、あれを実際に体験したなら、きみは自由になれる。世界にはなんの制限もない、自分で課したもの以外は。何をやるのも自由だ……うまくやれればね。そして、ぼくはいつだってうまくやれる」

デズモンドは自分の言っていることを完全に確信しているらしい。それは超現実的に思えた。「愛はどうなの？　忠誠心は？」答えを知るのが怖かったが、エディはきかずにはいられなかった。

彼はやや困惑したようだった。「それがどうした？」

「あなたはそういうものを気にしないの？　愛を感じないの？」

デズモンドが肩をすくめた。「感情は無意識のプログラムがもたらす単なるホルモンの噴出だ。長続きするものじゃない。束の間の肉体的満足のほかには、なんの役にも立たない」彼がまたエディの胸をなめて、にやりと笑った。「われわれは感情など気にしない。そんなものはすべて超えているんだよ」

「われわれ？　誰のこと？」エディの歯がカチカチ鳴り始めた。急いで、ケヴ。

「成功者たちだ」デズモンドが説明した。「Oクラブ。オスターマン博士の軍隊だ」

その言葉はかつてなかった新しい、純粋な恐怖の念を燃えたたせた。「ああ、なんてこと。つまり、博士はこれをほかの人たちにもやったのね？　あなただけじゃなくて？」

「強い者たちだ」デズモンドがその言葉を強調した。「ひとりひとりの脳が異なる反応を示す。博士はそれをわれわれ全員にやろうとしたが、被験者のなかには、その、ほら、わかるだろう」彼がくすっと笑った。「その価値のない者もいた」

「わたしのように」エディはささやいた。

「きみもそうだった」彼が認めた。「だが、きみは落第生たちの大半よりは頑張った。少なくともきみはまだ生きている。そして精神科の病院に入れられてもいない」彼が意味ありげに間を置いた。「これまでのところは、だがね」

エディはまた彼を突き飛ばそうともがいたが、デズモンドは恐ろしく強靱《きょうじん》で、全体重をかけて彼女を押さえつけていた。「われわれはあらゆるところにいる」彼がにやにや笑った。「われわれの能力はさまざまな方面で発揮されるが、みんな権力が好きだ。医者、科学者、実業家、政治家、軍人。そしてみんな共通点を持っている。自由だ」彼はかがみこみ、ふたりのあいだの空間を熱い息で満たした。「それがきみには作用しなかったのは残念だ」

「わたしはうれしいわ」エディは言った。「あなたみたいになるくらいなら、死ぬほうがましよ」

デズモンドが強引に彼女の顔を自分のほうに向けさせた。「きみはぼくが思っていたよりもタフだな。こういう抵抗は予想していなかった。セクシーだ」エディの両脚を蹴って開かせ、そこに自分の体を割りこませる。「これは全部きみのためなんだぞ。幸運な子だ」

エディの胃の中身がせりあがってきた。「やめて、デズ」

「なぜ？　ぼくはやりたいことがなんでもできる。しなければならないのは、それを商売にする方法を見つけることだけ。そして、それを売る。ぼくはそれがとても得意でね。きみの母親に対してもそうだった」

「わたしの母？　母になんの関係が――」

「きみは一度も疑問に思わなかったのか？　あんなに完璧な健康体の女性が、よく晴れた九月の午後になぜ突然死んでしまったのかと。ん？　あれはとても簡単だった」

エディは呆然と彼を見た。あまりにショックを受けて、胸に空気を吸いこむために彼の体を動かそうとすることすら忘れていた。「あなたが殺したのね、わたしの母を――」

デズモンドがキスで言葉を封じた。窒息させるようなキスで。猿ぐつわを嚙ませるように、彼の舌が深く突っこまれる。エディは空気を求めてもがいた。視界がぼやける。足をじたばたさせた。デズモンドが母を殺した。父も母も彼が殺したのだ。足首につけたルガーの重々しい音が床に響いた。

ルガー。エディはなんとか彼から顔をそむけた。「せ、せめて、ライブラリーのなかに行きましょう」彼女はあえぐように言った。「あそこならラグがあるわ」

「お姫さまは気持ちいいのがお好きだって？　賛成だ。ぼくの膝もそのほうが楽だ。後ろからファックするのが好きなんでね」デズモンドが立ちあがり、彼女を引っ張って立たせた。

エディは痛みにうめいた。よろめいて座りこみ、必死に足首の銃を取ろうとする。デズモンドが吠え、彼女の上半身を引き起こそうとした。

エディはだらりと手をさげた。人形のように力なく腕が揺れた。デズモンドが彼女の腿の横を蹴る。彼女は思わず悲鳴をあげたが、同時にホルスターから銃を引き抜いて振りあげ、トリガーを引き絞り――。

バン！

ショットの威力で彼女は仰向けに吹き飛んだ。デズモンドが後ろによろめき、両腕を振りまわしてもがいた。彼は床にどさっと倒れたが、すぐさま転がり、両膝をついて身を起こすと銃を引き抜いた。

エディはまた撃った。今度は床から。デズモンドが後ろに飛びすさる。

彼女は両膝をついて体を起こした。また撃った。もう一度。頭を狙ったが、両手が震えて弾は大きくそれた。正義を果たす満足感などこれっぽっちも感じていなかった。ただ恐怖だけだ。あの人間とは言えないものを安楽死させる役目を負ってしまった恐怖。誰かが叫んでいる。高い、細い声で。バン。バン。視界が涙でぼやけた。エディはトリガーを引き絞って――。

カチッ、カチッ。

空っぽだ。六発でおしまい。

エディはあとずさり、ゴムのように感覚を失った脚の上にくずおれた。まだどうにか守ってくれるとでもいうように、役に立たない銃を振りまわす。すすり泣きが聞こえた。泣きじゃくる声や、空気を求めるかすれたあえぎも。すべて彼女自身が出している音だった。エディはそれを無視して、床の上のあの怪物を、人間ならざるものを凝視した。

デズモンドが動いた。上半身を起こし、片方の腕をしっかりつかんでいる。その手は赤かった。血が白いフロアタイルの上に滴り落ちる。彼はにやりと笑った。暗い廊下にいるせいか、その歯が驚くほど白く見える。デズモンドの銃が振りあげられた。「それでおしまいかい？」彼はたいして苦労する様子もなく、ぴょんと立ちあがった。「悪い子だ。ぼくを傷つけた。その代償は払ってもらうよ。悪い売女め」

バン！

エディは悲鳴をあげ、もつれるように壁際まで後退した。

自分が撃たれたのではないことを認識したのは、ショック状態で混乱した二秒間が過ぎてからだった。後ろ向きに倒れたのはデズモンドだった。誰かが怒鳴っている。けれどもエディは銃声で耳が聞こえなくなっていた。デズモンドが這いあがり、両膝をつき——。

バン！

また銃声。デズモンドは横向きに飛んで、怒りに満ちた叫び声をあげた。

「……大丈夫か？　エディ？　エディ！　聞こえるか？」

ああ、神さま。ケヴだわ。暗い廊下の端から怒鳴っている。

「ケヴ！」彼女は叫び、彼をめがけて走りだした。

バン！

弾丸がエディの頭の横の石壁をえぐった。埃と細かいかけらが飛び散る。

「エディ！　伏せろ！」ケヴが叫んだ。

彼女はケヴのもとへ飛びこんだ。

バン！

ケヴが撃ち返し、闇のなかで銃口が光った。「体を低くして！」彼が怒鳴った。「蛇みたいに這うんだ！　進め！」

銃弾が彼女の頭上を行き交い、嵐のようにとどろく。エディは蛇のように体をのたくらせ、壁の破片だらけの床を進んだ。

バン！

ケヴが彼女の腕をつかんで引っ張った。そしてそのまま階段に飛びこんだ。そこにふたりの男がかがみこんでいた。エディはつんのめって前に飛びだし、よろめいた。ケヴが彼女をつかまえ、引っ張ってしっかりと立たせた。

エディはふたりの男を見た。見覚えのない顔だ。ひとりは携帯電話で何やらしゃべっている。「……彼女は確保した。合流する、十秒後だ」

「彼はまだ……彼を仕留めたの？」エディはケヴに尋ねた。

ケヴはちらりと後ろを見た。「わからない。そう思うが、あいつは――」

バン！　バン！

吹き抜けに銃声が鳴り響いた。どすどすと足音がする。

「あれが答えだ」ケヴがつぶやいた。「あいつは防弾チョッキを着ているに違いない」

裏口のドアが大きく開いていた。ガラスが砕け散っている。アイドリングしていたグレーのバンの後部ドアが開かれた。ブルーノが走ってきて、エディの腕をつかみ、彼女を穀物袋のように車に放りこむ。男たちが続いて飛びこんだ。

ブルーノは運転席に飛び乗り、ドアが閉まる前にバンを発進させた。すぐにブレーキがかかり、別の男が前に、もうひとりが後ろに飛びこんでくる。車はタイヤのきしる音をたててカーブを曲がり、ハイエット・ドライブの入り口に向かった。

赤く点滅するライトが近づいてくる。

「嘘だろう」ブルーノがうめいた。「警察を呼んだのはいったい誰だよ?」

「わたしよ」こわばって感覚のない唇を開いて、エディは言った。「ごめんなさい」

ブルーノが歯のあいだから何か獰猛な言葉を発する。「駐車場の奥に道はあるのか?」

「ええと……あると思うわ」彼女は言った。「あっちに新しい分譲地があるから。でもそこにはたぶん――」

ドシン、ドシン、ガツン。

シボレー・アストロがガクンと揺れて行き先を訂正した。ブルーノは縁石を乗り越え、生垣に突っこんでいた。見晴らしのいい庭の芝生を突っきり、木をよけて走っていく。タイヤは木の幹を弾き飛ばし、石や歩道に乗りあげた。ヘッドライトをつけていないため、闇のなかに現れた飾りの噴水をきわどいところでよけた。

後部座席の人間が弾み、ぶつかりあった。車がタイヤをきしませてガクンと揺れ、彼ら全員を片側に投げだす。ブルーノがヘッドライトをつけて悪態をついた。

「おいおい、頼むよ。おれのバンを廃車にするな!」男たちのひとりが懇願した。

「ラニエリの連中はハンドルを握ると手がつけられないな」別の男が言った。

「遺伝だよ。彼はあの強烈なおばさんから運転を習ったんだ」

エディは咳払いをした。「さっきも言いかけたけど」彼女はもっと大きな声を出した。「あっちに分譲地があると思うの、だけど端っこに小川があって――」

バシャッ！

車が小川に突っこみ、盛大にしぶきを飛ばした、車は揺れ……傾き……まっすぐに戻って前に進んだ。水かさが増し、ゴボゴボと音をたてる。前方の土手は恐ろしいほど傾斜が急で、苔《こけ》むしたモルタルが輝いていた。

タイヤは必死に進み、もがいた。モーターがうなり、哀れな音をたて、またうなりをあげて――なんとか土手に乗りあげる。そしてようやく彼らは小川を脱出した。

ガタガタいわせて車は土手をのぼり、アスファルトの上に出た。道はすぐに開けて、真新しい住宅がきれいに並ぶ輪のなかへ入っていった。ブルーノはそこをぐるりとまわり、モントローズ・ハイウェイへと戻る道を見つけた。パトカーのランプがヘリックス社に向かって次々と瞬《またた》いていた。

彼らはハイウェイに乗った。アウトバック・ステーキハウス、シャリーズ、ターゲット、ハンプトン・イン。数分間は誰も口が利けなかった。エディは自分たちが本当に逃げおおせたとは信じられなかった。

ケヴが本当に来てくれた。わたしのために。

男たちのひとりが室内照明をつけた。車内は彼女を熱心に見つめるぼろぼろでくたびれきった男たちでいっぱいで、エディは小さく縮こまった。

特に熱く見つめているケヴは一段とひどいありさまだった。痣だらけで、顔は青い。

「エディ」彼が疲れた様子で言った。「兄貴たちを紹介するよ」


デズモンドは吹き抜けの壁にもたれた。出血している肩を壁に押しつけてずるずると下に滑り、ドラマティックな真紅の筋を残した。シャツを裂き、防弾チョッキの弾丸の痕を見つめる。エディとケヴは彼を九回仕留めていた。そのうちの七発はチョッキが受けたが、その下は醜い痣になるだろう。一発は肩にめりこみ、もう一発は腿をえぐっていた。

チョッキにできた痕のひとつは、縁からわずか数センチのところにあった。危うく喉に当たるところだ。そこは死ぬほど痛く、彼は激怒していた。感情はホルモンの噴出だ。それを利用しろ、利用されるのではなく。彼は自分に言い聞かせた。オスターマン博士の言葉だ。

遠くまでは行かせないぞ。ばかな、汚れた娼婦め。彼女がぺちゃくちゃしゃべっていたあの携帯電話のプロバイダーは、ただちにパリッシュ家の警備隊長に位置を教えるだろう。何しろ今日こんなことがあったのだから。もし彼らが教えようとしなければ、いくつか電話をかけるまでだ。まずは父。最近は上院議員の選挙運動に多額の金を寄付している。それから州知事に、司法長官。長くはかかるまい。

デズモンドはハウタリング刑事の番号にかけた。「はい、ミスター・マール」彼女が出た。

「刑事、エディ・パリッシュと電話で話しましたね？」

ハウタリングが驚いて、一瞬言葉に詰まった。「はい？　それで？」

「彼女が今さっき、ぼくを撃ったんですよ、刑事。ケヴ・ラーセンもぼくを撃ちました。どうか……救急車をパリッシュ財団のビルによこしてくれませんか？　なるべく早く。南の階段です。四階の踊り場。ぼくはもう……もう一度電話をする気力があるかどうかわかりません。ただ、これは言っておかなければ……」彼は声を弱めた。「エディのことを」

「ミスター・マール？　彼らはまだそこに？」刑事が声を張りあげた。「ミスター・マール？」

「エディがここに来るだろうということはわかっていました」デズモンドはしわがれた声でつぶやいた。「彼女はライブラリーにあの光景を準備していたんです。おそらく数日前から。ぼくはただ……」間を置き、何秒かあえいでみせる。「彼女を取り戻せたらと思ったんです。あの男がまた彼女を奪う前に」彼は咳きこみ、哀れっぽくむせた。「でも、失敗しました」

「パリッシュのビルにすぐに救急車を一台やって！」ハウタリングが誰かに命じた。「ミスター・マール？」彼女がふたたび話しかけてきた。「ミスター・マール？　まだそこにいますか？　どれぐらいの怪我をしたんです？」

「すみません」デズモンドはささやいた。「意識が……朦朧として。ぼくは……あなたに話さなきゃ。彼らがエディを連れ去った。手遅れに……なる前に、エディを見つけてください。

頼む。彼女を見つけてくれ」

「ええ、もちろんです、ミスター・マール。すぐに捜索を始めます」

「急いで」懇願するような声を出した。「ぼくは……もう……」声を途切れさせ、電話は切らずにおいた。刑事が彼の名を叫ぶのを聞いていた。

デズモンドはゆったりと階段に座り、効果をあげるべく顔に血のしみをつけた。次の幕のために、集中して備えなければ。


BJ・メイヤーズはピリピリして、退屈して、怯えていた。恐怖は退屈な時間をしのぎやすくしてくれはしなかった。見張りなんて最低だ。彼は車の座席でそわそわしながら、死んだ同僚たちのことを考え続けていた。吹っ飛ばされたやつ、撃たれたやつ。

くそっ。もうそんなのはたくさんだと思っていたのに。イラクとアフガニスタンでの任務を終えて、米国本土で、オレゴン州ポートランドの通りでこんなことになるとは思ってもいなかった。ビクスビー・エンタープライズはその場しのぎの仕事のはずだった。給料はびっくりするくらいよかった。これを八カ月やれば、起業のための資金が稼げるはずだった。自分が先に殺されなければの話だが。

指でいらいらとハンドルを叩き、足でプラスチックのフロアマットを踏み鳴らす。彼は三階の窓を見あげ――。

なんてこった。光が動いている。すぐに消えたが、ＢＪは自分がそれを見たことを確信していた。動く人影。しかし、彼の目にとまらずに正面から入れたはずはない。それが誰にせよ、そいつはライトを消していたのだ。つまり、そいつは見張りを警戒していた。危険なやつだということだ。

確かに、ビクスビー・エンタープライズから派遣された十人のチームの半分以上を一掃できるようなやつは、かなり危険だ。

ＢＪは神経を研ぎ澄ませ、通りを渡ってダイナーの日よけまで走った。横歩きで建物に沿って進み、小道に入る。そこでは大型ゴミ容器が悪臭を放っていた。誰かが避難ばしごをおろした形跡がある。フックとロープも。ちくしょう。あいつは窓から入ったんだ。

見ていると、ひとりの男が這いでてきた。背の低い太った年配の男だ。ダッフルバッグを持っている。武器や金や書類などを取りに戻っていたのだろう。

ＢＪが大型ゴミ容器の陰に縮こまっているあいだに、男がはしごをおりてきた。重たい袋を担いだ老人にしては驚くほど敏捷だ。彼ははしごから地面に飛びおりるとうめき、年季の入ったトーラスのセダンに向かって大股でゆっくり歩いていった。彼の妹のローザ・ラニエリの名で登記してある車だ。ジャロルドの骨盤を砕いたあのいかれたババアめ。

ヘッドライトが闇を切り裂いて彼の姿を暴露する直前に、ＢＪはゴミ容器に飛びこんだ。車はうなりをあげてゴミ容器の横を通り過ぎ、スピードをあげて走り去った。ＢＪは体からゴミを払い落として自分の車に駆け戻り、ボスの番号にかけた。トムがすぐに出た。「どうした？」

「トニー・ラニエリが自宅に戻りました。荷物を取って、妹の車で出ていきました」ＢＪの声は興奮で震えた。エンジンをかけ、ノートパソコンを開く。

「その車に無線機のタグはつけてあるか？」

「もちろんです」ＢＪはモニターをチェックしながら通りに出た。「自分はやつの八百メートル後方にいます」

「あとをつけろ」トムが言った。「目を離すな。やつはその車を乗り捨てるかもしれん」

ＢＪはアクセルを踏みこんだ。「まかせてください、ボス」

36

「刑事さん、私を信じてと言っているんじゃないの。信じてくれないのはわかっています。わたしはただ、ロニーを保護してくれとお願いしているのよ」エディは訴えた。「あの子をあそこから連れだして。お願いします。どこか安全な場所に、誰も知らないところに、警察の保護のもとでかくまって。あの子はあそこでは安全ではない――」

「安全ではない？」ハウタリング刑事が鼻を鳴らした。「あなたのおば上といとこと、四人の男性セキュリティスタッフがついていて？　ロニーは大丈夫です。われわれが心配しているのはあなたですよ」

「ロニーはデズモンド・マールとアヴァ・チャンと一緒にいるのよ」エディはもう一度言った。「彼らは殺人者なのよ！　アヴァはケヴを殺そうとした。彼は逃げだしたから助かったの！　彼女は前にも人殺しをしたことがある。デズもそうよ！　彼らはわたしの親を、ふたりとも殺したの！　ヒルズボロの倉庫には死体でいっぱいの冷たい部屋があって――」

「その死体でいっぱいの部屋とやらには誰かをやって調べさせます」ハウタリングが言った。

「でもここまでのところ、アヴァ・チャンもしくはデズモンド・マールが法を犯しているという証拠は何も目にしていません。ミスター・マールは幸運にも助かりました。彼が生きていたのはあなたにとっても幸運ですよ、ミズ・パリッシュ」

エディはデズモンドの目のうつろな光を思い出して身震いした。「彼はわたしをレイプしようとしたんです。わたしには自分の身を守る権利があるわ」

また鼻を鳴らす音。「あなたの手に銃を握らせたのは誰なんです、ミズ・パリッシュ？」

エディは声を落ち着かせようとした。「わたしのことを気にかけてくれる人よ」

「まったく。あなたはどんどん墓穴を掘っていますよ。どうか、そのシャベルをおろしてください。あなたを助けるのが手遅れにならないうちに」

エディは電話を切った。アレックス・アーロがコンピュータのキーボードを叩き、追跡を不可能にする細工を電波にほどこした。彼は筋肉質の大男だ。黒髪で青白い顔をし、口元はいかめしく引き結ばれている。

一行はアーロの家に隠れていた。サンディの街から数キロ行ったところにある、大きな森の奥深くだ。

エディは手のなかの携帯電話を見つめた。それはロニーが渡してくれたものではない。ケヴが彼女の電話からＳＩＭカードを抜き取ってどぶに捨てていた。これはマクラウド兄弟の誰かのものだ。誰のかはエディにはわからなかった。疲れていて、複数のブロンドの大男たちを把握するのは大変だった。彼らがアーロの家に着いて一時間ほどしたところで、ショーンも合流した。つまり、ここには三人の疲れきって怖い顔をしたマクラウド家の男たちがいて、好奇心をあらわに彼女を見つめているというわけだ。それにブルーノも。トニーさえそこにいた。彼はショーンのすぐあとにやってきた。エディはアーロをちらりと見た。「もう一度、妹につながるかどうかやってみてもいい？ 警告しておきたいの」

彼がうなずいた。「どうぞ」

エディはロニーの古い携帯電話の番号にかけた。彼女がエディの電話に備えて待機していると約束した番号だ。そして祈った。

「パリッシュ家です」男の声がした。「どなたですか？」

最高だわ。ポール・ディティーロ。よりによって彼がロニーの携帯電話を奪っていたとは。

「ポール、エディよ」彼女はあきらめて言った。「ロニーと話せる？」

「無理だな。おれの車はどうした？」ポールが尋ねた。

「モントローズ・ハイウェイのターゲットの店の前に停めてあるわ」彼女は言った。心が沈んだ。無駄とは思うが、やるだけはやってみなければ。「ポール、デズが家に連れてきたアヴァ・チャンは殺人者よ。彼女をロニーのそばに近づけないで。デズも。どうか、彼らを追いだす方法を見つけて」

ポールがあざけるような音をたてた。「デズモンドはソファで眠っている。あんたとあんたのスナイパーのボーイフレンドに撃たれた傷の手当てを受けて。そして殺人者だかなんだか知らないが、アヴァ・チャンは床に座って彼の手を握っているよ。カモミールティーを飲んで泣きながら」

「ポール、ちょっと見ただけでは――」

「いいか、エディ。潔く罰を受けろ」

エディは電話を切り、こぶしを口に当てた。「失敗したわ」小さくささやく。「大失敗」

ケヴが彼女の手を取った。「きみは今夜できることをすべてやった」

「でも、あの恐ろしい連中と一緒にロニーをあそこに置いておくわけにはいかないわ！」彼女は感情を爆発させた。「あの最低野郎のデズがソファで眠っている！　そしてアヴァが彼のそばにいる！　カモミールティーを飲んで！　最悪だわ！」

「それはいいニュースね」そう言ったのはタマラだった。マクラウド兄弟の謎めいた、呆然とするほど美しい女友達。彼女も一行がアーロのねぐらに着いてまもなく姿を現したのだった。「虐殺とマインド・レイプから彼らも休みを取っているってわけよ。居眠り。紅茶。誰にだって休息は必要だわ」

エディは猛烈な勢いで食ってかかった。「この話でどうやったら冗談が言えるわけ？」

タマラが黒い服に包まれたほっそりした肩を無造作にすくめた。「対処のメカニズムは人それぞれよ」

「あなたの対処のメカニズムなんて知ったこっちゃないわ！」エディはうなった。「今危険にさらされているのはわたしの妹なの！　わたしの気持ちなんてわからないくせに！」

「わかるわ、実を言うと」タマラが言った。「かつて妹がひとりいたの」

エディは振り向いて、底知れない琥珀色《こはくいろ》の瞳を見つめた。口にするのが怖かったが、そうせざるをえないように引きこまれていた。「かつて？」

タマラが短くうなずく。

「それで？」エディは先をうながした。声が鋭くなった。

「わたしは妹を守ることができなかった」低くかすれたタマラの声が硬くなった。「彼女は亡くなったわ」

エディは目を閉じた。吐き気がこみあげてくる。

「そういうこともある」タマラは無慈悲に続けた。「あなたはそれに対処しないと」

「いったいなんだ？」ケヴが詰問した。「これが助けになるのか？　これが役立つのか？　黙れよ！　さがってろ！　おれたちにこんな話は必要ない！」

「わたしは最悪のケースの生きたシナリオなのよ、ごめんなさいね」タマラが言った。「でも、わたしは生き延びた」彼女がエディの肩を突いた。「あなたは生き残る人よ。もしかしたらあなたの妹さんも同じかもしれない。わたしたちにはそう願うことしかできないわ」

「でも、あの子はまだ十三歳なのよ！」エディはわめいた。

「十三歳。充分だわ。彼女は賢い？　タフ？」エディが息をのんでうなずくと、タマラはきびきびと続けた。「なるほど。だったらいいわ。彼女にはチャンスがある。勝てる見こみはほとんどないけれど、全然ないよりはましよ」

「いい加減にしろ！」ケヴがタマラをにらんだ。「それが彼女の慰めになるとでも？」

タマラは澄ました顔をしていた。「ならないわ、もちろん。どうしてわたしが慰めるわけ？　彼女を甘やかすのはおやめなさい。いらいらするわ。それに、慰めたところで彼女の助けにはならない」

ケヴが兄弟たちに向き直った。「あんたたち、この頭のいかれた女をどこで見つけてきたんだ？」

デイビーとコナーは居心地が悪そうだった。「それは長い話になるが――」

「そいつをもういっぺんでも言ったら誰かの喉をかき切ってやるぞ」ケヴが言った。

部屋にいたケヴとエディ以外の全員がすばやく目を見交わした。タマラはひとりでくすくす笑っていた。

「タマラの言うことなんか気にするな」ショーンが言った。「彼女はいつもそんなふうなんだ。おれたちはもう慣れたから、気にもしてない。ただ聞き流すんだ、彼女が毒舌をふるいだしたときには」

コナーが続けた。「彼女は、その恐ろしいマナーとビッチな言葉とむかつく態度の埋めあわせをするくらいに――」

「その言い方は正直すぎて思いやりがないというものよ」タマラが割って入った。「あなたにもそういう言葉を言ってあげましょうか。元気が出るわよ」

「……埋めあわせをするくらいに、恐ろしい運命から救ってくれることがたまにある」コナーが辛抱強く締めくくった。「彼女は一度おれを救ってくれた。そしてエリンの命も」

「おまえたちの命もだ、間接的に」デイビーが言った。「おまえのアパートメントにいた連中はおれたちに襲いかかってきた。もしコナーが連中の武装したSUVをタマラの宝石爆弾でぶっ飛ばさなかったら、おれたちはみんな、肉の塊になっていたはずだ」

「そのことだけど」タマラがハイヒールを履いた足を振りあげて、ほっそりした脚を組んだ。「わたしのすてきなダイヤモンド爆弾の話をしましょうよ。あなたはそれを配達することになっていたのに、届ける前に爆発させてしまった。あなたの自分勝手な――」

「自分勝手だと？」コナーが弁明すべく言い返した。「やつらはおれたちを殺そうとしたんだぞ！」

タマラは笑った。「すぐ熱くなるんだから。落ち着きなさいよ、コナー。あなたの支払いの計画を立てましょう。もしかしたら小さなケヴィンとマディは大学進学をあきらめなきゃならないかもしれないわ。でも高等教育は過大評価されている気がしない？　だからわたしは結局、学校なんて行かなかった。わたしは、そう……下等教育を受けたの、言うなればね」彼女が煙草に火をつけてエディにウインクした。「とっても、とっても下等な」

「みんな、彼女を無視しろよ」デイビーが言った。「タマラ、黙っていい子にしてろ」

タマラが彼にキスを投げて、煙の輪をくゆらせた。

しかしエディはタマラを見続けた。タマラも冷ややかに、まっすぐに見つめ返した。

〝最悪のケースの生きたシナリオ〟でいるのはどんな気持ちなのだろう。エディは考えずにはいられなかった。わたしもそれを身にしみて知ることになるのだろうか。彼女は膝を抱えて自分を抱きしめた。恐怖のせいでひどく気分が悪かった。

「エディ？　せめて何か食べてみたらどうだ？」ケヴが言った。

エディは組み立て式テーブルのほうを見た。果物とデリのサラダとサンドイッチが山盛りになっている。彼女はかぶりを振った。「食欲がないわ」

ケヴは疲れきった顔をしていた。目の下の隈が濃い。アーロの家は彼が自分で建てているところで、一同は未来の地下室に詰めこまれていた。今は地上一階の床に取り組み始めたばかりで、上の階はまだ枠組みしかなかった。

アーロは巨大な貯蔵庫及びワークスペースになると思われる場所で暮らしていたが、生活に必要なものはすでに用意してあった。テーブル、おんぼろのリクライニング・チェア。その正面の壁にはフラットスクリーンの六十インチテレビが取りつけられ、キッチンにはガスこんろと電子レンジとシンクが備えつけてある。寝るところとバスルームは外の裏手に作られた小屋のなかだ。開いたドアからは木々の香りが吹きこんでくる。彼の飼い猫のうちの一匹が影のようにそのドアから入ってきてエディの膝に飛び乗り、耳を彼女の手にこすりつけた。

「ドアを閉めたほうがいいんじゃない？」彼女はおずおずと尋ねた。

「冷たい風は眠気を吹き飛ばすのに役立つ」アーロが言った。「それにドアをロックしておくのは安全上好ましくない」彼は自分の座っている机の上のモニターを指差した。「サーマルセンサーを取りつけてあるから、半径百メートル以内に熱を持ったものが入ってくればわかる。モーション探知機もある。うさぎやリス以上の背丈があればこのセンサーがとらえるんだ。おれたちは守られている。リラックスしてくれていい」

リラックス。そんなことができればいいけれど。この家はケヴの山小屋のように、どことも知れない場所にあった。ハイウェイをおりて、曲がりくねった狭い土の道を滝のほうにあがって、たどり着いたのがここだった。マツとモミの木が重たい屋根のように枝を広げていて、光は入ってこない。文明生活の音もしない。ただ木々をそよがせる風の音だけ。

そんななかで、ハイテクのセキュリティに守られ、銃を持った男たちに囲まれている。しかし安全と思えるかどうかは心の問題だ。ロニーがデズモンドやアヴァと同じ屋根の下にいると思うと、エディはとてもそんな気持ちにはなれなかった。

アーロが立ちあがり、あちこちに散らばる疲れきった男たちに目をやった。ブルーノは両腕のなかに顔を伏せている。マイルズはリクライニング・チェアでいびきをかいていた。

「おれたちはここを出なければ」ケヴが言った。「やつらはきっとおれたちを見つける」

「二時間ほど休め」アーロが戸棚を開けて、腕いっぱいの寝袋とすりきれた毛布を取りだした。「男どもはエクササイズルームの畳の上で寝るといい」彼が警戒するようにタマラを見た。「だが、あんたをどうしたらいいのかわからないな、ベイビー」

タマラがほほえんだ。「何もしないこと。それが常にもっとも安全でいるための知恵よ。わたしはいびきをかいて悪臭を放つ男たちとキャンプする気はないの。サンディの町のすてきなB&Bに泊まるわ。楽しい夢をね、紳士方《ジェントルメン》」

ケヴとエディに向かってアーロがあごをしゃくった。「彼女をおれのベッドルームに連れていけ。タオルは戸棚のなかだ。もしもあんたが潔癖症なら、シーツはいちばん下の引き出しに入ってる」

「なんですって、アレクセイ？」タマラが口をとがらせた。「彼女のためにシーツの上に散らすバラの花びらはないの？　なんて愛想がないのかしら」

男たちがいっせいに振り向き、敵意のこもった目でケヴをにらんだ。

「そのバラの花びらのことだけどな」コナーが言った。「それについては、おれたちは本当に頭に来てるんだ」

ケヴが完全に当惑してあたりを見まわした。「なんだよ？　誰が頭に来てるって？」

「おれたちみんなだ」ショーンがむっつりして言った。

ケヴが全員のしかめっ面を見た。「でも……そんなことを知ってるのはいったい……」

「リヴが見たんだ」コナーがつらそうな顔で言った。「リヴは病院に電話してきたマーゴットとエリンに話した。マーゴットがタマラとレインに、エリンがベッカとシンディに話した。そして今や女たちはみんな、おれたちに詰め寄ってくるんだ。ああ、なんてすてき、なんてロマンティックなのって。ありがとうよ。まったく、本当に役に立ったよ」

「でもおれは――」

「ていうかさ、おれはおむつや癇癪やケヴィンの夜泣きの相手をしてるんだぞ」コナーが疲れきったように言った。「眠りがどんなものか、もう忘れちまったよ！」

「おれのところは二歳児がひと晩じゅう顔に蹴りを入れてくるんだ。それに朝になるとマーゴットは吐き気がするって言うし」デイビーが張りあおうという気もなく口を挟んだ。

「つわりには生のショウガの根を吸うといいわよ、デイビー」タマラが親切に教えた。

「びっくりするほど効くらしいわ」

デイビーは彼女を無視した。「自分のことはきちんとする、子どもの相手をする、生活費を稼ぐ、下着と靴下はそれ用のバスケットに入れる、癇癪を起こさない。それじゃ充分じゃないっていうんだ。喜んで彼女の代わりに弾丸を受けるだけじゃ不充分だと。あの魔法の効果を消さないようにする方法を、知恵を絞って見つけださなきゃいけない。頭のいかれた野郎どもと付き合って生き延びるだけでもハードだってのに！」

「充分よ」エディは静かに言った。

デイビーがまごついて演説を止めた。「何が充分だって？」

「喜んで代わりに銃弾を受けるっていうところ。それで本当に充分だわ」エディは言った。

デイビーはうれしそうだった。「ありがとう」

「でも、花びらはすてきだったわ」彼女は控えめに言った。

デイビーが天を仰いだ。「ああ。そう、さっきも言ったがケヴ、みんなのハードルをあげてくれてありがとうよ、この最悪な時期に。再会のすばらしいプレゼントだ。妻とたっぷり楽しませてもらうよ。長くて感情的に追いつめられる話しあいを夜遅くまで。その時間に眠るかセックスするかできるってのにさ。やれやれ」

「おい！　それをおれのせいにするなよ！」ケヴがブルーノを指差した。「あれはこいつのアイデアだ。全部こいつの思いつき。こいつがあれをやったんだ！」

ブルーノが頭をあげ、寝起きの充血した目をしばたたいた。「何がそんなに問題なんだよ？」不機嫌に尋ねた。「安いバラの花を買ってくればいいんだ。それで花びらをシーツの上に散らす。きれいに見える。女の子は大喜び。そんなのロケット科学でもなんでもないぞ」

エディは顔をしかめた。「わたしにそれをばらさないでよ、ブルーノ」

「ほら、思ったとおりだ！」デイビーが勝ち誇ったように言った。「ただの安っぽいカーニバルのトリックだ。すべては女と寝るため。そうだろう？」

「まあ、そうだけど。それがすべてじゃないの？」ブルーノは困惑していた。「大事なのは、女の子がそれをどう読み取るかだ。それがこっちの腕の見せどころじゃないか」

エディは耳をふさいだ。「聞きたくないわ」彼女は笑いながら震えていた。周波数が高すぎて、犬にしか聞こえないような笑い声だったが。エディは顔を覆い、その笑いが涙に変わらないようにこらえた。タマラの前では泣きたくない。〝最悪のケースの生きたシナリオ〟の前では。

ケヴが彼女の腕を引っ張った。「行こう。あっちで休もう」

エディは彼に夜のなかへと連れだされた。やわらかな、さらさらいう森の冷気が彼らを包みこむ。彼女の靴は松葉のカーペットをざくざく踏みしめたが、ケヴの足はなんの音もたてなかった。彼がどうやってそうしているのか、エディには考える気力がなかった。彼女にできるのはただ、前のめりに倒れないようにすることだけだった。

小屋はシンプルだった。なかにはキングサイズの恐ろしく大きいベッドと、家具が数点あるだけだ。ケヴがドアに鍵をかけて窓の外をのぞき、戸棚を開けてタオルの山を見つけた。彼は一枚をエディに放った。「シャワーを浴びたいかい？」

そんなに長く立っていられるだろうかとエディは考えたが、さっぱりするならその価値はあると判断した。いったん浴び始めると、彼女は自分で思っていたよりも時間をかけて熱い湯を堪能した。濡れた髪を一本にまとめて絞りながら出てくると、ケヴがベッドのシーツをはいでいるところだった。

エディは驚いて尋ねた。「シーツを替える元気があるの？」

「おれが恋人を、別の男が裸でもぐりこんでいたシーツの上に寝かせると思うのか？　ありえないよ」

エディは笑って鼻を鳴らした。「ミスター・石頭のお戻りね。いつ登場するのかと思っていたわ」

「彼は決して遠くに行くことはない」ケヴがそっけなく言った。「そしてきみに警告しておくが、石頭が直ることはない。おれは年を取るにつれて、もっと頑固になるだろう。おれがきみを大事に思えば思うほど、それはひどくなる。だから覚悟しておけよ」

そこまで長く生きられたら。ふたりともそれは言わないようにしていたが、その言葉は鉄のゴングのように、沈黙のなかで高らかに鳴り響いていた。

「計画を立てるべきじゃない？」エディは尋ねた。

ケヴが頭を振った。「おれはもうくたくただ」彼が言った。「もしかしたらきみが例のサイキックな幻を見れば、何か案が浮かぶかもしれない。おれたちには得られる限りの手助けが必要だ」

「そんなふうにうまくはいかないわ」彼女はぴしゃりと言った。「言ったでしょう。そんな精密機械じゃないのよ。もっと、頭をボカッと蹴られるような感じなの」

「なんでもいいいさ」彼の声は疲れで不明瞭になっていた。

エディは近づいていってベッドを整えるのを手伝い、ふたりは黙って作業をした。ケヴがその上に上掛けを放り、新しいタオルをつかんだ。「おれはヤギみたいにくさいな」彼が言った。「冷えないようにベッドに入っているといい。そして話す用意をしておけよ、おれがシャワーから出てくるまでに」

「なんの話を？」

ケヴの燃えるような視線にエディはたじろいだ。「なぜ父親の家をこっそり抜けだして、パリッシュ財団のビルにひとりで行ったのか。その動機に、おれは非常に関心がある」

バスルームのドアがカチッと閉まって彼は消えた。

エディはベッドの端に腰をおろし、彼の声の調子に心底震えあがっていた。彼女は背中をしゃきっと伸ばしたまま待った。

とうとうケヴが出てきた。慎重に彼女のほうを見ないようにしている。エディは彼が体を拭くのを待った。引っかき傷や痣やかさぶただらけだ。彼はベッドサイドテーブルに置いておいた銃をチェックし、窓の外をのぞいた。自分が言いだした厄介な問題に触れるのを避けているかのように。

「時間稼ぎはやめて。始めたことは終わらせなさいよ」エディは言った。「あなたはわたしがパリッシュ財団で何をしていたのかときいたけれど、そんなの明白じゃないの？」

「いいや」ケヴが言った。「世界じゅうが思ってる。おれが誘拐犯で、きみを洗脳し、人を殺したと。おれが知りたいのは、きみもそう考えたのかということだ」

エディは信じられない思いで彼を見つめた。「でも、わたしは……いいえ！」

「だったら、なぜパリッシュのビルに行った？　きみはデズモンドとアヴァのことを知らなかった。おれたちはまだ話してもいなかったんだから。だが、きみは殺人犯が野放しになっていると知っていた。それなのになぜ暗闇のなかをひとりで出ていったんだ？　おれの言ったことを確かめるためか？　きみはおれを疑っていたのか？」

エディは勢いよく首を横に振った。「違うわ！　わたしはただ、あなたがメールしてきたとおりに箱がそこにあるのをこの目で見たかっただけよ！」

「おれの言葉だけでは充分じゃなかったと？」

猛烈な怒りでエディのうなじの毛が逆立った。「そうね、間違いなく警察にとっては充分じゃなかったわ！　わたしは証拠がほしかったの。ハウタリング刑事に見せられるような証拠が！　それが罠だとわかってもらいたかった！　彼女に十五枚の写真を送って、わたしは大満足だった。でも、今では彼女は、わたしがその光景をでっちあげたと思ってる」

しかしケヴは話をそらさせなかった。「きみは安心したのか？」

エディはタオルを握りしめて立ちあがった。「ええ」淡々と言う。「安心したわ。すごくほっとした。泣いたわ。これでいい？　満足？」

「きみはおれを疑っていたんだな」

エディは途方に暮れた。ケヴの目のなかの表情は、とても遠く、冷たい。まるで彼が見知らぬ他人のように思えた。わたしを締めだそうとしている。エディは頭を振った。

ケヴが一歩近づいた。こぶしを握りしめている。「本当に考えたんだな。おれがきみを探しだして、さんざんファックして、嘘をついてきみを利用して、あげくの果てにきみの父親を殺したんだと。ああ、それに、おれが暴力的な誘拐未遂事件を企ててきみを怯えさせ、おれに従うようにさせたんだと」

「もしそう考えたなら、わたしはどこかに消えていたはずよ」エディはきっぱりと言った。「間違いなく、今ここにあなたと一緒にはいなかった。家にいて、言われたとおりにしていたわ。なんだってわたしを批判したりするの？」

ケヴが辛辣な笑い声をあげた。「ブルーノからきみを父親の家に置いてきたと聞かされたときのおれの気持ちを考えてみろよ。アヴァ・チャンに精神を犯されていたときの気分を。彼女はきみのために計画したことを、おれにずっと語って聞かせたんだ。それがどんなに楽しいものになるかということを」

「わたしはロニーのもとに行かなきゃならなかった。その決断は間違ってはいなかったわ」

エディは主張した。「必要なことだったのよ！　あなただってきっと同じことをしたわ！」

彼はそれを無視した。「それから、おれはきみがひとりでパリッシュ財団のビルにいると知った。マールがきみをつけ狙っているというのに。そうだ、エディ。その決断は批判させてもらおう」

彼女は腕を振りあげた。「だったら訴えなさいよ！　わたしは自分にできる最善のことをしているだけだわ！　警察に対してあなたの嫌疑を晴らす証拠がほしかった！　わたしはあなたを助けたかったのよ。それがあなたの厳しくてご立派な基準に満たないというのなら、あなたなんかくそくらえだわ、ケヴ！　ファック・ユー！」

彼らは見つめあった。ふたりとも激しく息をしている。

「というわけで、これが」エディは言った。声がうわずっている。「わたしたちの初めての本気の戦いね。真実の瞬間。わたしは警告したはずよ、ケヴ。最初から言っていたわ、わたしは輝く天使なんかじゃないって。わたしは普通の人間よ。間違った行動もするし、ばかげた判断もする。でも、よかれと思ってやっているの。ほんのちょっぴりへまをするくらいの権利はあるわ！」

ケヴが口をゆがめた。「じゃあ、おれも正義のヒーローなんかじゃないってわけだな？」

「間違いなく違うわ」エディは鋭く言った。「あなたはアンフェアで、猜疑心《さいぎしん》が強くて、ネガティブで、意地悪で、ひどい人よ」

ケヴの顔が仮面のようにこわばった。「ああ、そうだな。ひどい一日だった」

「ひどい?」エディは笑った。「それがあなたの言い訳なの? 大変だった一日分のハンデがほしいってわけ? どうぞ、最初の一発はあなたが撃ちなさいよ、ケヴ。最後に勝つのはどちらか見てみようじゃないの」

ケヴが鼻を鳴らした。「怒るぞ」

「もう怒っているじゃない」エディは答えた。

ケヴがベッドに腰をおろし、顔を両手にうずめた。しばらく動かずにそうしていたので、エディは彼をこぶしで叩きたくなった。「ちょっと、ケヴ。やめてよ」彼女は懇願した。「わたしを見て。これを終わらせて!」

彼が顔をあげた。その目に浮かぶむきだしの苦痛に、エディの胸は詰まった。「どうしておれのことをそんなふうに思えたんだ?」声がかすれていた。「きみはおれのことをわかってくれていると思った。初めてだったんだ……ああ、くそっ。気にしないでくれ」

人の心を操るひどい男。ふきんを絞るようにわたしの心をひねりあげる。「わたしに後ろめたい思いをさせようなんて、最悪だわ!」エディは怒鳴った。

だがケヴは彼女が彼の胸にナイフを突き立てたかのように、彼女を見つめたまま動かなかった。「やめてよ、ケヴ!」彼女は叫んだ。「もう……そんなふうに見るのはやめて!」

彼が目をそらし、床を見た。それでは何も変わらない。

「これだけは言っておくわ」エディはとうとう言った。声が震えた。「あなたのことは全部わかっている、ケヴ。誰も知らないあの部分は別にして。そこはあなた自身もわかっていない部分よ。わたしは思ったわ、もしかしたらその秘めた部分は……」息を吸い、最後まで言うよう自分を励ます。「別のスケジュールで動いているんじゃないかって。そんなことを、そうね、ほんの一分半くらい考えたの。それから忘れたわ」

「統合失調症じゃないかと思ったのか?」

「頭をよぎったわ」エディは認めた。「一瞬だけ。それだけよ」

「おれは殺人者じゃない」ケヴが言いきった。「おれはすべて覚えている。アヴァとのあいだに起きたことのあとは。おれはあの壁を壊したんだ」

「あなたを信じてる」エディは言った。「そうでなかったら、わたしが今ここにいると思うの?」

ケヴが頭をあげ、彼女を通り越して向こうを見つめた。勇気を奮い起こすように。「おれの父親は偏執狂で統合失調症だった」

エディは驚いた。頭が真っ白になる。「まあ。そう。その、お気の毒に思うわ」彼女は口ごもった。

「同情してほしいわけじゃない。ただ、きみは知っておくべきだと思ったんだ。それがきみにとって問題になるといけないから。遺伝的な要素もあるし。おれはそういう父に育てられた。兄貴たちと一緒に、世間から隔離されて。教育も家で受けた。父はおれが十二歳のときに死んだ。変わった生育環境だった」

「わたしほどではないと思うわ」エディは静かに言った。

ケヴの胸がびくんと動いた。「そういう見方をしてくれるのは寛大だな」

「わたしたちが親の狂気のために責められるいわれはないわ。自分の責任を取るだけで充分に大変なんだもの」

「おれは十八年間、そうしようとしてきた」ケヴが言った。

彼女はそっと息を吐いた。「あなたはよくやったわ」思いきって言ってみる。

「そう思うか？」ケヴが目をあげた。その目に挑戦の光が宿る。「だったらもう一度おれを描いてくれないか。今、おれを描いてくれ」

脚から力が抜け、エディはどさりと座りこんだ。「ケヴ、お願い。あなたが何を証明しようとしているのかわからないけど、そんなことをする必要は――」

「やるんだ、エディ」彼の声は金属的な響きを帯びていた。危険な局面になるとときどき出てくるあの声だ。

「紙も鉛筆もないわ」彼女ははぐらかそうとした。

「紙はドレッサーの上にある。ボールペンなら電話の横だ。それで間に合わせてくれ。いいからやるんだ」

エディは彼の能面のような顔を見た。「わたしから何がほしいの？」

ケヴが紙とペン、それにプリンターの横に置いてあったクリップボードを差しだした。

「信頼だ」

その声に含まれた怒りにエディは身震いした。クリップボードとペンを受け取ると、彼女は冷たい床に座りこみ、脚を組んだ。タオルが体から落ちる。冷たいしずくが髪から滴り落ちた。彼女は紙が濡れないように気をつけて姿勢を決めた。濡れた紙は最悪だ。

「まず服を着ろ。風邪をひくぞ」ケヴが言った。

「あら、ご親切に」エディはつぶやいた。「いいから、これをやってしまいましょう」

彼女はケヴの顔を見つめ、描き始めた。イメージはすぐに形となった。顔の骨格、影をともなった強烈なまなざし。

けれども内なる目は開かなかった。謎の波動が響いてくることはなく、焦点が合わなかった。彼女は描きながら待った。しかしそれは起こらなかった。

ペンが止まった。ピカッと光がともるように、何が問題なのかわかったのだ。エディは声をあげて笑いそうになったが、それは笑いごとではなかった。「あなたは怒りすぎているのよ」彼女は言った。「あなたが電波を妨害しているんだわ」

ケヴは答えなかった。喉が小さく動き、彼はごくりと唾をのみこんだ。

「あなたはわたしから信頼がほしいと言った。でも、あなたはわたしを同じように信頼してくれていない」

エディは立ちあがり、絵をドレッサーの上に置いた。ふたりのあいだに広がる冷たい空間が途方もなく大きく感じられた。こんなのばかげている。それを受け入れる気はない。彼女はケヴのほうへ歩いていき、そっと彼の顔に触れた。

彼が顔をそむけ、その手をよけた。「だったら、おれをファックしてみろ」

彼女は刺されたようにびくっと手を引っこめた。「なんですって?」

「きみは前に言った。特殊な状態になるのはおれたちがセックスしているときだと。だから、それを試してみよう。おれはその気満々だ」

確かに。それを隠すことはできなかった。真っ裸なのだから。彼のペニスはふくれあがり、目は欲望で熱を帯びている。

不思議なほど動揺して、エディは一歩さがった。「わたしはそうは思わないわ」

ケヴが彼女の体を見つめた。彼の渇望の熱が肌を優しくなめる。エディは、電気が低いうなるような音をたててちくちくと体をつつくのを感じた。ケヴのエネルギーはとてもパワフルだ。彼が心のドアを閉めてしまったときでさえ。そして、暴力と死と危険に満ちた一日を過ごしてきて、エディも彼がほしかった。怒っていても、彼はあたたかくて、がっしりしている。彼はケヴだ——あの分厚い壁の後ろにいるのは。エディは彼がほしくてたまらなかった。

けれど、彼のためにこちらから折れてやる気はなかった。冗談じゃないわ。エディは彼に背を向けてベッドの脇へ歩いていき、そのまま上掛けの下にもぐりこんで向こうを向いた。沈黙が数分続いた。エディは凍りついたように目を大きく開けたまま横たわっていた。ケヴの視線の重みが、体の上に熱い手をのせられたように感じられる。

「おれを凍えさせようというのか？」ケヴが静かに尋ねた。

「いいえ、ケヴ。それはあなたがわたしにやったことよ。これはその結果」

ベッドがきしみ、彼が入ってきた。ケヴは滑るようにマットレスの上を横切ってエディをつかまえ、彼女の背中を自分の体に押しつけた。「だったらおれがきみを溶かしてやる」

ケヴの体の感触に、エディは歓びのうめきを押し殺した。とてもあたたかい。肌が歓喜に揺れる。彼の肌が触れているところはどこも。エディは彼の腕のなかで震え、苦しいほどぴくぴくと痙攣した。まるで絶頂に達したときみたいに。

ケヴが彼女の湿った髪に顔をこすりつけた。ペニスが彼女の腿に当たってその存在を主張する。

「これがスイッチだ」彼が言った。「いつもはおれが抵抗し、きみがおれをなだめてそそのかす。おれがよりよい判断を下してるっていうのに」

「あなたを待ちこがれる子犬みたいにふるまうのはもうやめたのよ」エディは言った。「そんなのは過去のこと。もうお願いしたり、お許しを求めたりしないわ」

ケヴが彼女の首筋の髪を分け、うなじにあたたかな唇を押し当てた。「おれはどっちもできる」

「せっせとお願いするがいいわ。わたしがそれをどこまで気に入るか、よく見てみるのね」

ケヴの唇がやわらかくうなじの上を動いた。彼の手がエディの胸を包み、もう一方の手が体の下に滑りこんでウエストのくびれを通り抜け、腿の上を伝って彼女の恥丘を包んだ。指が彼女の割れ目を撫で、クリトリスを探り当てる。

エディは身震いし、声をあげたいのをこらえた。フェアじゃないわ。彼はあらゆる方向からやってくる。熱くもどかしげな抱擁で、やわらかなキスで、指先の愛撫でわたしを圧倒し、じらし、開かせる。

エディは自らを解放できないことに苦しんだ。腿は閉じていたが、興奮の熱いしずくがほとばしって彼女を裏切った。ケヴが指をなめらかな秘所に入れ、突き、愛撫する。彼の胸が勝利のうなりに震えた。

ケヴがさらに彼女を引き寄せた。性急な、懇願するような愛撫。甘くなだめすかすようなキスが彼女のうなじを攻め、エディは身もだえした。

彼はペニスの先で彼女の潤っている割れ目をつつくと、するりともぐりこませた。同時に前から指で彼女をさいなむ。エディの神経はきりきりと巻かれ、今にも弾けそうなワイヤーのようになっていた。だがケヴは優しく、容赦がなかった。

とうとうエディは弾けた。その激しい恍惚感は、目もくらむ忘我の境地に彼女を叩きこんだ。抵抗することもできず、意識を失いそうになる。

エディがわれに返ると、ケヴが二本の指を深く突き入れ、ぴちゃぴちゃと音をたてて彼女を愛撫した。「きみはとろけそうだ」彼がささやいた。「もう用意ができている」

エディは心のなかで彼に手を伸ばしたが、ケヴは彼女を迎え入れようとはしなかった。彼はまだ電波を遮断していた。

「あなたはまだだわ」エディは言った。「まだ氷のように硬い」

ケヴが指をより深く差し入れた。「おれは硬くていいんだ」彼が言った。

「きみが溶けているのがいいように。生物学だ」

「言葉遊びはやめて。あなたはよくわかっているはずよ、わたしの言っている意味が」

ケヴは二本の指でクリトリスをつまむと優しくひねり、感じやすい部分をめがけてペニスを突き入れた。エディは燃えあがり、身をよじった。「おれを入れてくれ」彼の声は命令しているように荒々しかった。だがエディには、彼が自分の体を激しく抑えているのが感じられた。わたしが彼のために体を開くまでは、ケヴは決して動かない。そしてわたしは屈服したくてたまらなくなっている。

彼はそれを知っている。それを当てにしている。なんて傲慢なの。

エディは振り向き、肩越しにケヴを見た。「わたしも入れて」

ケヴが目を細めた。空気が緊張で低くうなる。

「きみが先だ」彼がささやいた。「それからだ」

最後の瞬間まで抵抗するのね。もうたくさん。わたしたちが未来をともにする見込みはない。そして、わたしはこれがほしい。プライドや尊厳なんてどうでもいいわ。そんなものはお墓のなかではなんの役にも立たない。

でも、彼にはわたしの顔をまともに見てもらわなければ。「向きを変えて」

ケヴがエディをぱっとあおむけにすると、彼女の脚のあいだに自分の体を落ち着けた。動きを止め、片手でエディの体を喉から腿まで撫でおろす。ケヴの顔はこわばっていた。彼が手を伸ばし、ランプのスイッチを消す。

「ちょっと！」エディは抗議して体を起こそうとした。「それはひどいわ！　わたしはあなたの目が見たいの！　明かりをつけてよ、今すぐ！」

「だめだ」ケヴが彼女の両脚を高く掲げて広げた。「おれはファックしているあいだ、きみの痣を見ていられない。気が殺《そ》がれる」

エディは両肘をついて上半身を起こした。「この痣はあなたのせいじゃないわ！」

彼の分身がエディのやわらかな割れ目をつつき、するりと入った。「違うのか？　初めて会った日、きみには痣なんかひとつもなかった。おれは知ってる。きみの体はこの目で隅々まで見たからな。きみはおれと三日間一緒にいる。そして今や痣だらけだ。結論は？」

「でも、わたしは――」

彼女の声は途切れた。ケヴがひと突きで彼女の奥深くまで入ってきたのだ。

エディは自分が何を言おうとしていたのか忘れ、彼の胸にしがみついた。彼をもっと深く迎える角度を探して身をよじりながら。

ケヴがエディの上に覆いかぶさって動きだした。初めはゆっくりとだったが、長くは続かなかった。ふたりとも喉から手が出るほどそれを求めていたのだ。ふたりはスピードと激しさを増していった。それはいつもの輝かしい魂の融合ではなかった。ケヴは彼女からあまりにも遠く離れていた。しかし、欲望と飢えがそのせいで弱まることはなかった。それどころか、彼はもっと切望していた。

より相手に近づこうとふたりは必死になった。あらゆるレベルでお互いを求めてもがいた。雷がとどろき、稲妻が光る。ケヴが激しく突き、エディは爪を彼の体に食いこませて自分の体を持ちあげた。強い突き、熱烈なキス、そして甘いうめき声。

ふたりともさらに痣が増えていたが、どちらも気にしていなかった。エディはケヴのためにすべてをさらけだした。そして目もくらむような絶頂がふたりを爆発させ――。

ケヴがパカッと音をたてて開いたように思えた。ガードが崩れた。そしてエディはすべてを見た。

今度こそ本当に、頭を蹴られたような衝撃だった。最初の頃、望んでもいないのに突然、幻が訪れた頃のように。ショッキングで恐ろしいイメージ。それはあの日ケヴが経験したことの残像にすぎなかったが、エディを心底まで揺るがした。

恐怖。不快感。悲痛。ビニール袋から見つめている死んだ少女。生きた少女が車椅子に縛りつけられ、泣いている。悦に入った女の顔と長い黒髪を持つ丸々としたクロゴケグモが、笑いながら獲物にべとつく糸を巻きつけ、動けないようにした。

それから、あの内側の要塞の崩壊。記憶が洪水のようにあふれてくる。たくさんの顔、場所、感情。すべてがあまりに鮮明で、エディの目に涙があふれた。

兄弟たち。弾丸。爆弾。すべてがケヴの目の前で爆発した。その日、彼は何度も何度もばらばらになった。それでも驚くべきことに、彼は完全体だった。輝いていた。そして、とても美しかった。ああ、神さま。わたしは彼を愛している。

エディはケヴの震える汗ばんだ肩に両腕を巻きつけ、ぎゅっと抱きしめた。涙が彼女の顔を流れ落ちる。

ケヴの顔をこちらに向けさせたかったが、彼は抵抗し、エディから離れた。床に散らばった自分の服を拾い集め、ジーンズをはく。ふたりのあいだにどっと入ってきた冷たい空気に、エディは震えた。

「ケヴ？」エディはベッドサイドのランプに手を伸ばした。

彼がその手を乱暴にはねのけたので、ランプがテーブルから落ち、床に当たって壊れた。

「やめろ」ケヴが荒々しい声で言う。

　エディはびっくりして起きあがった。「ケヴ？　どうしたの？」

「きみが聞かきゃならないって言うなら答えるが、おれにはやっとわかってきたよ」

「わかってきたって、何が？」

「超能力のあるガールフレンドを持つことの不便さが」

　彼女は困惑した。「でも……でも、わたしはてっきりあなたが望んで――」

「気が変わったんだ」ケヴが言った。「あるいは正気に戻ったと言うほうが近いかな」

　エディはたじろいだ。「つまり、あなたは恥ずかしがっているの？」小さくささやく。「わたしが見たものに対して？　あなたがわたしに見せたものに？」

「おれはただ、少し距離を置いてほしいだけだ」ケヴは銃をつかみ、それをジーンズの後ろに突っこんだ。「きみはここにいろ。おれは外を見まわってくる――」

「そんなのフェアじゃないわ！」エディは叫んだ。「あなたがわたしにやれと言ったのよ！強引に！」

「人生はフェアじゃない。今まで気づかなかったのか？　いいか、エディ。このいかれた騒ぎについてはすまなく思う。悪かった……こんなことになって」彼はベッドのほうを身ぶりで示した。「きみにあんなことをすべきじゃなかった。もう二度としない。きみとリヴとトニーとローザは今日、サンホアン諸島に渡るんだ。おれの兄貴の友人のセスと一緒にね。おれはきみの前から消える。そしてひょっとしたら、きみには生き残るチャンスがあるかもしれない」

エディは彼のところまで飛んでいき、肩をぴしゃりと叩いた。「あなたにわたしの前から消えてほしくなんかない！ ひどいわ！」

「それは残念だ。おれは出かける」ケヴが無表情で繰り返した。「ここにいろ」

ドアをばっと開けると冷気が吹きこんできた。ケヴが出ていくのに続いてドアが閉まり、空気を、音を、夜を、そして彼を締めだした。

エディはベッドに座り、両手を顔に押し当てた。ケヴを取り戻したかった。ヒステリーを起こした女みたいに叫びだそうか。だが、それは子どもじみていてきまりが悪い。ケヴは、新しく見つかった彼の家族の前ではわたしが騒ぎを起こしたがらないだろうと踏んでいる。結局のところ、わたしはチャールズとリンダ・パリッシュの娘なのだ。

だったら、距離を置いてやろうじゃないの。ひとり寂しく死ねばいいんだわ。

ふたたびシャワーを浴びているときに、ふと、ふたりとも避妊のことを考えていなかったと思い当たった。運命の瀬戸際にいるというあの感覚。どうせふたりとも、その結果に対処できるほど長く生きるとは思っていない。

エディは服を着て、ポケットから携帯電話を出した。ケヴの兄弟のひとりが貸してくれたものだ。空は明るくなってきている。彼女は電源を入れた。ロニーがなんとか自分の電話を取り戻してメッセージを送ってきていないだろうか。ロニーにまた電話をかけられるよう、アーロが手伝ってくれるかどうか頼んでみなければ。

電源が入ったとたんに電話が鳴った。エディは画面を見つめた。心臓が喉から飛びだしそうになったが、番号を見てたちまちもとに戻った。ロニーではない。そうすると誰？　ほかに自分が声を聞きたい相手はひとりもいない。この電話では。

しかし着信音は続いていた。脳味噌を針で刺すように。誰なの？

エディは電話に出た。「はい？」小さくささやく。

「おはよう、エディ」デズモンドの声だ。あのべたべたするほほえみが声に含まれている気がして、彼女は吐き気をもよおした。「きみは生き延びたいかい？」

彼女はまたベッドに座りこんだ。「ええ」

「この電話に出るとは、きみはラッキーだ」彼が言った。「きみの恋人とその愉快な仲間たちにも生き延びてほしいかい？」

「ええ」エディはまた言った。

「われわれはきみたちの居場所を知っている。きみたちを見ているんだ。その森のなかにいるのをね。われわれのサーマル・イメージングにうってつけの、見晴らしの利く地点があるんだよ。きみとラーセンは小屋のなかで、そう、二十分前にファックしていた。残りの連中は大きな家のなかだ。ぼくの指はボタンの上にのっている、それを押せば、きみたちは一瞬でこっぱみじんだ。きみが正確に……これは本気で言ってるんだが、本当に正確に、ぼくの言うとおりにしなければね。わかったかな?」

エディは恐怖の塊をのみこんだ。「望みを言って」

「これからきみに単純な、明瞭な指示を出すよ、エディ。もしきみがひとつでも従わない場合、ぼくはこのボタンを押す。いいね?」

「ええ。聞いて、デズ――」

「最初の指示は、答えは〝イエス〟とだけ言うこと。低い、従順な声で言うんだ。きみがほかの言葉を言ったら、ぼくはボタンを押す。わかったかい?」

エディは唾をのんだ。「イエス」

「第二の指示は、きみはこの電話をいついかなるときも通話状態にしておくこと。電話を落としたり、ほっぺたで違うボタンを押したり、突然電波が届かなくなったりしたら……ぼくは損失の少ないうちに手を引く。ボタンを押すよ。バイバイ。ドカーン」

「でもデズ、わからないわ、もし――」

「最初の指示を思い出せ、このばか女」デズモンドがうなった。

エディは唇を噛み、言葉を押しだすようにして言った。「イエス」

「第三の指示は、不必要な動きをしないこと。ぼくは強力なサーマル・イメージング・デバイスできみのいる小屋の壁を見ている。きみはベッドの足元に座っているね。姿勢をよくする必要があるな」

プライドと怒りが彼女の背筋をしゃんとさせた。心ならずも。

「ああ、そのほうがいい！　ぼくはきみがラーセンとやるのも見ていたが、いやいや！　きみがあんなに情熱的だとは知らなかった！　山火事を見ているようだったよ」彼がくすくす笑った。「きみはイッたのかい？　教えてくれ」彼が間を置いた。「教えろ、エディ」

エディは吐き気がこみあげるのを必死でこらえ、ささやいた。「イエス」

「それはよかった！　というわけで。ぼくがきみにやれと言わなかったことをひとつでもやってみろ。ぼくはそれを見ている。そしてボタンを押す。わかったか？」

「イエス」ぎゅっと閉じた目から涙がこぼれた。エディはそれをぬぐおうと手をあげた。

「そのくそったれの手をおろせ。ぼくがきみにあげろと言うまでは！」

エディは片手をあげたまま動きを止めた。ゆっくりとその手をおろす。「イエス」彼女は言った。

「立て。そのドアを出ろ」デズモンドが言った。「自然にふるまえ。まっすぐ家の前まで歩くんだ」

エディは床に落ちているボールペンを見た。ケヴが部屋を出るときカーペットにふわりと落ちた、くしゃくしゃに丸めた紙も。「靴を履いてもいい？」彼女は小声で言った。

デズモンドがためらった。「早くしろ」彼が言った。「そして、もう質問はなしだ」

エディは両膝をついた。片方の靴と一緒にペンを、もう一方の靴と一緒に紙をつかみ、またベッドに腰をおろすと、両足のあいだの床に紙を広げた。そしてペンを握り、ハイカット・スニーカーの紐を結びながら大きな文字で書きなぐった。

爆弾

「靴紐は結んだな？」デズモンドが言った。

「イエス」エディは立ちあがって小屋の外に出た。ドアは大きく開け放しておいた。冷たい風が彼女の濡れた目とまだ湿っている髪に吹きつける。エディは紙を手から放した。紙はひらひらと舞い、霜のおりた地面に着地した。

デズモンドは何も言わなかった。彼は見ていなかったのだ。安堵の涙がエディの目からこぼれた。お願い、ケヴ。あるいは誰か。誰でもいい。あれを見て。あれを見つけて。

「で、次は？」エディは尋ねた。

37

峡谷を巻きあげた風は鋭く、平手打ちのようにケヴの顔を打った。彼にはそれが心地よかった。平手打ちされて当然のことをしたのだ。

ケヴはとぼとぼと低い茂みを越えて歩いていった。作りかけの家から坂をあがると、地続きの同じ地盤が崖になっていた。崖の上から見た家の土台は火山岩の塊のなかに沈められている。アーロが暮らす地下の上の階にはすでに大きな見晴らし窓が据えつけられていた。ゆっくりとした工程で男ひとりで働く建築現場の風化を防ぐためだろう。家ができれば、そこからはうっとりするような景色が見渡せる。崖の向こうの渓谷までも。実にドラマティックだ。

こんなことになるなんて。ケヴには信じられなかった。十八年もエディをお守り兼誘導システムとして利用してきたのは充分に悪いことだ。彼女が誰なのか、何者なのか知る前から、おれはそうしてきた。そしてエディを知った今では、なおさら彼女を利用している。おれはエディを渇望していた。すっかりのぼせていた。彼女の体に、心に、話し方に。おれを感じさせるそのやり方に。彼女はおれを見ていた。おれを知っていた。

おれはエディの命を繰り返し危険にさらしてきた。それはいやというほどわかっている。エディをおれのものにすることはできない。おれと一緒にいることは、彼女にとって死の宣告だ。おれはそれを知らないふりをしてきた。

ところが今夜のあれだ。ケヴは自分に仰天していた。脅して、叱って、怒鳴り散らしたあげく、彼女をなだめすかして乱暴なセックスに持ちこんだ。よりによって今日みたいな日に。

だが、エディはもう時間を無駄にすることはない。もし生き残れたらの話だが。

おれはこの野獣に口輪をはめなければならない。ダメージ・コントロールだ。殺人にレイプに洗脳に虐待、その他なんでも、やってもいない罪を告白すれば彼女の潔白が証明されるのならば、おれはそうしよう。なんだって告白する。

それで充分だと思わなければならない。エディがどこかに存在しているなら、安全で五体満足でいてくれるなら。たとえ彼女が幸せでなかったとしても。もしかしたら、牢獄で朽ち果てるあいだにエディのグラフィックノベルを読んで暇潰しできるかもしれない。それはまさに、おれにふさわしい罰だ。ケヴは厳粛に考えた。罪にふさわしい罰を。

「おい。チビ」

ケヴは振り向いた。トニーだった。この二十四時間で十歳は老けたように見える。皺が深くなり、目の下のたるみはさらに増した。

　トニーが片手で覆って風をよけながら手巻きの煙草に火をつけた。煙を吸いこむと火が輝く。青白い夜明けの光を受けて、無精ひげが銀色にきらめいた。

　ケヴは声を出すことができなかった。あんなことを言ったのだから、エディはおれを憎んでいるだろう。そう思うと、喉仏がダイヤモンドのように硬くなって喉を締めつけていた。

「ここで何をしてるんだ？」彼はやっとのことで言った。

「小便しに来た」トニーが簡潔に答えた。

　ケヴは片方の眉をあげた。「アーロの家にトイレがあっただろう。おれは見たぞ」

「うるさいな」トニーが言った。目を細めて推し量る。「おまえはおまえのレディと一緒にいるんだと思ってた。時間は大事にしろ。こんな寒いところで何をやってるんだ？」

　ケヴは咳払いをして、言葉を探した。「彼女はおれのレディじゃない」

　トニーが目をしばたたいた。「なんだって？　おまえはすっかり惚れてるってのに」

「エディはずっと死の淵で生きている。もしも連中がパリッシュ殺しの罪をおれに着せたら、今度は死刑執行がいつなのか気にして生きなきゃならない。おれは彼女の健康に悪い。それに彼女の評判にも」

　トニーが腕組みをした。「彼女はどう考えてる？」

　ケヴはトニーに背を向けて渓谷を眺めた。「彼女がどう考えるかはどうでもいい。おれの決断だ」

トニーが咳払いをした。「おまえは女と付き合ったことがあまりなかったな、チビ」

ケヴはうなった。トニー・ラニエリに恋愛のアドバイスをもらえというのか。トニーがかつて付き合った女はみんな、彼を心底憎んで終わったのに。

「なかに入って少し眠らなくていいのか？」ケヴは尋ねた。

「あんなところじゃ眠れんよ」トニーが言った。「気温は氷点下だぞ」

「外にいるよりはあたたかいだろう」

「おまえの兄貴たちの話をしてるんだ。彼らはおれのことをゴミ以下に見ている。十八年間もおまえを雌鶏《めんどり》みたいに抱えこんでいたせいでな」

ケヴは肩をすくめた。「まあな。事実は事実だ。今さら変えられない」

トニーが煙を吐き、返事を遅らせた。ケヴは期待に満ちた間を重たく感じ、振り向いて老人を見つめた。

「はっきりさせよう」ケヴは言った。「あんたはおれに、すべて完璧、万事オーケーと言ってもらいたいのか？　おれはちゃんとわかってるって？」

トニーの鼻腔《びこう》がふくらんだ。「おれがやったことにはおれなりの理由があったんだ」

そのとおり。給料も払わず奴隷のように、一日十二時間、何年も働かせたことにも。「そうだろうよ、トニー」ケヴは苦々しげに言った。

「おれがマクラウドの連中を探しに行っていたら、オスターマンと彼の用心棒はおまえを追いかけてこなかった、なんて言わせないぞ。あの頃のおまえはよだれを垂らした植物人間状態だった」トニーがうなった。「やつらはおまえら四人全員を追いかけていただろうさ！おまえはずっと狙われていたんだ、チビ」

「そうかもな」ケヴは言った。「そして、おれたちはあのちくしょうの正体を暴いて、十八年前にけりをつけていたかもしれない。やつが何十人もの罪のないティーンエイジャーを殺して脳を傷つける前に」

「今度はそのこともおれのせいにしようというのか？」トニーががっくりと頭を落とした。

「おれはただ、おれたちにはわかりっこないと言ってるだけさ。だから判決も弁明もなしにしよう。時間の無駄だ。起こったことは起こったんだ」

「おまえはまったく正しい石頭だな」トニーが煙草をつまみ、最後にひと吸いした。「おれがおまえをめちゃくちゃにしたと思ってるんだろう？」

やめてくれ。トニーは自分をいじめて楽になろうとしている。ケヴはため息をつき、自分の息が白くなるのを見つめた。「いいや」彼はうんざりして言った。

「おまえは、おれがおまえを専門家に診せるべきだったと思ってる。一回注射を打ってもらうのに二百ドルも払って、その支払いをするためにコカインでも売って。腰抜けのソーシャルワーカーを大勢呼んできて、みんなで大騒ぎしておまえを気の毒がるべきだったと思ってるんだろう？　引っ張りだしてくれればよかったのにと？」

「違うよ、トニー」ケヴは感情をまじえずに言った。「それとも大金を払ってセラピーに通わせるとか？　おれはブルーノの面倒も見なきゃならなかったんだぞ！　誰もおれに子どもたちの養育費なんかくれなかった。それなのにおまえはおれに期待する――」

「おれは何も期待なんかしてなかったよ、トニー。そんなふうに感じてるんだったら、おれをあの倉庫に置き去りにしてそのまま死なせてくれりゃよかったんだ」ケヴは言った。「選んだのはあんただ」

トニーが咳払いをして、崖の向こうに唾を吐いた。「つまりおれは氷のように冷たいエゴイストで、ご都合主義のくそ野郎だと。なあ？　そうだろ？　いいぞ、言えよ」

ケヴは肩をすくめた。「あんたが言ったんだ。おれじゃない」

トニーが口元をぬぐい、あごの下の無精ひげを掻いた。「これだけは心にとめておけ。もしおれに自分の息子がいても、おれはそいつをまったく同じように扱っただろう。そして、そいつはおまえと同じように腹を立てただろう」

ケヴは驚いて老人を見つめた。その不可解な言葉の意味を読み解こうとしたが、うまくいかなかった。

「わかったか？」トニーが詰問した。「おれの言ってることがわかってるのか？」

ケヴは咳払いをした。「ああ。わかった、と思う」

「じゃあ、あれを個人的なことと受けとめるなよ」

「オーケー」ケヴは言ったが、さっぱりわけがわからなかった。

トニーが煙草を岩に押しつけて火を消した。ポケットに手を突っこんで何かを引っ張りだす。小さな、色あせた楕円形のディスクがチェーンの先で揺れていた。彼はそれをケヴに渡した。「遅すぎたが、やらないよりはましってことだ」

ケヴは受け取り、ドッグタグを見つめた。エイモン・マクラウド。胸が痛んだ。

トニーが踵を返し、とぼとぼと歩きだした。

「トニー」ケヴは思わず声をかけていた。

トニーは振り返らなかった。ケヴは言うべき言葉を探した。あのまわりくどい、乱暴な愛情を見せた瞬間の答えとなる何かを。

「おれを救ってくれてありがとう」

トニーはケヴのほうを向かなかった。「おまえは救う価値があるやつだよ、チビ」その声は重々しく、悲しげに響いた。彼は家に戻っていった。

ケヴは両手でドッグタグを握りしめた。記憶が広がっていく。あの日、彼はヒーロー・コンプレックスのせいで、ミッドナイト・プロジェクトが卑劣な犯罪である証拠を自力でつかんで警察に突きつけることこそ自分の使命だと確信していた。ほかの人間にまかせたらもっと子どもたちが死ぬことになるのはわかっていたし、助けを乞える相手もいなかった。デイビーはイラクにいたし、コナーは新しく就いた警察の仕事で張りこみに出ていた。ショーンはリヴ・エンディコットに恋をして心ここにあらずで、リヴの父親は自分の娘から遠ざけるためにショーンを刑務所に閉じこめた。つまり兄弟からの援護は望めず、ケヴはひとりきりだった。

だが待ってはいられなかった。ケヴは父のベッドルームに行った。死後八年間、誰も手を触れなかった場所だ。部屋には埃が積もっていたが、ベッドは軍隊並みに整頓され、さえないグリーンのウールの毛布はきちんとたたんであった。母親の写真の隣に置かれていたブリキのカップから、彼はそのドッグタグを取りだした。そしてベッドに座り、金属の円板を握りしめながら、母親のほほえむ顔を見つめていた。勇気をくれと、心のなかで懇願していた。つらいことをやり遂げるために。

それから、ドッグタグをポケットに突っこんで――最後の闘い《アルマゲドン》に出かけていった。たったひとりで。気合いだけが先走っていた。

十八年経ってやっと、あの決断がどんな重大な結果をもたらしたかを考えられるようになった。なんと愚かで、傲慢だったことか。それを思うとケヴは息が詰まった。だが、その代償は払った。すっかり払いきったはずだ。

ショーンがポーチに出てきた。彼は断崖の上のケヴを目にすると、おりてくるよう手ぶりで伝えた。風に邪魔されずに声が届く距離になると、双子の兄は怒鳴った。「エディはどうした？」

ケヴのはらわたが締めつけられた。「どういう意味だ？」

「彼女がなんで突然セキュリティの範囲を超えて早朝の散歩をする気になったのか、おまえは知らないのか？」

恐怖が襲ってきた。ケヴは小屋を見た。ドアが開いていて、風にバタバタとあおられている。紙が一枚、ひらひらと舞った。「くそっ」彼はつぶやいた。

「アーロが彼女を見たんだが、家の前にいたんでなんとも思わなかったらしい。それから彼がコーヒーをカップに注いでドアのところに行ったら、エディはいなくなってた。もう草地のなかほどまで行ってたって。コートも着ずに。外はこんな凍るような寒さだってのに」

「どっちのほうだ？」ケヴは詰問した。

ショーンが指差した。「北へまっすぐ、ハイウェイのほうへ」

ケヴは岩から小道に飛びおりると、草地を横切って――。

バン！　バン！

銃声がして、木っ端がはじけ飛んだ。ケヴは地面に伏せ、這って身を隠した。紙が風に舞い、近くへ飛んできた。彼は空中でさっとそれをつかんだ。

自分の顔が紙の上からこちらを見つめていた。線描画だ。険しい顔つき、きつく結んだ口、きびしい目。そしてその上に、殴り書きの文字。

爆弾

そのとき、エディの叫び声が聞こえた。

エディは夜明けの寒さのなかで自分を抱きしめた。湿って半ば凍った髪の下で耳に携帯電話を当てていた。まやかしの優しさに満ちた声に毒されて、耳が燃えるようだった。
「下を見ろ、エディ。コンクリートのなかに埋めこまれた根太《ねだ》がある。建物の基礎のなかに。何か見えるか？」

エディはぱっとあとずさった。「まあ、いやだ、あれは——」
「黙れ！　急に動くな！　もう一度見るんだ、この間抜け」

エディはもう一度見た。蛇は好きではなかったが、無理にそれを見つめた……いいえ、待って。これは本物の蛇ではない。

機械仕掛けの蛇だ。黒い金属製のロボットが家を支える根太に巻きついている。細いしっぽの先がガラガラヘビのように持ちあがっていた。ロボットの蛇がゆっくりと優雅に頭をもたげ、彼女を見た。その頭をいやらしく傾けながら。

エディは飛びのいた。蛇の顔は隠しカメラのレンズだった。大きく開かれた、食欲旺盛な銀色の口に見えた。あるいは巨大なサナダムシに。

「すばらしいだろう?」デズモンドは普通に会話をしているような口調だった。「二メートルの長さがあって、どこにでも行ける。サーマル・イメージングもモーション探知機も赤外線も突破できる。岩や小石のあいだも滑って進み、音とイメージを送り返してくる。サーマル・イメージさえも。それでわれわれはきみを小屋の壁越しに見たんだよ、わかったかな? そして何よりもすばらしいのは……武器を備えているということだ。たくさん爆発物をしこむと操作がしづらくなるが、なんとかうまくやっている」

蛇は十二センチ四方の根太から離れて、Sの字を作って前後になめらかにうねりながら、エディの足元にやってきた。

蛇が頭をもたげ、エディの足首に巻きついて絞りあげた。カメラの頭が上を向き、ゆらゆらと動く。彼女をあざけるように。

「ああ」デズモンドがつぶやいた。「そいつはきみが気に入ったんだな。動くなよ、エディ」

エディはじっとしていようと努めた。「これを止めて」彼女はささやいた。

「いいか、よく聞け」蛇が彼女から離れ、自分でとぐろを巻いた。「家に背を向けろ。かがみこんで、蛇を拾いあげろ」

彼女はためらった。デズモンドが舌打ちする。

「エディ」彼がなじった。「きみは頭が鈍っているな。その蛇は爆弾なんだぞ。ぼくがボタンを押せば、きみたちはみんな死ぬ。それがきみの望みなのか？」

「いいえ」彼女は小さな声で言った。

「だったら、わかるだろう。蛇を拾うんだ」

エディは腹に力を入れて、言われたとおりにした。ロボットの蛇は異様に重く、彼女の手のなかで生きているようにのたくった。

「大股で家から離れろ……もっとゆっくり。まっすぐ行け。ゆっくりだ、エディ。そう、それでいい。ゆっくりと、確実に。気を楽にして。木々を見あげて。自然の美しさを楽しむんだ、いいか？　そのまま進め」

エディの足は凍った松葉をざくざくと踏みしめた。泥のついた赤いハイカット・スニーカーを、片方の足より前へ、今度は反対の足を前へと進める。彼女は片手にその気持ち悪いものを持ったまま、転ばないように足元を見つめた。

木々を抜け、草地のなかへ入った。凍りついた長い草の折れた束をかき分けて、前へ進んでいく。いまいましいものを掲げている腕が燃えるように痛んだ。

エディは空き地の端に到着した。男たちが木々の縁から黙って立ちあがった。白とグレーの冬用の迷彩服を着ていて、まるで青白い影のようだ。分厚い防弾チョッキをつけ、顔をスキーマスクで隠して、手には銃を構えている。その銃が彼女を狙っていた。たくさんの銃が。

エディは足を止め、激しく震えた。そして待ち受けた。六、七……八人の男たちを。

そのなかでひとりの大柄な男が彼女から蛇をさっと奪った。エディは燃えるような腕がだらりと垂れるままにした。もう一方の手もおろし、携帯電話をポケットに入れた。

蛇をつかんだ大男はそれを厚みのある肩に投げかけると、プラスチックの手錠でエディの両手を体の前で縛った。それは痛いほどきつかった。男が彼女の腕をつかみ、ほかの七人に合図をする。彼らは地面に伏せ、こっそりとアーロの家に向かって進み始めた。エディはそちらを振り返ったが、大男に腕をねじられて彼の横に引っ張られた。「声を出すな」

ふたりは空き地のところで歩みを止めた。ハイウェイはそれほど遠くないようだ。荷を積んだトラックが次々と轟音をたてて走っていく。数台の車がそこに停められていた。一台はローザが借りてきた車だ。ケヴが昨日ヘリックス社に乗っていった、黄色いニッサン・エクステラ。

デズモンドが切り株の横に座っていた。ノートパソコンを持っている。携帯電話を耳に当てていたが、エディたちを見ると電話を切った。彼のほほえみは、あまりにもいつもどおりだった。まるでこれから一緒にコーヒーを飲もうとでもいうような。

大男は落ち着かないほどの近さにエディを立たせ、彼女はふたりの男に挟まれた。デズモンドは冬のコートを着て黒い帽子をかぶっていた。顔は青白く、目の下に隈ができ、コートの下は分厚くふくらんでいる。エディは手錠をされた両手を伸ばし、彼の胸をそっと押した。鋼鉄のように硬い。

「心配なの、デズ?」彼女は尋ねた。「鎮痛剤は効いてる?」

デズモンドがエディを平手打ちし、もうひとりの男のほうへ吹っ飛ばした。それから両手で彼女の胸や尻をまさぐってボディチェックをした。かがみこんで足首もあらためる。エディは目の前に星が飛ぶのが見えた。口のなかに血の味がした。

彼女に手錠をかけた男がノートパソコンの前にかがみこみ、ジョイスティックを操作した。画面にビデオ映像が現れる。

「これを見ろ、エディ」デズモンドがあざけるように言った。「蛇爆弾はひとつじゃない。こいつがどこに入りこんでいるか見るがいい」

大男がスキーマスクをあげ、顔を見せた。その目が飢えたようにエディの胸のあたりをさまよう。「おれを覚えているか、美人さんよ?」

エディは黙って首を横に振った。男が彼女のシャツをぐいと引きおろし、胸をあらわにすると、乳首のまわりの痣に指を当てた。そこを乱暴につねる。彼女はびくっとしてあとずさったが、デズモンドに動きを阻まれた。

痛みは吐き気をもよおすほどだった。彼女は空気を求めてあえいだ。

「これでおれを思い出したか、ビッチ?」男がうなった。

「集中しろ、トム」デズモンドがぴしゃりと言った。「彼女に蛇からの眺めを見せるんだ」

トムは彼女がもっとよく見えるようにノートパソコンの向きを変えた。エディは息をのんだ。画面が四分割され、それぞれ異なる角度からアーロの家の外観が映しだされている。屋内の映像もひとつだけあった。泥のついた魚眼レンズの映像が室内の片隅からのものだ。キャットフード用の皿が手前にあり、向こうには椅子の脚が見えた。泥だらけのブーツを履いた足。雑音。男たちの話し声。音はゆがんでいたが、彼女には声が聞き分けられた。トムがジョイスティックを操作するとカメラが動いた。上、下、右、左。

「スウィングする猫用のドアでこいつをなかに入れたんだ」トムは自分に満足している口調だった。「家の下のスペースにこいつを置くこともできたが、このやり方なら、なかにいるあいつらの姿を実際に見ることができる。ほかの蛇たちはあいつらがいつ家に入るかを教えてくれる。そうしたら、ドカン！　全員が吹っ飛ぶ！　一発で問題解決だ。おれはそういうのが大好きなのさ」

「トムは効率的なのが好きなんだ」デズモンドが説明した。

「この蛇たちは遊んでやると楽しくてね」トムは新しいおもちゃを手に入れた子どものようだった。「それにとても奥ゆかしい。おれは今朝、時間をかけて、自分の楽しみのために完璧な配置場所を見つけた。そして、見ろ」彼は肩に巻きついていた蛇をつかんで、ボタンを押した。蛇のレンズの目からデバイスがひとりでに外れた。「伸縮自在の赤外線ペリスコープ。暗闇でも使える」彼はそれが人間を動かすリモコンであるかのように、黒いプラスチックの装置を掲げた。「これが起爆装置だ。いかしてるだろ？　おれはこいつが大好きだ」

まるでエディが感銘を受けることを期待しているような口調だった。彼女は車のほうを見た。「あれはケヴの車だわ」彼女は何も考えずに口走っていた。

「ああ、そうだ。警察のためにぼくたちがあれを直しておいた」デズモンドが言った。「われわれはあらゆることを考えた。大事なのは商売になるかどうかだ。いいかい？　そのストーリーを売りつけること。あのなかにはＣ４（軍用プラスチック爆薬）ときみの父親を殺したＡＷＭ狙撃用ライフルがある。昨日きみのボーイフレンドを拉致したときに、われわれは彼の指紋をそこにべたべたつけておいた。そして今、ケーキのてっぺんにチェリーを飾りつけるんだ。これだよ！」

トムは彼女が運んできた機械仕掛けの蛇を掲げた。「蛇型ロボット爆弾。エディ・パリッシュの指紋つき」彼が言った。「これも車に置いておく。どういうことになるかな？」

デズモンドがチッチッと舌を鳴らした。「きみは悪い子だ。チャールズは幼いきみをそんなにも怒らせるような何をしたのかな？　誰もが不思議がるだろう」

「あなたは……」エディの喉は締めつけられた。「なぜ彼らと一緒にわたしを殺さないの？　なぜわたしだけ引っ張りだしたの？　ただ自慢したかったの？」

「違う」デズモンドがうわの空で言った。「きみにはほかの計画があるんだ。黙っていろ」

冗談じゃないわ。エディは息を吸いこみ、叫んだ。「ケヴ！　爆弾よ！」

「くそっ」トムが突進してきて、彼女の口を片手で押さえた。「このビッチに猿ぐつわを噛ませておくべきだったな」彼はうなり、無線機をつかんだ。

エディはもがき、叫び続けた。トムに頭の横を強打され、気が遠くなりかけた。

「位置に着いたか？」トムが無線機に向かって言い、無線の雑音ときびきびとした返答に耳を傾けたが、なんと言っているのかエディには聞き取れなかった。というのも彼女はまた叫び始めていたからだ。頭がずきずき痛んだが、エディは自分を止めることができなかった。

「やつらを釘づけにしろ」トムが彼女の金切り声に負けじと叫んだ。「誰も家から出すな！なかに追いこめ！　デズ、そのくそアマを黙らせろ、さもないとおれが撃ってやる！」

デズモンドが後ろから彼女を羽交い絞めにした。草地の向こうで銃声がした。エディはデズモンドの体を支点にして体をふたつに折り曲げ、ノートパソコンを切り株から蹴り飛ばした。それは回転し、鋭い音をたてて地面に落ちた。画面が消えた。

激怒の叫びとともに、トムが彼女めがけて飛びかかり――。

シュッ。サイレンサーつき銃のくぐもった音がして、トムはひと声吠えて後ろに倒れた。彼は空気を求めてあえいだ。シュッ。もう一発。彼はもがき、悪態をついた。

エディは体をねじって見た。タマラが木々のあいだにすっくと立っている。そのシルエットはエレガントだった。猫のようにしなやかな体を黒いダウンコートに包み、大きなピストルを掲げている。その顔は青白く落ち着いていた。

「彼女を放しなさい」タマラが威嚇した。

デズモンドはエディを盾のように自分の前に置いてあとずさった。

エディは身をよじって叫んだ。「タマラ！　爆弾よ！　家のなか！　蛇型ロボットに爆弾が積んであるの！　みんなに言って！」

タマラの目が光った。彼女の手のなかに通信デバイスが現れた。草地の向こうで銃火が光っている。

「アーロ？」タマラが怒鳴った。「聞こえる、アーロ？　誰か？　誰かいないの？」

無線のノイズ。それから声。緊迫して、怒鳴っている。「タマラ？　タマラ！」

「コナー！」タマラが叫んだ。「爆弾よ！　蛇型ロボット！　気をつけて！」

「部屋の隅っこよ！」エディが金切り声をあげた。デズモンドが彼女の口を手で押さえようとしたが、彼女は顔を振り払い、体をよじった。「猫の皿のそば！　起爆装置はここよ！あの黒いやつ！　急いで！　トムが持っていて、落っことした——」

デズモンドがこぶしでエディの頭を殴りつけ、彼女を脇に放りだすと起爆装置に向かって突進した。タマラの銃がまた火を噴いた。シュッ。

デズモンドが悲鳴をあげて地面に転がった。エディは起爆装置に飛びつき、それをつかんだ。デズモンドの手がさっと伸びて、彼女の喉を骨がきしるくらい強く絞めあげる。エディの心臓の鼓動が大きくなり、頭のなかで轟音が鳴り響いた。

タマラが無線機に向かって叫んでいることが、彼女にはほとんど聞こえなかった。トムが片肘をついて体を起こした。その顔は激怒でゆがんでいる。彼が狙いをつけた。

それを外して……爆発する……早く、今すぐよ……。

バン、バン、バン、バン！

トムが撃った。タマラの声が途切れた。

タマラが倒れた。肩と腿をつかんであえいでいる。トムは銃を振りまわしてエディの肘をぶちのめし、起爆装置をつかんでいる彼女の手を揺さぶった。

デズモンドがそれをひったくった。エディは叫んだ。恐怖、そして絶望——。

ドカン！

その音は巨大だった。森が震え、木々が揺れた。

続く無感覚で恐ろしい沈黙のなか、エディは地面に伸びているタマラを見た。ふたりの目が合った。タマラの目は純然たる悲しみに満ちていた。そして、今ではエディも思い知らされたあの真実に。穴には底がない。人は永遠に落ち続けることができるのだ。

デズモンドとトムはなんとか立ちあがり、ぜいぜいと息をついた。デズモンドがエディをぐいと引っ張って立たせ、彼女がふらついて倒れかかると悪態をついた。「立て」彼がうなり、トムのほうに振り向いた。「撃たれたのか？」

「おれは大丈夫だ」トムがつぶやいた。「防弾チョッキが弾を受けた。かすり傷だ。痛むがね。あのくそアマめ、思い知らせてやる」

「じゃあ、ぼくはエディをもらう」デズモンドが言った。「後片づけを頼むよ」彼はタマラのほうを身ぶりで示すと、怪我をした腿を残忍に蹴りつけた。タマラはびくっと動いてあえいだが、声はたてなかった。「この女を殺せ」

「ああ、もちろんだとも」トムが言った。「喜んで」

エディはデズモンドに彼の車まで引っ張られていくあいだ、できる限り長くタマラの目を見つめていた。車はケヴのレンタカーのSUVの後ろに停めてあった。デズモンドがリモート・キーを掲げ、トランクを開ける。エディはそのなかに放りこまれた。どさっと音をたてて倒れこみ、苦痛にあえいだ。

デズモンドが見おろし、にやにや笑ってみせた。「お楽しみの始まりだ。ビッチ」彼はトランクを力いっぱい閉めた。

窒息しそうな暗闇がエディを包んだ。

38

ケヴは腹這いになって家のほうににじり寄った。その姿は木々が隠してくれたが、手元には銃の弾倉がひとつしかない。外で弾薬もないまま退路を断たれたら、なぶり殺しにされる。そして、この家は兵器庫だ。

弾丸が彼をかすめ、アーロが家の壁に使おうと置いていたヒマラヤ杉の板の山に突っこんだ。別の弾丸は未来のデッキの支柱をえぐった。ケヴは家の裏手に逃げこみ、ポーチに飛びあがった。ドアのなかに滑りこむとき、腿に燃えるような痛みを感じた。

地階のガラスは粉々に砕けていた。全員が床に伏せている。アーロが大きな金属製のロッカーから銃とクリップを放り投げていた。

またしても激しく連射され、壁にいくつも穴が空いた。ガラスや木、石膏《せっこう》ボードの粉っぽいかけらが降り注ぐ。床に落ちた無線機がキイキイ言っていた。女の声だ。切迫している。

コナーが這っていき、それに向かって怒鳴った。彼の頭がぱっと上を向いた。目が警戒で大きく見開かれる。「爆弾！」彼は叫んだ。「蛇型ロボット！　家のなか！」

くねくねと動くものがケヴの目をとらえた。片目の機械仕掛けの蛇が冬の迷彩柄のキャンバス地をまとって、ひょいひょいと激しく動いている。彼はそれに飛びついた。

「それを落とせ！　爆発するぞ！」コナーが叫んだ。「みんな、外へ出ろ！」

ケヴは見まわした。出口は塞がれ、外は銃が待ち構えている。ここを出たら終わりだ。爆弾を持って銃弾の嵐に向かって飛びだしても、爆発によってなかに押し戻されるだろう。だったら反対側だ。上の見晴らし窓。彼は未完成のロフトへ続く足場に飛びついた。

ブルーノとトニーが彼のほうに飛んできて、スローモーションで口を動かした。止まれと叫んでいる。しかしケヴは止まれなかった。

宙に浮かぶおれのシルエットは外にいる狙撃手たちの格好の的になるだろう。そうすれば、おれの家族の誰も吹き飛ばされずにすむ。家族を救うことができるなら。そしてエディを。ああ、エディ。

そのとき、彼の足をつかみ、ひねるものがあった。ケヴは怪我をしたほうの肩でぶらさがり、もう一方の手を伸ばしているところだった。乱暴に足を引っ張られて、彼は叫び、手を滑らせた。怒りと絶望で吠えながら、地面に叩きつけられた。

トニーが蛇型ロボットをもぎ取り、ケヴが彼を止めようと動く前にのぼっていった。トニーがロフトに足を踏みだしながら下を見る。彼の目がケヴの目と合った。その表情は硬かった。厳粛に運命を受け入れる重々しい顔だった。

弾丸が窓を壊し、トニーの体に次々に食いこんだ。彼と、弾け飛んだ蛇型ロボットを上へ、後ろへ、中空へと持ちあげる。トニーが腕と脚を大きく広げ、後ろ向きに落ちていく……。

ドカン！

巨大な爆発が全員に衝撃を与えた。ケヴは口を開けたまま横たわっていた。感覚が麻痺している。時間が止まった。あんなことになるなんて。ありえない。

トニー。

目に入ったブルーノの顔がケヴをはっと驚かせ、現実に引き戻した。彼の口は開いて、ケヴには聞き取れない何かを叫んでいた。涙が顔を流れていた。ブルーノは飛びあがり、壊れた窓から身を乗りだして、わけのわからないことをわめきながらM16を乱射した。

マイルズがブルーノの腰をつかんで後ろに引き倒した。今までブルーノの上半身があった空間に弾が襲いかかり、奥の壁に無数の穴を残す。そこから光が差し、風が吹きこんだ。煙が渦巻き、鼻を刺す。まったく、ここはざるみたいな場所だな。ああ、トニー。

おまえは救う価値があるやつだよ、チビ。

ケヴはすすり泣いていた。誰かが彼の腕をつかみ、指を彼の唇に当てた。アーロだ。ケヴは口を閉じ、胸の震えを抑えようとした。

アーロがヴージとスペアのマガジンを彼の両手に押しつけ、伏せろと身ぶりで指示して手招きした。ハンマーで床板をひねりあげ、開いた穴に滑りこんで床下におりる。そこは一部が硬い御影石で、一部はコンクリートで固められていた。彼らはそこから、マツの若木の茂みの下に掘られた狭い塹壕《ざんごう》に入っていった。これで枝を揺らすことなく、自分たちの位置を知られることなく森を抜けることができる。アーロは自分の家を崖の上に建て、抜け道を掘っていたのだ。クレイジー・エイモンも誇りに思うような偏執狂だ。

彼らの前で枝がかさかさ触れあい、小枝がぽきぽき音をたてた。抑えた泣き声が聞こえる。それからショーンが現れた。両手が真っ赤だ。ケヴはあまりに無感覚で、死体の横を這って通り過ぎながら、その死んだ男の顔に驚きも感じなかった。白とグレーの迷彩服は血まみれで、目は驚きで見開かれている。口は開き、喉が切り裂かれていた。

ショーンがやったのだ。ケヴはそれを理解しようとし、それから考えるのをやめた。彼らは一列になって進んでいた。森を大きく迂回《うかい》して、まだ家を狙撃している連中の背後に出る。

這っているうちに時間がワープしていた。ケヴは、デイビーが腹這いになって腐った丸太の上でルガー10／22セミオートマティック・ライフルを構えるのを見て止まった。デイビーは射撃の名手だ。彼らの父親を伝説のスナイパーに仕立てたあの氷のような沈着さを彼は受け継いでいた。ほかの兄弟たちにはそれがなかった。射撃はうまいが、デイビーや父にはかなわない。全員が息を詰めて待った。敵まで三百メートルかそこらだ。そんな距離はデイビーにはなんでもない。

バン！

男の頭の半分が吹っ飛んだ。デイビーは身をすくめもしなかった。ケヴは兄がうらやましかった。彼自身はぼろぼろでめちゃくちゃだった。

それからまた一行は腹這いで茂みと枯葉と松葉のなかを進んだ。迷彩服の男が三人、アーロのぼろぼろで泥だらけのグレーのバンの後ろにしゃがみ、怒った顔でささやき交わしている。コナーはぱっと起きあがると、ふたつの光学式照準のついた長い筒を肩に構えた。ケヴがそれがなんだかわかるのには数秒かかった。

なんてこった、ＡＴ４じゃないか。対戦車砲。あの連中は丸焼けだ。アーロはおもちゃ箱にとんでもないものを持ってやがる。実際、アーロは目を見開いて、コナーにジェスチャーで必死の訴えを繰り返していた。ストップ、やめろ、やめろ——。

ドカーン！

車は奇妙に軽やかで優美な動きで持ちあげられ、横向きに叩きつけられた。ガラスが砕け散り、油まじりの煙が立ちのぼる。炎がちらちらとうごめいていた。

アーロが目の上で両手を叩き、聞き取れないスラブ語で悪態をついた。「おれのバンが」彼がうめいた。「おれのバンをぶっ潰す必要があったのか？」

死のような沈黙。それから神経質なつぶやき。ひとりの男が必死に無線機の相手を起こそうとしている。彼はトニーが運転してきたローザのトーラス・セダンの後ろに縮こまっていた。必死の声の調子からすると、応答が得られていないようだ。

させた。男はひとりだ。あの声の調子からすると、彼は脅威ではない。パニックに陥った男が駆けだした。

思ったとおりだ。男は森のなかに飛びこんで逃げていった。

ケヴは立ちあがり、走りだした。もうそれ以上待っていられなかった。誰が自分を狙っていようとかまわなかった。

ほかの者たちも彼を追い、エディが最後に通った小道までやってきた。ケヴは草地の向こうを見て駆けだした。地面に転がるふたつの体。長身で細身の女性の上に大男が伸びていて、女性の黒髪は扇のように広がっている。彼女の下で血がぎらついた。ケヴはさらに足を速め、息を切らして駆けた。心臓がとどろき、胸は燃え、苦痛と否定に締めつけられた——。

あの髪はまっすぐでつややかすぎる。あの手……オリーブゴールド色の長い指はエディのピンクがかった色合いとは違う。これはタマラだ。

ケヴは両膝をつき、大男を彼女からどかした。タマラは撃たれていた。脚、それに肩を。ひどい状態だ。顔は血の気が失せ、唇は青い。それでも彼女はまだ生きていた。

大男は死んでいた。エディに痣をつけた男だ。目はうつろで、口はぽっかり開いている。腹が緩んで便失禁していた。ひどい臭いだった。

デイビー、コナー、ショーン、マイルズ、そしてブルーノも彼女のまわりに集まってかがみこんだ。アーロが銃を掲げて見張りに立つ。デイビーとショーンはベルトにつけたポーチを外すと、包帯を巻いて止血に取りかかった。

「おいおい、タマラ」デイビーがうなった。「あの哀れな男に何をしたんだ？」

彼女の唇がゆがんだ。指を持ちあげ、ゴールドの長いネイルをひらひらと振ってみせる。

「猫爪《キャットスクラッチ》熱《フィーバー》」彼女がささやいた。「神経毒」

ケヴはその人差し指の爪の下から突きでている小さな針に目を凝らした。彼女のダウンコートは血にまみれていた。

デイビーがショーンを見あげた。「ヴァルに電話しろ。フライデーハーバーからヒルズボロ空港までプライベート機をチャーターしろと言うんだ。急ぐよう伝えてくれ」

ショーンがさっそく電話を始めた。ケヴはタマラの青白い顔を見おろした。口の端に血が飛び散っている。なんてこった。死にかけているみたいだ。そんな彼女を利用するようで気が引けたが、それでも知らなければならない。「タマラ」ケヴの声が震えた。「きみが傷ついているのは知ってる。でも、教えてくれ。やつらはエディをどこに連れていった？」

タマラの目が震えて開いた。彼女は空気を吸いこみ、顔を苦痛にゆがめた。「デズ・マール」彼女が言った。「車のトランク。それしかわからない」

デイビーが死んだ大男のポケットを探って車のキーの束を取りだした。「このちくしょうの車を使え」彼が言った。「こいつにはもう必要ない」

「どこへ？」ケヴはうなった。「どこへ行きゃいいっていうんだ？」

デイビーの唇がふっと、凄《すご》みのあるほほえみを浮かべた。「エディはおれの携帯電話を持ってるんだぜ、弟《リトル・ブラザ》よ。少なくとも、彼女がまだそれを持っていることをおれは願うね」

「ふうん？　それで？」

「行き先がわかる」デイビーはマイルズとショーンのほうにあごをしゃくった。「コナーとアーロはタマラを病院に連れていけ。残りはおれたちの弟にX線スペクトルとセーフガード電波探知装置のすばらしき世界を見せてやるとしよう」

「おれたちは携帯端末を持ってない」ショーンが言った。

「ニックに連絡しろ。ストーンアイランドからおまえの位置を見つけさせるんだ」デイビーが言った。「彼はおれたちみんなのコードを持ってる」

ショーンは別の番号に電話をかけた。電波探知コードについて誰かと話している。ケヴはあえいでいるタマラを見つめた。血が彼女の下の落ち葉に染みこんでいる。この女性はかなり風変わりで、昨夜は彼らに対してかなり無礼だった。だが彼女はエディを守ろうとした。もしかしたら命を懸けて。ケヴは敬意をこめて頭を傾けた。「ありがとう」

タマラがうなずいた。「エディはタフよ」彼女の琥珀色の瞳が苦痛に細められた。「彼女を放さないことね。あの子は……貴重だわ」

「ああ、そうする」彼は言った。

ケヴは駆けだした。世界の果てに向かっているのかもしれない。もはや彼にはどうでもよかった。エディに会えるのならば、どこだっていい。

最後にもう一度だけ彼女に会いたかった。彼が崖っぷちを越えてしまう前に。

アヴァはバスルームの鏡に身を乗りだして近づき、顔を武器として使えるものに修復しようと必死だった。今夜は、それは大変な作業だった。

病的な顔色の悪さとしみを隠すためにファンデーションを厚塗りしていたが、それは彼女の肌にぴったり合う色ではなかった。古いマスカラを何層も重ねづけして、目を大きな子猫のように見せる。そして最後にリップ・グロスを塗った。これでいい。アヴァはマスターヘルメットをつけたまま、ブラシで髪をとかした。キャップを持っていてよかった。髪はくしゃくしゃでどうにもならない。それにシャワーを浴びる時間はなかった。デズモンドとエディは三十分もすればここにやってくる。

聖なる儀式がもうすぐ始まる。

アヴァはビニールの手袋をつけて、ぴったりフィットした袖の上に伸ばした。伸縮自在な奴隷用ヘルメットをジーンズのウエストバンドに突っこむ。そのバンドはいつもより緩かった。ストレスで痩せたらしい。銃を突っこむ余裕もある。その銃は背中側におさめた。アヴァは最後にもう一度、批評するように自分の姿を眺めた。

雨のなかに置き去りにされて途方に暮れているセクシーな女。その見かけにはそれなりの使い道がある。

アヴァはロニーの部屋のドアに耳をつけた。ヘッドフォンからもれる音が聞こえる。少女はすねて、iPodで音楽を聴いているのだ。アヴァは階段をおりていってチャールズ・パリッシュの書斎をのぞいた。たちまちそれに目がとまった。上質の革ケースにおさまったシルバーのレターオープナー。CWP。パリッシュのイニシャルだ。彼女はエディの引き出しから取ってきたスカーフを引っ張りだすと、素手で触れることなくそれをくるんだ。

アヴァはそれをジーンズの横のポケットに滑りこませた。その頭文字は、殺人の凶器に実に重要で個人的な意味を持たせることになる。

それからアヴァは警備員室に向かい、なかをのぞいた。大きな目をして、自意識たっぷりに、おずおずと。「あの、ちょっといいかしら?」そっと声をかける。

ふたりの警備員がこちらを見た。ほかのふたりは巡回に出ているのだ。「ドクター・チャン」年かさの男が言った。「何かご用ですか?」

ポールが彼の名前だ。彼女は下唇を噛み、半分をふっくらとさせてより魅惑的にした。まつげをぱちぱちさせて哀れっぽく見あげる。「眠れなくて」アヴァは言った。「彼女から連絡はありました?」

「エディからですか?」ポールの唇がひん曲がった。「あてにしてはいけませんよ」

ポールは適さないだろう。大男で、あまりに太っていて、年も取りすぎ。ロバートのほうがよさそうだ。ポールより十五歳は若い。三十五歳くらいか。大柄でハンサムな黒人。結婚指輪はしていない。彼のほうがエディのカモとしては信憑性がある。あの哀れなエディにだまされて服従を誓った男。実現不可能な約束と、何億ドルもの金に目をくらまされて。そう、ロバートがエディの男ということにしよう。

「あなたがたのどちらかに見せなきゃならないものがあるの」アヴァはおどおどしながら言った。「エディの部屋に。急ぎではないけれど。ほら、あなたがたのお手間は取らせたくないし、貴重な時間をお邪魔したくはないから。でも、誰かに見てほしくて」

「何を見たのか、とにかく言ってみてください、ドクター・チャン」ポールが言った。

「見ないとわからないものなのよ」アヴァは言い、ロバートに懇願のほほえみを向けた。

「あなたは……? お願い。すぐにすむから」

「行って見てこい、ロバート」ポールがきびしい口調で言った。「そして急いで戻れ」

ロバートは彼女のあとについて歩いた。礼儀正しくはあるが、その顔には疑念が渦巻いている。アヴァは彼をキッチンに引きこみ、まわりを見て誰もいないことを確かめた。

「ドクター・チャン?」彼はまごついていた。「たしか、あなたが言ったのは——」

「しーっ」アヴァはささやいた。「ちょっと待って」彼女は胸を膨らませ、背中をそらした。

ストレッチのシャツを引っ張りおろし、強調されたバストを突きあげる。「わたしはただ、思ったの……あなたが……少し時間をくれたらって。そうすれば……」

ロバートは彼女の乳首を見つめながら、ほとんど怯えているようにも見えた。「そうすれば、何です？」

アヴァは重たいマスカラのついたまつげをぱちぱちさせた。「わたしを抱いて」彼女は出し抜けに言った。「お、お願い。わたしはとても困っているの」アヴァは顔を彼の胸に押しつけ、懇願するように甘い声をあげながら、彼の手をつかんでそれを自分の胸に押し当てた。

ロバートの手が震えた。アヴァは笑みを浮かべないようこらえた。彼をものにしたわ。あまりにたやすい。男たちはいつだってとても簡単だ。薄汚れたくそったれの豚どもめ。

ブスッ。

針が彼の腕に入っていった。プランジャーを押していく。

ロバートが固まった。あごが伸びて、こわばったしかめっ面になる。あえいでいる肺のなかに空気がかすれた音をたてて入っていった。かわいそうなロバート。アヴァは彼に同情に近い思いを抱いたほどだった。あまりにキュートだわ。

ヘルメットをつけて、センサーをすばやく装着しなければ。ロバートの頭は刈りこまれていたので、作業を楽にしてくれた。アヴァは彼を壁にもたせかけた。膝も固まっているから、そのまま立っていられるだろう。

アヴァは白目をむいているロバートの顔をのぞきこんだ。額に汗が浮かんでいる。彼女はキッチンカウンターからペーパータオルを一枚取り、その汗を優しく拭き取ってやった。つま先立ちになって、彼に軽くキスをする。

「ショータイムよ」アヴァはささやき、精神の鉤爪のなかへと沈みこんだ。

最初はショックを受けて抵抗したロバートだったが、驚くべきことに、彼はすばらしい被験者だと判明した。成績は十段階で言うと七。当然だ、相当な量を投与したのだから。彼は大柄で、おそらくは元軍人だ。通常の被験者のプロファイルとは違う。アヴァは数分間ロバートを操作してみて、あちこちのすばらしい筋肉を自在に動かせることに快い驚きを覚えた。もっとも投薬量の多さを考えると、幸運な時間は短い。彼女はロバートを動かして彼の銃を引き抜かせ、警備員室に戻っていく彼の数歩あとを歩いて見守った。

アヴァはなかには入らなかった。そこに防犯カメラがあるのは確認済みだ。

ポールが振り向いたが、入ってきたのが誰だかわかると、すぐ顔をもとに戻した。おかげでアヴァは、X-Cogゴーグルなしで銃の狙いをつけるという問題に対処しなくてもすんだ。彼女はただロバートを歩いていかせ、銃をポールの首の後ろに押し当てて、撃たせた。

ポールがキーボードに倒れかかった。うなじに黒い穴が空いている。血がキーボードとコンピュータの画面一面に飛び散った。

アヴァはロバートに血のついたキーボードを操作させ、監視プログラムを動かしているコンピュータをシャットダウンした。よし、間に合ったわ。

巡回していた警備員ふたりが銃声を聞いて駆けつけた。アヴァはロバートを廊下に出し、自分は様子が見えるよう、開いたキッチンのドアの後ろに隠れた。ここはサプライズとすばやさが鍵だ。

「ロバート？」ひとりが息をのみ、怒鳴りつけた。「いったい何を――」

バン、バン。

ふたりとも倒れた。彼女は進みでて、頸動脈の血が額や喉の致命傷から広がるのを見守った。沈黙のなか、ロバートが息をぜいぜい言わせる音と、イヴリンとタニアが叫ぶ声が響く。アヴァは彼女たちがソファに身を寄せあっている部屋にロバートを歩いていかせた。ドクター・カッツもそこで小さくなって、支離滅裂な懇願を繰り返している。

誰も、アヴァが彼の後ろにいることには気づいていない。

ロバートが銃を彼らに向けた。アヴァは彼を通して話してみた。

「椅子に座れ」ロバートが言った。彼の声はこもっていて、うつろで、しかしちゃんと聞き取れた。まあ、すてきな低い声をしているじゃないの。

小さく銃を振るだけで、彼らは悲鳴をあげて言いなりになった。アヴァはロバートを操って、彼らの両手を椅子の後ろで手錠で縛った。彼らは抵抗や懇願の声をあげることなく、つながれるがままになっていた。間抜けども。おまえたちはもう死んでいるも同然だというのに、まだそれを知らない。

それからロバートが力尽きた。彼は利用しつくされた。どうせ短期の要員だ。アヴァは彼の目のなかに圧力が盛りあがるのを感じた。血がもう鼻から噴きでており、よだれも垂らしている。ああ、これだからいやだわ。よだれを垂らされるのは大嫌いよ。

ロバートは玄関ホールにたどり着くと、両膝をどさっとついて、顔からずっしりと倒れた。アヴァはつま先で彼を転がし、奴隷用ヘルメットを外しながら顔をしかめた。エディに彼の顔を撃たせることにしよう。このめちゃくちゃな状態を隠さないと。X-Cogの代謝は速いけれど、壊れた血管は注意深い検死官に疑念を持たせるかもしれない。

もっとも、そこに疑問を抱く人間がいるとはほとんど思っていなかったが。

これまでのところは完璧だ。関係者たちは縛りあげられてすすり泣き、死の運命を待っている。デズモンドとエディはもうすぐ到着するだろう。

チャイムが鳴り、誰かがゲートのところに来たことを告げた。そのゲートを開ける役目が自分にまわってきたことに気づいて、アヴァはくすくす笑った。あらあら。もちろんいいわよ！　ほかのみんなは死んだか、死にかけているか、椅子につながれているのだから！　アヴァはゲートを開けるボタンを見つけた。と、そのとき、階段のほうで一瞬何かが動いたのが目に入った。ショックと恐怖で目を丸くしている少女。くそったれのガキ。

アヴァはほほえみ、銃で狙いをつけた。「動かないで、ロニー」

モーターの絶え間ない悲鳴がやんでいた。エディは十分ばかり前にハイウェイの出口を通るのを感じ、今は街の通りで信号待ちをしていると見当をつけた。不自然な落ち着きが彼女のなかに鎮座していた。最悪のところはもう通り越していた。どれほどの時間が過ぎたのか、どれぐらいの速度で進んでいるのか、エディは明瞭な感覚を保とうとしていたが、頭がずっとぼうっとしていた。

きみにはほかの計画があるんだ。エディは思い出して身震いし、足首のルガーを探した。だがそれはアーロの小屋のドレッサーの上だ。持っていたとしてもデズモンドにボディチェックされたときに見つかっていただろう。今や隠し持っている武器は何もなかった。

車が速度を落とし、アイドリングした。また信号？　ガクンと揺れ、エンジンが止まった。エディは落ち着いていられなくなった。

ドアがバタンと開く音がした。デズモンドが歩み去ったらしい。時が過ぎた。計るのが不可能なほど、果てしない時間が。エディは自分の鼓動を数えた。

トランクがぱっと開いた。頭上に木々がそびえている。デズモンドがにやりと笑って見おろした。彼はエディの腕をつかんで車の外へ引っ張りだした。自分がどこにいるのか悟り、恐怖が十倍にふくれあがる。パリッシュ家の屋敷だ。ロニー。ああ、神さま。彼らはこのうえまだわたしの心臓を潰そうというの？

エディの体から力が抜けた。デズモンドが彼女の髪をつかみ、自分の後ろに引きずる。

「いい加減にしろ」彼がうなった。「立つんだ」

ピストルの銃身があごの下に押しつけられた。エディはいっそ彼がトリガーを引いてくれたらいいのにと思ったほどだった。みんなはどこ？

玄関の前に女性が立っていた。小柄でほっそりしているアジア系の女性。髪はベルベットのキャップに隠れている。離れた距離からの第一印象は〝美しい〟だった。しかし近づくにつれ、美の幻想は消え失せた。

女性がエディを見つめた。捕食者の飢えた黒い目が燃えあがる。

「あなたがアヴァ・チャン？」エディは尋ねた。

「とうとうあなたに会えてうれしいわ、エディ」彼女が言った。「〈安息の地《ヘヴン》〉にいたわたしを覚えてる？」

エディは首を横に振った。アヴァの唇がゆがんだ。「もちろん覚えてないわね。高貴なお姫さまがどうして研究室のネズミに気づくというの？」

エディはどう答えていいかわからなかった。「ケヴがあなたのことを話してくれたわ」

「彼が？　そうそう、お悔やみを申しあげるわ。彼は吹っ飛んだそうね」

エディは動揺を隠せなかった。「警備員たちはどこ？」

「ああ、彼らね」アヴァのほほえみが冷ややかになった。「今にわかるわ。来て、見てごらんなさい」

デズモンドが銃でつついてエディを前に進ませた。ロバートの体が大理石の床に長々と伸びているのを見て、彼女は息をのんで飛びすさった。血が彼の頭の下にたまっている。「あ、なんてこと。彼は……」

「死んでいるのかって？　まだね、たぶん。でも、もうじきよ。放っておけばそうなる。ダイニングルームにいらっしゃい、見せてあげるわ、わたしたちがやったことを――」

エディは足を突っ張った。「見たくない」

バシッ。

アヴァが彼女をひっぱたいた。「あんたがどうしたいかなんて、どうでもいいのよ！」彼女は金切り声をあげた。「言われたとおりになさい、このばかなビッチ！」

「アヴァ！」デズモンドが叱りつけた。「傷をつけるな！　彼女は攻撃する側だぞ。忘れるな」

アヴァはビニールの手袋で覆われた片手を振ってその言葉を退けた。「わたしたちはやりたいことをなんでもやれるわ」快活に言った。「それは全部ラーセンのせいになる。乱暴なセックス。懲罰。もしかしたら世間は、ラーセンがあなたとロバートの汚れた情事を見つけて怒り狂ったと思うんじゃないかしら。そう思わない？」

「情事……？」エディはロバートのほうを振り返った。「わたしがロバートと、なんですって?」

アヴァがくすくす笑った。「あるいはラーセンがあなたにロバートを誘惑するよう強制した。ああ、そのほうが汚らしくていいわね」エディは混乱して彼女を見つめた。「ロバートをあなたの共犯者にするためよ、もちろん」アヴァがじれったそうに説明した。「そうすれば、あの防犯カメラ類を全部好きにいじれるでしょう」

「いいえ」エディは必死で首を振った。「誰もそんなことは信じないわ」

「あなたはきっと驚くわよ」アヴァが言った。「人って汚らしくて不道徳なんだから。自分より他人のほうがもっと汚らしくて不道徳だと考えるのが大好きなの。ああ、見てよ！　あなたのお気に入りの人たち！　ほら、挨拶して！」

エディは薄暗い部屋のなかに懸命に目を凝らした。物音が手がかりになった。弱々しい泣き声、くぐもったすすり泣き、甲高い泣き声。イヴリン、タニア、そしてドクター・カッツが、バスローブやパジャマ姿でダイニングルームの椅子に手錠で縛られている。

「なぜ?」エディはデズモンドのほうを向いた。「彼らはなんの関係もないわ」

アヴァのくすくす笑いがけたたましい響きになった。「あなたの引き出しで見つけたショーツで彼らに猿ぐつわを嚙ませたわ。そういった堕落したおまけがつくことで、ストーリーはよりおもしろくなるのよ。ああ、そういえば、これもやっておかなきゃ」彼女がエディの髪をつかんでむしり取った。エディはあえいだ。アヴァはその髪をカーペットに、イヴリンの膝に、タニアのスリッパに、カッツの腕の上に落としていった。カッツはアヴァに触れられてびくっと身をすくませた。

「ロニーはどこ?」エディは恐怖のあまり金切り声になった。

「すべてはよきときに」アヴァがたしなめた。「まずは衣装よ。そんな姿で家族全員を虐殺してはいけないわ。あなた、ひどい格好よ、エディ」

エディは胸が悪くなって目がまわり、倒れそうになった。アヴァが彼女の顔を平手打ちする。「だめよ、ビッチ。しっかりして。気を失ってはいけない。それはシナリオにはないわ」髪をつかんでエディを引っ張りあげると、ふたたび顔を張る。「今度そんなことをしてみなさい。後悔するわよ」

バシッ。

エディは非常識にも笑いだしたい衝動に駆られた。「もう後悔しているわ」

「じゃあ、もっと後悔させてやるわ。デズ、彼女を上の階に連れていって」

「衣装を替えさせる時間はないぞ」デズモンドがぶつぶつ言った。「子どもじみたことをするな」

「なぜいけないの? まだ五時四十六分よ。警備の次のシフトの連中は八時までここに来ない。着替えなんて数分ですむわ。それに、子どもじみたことなどしていないわ。これは〝細部に気を配る〟と呼ばれる行為よ、間抜け」

デズモンドがため息をつき、エディを銃でつついた。「好きにしろ」

彼らはロニーの部屋を通り過ぎ、エディの部屋へ向かった。室内はめちゃくちゃになっていた。引き出しという引き出しが引っ張りだされ、服はぐしゃぐしゃ。靴は床に散らばり、ドレスがそこらじゅうに置かれてカラフルな洪水のようになっている。アヴァはそのひとつを手に取った。薄いピンク色で、フロントをレースで締めあげたビスチェにたっぷりしたスカートがついたドレスだった。彼女はそれをふわっと広げ、ハミングした。「わたしはこれが好き」彼女が夢見るような口調で言った。「お姫さまのドレスよ。さあ、服を脱ぎなさい」

このふたりの前で裸になると思っただけで、エディは嫌悪に凍りついた。あごの下が痣になるほど強くデズモンドに銃を突きつけられて、やっとしぶしぶ脱ぎ始めた。まずはハイカットのスニーカー。泥だらけの靴紐がほどけなかったので、ただねじり取るようにして靴を脱いだ。ジーンズを脱ぎ、続いてシャツ。それでおしまいだ。下着はアーロの小屋に置いてきてしまった。彼女の人生と、心と、希望と一緒に。そして未来も。

アヴァとデズモンドが恐ろしいほど興味津々に彼女の体を見つめた。

「デジー」アヴァがそっと言った。「あの乳首を見て。きれいね、どう?」

デズモンドが顔を赤くして咳払いをした。「われわれには時間がないんだ――」

「あなたの勃起をどうにかする時間も？　ああ。とても悲しいことね」

「そのいまいましいドレスを着ろ、エディ」デズモンドがしわがれ声で吐き捨てた。「今すぐに」

アヴァがドレスを彼女に放る。エディはデリケートな布地をつかんだ自分の両手を見つめた。汚れてひっかき傷だらけだ。

エディはファスナーをおろし、数分かかってようやく脇のファスナーを閉めた。ドレスはきつかった。母がこのドレスを買ってくれた当時、彼女は今より何キロか痩せていたのだ。

このドレスを着たときの記憶がよみがえった。両親の三十回目の結婚記念日のパーティーで、二百人のゲストがいるなか、わたしは母を激怒させてしまった。間の悪いときに、予言めいたことをうっかり口にして。相手は誰かとても重要な人物だった。たぶん政治家か何か。今ではあまりにも些細なことに思える。彼女の頭はめまぐるしく駆けまわった。今そこにある未来という現実から逃げ去りたかった。まだどうなるかはわからないが。いや、いつだってそう変わりはしない。苦痛と恐怖のいくつかのバリエーションのあと、死が訪れるのだ。

「お姫さまみたいにきれいよ」アヴァが静かに言った。「さあ、そのドアを出るのよ。歩いて」

「彼女にヘルメットをかぶせないのか?」デズモンドが尋ねた。

「ロニーの部屋に行くまで待つわ」アヴァが言った。「もし彼女がだめだったら、わたしは死体を動かすのはいやだもの。混乱は少ないほうがいいわ」

デズモンドが片手にエディの髪を巻きつけて頭をのけぞらせ、銃を突きつけた。廊下の照明が彼女の目をうるませた。裸足をもつれさせるようにしてカーペットの上を進み、ロニーの部屋の入り口に来る。デズモンドがエディの頭を前に倒し、彼女をどんと突いた。

ロニーが猿ぐつわを嚙まされて四柱式のベッドに縛られているのを見たとき、エディの喉からかぼそい音がもれた。ロニーがエディの目を見て、怯えて哀願するように目を見開く。

エディの心臓が音をたてて沈みこんだ。ハンマーで殴打されたようで、吐き気がする。爆竹の残りを入れた大きな箱がベッドの横に置かれ、なかから赤いティッシュペーパーの房が突きだしてひらひら揺れていた。

「ほら見て、これがあなたの人殺しの凶器よ」アヴァがシルクのスカーフで包んだレターオープナーを突きだした。「あなたはみんなを刺し殺す。でも、わたしがここにいることは知らない。だってわたしは昨晩あなたが家出したあとにここに来たんだもの。わたしが目撃者になるわ。カーテンの後ろに隠れて、怯えていたってわけ」彼女は満足げに喉を鳴らしていた。「デズモンドは警察が来る前に姿を消すわ。次のシフトの警備員が、あなたが死んでいるのを発見する。そしてわたしがショックで硬直状態《カタレプシー》になっているのも見つける。あなたがどうやって自殺するか、わたしはまだ決めてないの。でも提案があれば聞くわ。もし何かおもしろい方法が思い浮かんだらね」

エディはアヴァのぎらつく目を見つめた。恐怖さえも超えて、心の底から疑問がわきあがってきた。「あなたはわたしのことなんか知らないでしょう？　どうしてわたしをここまで憎むの?」

アヴァが注射器を持ちあげた。「だってあなたはそういう人なんだもの」彼女が言った。「あなたはこれだけのものを持っている。それでもまだ自分を哀れむのよ。生意気だといったらないわ」

エディのなかでさまざまな反応が闘った。憤慨。自分を哀れむ権利を守りたいという熱い欲望。それから、水晶のように明瞭な認識が彼女を包んだ。すべてがなんと奇妙で、愚かで、ばかげていることか。

「後悔しているわ」彼女は静かに言った。奇妙なことに、それは本気だった。

それがどれほど役に立つかはともかく。後悔したところで何も変わりはしないことはわかっていた。

「しなくていいわ」アヴァがうなった。「あなたの後悔なんてほしくない。わたしに必要なのは……これよ」

アヴァはズブッと注射針を突き刺した。

39

運転はブルーノが担当した。それはいいことだった。ケヴが運転していたら、まともに車線を守ることもできなかっただろう。幸い、幹線道路は早朝のこの時間だとがらがらに空《す》いていた。ショーンはサンホアンにいるニックという名の男とずっと電話で話していて、彼らはデイビーの携帯電話のシグナルを衛星マップで追いかけていた。シグナルはまだ動いていたが、彼らは優に二十五分は遅れており、距離を縮められてもいなかった。デズモンドのジャガーにはふたりしか乗っておらず、時速百七十キロは楽に出していた。

死んだ太った男のメルセデスGクラスはパワフルなエンジンを積んでいたが、大男を五人も乗せていては、さすがのブルーノでも百四十キロを出すのが精一杯だった。

ブルーノは涙も鼻水も流れ続けていたとはいえ、袖でぬぐっただけで粛々と運転を続けていた。

「おい」ショーンが告げた。「やつは二六号線に乗ろうとしている。パリッシュの屋敷に戻ろうとしているんだと思う」

ケヴは、吐き気のするような恐怖がはらわたをつかむのを感じた。「エディをアヴァのところに連れていくつもりだ」彼は暗い声で言った。「犬が死んだうさぎをご主人さまのもとに持っていくように」

ほかの者たちは目配せを交わした。「なあ、おい」ショーンが勇気づけようとした。「そんなに悪くはないかもしれないぜ。パリッシュの家は要塞だ。警備員と使用人が大勢いる。それにエディの家族も。あいつだってもしかしたら――」

「アヴァ・チャンはあの家に六時間もいたんだ」ケヴは言った。「彼女はX-Cogのヘルメットを持っている。今頃はみんな死んでいるかもしれない。あのいまいましいヘルメットを持った人間に何ができるか知ってるか？」

ショーンが一瞬、冷ややかにケヴを見つめた。「ああ、おれは覚えてるぜ、あのヘルメットに何ができるか。この前それをつけられたとき、おれは危うくリヴをバーナーで焼き殺すところだった。だから、おまえも口のきき方に気をつけろ」

ケヴは詫びをつぶやいた。ショーン自身もオスターマンとX-Cogの冒険を体験していることを遠回しに聞かされたのを思い出した。今は時間がなくて語ることのできない多くの物語のひとつだ。今後そんな時間があるのかどうかは誰も知らない。

ブルーノがメルセデスをなだめすかしてスピードをあげた。ショーンの電話が鳴った。「マールの車は二六号線をおりた。シーダーを南に向かってる」ショーンが言った。「あと六分でパリッシュの屋敷に着く」

そこに着くまでまだまだ距離があった。「くそっ、ブルーノ！」ケヴは吠えた。「もっとスピードが出せないのか？」

モーターがうなりをあげ、車は青白くくすんだ朝焼けを突っ切って走っていった。


チクッ。

クモに噛まれたような痛み。エディの精神が気ままに動きまわる一方で、冷たくなってしびれる感じが全身に広がり、彼女を引っ張る緊張がどんどん強くなっていった。すべての筋肉が引き締まってほかの筋肉を苦しめ、思わず叫びたくなるような限界まで伸びきっている。彼女はのけぞり、顔をしかめた。あと少しでも動けばパチンと弾けてしまう。骨は折れ、腱が裂けるだろう。肺は広がろうとしている。ああ、神さま、空気をください。お願い。

アヴァが近づいてきて、エディを壁にもたれさせ、彼女の頭にヘルメットを装着した。ぶらさがっている金属のセンサーを頭蓋骨の脇に張りつける。空気がほしくてたまらなくなる。エディは窒息しそうになっていた。

部屋が暗くなってきた。意識を失うことができるならありがたい。

「呼吸したい？」アヴァが尋ねた。「助けが必要？」

彼女はエディの頭のなかに体当たりするように入りこんできた。その勢いにエディはよろめいた。まるで腐食ガスだ。ブロックアウトすることができない。

アヴァがエディの肺を彼女に代わって押し広げた。胸がびくっと動き、震えた。緊張して閉ざされた肺に無理やり入れられる空気は痛かった。

ケヴが話してくれた。X-Cogのヘルメットがどのように機能するのか。だが、そのときはさっぱりわからなかった。エディは死が迫っているのを感じた。目や脳の奥のプレッシャーが高まる。心臓は狂乱状態だ。

デズモンドが窓際に突進した。「車だ、塀の外に」彼が言った。

アヴァが驚いた顔をした。「警備員のシフト交代にはまだ早すぎるわ」

「ちょっと見てくる」デズモンドが銃を取りだした。「きみひとりで大丈夫か？ 今日起こったことを思い出せ。思いあがるんじゃないぞ」

「冗談でしょ？」アヴァがくすくす笑った。「彼女はマクラウドじゃないわ。哀れでちっぽけでだめなお金持ちの女の子。わたしはしばらく彼女をおもちゃにして遊ぶだけ。彼女の感覚をつかんでおくわ。急いでよ、デジー。このショーを見逃してほしくないわ」

デズモンドがくっくっと笑った。「見逃すもんか」そしてドアの外に消えた。

アヴァがエディに顔を近づけた。彼女の笑い声はエディの耳には妙に金属的に響いた。まるで狂気に駆られ馬のように白目をむいていた。青白い顔にほどこしたメイクが崩れかけている。

何か冷たくて硬いものがエディのてのひらに触れた。指がそれを握る。レターオープナーだ。彼女のこわばった腕があがり、それを荒々しく振りおろした。そうよ、それでいいの……こっちへ歩いていらっしゃい……いい子ね……。

あざけるような声が遠ざかっていき、エディの耳に轟音が鳴り響いて、心臓が早鐘を打った。血の味がした。体が痙攣して――。

エディは前へ一歩踏みだした。また一歩。そしてまた一歩、今度はもっとスムーズに。

彼女は自分自身から浮きあがり、まるで映画のようにその様子を見ていた。なんという皮肉だろう。自分の持っていた本当の財産に気づいていなかったなんて。そこから引き離されてしまうまで気づかなかったなんて。

わたしにはロニーがいた。ケヴがいた。美しいものをたくさん見てきた。時を超越するあの至福の場所、アートを作りだすときに行くあの場所で、たくさんの時間を過ごした。絵を描き、色を塗った。ただ幸せで平和だった。あれが財産だ。今になってやっとわかった。すべてが破壊されようというときになって。

この女性が破壊されたように。

そう思った瞬間、エディの心の目が開いた。あらゆるところが明るく照らされた。彼女はそれを望んではいなかったし、そうしてくれと頼んだこともなかった。あの女性の傷ついた目の奥に何があるのかなど、見たくなかった。

けれどもエディは見てしまった。認識という恐ろしい感覚で、まるで鏡をのぞきこむように。怒り。恥。自己嫌悪。それらが彼女を押し潰そうとする。

そして深い悲しみ。エディは空気を吸いこみ、意志の力でそれを遠ざけた。息をしたいともがいて――。

アヴァの目が見開かれた。ふたりは同時に気づいていた。その呼吸はアヴァが操ったものではなかったということに。

エディの腕がだらりと垂れ、ナイフがカーペットの上に落ちた。おずおずと広がる喜びが不信感と闘っている。アヴァが彼女に向かって叫んでいる。エディは熱い唾のしぶきが顔に飛び散るのを感じた。アヴァの鼻から血が細い一本の糸となって垂れている。

エディは動こうとした。たちまち喜びが打ち消される。彼女はまだ動けなかった。あまりに強く引っ張られて、体が弾けそうだ。だが動こうとするエディの意志は、あの内側の目が開いている限り、アヴァの手の届かないところにあった。オスターマンがかつて刺激したか、除去したか、何かひどいことをした部分……それが彼女の精神に盲点を作りだしていたのだ。

唯一の欠点は、この状態だとエディは誰とでもつながってしまうということだった。バリアが消えてしまう。だから彼女は絵を描こうとすると相手のことがわかるのだ。アヴァとはつながりたくなかった。しかしエディに選択肢はなかった。彼女はアヴァの苦しみを感じた。すべてを見て、感じて、所有した。できるものなら叫び声をあげていただろう。これはX-

Cogでぽっかり空いた穴どころではなかった。純然たる、炎をあげる生き地獄だった。

アヴァは泣き叫び、悲鳴をあげていた。鼻血が流れだし、マスカラが滴り落ち、口が大きく開く。エディの顔を叩き、殴る。そしてエディの背中を壁にドンと押しつけた。

アヴァの心は震えながら離れようとしていたが、エディの心は彼女とともにあった。ふたりの内側ではすべてを破壊する嵐が暴れまわっていた。

エディはまた震える息を吸いこんだ……そして嵐を包みこんだ。より大きく、より穏やかに、より広く、さざ波が広がるように意識が拡張されていく。やがて嵐は意識のなかの小さな激しい動きのひとつにすぎないものとなった。エディがそれを見ているうちに、意識の残りはなおも拡張され、穏やかで途方もなく大きな広がりとなっていった。わたしはこれをただ続けていけばいい。無限の宇宙になるまで。

もしかしたらそこでケヴを見つけることになるかもしれない。そう思うと、エディの胸は希望に満ちた喜びに包まれた……。

そしてエディはロニーを見た。はるか下に。ベッドの上に小さく縮こまり、体を丸めている。ひとりきりで、怯えて。地獄のなかで。

やはりわたしはこのまま去るわけにはいかない。ロニーがわたしを必要としている。ケヴには待っていてもらわなければならないだろう。悲しみがまた深く心を切りつけた。今はこの平和な世界を離れて、暴力と恐怖のはびこるあの魔窟へと這い戻らなければならない。

バシッ、バシッ。

痛みがまた焦点を結び始めた。ビンタ、さらに裏拳が飛んでくる。あごががたがたいうほど殴打された。「ちくしょう！　あんたなんか！」アヴァが金切り声をあげていた。「あんたなんか死んじまえばいいのよ、ビッチ！」

ああ、そうできるものならば。エディはほとんど感慨にふけるようにそう思った。

そのとき、下でいきなり銃声がとどろいた。

ゲートのところには警備員がひとりもいなかった。そのことにケヴは恐怖を覚えた。兄弟たちとマイルズが、待て、止まれ、行くなと叫んだが、ケヴはメルセデスGクラスの上に這いあがって壁のてっぺんをつかみ、よじのぼった。不吉なほど暗くて静かな家を一瞬眺めてから、敷地内に飛びおりる。やわらかな草の上にどさっと着地すると、バラの茂みをかき分けて進んだ。後ろのほうでドサッと音がした。ほかの面々も彼の後ろに続いていた。黙って、警戒しながら。

正面玄関には鍵がかかっていなかった。ドアをそっと押すと静かに開いた。彼らはうつぶせに長々と伸びている男の体を見つめた。顔の下から大理石の床に血の海が広がっていた。

ケヴはするりと家のなかに入り、壁づたいに進んでいった。マイルズとショーンは影のように動いて、右側に延びている棟に向かった。ブルーノは黙って階段の方向に行くと身ぶりで伝えた。ケヴは左側のアーチへ進み、デイビーが彼のあとに従った。

異様な光景だった。三人の人間が猿ぐつわをされ、椅子に縛りつけられて一列に並んでいる。こちらを見つめる顔は紫に変色し、こちらがどうかなりそうなほど恐ろしい。だが、まだ生きている。

ケヴはさっと近づいていって、年配の女に気づいた。病院にいたエディのおばだ。こっちはいとこ。それにばかな医者だ。ケヴは年かさの女性の口から、レースのブラに見える猿ぐつわをむしり取った。口から引っ張りだした布きれは、ブラと揃いのタンガだった。「エディはどこだ？」ケヴは詰問した。

女性が咳きこみ、叫び始めた。

「くそっ」ケヴはつぶやき、女性の口に下着をまた詰めこんだ。「今はやめてくれ」

デイビーが椅子の後ろにまわり、老婦人の手首の縛《いまし》めを切って外した。目をまわして恐怖に怯えている若い女も情報収集の役には立たないとわかると、ケヴは彼女のこともデイビーにまかせ、男の前に行った。猿ぐつわはピンクのサテンブラと、揃いのタップパンツだ。

「エディはどこだ？」ケヴは尋ねた。

男が咳きこみ、すすり泣いた。「彼女……は……ああ……デズ・マール――」

「デズ・マールのことは知っている。エディの居場所を言え！」ケヴは怒鳴った。

「銃をおろすんだ、ケヴ」聞き覚えのあるソフトな、憎々しい声が彼の後ろからした。「そしておまえもだ、誰だか知らないが。ぼくは結局、おまえたちマクラウドのアホどもを見分ける方法がわからなかったよ。ぼくには全員同じに見える」

ケヴはさっと振り向いた。ブルーノの充血した目が彼を見た。デズモンド・マールに羽交い絞めにされて、声にならない謝罪の言葉をつぶやいている。空気を求めて、彼の胸が突きだした。デズモンドの銃が彼のあごの下に突きつけられている。

「銃をおろせ」デズモンドが言った。「早く。さもないとこいつの頭が吹っ飛ぶぞ」

ケヴの銃が落ちた。続いてデイビーの銃もドサッと床に落とされた。

「おまえらは死んでいるはずだったんだがな」デズモンドは憤慨しているようだった。

「まあな」ケヴはつぶやいた。「おれたちはそんな愉快な連中なんだ」

「ぼくの銃を見ろ、ケヴ」デズモンドが言った。「わかるか?」

ケヴは見た。シグ220。昨日ヘリックス社に行くときに持っていたものと同じに見えた。

「それはおれの銃だな?」

「おまえの名で登録されている。おまえの指紋がついている、そこらじゅうに」デズモンドは満足げだった。「ぼくはもちろんラテックスの手袋をつけている。エディはこれを握ることになる。おまえら全員を殺したあと、自分の脳味噌を吹っ飛ばすときにな。そしておまえは墓から掘り起こされて逮捕されるんだ」

それに続く沈黙のなか、パトカーのサイレンが聞こえてきた。デズモンドの目の奥に警戒ランプが点滅した。彼はケヴを見た。それから床に縮こまって泣いている女性たちを、胎児のように丸まっている医者を見る。

「おまえにそのシナリオを実行する時間はないと思うぞ」ケヴはゆっくり言った。「殺すには人数が多すぎるんじゃないかな、マール。時間がなさすぎる」

「おや、そうかな？」デズモンドがしわがれた声で笑った。「そう思うか？」彼はブルーノの頭を後ろにぐいと引いた。銃身がさっとケヴに向けられる。ケヴは横っ飛びに逃げた。ブルーノがびくっと体を震わせる。まるで巨大な魚が跳ねるように――。

四丁の銃がいっせいに火を噴いた。デズモンドは小刻みに動いて壁に叩きつけられ、ずるりと滑り落ちた。顔は血まみれでめちゃくちゃだ。それから前にぐらっと倒れ、ブルーノの上に重い音をたてて落ちた。女たちの悲鳴が大きくなり、医者も叫び声をあげた。ブルーノがデズモンドの死体の下から這いだして、血をペッと吐いた。青ざめた顔が震えていた。マイルズとショーンがドアのところでかがんだ姿勢から立ちあがったが、ケヴは彼らに目もくれず、横を駆け抜けた。

エディ。

さらなる銃声が家を揺るがした。アヴァは怯えている感じにすら見えた。エディは彼女の恐怖の汗の臭いを嗅ぐことができた。

「オーケー」アヴァがあえいだ。「今はちょっと違うやり方でやらなきゃならないみたい。これが見える？　よく見て」彼女はロニーの戸棚からオレンジ色のキャンドルを、続いてその横のマッチ箱をつかんだ。キャンドルに火をつける。

アヴァはエディのほうにかがみこみ、火のついたキャンドルをエディの顔に近づけた。顔があぶられる感覚が不快に、そして苦痛に感じられるように。しかしエディは身をすくめることもできず、凍りついて固まっていた。

「ゴードンがあんたのボーイフレンドにしたことをあんたの顔にしてやりたいわ」アヴァが言った。「でも、ロニーの顔にそれをするほうがいいと思うの。結局のところ、あんたは妹に嫉妬してるんだものね、そうでしょう？　彼女はパパのお気に入りなのよね？」彼女がキャンドルを掲げた。「取り引きしましょう。あんたはわたしをブロックするのをやめる……そうしたらわたしはあんたにロニーの喉をかき切らせてあげる。二十秒ですべてが終わるわ。ブロックするのをやめないなら、わたしは長い長い時間をかけてロニーの顔を焼いてあげる。あんたが見ている前で。そしてそれから、わたしが彼女の喉をかき切る。あんたが決めなさい」

「エディ？」階下から怒鳴る声がした。

ケヴ。ああ、神さま、ケヴの声だわ。彼は死んでいなかった！

興奮と驚きが自分自身からの離脱状態を打ち砕き、エディの精神が揺らいだ。アヴァがふたたび彼女のなかにどっと入ってきた。アヴァは勝ち誇ったように笑い、エディの腕をあげさせると、震える手の一方に燃えるキャンドルを、もう一方にナイフを握らせた。「そうこなくっちゃ」アヴァが言う。「パーティーの時間よ、エディ。歩きなさい」

そして、エディはそうした。つま先が厚いカーペットをつかむ。彼女の頭は駆けまわっていたが、体は麻痺していた。体を動かす唯一の方法は、アヴァに彼女を動かせることだった。そしてそれはつまり……。エディはロニーのベッドに歩いていった。前方に掲げたキャンドルの炎の向こうに、激しく体を揺り動かしているロニーがいた。

ロニーは目を見開いて、姉がゾンビのようにゆらゆらと、ナイフと火のついたキャンドルを持って自分のほうへ向かってくるのを見つめていた。

エディにできることは、アヴァの選んだ軌道が彼女をロニーのベッドの横の箱のところまで連れていってくれるよう願うことだけだった。ちょうどいいタイミングになりますように。さもないとキャンドルの火はベッドの上掛けを燃やしてしまう。

近くへ……もっと近くへ。右手にナイフ。左手にキャンドル。あと一歩。しかしエディには時間が必要だった。彼女は集中した……。

……そして、自分自身のなかにさらに深く沈みこんだ。心をやわらげる。引き戻す。あの内なる目を開かせる。その目にすべてを見させ、すべてを受け入れる。

エディは立ち止まった。ナイフが彼女の緩んだ手から落ちた。汗ばんだてのひらにキャンドルが一瞬引っかかったが、すぐにそれも落ちた。
箱のなかに。赤やオレンジや黄色のくしゃくしゃのティッシュペーパーが突きでていると
ころに。その紙に火がついた。
アヴァが怒りの金切り声をあげ、フロントキックを放つ。その蹴りはエディの頭をとらえ、
彼女を倒した。エディは床に伸びた。
アヴァが箱を引き寄せ、火を消そうとした。キャンドルの火は消えたが、代わりに噴水の
ような火花が彼女の顔に浴びせられた。
アヴァは叫んで後ろにもんどりうった。そのとき、すべての火薬が爆発した。

ケヴは二段飛ばしで階段を駆けあがった。廊下にブーツの足音が重く響いた。爆発音に続
いて、熱く鼻を刺す硫黄の臭いもしてきた。地獄の臭いだ。下から煙が噴きだしているドア
があり、彼はそれを引き開けた。
ロニーがベッドに縛られていた。天蓋が燃えている。ケヴはそれを叩き壊して踏みつけた。
拘束を切って、火がくすぶるベッドからロニーを叩き落とす。
猿ぐつわをはぎ取られたロニーが叫んだ。「姉さん！」彼女は窓のほうを指して咳きこみ、
唾を吐いた。「姉さん！　彼女が連れていった！　あっち！」
三階の窓は開いていた。窓の外はサンルームの屋根の切り立った急斜面になっている。

アヴァが屋根のてっぺんに座っていた。顔が煤《すす》で真っ黒だ。彼女はエディを連れていた。エディの両脚は力を失って屋根の上に伸び、薄い布地のドレスは屋根板に引っかかってぼろぼろだった。素足は汚れている。彼女の目がケヴの目としっかり合った。彼女はヘルメットをつけており、顔の筋肉ひとつ動かない。X-Cogを注射され、ヘルメットをかぶらせられたにもかかわらず、ロニーもほかのみんなもまだ生きている。つまりアヴァはエディを支配できなかったのだ。海のようにうねる恐怖の奥で、ケヴは誇らしさを強く感じた。エディはタフだ。きれいで慎ましい。けれどもその内側の誰も見ることのできない部分は、鋼鉄のように硬い。

背後でロニーがあえぐのが聞こえた。「姉さん」彼女がささやいた。「さがっていろ」ケヴは窓からロニーを押しやった。「見るな」

しかしロニーはまた戻ってきた。押しやられたままではいなかった。

アヴァが笑った。「ケヴ・マクラウド、驚いたわね。死に抵抗し、X-Cogヘルメットに唾を吐き、核兵器並みの爆発も笑いとばす。けれども、今は笑っていない」彼女はエディを胸にかき抱いた。胸の悪くなるような愛情の真似事だ。「やるがいいわ」アヴァがうながした。「わたしを撃ちなさい。オスターマン博士はよく回想していたものよ、あなたの聡明さを。あなたなら、今わたしがエディを放したら彼女の壊れた体がどの地点に落下するかまで計算できるかもしれないわね」

「おれにはわかる」ケヴは言った。

アヴァがまたくすくす笑った。「それで？」

「そこに行くからおれにエディを渡せ、アヴァ」

「あら？　わたしたちはファーストネームで呼びあう仲なの？　馴れ馴れしくしないで、犬の分際で。わたしは彼女を捕まえている。立場が上なのはわたしよ、わかってる？　わたしが力を持っているの」

「おまえは力を持っている。これを止める力も」

彼女の目に奇妙な光が燃えあがった。「わたしに上からものを言わないで」

「そんなつもりはない」ケヴは言った。「おれにエディをよこしてくれ。もうおしまいだ。デズモンド・マールは死んだ。みんな死んだ。警察がもうじき来る。あのライトが見えるか？　サイレンが聞こえるか？　おれたちは取り囲まれている。おまえが協力してくれれば、エディとおれはオスターマン博士がおまえにやったことを彼らに説明しよう。おまえは必要な助けを受けられるんだ。おれが約束する」

アヴァの笑い声があえぐような音になって消えていった。涙が目からこぼれる。「これから一生精神科の病院に閉じこめられるのがそんなに魅力的だと思うの？」

「二者択一のもう一方の道を考えてみろ」ケヴは言った。

「あら、考えてるわよ。わたしはこのくそったれの人生で、毎日それを考えてきた。あんたなんかにわからないわ」

彼らは見つめあった。「エディを傷つけたら、おれがおまえを八つ裂きにしてやる」ケヴは言ったが、自分でもその脅しの効力のなさを感じずにはいられなかった。

アヴァもそれを感じた。「まあ！　すごく怖いわ、震えちゃう。あんまり震えると……いやだ、どうしよう！　彼女を落とすところだったわ！」

「アヴァ」ケヴは自分を抑えて声を穏やかに保った。「もう終わりなんだ。警察が――」

「ラーセンだ！」地面から声が響いた。「窓のところ！」

走る音や怒鳴り声が響きわたる。「彼は屋根に人質を取っている！　急げ！」

アヴァが下を見て、それから彼を見た。真っ黒な顔に残忍な笑みが広がる。サーチライトが女たちを照らし、ケヴを照らした。

「武器を捨てろ！　両手を上にあげるんだ！」男がメガホンを使って怒鳴った。「さもないと撃つぞ！」

ああ、なんてこった。くそっ、しかたがない。おれの銃はどのみち使いものにはならない。ケヴは銃を掲げ、それを落とした。両手を宙にあげ――。

ヒュン！

一発の弾丸が窓枠の破片を削り飛ばした。彼は後ろによろめき、ロニーを床に押し倒した。

「伏せろ！」

アヴァが笑い声をあげて身を震わせた。「わたしたちは警察に囲まれている。そうね。でも彼らはわたしの味方よ！　笑えるわ！」彼女があえいだ。「ああ、ケヴ、本当に悪い子ね。わたしたちのようなかわいそうで力もない女の子たちを屋根の上で人質に取るなんて！」

「エディをよこせ」ケヴは必死に繰り返した。ヒュン！　弾丸が屋根板にめりこんだ。彼は飛びすさり、悪態をついた。

「あんたとあんたのガールフレンドはよく似ているわ」アヴァはエディの体を引きずりながら立ちあがろうとした。「わたしが耐えられないのは、誰かがわたしをかわいそうに思うことよ。だからわたしは、あんたにこう言わなきゃならない」

ヒュン！

また弾丸が飛んできて、ペンキの塗られた木っ端が飛び散った。ケヴは飛びのいた。「なんだ？」

「ファック・ユー」アヴァが言った。「あんたたちみんな」

エディの胸ぐらをつかんでいる手が優雅に指をひらひらさせて別れのしぐさをした。アヴァは後ろに倒れた。エディもろとも。屋根の向こうへ。視界の外へ。エディは何も音をたてなかったが、ケヴの苦悶の叫びが彼女とともに落ちていった。

40

六週間後……

ケヴは車をおりて、紙切れに書かれた住所を確かめた。もっとも、ロニーから聞かされた瞬間にその住所は記憶していた。レイクサークルロード四十二。愛の印のようにポケットに入れていつも持ち歩いていたので、紙はしわくちゃだった。エディ自身から贈られたものですらなかったが、ケヴにはそれしかなかった。エディにつながる細い糸に彼はしがみついた。

もう何週間もエディに会っていない。ケヴはあのあと逮捕され、勾留されていた。一日の大半を、地獄の業火で焼かれる思いで過ごした。誰かがついに彼に情けをかけて、エディ・パリッシュは生きていると教えてくれるまで。

アヴァ・チャンは死んだ。サンルーム横のオークの大枝で背中と首の骨を折ったのだ。それがクッションとなってエディは地面に叩きつけられずにすんだが、脚の骨を折り、肋骨数本にひびが入り、頭を打ち、内臓にダメージを負った。彼女はしばらく集中治療室で危険な状態を過ごした。だが家族は彼女が健康を取り戻すまでマスコミの取材攻勢から守るため、ケヴが自由の身になって駆けつける前にエディをどこかへ連れ去っていた。ケヴはその決断に納得ができたし、称賛もした。だが、自分もいっさい彼女に会わせてもらえないままというのはつらかった。

すべての悪事についてケヴは無実だと警察が確信したのは、何日もかけて事件の徹底的な検証がなされたのちのことだった。ロニーの証言、それにイヴリン・モリスとその娘タニア、ドクター・カッツとラトヴィアの少女ユリヤの証言が、ケヴを釈放する決め手になった。トム・ビクスビーのチームでただひとり、サンディ郊外の森の奥での戦闘から生き残ったリチャード・ファビアンが、ユリヤの友人たちが囚われていた場所に警察を案内し、六人の少女全員が無事に保護された。

警察はトニーの葬儀には間に合うようにケヴを釈放した。つらい葬儀だった。しかし誰もケヴにエディがどこにいるのか、彼女がどんな具合なのかさえ教えてくれなかった。ケヴがいくら懇願し、威嚇し、罪悪感に訴えても無駄だった。パリッシュ家からはトニーの葬儀に大きな花束が届けられたが、ケヴの電話は取り次いでさえもらえなかった。

数週間がのろのろと過ぎていった。ケヴはひたすらもがき苦しみ、ついにはエディが自分に愛想を尽かしてしまったのかもしれないと考え始めた。ありえない。耐えられない。X-Cog並みに、デズモンドやアヴァと同じくらい、むかつく話だ。だが、彼女はもううんざりして去っていったのではないか？

おれにはエディを責めることなどできない。だが、せめて直接それを告げる勇気を見せてくれてもいいじゃないか。おれを切り刻みたければそうすればいい。飛行機からおれを突き落としたければそうしてくれ。ただじりじりと毒に浸しておれを溶かすんじゃなく。疑念と希望のはざまでおれをいたぶるのでもなく。

ケヴには、エディがそこまで残酷になれるとは思えなかった。

岩がごろごろ転がる湖畔に沿ってうねる木製の歩道を歩いていくと、大きな丸太で作られた橋に出た。空気は刺すように冷たく、粉雪が黒い岩の上にはらはらと舞い落ちている。ケヴはフランクリン湖のすぐそばの家に続く階段をあがった。警備員は姿を見せていないが、彼は自分が監視されていることを重々承知していた。

くそっ、恐ろしいったらありゃしない。

ケヴがノックをすると、ロニーがドアを開けた。体は痩せ、青ざめた顔をしている。ほんの六週間会わないあいだに背が高くなったように思えた。ケヴが見ないあいだに、彼女は少女から女性へと成長していた。ロニーが彼を見つめた。「来てくれてありがとう」

「連絡をくれてありがとう」ケヴは応じた。

玄関に姿を見せたタニアが目を丸くして、警戒心をあらわにした。「ロニー? どうしてこの人がここにいるの? いったいどうやってここが――」

「わたしが教えたのよ、タニア」ロニーが静かに言った。「わたしが彼を呼んだの」

「でもお母さんが、待つようにと言ったでしょう? あなただって知ってるはずよ、エディは今とても傷つきやすい状態だって。よりによってどこかの頭のおかしな——」

「もういいわ」ロニーは大声でいとこをさえぎった。「わたしにまかせて。ありがとう、タニア。もう行ってくれていいから」

タニアはおとなしくなったが、ぶつぶつ口のなかで抗議していた。しゃんと背筋を伸ばして歩いていくロニーのあとから家に入っていきながら、ケヴは感心していた。なるほど。この子は姉によく似ている。他人にとやかく言わせたりしない。

「エディの具合はどうなんだい？」ケヴは尋ねた。

ロニーは彼を家の横手にあるガラス張りのポーチへ案内した。「あまりよくないわ」彼女が言った。「治ってきてはいるの。体はね。もう松葉杖なしでも歩けるわ。でも眠れないし、震えが止まらないし、食事もろくにしない。ストレス性のフラッシュバックに悩まされているわ。それもひどいやつばかり。最悪な気分で過ごしているのよ」

「エディはこれまで……」ケヴは言葉を止めた。答えを聞くのが怖かった。

ちらりと振り向いたロニーのグレーの目は、彼の真意を見抜いていた。「あなたを求めたかって？　眠っているときだけね。なんとか眠ろうとしたときに。そんなに頻繁なことじゃないわ」

「そうか」それをどうとらえていいのか、ケヴにはわからなかった。

「だからあなたを呼んだの」ロニーが言った。「わたしにはわかったから。人は眠っているときには嘘をつかない。起きているときは自分をだますことができるわ。怖じ気づいて逃げたり、どうでもいいことをまくしたててごまかしたり。でも眠っているときは違う」

「なるほど」ケヴは言った。「昼間はどうでもいいことをまくしたてるってわけか?」

「いいえ」ロニーがそっけなく言った。「昼間はつらい時間を過ごしている。そして夜も。あなたも気をつけたほうがいいわ」

続く沈黙には〝さもないと〟という意味が含まれていた。だが、心配はいらない。ケヴは充分に気をつけるだろう。ああ、本当にそうだ。これまでの人生ずっと、不安定な状態でバランスを取ってきたようなものだった。

ロニーは裏のデッキへ続くドアを開けた。そこから階段をおりると、湖畔へ続くまた別の歩道が延びていた。

青くかげる水面を渡って鋭い風が吹きつけ、湖に白波を立てた。白い骸骨のような枯れ木と地面を這う白い木の根が岸辺を取り巻いている。

大きな丸太のひとつにエディが腰かけていた。ジーンズ姿で、厚いダウンコートを着ている。頭にかぶったファーのトリミングつきフードから長い髪がはみだし、風を受けて旗のように揺れていた。

ケヴは膝の力が抜けて崩れ落ちそうになった。胃がよじれた。目の前にエディがいる。なのに、おれはまだ心の準備ができていない。

ロニーが手を振って、姉のもとに行くよう彼をうながした。「あなたに連絡したことを後悔させないでよね」彼女はふたたび警告した。

返事をしようとしたが、声が出なかった。ケヴはエディのほうに歩きだした。彼は歩くときに足音をたてない。それは父から受けた訓練で身に染みついた習性だった。そしてエディの耳元では風がうなりをあげていた。それでも、彼女には聞こえたようだ。エディが振り返った。三十メートルも離れたところでケヴは立ち止まった。彼女の視線に射すくめられて、心臓が鈍い音をたてて落ちたような気がした。

なんと美しいのだろう。ケヴは改めて驚異の念に打たれた。光がエディを貫いて輝いている。おれの天使。そして彼女の目ときたら。ああ、このまま膝をついてしまいたい。

少なくとも、彼女がまだおれの天使でいてくれたらいいのだが。天使に自分のものになれと言うことは誰にもできない。それは強欲で、利己的なことだ。多くを望みすぎている。

だが、望まずにはいられない。ケヴは動くこともできず、恐怖で固まっていた。

で、どうなんだ？　彼は自分が歓迎されているのかどうかわからなかった。どちらか見極めることさえできるのなら、なんでもするのに。ひざまずき、懇願し、ひれ伏すべきなのか？　飛んでいって彼女を抱きしめるべきなのか？　その度胸は彼にはなかった。

指一本でも触れたら、エディはガラスのように粉々に砕けてしまいそうに見えた。

ひとつだけ確実なことがある。言葉で伝えようとしないほうがいい。今、口を開けばわっと泣きだして、涙が止まらなくなりそうだ。人には限界というものが、哀れな尊厳というものがある。

もっと近くに行かなければ。もっともっと、この世のものとも思えないほど美しい彼女のそばに。あのまばゆい瞳はとても美しい。そして、とても遠い。永遠とも思えるほど。

しかしケヴが近づけば近づくほど、ふたりの距離は遠くなるように思えた。


エディは目をこすってもう一度見た。ケヴ。でも夢を見ているのかもしれない。それとも幻覚？　それもないことではない。けれども、目覚めているときに見る幻覚は恐ろしくて暴力的なものばかりだ。幸せで気持ちのよい幻覚などまず見たことがない。彼女に言わせれば、それはぞっとするほどアンフェアなことだった。

エディは夢と現実を区別するのに苦労していた。ストレス性のフラッシュバックが絶えず襲ってきて眠りを妨げ、そのせいですべてが果てしなく下向きの悪循環を描いていた。たとえば、マグカップのなかの紅茶に蜂蜜を垂らしてかきまぜていると、ふいにデズモンドにピストルを喉元に突きつけられる感覚がよみがえる。あるいはベッドルームで着替えていると、激しい爆発音とともにロニーの姿が現れる。猿ぐつわを噛まされてベッドに縛られ、まわりには炎が躍っている。エディは震える手に握りしめたナイフの感触を実際に感じることすらできた。

激しい痙攣にもしばしば襲われた。手錠でこすれた傷が治ったあとも、手首がすり切れて燃えるように感じた。絶えず頭痛がして目がまわり、ぼうっとして、憂鬱だった。

そしてケヴの夢を見た。荒涼とした風景のなか、彼が大股で歩いてくる。長いコートをはためかせ、髪を風になびかせて。その目は輝き、顔には愛があふれている。それから、彼が消える。あとかたもなく。するとたちまち、美しい夢は苦痛に満ちた悪夢に変わる。

エディは試しにまばたきをしてみた。ケヴは消えなかった。その姿に、彼女の目に涙がこみあげた。あれ以来、エディの世界はモノトーンだった。どの季節でも好んで眺めていた湖すら、どんよりしたグレーに澱《よど》んで死んでいるように見えた。二度と命が育つことのない荒れ果てた地に思えた。だがケヴは違う。彼だけは生き生きとした色彩に満ちていた。

彼はエディが話すのを待っている。しかし声が喉の奥に閉じこめられていて、どうやって解放すればいいのかわからなかった。それで、エディは考えつくたったひとつのことをした。片手を差しだした。

ケヴの目がきらりと光った。数歩で彼女の前まで来ると、手をつかみ、しっかりと握った。まるで、その手が引っこめられはしないかと恐れているように。

「やあ」彼の声はしわがれていた。「具合はどうだい?」

エディはさらにあふれてきた涙をぬぐった。「最悪よ」

「でも、きみは生きている」彼の声は割れていた。

エディは小さくうなずいた。「ええ」そっとささやく。「あなたも」

「おれも生きてる」ケヴが繰り返した。「きみの演技からは見分けがつかなかったけどな」

エディは息をのんだ。「どういう意味？　わたしがどう演技していたというの？」

「きみが死んだかのように」ケヴは言い捨てた。「おれが死んだみたいに」

エディは目を閉じた。彼の目に燃えさかる怒りを見ていられなかった。「やめて」彼女はささやいた。「ケヴ、お願い。やめて」

ケヴがあの奇妙な響きの外国語で何事かつぶやいた。「すまない。きみにそんなことを言うつもりじゃなかった。ロニーに約束したんだ、そんなことはしないと」

エディは目を見開いた。「ロニーがわたしの居場所をあなたに教えたの？」

「誰かが何か教えてくれてもいい頃合いだったんだ！」またしても彼の傷ついた感情と怒りがほとばしって、エディは身をすくめた。

「ごめんなさい」彼女はみじめな気分で言った。

「おれも悪かった。まただ。くそっ。どうしても抑えられない」ケヴが嚙みつくように言った。「六週間だぞ。最初のうちは納得していた。きみは人事不省で集中治療室にいて、おれは勾留されていたんだから。みんな、おれの傷ついた心なんかよりも心配すべき大事なことがあった。それは理解できる。だけど、六週間だぞ？　なぜみんなで寄ってたかっておれを妨害したんだ？　きみがそうするよう頼んだのか？」

「ケヴ――」

「もしもきみがおれに消えてほしいと思っているなら、おれは消える」ケヴが言葉を続けた。すべてを吐きだしてしまうつもりだった。「きみがおれにくたばれと言いたいのなら、神に誓って、おれはきみの意思を尊重する。だけど、ただ死んだみたいに沈黙を守っておれを締めだすなんて……」彼は顔をそむけ、水面を見た。喉が動く。「すまない。最初からやり直そう。おれはきみに、具合はどうかと尋ねた。きみは最悪だと答えた。そこから先、おれたちはどこに向かえばいい？」

「わたしがあなたに具合はどうかときくこともできるけど」エディはおずおずと提案した。ケヴが横目で彼女をにらんだ。「やめてくれ」

ぎこちない沈黙が続いた。ケヴは顔をそむけてジャケットの内側に手を突っこむと、折りたたんだ紙をエディに手渡した。「これをきみに」

エディはびくびくしながらそれを見つめた。「それは……？」

「ジャマールからだ」彼が説明した。「あいつのことはずっと気をつけて見ている」

紙を開き、ほとんど判読不能な文字を見て、エディの目に涙があふれた。「ありがとう」

彼女はささやいた。「あの子はどうしてる？」

「元気だ。きみに会いたがってる。おれたちはその一点でつながっていた」

「まあ」エディは息をのんだ。「そう。あの、タマラはどう？」

「前よりいい。彼女は危ないところだったんだ。一発の銃弾が片方の肺に穴を開け、もう一発は大腿骨《だいたいこつ》の動脈すれすれだった。あと一ミリずれていたら三十秒もしないうちに出血多量で死んでいただろう。だが、そうはならなかった」

「うれしいわ」彼女はささやいた。

「おれもだ」ケヴが言った。「おれは彼女の恋人のヴァルを見張ってなくちゃいけなかったけどな。病院のベッドのまわりをうろついて、髪をとかしたり、足をさすってやったり、食事をさせようとしたりしていたから。タマラは死ぬほど迷惑がっていたけれど、それを見ておれがどういう気持ちになったか、きみには想像がつくはずだ」

「まいったわね」エディはつぶやいた。

ケヴが頭を振った。「ああ、まったく、おれはすぐそういうことを言ってしまう。ところで、タマラがきみのことをタフだと言っていたよ。おれに、エディを決して放すなと言って、気を失ったんだ。それが彼女の最後の言葉になっていたかもしれないと思うと、すごい褒め言葉だよな」

「まあ」エディは弱々しく言った。現在の自分の姿とはかけ離れている。思わず声をあげて笑いだしそうになったが、そうすれば結局は泣いてしまうだろう。それはできない。

「おれはきみにしがみつこうとしている」ケヴがきっぱり言った。「おれはそうしたい。でも、きみは煙のようだよ、エディ。おれはきみを捕まえられない」

エディは自分の手を見た。ケヴの大きな手に包まれている。彼女はケヴを励ますようにその指を握った。「あなたは今わたしをちゃんと捕まえているわ」

「そうかな?」ケヴが輝く目で挑むようにエディを見る。

彼女はしっかりと見返した。「ええ」

「だったら、こうしてもかまわないよな」ケヴが彼女の顔を包み、キスをした。

そのキスは優しかったが、おどおどしてはいなかった。とても親密で、確信に満ちていた。熱くやわらかな彼の唇が返事を求めて彼女の口を探り、ゆっくり魔法をかけて抵抗を封じる。

そしてどこからともなく、あの感覚が訪れた。ああ。これだわ。体を熱く駆け抜ける奔流。エディはケヴにもたれかかった。キスはより深く、より甘美になっていく。ふたりはさらにしっかりと、飢えたように互いの体を抱きしめた。彼のエネルギーがエディの体のなかを駆けめぐり、彼女を満たした。甘やかな安堵感に胸が震え始める。

ふたりは互いにしがみついていた。そのうちに風が吹きつけて、エディの髪をふたりのまわりに巻きつかせ、ぴしゃっとはねた水が湖畔の小石を濡らした。

時間を忘れるような完璧な幸福にしばらく浸ってから、ケヴはエディの頰に何十回目かのキスをして、話し始めた。「おれの双子の兄貴のショーンと、奥さんのリヴ。あのふたりは数年前にオスターマン博士と戦ったんだ」

「そうなの?」

「詳しくは語らずにおくよ。きみには想像がつくかもしれないが、あまりにも恐ろしい話なんだ。それでも彼らは生き延びた。その後、ショーンは自分を見失った。彼は逃げた」

「何から？」

「リヴからだ」ケヴは簡潔に言った。「ショーンは自分が彼女を傷つけるんじゃないかと怖くなった。ヘルメットをつけられて無理やりそうさせられそうになったせいで。取りつかれたようになって、ストレス性のフラッシュバックが起こるたびに心底怯えた」彼は指の節でそっとエディのあごを撫でた。「それで、おれは思ったんだ。もしかしたらそういうことがきみにも起こっているんじゃないかと」

気遣いに満ちたその問いかけがエディの心を揺さぶった。ケヴはわたしに腹を立て、見捨てられたと感じていた。それなのに、こんなにも慎重で、こんなにも優しい。

エディは額を彼の額にくっつけた。「イエスであり、ノーでもあるわ」彼女はささやいた。「最初はひたすら逃げていたの。何もかもがつらかった。戻ってきたいとすら思わなかったわ。そして、いざ戻ってきたら……」彼女の声は次第に小さくなった。

「なんだい？」ケヴが優しくうながした。「頼む。話してくれ」

「アヴァよ」エディは出し抜けに言った。「彼女に対して後ろめたい気持ちでいっぱいになった。彼女に申し訳ないと思ったの」

ケヴは何も言わなかった。ただエディの顔を撫でた。

「わたしは自分の内なる目を開くことでヘルメットの力に抵抗したの。わたしが絵を描くときに起こることよ。あれが盲点を作りだした。アヴァはわたしを動かせなかった。でも、そうするためには、わたしは……彼女と一体にならなければならなかったの」

合点がいったとばかりにケヴの表情が晴れた。「なるほど。それは最悪だっただろう」

「最悪だったわ」エディの声が震えた。「わたしは自分に毒を盛ったの。アヴァとひとつになることで、彼女の痛みや彼女の病がわたしのものになった。わたしはアヴァだった。ほんの短い時間だけれど、それで充分だった。そしてわたしは……ああ、いやだ。説明もできない」

ケヴがエディをきつく抱きしめた。「おれも彼女を感じたよ。彼女にヘルメットをかぶせられたときに」

「アヴァを憎むことはできなかったわ」エディはささやいた。「彼女がどう感じたか、どんな傷を受けたかを知ってしまったら、憎むのは無理だった。あまりにもつらくて、わたしは壊れてしまった。どうしたら治るのかわからない。それでわたしは逃げていたの。すべての人から」

ケヴが彼女の髪を撫でた。「おれはみんなとは違うよ、エディ。おれはおれだ。ケヴだ。おれならそれに対処できる。おれは恐れない。きみがおれのものでいてくれる限りは」

エディは頭をぱっと後ろにそらし、まばたきで涙を押し戻した。「そう思う？　わたし、めちゃくちゃなのよ、ケヴ。しょっちゅう泣いているわ。眠ったかと思えば叫び声をあげて目を覚ます。毎日ストレス性のフラッシュバックが襲ってくる。それにあの超常現象。わたしが絵を描くときにだけ開く目のことを覚えてる？　今ではその目が閉じることがないの」

ケヴが圧倒されて目をしばたたいた。「わお。それはさぞ興味深いことに違いないな」

「控えめに言ってもね」エディはつぶやいた。

しばらく待ってからケヴが先をうながした。「それで？　それだけかい？」

エディは驚き、思わず笑った。「何よ、それじゃ足りないとでも？」

「ああ。おれから逃げていたことを正当化するには、それじゃ足りない」

エディは顔を彼のジャケットに押し当てた。ケヴに向かって手を伸ばそうとする気持ちを引きとめていたロープに、まだがんじがらめにされていた。恐怖、恥ずかしさ、希望の持てない疲労感。彼女の限界はすっかり叩き壊されてしまった。

「皮膚がなくなったみたいな感じなの」エディは言葉に詰まりながら説明した。「絶えず飛びこんでくる情報に打ちのめされて、へとへとになってしまう。それをブロックする方法がわかるまで、わたしはひとりでいなければならないの。そして、いつになったらわかるのか。もしかしたら原因はヘルメットだったのかもしれないし、頭の怪我のせいかもしれない。わたしはずっと目をそむけてきたわ。よくなることを願いながら。でも、今のところは改善されていないの」

「それで？　おれでは力になれないというのか？　きみがよくなるまで、おれがそばにいてはいけないのか？」

エディは肩をすくめた。「超能力のあるガールフレンドを持つことの不便さはもうわかっているはずよ。あなたはわたしに距離を置いてほしかったんでしょう？　わたしのそばにいたら、そんなことできやしないわ」

ケヴの目が怒りに燃えた。「そんな言葉をおれに投げつけるな！」

「投げつけてないわ」彼女は答えた。「引用しただけ」

「ああ言ったのには理由があったんだ！　きみをおれから遠ざけたかった！　きみの安全を守りたかったからだ！　きみの命を守るためには距離を置くことが必要だと思ったんだ！」

エディはふたたびケヴを抱き寄せ、彼のがっしりした体を自分の体に押しつけた。「頑張ってくれたのね。ありがとう」彼女はささやいた。「怒らないで」

「続けてくれ」ケヴが激して言った。「あらゆるつまらない考えを、みだらな衝動を検証するといい！　おれは気にしないよ。どうせ、おれのみだらな衝動はすべてきみに関するものだ。きみにおれの心のなかが見えるのなら、全部見えるはずだ。おれがどんなにきみを愛しているか。きみを失うことがおれにとってどんなに恐ろしいか。目覚めているときのおれの頭のなかにはそれしかない。だから、きみがそれを我慢できるなら、頼むよ、どうか慈悲をかけてくれ」

「ああ、ケヴ」エディは割れた声でささやいた。

彼女はケヴをもっと近くに引き寄せた。ケヴがうめいて降参し、両腕を彼女の体に巻きつける。「不思議に思っていたんだ、記憶のなかのきみよりも今のきみがもっと美しく見えるのはなぜだろうって」彼はエディの髪のなかにつぶやいた。「それは心の目が開いたせいなんだろうな。きみは今、ランプのように光を放っている。おれの目をくらませている」

エディはくすくす笑った。「あら。とてもロマンティックね。ブルーノにレッスンを受けたの？」

ケヴが鼻を鳴らした。「あの底の浅い、ごまかしばかりのパンク野郎に？　まさか。よくそんなことが言えるな。これはおれの心から出た言葉だよ」

ふたりは信じられないほどの喜びに身を震わせながら抱きあった。

「それで、あなたのお兄さんのショーンだけど」エディはとうとう言った。「恋人から逃げたんでしょう？　それからどうなったの？」

ケヴが頭をあげ、エディの顔を見つめた。「正気に戻ったよ。自分を信じることに決めたんだ。彼女のことも信じると。ショーンはリヴの足元にひれ伏して許しを求めた。彼女もついに受け入れた」

エディはほほえみを押し隠した。「ああ、なるほどね。あなたがわたしに求めているのもそれなの？」

「おれが求めているのはきみのすべてだ」ケヴがきっぱり言った。「すべてがほしい。何も隠すことなく、よいことも悪いことも。今もこれからもずっと」

エディは彼の首に巻きつけた両腕をいっそうきつく締めつけた。

ケヴが彼女の首筋に鼻をすりつけた。「あのふたりには初めての子どもが生まれたばかりなんだ。四日前に」彼は言った。「エイモン・セス・マクラウド。おれたちの父親から取って名づけた」

エディは頭をあげた。「本当？ まあ、すばらしいわ」彼女は心から言った。「おめでとう、ケヴおじさん！ 万事うまくいったの？」

「ああ、順調だった。早産じゃないかと心配していたんだが、生まれてみれば四キロ近く体重があったんだ。大男さ。ショーンは赤ん坊に夢中だよ。ローザが彼らのそばにいて、手打ちパスタと牛肉のスープを作ってやってるよ。乳が出るようにって」

「本当？ ローザが、あなたのお兄さんと？ まあ、すてき！」

「ああ、ローザはおれの兄貴たちや、その妻と子どもたちを受け入れてくれた。いい気晴しになっているようだ。おいしい料理を作ってくれている。とうとう彼女もおばあちゃんだ。ローザは地上の楽園を満喫しているよ。今の彼女に、ほかに考えることがあるのはいいことだ。本当に助けになってくれる」

ガシャンと音をたてて、エディの脳裏に記憶がよみがえった。あまりにも自分のことしか考えられなかった自分に罪悪感がこみあげた。「ケヴ、トニーのことは本当に残念だったわ。お葬式にも行かなくてごめんなさい」

ケヴはエディから顔を隠すように頭を彼女の肩にのせた。「いいんだ。きみは意識もまだ戻っていなかったんだから」

「あなたのそばにいられたらよかったのにと思うわ。あなたの手を握ってあげたかった」

「おれたちはそれを乗り越えた」ケヴが言った。「そしてきみは今、おれの手を握ることができる。もう絶対に放さないでくれ」

「ええ、絶対に」エディは言った。

ふたりは寄り添い、その影がひとつに溶けあった。ふたりは完璧な幸せに包まれていた。エディは目をしばたたいて涙をこらえ、向こうのデッキからイヴリンとタニア、そしてロニーが自分たちを見つめているのに気づいた。ロニーは泣いている。タニアは妙にもの思いに沈んでいるように見え、イヴリンはただただ心配そうだった。

そのイヴリンが階段をおりて木の歩道を歩いてきた。

「お邪魔して申し訳ないのだけれど」彼女がいやに改まって言った。「風もきついし、エディスはそろそろなかに入ったほうがいいと思うわ。この子は繊細なの。ご存じでしょう？」

ケヴが振り返って礼儀正しくうなずいた。「こんにちは、ミセス・モリス」

「こんにちは、ミスター、ええと……ラーセンと呼ぶべきかしら、それともマクラウド？」

ゆっくりとケヴの顔にほほえみが広がった。「ケヴと呼ぶのはどうです？」

イヴリンの顔が赤くなった。「ええと……夕食にもうひとり増えると家の者に知らせておいたほうがいいかしら？」

ケヴがエディのウエストに片腕をまわした。「出かけよう」彼女の耳にささやく。「きみをすっかりおれのものにしたい」

出かける？　まあ。何週間も外になんて出ていない。でも、ケヴが横にいてくれれば、乗りきれるかもしれない。楽しいとさえ思えるかもしれない。

くすくす笑いがエディのなかにこみあげた。すてきだわ。元気が出てくる。「わたしたち、出かけるわ」彼女は宣言した。

イヴリンが驚愕の表情で振り向いた。「出かける？　どこに？」

エディは肩をすくめた。「どこかしら。ハイウェイ一六号線沿いのステーキハウスか、ピザ・パーラーか。ビッグ・ジムのハンバーガーもおいしいわよね」

「どうかしてしまったの？」おばが金切り声をあげた。「あなたは病気なのよ、エディ！　怪我をして、感情的に壊れやすくなっている！　常に気をつけていないといけないのよ！」

どうかしてしまったのかって？　そうね、そうかも。でも気にしないわ。ケヴが一緒にいてくれるなら。わたしは帆をいっぱいに張った船。どこにでも行けるし、なんでもやれる。

限界なんてない。

「彼女が早く帰ることはご期待なさらずに」ケヴがつけくわえた。

「というより、わたしが帰ることを期待しないで」エディは言い直した。「ハイウェイのモーテルに部屋を取るかもしれないから」

イヴリンはお手あげとばかりに両手を振りあげて、足音も荒く去っていった。ロニーは片手で口元を押さえながら笑い声をもらしていたが、その目は涙に濡れていた。

「おれたちのハネムーンの計画を立てるっていうのはどうだい？」ケヴがエディの耳にささやいた。「ガラパゴス諸島なんていいんじゃないかとずっと思っていたんだ。あるいはインカ帝国の廃墟《はいきょ》とか」

エディはくすくす笑った。「いいわね。でも、ラップランドのトナカイはどう？　クレタ島のヤギや、オーストラリアのエミューは？」

「いいよ」ケヴが即答した。「リストに載せておこう。あと、パリ、ローマ、ヴェネツィア、アテネは？　プラハにニューデリーにカトマンズは？　あるいは京都とか？」

「全部よ」エディは何も考えずに言った。「全部行きましょう」

「ああ、いいね」

ふたりは抱きあった。誰かが見ていることなどすっかり忘れていた。気にもしていなかった。涙がどちらの目からこぼれたものかわからなくなるまでキスをした。彼らにわかるのはただ、そのキスがしょっぱくて、甘くて、おいしいということだけだった。これ以上ないほど完璧なキス。

そしてふたりにはわかっていた。この愛も完璧で、永遠に続くだろうと。

訳者あとがき

お待たせいたしました。シャノン・マッケナのマクラウド兄弟シリーズ第七弾をお届けします。今回の主人公は、ショーンの双子の弟ケヴィン。十八年の時を経て、マクラウド兄弟のもとについにケヴィンが戻ってきます。

物語の舞台はオレゴン州ポートランド。

この町でケヴィン・マクラウドは十八年間暮らしていました。しかしケヴィンは、自ら選んでこの地に移り住んだわけでも、わざと兄たちに連絡しなかったわけでもなかったのです。

十八年前、拷問を受け瀕死の状態だった若者は、トニー・ラニエリという男に命を救われます。若者は、記憶を失い、話すことも書くこともできませんでした。自分が誰なのかもわからないまま、トニーの食堂で下働きをしながら若者は孤独な日々を過ごしていました。心の支えは毎晩夢に出てくる小さな天使だけ。そんな絶望的な毎日が、トニーの姪の息子である、ブルーノ・ラニエリが一緒に暮らすようになってから少しずつ変わっていきます。やがて話せるようになった若者は、ブルーノと一緒に会社を立ちあげ大成功をおさめます。若者の名前はケヴ・ラーセン。マクラウド兄弟の三男、ケヴィン・マクラウドです。話せるようになったとはいえ、トニーに助けられてから十八年経った今でも、ケヴの記憶はまだ戻っていませんでした。ところが、少年を助けようとして滝に転落した事故がきっかけで、きつく閉じられていた記憶の扉がかすかに開き、ケヴは自分の過去を探し始めます。

エディ・パリッシュは、売れっ子のグラフィックノベル作家です。エディが描く『フェイド・シャドウシーカー』シリーズのヒーローは、十八年前、十一歳だった彼女の心に強烈な印象を残した男性がモデルになっています。人気作家としての地位を確立したエディですが、実生活では決して幸せではありませんでした。それは十四歳のときに、シリーズ第四作『真夜中を過ぎても』に登場した、オスターマン博士の潜在能力を引きだすプログラムを受けて以来、人の未来が見えてしまうようになったからです。それも的中率百パーセントの驚異の透視力を持っています。この特殊な能力のせいで、まわりから気味悪がられ、友人たちは離れていき、恋人ができてもすぐに別れを告げられ、家族との関係もうまくいっていません。

同じポートランドに住みながら、これまで会うことのなかったケヴとエディですが、

『フェイド・シャドウシーカー』シリーズの新作の発売を記念して開催されたエディのサイン会で、運命的な出会いを果たします。互いを見て驚くふたり。ひと目で相手が誰なのか気づきます。ケヴとエディは十八年前に一度だけ会っていたのです。そしてこの日を境に、ふたりの人生は大きく動きだします。急速に惹かれあうケヴとエディ。ですが、簡単にハッピーエンドを迎えられるほど、ふたりの人生はこれまでと同様に甘くも単純でもありませんでした。悪の手がすぐそこまで迫っていたのです。ケヴとエディを狙っているのは何者なのか。なぜ狙われるのか。物語は、ふたりの運命の再会から一気に加速し、怒濤《どとう》の展開を繰り広げます。

一方、丘に埋葬した遺体が違う人物だったと判明してからも、ケヴィンの生死がわからないまま三年が過ぎ、ショーンはまた頻繁に双子の弟の夢を見るようになっていました。兄のデイビーやコナーとは違い、ケヴィンの死をなかなか受け入れられないショーンですが、ある日、家族全員が長男のデイビー宅に集まっていたとき、ケヴィンは生きていると確信する出来事が起きます。そしてまた、デイビーとコナーも衝撃的な事実を目の当たりにすることになり、マクラウド兄弟とその仲間たちは、ケヴィンを見つけだすため、ただちに行動を開始します。いよいよ再会の日が近づいてきました。今回も、彼らはあいかわらずすばらしいチームワークを発揮し、その結束力はまさに見事のひと言に尽きます。

本作では、ケヴとエディのロマンスや、マクラウド兄弟の十八年ぶりの再会だけではなく、マクラウド兄弟とその仲間たちのその後も描かれています。それぞれのカップルが家庭を築き、彼らの子どもたちがにぎやかに遊んでいる場面が出てきますが、かなりの大所帯にふくれあがっています。本作でもショーンとリヴのあいだに男の子が生まれます。いつの日かこのなかにケヴとエディの子どもも加わるのでしょう。また、個性派ぞろいのマクラウド家に劣らず、ラニエリ家も人数こそ少ないものの濃い面々がそろっています。そして、血はつながっていないとはいえ、ケヴとブルーノの兄弟愛や、ケヴのトニーに対する感情、またトニーのケヴへの思いなどが全編を通じて細やかに描かれています。頑固者の彼らの会話は、ときに笑いを誘い、ときに胸が熱くなります。

さて、シリーズ七作目でケヴィンが登場し、これで兄弟全員が物語のヒーローになりましたが、アメリカでは二〇一五年一月にマクラウド兄弟シリーズの第十一作目が刊行されます。なんとヒロインは五作目から出ているスヴェティです。マクラウド・ワールドはこの先どこまで広がりを見せるのでしょうか。ひょっとしたら、兄弟やその仲間の子どもたちが、ヒーローやヒロインになる日が来るのかもしれません……。

〈マクラウド兄弟シリーズ〉既刊

①そのドアの向こうで
②影のなかの恋人
③運命に導かれて
④真夜中を過ぎても
⑤過ちの夜の果てに
⑥危険な涙がかわく朝

23 ザ・ミステリ・コレクション

このキスを忘《わす》れない

著者　シャノン・マッケナ
訳者　幡《はた》　美紀子《みきこ》

発行所　株式会社 二見書房
東京都千代田区三崎町2-18-11
電話 03(3515)2311 [営業]
03(3515)2313 [編集]
振替 00170-4-2639

印刷　株式会社 堀内印刷所
製本　株式会社 村上製本所

ISBN978-4-576-15005-5
http://www.futami.co.jp/

青の炎に焦がされて
ローラ・リー
桐谷知未［訳］
〔誘惑のシール隊員シリーズ〕

惹かれあいながらも距離を置いてきたクリントとモーガナ。ふたりが再会した場所は、あやしいクラブのダンスフロア。それは甘くて危険なゲームの始まりだった……

誘惑の瞳はエメラルド
ローラ・リー
桐谷知未［訳］
〔誘惑のシール隊員シリーズ〕

政治家の娘エミリーとボディガードのシール隊員・ケル。狂おしいほどの恋心を秘めてきたふたりが〝恋人〟として同居することになり…⁉ 待望のシリーズ第二弾！

蜜色の愛におぼれて
ローラ・リー
桐谷知未［訳］
〔誘惑のシール隊員シリーズ〕

過酷な宿命を背負う元シール隊員イアンと、明かせぬ使命を負った美貌の諜報員カイラ。カリブの島での再会は甘く危険な関係の始まりだった……。シリーズ第三弾！

土壇場
キャサリン・コールター
林　啓恵［訳］

深夜の教会で司祭が殺された。被害者は新任捜査官デーンの双子の兄。やがて事件があるTVドラマを模した連続殺人と判明し…⁉待望のFBIシリーズ第三弾！

死角
キャサリン・コールター
林　啓恵［訳］

あどけない少年に執拗に忍び寄る魔手！事件の裏に隠された驚くべき真相とは？ 謎めく誘拐事件に夫婦FBI捜査官S&Sコンビも真相究明に乗りだすが……

追憶
キャサリン・コールター
林　啓恵［訳］

首都ワシントンを震撼させた最高裁判所判事の殺害事件。殺人者の魔手はサビッチたちの身辺にも！夫婦FBI捜査官サビッチ&シャーロックが難事件に挑む！

二見文庫　ロマンス・コレクション